La Cordonnière
de Pauline Gill
est le six cent septième ouvrage
publié chez
VLB ÉDITEUR.

La collection «Roman»
est dirigée par Jean-Yves Soucy.

L'auteure remercie la Société de développement des arts et de la culture de Longueuil.

VLB éditeur bénéficie du soutien de la Société de développement des entreprises culturelles du Québec (SODEC) pour son programme d'édition.

Gouvernement du Québec – Programme de crédit d'impôt pour l'édition de livres – Gestion SODEC.

Nous reconnaissons l'aide financière du gouvernement du Canada par l'entremise du Programme d'aide au développement de l'industrie de l'édition (PADIÉ) pour nos activités d'édition.

Nous remercions le Conseil des Arts du Canada de l'aide accordée à notre programme de publication.

LA CORDONNIÈRE

DE LA MÊME AUTEURE

La Porte ouverte, Montréal, Éditions du Méridien, 1990.

Les Enfants de Duplessis, Montréal, Libre Expression, 1991.

Le Château retrouvé, Montréal, Libre Expression, 1996.

Dans l'attente d'un oui, Montréal, Édimag, 1997.

La Jeunesse de la cordonnière, Montréal, VLB éditeur, coll. «Roman», 1999.

Le Testament de la cordonnière, Montréal, VLB éditeur, coll. «Roman», 2000.

Et pourtant elle chantait, Montréal, VLB éditeur, coll. «Roman», 2001.

Pauline Gill

LA CORDONNIÈRE

roman

vlb éditeur

VLB ÉDITEUR
Une division du groupe Ville-Marie Littérature
1010, rue de La Gauchetière Est
Montréal, Québec H2L 2N5
Tél.: (514) 523-1182
Téléc.: (514) 282-7530
Courrier électronique: vml@sogides.com

Illustration de la couverture: Marcel André Baschet (1862-1941)

Données de catalogage avant publication (Canada)
Gill, Pauline
    La Cordonnière
    (Collection Roman)
    ISBN 2-89005-676-7
    I. Titre.
PS8563.I479C67   1998   C843'.54   C98-940485-4
PS9563.I479C67   1998
PQ3919.2.G54C67   1998

DISTRIBUTEURS EXCLUSIFS:

• Pour le Québec, le Canada
  et les États-Unis:
  MESSAGERIES ADP*
  955, rue Amherst
  Montréal, Québec H2L 3K4
  Tél.: (514) 523-1182
  Téléc.: (514) 939-0406
  * Filiale de Sogides ltée

• Pour la France:
  Librairie du Québec – D.E.Q.
  30, rue Gay-Lussac, 75005 Paris
  Tél.: 01 43 54 49 02
  Téléc.: 01 43 54 39 15
  Courrier électronique: liquebec@cybercable.fr

• Pour la Suisse:
  Transat S.A.
  4 Ter, route des Jeunes
  C.P. 1210
  1211 Genève 26
  Tél.: (41.22) 342.77.40
  Téléc.: (41.22) 343.46.46

Pour en savoir davantage sur nos publications,
visitez notre site: **www.edvlb.com**
Autres sites à visiter: www.edhomme.com • www.edjour.com
www.edtypo.com • www.edhexagone.com • www.edutilis.com

© VLB ÉDITEUR et Pauline Gill, 1998
Dépôt légal: 2ᵉ trimestre 1998
Bibliothèque nationale du Québec
Bibliothèque nationale du Canada
ISBN 2-89005-676-7

Je dédie ce livre aux nombreux descendants des familles Dufresne, Dussault et Desaulniers, ainsi qu'à ma fille Karine et à toutes les jeunes femmes qui ont l'audace de croire en l'avenir et en elles-mêmes.

Huit années de recherches, de travail assidu et de foi invincible n'auraient pu être couronnées de succès sans mes parents, mes amis et tous ceux qui ont su m'apporter leur chaleureuse complicité.

CHAPITRE PREMIER

De la cuisine d'été, au lendemain des noces, Georges-Noël regardait venir la nouvelle mariée au bras de son fils aîné. Des larmes voilèrent le bleu de nuit de ses yeux et une inquiétude qui tournait à l'angoisse lui serra la gorge. Pour cause, Victoire Du Sault, cette femme qu'il avait lui-même rêvé d'épouser, venait habiter dans sa demeure.

Fidèles à la tradition, nombre d'invités ne retourneraient chez eux qu'après le grand déjeuner offert, cette fois, par les parents Du Sault au domicile des nouveaux époux. «Vive les mariés!» clamaient les hommes rassemblés sur la galerie, alors que leurs femmes, sous un soleil timide de fin d'octobre, ramenaient le jeune couple de chez les Duplessis où il avait passé la nuit.

Accrochée au bras d'un mari à l'allure triomphante, Victoire, dont la silhouette avait fait tourner les têtes, empruntait aux coloris pêche de son corsage la quintessence du fruit fraîchement cueilli. Dans l'éclat de ses prunelles couleur de noisette, Thomas Dufresne, fier de ses dix-huit ans, puisait un gage d'éternité pour ce bonheur né de leur union. La dernière danse de sa bien-aimée dans les bras de Georges-Noël avait-elle, la veille au soir, avivé sa jalousie et semé le doute dans son esprit que l'amour dont Victoire l'avait comblé, la nuit venue, lui avait rendu sa sérénité. Pourquoi s'inquiéterait-il? N'était-il pas le seul de tous les soupirants de la belle cordonnière à l'avoir conquise, et ce en moins de six mois de fréquentations? «De quoi être fier de toi, mon Thomas», lui avait déclaré son ami Nérée Duplessis.

Ignorant totalement de l'intrigue amoureuse qui s'était jouée pendant plus de trois ans entre son père et celle qu'il venait d'épouser, Thomas avait imputé à de simples écarts d'humeur les incidents qui étaient survenus chaque fois qu'il avait été question de sa relation avec Victoire Du Sault. D'un naturel agréable et peu porté à scruter les intentions de tout un chacun, il les avait considérés comme des futilités en regard du prestige et des nombreux privilèges que lui apportait le fait d'épouser une femme de dix ans son aînée. Et lorsque Madeleine, la mère de Georges-Noël, conviée comme il se devait à ce déjeuner, désapprouva vertement que ce dernier eût consenti à héberger le jeune couple sous son toit, Thomas, ne connaissant pas les motifs de ce désaveu, rétorqua altièrement:

«Ce n'est qu'en attendant que notre maison soit prête, à l'érablière. Pas plus tard que l'été prochain, ma petite famille y sera établie», affirma-t-il, heureux de l'occasion que lui fournissait sa grand-mère de faire valoir une maturité dont elle semblait douter.

Victoire avait choisi de vivre avec son mari et les nombreux enfants dont elle rêvait dans le décor féerique du domaine de la rivière aux Glaises, à Yamachiche, là où Georges-Noël avait aussi fait ses débuts. Dans la cabane à sucre agrandie et réaménagée selon les plans qu'elle avait soumis à son fiancé, elle pourrait avanta-geusement poursuivre son métier de cordonnière. L'achalandage du moulin où Thomas travaillait comme meunier depuis trois ans ajouterait à une clientèle qu'elle avait mis plus de dix ans à conquérir. Cela dit, elle pouvait se dispenser de faire la lumière sur quelque autre motif de son choix demeuré ou nébuleux ou résolument caché.

Cette volonté de Mlle Du Sault cadrait merveilleuse-ment bien avec l'ambition de Thomas de se réappro-prier ce domaine qui, avant que Georges-Noël le quit-tât treize ans plus tôt, avait toujours appartenu aux Dufresne. D'heureux souvenirs d'enfance, un senti-ment d'appartenance, un goût du défi, mais combien plus sa passion pour le métier de meunier l'y pous-saient. Victoire considérait ce projet comme une occa-sion exceptionnelle, pour son époux, de se faire valoir auprès de Rémi Du Sault, son père, qui, impatient de voir sa benjamine prendre mari, déplorait qu'elle eût décliné les offres de «mieux établis et de plus en âge que le p'tit gars du voisin».

Ironie du sort, à moins d'un mois du mariage, Thomas, un tantinet enclin à la témérité, avait dû admettre s'être leurré sur le temps requis pour aména-ger leur future demeure. «Pourriez-vous nous faire une petite place? Juste le temps d'offrir à ma douce la mai-son qu'elle mérite», avait-il alors demandé à son père. Pris au dépourvu, Georges-Noël n'avait trouvé aucune raison avouable de lui refuser cette faveur. Depuis, il vivait dans la crainte que cette cohabitation ne rallumât en lui une passion inassouvie. Il n'était pas loin de soup-çonner la présence d'un relent de cet amour derrière le mal qu'il s'était donné à transformer la cuisine d'été en une cordonnerie «digne du talent de Victoire», comme il l'avait déclaré à Thomas.

Cet homme élégant, aux tempes argentées et à l'allure altière avec ses six pieds et deux pouces avait anticipé avec fébrilité ce moment où, le déjeuner officiel terminé et le gros de la parenté ayant déserté la maison, il introduirait sa bru dans sa nouvelle cordonnerie.

Une luminosité couleur de miel émanait des murs et des plafonds recouverts d'étroites planches de pin blanc. Dans les armoires de bois d'érable, pièces de cuir, accessoires et outils avaient pris place sans attendre que la cordonnière les y rangea. Près de la fenêtre, sur une table massive, reposait une lampe à l'huile finement ciselée. «Je n'en ai jamais vu de pareille!» s'exclama Victoire, émerveillée, pendant que ses doigts palpaient délicatement le relief des pointes de diamant taillées dans le verre.

Une odeur de bois fraîchement verni attira son attention vers les armoires vitrées d'où elle pouvait apercevoir son matériel de cordonnière.

«Je n'en crois pas mes yeux, dit Victoire en se tournant vers sa mère. Un si bel atelier pour un métier qu'une femme ne devrait pas pratiquer...

— Tu l'as bien mérité», lui fit observer Françoise, invitant son mari à approuver, ne serait-ce que d'un rictus, l'éloge qu'elle venait d'adresser à sa fille.

Rémi y consentit avec une réserve qui ne surprit personne. Ni Victoire ni sa mère n'avaient oublié combien Rémi s'était farouchement opposé à ce que sa fille exerçât un métier jusque-là réservé aux hommes. «Avec l'instruction qu'on t'a payée, ma petite fille, on serait en droit de s'attendre à ce que tu choisisses un métier honorable, au lieu de passer ta jeunesse le nez dans des savates», lui avait-il dit.

Le regard de Victoire se porta sur Georges-Noël, juste le temps de lui dire, émue:

«Vous n'auriez pas dû... pour si peu de temps...»

Un sourire, un clignement de paupières et un geste de la main lui signifièrent que cette pièce était désormais la sienne.

«Si ça peut contribuer à ton bonheur, j'en serai très heureux», déclara Georges-Noël, pressé de diriger l'attention de tous vers le coffre de cèdre transporté la veille par les Du Sault et sur lequel s'élevait une pyramide de cadeaux.

À travers les exclamations de joie des nouveaux mariés et les chuchotements admiratifs des invités, la voix de Madeleine Dufresne s'imposa de nouveau, acerbe:

«Veux-tu bien me dire qu'est-ce qui t'a pris, Georges-Noël, de tout chambarder ta cuisine d'été pour quelques mois? On dirait bien plus que c'est pour la vie que tu l'installes ici, ta bru...

— Vous nous avez tellement appris à bien travailler qu'on ne sait plus faire autrement, répliqua-t-il, au grand soulagement de Victoire.

— Ma femme a droit à tout ce qu'il y a de plus beau», s'empressa d'ajouter Thomas.

Georges-Noël lui réserva un sourire complaisant et Madeleine continua de grogner.

De son lit, Ferdinand Dufresne, réfractaire et désinvolte comme peu de garçons de quinze ans se le permettaient, suivait la scène avec délectation. À l'abri des regards, il savourait la liberté d'esquisser tous les sourires narquois qu'il aurait dû réprimer en présence des invités. «Autant ma grand-mère a le don de semer la bisbille partout où elle passe, autant mon frère est naïf et vantard», se dit-il en entendant Thomas faire étalage de ses projets d'avenir. Et que Victoire, cette femme déterminée, intelligente et avisée l'ait épousé et accepte de vivre sous le même toit que Georges-Noël le renversait.

À l'insu de tout son entourage, Ferdinand avait découvert l'existence de sentiments amoureux entre son père et leur jolie voisine. Ses plus lointains souvenirs remontaient à ce jour où, pour la première fois, il avait été témoin des recommandations de sa grand-mère. Le nez collé à la fenêtre d'où elle observait Victoire et Georges-Noël causant près des écuries, Madeleine avait averti sa bru de se méfier «de cette jeune dévergondée»:

«Tu ne sais pas jusqu'où des filles de son genre peuvent pousser la méchanceté.»

Ce que le garçonnet de trois ans et demi saisissait alors de la méchanceté, il le tenait de son père qui en avait déjà accusé Thomas: «C'est méchant de cacher les jouets de ton jeune frère et de le faire pleurer comme ça», lui avait-il dit avant de l'envoyer réfléchir dans sa chambre. Les méchants, ce sont ceux qui font pleurer les autres, avait conclu Ferdinand. Par la suite, chaque fois qu'il avait surpris sa mère en chagrin, il avait soupçonné Victoire d'en être la cause. D'où sa consternation, quelques années plus tard, de la découvrir en larmes près de la dépouille mortelle de Domitille. Il la gracia donc jusqu'à ce matin où, de la fenêtre du grenier, il la vit embrasser Georges-Noël parti la rejoindre aux abords de la rivière aux Glaises où ils étaient allés puiser de l'eau de Pâques. Le secret que son père avait gardé de cette rencontre matinale, l'euphorie qui ne l'avait plus quitté de la journée et avec laquelle il s'était préparé à la soirée de danse confirmaient la présence d'une passion amoureuse, au regard du jeune homme alors âgé de onze ans. Ferdinand aurait aimé croire que cet amour n'était né qu'après la mort de sa mère, mais les réflexions incriminantes de Madeleine et les mystérieuses crises de larmes de Domitille resurgissaient dans sa mémoire et jetaient le doute dans son esprit.

Après cette bouleversante découverte, Ferdinand n'avait manqué aucune occasion d'épier les allées et venues de son père et de la fière cordonnière, notant dans leurs gestes retenus, dans l'intonation de leurs voix et dans la furtivité de leurs regards en public ce quelque chose qui trahit un amour secret. Ce matin, à l'aube de ses seize ans, constatant qu'en aucun temps l'idée ne lui était venue de les blâmer, il comprit pourquoi il aurait préféré leur union à celle qu'on venait de célébrer. Ferdinand voyait en Victoire la femme exceptionnellement douée et affranchie qui eût parfaitement convenu à son père. D'où sa propension à qualifier de mariage à rabais ces épousailles avec Thomas Dufresne. L'attirance que Victoire avait soudain éprouvée pour Thomas et leurs ébats passionnés à l'érablière où ils se donnaient rendez-vous n'étaient, croyait-il, qu'un feu de paille. Sinon, qu'est-ce que Thomas pouvait bien offrir que son père ne possédait? Que Georges-Noël ait été empêché d'épouser la femme qu'il aimait ou qu'il ait refusé de le faire relevait d'une cause qui échappait encore à l'observateur clandestin. Ni la désapprobation de

Madeleine ni le charivari qui menaçait tout veuf qui se remariait ne lui semblaient probants. Georges-Noël n'était pas de la trempe à se laisser intimider par des opinions ou par le vacarme qui se répéterait à chaque nuit, sous sa fenêtre, tant qu'il n'aurait pas versé la somme d'argent requise par ces contestataires éhontés. Et pourtant, Ferdinand demeurait persuadé que son père avait tant aimé cette femme qu'il en était encore épris. Sinon, comment expliquer les sanglots dont Georges-Noël était venu se libérer dans l'écurie après que Thomas eut demandé la main de Victoire? Pelotonné derrière une botte de foin dans laquelle sa chatte venait de mettre bas, Ferdinand en avait été si bouleversé qu'il s'en était fallu de peu pour qu'il sortît de sa cachette et courût consoler son père. Ainsi, à l'aurore du grand jour venu, Georges-Noël était allé se réfugier au bord du lac Saint-Pierre, prostré sur une pierre comme un homme terrassé. Ferdinand conclut dès lors que la relation à bâtons rompus que son père entretenait avec la veuve Héroux depuis quelques années n'était que pis-aller ou tentative de camouflage.

En dépit de ses attitudes indifférentes et souvent revêches, l'adolescent éprouvait une profonde admiration et une douce compassion pour cet homme dont l'aisance financière et le brio social, en tant que premier maire de sa municipalité, faisaient l'envie de plus d'un concitoyen. Nul autre que Ferdinand Dufresne pouvait soupçonner le déchirement que vivait le dresseur de chevaux à l'allure gaillarde, et la magnanimité dont il faisait preuve en accueillant chez lui l'épouse de Thomas. «Et s'il fallait qu'elle l'aime encore...», pensa-t-il, enclin à le croire. Cette réserve excessive dans les regards et dans les gestes d'une jeune femme des plus hardies trahissait une indéniable flamme amoureuse.

Bien que charmée par tant d'égards, Victoire apprécia que ce déjeuner marquât la fin de quatre jours de festivités. Il lui tardait de se retrouver seule dans cette maison où jamais elle n'aurait imaginé vivre autrement qu'en épousant Georges-Noël Dufresne. Tout comme lui, elle n'avait pu, devant la proposition de Thomas, invoquer une raison valable d'exiger un autre gîte en attendant que La Chaumière puisse les loger convenablement. À Françoise qui, au fait des tourments amoureux de sa fille, s'était inquiétée de cet arrangement, elle avait répondu, visiblement vexée:

«Je ne suis plus une enfant, maman. J'ai vingt-huit ans. Je dois savoir ce que je fais.

— Je n'en doute pas, Victoire, mais j'aimerais être aussi sûre que tu veux le laisser croire que tu es vraiment libérée de tes sentiments... envers... l'autre.

— C'est une page tournée, maman. Combien de fois faudra-t-il encore que je vous le répète?»

Cet agacement marquait, aux yeux de Françoise, une appréhension inavouée.

Contrainte d'emménager pour quelques mois chez l'homme qui l'avait fait rêver et vibrer plus que nul autre, Victoire s'était jurée de ne laisser prise à aucun regret, à aucun penchant, puisant dans l'amour que Thomas lui témoignait la source de son bonheur, et, dans le serment publiquement prononcé, la force de demeurer fidèle.

*　*

*

En ce premier matin d'accalmie depuis les épousailles, Victoire s'était levée tôt pour savourer à son aise la tranquillité de cette maison et préparer le déjeuner des trois hommes qui partageraient désormais son quotidien. Comme la pluie se faisait imminente, Thomas, en congé du moulin pour le reste de la semaine, avait proposé à son père de profiter de ce temps pour passer en revue calèches, traîneaux et carrioles, tout en organisant un espace pour les voitures et la jument de Victoire.

«Lève-toi, Ferdinand. On a besoin de toi dans la remise, cria Georges-Noël, du bas de l'escalier. Ce n'est pas parce que tu as décidé de ne pas retourner au collège de la semaine que tu vas traîner au lit toute la matinée», ronchonna-t-il.

Victoire ne pouvait souhaiter mieux. Les observateurs l'ennuyaient. Elle en prit davantage conscience au moment d'accorder à Thomas le baiser qu'il lui réclamait avant de quitter la cuisine. Et comme s'il l'eût pressenti, Georges-Noël était sorti le premier, quitte à devoir revenir sur ses pas quelques minutes plus tard.

«Je n'aurais pas voulu partir sans te dire que tu peux disposer de la maison à ta convenance, dit-il. Peu importe le temps que tu l'habiteras, c'est important que tu t'y plaises», ajouta-t-il, dans l'entrebâillement de la porte.

Bien que cette délicatesse lui fût familière, Victoire en fut particulièrement touchée ce matin-là. À travers le rideau de dentelle, elle regarda s'éloigner, vers les bâtiments, les deux seuls hommes qui avaient su gagner son admiration et son amour. Un sentiment de vulnérabilité qu'elle attribua à la fatigue des jours précédents et à l'imbroglio des émotions qui l'avaient habitée depuis la fin de l'été l'envahit. Elle s'interdit de s'en laisser troubler. Il y avait beaucoup à faire et elle s'en réjouit. Passant de la cuisine à la salle à manger, elle constata que la photo de Domitille avait disparu de sur le vaisselier. Qui des trois Dufresne pouvait bien avoir pris cette initiative? Et pourquoi? Présumant que les tiroirs avaient aussi été vidés, elle fut surprise d'y trouver les broderies de la défunte, comme si personne ne les avait touchées depuis son décès. Sur les tablettes du haut, vaisselle de porcelaine et argenterie étaient rangées avec goût, dans un ordre impeccable. «On dirait que Domitille n'a jamais quitté cette maison», pensa Victoire, le souffle coupé. Elle scruta le contenu de chaque tiroir, manipulant avec soin tout ce qu'elle y trouvait, avec le sentiment que cette délicatesse était nécessaire pour ne pas réveiller les esprits... Un singulier besoin de se protéger lui inspira d'emballer le tout précieusement et de le porter au grenier. À qui s'en inquiéterait, il lui serait facile de justifier son geste en invoquant la nécessité de prendre soin des biens de la famille et de faire de l'espace pour ranger ses objets personnels. Comme elle s'engageait dans l'escalier avec une première caisse dans les bras, Ferdinand la croisa.

«Où vas-tu avec ça? demanda-t-il, prêt à se porter à son aide.

— Au grenier. Il doit bien y avoir des armoires de rangement.

— Pour ranger quoi?»

«Les choses de ta mère», aurait-elle voulu répondre avec tout le naturel du monde. Mais, dans le regard et l'attitude de Ferdinand, elle sentit le reproche si imminent qu'elle en fut médusée.

«J'aime mieux ne pas courir de risque, expliqua-t-elle enfin. S'il fallait qu'on abîme la porcelaine ou les broderies de ta mère...

— Parce que tu penses que ça peut la déranger?...»

Ferdinand s'esclaffa. Par ironie ou par plaisanterie? Victoire se le demanda.

«Donne-moi ça, dit-il en s'emparant de la caisse. Moi qui pensais que tu échappais aux deux catégories de femmes qui empoisonnent notre monde...

— Qu'est-ce que tu veux dire?

— Celles qui se compliquent la vie, puis celles qui compliquent la vie des autres.»

Sidérée, Victoire allait le réprimander lorsqu'il la désarma d'un sourire malicieux.

«Là, ça te convient?» demanda-t-il, après avoir déposé la boîte dans un placard du grenier.

Tous deux se retrouvèrent dans la salle à manger où, d'apercevoir tant de colis scellés et étiquetés au nom de Domitille, Ferdinand fut à son tour estomaqué.

«Tu as tout sorti?»

Victoire n'eut pas le temps de répondre qu'il ajouta:

«On dirait que tu es mal à l'aise. Ça te dérange tout ce qui rappelle le souvenir de ma mère?

— Qu'est-ce que tu vas chercher là, Ferdinand? Prends celle-là, elle est plus lourde», lui enjoignit Victoire, dans l'espoir de le distraire de sa question.

Le jeune homme s'acquitta de sa tâche, n'attendant que la fin de la corvée pour revenir à la charge. C'eût été mal avisé que de ne pas s'y attendre.

«Tu la connaissais bien, ma mère?

— Moins que bien d'autres», répondit Victoire, de plus en plus inquiète de la tournure des questions.

Devant l'étonnement de son interlocuteur, elle dut justifier:

«On a été voisines à peine cinq ans...

— J'aimerais que tu m'en parles.»

Il se tira une chaise, mais Victoire lui rappela qu'en plus de son oncle Joseph Dufresne, employé à la ferme depuis toujours, son père et son frère l'attendaient à la remise.

«S'ils pensent qu'ils vont m'obliger à prendre mon déjeuner à la course! Je vais y aller quand je serai prêt.»

Victoire n'eut guère plus à faire que de se pincer les lèvres pour que Ferdinand devinât sa désapprobation.

«Comme s'il fallait être un nouveau marié pour avoir le droit de s'accorder un congé, reprit-il, rieur et désinvolte. Toi aussi, tu devrais t'asseoir. Te donner le temps de réfléchir à ce que ça fait d'être la femme de Thomas Dufresne.»

Si imprévisible et subtil qu'il s'était toujours montré, Ferdinand battait des records ce matin. Embarrassée, Victoire chercha à se soustraire à des propos qui ressemblaient à une enquête dont elle ne s'expliquait pas les intentions. Et bien que ce garçon lui eût toujours été fort sympathique, sa présence aujourd'hui devenait harcelante, irritante même. Elle décida donc de le laisser déjeuner et de se retirer dans sa nouvelle cordonnerie. À peine avait-elle refermé la porte derrière elle qu'elle se ravisa. «C'est dans la cuisine et dans la salle à manger que je voulais travailler, ce matin. De quel droit Ferdinand vient-il chambarder mes plans?» L'empressement et l'insistance qu'il avait mis à la faire parler de Domitille, plus encore, cette pointe d'ironie avec laquelle il avait évoqué sa nouvelle condition d'épouse de Thomas

Dufresne, l'inquiétaient. Il fallait bien mal connaître ce jeune homme pour ne pas redouter la subtilité de ses intentions. Victoire avait déjà eu l'impression qu'il la retournait comme un gant tant il devinait ses états d'âme. Mais jamais il n'était allé aussi loin. La possibilité qu'il sût des choses qu'elle tenait à garder secrètes lui effleura l'esprit. En quête d'une sérénité qui menaçait à tout moment de la déserter, elle se surprit à bénir l'existence du pensionnat qui viendrait la libérer, pour les huit prochains mois, des regards inquisiteurs de son jeune beau-frère. Elle comptait bien avoir élu domicile à La Chaumière avant que les vacances le ramènent à la maison.

Un croûton tartiné de mélasse à la main, Ferdinand apparut dans la cordonnerie.

«Je l'approuve, mon père, d'avoir fait un petit château de cet atelier... Une femme aux doigts de fée comme toi n'en mérite pas moins», lui déclara-t-il avant de sortir pour aller retrouver les hommes à la remise.

De nouveau déroutée, mais agréablement surprise, elle le gratifia d'un sourire et s'empressa de revenir dans la salle à manger pour compléter le rangement de ses affaires personnelles dans les buffets de Domitille.

Aux privilèges attribués à la maîtresse de maison Victoire ajoutait ses exigences, insistant, entre autres, pour que ce fût son mobilier qui meublât sa nouvelle chambre, contiguë à celle qu'avaient occupée Domitille et son mari. Les Du Sault vinrent le lui porter. Profitant de l'occasion pour offrir son aide, Françoise ne fut pas étonnée d'essuyer un refus. Sa fille ne voulait perdre aucune minute du temps qui lui était donné de se retrouver seule dans la maison. Et combien plus dans cette pièce pour laquelle elle avait tissé couvertures, tapis et tentures, tous enjolivés de marine sur fond blanc. Une courtepointe aux coloris pastel et des taies d'oreiller brodées de bleu couvraient le lit de bronze massif, imprégnant ce décor d'une touche de tendresse qui seyait bien à la personnalité de Victoire. Mais encore fallait-il savoir découvrir cette sensibilité derrière l'invincibilité qu'elle avait manifestée lors d'événements éprouvants.

À l'encontre des us et coutumes de son époque, et en dépit des protestations de son père, Victoire avait choisi un contrat de mariage en séparation de biens. L'héritage de son grand-père Joseph lui étant remis le jour de ses noces, et Thomas devant toucher celui de sa mère à sa majorité, elle estimait que cette forme de contrat pourrait mieux protéger leurs fortunes personnelles et assurer un minimum de sécurité à leurs enfants, quoi qu'il arrive. Thomas avait approuvé ce choix, le qualifiant de judicieux et blaguant sur les précautions que se devait de prendre l'épouse de «Thomas l'Intrépide». Une clause avait été ajoutée à ce contrat stipulant que la cordonnerie et les profits réalisés demeureraient la propriété de Victoire Du Sault tant et aussi longtemps qu'elle ne la révoquerait elle-même. Or le privilège de gérer ses biens nécessitait que Victoire se fît relever de l'incapacité juridique à laquelle le mariage la condamnait, elle comme toutes les femmes de son temps. Une demande en bonne et due forme avait été préparée à cet effet, et elle n'attendrait pas l'approbation officielle pour réactiver son commerce. Il lui tardait de reprendre son travail de cordonnière, ayant dû l'interrompre pour vaquer aux préparatifs du mariage. «Un mois en dehors de ma cordonnerie, c'est comme un an d'exil», avait-elle confié à sa mère. Consciente du nombre de tâches qu'elle devrait désormais assumer et du temps qu'elle voulait consacrer à son métier, elle fut prise de vertige. «Et il y aura les enfants», pensa-t-elle, le regard soudain accroché à une layette qu'elle avait confectionnée avec grand soin. Le visage du jeune Thomas de cinq ans, ses yeux vifs et curieux, cette chevelure bouclée dont toutes les mères rêvaient pour leurs enfants, cette fossette qui se creusait dans sa joue chaque fois qu'il souriait surgirent à sa mémoire comme si c'était hier. Comment ne pas souhaiter que leur premier-né lui ressemblât, plein d'entrain, dévoué et espiègle. Des éclats de voix et des claquements de porte la firent sursauter. Les hommes entraient pour le souper. Victoire avait perdu la notion du temps. Le ragoût d'alouettes qu'elle avait mis à cuire au début de l'après-midi n'était pas à point. Georges-Noël s'empressa de rassurer sa bru:

«Ferdinand en a encore pour une vingtaine de minutes, puis moi, j'aurais quelques petites choses à terminer dans l'écurie.»

Ainsi accordait-il au jeune couple quelques minutes d'intimité pendant qu'il se réservait des instants d'une bienfaisante solitude.

Commencée dans le brouhaha de la fête, cette nouvelle vie prenait déjà l'allure intimidante qu'il avait appréhendée. Que d'événements l'avaient bousculé au cours des six derniers mois! Les projets de son fils aîné, entre autres. Son intention d'épouser Victoire Du Sault et l'acquiescement de celle-ci. Leur choix de s'établir à l'érablière et l'entêtement de Thomas, si peu rodé au métier de menuisier, à ne s'adjoindre qu'un ouvrier

pour effectuer les travaux d'agrandissement et de rénovation. Témérité qui l'avait amené, ignorant tout des
tourments amoureux de son père, à lui demander l'hos-
pitalité pour lui et sa femme durant quelques mois.
Jamais Georges-Noël n'aurait imaginé que Victoire
acceptât ce compromis. Elle trouverait l'excuse que lui-
même n'avait pas invoquée. Elle saurait convaincre son
fiancé soit d'engager d'autres manœuvres pour accélérer
les travaux, soit de reporter leur mariage au printemps
suivant. Suggestions qui n'étaient venues à l'esprit de
Georges-Noël que sur le tard tant il avait été pris au
dépourvu. Et lorsqu'il avait tenté de se rattraper, Thomas
avait repoussé la première proposition et répliqué sèchement qu'il n'était surtout pas question de retarder le
mariage. Georges-Noël convint que si tel était aussi
l'avis de Victoire, ou bien elle n'éprouvait plus pour lui
qu'une simple amitié, ou bien elle était contrainte de
s'en tenir aux dates prévues pour une quelconque raison. C'eût été offenser son intelligence, son intégrité et
son ingéniosité que d'en juger autrement. Il lui appartenait maintenant de faire preuve de détachement et
d'éviter de se trouver seul en sa compagnie, tant et aussi
longtemps qu'il se sentirait fragile.

*   *

*

Dès la première semaine de ce calendrier qui risquait
de s'étirer sur une dizaine de mois, Georges-Noël devait
faire le point sur sa situation et tenter de trouver sa
place auprès d'un jeune couple dont les manifestations amoureuses, si discrètes fussent-elles, demeuraient

difficiles à supporter. Il comptait sur le rappel des obstacles qui s'étaient dressés dans sa relation avec celle qui était devenue sa bru pour s'en mieux porter. Les incessantes tergiversations de Victoire, son impuissance à se libérer d'un sentiment de culpabilité à la suite de la mort de Domitille ne lui avaient-elles pas fait craindre qu'en l'épousant elle ne demeurât tourmentée, inapte au bonheur comme l'avait été sa femme? Il avait, non sans déchirement, renoncé à l'attendre.

«Je souhaite que tu puisses un jour vivre l'amour sans remords avec un homme qui t'aimera autant que je t'aime», lui avait-il dit en lui rendant sa liberté.

Jamais il n'aurait imaginé que ce serait dans les bras de son fils qu'elle se retrouverait deux ans plus tard. En était-il digne? L'endurance avec laquelle Thomas menait de front son travail au moulin et l'exécution des plans que sa fiancée avait tracés pour La Chaumière répondait du sérieux de son amour pour elle. N'eussent été les pluies torrentielles qui s'étaient abattues sur la région tout au long de l'été et qui avaient considérablement retardé les travaux, les mariés auraient pu trouver gîte dans leur Chaumière à la date prévue. Mais, dans l'euphorie du grand événement qu'il préparait et obnubilé par l'optimisme avec lequel il entrevoyait sa vie avec Victoire Du Sault, Thomas n'avait imaginé que des jours ensoleillés et une saison complice de ses projets. Et, quoique sa bien-aimée fût disposée à se satisfaire d'un confort relatif, il s'était montré inflexible: «J'y laisserai ma peau plutôt que de risquer ta santé dans une maison mal isolée et sans commodités.» Il avait, avec la même intransigeance, refusé l'invitation de Rémi et de Françoise: «Tes parents n'ont pas à nous faire la charité.

C'est moi le responsable et c'est à moi d'apporter la solution.» Devant les réticences de Victoire il avait ajouté:

«Les quelques mois que nous passerons avec mon père auront au moins l'avantage de le sortir de sa solitude. Il ne manque peut-être que ça pour lui redonner le goût du mariage. Tu imagines la joie de Justine, toi?»

Peu réceptive à l'enthousiasme de son mari, et pour cause, Victoire n'avait pas caché sa déception.

Dépité, Thomas avait cru leur amour menacé. Victoire lui avait appris, ce jour-là, qu'elle l'aimait dans ses imprudences comme dans ses réussites. «Ce n'est pas une fille de vingt ans qui serait capable d'autant de compréhension», s'était-il dit, grandement réconforté. Il se surprit alors à bénir cet été pluvieux qui lui avait permis de découvrir chez Victoire une indulgence sur laquelle il comptait pour compenser son manque d'expérience.

À tous ceux qui lui reprochaient d'éprouver pour sa bien-aimée une admiration qui frôlait l'idolâtrie il répondait, altier: «Il restait encore une femme parfaite sur la terre et je l'ai trouvée pas plus loin que chez le voisin.»

À qui voulait contester il répétait: «Le dicton ne ment pas quand il conseille: "Mariez-vous à votre porte, avec quelqu'un de votre sorte."»

Et à ceux et celles qui prétendaient que Victoire devait bien avoir «ses petits défauts, comme tout le monde», il rétorquait que si elle en avait, ils étaient nécessaires. Ne reculant devant rien qui pût le rapprocher de la perfection qu'il attribuait à sa fiancée, il serait allé jusqu'à réprimer son penchant pour la moquerie si Victoire ne l'en eût dissuadé:

«C'est une des premières choses qui m'ont plu chez toi et je tiens à ce que nos enfants te connaissent comme ça», lui avait-elle déclaré.

Plus il apprenait à connaître Victoire, moins il s'expliquait qu'elle ne fût pas déjà mariée. Il se souvenait d'Isidore Pellerin et de Narcisse Gélinas, et il se doutait bien qu'elle en avait éconduit plus d'un autre en dix ans. De quoi s'estimer privilégié d'avoir obtenu ses faveurs. Qu'à cela ne tienne, il avait refusé que leur mariage soit différé ne serait-ce que d'un mois. Comme si le moindre retard eût permis au mauvais sort de les séparer à jamais. Et depuis, malgré les serments d'amour et de fidélité de sa bien-aimée, Thomas ne parvenait pas à se libérer complètement de la crainte de la perdre.

* *
*

Rémi Du Sault avait accordé la main de sa fille à Thomas Dufresne, mais il n'avait pas renoncé aux services de «la meilleure grilleuse» du canton, comme il se plaisait à l'appeler.

Légèrement frisquet, ce dernier samedi d'octobre était témoin de l'enthousiasme et de la solidarité des producteurs de lin du rang de la rivière aux Glaises. Sur le côté nord-est de leur terre, Rémi et son fils Louis avaient aménagé, près du ruisseau et à l'abri d'un ravin, un foyer entouré d'un muret de pierres sur lequel s'élevait le gril soutenu par un tréteau fait de bois dur fraîchement coupé, lequel offre une meilleure résistance au feu. Cette précaution est d'autant plus nécessaire qu'une gerbe de lin met au moins quinze minutes à sécher. Une fosse d'environ un pied de profondeur et d'une largeur de six pieds avait été creusée pour y faire le feu que Victoire devait maintenir modéré et constant, afin qu'il ne produise pas d'étincelles. Elle ne devait pas oublier le dessous du gril pour éviter que des brins de lin n'enflamment la tablée. Les fermiers, qui s'annonçaient nombreux avec leurs charrettes chargées de bottes de lin et de broies, pouvaient s'amener avec confiance, tout avait été préparé dans les moindres détails. Ce qui ne surprenait en rien les habitants du rang.

Et pourtant, Rémi montrait une fierté et un entregent tout à fait particuliers ce matin-là. Jules Héroux, un des derniers soupirants de Victoire qui n'avait guère apprécié que «ce jeune blanc-bec de Thomas Dufresne lui coupât l'herbe sous le pied» avait rejoint les broyeurs.

«Ça se voit bien qu'il ne lui va pas à la cheville, son Thomas. Je gagerais qu'il n'a jamais traité une seule brassée de lin alors qu'elle sait griller comme pas une dans le rang. Une fille en moyens, puis bien tournée de sa personne, à part ça, lança-t-il à Louis Du Sault de manière que Thomas l'entendît.

— T'avais qu'à te grouiller si tu voulais l'avoir, ma sœur», lui rétorqua Louis dans sa mauvaise humeur habituelle.

Tôt dans la matinée, les poignées d'herbes séchées se succédaient à bon train sur le tréteau. Une odeur de lin chaud se répandait jusqu'aux bâtiments. Victoire frottait ses yeux rougis par la fumée.

Pendant que les tiges craquaient et se tordaient sous les coups des brayons, Thomas fulminait contre Jules Héroux et ses complices qui semblaient s'être donné le mot pour exciter sa jalousie en multipliant leurs flatteries à l'égard de la belle Victoire. Feignant de ne pas les entendre, elle fut prise d'un fou rire en apercevant la tête de M. Pellerin, poudrée d'aigrettes.

«Vous avez assez de quoi dans les cheveux pour bourrer un coussin, lui dit-elle.

— Prends bien garde à toi, ma p'tite verreuse! Tu ne sais pas ce qui t'attend si t'as le malheur de partir une grillade», lui répliqua-t-il en riant de bon cœur.

Le bruit sec et rythmé des longs manches de bois qui claquaient sans répit sur les tiges séchées répondait de la vigueur des brayeurs. En position debout, une poignée de lin placée dans la main gauche, les batteurs réservaient leur main droite pour abattre les couteaux sur les tiges jusqu'à ce qu'elles soient débarrassées de leurs aigrettes de bois et libèrent un cordon de filasse qu'ils déposaient sur une grande toile après l'avoir tortillée sur sa longueur.

La tâche de la grilleuse exigeait une grande vigilance, à plus forte raison lorsque le vent se mettait de la partie, comme c'était le cas depuis la fin de la matinée.

Un instant d'inattention, et voilà qu'un paquet de branches séchées fut la proie des flammes.

À trois cents pieds de là, Thomas, alerté par des cris stridents, ne voyait plus que brasier là où se tenait la grilleuse. Les jambes paralysées d'effroi, il aurait voulu hurler, mais pas un son ne sortait de sa gorge. Louis Du Sault et M. Pellerin s'activaient autour du feu, laissant présager le pire. À travers la flamme qui montait et les brindilles de lin qui voltigeaient dans les airs, il distingua Victoire s'arrachant des bras de Jules Héroux. Avant que le jeune mari éprouvé ait eu le temps de se porter au secours de sa bien-aimée, Georges-Noël avait écarté les brayeurs, saisi Victoire par la taille et l'avait éloignée du feu, comme si la prérogative de veiller sur elle lui était dévolue. Après avoir tremblé de peur, Thomas râlait maintenant d'une colère noire. Il accourait, prêt à fustiger «cette rapace de profiteurs» quand, à quelques pas, il entendit Victoire semoncer les hommes qui s'agitaient autour d'elle:

«Ce n'est pas en vous énervant comme ça que vous me rendez service. Regardez. Vous avez renversé les deux seaux d'eau que je gardais à côté de moi, au cas, justement, où des étincelles tomberaient sur les gerbes...

— Excusez-nous, madame Victoire. On a fait pour bien faire», dit Gonzague Pellerin.

Les manches de sa redingote en lambeaux et le front bariolé de sueur et de cendre, elle aperçut Thomas qui se tenait derrière le petit groupe d'hommes, la fixant d'un regard étrange. Devait-elle y lire reproches ou effroi? Elle craignit surtout qu'il ne se sentît humilié.

Le danger écarté, les brayeurs tentèrent de minimiser l'incident, mais ni les deux Dufresne ni Victoire n'avaient le cœur à badiner. L'insolence de Jules Héroux avait offensé la jeune mariée, certes, mais combien plus n'avait-elle pas moussé la jalousie de Thomas? Et que dire de l'attitude de Georges-Noël? Victoire ne pouvait l'expliquer que par un mouvement de panique. Dans les yeux hagards et dans la voix chevrotante qui avait cherché à savoir si elle était souffrante, elle avait cru reconnaître le désarroi de qui craint de perdre l'être aimé. Avant même qu'elle clôturât le brayage sous les applaudissements des participants, Georges-Noël avait quitté les lieux. Les broies sur l'épaule, fourbus mais fiers de leur journée, tous retournèrent à leurs domiciles, suivis de Thomas et de son épouse qui étaient invités à souper chez les Du Sault. Le lendemain, Georges-Noël prit la route pour Trois-Rivières de très bonne heure, prévenant qu'il ne rentrerait que tard dans la soirée. Les amoureux se réjouirent de cette journée d'intimité qu'ils auraient volontiers réservée aux plaisirs de l'amour. Mais l'obligation d'assister à la messe dominicale vint absorber leur matinée et les relents de la veille, gêner les élans de Thomas. De crainte qu'en confessant ses émois et sa colère Victoire ne le trouvât puéril, il avait d'abord nié sa mauvaise humeur. Invité à s'expliquer, il tenta de camoufler sa jalousie en reprochant à Victoire de n'avoir pas remis à leur place Jules Héroux et autres plaisantins. Les sarcasmes des jeunes hommes l'avaient à peine effleuré, soutenait-il. Mais il ne put cacher à la clairvoyance de Victoire l'animosité qu'il ressentait contre son père.

«Il s'est comporté comme si j'étais encore un enfant, dit-il. Comme si j'étais incapable de secourir ma femme. Pendant combien de temps faudra-t-il que je lui prouve que je n'ai plus besoin de lui?»

Le regard avisé de sa femme lui rappela aussitôt que le gîte dont ils bénéficiaient, c'était de Georges-Noël qu'il l'avait réclamé, moins de trois mois auparavant.

Constatant que Thomas en avait surtout contre son père, Victoire renonça à poursuivre la conversation. Elle avait besoin de temps pour juger de l'événement. Mieux valait se distraire. Elle proposa donc une balade à l'érablière:

«J'aimerais bien voir où en sont les travaux dans La Chaumière tandis qu'il fait encore jour.»

Sur un carré de maison surélevé de trois pieds et agrandi du double de ses dimensions originales, quatre murs s'élevaient, découpés de larges fenêtres à carreaux. Sur le toit se découpaient quatre lucarnes, chacune correspondant aux chambres qui devaient y être aménagées. À l'intérieur, les divisions étaient montées mais aucun mur n'était encore fermé. Les colombages du rez-de-chaussée étaient fixés, mais sans plus.

«Il y a encore de l'ouvrage pour au moins un an, dit Victoire en apprenant que son mari se réservait le plaisir de faire seul les travaux de finition intérieure.

— Je ne serai pas indispensable au moulin après la Toussaint», expliqua-t-il.

Thomas s'était découvert une véritable passion pour la menuiserie. Sur cette expérience s'en était greffée une autre.

«C'est en travaillant ici que j'ai commencé à comprendre ce que tu peux vivre à imaginer un modèle de chaussures et à le rendre comme tu le veux. J'ai plein d'idées pour les armoires et les portes des chambres. Tu vas voir...»

Il lui en fit la description avec un enthousiasme tel que Victoire retrouva en lui le mari entreprenant et ingénieux dont elle avait toujours rêvé. Exaucée dans ses espérances, elle le combla d'amour à lui en faire oublier les contrariétés de la veille.

«Sortons, maintenant, suggéra Victoire. Le paysage est si beau ici, à l'automne.»

Quelques bouquets de feuilles s'accrochaient encore au faîte des arbres. Les ornières étaient tapissées de feuilles brunâtres ramollies par les pluies des derniers jours. Une odeur d'humus montant du sous-bois frôla ses narines en même temps qu'une alouette lançait son air le plus doux.

«Tu imagines nos enfants dans ce paradis?

— Qui sait si notre fils ne nous entend pas déjà...», murmura Thomas, les bras croisés sur la poitrine de Victoire derrière qui il se tenait pour admirer le décor féerique qui s'offrait sur le fond bleuté du lac Saint-Pierre.

Un long moment de silence chargé d'espoir et d'amour les enveloppa.

Sur le chemin du retour, pressés l'un contre l'autre sur la banquette de la calèche pour chasser l'humidité qui les traversait, ils anticipaient pour la Toussaint et le jour des Morts d'aussi merveilleux instants. Depuis quelques jours déjà, les matins se faisaient plus frisquets. Les vergers avaient perdu leur allure opulente, affectant Victoire à la mise en conserve des derniers fruits et légumes du jardin, tandis que les hommes se voyaient chargés d'attacher les groseilliers et les framboisiers, de retourner la terre et de la bêcher.

Devant la liste des corvées qu'elle dressa, Victoire ressentit un accablement qui ne lui était pas familier. Combien de temps lui faudrait-il pour nettoyer, dans la cave, les pârs destinés à l'entreposage des légumes, pour balayer les carreaux à grain du grenier, les saupoudrer de chanvre, d'ail broyé et de feuilles de sureau afin d'éloigner les charançons, et enfin, pour transporter les corpulentes citrouilles qui allaient se terrer sous les lits? «Aussi bien dire adieu à mes chaussures d'ici les Fêtes», pensa Victoire, désolée.

*   *

*

34

Les premiers jours de novembre vinrent accorder au jeune couple le répit tant souhaité. Comme il avait l'intention de passer le reste de la journée au village, Georges-Noël se rendit, seul dans sa calèche, à la messe chantée pour le repos des âmes des défunts. Victoire ne s'était jamais habituée au son lugubre du glas. De tous les jours de l'année, c'est celui qu'elle aurait effacé du calendrier tant il lui inspirait de mélancolie. Faute de pouvoir y échapper, elle concentra sa pensée sur les moments de repos et d'intimité qu'il lui serait donné de partager avec son mari sitôt la messe terminée. L'harmonium soufflait ses complaintes. Le chant du *kyrie* lui fit écho et raviva dans son cœur des blessures que le travail et son amour pour Thomas avaient temporairement engourdies. De toutes les funérailles auxquelles elle avait assisté, celles de Domitille avaient été les plus douloureuses et les plus déchirantes. Huit ans plus tard, elle avait peine à croire que cette épaule qui frôlait la sienne fût celle du jeune garçon de dix ans qui suivait, meurtri, la dépouille mortelle de sa mère, entre un père éploré et un jeune frère manifestement impassible. «Tu pourras toujours compter sur moi», lui avait-elle promis à cette occasion. Engagement sur lequel Thomas s'était par la suite appuyé pour la supplier de venir habiter leur demeure, ce qui l'aurait dispensé de retourner au pensionnat. «Ça ne se fait pas», avait-elle répondu, taisant les véritables raisons de son refus, tout comme elle avait dû le faire lorsque Thomas lui avait demandé de venir vivre chez Georges-Noël après leur mariage.

Au sortir de l'église, Victoire assista avec un pincement au cœur à la criée des âmes qui suivait la messe. Douze années n'avaient pas suffi à lui faire oublier la

dérision dont elle avait été l'objet en y exposant sa première paire de chaussures. Sacs de farine, citrouilles,
anguilles salées, pièces d'étoffe et madriers d'érable défilaient pêle-mêle sous les regards avides des curieux. Un
crieur au style grandiloquent s'époumonait: «Mes chers
amis, hurlait-il, il faut que ce soit not'plus belle quête
d'l'année. Allez! Combien pour c'te beau p'tit cochon de
lait?...» Thomas et Victoire se faufilèrent à travers la
foule, ayant beaucoup mieux à faire que de se rendre au
cimetière où les fidèles étaient invités à se recueillir sur
les tombes de leurs disparus.

La neige commençait à tomber.

«C'est la seule chose que j'aime de novembre, la première neige, dit Victoire en se collant à Thomas sous la
couverture qui leur couvrait les jambes.

— Celui-là sera différent de tous les autres, tu vas
voir. À commencer par aujourd'hui, chuchota-t-il, une
lueur de concupiscence dans l'œil. Puis, je te réserve
une surprise pour cet après-midi.»

La jument venait de s'engager sur la route de gravier,
et Thomas se laissa charmer à son tour par le spectacle
féerique des flocons qui voltigeaient dans l'air comme
des gamins en fête.

«Ça me rappelle mon premier traîneau. Papa l'avait
caché sous mon lit le soir de la première bordée de
neige, et je l'avais trouvé en me réveillant. Sur la
pointe des pieds, mon habit d'hiver par-dessus mon
pyjama, j'étais sorti l'essayer. Il avait dû neiger toute
la nuit et ça tombait encore à plein ciel. J'ai pensé, ce
matin-là, que je ne pourrais jamais être plus heureux
de toute ma vie.

— Avais-tu raison? lui demanda Victoire, amusée.

— Oh non! Je me souviens d'avoir ressenti ce même grand bonheur quand tu m'as offert mon premier sac d'école. Un sac que tu avais taillé et cousu à ma mesure, rien que pour moi.»

Thomas se tut. Le visage resplendissant, il hochait la tête comme s'il n'arrivait pas encore à croire au souvenir qui l'habitait:

«Qui aurait dit que, dix ans plus tard, tu m'aurais chaviré le cœur au point de n'en pas fermer l'œil pendant des nuits?»

Toute à la joie d'avoir épousé un homme capable de si grands bonheurs, Victoire gardait le silence.

«Quelle chance que le feu ait pris un jour dans ta cordonnerie! Je nous vois encore tout barbouillés de suie, à bout de souffle et à moitié dévêtus», dit-il dans un éclat de rire.

Victoire se remémorait cette journée et d'autres moments suaves de leur brève période de fréquentations avec plus d'aisance maintenant qu'elle était devenue la femme de Thomas Dufresne. Comme si le temps eût approuvé les libertés qu'elle s'était accordées. Elle aurait aimé relire tout son passé avec quiétude, mais le souvenir de sa passion pour Georges-Noël la bouleversait encore. Une zone d'incertitude persistait et il lui sembla prématuré de tenter d'y voir clair tant et aussi longtemps qu'ils auraient à vivre sous le même toit.

Pénélope allait s'engager dans l'allée quand Victoire sortit de ses réflexions. Prête à s'en excuser, elle fut rassurée d'entendre Thomas lui confier qu'il se serait bien rendu jusqu'au village de Yamachiche tant il faisait bon rêvasser tranquille, les paupières mi-closes sous les flocons qui s'accrochaient à ses sourcils.

«Je repensais à tout le mauvais sang que je me suis fait avant de trouver le moyen de te faire comprendre que je t'aimais pour vrai.

— C'était quoi, le moyen?» demanda Victoire qui se plaisait à l'entendre lui parler de ses palpitations amoureuses.

Thomas la vit dissimuler un sourire moqueur.

«Tu ne t'en souviens pas? Laisse-moi juste le temps de dételer la jument et je te le rappelle...»

Ce qu'il fit tant et si bien que, d'un commun accord, les amoureux renoncèrent au dîner. Ivres de plaisirs et d'enchantements, ils avaient convenu d'une sieste lorsque le cri d'un charretier se fit entendre près de la maison. Thomas se précipita à la fenêtre.

«Pour une surprise, en voilà toute une! s'exclama-t-il. Mais ce ne sera pas celle que je t'avais préparée, ma belle. Viens voir qui descend de la voiture.

— Ferdinand? Mais qu'est-ce qu'il vient faire ici?

— J'espère seulement qu'il ne collera pas à la maison tout l'après-midi...»

Un enseignant du collège avait profité d'une visite à son bon ami l'abbé Dorion pour ramener à la maison un Ferdinand à la mine défaite.

«On dirait que ça ne lui a pas fait, de prendre congé pour votre mariage, commenta le révérend. Depuis son retour, il n'a pas passé deux jours de suite en dehors de l'infirmerie. On craint pour ses poumons, expliqua-t-il, les sourcils froncés. Qu'il refasse ses forces ici et qu'il en profite pour améliorer son latin.»

Bien que fort contrariée, et cela pour des motifs que Thomas ignorait en partie, Victoire mit sur le feu de quoi satisfaire l'estomac du jeune intrus. Elle sentait son regard fixé à son dos comme des ventouses. Ferdinand déposa ses deux mallettes dans l'escalier du grenier, puis vint prendre place à la table. Thomas tenta-t-il de lui faire la conversation, s'informant des professeurs du collège que, d'une sobriété légendaire, le jeune Dufresne eût tôt fait d'épuiser sa réserve de questions.

«Il est chez lui, après tout», se répétait Victoire qui cherchait à sortir du mutisme dans lequel cette présence l'avait enfermée. Ferdinand subissait son silence, visiblement conscient du dérangement qu'il causait. Dans l'espoir d'alléger l'atmosphère, Thomas prit le risque d'aborder un tout autre sujet:

«À en croire le frère, on dirait bien que tu as hérité des faiblesses de maman.

— J'espère que ce n'est pas tout ce que tu as retenu d'elle, riposta Ferdinand, sans lever les yeux de son assiette.

— Ouais! L'appétit est bon, mais on ne peut pas en dire autant de ton humeur», rétorqua Thomas qui avait pris l'habitude de répondre par des sarcasmes à toute remarque le moindrement acerbe à son égard.

Ferdinand ne releva pas la raillerie. Sitôt la dernière cuillerée de gibelotte avalée, il se leva de table, posa sur Victoire un regard de lynx, balbutia un remerciement et monta à sa chambre.

Victoire plongea dans une eau savonneuse la vaisselle qu'elle n'avait pas l'intention de laver tout de suite.

«Ça te dérange tant que ça que Ferdinand soit là? lui demanda Thomas à voix basse.

— J'ai toujours eu beaucoup d'estime pour ton frère, mais, pour être bien franche avec toi, je n'ai aucune aptitude pour jouer à la garde-malade.

— Il n'est pas si malade qu'il voudrait nous le faire croire, notre Ferdinand, dit Thomas, un sourire narquois aux lèvres.

— Qu'est-ce que tu en sais?

— Je te gagerais qu'il en a tout simplement assez de la vie de pensionnaire.

— Ah non! fit Victoire, plus accablée.

— Je ne comprends pas ta réaction... Ce serait bien pire s'il fallait qu'il soit tuberculeux.

— Je ne souhaite pas qu'il soit malade, Thomas. Je veux seulement te faire comprendre que je suis habituée à mener ma barque toute seule. Je ne peux pas me résigner à ce qu'il passe ses journées ici à rôder autour de moi et à m'observer comme si j'étais un oiseau rare.»

Lui qui avait toujours réponse à tout ne trouva rien à dire. C'est Victoire qui, redoutant la présence quotidienne de Ferdinand, ses inlassables questionnements, et cherchant un moyen de s'y soustraire, pensa à Françoise. Les corvées d'automne et d'hiver lui sembleraient moins pénibles si elles les faisaient ensemble. Ainsi, elles travailleraient toutes les deux, tantôt chez les Du Sault, tantôt chez les Dufresne.

«Ne t'inquiète pas, Thomas. Ferdinand a droit à sa place dans cette maison et il l'aura, reprit-elle, réconfortée par la solution qu'elle venait de trouver. Qu'est-ce que tu avais mijoté de spécial pour aujourd'hui?» demanda-t-elle, soudain ragaillardie.

Thomas hésita.

«J'aurais aimé mieux qu'on soit seuls pour... Mais, à bien y penser, ça peut se faire quand même.

— Dis toujours, on décidera après.

— J'ai quelque chose de spécial à te montrer. Quelque chose que j'ai caché dans le fond de ma malle quand j'ai dû partir pour le pensionnat», chuchota-t-il, les yeux ronds comme des billes.

Victoire avait l'impression de retourner dix ans en arrière tant Thomas affichait l'air espiègle du gamin qui se plaisait à la faire languir.

«Vas-tu aboutir, enfin?

— Des dessins...»

Victoire s'esclaffa.

«Non, non! Ce n'est pas ce que tu penses, s'empressa-t-il de rectifier. Si tu crois que j'aurais gardé mes gribouillis aussi précieusement! Tu as déjà vu ce que ma mère faisait?

— La première année que vous avez habité ici, oui, mais plus après», répondit Victoire sur un ton qui se voulait serein.

Cherchant à comprendre en quoi les dessins de Domitille devaient à ce point la charmer, elle attendait la suite.

«Dans ce cas-là, je peux juste te dire que tu n'es pas au bout de tes surprises», lui annonça-t-il avec une fierté évidente.

Pour le moins intriguée, Victoire voulait voir. À tout prix. Mais comment éviter que Ferdinand ne survienne à l'improviste?

«Va vite les chercher, Thomas, puis on file les regarder à La Chaumière, lui souffla-t-elle à l'oreille.

— Ça ne nous laisse pas grand temps. La brunante arrive de bonne heure en novembre. Puis, il va faire froid...»

Devant l'insistance de sa femme, Thomas courut à l'étage et sortit de sa malle de collégien une grande boîte de carton solide, ficelée à quadruple tour. Il allait redescendre lorsque Ferdinand l'interpella:

«Qu'est-ce que tu cherches?

— Rien. Je suis venu prendre une boîte dans ma malle.

— Quelle boîte?

— Une boîte de dessins.

— Les dessins de qui?

— Les dessins de maman.

— Quoi? Des dessins de maman, répéta Ferdinand en s'avançant dans l'embrasure de la porte de sa chambre. Montre-moi.

— Non. Pas aujourd'hui.

— Où tu vas avec ça, d'abord?

— Tu ne t'imagines quand même pas que je vais te le dire», de répliquer Thomas, avisé.

Et il se précipita dans l'escalier.

«Il serait capable de venir nous espionner, chuchota-t-il à l'oreille de Victoire qui l'attendait, prête à partir.

— Tu penses?

— Ça ne serait pas la première fois. Il a eu le front de me dire, l'année passée, qu'il m'observait souvent quand je me cachais le long de la clôture pour... te regarder le soir.

— Toi, Thomas Dufresne, tu m'épiais? Décidément, c'est la journée des surprises.

— Je ne t'épiais pas, je me morfondais d'amour pour toi», avoua-t-il, disposé à lui en donner une preuve tangible sur-le-champ.

Victoire le repoussa, le pressant d'aller atteler Pénélope.

Thomas n'avait pas abandonné son plan. Faute de pouvoir profiter de la sieste de Victoire pour lui préparer une exposition des dessins de sa mère, il lui demanda, une fois qu'ils furent arrivés à l'érablière, de s'occuper de la jument.

«Je vais faire du feu. Tu attends que je te fasse signe avant d'entrer», précisa-t-il, s'assurant d'avoir ainsi le temps de disposer ses papiers comme il le voulait.

À l'expression de joie qui se lisait sur le visage de son mari, Victoire crut qu'il ne s'agissait que des portraits des deux fils de Domitille. Mais Thomas avait excité son imagination et elle s'attendait à plus. Des dessins osés? Cette idée la fit pouffer. Domitille n'était pas du genre émancipé qui se serait permis de telles libertés, pensa-t-elle. La porte s'entrouvrit, et, d'un geste de la main, Thomas l'invita à entrer. La longue table de pin blanc était entièrement couverte de feuilles de papier parmi lesquelles trois gravures oblongues qui la figèrent sur place. Thomas n'avait d'yeux et d'oreilles que pour l'expression d'émerveillement qu'il attendait de sa bien-aimée.

«Ça ne pourrait pas être plus précis, tu ne trouves pas?» lui demanda-t-il, impatient de recevoir ses commentaires.

La gorge nouée, Victoire l'approuva d'un signe de la tête.

«Maman t'avait vraiment perçue comme tu es, une personne fière et qui ne s'en laisse pas imposer», dit-il, de nouveau penché sur les trois portraits placés au centre de la table.

Présumant qu'elle partageait son ravissement, il prit sa main et l'invita à faire le tour, s'arrêtant à chaque gravure pour souligner l'exactitude des traits chez les deux bambins, de leur naissance à la mort de leur mère. Les cinq portraits de Ferdinand étaient tracés comme si le crayon avait à peine effleuré le papier. Victoire souligna cette particularité, l'interprétant comme le reflet du caractère insaisissable de ce garçon, alors que les portraits de Thomas exprimaient l'audace et la jovialité.

«Regarde, dit-elle, réjouie. À un an, tu avais déjà cet air coquin que je t'ai toujours connu.»

Victoire vit qu'il y avait d'autres croquis dans la boîte demeurée entrouverte dans un coin de la cuisine.

«Il en reste? demanda-t-elle, intriguée.

— Oui, mais ils sont moins intéressants ceux-là. Ce sont des gens que je ne connais pas, si je me souviens bien.

— Je peux les voir quand même?

— Si tu y tiens», répondit Thomas qui se remit à contempler les portraits de Victoire.

Accroupie, elle sortit la liasse de croquis, la déposa sur ses genoux, et la feuilletait lorsque son pouce figea sur l'un des dessins apparemment demeuré à l'état d'ébauche. Un homme qui ressemblait à Georges-Noël, blotti contre une balle de foin, embrassait une jeune femme en qui elle se reconnut. Le dessin suivant représentait les mêmes personnages qui se baladaient, main dans la main, sur une grève qui pouvait être celle du lac Saint-Pierre.

Victoire se sentit défaillir. Elle aurait voulu faire disparaître ces deux feuilles, mais Thomas se tenait maintenant derrière elle, accroupi lui aussi, cherchant à voir les portraits par-dessus son épaule. Soudain pressée d'en finir, elle regarda rapidement les autres esquisses, les replaça dans la caisse, les deux dessins compromettants en dessous de la pile. Lorsqu'elle se releva, Thomas, dont elle redoutait le regard, l'entraîna vers la table, l'invitant à choisir lesquels de ces portraits elle souhaitait exposer dans le salon. De nouveau embarrassée, Victoire suggéra de reporter cette décision au moment où ils emménageraient dans leur propre maison.

«Tu as raison. Ce n'est qu'une question de mois, convint Thomas. Mais je me demande, dit-il à brûle-pourpoint, où est passé le portrait de maman. Je me suis aperçu la semaine dernière qu'il n'était plus sur le buffet.

— C'est à ton frère et à ton père qu'il faut poser la question», répondit-elle.

Un épais linceul couleur de nuit couvrait déjà la campagne frémissante. Exprimant le désir de reprendre sa sieste de l'après-midi, Victoire se glissa sous la peau de mouton sans attendre la réponse. La pénombre et le silence se firent complices de son besoin de quiétude.

Loin d'être terminée, cette journée lui avait déjà apporté plus que sa part de contrariétés et de tracas. Domitille l'avait donc à ce point observée qu'elle avait pu reproduire ses traits avec une exactitude bouleversante. La présence d'une fine tresse enroulée autour de son chignon révélait que les dessins exposés sur la table avaient été exécutés peu après leur arrivée dans la maison de Madeleine Dufresne, alors que Victoire aimait son mari en secret. D'autres détails de sa coiffure indiquaient que ceux qu'elle avait enfouis au fond de la boîte dataient, à n'en pas douter, des derniers mois de la vie de Domitille. Quoi qu'il en fût, ces illustrations ne reflétaient pas la réalité. Jamais, du vivant de cette femme, Georges-Noël et sa jeune voisine ne s'étaient donné rendez-vous sur la grève, pas plus qu'ils ne s'étaient permis une escapade dans les champs de luzerne. Ou

Domitille était habitée par des visions prophétiques, ou elle avait nourri son imaginaire des calomnies de Madeleine. Dans un cas comme dans l'autre, il était urgent de faire disparaître ces deux dessins auxquels, grâce au ciel, Thomas accordait peu d'importance. Victoire tremblait à la pensée que Ferdinand les découvrît. De son œil de détective, il aurait vite fait d'identifier les personnages et d'en tirer conclusion. En quête d'astuce, elle n'avait trouvé mieux que d'offrir à Thomas d'aller elle-même remiser la voiture et conduire Pénélope à l'écurie, sous prétexte d'un besoin de se dégourdir les jambes. Mais son mari insista pour l'accompagner. Désarmée, elle cherchait une autre solution lorsqu'ils notèrent que Georges-Noël n'était pas de retour. Thomas fut si intrigué qu'il en oublia la boîte de portraits sous le siège de la calèche. Soulagée, Victoire se dit qu'elle trouverait le moment propice pour en disposer le lendemain matin.

Rentrant chez lui en fin de soirée, Georges-Noël fut éberlué d'y trouver Ferdinand. Un tantinet sceptique sur l'état de santé de son fils, mais se voulant tout de même vigilant, il s'engagea aussitôt à le faire examiner:

«Pas plus tard que demain matin, jeune homme, tu viens avec moi chez le docteur Rivard. Si c'est une question de poumon, on a tout ce qu'il faut ici pour te guérir, puis rapidement à part ça.»

Après l'avoir soigneusement ausculté, le médecin recommanda à son jeune patient de se remuer davantage:

«Je ne te prescris pas de médicament. Ce qu'il te manque le plus, c'est l'effort physique. C'est par l'exercice que tu vas finir par développer ta résistance pulmonaire.»

Recommandation que Georges-Noël s'empressa d'appuyer:

«Ça tombe bien! On a de l'ouvrage pour plus d'un mois avant que les gros froids nous tombent dessus. On a plus d'une corde de bois à rentrer dans la cave...»

Ferdinand se renfrogna à ces propos, mais plus encore en entendant le verdict médical qui établissait que, dans deux semaines, il serait en mesure de retourner au collège.

«Je vais écrire un mot à tes supérieurs, décréta le médecin avant que Ferdinand quittât son bureau. Il y a possibilité de faire du sport au pensionnat?»

D'un hochement de la tête, Ferdinand le lui confirma.

«Tu remettras cette enveloppe au préfet des études», lui dit-il.

Muet comme une carpe, le jeune homme remonta dans la voiture, déterminé à ne laisser ni ses professeurs, ni le médecin, ni même son père lui dicter une conduite qu'il réprouvait. Le cas échéant, il n'hésiterait pas à aller chercher la complicité de sa belle-sœur.

Comme si elle eût senti cette détermination, Victoire redoubla de vigilance pour ne pas se laisser piéger par son jeune beau-frère. Or Ferdinand se montra irréprochable, discret et affable à tous les égards. Son congé tirait à sa fin lorsque, regrettant d'avoir été à ce point méfiante et le sachant libre pour l'après-midi, Victoire sollicita son aide pour préparer les sacs de laine destinée au foulage.

«Je ne t'ai pas vu travailler souvent dans ta cordonnerie ces semaines-ci. Tu n'aimes plus ton métier comme avant? lui demanda-t-il avec candeur.

— Loin de là! Mais c'est qu'il y a plein de choses à faire dans une maison, l'automne.»

Ferdinand l'approuva d'un signe de la tête. Son teint blafard et ses grands yeux rêveurs d'où jaillissait parfois une pointe de malice lui rappelèrent ce jour où Georges-Noël avait insisté pour la présenter à Domitille. Le souvenir de cette rencontre troublante lui inspira une frayeur semblable à celle qu'elle avait ressentie à regarder les portraits que Domitille avait tracés d'elle et de Georges-Noël et qu'elle était parvenue à cacher dans un tiroir de sa table de cordonnière en attendant de les confier à son notaire, sous enveloppe scellée.

Tous deux venaient à peine de commencer à démêler la laine et à l'enfouir dans des sacs de jute que Victoire sentit un frisson lui traverser le dos. Elle se tourna vers Ferdinand qui lui demanda de but en blanc:

«Maman en achetait-elle souvent, de tes souliers?

— Pour ses enfants, oui, trouva-t-elle à répondre.

— Jamais pour elle?

— Non.

— Pourquoi?

— Mes modèles ne plaisent pas nécessairement à tout le monde, expliqua-t-elle, visiblement agacée.

— Ça t'énerve que je te questionne au sujet de ma mère?

— Ce qui m'énerve, c'est qu'on dirait que tu essaies toujours de nous prendre en défaut.

— Je ne te crois pas. Tu es comme mon père. Chaque fois que j'ai voulu qu'il me parle d'elle, il s'est toujours défilé. Va-t-il falloir que j'aille questionner ma grand-mère pour pouvoir connaître ma propre mère? Si elle n'était pas partie si vite, aussi», murmura-t-il en claquant la porte de l'atelier.

Et voilà que Ferdinand venait de s'éloigner comme un enfant mal-aimé.

Le soir venu, bien que fourbue, Victoire ne trouva pas le sommeil. Thomas caressait son visage, l'exhortant à ne pas tant s'en faire:

«C'est normal qu'à certains moments il ressente une sorte de vide, expliqua-t-il. Il était toujours sous les jupes de ma mère.

— Je t'envie de pouvoir te dégager si facilement de la souffrance de ton frère.

— J'ai pour mon dire qu'il vaut mieux oublier une misère qu'on ne peut pas soulager», répliqua-t-il, bien résolu à clore le sujet.

Thomas n'admettait pas que sa bien-aimée se laissât ainsi attrister. Aussi entreprit-il de la divertir en lui faisant part du plaisir que lui procurait son travail:

«Sais-tu comment ça se passe une journée au moulin?»

Heureux de l'intérêt qu'elle lui manifesta, Thomas décrivit avec une ferveur sans pareille le contentement qu'il éprouvait à accueillir les fermiers aux petites heures du matin, à sentir qu'ils comptaient sur lui pour que, les pelles à turbine ouvertes à pleine capacité, les meules démarrent et que tout se mette à rugir d'activité. Au moulin des Garceau, de mai à décembre, les roues d'engrenage râlaient sans relâche et les alivettes fournissaient à peine à déverser leur trop-plein dans les dalles. Thomas adorait ce rythme trépidant. Et c'est en maître meunier qu'il se comportait lorsque, le soir venu, il s'imposait de passer en revue meules, turbines, roues et courroies pendant qu'Euchariste Garceau additionnait ses colonnes de chiffres.

«"Viens voir ça, Dufresne, que m'a dit Garceau un soir d'octobre. Le père Duplessis est imbattable. Il est arrivé ici avec soixante sacs de cent livres de grains de sarrasin et il est reparti avec quarante-deux sacs de farine."

— C'est une belle récolte, ça? demanda Victoire.

— Belle, puis drôlement payante! s'exclama Thomas. Garceau prélève toujours le dixième de la récolte nette...»

Thomas l'enviait. Il échafaudait, pour le jour où il aurait enfin acquis la gouverne de ce moulin, plus de projets que Victoire n'en avait jamais faits pour son commerce de chaussures.

«Il va falloir que je dorme un peu si je veux être d'attaque demain matin», marmonna-t-il en bâillant.

Des ronflements ne tardèrent pas à se faire entendre. Ne parvenant pas à oublier Ferdinand, Victoire priait le ciel de ne pas lui donner d'enfants si jamais elle devait les quitter avant qu'ils aient atteint la maturité.

* *

*

Dans la dernière semaine de novembre, Victoire trouva le temps de se joindre à sa mère pour fouler les étoffes destinées à la confection des paletots d'hiver. La campagne baignait encore dans les dernières heures de l'aube quand elles arrivèrent à l'appentis du moulin de la rivière aux Glaises où Thomas les accueillit avec fierté. Près de dix heures de travail étaient requises pour passer à travers toutes les étapes du foulage de la laine. Grâce à la vigilance de Thomas, quatre gros chaudrons d'eau bouillaient déjà sur le poêle à deux ponts. Françoise y fit fondre du savon pendant que Victoire sortait les morceaux d'étoffe des sacs de jute. Il ne fallait surtout pas laisser refroidir l'eau. Victoire allait se charger d'alimenter le feu, mais sa mère l'arrêta:

«Non, pas toi. Il ne faut pas que tu transportes de si grosses bûches. C'est trop risqué...»

Victoire comprit l'allusion de sa mère et lui apprit, d'un regard pétillant, qu'il était possible qu'elle fût enceinte.

La perspective qu'un enfant naisse de Victoire au beau milieu de l'été transporta Françoise d'allégresse. Les projets fourmillaient, tout aussi exaltants les uns que les autres. Soudain, son visage s'assombrit.

«Qu'est-ce qui vous rend songeuse comme ça, maman?

— Je ne voudrais tellement pas que tu vives des épreuves semblables à celles que j'ai eues lors de mes grossesses...»

Assaillie par de tristes souvenirs, Françoise s'était tue.

«Ces petits êtres, je les avais désirés de tout mon cœur... On a toujours prétendu que je les perdais parce que j'étais trop jeune. Cinq bébés, Victoire. Tu te rends compte?»

Victoire l'écoutait avec une compassion toute nouvelle.

«Je suis certaine que ça n'avait aucun rapport avec l'âge, reprit Françoise.

— Comment pouvez-vous en être si sûre? demanda Victoire qui s'était approchée de sa mère.

— Je ne l'ai pas perdu, mon premier bébé... Pourquoi les cinq autres? Hein?»

Le chagrin crispait son visage. Elle cessa soudain de promener son pilon parmi les pièces de laine qui baignaient dans la grande cuve, jeta un coup d'œil autour d'elle comme si elle s'assurait que personne ne pût les entendre. Après un moment d'hésitation, elle reprit:

«Je ne pense pas que l'occasion soit bien choisie pour te faire une confidence de cette sorte, ma pauvre fille.»

Délaissant son chaudron, elle alla s'asseoir près de la table. Enfouissant son visage dans ses mains, elle se mit à pleurer.

«Malheureusement, ils n'étaient pas tous recommandables..., balbutia-t-elle d'une voix à peine audible.

— De qui parlez-vous, maman?»

Françoise lui révéla que sa mère avait l'habitude, l'été venu, de l'envoyer passer quelques semaines de vacances avec tante Albertine, alors servante dans un presbytère de la région de la Mauricie.

«Vous ne me dites pas qu'il se serait passé quelque chose avec un...?»

Elle acquiesça de la tête.

«J'étais tellement ignorante de ces choses-là que je me crus enceinte du seul fait qu'il avait réussi à m'embrasser et à me toucher...»

Victoire était stupéfaite. Les questions se bousculaient dans son esprit.

«Vous connaissiez papa quand c'est arrivé?

— Bien sûr! Je l'aimais déjà beaucoup à ce moment-là. Et c'est justement pour me distraire de ton père que mes parents avaient voulu m'éloigner de lui. Ils me trouvaient trop jeune, à seize ans, pour parler de mariage.

— Tante Albertine l'a su?

— Personne ne l'a su, Victoire. Personne. Si ma tante s'en est doutée, jamais elle ne m'en a parlé. Malheureusement...

— Pourquoi malheureusement?

— Parce qu'elle aurait pu m'apprendre la vérité et m'éviter de me faire du mauvais sang tout ce temps-là. Si tu savais les bêtises que ça m'a amenée à faire...»

Devant le regard angoissé de sa fille, Françoise précisa:

«Des bêtises, oui! Comme celle de tant précipiter mon mariage avec ton père. Qu'est-ce que tu penses qu'ils ont cru, mes parents? Que je faisais un mariage forcé... Dire que je le croyais moi aussi! Je t'avoue que, le jour de mes noces, je ne devais pas avoir l'air d'une mariée très heureuse. Rien qu'à voir la mine de mes parents... J'avais l'impression qu'ils vivaient cette journée comme on finit par avaler une potion amère pour guérir. Si tu savais, poursuivit Françoise, comme j'ai été humiliée quand ton père a découvert mon ignorance. Il me semble encore l'entendre ricaner alors que je pleurais comme une Madeleine après lui avoir tout avoué. "Laisse-moi faire, qu'il me dit en me prenant. Je vais te montrer comment ça se fait, des enfants. Tu seras pas prête de l'oublier, ma p'tite Françoise..." Dans la rudesse de ses gestes je sentais passer toute sa hargne contre celui qui m'avait utilisée pour son plaisir, avant lui... Et c'est ce soir-là, la veille de notre mariage, que ta sœur Mathilde a été conçue. Dans la honte et la douleur. Puis, mes cinq fausses couches, je les ai vues comme des punitions de Dieu...»

Meurtrie dans son amour pour sa mère et dans sa dignité de femme, Victoire hésitait entre les larmes et la révolte.

«Ce n'est pas facile à comprendre, je sais», reprit Françoise qu'un si lourd secret avait trop longtemps torturée.

Et comme si elle avait voulu profiter de cet élan de courage pour se libérer de tout son fardeau, elle enchaîna:

«Je t'avouerai même que je n'ai pas été étonnée que Mathilde entre au couvent, encore moins qu'elle y entre à quinze ans. J'avais l'impression que, inconsciemment, elle donnait sa vie pour expier cette faute-là.

— Et papa là-dedans?

— Après mes aveux, je n'ai jamais retrouvé le Rémi que j'avais follement aimé. Croyant avoir perdu son amour, je me suis accrochée à la vie à travers mes enfants et ma boutique de chapeaux.

— Vous êtes sûre de l'avoir perdu?

— De moins en moins. Avec le temps, je repense à certains événements et je les vois comme des preuves de son amour. Dommage qu'elles soient venues si tard!»

Victoire était bouleversée. Il était temps d'apporter à cette femme sexagénaire la tendresse qui lui avait tant manqué et dont elle avait pourtant couvert ses enfants. Victoire pressa sur sa poitrine cette belle tête à la chevelure immaculée avec le sentiment de n'avoir pas assez des années qu'il lui restait à vivre pour choyer à sa juste valeur une femme aussi courageuse.

«Vous pourrez toujours compter sur moi, maman. Quoi qu'il arrive.»

La fin de cette matinée s'écoula à retourner les tissus, à les taper et à les retourner encore dans l'eau savonneuse bouillante, dans un silence presque absolu.

L'après-midi leur réservait les étapes les plus astreignantes du foulage. Après avoir été bien pilonnées, les pièces de laine devaient être étirées dans tous les sens jusqu'à ce qu'elles soient d'égale épaisseur sur toute leur surface.

Scandé tantôt de soupirs plaintifs, tantôt de regards d'affection, le travail allait bon train et tout laissait croire qu'il serait terminé avant six heures. Les deux femmes pouvaient donc se permettre de couper leur après-midi d'une pause bien méritée. Françoise déposa le rouleau incrusté de couteaux, jugeant que les tissus étaient suffisamment rasés. En attendant l'infusion de thé, Victoire entreprit le pressage. Sur une plaque de fer chauffée, elle plaça un carton qu'elle couvrit d'une pièce d'étoffe, laquelle se trouva aplatie par une autre plaque chaude précédée d'un carton. Les morceaux d'étoffe devaient demeurer ainsi tout le temps requis pour donner une étoffe d'environ un demi-pouce d'épaisseur.

Le silence des deux femmes assises l'une face à l'autre se faisait éloquent. Victoire n'éprouvait que plus d'admiration et de compassion pour celle dont la jeunesse avait été bafouée par d'injustes tourments. Françoise le ressentait et s'en laissa envelopper sans fausse pudeur. Au prix de telles révélations, cette enfant qu'elle avait tant désirée, cette fille chez qui elle avait très tôt trouvé complicité et qui allait être mère, était devenue sa confidente.

Sur le chemin du retour, un froid cinglant leur fouettait la figure. Emmaillotée dans la couverture de carriole, Françoise s'assoupit. Victoire s'en réjouit, libre de laisser son imagination pallier les nombreux sous-entendus dont sa mère avait ponctué ses déclarations.

À la maison des Dufresne, sur une table recouverte d'une nappe brodée, des chandeliers d'argent éclairaient des plats fumants, l'un de bœuf aux légumes et l'autre d'une soupe aux pois assaisonnée d'échalotes. Invitée par Georges-Noël à partager leur repas, Françoise ne put résister tant l'odeur de gâteau à l'érable qui embaumait la maison excitait son appétit. «Victoire sera drôlement plus choyée que je ne l'ai été», se dit-elle sans la moindre amertume.

Très tôt, Françoise avait appris à ne pas attendre de son mari la tendresse dont elle rêvait pour elle et ses enfants. Habituée à ses humeurs changeantes comme à ses élans de générosité, elle était parvenue à accueillir avec la même gentillesse ses marques d'affection comme ses colères soudaines.

Georges-Noël et Françoise se retrouvaient toujours avec bonheur. À eux seuls, ils animèrent la soirée, faisant regretter à Thomas d'être arrivé à la fin du repas. De souvenir en souvenir, ils se remémorèrent les pires hivers qu'avait connus ce siècle, dont celui de 1828-1829 au cours duquel il avait tellement neigé que les chantiers avaient dû fermer pendant trois mois.

«Ça ne vous a jamais tenté, vous, monsieur Dufresne, d'aller travailler dans les chantiers? lui demanda Victoire.

— Oh non! Après la mort de ma petite Georges-Cérénique, je ne pouvais plus m'éloigner de chez moi.»

Après un moment de silence commandé par l'émotion, Georges-Noël enchaîna, pensif:

«Tu te poses tellement de questions quand tu perds ton enfant... J'espère que le Bon Dieu va vous épargner de drames semblables», ajouta-t-il en s'adressant à Thomas et à Victoire.

Les dents serrées sur un chagrin qu'il n'avait pas fini de pleurer, il se leva de table, attrapa son paletot et sortit. Victoire supposa qu'il allait se réfugier dans l'écurie.

Plus l'hiver approchait, plus Georges-Noël appréciait la présence de ses chevaux. Auprès d'eux, il savait mieux résister à la tentation d'aller rejoindre Victoire, ne serait-ce que pour lui adresser un bon mot et se laisser émerveiller par son entrain au travail et sa fureur de vivre. Il aurait aimé avoir encore droit à ces plaisirs sans la compromettre pour autant. Après plus de cinq semaines de vie en commun, il doutait encore de lui-même. D'en recevoir de si grands biens lui fit craindre d'en désirer davantage. Comme si seul l'absolu pût le rassasier.

CHAPITRE II

Victoire se fût-elle, en d'autres temps, impatientée des retards de son mari que, plongée dans la création de nouveaux modèles de chaussures, elle en tirait maintenant avantage.

«Je l'avais cru, ce rêve du jeune âge», chantonnait-elle, pendant que ses doigts couraient allègrement sur les pièces d'étoffe foulée qu'elle avait teintes la veille. Trempées dans une décoction de savoyane, les semelles étaient ressorties d'un jaune chatoyant, alors que les empeignes, passées dans un colorant à base de gaillet des teinturiers, exhibaient un bleu à faire rêver. Ces nouveaux coloris lui avaient inspiré des fantaisies qui allaient jusqu'aux revers brodés sur le haut de la chaussette. «Ce modèle-ci conviendrait mieux pour une petite fille», se dit la cordonnière en surjetant de laine rose le contour d'une semelle.

À deux semaines de Noël, la nuit empiétait à ce point sur les après-midi qu'il arriva plus d'une fois à la nouvelle épousée d'en perdre la notion du temps. Son estomac s'était aussi mis de la partie, jouant fringales ou nausées aux moments les plus inusités. À ce signe, Victoire ne douta plus qu'elle fût enceinte. Ce privilège dont elle rêvait depuis plus de dix ans allait, pensait-elle, meubler la solitude à laquelle la condamnaient les interminables journées de travail de Thomas. L'apprenti meunier parvenait-il à quitter le moulin qu'il entrait chez lui affamé et fourbu, croulant dans sa berçante moins d'une heure après avoir engouffré son repas. Aux quelques phrases échangées sur les événements de la journée s'ajoutaient immanquablement grognements inaudibles, acquiescements de la tête et déhanchements somnambuliques vers la chambre à coucher.

«Le voilà enfin!» se dit Victoire en entendant un frappement de pieds dans le portique de la cordonnerie. Elle termina de deux points d'aiguille le surjet décoratif d'une chaussette et commençait à ranger ses outils lorsque la porte intérieure grinça.

«Ah! C'est vous? Je m'attendais à voir entrer Thomas, fit-elle, doublement étonnée.

— Justement, je me demandais si tu n'allais pas commencer à t'inquiéter... Il est presque huit heures.»

Dérogeant à son habitude d'entrer par la cave, Georges-Noël, pour la première fois depuis leur cohabitation, venait la rejoindre dans sa cordonnerie. Bien que touchée par cet égard et ne doutant pas de la sincérité de ses propos, Victoire soupçonna une autre intention à cette démarche.

Georges-Noël posa un regard admiratif sur ses nouvelles confections, sourcilla, mais ne dit mot. À son rictus et aux hochements de sa tête, elle présuma qu'il n'allait pas se taire très longtemps. Il hésitait pourtant. Avait-il deviné, à leur confection particulièrement amusante, que ces chaussettes n'étaient pas destinées au commerce? Il s'éloigna de la table, marcha vers la fenêtre qui donnait sur les propriétés des Du Sault et sortit une enveloppe de la poche de son parka.

«Tu connaissais les allées et venues de Ferdinand, l'été dernier puis pendant son congé de maladie?» lui demanda-t-il en jetant sur elle un regard furtif.

Intriguée, Victoire nia d'un geste de la tête.

«Écoute ça, dit Georges-Noël: "Enfin, il ne reste plus que trois semaines avant Noël! Il y a de grosses chances que ce soit les plus belles vacances que je n'aie jamais vécues. Pour commencer, M. Piret doit venir à Trois-Rivières le 22 décembre prochain et il m'a offert de me ramener à Pointe-du-Lac. Vous n'aurez pas à vous préoccuper de moi, d'autant plus qu'il m'a invité à passer les vacances de Noël avec lui au manoir. Quelle chance!" Tu ne trouves pas ça louche, toi?»

Ferdinand, il est vrai, faisait preuve dans sa lettre d'un enthousiasme inhabituel et d'un intérêt manifeste pour des relations dont personne n'avait eu vent.

«J'avoue que c'est étrange, mais qu'est-ce que vous craignez, au juste?

— Autant je redoute les emballements et les combines de Ferdinand, autant je me méfie de tous ceux qui brassent des affaires avec les Montour.

Prenant ombrage de tout ce qui se rapportait de près ou de loin à cette famille depuis le procès que la seigneuresse lui avait intenté pour le forcer à fermer son moulin, il en était venu à se défier de ceux qui avaient acheté son manoir de Pointe-du-Lac. Ingénieur minier venu de France, Frédéric Piret habitait le manoir seigneurial depuis l'été 1872, en compagnie de nombreux serviteurs. Son épouse, Élisa Waters, issue d'une riche famille anglaise et protestante, ne l'y rejoignait qu'en saison chaude. Georges-Noël trouvait bizarre qu'un homme de son rang et, par surcroît, aussi érudit ait choisi de s'installer dans la région.

«Ce n'est pas pour vous contredire, mais je comprends Ferdinand d'être attiré par M. et Mme Piret, dit Victoire. Rien qu'à voir leur galanterie, leur culture et leur façon de vivre, il y a de quoi souhaiter leur compagnie», ajouta-t-elle, le regard empreint de nostalgie.

Georges-Noël la fixait, ébahi. Cette femme qu'il croyait connaître ne cessait de le dérouter. Malgré leurs trois années de fréquentations clandestines, il découvrait que les pensées et les goûts de Victoire lui étaient demeurés aussi étrangers que l'univers de Ferdinand. Avait-elle tenté de les partager avec lui? Des souvenirs le lui confirmaient. Il devait reconnaître n'avoir alors ni saisi ses intentions ni acquiescé à ses désirs. Contrit, il aurait voulu remonter le temps, se réapproprier les instants inoubliables de ce rendez-vous sur la grève où, appréhendant ses confidences, il avait manifesté si peu d'ouverture qu'elle avait dû se résigner au silence. Qu'aurait-il pu découvrir de celle qui avait habité ses veilles comme ses insomnies si la peur de la perdre ne l'eût point porté à imaginer ses pensées et ses sentiments plutôt que de recevoir des aveux troublants?

Georges-Noël allait se laisser envahir par le regret lorsque le sentiment d'être en train de s'égarer dans des pensées périlleuses le pressa de relancer la conversation.

«Tiens, Ferdinand avait glissé ça pour toi dans l'enveloppe.»

Victoire fronça les sourcils devant le papier plié qui portait son prénom et qu'un motif de Noël scellait élégamment. Avec force minutie, elle décolla sans les abîmer les trois cloches rouges ornées de dorures, balaya les premières lignes, tourna la page puis revint au début de la lettre.

«Il n'a pas fini de nous surprendre, celui-là», murmura-t-elle en souriant.

Soudain, son front se crispa et ses yeux se fixèrent au bas de la page. Elle allait dire quelque chose, crut Georges-Noël, mais elle replia la lettre et l'enfouit dans la poche de son jupon, sans émettre le commentaire qu'il espérait. Elle retira son tablier de cordonnière et le déposa soigneusement sur le dossier de sa chaise. Avec la même application, elle aligna les chaussettes sur sa table de travail. Une sorte de noblesse commandait ses gestes. «Une grâce qui me plaît autrement plus que celle qu'elle envie à Mme Piret», pensait Georges-Noël lorsqu'il se vit invité à se mettre à table sans attendre le retour de Thomas.

Par habitude, il poivra généreusement le potage fumant que Victoire venait de déposer devant lui et le parsema de croûtons rassis.

«Puis, qu'est-ce qu'il te chante de bon, le beau Ferdinand? demanda-t-il, supportant mal le silence que seuls de légers claquements de la cuillère dans son bol de soupe venaient interrompre.

— Il vous a parlé de ce qui l'attirait chez les Piret? demanda Victoire.

— Non. Raconte.»

Georges-Noël n'avait plus d'appétit que pour les révélations de Victoire.

Depuis la mort de la jeune Malenda Montour, une histoire macabre courait dans la région selon laquelle le manoir qu'elle avait habité était maintenant hanté par son fantôme. C'est ainsi que la cadette des coseigneu-resses, surnommée la Folle du manoir, se vengerait d'avoir été enfermée dans un cachot aménagé pour elle dans un coin secret de cette somptueuse résidence. Ferdinand était fasciné par les histoires d'horreur et les prétendus phénomènes inexpliqués. Il éprouvait autant de plaisir à lever les mystères qu'à déjouer les magiciens. En gagnant la confiance du couple Piret, il comptait avoir accès à toutes les pièces de la maison et vérifier l'existence de ce fameux cachot dans lequel la jeune Malenda aurait été enfermée dans ses périodes de démence. Que le manoir fût véritablement hanté exci-tait d'autant plus la curiosité de Ferdinand que M. Piret, homme de sciences, avait choisi de l'habiter.

«Je ne peux pas croire que c'est tout ce qui l'intéresse au manoir, s'étonna Georges-Noël, qui espérait en apprendre davantage.

— Il parle de travailler avec M. Piret sur un projet qui, selon lui, doit demeurer secret.

— C'est bien lui, ça, avec ses mystères!»

Tous deux en devisaient encore lorsque Thomas se fit entendre dans le portique de la cordonnerie. Victoire s'empressa d'aller l'accueillir. Préférant les laisser seuls, Georges-Noël lampa son thé et se dirigea à son tour vers la cordonnerie pour y reprendre son parka et ses bottes. En d'autres temps, la mine déconfite de Thomas l'eût suffisamment inquiété pour qu'il se fût attardé à pren-dre de ses nouvelles. Mais, ce soir, il se contenta de l'entendre répondre à Victoire qu'il avait eu beaucoup de travail au moulin. La lettre de Ferdinand et l'attitude de Victoire l'avaient importuné au point que le besoin de se retrouver seul l'emportait.

En dépit de l'amour profond qu'il avait ressenti pour Victoire, Georges-Noël n'était donc jamais parvenu à saisir l'essence de son être. Les deux femmes qu'il avait le plus aimées, après avoir payé de douleurs extrêmes leur passion pour lui, le poursuivaient, l'une de sa profonde désespérance et l'autre de ses rêves avortés. Domitille lui avait naguère imputé sa douleur de vivre, et, ce soir, les révélations de Victoire étaient venues, à leur tour, le questionner sur ses aptitudes à comprendre une femme, à la saisir au-delà de son silence, à la rendre heureuse, quoi. D'une nature franche et énergique, bien campé dans sa réalité et heureux de ce que la vie lui apportait, Georges-Noël ne savait que faire de la mélancolie et de l'amertume. Or, au cours des trente dernières années, il avait été entouré d'êtres, les uns déséquilibrés, les autres à l'esprit pour le moins compliqué: une mère bigote, des fils distants, une épouse tourmentée et dépressive, et, depuis la mort de celle-ci, une soupirante ombrageuse en la personne de Justine Héroux. Seule Victoire avait fait exception à la règle. Auprès d'elle, il avait éprouvé cette impression gratifiante d'être à la hauteur; elle lui accordait ce droit d'être lui-même, de nourrir et de réaliser ses projets sans que leur amour en fût affecté. N'eût été l'intervention incriminante du père prédicateur à qui elle avait confié s'être éprise de Georges-Noël du vivant de Domitille, Victoire serait devenue son épouse. Telle avait été sa conviction, du moins jusqu'à ce soir. Campé sur le banc qui lui servait à ferrer ses chevaux, il soupçonnait, pour la première fois, l'existence d'autres motifs aux tergiversations de sa séduisante voisine et au choix qu'elle avait fait d'épouser Thomas. Serait-ce qu'elle avait trouvé auprès de ce jeune homme l'attention qu'elle avait en vain cherchée auprès de lui? Ce doute l'amena à reconsidérer sa relation avec Justine. Faute d'avoir pu épouser la femme qu'il aimait, Georges-Noël s'était prêté et se prêtait encore, tant bien que mal, aux ardeurs amoureuses de la veuve Héroux. «Si je ressentais pour elle seulement la moitié de l'admiration et de l'amour que Victoire était venue me chercher, pensa-t-il en soupirant. Mais encore, saurais-je la rendre heureuse?»

Il n'y avait pas que les femmes pour tourmenter Georges-Noël. L'hostilité de Ferdinand à son égard le blessait profondément. Ce jeune homme le déroutait de plus en plus. Imprévisible dans ses marques d'affection comme dans ses gestes de générosité, marginal, taciturne et secret, il l'était déjà du vivant de sa mère qui le traitait comme un enfant fragile et craintif. Bien que Georges-Noël eût déploré cette attitude, il s'était toujours interdit d'intervenir, jugeant que Domitille tentait ainsi de combler le vide que sa condition d'orpheline avait creusé en elle. Mais depuis quelque temps, Ferdinand éprouvait un besoin de liberté tel qu'en dehors du pensionnat il s'opposait fermement à ce qu'on lui imposât une manière de penser, d'être et de faire. Georges-Noël comprit tout à coup que ce même besoin de liberté l'habitait. Il le ressentait vivement en présence de Justine dont les récriminations cachaient, pensait-il, un désir de domination inavoué. Or rien ne lui était plus intolérable que l'envahissement. Et que dire de Thomas dont il s'était peu préoccupé, l'estimant doué pour le bonheur, capable de s'adapter à toute circonstance sans amertume? Était-il si différent d'eux? N'avait-il pas affiché, à peine âgé de quatorze ans, une détermination et une autonomie exceptionnelles lors de l'accident au moulin à carder. Pour son ami Ovide qui y avait laissé son bras gauche, Thomas avait tenu à présenter lui-même les modalités d'un règlement à l'amiable. Cette maturité avait déjoué la vigilance de Georges-Noël jusqu'à lui ravir le cœur de sa bien-aimée. Et voilà que, non satisfait de cette conquête, Thomas envisageait maintenant de racheter le domaine de la rivière aux Glaises. Son père l'eût vertement désapprouvé s'il n'avait pris conscience du sentiment de jalousie qui le rongeait. Chacun à sa façon, ses deux fils s'étaient gagné une place de choix dans le cœur de Victoire. L'un dormait dans ses bras et l'autre en avait fait sa confidente. Pour avoir tant réprouvé cette forme de mesquinerie, voilà qu'il s'en trouvait maintenant condamnable. Témoin des ravages que ce mal avait causés chez Domitille et dans son entourage, Georges-Noël résolut de ne pas le laisser empoisonner sa vie. Il allait se battre. Il s'engageait à ne faire aucun geste qui pût compromettre le bonheur de ses fils. Plus encore, il ferait tout en son pouvoir pour les soutenir dans la réalisation de leurs rêves.

D'un pas assuré, il fit le tour de ses bâtiments. Lorsqu'il regagna son domicile, il fut surpris que, dans la cuisine, la lampe n'éclaira plus que les meubles.

Les époux s'étaient retirés dans leur chambre à coucher, plus à l'aise ainsi de poursuivre une conversation qui, amorcée dans l'euphorie, avait malheureusement dévié. La joie qu'avait exprimée Thomas en apprenant qu'il serait papa au beau milieu de l'été avait vite fait place à un silence que Victoire ne parvenait pas à s'expliquer.

«Tu trouves qu'il vient trop vite, ce bébé?» lui avait-elle demandé.

Thomas protestait avec une indéniable sincérité. Mais une inquiétude voilait son regard. Alors que sa présence à la maison était doublement souhaitée, il devait prévenir Victoire de l'obligation qui lui incombait de s'absenter plusieurs jours et même quelques nuits dans les mois à venir.

«"C'est un homme débrouillard, vigoureux puis avenant comme toi que ça me prend pour écouler les centaines de sacs de farine qui sont entassés dans ce grenier-là", que m'a dit Garceau.»

S'il voulait conserver un emploi au domaine de la rivière aux Glaises, il n'avait d'autre choix que d'adopter le métier de colporteur.

«Ce qui veut dire que tu devras faire de la route, en déduisit Victoire. Pendant bien des mois?

— Ça dépend. Ou je m'éloigne le moins possible, quitte à prendre plus de temps, ou je distribue la marchandise de Louiseville à Batiscan pour en finir au plus vite.»

La perspective de voir son mari lui revenir un seul soir en milieu de semaine la contrariait à plus d'un égard.

«Et si tu allais offrir tes services ailleurs? Au moulin seigneurial, par exemple?»

Bien que fort accommodante, cette option risquait de compromettre le rêve le plus cher de son mari, reconquérir le domaine de la rivière aux Glaises.

«Il faut que je reste dans les bonnes grâces de Garceau, fit valoir Thomas. Et puis, les Dufresne n'ont aucune chance de mettre les pieds au moulin seigneurial tant que le gendre de la seigneuresse Montour possédera encore des droits sur cette propriété. Tu sais comme moi que les rancunes sont tenaces, tant chez les Montour que chez les Dufresne.»

Les réflexions de Georges-Noël à la suite de la lettre reçue de Ferdinand lui donnaient raison. De plus, Victoire devait admettre que ce n'était pas en travaillant au village, en compétition avec Garceau, que Thomas disposerait ce dernier à diriger sa clientèle vers la cordonnerie, advenant le jour où elle serait installée à La Chaumière.

«Reste à souhaiter qu'on ne s'impose pas tous ces sacrifices inutilement, murmura-t-elle sur un ton quelque peu désabusé.

— Qu'est-ce que tu veux dire, Victoire?

— C'est que rien ne te permet d'être sûr que le moulin sera à vendre un jour, encore moins à l'été.

— Il est débordé, Garceau. Puis, il n'a pas plus d'ambition que de santé. Mon père a eu beau lui vendre le moulin le mieux équipé pour son temps, il risque de se faire couper l'herbe sous le pied s'il ne voit pas à le moderniser un peu.

— Qui te dit que tu es le seul à mûrir des plans en secret? À ce que j'ai appris aujourd'hui, un important projet se tramerait autour du domaine seigneurial de Pointe-du-Lac.»

Intrigué, Thomas voulut entendre tout ce que son épouse en savait. Lorsqu'il découvrit la provenance de cette nouvelle, il s'exclama, rassuré:

«Mais c'est un collectionneur d'intrigues, mon frère! Il ne faut pas accorder trop d'importance à tout ce qu'il raconte. Depuis qu'il sait lire qu'il se nourrit de légendes.»

Ferdinand avait déjà donné trop d'indices de sa perspicacité pour que Victoire se rallia sans réserve au dire de son mari.

Désireux de réconforter sa femme dont les longs soupirs trahissaient le désenchantement, Thomas s'exclama soudain:

«Je me demande comment il se fait que je n'y ai pas pensé avant! Il n'y aura pas que du blé et de la farine dans ma *sleigh* de commis voyageur. Tes chaussures, je vais te les vendre, Victoire.»

Après plus de dix ans d'efforts faiblement récompensés, Victoire doutait que le porte-à-porte de son mari fût plus fructueux que le sien. Elle s'interdit toutefois de le lui dire, jugeant plus sage d'attendre les résultats.

«Je pense même que tu devras trimer fort pour me fournir», ajouta-t-il avec une assurance qui le disposa au sommeil.

Victoire aurait aimé partager cet optimisme, mais elle craignait que leur vie de couple ne souffre des conséquences négatives de ces nouvelles conditions de travail. Bien qu'elle fût entourée de Françoise, son frère Louis et ses enfants, dont l'aîné qu'elle affectionnait particulièrement, Thomas lui manquerait. Sa présence devenait d'autant plus souhaitable qu'il était à prévoir que Georges-Noël, la sachant enceinte, la comblât d'égards. Comment, après avoir souhaité, pour son vingt-cinquième anniversaire de naissance, qu'il lui fît un enfant, ne pas craindre que resurgisse leur passé amoureux? L'enfant qu'elle portait n'était-il pas un peu le sien? Et elle devait bien l'admettre, elle en éprouvait un inavouable contentement. Que Georges-Noël partageât ce sentiment en apprenant qu'elle attendait un enfant ne l'eût pas surprise. «Plus vite on sera déménagés à La Chaumière, mieux ce sera», pensa-t-elle, souhaitant d'autant plus ardemment que les projets de son mari se concrétisent. Blottie tout contre lui, elle se félicitait de la sérénité dont il semblait jouir.

Vint ce jour du Nouvel An 1874, à nul autre comparable. Une fébrilité inhabituelle flottait dans l'air. De retour de chez les Du Sault où ils avaient échangé des vœux de santé et de bonheur, Victoire et Thomas s'apprêtaient à faire de même avec Justine et Georges-Noël. Ce dernier fit les premiers pas vers sa bru.

«Que souhaiter à une personne qui mérite ce qu'il y a de plus précieux au monde?» dit-il en lui tendant la main.

Il se tourna vers Thomas, en quête d'approbation. Celui-ci la lui donna d'un sourire complaisant. Conforté, Georges-Noël souhaita à sa bru bonheur et prospérité, et il s'arrêta. Allait-il dévoiler le fruit de ses observations?

«Je te souhaite surtout une bonne santé, dit-il enfin. Tu en auras bien besoin, je pense.»

Le sourire de Victoire trahit l'aveu qui lui brûlait les lèvres.

«C'est le plus grand cadeau qui puisse m'être offert», dit Georges-Noël à Thomas, qui avait prévu lui annoncer la nouvelle ce jour-là.

Justine s'avança à son tour et fit ses politesses avec la distinction qu'on lui connaissait. Bien que radieuse dans sa robe de satin noir rehaussée de rubans de velours mauves, un voile de tristesse couvrait son visage et ses éclats de rire. La veuve attendait depuis plusieurs

Noëls que la grande demande lui fût faite. Thomas ne l'ignorait pas, et bien que peu enclin à ruminer le passé, il n'avait cependant jamais oublié ce réveillon où, présumant de la volonté de son amoureux, elle avait annoncé aux deux jeunes orphelins qu'ils ne seraient plus condamnés à une réclusion au pensionnat: elle allait prendre la relève de leur défunte mère. Aucun des trois Dufresne n'avait acclamé cette hasardeuse initiative. À compter de cette date, Thomas et son frère ne mirent plus jamais les pieds chez la veuve du colonel Héroux. En leur présence, elle se montra dès lors plus réservée, parfois même gênée. Comme en cet après-midi où, pourtant, les parties de cartes et de dames se succédaient au rythme de la fête, scandées par les invitations de Georges-Noël à lever un verre, tantôt au bonheur de tous et de chacun, tantôt à la santé de la future maman et à l'enfant qui venait perpétuer la lignée des Dufresne.

On allait se mettre à table pour le souper quand Ferdinand, contraint par son père de se joindre à la famille pour ce repas du jour de l'An, entra par la cordonnerie d'où il mit un tel temps à sortir que Victoire prit la décision d'aller à sa rencontre. Lorsqu'ils revinrent, tous deux retenaient un sourire qui s'éclipsa du visage de Ferdinand sitôt qu'il aperçut la veuve Héroux.

«Tu arrives un peu tard pour souhaiter la bonne année, dit Thomas, rieur, en se dirigeant vers lui. On s'est tout dit, déjà.»

Ferdinand freina aussitôt l'élan de son frère:

«Moi, je la souhaite en bloc ou pas du tout, annonça-t-il cavalièrement. Comme le curé du haut de la chaire: un coup de goupillon, puis tout le monde est béni.

— Alors, qu'est-ce que vous attendez, mon révérend? lui demanda Victoire, déterminée à protéger le climat de réjouissance qui avait jusqu'alors marqué cette journée.

— Bonne année tout le monde!» fit le jeune homme, effleurant du regard les convives attablés, pressé de plonger sa cuillère dans le potage fumant.

Quelques boutades sur la tradition des mets du jour de l'An témoignèrent d'une humeur exceptionnellement gaie chez le jeune homme dont les nombreuses allées et venues à la cordonnerie, au cours de cette soirée, ne passèrent pas inaperçues. Lorsque Georges-Noël signifia que l'heure était venue pour lui d'aller reconduire la veuve au village, Ferdinand exprima aussitôt un besoin urgent d'aller prendre un peu d'air, «question de digérer mon meilleur repas de l'année», déclara-t-il, en hommage à Victoire.

D'une docilité qui ne ressemblait en rien à celle de son protecteur, Pyrus l'attendait dans le portique de la cordonnerie. Ferdinand ne prit le temps ni d'attacher son parka ni de nouer les lacets de ses bottes avant de l'entraîner à l'extérieur. Dans la salle à manger, Victoire cherchait à gagner du temps pour lui en questionnant Justine sur le passé glorieux de feu le colonel Héroux, jadis un ami intime de Georges-Noël. La conversation se prolongea suffisamment, pensa Victoire, pour que la poudrerie ait balayé, sur la neige qui ne cessait de tomber, les traces de Ferdinand et de sa compagne.

Plus de trente minutes s'étaient écoulées et Thomas était parti se coucher, lorsque, dans la lumière bleutée de la nuit, Victoire vit venir, collée au pas du jeune homme, une énorme bête blanche à tête d'ours et à l'allure de dogue qui marchait l'amble. Victoire fit signe à Ferdinand d'entrer. Qu'elle exprimât son admiration pour l'élégance et le regard intelligent de cette jeune chienne issue des montagnards des Pyrénées le charma à l'en rendre volubile:

«Regarde ses ergots aux pattes arrière. C'est ce qui lui reste de ses origines de gardienne de moutons, expliqua-t-il. Tu sais, Victoire, c'est une chienne de cette race que le roi Louis XIV avait emmenée à son palais en revenant d'une de ses visites aux stations thermales des Pyrénées.»

D'une main caressante, il lissa le long poil soyeux sur le dos de la bête. Ses yeux s'illuminèrent d'une candeur enfantine qui rappelait ceux de sa mère.

«C'est le plus beau cadeau que j'ai jamais reçu, dit-il.

— Un cadeau?

— Oui. M. Piret me l'avait promise pour le jour de l'An.»

Le jeune Dufresne en avait gros à raconter au sujet de cette chienne à qui il s'était attaché au cours de l'été précédent.

Impatienté par le temps que mettait son épouse à le rejoindre au lit, Thomas se pointa dans l'embrasure de la porte, fit un pas en arrière et décida finalement de venir voir de plus près cette bête dont les oreilles tombantes et la queue frangée portée basse témoignaient d'une indubitable docilité.

«Qu'est-ce qu'il fait ici, ce chien-là? demanda-t-il, déjà inquiet de l'accueil que lui réserverait Georges-Noël à son retour.

— C'est ma chienne. Elle vient des Pyrénées», répondit Ferdinand avec une fierté que Thomas ne lui connaissait pas.

Et il se lança dans un exposé sur la généalogie de Pyrus comme on eût prononcé un discours de campagne électorale.

«Savais-tu que, comme le roi Louis XIV, la reine Victoria aussi en avait importé quelques spécimens en Grande-Bretagne?

— Pas sûr que notre père soit de la trempe de Louis XIV, dit Thomas, approuvé par les éclats de rire de sa femme.

— Il aura cinq mois pour se faire à l'idée, répliqua Ferdinand. M. Piret est prêt à me la garder au manoir jusqu'à l'été prochain.

— Bonne chance», fit Thomas avec une pointe de sarcasme.

Il se tourna vers sa femme:

«Tu viens, Victoire?

— Je te rejoins dans quelques minutes, répondit-elle, accroupie auprès de Pyrus qui semblait la supplier de ses grands yeux brun foncé aux paupières pigmentées de ne pas la quitter.

— Tu la trouves intéressante, hein?» lui demanda Ferdinand, profondément touché de l'attention que Victoire lui portait.

— C'est une bien belle bête!» répondit-elle.

Anticipant du coup la collaboration de sa belle-sœur, le jeune homme jubilait.

«Tu penses vraiment qu'elle serait heureuse ici, ta Pyrus?

— C'est parce que tu ne sais pas tout que tu en doutes, dit-il, résolument mystérieux.

— Parle, Ferdinand, et vite si tu ne veux pas que ton père nous surprenne ici.

— Un berger des Pyrénées irait jusqu'à donner sa vie pour protéger un enfant. J'en aurais pour la nuit à te raconter tout ce que M. et Mme Piret m'en ont dit.

— On en reparlera demain. Va vite la mettre à l'abri.

— Tu ne veux pas que je revienne passer la nuit dans ta cordonnerie avec elle quand mon père sera couché?»

Victoire résistait, tant par égard pour Georges-Noël que pour éviter à Ferdinand une déception que la prudence et le temps pouvaient lui épargner.

«Dans ce cas-là, on va aller dormir dans la grange, ma belle, fit-il, entourant de ses grandes mains squelettiques la tête ornée d'une couronne touffue.

— Mais ça n'a pas de sens. Tu vas prendre froid.

— On est habitués, nous deux. Si tu savais comme il fait chaud sous la paille avec elle.

— Pourquoi tu ne retournerais pas au village ce soir?

— Pour te donner le temps de parler à mon père pour moi, répondit-il en décrochant son parka.

— Tu te trompes si tu penses que je vais l'aborder avec cette histoire-là ce soir.»

Bien qu'elle n'appréciât pas la façon dont Ferdinand s'y prenait pour obtenir une telle faveur, Victoire savait qu'elle allait l'aider. Elle aimait déjà Pyrus et elle comprenait que cet animal puisse apporter à Ferdinand ce que ni ses parents ni ses éducateurs n'avaient été en mesure de lui donner: une complicité et une joie de vivre des plus belles à voir.

«Pourquoi ne lui en parlerais-tu pas toi-même? demanda-t-elle.

— Parce que si c'est toi qui plaides ma cause auprès de mon père, c'est sûr qu'il va dire oui. Tu es la seule personne à qui il ne refuserait rien, tu le sais bien.»

Le regard posé sur la taille de Victoire qu'une rondeur trahissait, Ferdinand ajouta, à peine intimidé:

«D'autant plus que maintenant tu es...

— Oui, Ferdinand Dufresne, je suis enceinte. Je suis enceinte et j'ai besoin d'aller dormir, répliqua-t-elle sur un ton agacé qui le surprit.

— Excuse-moi, Victoire. Je ne savais pas qu'il était si tard... Quand tu auras le temps, j'aurai un secret à te confier au sujet des Piret», murmura-t-il en passant la laisse au cou de Pyrus.

Pendant ce temps, sur le chemin de la rivière aux Glaises, Georges-Noël poussait sa jument au trot tant les propos de Justine le hérissaient. Derrière les pompeux éloges qu'elle faisait de ce «si beau couple» que formaient Thomas et Victoire, il entendait la complainte de ses propres désirs inassouvis. Peu enclin, de ce fait, à partager son émerveillement, il répliqua du bout des lèvres:

«On a tous été comme ça, à vingt ans.

— Et on pourrait l'être encore, si tu voulais...

— Des chimères, Justine. Des chimères.

— Il n'y a pas d'âge pour aimer, lui rétorqua Justine. Plein de livres nous en donnent la preuve.

— Il y a une marge entre ce qui est raconté dans les livres et la vraie vie.»

Indignée, la veuve Héroux serra les dents et un frisson la parcourut en dépit de ses habits de fourrure et de la couverture de carriole qui la couvrait jusqu'au menton. Plus un mot ne sortit de sa bouche jusqu'au village où Georges-Noël la déposa après n'avoir présenté que sa joue à l'amoureuse éplorée.

Le froid mordant de ce premier soir de l'an 1874 et l'agacement que Justine lui causait en cette nuit le pressaient de rentrer chez lui pour laisser au sommeil le soin d'apaiser ses humeurs. Sortant de l'écurie, il allait filer à la maison lorsqu'il fut alerté par la vue dans la neige de traces difficilement identifiables. Il s'arrêta, les examina de près et décida de les suivre. Elles menaient à l'étable, où des plaques de neige marbraient encore le plancher.

Du fenil, Ferdinand entendit grincer la porte de la laiterie, puis celle de l'étable. Il n'en restait qu'une à ouvrir... Il fit aussitôt disparaître Pyrus sous une balle de foin et s'y enfouit à son tour. Une autre porte se lamenta et une traînée lumineuse lécha le plafond du grenier.

«Quelqu'un ici?»

Ferdinand retint son souffle, resserra son bras autour du cou musclé de Pyrus, prêt à la bâillonner à la première tentative d'aboiement. «Pourvu qu'il ne s'avise pas de monter jusqu'ici», se dit-il. Mais voilà qu'à travers les brindilles qui lui couvraient le visage, Ferdinand aperçut un cercle de lumière rougeâtre qui se promenait sur les quatre murs du fenil. Il ferma les yeux et, pressant sa protégée contre lui, il attendit l'orage. D'autres craquements se firent entendre sans qu'il pût dire s'ils venaient de l'échelle ou de la paille écrasée. Quand il osa soulever une paupière, l'obscurité les avait recouverts et le silence les enveloppait. Soulagé, il ne se risqua toutefois pas à bouger tant il éprouvait la sensation de vivre quelque chose d'unique, de fragile, de fluide même. Un sentiment qui pouvait s'apparenter au bonheur dont parlaient certaines gens se logea au creux de son estomac, enivrant. L'impitoyable vacuité dont il avait cru ne jamais pouvoir se départir l'avait quitté. Fait étrange, l'odeur du foin lui plaisait et les bruits de l'étable lui étaient sympathiques. La nuit se faisait étreinte et volupté. Une caresse. Sa mère. Pour la première fois, il se laissa aller à pleurer son absence. Cette femme avait su l'apprivoiser à l'âpreté de la vie et à l'indifférence des gens. Retrouvant en cet enfant sa propre sensibilité, elle l'avait exhorté à se protéger tout en lui jurant qu'il se trouverait toujours quelqu'un sur sa route pour le comprendre et l'aimer. Était-ce simplement le fruit du hasard ou l'ironie du sort si la femme accusée d'avoir précipité la mort de sa mère se présentât comme la plus compréhensive et la plus attachante qu'il eût connue?

Une lueur violacée venait à peine de poindre à l'horizon lorsque Ferdinand et sa fidèle compagne prirent la route pour le manoir seigneurial.

«Les Piret avaient raison. Pas un chien n'aurait eu ton intelligence en pareille circonstance, dit-il à Pyrus en pensant à l'ingéniosité qui l'avait guidée la veille. Si mes plans fonctionnent, c'est la dernière fois que je vais te reconduire au village.»

À deux jours de la rentrée, la présence constante de Thomas auprès de sa femme ne lui facilitant pas un tête-à-tête avec Victoire, Ferdinand ne disposait, pour s'entretenir avec elle, que des vingt minutes requises par Georges-Noël pour préparer l'attelage.

«Si ce n'était que de moi, je t'assure que je serais resté au village, avoua-t-il plus nostalgique qu'à l'accoutumée.

— Et tes études? demanda Victoire.

— T'appelles ça des études? Des ragots de vieux garçons! Je pourrais apprendre des choses bien plus intéressantes ici puis chez M. Piret.

— Qu'en sais-tu?

— Tu devrais voir leur bibliothèque... Tandis qu'au collège il n'y a que des histoires de saintes nitouches sur les tablettes.

— Tu ne peux quand même pas passer tes journées à lire.

— Pourquoi pas? Je ne connais pas de meilleurs professeurs que les livres. Ils n'ont pas peur, eux, d'aborder des questions comme la liberté, la vérité et puis l'amour. C'est ça qui nous modèle.»

«Quelle métamorphose», pensa Victoire.

«Regarde M. et Mme Piret. Tu ne peux trouver meilleur exemple. C'est la lecture qui leur a ouvert l'esprit comme ça. Personne ne croirait qu'un homme et une femme de nationalité et de religion différentes puissent former un couple qui s'entend aussi bien.

— Tant mieux pour eux. Mais il ne faut pas toujours se fier aux apparences...

— Tu devrais voir M. Piret dévorer les lettres de sa femme... comme s'ils étaient encore dans leur lune de miel. Crois-tu que tous les couples en vivent une?» enchaîna-t-il en cherchant le regard de Victoire.

«Que s'était-il donc passé pour qu'en si peu de temps ce garçon si mélancolique et sauvagement réservé en vint à vibrer et à s'exprimer sur des sujets aussi intimes?» pensa Victoire avant de répondre:

«Je n'ai pas fait d'enquête là-dessus, mon pauvre Ferdinand.

— Toi et Thomas?

— C'est difficile à dire... C'est peut-être comme pour un coup de foudre. On s'en rend compte une fois que c'est terminé.

— Tu as dû en provoquer plusieurs, toi...»

Victoire s'esclaffa.

«On s'en reparlera le jour où tu pourras me raconter les tiens», lui rétorqua-t-elle.

Désarmé, le jeune homme revint à Pyrus:

«J'espère que mon père n'a rien vu l'autre soir dans la grange.

— Thomas a fait mine de ne rien savoir quand il l'a questionné, lui apprit Victoire.

— C'est ce qu'il fallait! s'exclama Ferdinand, sincèrement reconnaissant. Je ne sais pas quand ni comment, mais je sais que vous ne le regretterez pas. C'est la meilleure amie qu'on puisse avoir, cette chienne-là. Elle est aussi fidèle aux siens que tu peux l'être à garder un secret, ajouta-t-il.

— Va, Ferdinand, ton père va t'attendre.

— Ouais. Puisqu'il le faut.»

Victoire le regarda s'éloigner, troublée par ses propos mais plus encore par ce pouvoir qu'il exerçait sur elle, au gré de confidences et de complicités qui, subtilement, les liaient l'un à l'autre. La tristesse qui l'envahit au moment où elle allait convenir de la nécessité de prendre ses distances témoignait de l'affection qu'elle ressentait pour ce jeune homme qui voyait en elle tantôt une mère compatissante, tantôt une amie fidèle et parfois une gamine dont il s'amusait. Les trois hommes avec qui elle habitait la sollicitaient, chacun à sa façon, sans que les rôles aient été clairement définis. L'un attendait l'amour, l'autre demandait à en être libéré alors que le troisième, en plus de la mettre face à ses propres sentiments envers le père et son fils, espérait d'elle une complicité dont elle redoutait les exigences. Comment ne pas souhaiter que La Chaumière soit prête à l'accueillir au début de l'été?

Thomas avait finalement accepté son nouveau métier de commis voyageur et, débordant d'assurance et d'ambition, il préparait sa première tournée avec entrain:

«Il n'a rien vu, Euchariste Garceau. L'alouette cornue ne sera pas encore dans les parages que je serai de retour au moulin.»

Le premier dimanche du carême venu, le bilan de ses ventes à l'appui, Thomas prophétisait avec un optimisme que Victoire avait du mal à partager et que Georges-Noël se retenait de commenter. Les localités les plus proches ayant été visitées, il était difficile, compte tenu de l'arrivée du printemps avec ses chemins boulants, d'estimer avec justesse le temps requis pour parcourir les régions plus éloignées.

«Qui vous dit que, dans le coin de Plessisville, je ne dénicherai pas un gros client qui videra ma réserve? dit Thomas qui avait pendant tout le dîner causé des mille et un détails de sa tournée de la semaine.

— C'est là, puis à Batiscan que tu as le plus de chances d'en trouver», lui confirma Georges-Noël qui, papier et crayon en main, ratissait sa mémoire, à la recherche des noms qui y étaient gravés.

Victoire s'apprêtait à lui offrir des trempettes à la mélasse lorsqu'elle vit descendre de la carriole du bedeau nulle autre que Madeleine Dufresne.

«Faites votre examen de conscience pendant que je vais entamer les litanies», lança Thomas en badinant.

Georges-Noël échangea avec sa bru un regard qui intrigua Thomas. «Mais pourquoi vous regardez-vous comme ça?» allait-il demander lorsque Madeleine, dans l'embrasure de la porte, s'exclama:

«Mais quelle décadence! Du dessert en plein carême!»

Étriquée dans sa pelisse comme dans la vie, l'aïeule hésitait à se laisser débarrasser de ses effets tant elle était scandalisée. Georges-Noël tenta de la calmer:

«Je veux bien qu'on se prive de viande les vendredis, mais nulle part il est écrit qu'on n'a pas le droit de manger de dessert pendant le carême.»

Convaincue qu'il lui incombait de maintenir sinon de ramener les siens dans le droit chemin, Madeleine leur fit connaître sans attendre la raison de sa visite:

«Je me suis laissé dire que, dans ma propre famille, y a des gens qui auraient désobéi à la sainte Église catholique.»

Tous gardèrent le silence pendant que, les phrases entrecoupées par l'effort qu'elle mettait à retirer ses bottes, la visiteuse pérorait sur le devoir des chrétiens de respecter les recommandations de leur évêque.

«À ce que j'ai su, finit-elle par dire à Thomas, la mâchoire tremblante d'indignation, ta femme aurait été vue à la danse du Mardi gras.»

L'effet de surprise ayant raté, elle enchaîna:

«Voir si une bonne chrétienne, dans sa condition..., oserait pareilles inconvenances.

— Vous y êtes allée, quoi? lui demanda Thomas, moqueur.

— Tu sauras mon petit garçon que je ne me mêle jamais à des dévergondages de ce genre.

— C'est donc que le père Livernoche vous renseigne toujours aussi bien, conclut-il. Ça aide à se tenir au courant des ragots que d'aller à la messe tous les matins», ajouta-t-il, sous le regard désapprobateur de Victoire.

Le souvenir de la rumeur que le vieux Livernoche avait fait courir au sujet de son accident au moulin et des poursuites judiciaires qui avaient failli s'ensuivre avait encore un goût amer dans la bouche de Thomas.

«Ce ne sont pourtant pas les bons exemples qui vous manquent», dit-elle, adressant à Georges-Noël un regard condescendant alors qu'elle faisait mine de ne pas avoir entendu Thomas.

Avant qu'elle s'engageât plus avant dans des louanges auxquelles il se refusait, Georges-Noël l'interrompit:

«Pas si vite, sa mère. Ce n'est pas parce qu'on ne m'a pas vu aux soirées du canton que je n'ai pas fêté.»

Madeleine grogna, contrariée que son fils ne profitât pas de l'occasion pour inciter son entourage à la pratique de la vertu.

«Vous auriez dû voir la filée de petites veuves de Trois-Rivières qui attendaient leur tour pour venir danser dans mes bras», osa ajouter Georges-Noël.

Furieuse, Madeleine demanda à être aussitôt reconduite au village.

«J'ai à te parler seul à seul mon garçon», annonça-t-elle péremptoirement, refusant le bol de soupe que Victoire lui présentait.

Et sur ce, sourde à toute tentative pour la raisonner, elle reprit bottes, manteau et chapeau et attendit, assise sur le bout de sa chaise, que Georges-Noël vint la chercher. Exaspérée, elle couvrait de regards accablants la jeune épouse émancipée dont la gentillesse et l'impassibilité l'irritaient au plus haut point.

«Sa visite aura au moins servi à confirmer mes intuitions», pensa Victoire. De fait, le Mardi gras au matin, Georges-Noël était parti pour Trois-Rivières, prétendument par affaires, et n'était rentré que le lendemain. Ses absences étaient de plus en plus fréquentes et prolongées, et Victoire s'en préoccupait. Lorsqu'il n'était pas sorti visiter des amis, il se confinait dans sa remise où il passait ses journées et ses soirées. À plus d'une reprise au cours des dernières semaines, elle avait observé de la fenêtre de la cuisine la volute blanche qui s'échappait de la cheminée du bâtiment et l'ombre d'un homme affairé que projetait la lampe à huile. Et dire qu'elle avait appréhendé qu'en raison de sa grossesse il ne lui tînt davantage compagnie... Or la réalité se présentait si différente que, depuis que Thomas avait entrepris ses tournées de vente, Victoire souffrait de ces interminables soirées où elle se retrouvait seule devant le poêle de la cuisine à tricoter bonnets et layettes. Les froids sibériens de février l'inclinaient à une langueur qui la plongeait dans le souvenir nostalgique du va-et-vient de la maison paternelle où il ne se passait pas une journée sans que quelqu'un vînt frapper à leur porte. On y venait pour la jeune cordonnière ou pour Françoise dont on requérait un des nombreux talents. Il semblait à Victoire que tous ses anciens clients s'étaient ligués pour la forcer à se donner exclusivement à ses devoirs de femme mariée. Les corvées de l'automne et l'aménagement dans la maison de Georges-Noël avaient quelque peu atténué sa déception. En même temps, les premiers signes de la grossesse, telle une prodigieuse source d'inspiration, étaient venus la distraire de son art. Des idées pour de nouveaux modèles de chaussures lui trottaient dans la tête, et elle était impatiente de leur donner forme. Bien qu'elle y consacrât une grande partie de son temps, elle savait que jamais elle ne pourrait se satisfaire de tenir une cordonnerie pour les seuls besoins de ses proches et d'une clientèle qu'elle servirait à distance. Les rapports directs avec les clients lui manquaient. Elle aimait entendre leurs commentaires et voir l'émerveillement briller dans leurs yeux en découvrant ses créations. D'en être privée lui faisait découvrir qu'ils étaient eux aussi source d'inspiration. N'en déplaise aux bien-pensants de la région, avril n'arriverait pas sans qu'elle attelât Pénélope et partît visiter sa clientèle des dernières années.

Plus que jamais, la fête de Pâques s'annonçait libératrice. Délivrée de la torpeur de l'hiver, en symbiose avec un décor où le lac et les prairies rivalisaient de beauté et de ferveur, Victoire savait qu'elle allait brûler de cette même fièvre de renouveau. En fin d'après-midi, une lettre de Ferdinand lui apprit qu'elle n'était pas la seule à nourrir des espérances en regard de cet événement printanier. «J'ai une grande faveur à te demander pour le congé de Pâques, lui écrivait-il. J'aimerais que tu prépares mon père à ce que j'emmène Pyrus à la maison, pour les quatre jours...» Dans un post-scriptum, il disait ne pas comprendre pourquoi sa grand-mère Madeleine lui recommandait de prier pour sa famille. «Elle prétend que tu en as particulièrement besoin... Que se passe-t-il? Aurais-tu des problèmes de santé, ou, pis encore, des problèmes de cœur?»

Victoire passa de l'affolement à la colère. Colère contre Georges-Noël qui s'était maintes fois dérobé aux questions de Ferdinand au sujet de Domitille. Si Madeleine était en relations épistolaires avec son petit-fils, c'est que, fidèle à l'intention qu'il lui avait exprimée l'automne précédent, Ferdinand s'était tourné vers sa grand-mère pour obtenir des informations que ni son père ni sa belle-sœur n'avaient voulu lui donner. Tiraillée entre l'urgence d'agir et la crainte de remuer les cendres encore chaudes du passé en s'en ouvrant à Georges-Noël, Victoire ne savait que faire. Chercher conseil? Mais auprès de qui, si ce ne fût auprès de Françoise à qui ne manquait de l'histoire des amours tourmentées de sa fille que ce nouvel épisode? «En dernier recours», pensa-t-elle, considérant que sa mère méritait bien de vieillir en paix. D'un autre côté, il était concevable que, fidèle aux préceptes de la charité chrétienne, Madeleine résistât à la tentation de révéler des faits de nature à scandaliser Ferdinand. Mais, à la lumière du passé, il était tout aussi concevable que, les circonstances aidant, l'aïeule y succombât un jour. La requête au sujet de Pyrus n'était plus que goutte d'eau dans l'océan face à la possibilité que des secrets jusque-là bien gardés soient divulgués.

Victoire quitta son atelier, espérant trouver dans la cuisine la sérénité et la lucidité qui lui faisaient défaut. Le crépitement du feu et le doux glissement des mailles sur ses aiguilles à tricoter l'apaisèrent quelque peu. Convaincue qu'il revenait à Georges-Noël d'intervenir, elle devait l'informer du danger qui les menaçait. Quand et de quelle manière? Elle en était là lorsqu'elle prit conscience de l'heure: il devait être sur le point de rentrer souper.

Depuis que Thomas avait commencé ses tournées, Georges-Noël ne passait à la maison que pour prendre ses repas en vitesse et n'y revenait le soir qu'une fois que

Victoire, accablée par un plus grand besoin de sommeil, s'était retirée dans sa chambre. À moins qu'il ne fût guidé par une quelconque intuition, il était peu probable qu'il fît exception. De toute façon, Victoire n'était pas sûre d'aborder le sujet ce jour même. Il lui fallait du temps pour y réfléchir, et elle doutait que la soirée lui en accordât suffisamment.

Tirée de ses préoccupations par l'urgence d'apprêter le souper, Victoire allait oublier le but ultime de la lettre de Ferdinand: Pyrus.

Georges-Noël flaira-t-il, dès son entrée dans la maison, le malaise qui habitait sa bru et qui rendait ses gestes hésitants? Une réflexion n'allait pas tarder à le confirmer.

«Je me demande si je t'ai déjà dit que tu n'avais pas à te sentir obligée de me faire à manger quand ça te convient moins... Ce n'est pas compliqué pour moi, je l'ai fait tant d'années.

— Il faut bien que je mange, moi aussi, répliqua-t-elle sur un ton qui se voulait enjoué. Puis, ce n'est pas plus difficile d'en faire pour deux.»

Georges-Noël posa sur elle ce regard inquiet qu'elle aurait voulu tromper. Il avala son potage sans vraiment la quitter des yeux.

«J'ai l'impression, dit-il pour rompre un silence inhabituel, que quelque chose ne tourne pas rond.»

Victoire prit le temps de verser trois pleines louches de ragoût dans une écuelle et de la lui servir avant de répondre.

«Ça concerne Ferdinand, dit-elle enfin.

— Bon! Qu'est-ce qu'il a?

— Il demande une faveur qui risque de vous déplaire...»

L'intercession de Victoire en faveur de Ferdinand et de sa protégée n'apporta pas les résultats escomptés. La présence d'un chien à la ferme constituait, au dire de Georges-Noël, l'obstacle numéro un au dressage des chevaux.

«Y a rien de pire pour les exciter qu'un petit maudit chien qui leur court entre les pattes. Puis, à part ça, quelle idée de vouloir amener un animal ici alors qu'il passe son temps ailleurs. Quand il n'est pas au pensionnat, il se retrouve chez Piret, justement.

— À moins qu'il mijote de ne plus retourner aux études?

— Il ne serait pas le premier à le faire, fit-il remarquer. Mais qu'il ne s'imagine pas que je vais changer d'idée pour autant.»

Visiblement soulagé de croire que l'accablement de Victoire ne tenait qu'à cette requête, il retourna à ses occupations, laissant derrière lui une femme encore plus déçue. D'une part, Georges-Noël s'était montré si radical qu'elle n'avait pu lui expliquer pourquoi il importait d'accéder à cette demande ni lui parler des heureuses transformations que Pyrus avait déjà apportées au caractère de Ferdinand. D'autre part, que ce dernier obtînt la permission de quitter définitivement le pensionnat et vînt partager leur quotidien n'allait pas arranger les choses. Comment ne pas craindre que, de son œil perspicace, il ne s'appliquât à confirmer les dires de Madeleine?

Dix jours s'étaient écoulés sans que Victoire, faute de courage ou d'à-propos, ait réussi à entretenir Georges-Noël de ce qui la tracassait. En ce mercredi après-midi, elle cherchait une façon de l'aborder lorsque, étonnante coïncidence, il l'invita à le suivre dans la remise. «Mais pourquoi?» allait-elle s'enquérir quand, le sourire taquin et l'allure dégagée, il expliqua:

«J'ai besoin de l'opinion d'une femme de goût...»

Les épaules recouvertes d'une pèlerine d'étoffe noire, Victoire suivit Georges-Noël dans l'étroit corridor de neige taillé jusqu'aux bâtiments. Plus que l'éclat aveuglant du soleil sur la neige, les intentions cachées d'un geste aussi inusité crispaient son front. Et s'il fallait que ce fût là l'occasion tant souhaitée de lui dévoiler les recommandations de Madeleine à Ferdinand? L'humeur particulièrement joyeuse de Georges-Noël l'en fit douter.

«Tu ne devines pas? demanda-t-il avant d'ouvrir la porte qui grinça de tous ses gonds.

— J'ai bien plus de chances de me tromper que de tomber juste, fit-elle, plus rassurée.

— Je sais qu'on est un peu loin du 16 avril pour penser à ton anniversaire, mais Pâques approche, et puis l'ouvrage était fini», expliqua-t-il en se frottant les mains de contentement.

Victoire commençait à deviner...

«Qu'est-ce que tu en penses? demanda-t-il en désignant le meuble qui embaumait la pièce d'une odeur de bois traité.

— Une vraie dentelle», murmura-t-elle, extasiée devant les arabesques finement ciselées sur la commode.

Particulièrement volubile, Georges-Noël affichait une fierté si belle à voir que quiconque eût pris plaisir à prolonger l'entretien.

«Elle est à ton goût? s'enquit-il, impatient de dévoiler le nom de l'heureux bénéficiaire de son chef-d'œuvre.

— Vous ne voulez pas dire que...

— Cet enfant-là mérite d'être bien reçu, et c'est ma façon à moi de le lui dire», déclara-t-il avec une tendresse à peine contenue.

Il sembla à Victoire qu'il s'était passé des dizaines et des dizaines de lunes depuis que tous deux avaient partagé une même joie. Elle l'écoutait lui détailler les étapes de son travail, du choix du modèle à celui des éléments décoratifs avec un enthousiasme comparable à celui qu'elle éprouvait à fabriquer ses chaussures. La commode en arbalète, aux coins arrondis, était ornée d'une cartouche prolongée de fleurs à chacun de ses angles.

«Mais quelle patience! s'exclama Victoire.

— Pas vraiment... Ça ne prend pas de patience quand il y a de l'amour.»

Victoire crut le moment venu. Son cœur battait à tout rompre.

«Justement, parlant...

— Tu n'as pas tout vu», l'interrompit-il abruptement.

Il la pressa de le suivre au fond de la remise. Sous une toile opaque, il avait pris soin de cacher le petit lit qui allait compléter le mobilier. Supporté par de larges patins courbés, le berceau fait d'une boîte rectangulaire était agrémenté de quenouilles tournées aux quatre coins.

«Il ne sera pas bien là-dedans, tu penses?

— Surtout quand il va découvrir que c'est son grand-père qui l'a fait exprès pour lui», renchérit Victoire.

Émerveillée et reconnaissante, elle lui tendit les bras. Au même instant, la porte grinça. Thomas se tenait là, immobile, l'air plus embarrassé que ceux qu'il avait l'impression de déranger.

«Thomas! Mais quelle belle surprise! Je ne t'attendais pas sitôt, s'écria Victoire en se précipitant vers son mari. Viens voir les meubles que ton père a faits pour notre bébé.»

Le visage boudeur, Thomas ne bougea pas d'un pouce.

«C'était donc bien pressant! Il n'est pas prévu pour le milieu de l'été, cet enfant-là?» objecta-t-il en regardant son père.

Georges-Noël hocha la tête, allait répliquer, mais Victoire s'empressa de prendre la parole:

«Ça peut paraître un petit peu vite, mais le dégel, je te ferai remarquer, s'en vient, puis après ton père n'aura plus le temps de faire de la menuiserie.»

Jugeant préférable de les laisser seuls, Georges-Noël annonça qu'il allait soigner les animaux. À peine eut-il refermé la porte derrière lui que Thomas maugréa:

«Comme si je n'étais pas capable d'en monter, des meubles pour mes enfants...

— Mais voyons, Thomas, tu ne vas pas te mettre à jalouser ton père pour...

— C'est notre enfant qui va venir au monde, pas le sien. Puis on est capables d'y voir par nous-mêmes», trancha-t-il.

Comme il était loin du bonheur qu'il avait ressenti, chemin faisant, à imaginer la joie qu'il allait causer à Victoire en arrivant de si bonne heure. Or le désenchantement l'avait gagné dès son arrivée. Déçu de ne pas trouver sa femme à la maison, il la pensa chez ses parents. Avant de l'y rejoindre, il se rendit à l'écurie et fut étonné de ne pas y voir son père. Il s'acheminait vers la maison des Du Sault lorsqu'il crut entendre des voix du côté de la remise. De les trouver là tous deux fit resurgir en lui la jalousie qu'il avait conçue à voir sa femme valser allègrement dans les bras de son père, le soir des noces, et toute l'indignation qu'il avait éprouvée peu après, à la suite de l'incendie du brayage. De la même façon qu'il avait accusé Georges-Noël d'avoir usurpé sur son rôle d'époux en se portant au secours de Victoire, il lui reprochait maintenant d'envahir ses privilèges de futur papa.

Entre le père et le fils, une rivalité dont Victoire n'ignorait pas la source prenait occasion des moindres prétextes pour se manifester. Georges-Noël en était fort conscient et il s'était juré d'éviter tout ce qui pût la nourrir. Il avait encore besoin de temps pour se consoler d'avoir perdu, dans les bras de son fils, celle qu'il n'avait cessé d'aimer.

La pensée que, derrière une exaspération ouvertement exprimée, Thomas taise des soupçons, fussent-ils légitimes, la troublait. Il lui incombait de rassurer son mari et par là même de retrouver la sérénité.

«Il n'est pas le seul futur grand-père à se dévouer ainsi pour l'aîné de ses petits-enfants. Je pourrais t'en nommer plusieurs sans avoir à aller plus loin que le chemin de la rivière aux Glaises.»

Thomas persistait à faire la tête.

«Tu imagines le temps qu'il a mis à fabriquer d'aussi beaux meubles? Si je te disais que, depuis le début de janvier, ton père passe ses journées et ses soirées ici. Je me demandais d'ailleurs bien à quoi il pouvait tant s'adonner», fit valoir Victoire.

Cette révélation eut sur Thomas un effet apaisant. Si sa femme ignorait tout des occupations de Georges-Noël et si ce dernier ne passait à la maison que pour satisfaire ses besoins de manger et de dormir, il avait eu tort de prendre ombrage de ce cadeau. Telle était la voix de sa raison alors que, dans sa chair, il souffrait de l'élan que sa femme avait eu vers Georges-Noël et de la joie qui rayonnait sur leurs visages quand il les avait trouvés l'un près de l'autre. «J'aurai toujours peur de te perdre», avait-il confié à sa bien-aimée le soir de leurs noces. Cette crainte dont il se croyait guéri refaisait surface, plus aiguë en raison des nombreuses absences que lui imposait son travail.

«J'achève de m'éloigner, dit-il, poursuivant tout haut son monologue intérieur.

— Je ne demande pas mieux, Thomas. Si tu savais comme j'avais hâte au congé de Pâques! Cinq belles journées devant nous!

— Dommage que mon père et Ferdinand soient là...», avoua-t-il en enlaçant sa bien-aimée venue se blottir contre lui.

Bras dessus, bras dessous, le couple rasséréné reprit le chemin de la maison. Ébranlé plus qu'il ne voulait le laisser voir par cet incident, Thomas se lança dans une énumération complète des avantages que leur réservait la vie à La Chaumière.

«Avec un peu de chance, c'est là que tu devrais mettre notre fils au monde.

— Pardon? fit Victoire sur un ton enjoué. Qu'est-ce qui te permet de prédire que ce sera un garçon? Et puis, j'estime qu'il va falloir plus que de la chance pour que cette maison soit prête avant la fin de l'été.»

Thomas s'offusqua de son scepticisme.

«Quand je te dis que mes ventes ont doublé pendant la dernière quinzaine. Dans cinq semaines, au plus, je serai revenu au moulin.»

Pour mieux l'en convaincre, il s'amusa, l'air réjoui, à raconter avec force détails les péripéties les plus cocasses de ses tournées.

«Se peut-il que tu y aies pris goût?» demanda Victoire.

Il protesta.

«Avoue que tu adores vanter ta marchandise, négocier serré, puis partir avec la satisfaction d'avoir atteint ton but.

— Oui, mais pas quand il faut que je m'éloigne de la maison.

— Et de dormir dans les hôtels, ça te plaît?

— C'est ce que je déteste le plus. Je ne suis bien nulle part. Pas plus dans le hall de l'hôtel, où ça sent la boisson et le cigare à plein nez, que dans ma chambre qui sent, comment te dire...

— La solitude?

— Quelque chose du genre, oui. Je passe mes soirées à imaginer ce que tu fais, à me demander si tu t'ennuies autant que moi. Puis, je finis par m'endormir en cherchant une meilleure façon de présenter tes nouveaux modèles.»

Thomas avait vendu toutes les bottines d'écoliers à double semelle, mais il n'avait placé que quelques paires de chaussettes pour bébés; pis encore, il était revenu avec toutes les chaussures pour dames.

«Le temps que les gens se fassent à l'idée... C'est toujours comme ça quand on veut apporter du nouveau.

— Pourtant, observa Thomas, Montréal et Trois-Rivières t'en ont déjà commandé plusieurs douzaines. Je pense que je n'ai pas le tour de présenter ta marchandise aux femmes», ajouta-t-il dans une moue d'adolescent qui provoqua les éclats de rire de Victoire.

Les taquineries fusèrent de part et d'autre, et le souper garda cette atmosphère enjouée qui seyait bien aux retrouvailles du congé de Pâques. Georges-Noël les avait rejoints à table et questionnait Thomas sur ses ventes de farine et de grains. Celui-ci échafaudait des plans:

«Au pire, je rachèterai le reste et je le revendrai à mon compte.

— Et tu vas l'entreposer où, ta marchandise?

— C'est le dernier de mes soucis», répondit Thomas, pour qui le silence de sa femme tenait lieu d'approbation.

Victoire ne souhaitait rien de plus au monde que de voir son mari reprendre sa place à la maison, son métier de meunier et ses travaux à La Chaumière.

Tôt le lendemain matin, Georges-Noël sortit atteler Prince noir pour se rendre à Trois-Rivières d'où il devait ramener Ferdinand. Avec d'infinies précautions, Victoire se glissa hors du lit, noua ses cheveux, se couvrit d'une robe de chambre et passa à la cuisine. Les mitaines et le foulard de Georges-Noël demeurés sur une chaise près de l'entrée lui donnèrent l'espoir de parvenir, cette fois, à lui dire ce qui la préoccupait et qui l'avait tenue éveillée une partie de la nuit. «Plût au ciel que Thomas dorme encore d'un profond sommeil», pensa-t-elle. Le nez à la fenêtre qui donnait sur l'écurie, Victoire se remémorait la formule qu'elle avait des dizaines de fois remodelée. Le harnais de Prince noir bien attaché aux limons de la carriole, Georges-Noël allait prendre place, mais il se ravisa et avança avec l'attelage jusqu'à l'entrée de la maison où il arrêta son cheval. Victoire s'empara aussitôt des mitaines, du foulard et d'un petit sac de victuailles et sortit à sa rencontre.

«C'est ce que vous veniez chercher? lui demanda-t-elle en les lui tendant. J'ai pensé vous préparer des petites choses à grignoter en route...», ajouta-t-elle en retenant le sac contre elle, le temps de révéler le véritable motif de son geste.

Georges-Noël semblait pressé de partir.

«Je ne veux pas vous retarder, mais j'aimerais savoir si vous avez eu des nouvelles de votre mère depuis sa dernière visite.

— Tu ne commenceras quand même pas à t'inquiéter d'elle, après tout ce...»

La suite se perdit dans un grognement inaudible dont Victoire devinait le sens.

«Non, mais je m'inquiète de ce qu'elle peut raconter à Ferdinand dans ses lettres, avoua-t-elle, grelottante de froid et de nervosité.

— À Ferdinand? En quel honneur?»

Bien campé sur son siège, les genoux couverts d'une courtepointe de lainage, Georges-Noël la fixait, l'air étonné.

«Ils s'écrivent? Eh ben! On aura tout vu!» s'exclama-t-il, consterné.

Il fit aussitôt onduler les cordeaux sur le dos de Prince noir et, avant de s'engager sur le chemin de la rivière aux Glaises, il se retourna pour la saluer d'un large geste de la main.

Transie, Victoire entra sur la pointe des pieds, souhaitant de tout son cœur que Georges-Noël comprît combien il était important qu'il intervienne auprès de son fils avant que ce dernier soit contaminé par les médisances de Madeleine. Mais elle doutait que les deux hommes puissent avoir une conversation franche et assez profonde pour que Georges-Noël découvre le but de cette correspondance, et puisse intervenir à temps. Elle retourna à sa chambre et se faufila sous les couvertures avec l'adresse d'un serpent.

«Tu es gelée, petite maman, lui murmura Thomas en la serrant contre lui.

— Je n'aurais pas voulu te réveiller... Il est si rare que tu puisses dormir tout ton soûl.

— Ce n'est pas toi, c'est mon père qui m'a réveillé de sa grosse voix de baryton. Qu'est-ce qui le surprenait tant que ça, à matin?

— Chut! Chut! C'est sans importance. Essayons de dormir tandis qu'on en a la chance.»

À en juger par la mine déconfite de Ferdinand à son arrivée dans la maison, la discussion entre lui et son père n'avait pas été des plus heureuses.

«Tu as l'air content de nous revoir comme ça s'peut pas, mon petit frère», lui lança Thomas, se voulant taquin.

Cette remarque lui mérita au plus un sourcillement peu flatteur.

«Tu mangerais? lui demanda Victoire.

— Du gâteau, si tu en as, avec un verre de lait, répondit-il avec une amabilité qui surprit Thomas.

— C'est ta grand-mère qui ne serait pas fière de te voir, frérot... Du dessert en plein Vendredi saint.»

Ferdinand racla son assiette en silence, la déposa dans l'évier et se dirigea vers l'escalier. À mi-chemin, il se tourna vers son père:

«Il faut vraiment que je vienne dîner dimanche?

— C'est la moindre des choses, lui dit Georges-Noël. Si on t'écoutait, les chiens passeraient avant le monde, ajouta-t-il, faisant allusion à Pyrus. Tu n'as pas l'air de comprendre qu'un chien n'a pas sa place dans une ferme avec des chevaux d'exposition.»

Victoire, qui mesurait les conséquences du refus de Georges-Noël pour le bonheur de Ferdinand et la qualité de leur relation, s'interposa:

«Moi, je pense qu'avec Pyrus ce serait différent. Il n'y a pas plus intelligent et plus docile qu'un montagnard des Pyrénées.

— Ça reste encore à prouver», riposta Georges-Noël, fermé à toute concession.

Déjà dans la carriole, Ferdinand avait manifesté son intention de passer ce court congé chez M. Piret, où il se sentait, avait-il déclaré, plus chez lui que dans sa propre famille. «Une simple réaction de garçon désappointé», avait commenté Georges-Noël.

Telle n'était pas l'opinion de Victoire pour qui les silences de Ferdinand tout comme ses sous-entendus avaient toujours pris une importance que les événements étaient venus confirmer. Elle imaginait sans peine quel serait son chagrin si ces mots venaient un jour de l'enfant qu'elle portait avec tant d'amour. Victoire n'était pas loin de croire qu'une profonde détresse poussait ce jeune homme, pourtant sensible et intelligent, à blesser sciemment. Si son physique ne rendait pas justice à ses seize ans, son discernement, ses succès scolaires et la qualité des gens qu'il fréquentait faisaient foi d'une incontestable maturité. Victoire souhaitait qu'il en fît preuve s'il advenait qu'il soit mis au courant des accusations que Madeleine avait portées contre elle. Rien ne l'autorisait à présumer qu'il en avait été question entre le père et son fils pendant les longues heures d'intimité que leur avait offertes le retour de Trois-Rivières.

Le congé de Pâques déjoua avantageusement les plans de Victoire. Incommodée par une mauvaise grippe, Madeleine ne se présenta pas pour le dîner et Ferdinand, plus grognon que jamais, put ainsi retourner chez les Piret aussitôt le repas terminé. Au bras de son mari, Victoire traversa chez les Du Sault où les réjouissances avaient commencé la veille avec l'arrivée, de Montréal, de son frère préféré, André-Rémi, de son épouse et de leur petite fille prénommée Laurette. Par la magie de sa présence, l'enfant semblait transformer l'humeur du grand-papa Du Sault qui s'épanouissait. Victoire s'en réjouissait d'autant plus qu'elle avait tant souffert des dix ans de discorde entre André-Rémi et son père. Penchés au-dessus du berceau, les deux hommes ne tarissaient pas d'éloges sur cette petite et s'approuvaient réciproquement et sans réserve pour la première fois depuis vingt ans. «D'où vient-il que la mort et la naissance soient à ce point comparables?» se demanda Victoire qui avait été témoin de leur réconciliation au chevet de Joseph Desaulniers, son grand-père maternel. Un sentiment de nostalgie lui serra le cœur en pensant à cet homme qui avait embaumé sa jeunesse d'un parfum d'humour, de tendre affection et de joyeuses complicités. Hélas! il était parti trop tôt pour qu'elle puisse lui présenter son premier enfant. Chaque fois qu'elle pensait à lui, sa conviction de porter une fille qui, par surcroît, fût la fidèle copie de Marie-Reine, l'adorable épouse de Joseph, se renforçait. «Thomas ne saurait être longtemps déçu», se dit-elle, remarquant la joie qui se lisait sur son visage au moment où il l'invita à venir le rejoindre près du berceau. Elle goûtait comme un bien dont on craint d'être bientôt privé chaque parcelle des moments qu'il lui était donné de partager avec les siens. D'une jovialité contagieuse dans les réunions de famille, Thomas était grandement apprécié par les Du Sault. Victoire l'observait comme si elle eût pu faire provision de gaieté pour les semaines de solitude qui l'attendaient.

Le lendemain matin, Ferdinand allait reprendre la route du collège sans que Victoire ait eu suffisamment de temps pour s'entretenir avec lui de sujets aussi épineux que son malaise dans la famille et le refus de son père d'accueillir Pyrus à la ferme.

«J'aurais aimé qu'on se parle un peu, avant ton départ.

— Ça donne quoi de se parler?»

Le reproche était criant dans la voix et le regard de Ferdinand.

«On aurait peut-être pu trouver une autre solution... Je veux que tu saches au moins que j'ai bien de la peine pour toi.

— On ne peut pas en penser autant de lui. Pourtant, s'il y en a un qui devrait savoir comme ça peut faire mal de se faire dire non...»

Une fois de plus, Ferdinand avait parlé comme s'il en eût connu plus qu'elle-même sur les chagrins d'amour de Georges-Noël. À chaque allusion qui s'ajoutait, la menace devenait plus imminente, presque insoutenable. Que l'occasion lui en fût donnée, trouverait-elle le courage de vider cette question une fois pour toutes? Libératrice, cette démarche ne risquait pas moins de ranimer un passé qu'elle avait résolu d'oublier. Un long soupir de Ferdinand et son regard perçant posé sur elle la ramenèrent à la réalité du moment.

«Il ne reste que deux mois avant les vacances», dit-elle, en guise de consolation.

Ferdinand avait esquissé un sourire et quitté la maison d'un pas lourd, hésitant, comme à reculons. Combien il aurait plu à Victoire de prendre la place de Georges-Noël ce matin et de donner à l'enfant qui pleurait en ce jeune homme souvent revêche et insolent la compréhension qu'il eût pu attendre de son père. Que Georges-Noël voulût lui témoigner son affection, elle n'en doutait pas. Mais en était-il capable? Cet homme était plutôt de ceux que la souffrance désarme.

Après le départ des trois hommes, pour ne pas sombrer dans la mélancolie, Victoire regagna son atelier, passa en revue ses différents modèles et résolut d'aller les présenter à ses clients de la région, dès le lendemain, si la température le permettait. Comme elle était loin d'imaginer la réprobation que lui réservaient les dames bien-pensantes et leurs maris ombrageux. Dans sa situation d'épouse et de femme enceinte, son initiative violait traditions et bonnes mœurs. Une femme mariée se devait de se réserver à ses devoirs d'épouse et de maîtresse de maison. Si on lui avait concédé le droit d'exercer ce métier de cordonnière jusque-là réservé aux hommes, il était inacceptable qu'elle le poursuive après le mariage. Victoire fut si consternée de l'accueil qu'elle reçut qu'elle rebroussa chemin avant la fin de sa tournée et se réfugia chez sa mère à qui elle exprima toute son indignation.

«Je t'ai rarement vue dans un tel état, ma fille. Tu me donnes à penser qu'il y a autre chose qui te tourmente, dit Françoise en repoussant le chapeau de paille qu'elle était à décorer d'un ruban de soie lilas. Je te sers une bonne tisane, ça va te calmer», ajouta-t-elle.

Toute menue dans sa robe de toile marine, Françoise nouait sa chevelure blanche sur le dessus de sa tête, assurée d'atteindre ainsi les cinq pieds dont elle s'était toujours vantée. À la regarder se mouvoir aussi vivement, malgré ses soixante-neuf ans, Victoire eut l'impression que cette femme auprès de qui elle avait tant de fois trouvé compréhension et réconfort n'avait pas vieilli depuis qu'elle lui avait confié ses premiers tourments amoureux.

Rassurée sur l'évolution de sa grossesse, sur ses sentiments envers Thomas, Françoise hésitait à lui poser la question qui la hantait:

«Ça se passe bien avec Georges-Noël? demandat-elle enfin sur un ton qui se voulait léger.

— S'il pouvait donc faire un effort pour se rapprocher de Ferdinand. Au lieu de profiter des occasions propices, il le rebute chaque fois. À trop retarder à le faire, il risque de ne plus pouvoir se reprendre. Il sera trop tard. Ferdinand se sera fermé à jamais.»

Dans les longs soupirs de sa fille, Françoise soupçonnait une douleur encore inavouée. Assaillie de questions, Victoire céda:

«Maman, je pense que Ferdinand sait tout», dit-elle avant d'éclater en sanglots.

Elle sentait chez sa mère autant de mansuétude qu'à l'époque de ses premiers frissons pour Georges-Noël, alors qu'elle n'avait que quinze ans. Françoise l'écouta sans l'interrompre. Sa main aux veines violacées posée sur celle de sa fille, elle la pressait de tout dire. Après lui avoir recommandé, à la mort de Domitille, de faire fi des accusations de Madeleine, elle l'exhortait aujourd'hui de ne pas se sentir fautive d'avoir aimé. Et d'aimer encore, peut-être.

«Ce en quoi tu as tort, je crois, c'est de compter que Georges-Noël discutera de cette question avec son fils. Même s'ils ont beaucoup de courage, nos hommes semblent en être dépourvus quand vient le temps d'aborder un sujet délicat comme celui-là.

— Vous ne croyez quand même pas que...

— Que tu devrais crever l'abcès toi-même, oui. Ferdinand te fait confiance, il t'aime bien. C'est toi qui es la mieux placée pour dire la vérité. Je ne crois pas que tu gagnes à laisser aller les choses dans le flou comme ça, constamment sous la menace qu'il te serve les faussetés que lui aurait apprises sa grand-mère.

— Vous pensez qu'elle en a encore pour longtemps...?»

Françoise éclata de rire.

«Une croyance dit que ce sont les plus détestables qui vivent le plus longtemps. Si j'étais à ta place, je ne compterais pas sur sa mort pour me libérer d'une corvée.

— Je ne laisserai pas une autre allusion passer sans trouver le moyen de lui faire dire tout ce qu'il sait», promit Victoire avant de prendre congé de sa mère.

«Je l'avais donc appréhendé, ce mariage, pensa Françoise en regardant sa fille s'éloigner. Depuis le jour où il est revenu à la ferme de sa mère que ma Victoire est tourmentée. Ce sont de bonnes gens, mais tous les quatre sont venus prendre trop de place dans sa vie. Georges-Noël pour l'aveugler d'un amour fou, Domitille pour la remplir de remords, Thomas pour la séduire, pour combien de temps? Et voilà que le beau Ferdinand se met le nez dans ses secrets. Je me demande comment elle va s'en sortir. Encore une chance qu'elle ait hérité d'un caractère fort. Ambitieuse, tenace et exigeante comme elle est, je crains qu'elle ne rencontre plus que son lot d'épreuves dans la vie. Puis, ce n'est pas en quittant une maison que les gens qu'on y a aimés vont nous déserter le cœur...»

Deux semaines plus tard que prévu, mais avec une ardeur sans pareille, Thomas reprenait sa place au moulin de la rivière aux Glaises. Nul besoin qu'Euchariste Garceau lui redonnât la responsabilité de mettre les turbines en marche pour qu'il se rendît au domaine tôt le matin. Redevenu meunier dans tout son être, il éprouvait un immense plaisir à entendre le torrent se déverser à pleines valves et déclencher par sa fougue le rugissement des machines dans les trois ailes du moulin. Les derniers grincements des poulies sous les courroies fraîchement lubrifiées perçaient l'air comme un appel au premier client qui allait immanquablement se targuer d'être si matinal.

Les provisions de grains à moudre étant presque épuisées en cette période de l'année, Garceau avait écourté les heures de travail de ses employés, au grand bonheur de Victoire et de son mari qui disposait ainsi de plus de temps pour préparer leur futur domicile.

Dans un joyeux vrombissement sourdant du ventre de la terre, la sève des arbres éclatait en un foisonnement de bourgeons, le sol riche d'humus s'offrait au soc de la charrue, et, sous la mouvance des cours d'eau, les dernières glaces dévalaient jusqu'au confluent du Saint-Laurent. Cet appel à la vie exerçait sur Victoire un pouvoir magique. De quoi faire mentir toutes les sombres prédictions des prophètes de malheur et pseudo-sages-femmes sur les risques qu'il y avait à enfanter pour la première fois au seuil de la trentaine. Le moindre mouvement de l'enfant en son sein lui était caresse, et ses pauses, extases. Un deuxième cœur battait en elle, avec elle, pour elle. Bientôt, ils seraient deux à s'émerveiller de la magie créatrice. Deux à espérer et à se laisser aimer. Que Thomas rentre tard pour repartir avant le lever du jour n'avait plus d'importance pourvu qu'eux trois se retrouvent au plus vite dans leur petit nid d'amour de l'érablière. Que Georges-Noël et son frère Joseph avalent en vitesse les repas qu'elle préparait avec soin, pressés de retourner à leurs semences, ne l'offensait plus. Que les marchands de Montréal et de Trois-Rivières n'aient pas doublé leurs commandes de souliers pour dames, elle s'en moquait. Un nouvel épisode s'amorçait et allait trouver sa pleine réalisation dans le paysage féerique du domaine de la rivière aux Glaises, là où naîtrait leur enfant, là où il leur serait enfin donné de vivre l'exclusivité et l'intimité dont leur couple avait tant besoin.

Malgré la réduction des heures de travail au moulin, Thomas commençait à s'inquiéter.

«Ça n'avance pas à mon goût. Je perds du temps à m'installer pour scier une planche, par exemple, rien que parce que je n'ai personne pour la tenir à l'autre bout, déclara-t-il en ce premier dimanche de juin.

— Tu n'as pas pensé aux fils de Louis? Il y en a sûrement un qui ne demanderait pas mieux que de venir te donner un coup de main.

— Ouais. Je pourrais toujours m'en accommoder d'ici à ce que Ferdinand revienne du collège.

— Je te conseille de ne pas trop compter sur Ferdinand.

— Pourquoi?» questionna Thomas qui nourrissait déjà des attentes précises à son sujet.

Le refus de Georges-Noël d'accepter Pyrus à la ferme avait à ce point contrarié Ferdinand qu'il eût été utopique d'espérer qu'il se soumît aisément aux exigences de son père et encore moins à celles de son frère avec qui il n'avait développé aucune complicité.

Tant souhaité par les deux hommes, le retour à la maison du jeune collégien tardait, bien que ses valises eussent été retrouvées dans le portique, et ce deux jours avant la date prévue. «Je suis chez M. Piret. Je reviens bientôt», disait un billet déposé sur ses malles. Georges-Noël fulminait: à la ferme et à La Chaumière, du travail l'attendait.

Les festivités de la Saint-Jean se déroulèrent sans qu'on y aperçût Ferdinand. Peu d'habitants, si insociables fussent-ils, manquaient le défilé des chars allégoriques et le pique-nique sur la grève. Qu'est-ce que ce Ferdinand pouvait bien manigancer pour s'enfermer dans son repaire en pareille circonstance? M. Piret, à qui Thomas osa poser la question, expliqua:

«Il est bien occupé, votre frère. C'est un jeune homme brillant qu'on gagne à connaître, vous savez.»

Thomas acquiesça de la tête.

«J'ai bien tenté de le convaincre de nous accompagner, mais j'ai appris que lorsqu'il dit avoir mieux à faire, on perd son temps à essayer de le faire changer d'avis.

— Il fait quoi, exactement? demanda Thomas.

— Oh! Vous n'êtes pas au courant? Mais il faudrait le lui demander, mon cher monsieur... Vous m'excuserez, on m'attend», prétexta le noble Français avec une affabilité qui exaspéra Thomas.

Informée des propos de M. Piret, Victoire fit remarquer à son mari:

«Moins ses proches vont lui manifester d'intérêt, plus ton frère va aller vers les étrangers.»

Le lendemain, tard dans la soirée, les occupants de la maison Dufresne furent éveillés par nulle autre voix que celle de Ferdinand qui venait dans l'allée en compagnie d'on ne savait qui tant les ténèbres de cette nuit chargée d'orage empêchaient de voir.

«Viens, viens», ordonnait Ferdinand.

Georges-Noël quitta la fenêtre de sa chambre et descendit dans la cuisine où il croisa Victoire que le temps lourd incommodait.

«Tu sais avec qui il arrive?

— Non, mais je m'en doute.

— Tu veux dire...?»

Victoire n'eut pas le temps de répondre. La porte de la cordonnerie claqua. Ferdinand n'avait pas prévu le face à face qui l'attendait dans la cuisine. Il sursauta quand, ébahi, Georges-Noël s'écria:

«Mais qu'est-ce que c'est ça?

— C'est mon chien. Je venais juste lui chercher un bol d'eau avant d'aller dormir.»

Pyrus vint s'asseoir aux pieds de Georges-Noël et le fixa de ses grands yeux implorants. Il s'en fallut de peu que ce dernier caressât la tête blanche et velue de la bête, ce qui ralluma l'espoir de Ferdinand. Et comme si elle l'eût deviné, Victoire, accroupie, lui accorda le geste bienveillant que Georges-Noël avait retenu.

«Si on l'essayait pour une couple de jours?... Quitte à ce que je l'amène toujours travailler avec moi, proposa Ferdinand sur un ton avenant qui surprit fort Georges-Noël.

— Y aurait pas de problème à l'érablière, dit Thomas, venu les rejoindre dans la cuisine.

— Il n'est pas question que ma chienne s'en aille là.

— Mais tu viens tout juste de dire que tu voulais l'amener travailler avec toi.»

Une vive discussion s'engagea alors entre les trois hommes. Ferdinand finit par avouer qu'il avait d'autres projets qu'il refusait d'abandonner.

«J'ai pris des engagements ailleurs, que je vous dis.

— Où, ailleurs? insista son père.

— Chez M. Piret. Puis au moulin.

— Depuis quand, au moulin? Je ne t'ai jamais vu là», lança Thomas éberlué mais surtout contrarié à l'idée que son frère puisse marcher sur ses plates-bandes.

Ferdinand leur révéla qu'il était embauché au moulin seigneurial de Pointe-du-Lac, à deux pas du manoir qu'habitaient les Piret. On ne peut plus offusqué, Georges-Noël voulut savoir:

«Au moulin seigneurial des Montour? Mais qu'est-ce que tu fais là?

— Je travaille, répondit Ferdinand tout en caressant sa protégée.

— Veux-tu bien me dire ce que tu sais faire, toi, dans un moulin? s'étonna Thomas.

— La tenue des livres, Thomas Dufresne. La comptabilité, si t'aimes mieux.

— Puis chez Piret?

— Ça, tu ne le sauras pas. C'est un projet qui doit rester secret tant qu'on n'aura pas toutes les preuves que ça va marcher.

— Projet... projet... Qu'est-ce que tu fais de ceux de ta famille?

— Ceux de ma famille? C'est quoi, une famille?

— Mais t'es bien ingrat, Ferdinand Dufresne!

— Écoute-moi bien, Thomas. Ce n'est pas parce que tu t'es mis dans le pétrin que c'est moi qui devrais t'en sortir. Y est pas né celui qui va se servir de moi comme d'un esclave. Puis, de toute façon, ajouta-t-il ironiquement, si ta maison n'est pas prête à l'été, ça vous donnera juste un bon prétexte pour ne pas déménager.»

À l'abri, jusque-là, des flèches que se lançaient les trois hommes, Victoire sentit que cette dernière était dirigée vers elle. Qu'elle fût inspirée par ce que Ferdinand semblait avoir toujours soupçonné ou qu'elle provînt des informations obtenues de Madeleine, Victoire la reçut en plein cœur.

«Si on remettait cette discussion à demain», suggéra-t-elle, des larmes dans la voix.

Visiblement chagriné, Ferdinand acquiesça le premier.

«On s'en va dans la grange, ma Pyrus. Il fait trop chaud pour marcher jusqu'au village.

— Dans la grange?»

Sous le choc de la révélation, Georges-Noël se tut. Il venait de découvrir la provenance des pistes qu'il avait trouvées dans la neige la nuit du jour de l'An. «Mon fils réduit au rang des chiens», pensa-t-il, honteux et attristé.

«Viens te chercher un oreiller, au moins, lui cria-t-il de la fenêtre de la cordonnerie.

— Pas nécessaire, papa», lui répondit Ferdinand pour qui cet égard valait mieux que le lit le plus douillet.

CHAPITRE III

«Thomas! Mais quelle heure peut-il bien être?

— L'heure de souper», répondit Thomas tout en ramassant le tricot qui s'était retrouvé aux pieds de son épouse.

Accablée par la chaleur humide qui annonçait un orage imminent, Victoire s'était endormie dans sa chaise.

«On dirait qu'il y a quelque chose de magique dans ce bonnet: je m'endors chaque fois que je veux lui ajouter quelques rangs, dit-elle en remontant les mailles qui avaient glissé de son aiguille.

— Ce ne serait pas plutôt que tu devrais te reposer quand tu décides de tricoter?»

Victoire leva la tête vers son mari, surprise par le ton de sa réplique. L'air grognon, Thomas se dirigea aussitôt vers la fenêtre qui donnait sur le lac Saint-Pierre. De ses grands doigts charnus, il peignait sa chevelure bouclée. Il n'avait pas cette allure intrépide que lui donnait d'habitude sa façon de se tenir la tête légèrement renversée en arrière. Victoire jeta un coup d'œil aux chaudrons qui mijotaient sur le feu et vint près de lui. Ses bras se seraient volontiers noués autour de sa taille si elle n'eût senti que son mari était ennuyé par une contrariété de poids et craint qu'il ne repoussât toute expression de tendresse. Elle s'adossa au cadre de la fenêtre, scruta son front inquiet et demanda, d'une voix sereine:

«Des problèmes au moulin?»

Thomas hocha la tête. Sitôt posée, la question fit surgir dans le cœur de Victoire l'émotion qu'elle avait ressentie à la suite de l'accident survenu à la carderie. Soignant les écorchures de celui qui devait devenir son mari, elle avait, pour la première fois, éprouvé du désir pour le jeune adulte qui s'affirmait chez l'adolescent victime de son zèle. Plus costaud, plus déterminé encore, Thomas n'avait jusqu'à ce jour rien perdu de son audace, de sa générosité et de son optimisme. L'azur de ses yeux qu'ombraient d'épais sourcils fermement dessinés lui donnait le sérieux d'un homme mûr, bien qu'il entamât tout juste sa vingtième année. Victoire aimait son mari, et ce côté viril qui contrastait admirablement bien avec la spontanéité et la souplesse de son jeune âge. Une fraction de seconde, elle revit sous sa chemise de drap gris ce corps musclé qui l'avait séduite lorsque, de son repaire secret, elle l'avait regardé se baigner dans le lac, un certain dimanche du mois d'août 1872. Elle freina l'élan qui eût ouvert ses bras, jugeant plus sage de l'inciter à parler.

«Tu me racontes ce qui est arrivé?

— Son plus vieux vient de passer au feu.

— Le plus vieux de qui? Qu'est-ce qui est arrivé?»

François-Xavier Garceau, le fils aîné d'Euchariste, possédait un moulin à scie que les flammes venaient de raser ainsi que la maison familiale attenante.

«Il n'y a pas eu de morts, j'espère?

— Non, mais des dommages, puis des conséquences graves, dit Thomas, la tête retombée sur sa poitrine et les yeux rivés sur le plancher.

— J'imagine facilement, fit Victoire peinée d'une telle catastrophe.

— Non. Tu ne peux pas imaginer», répliqua-t-il, sèchement.

Accoudé à la table où il était venu s'asseoir, Thomas fit part à sa femme de son entretien de fin d'après-midi avec le patron.

«"T'auras plus à rentrer au moulin avant tout le monde le matin, à partir de la semaine prochaine. C'est François-Xavier qui va se charger de démarrer les turbines puis d'apprêter les machines", que m'a dit Garceau.»

Ce dernier avait décidé d'accueillir chez lui la famille éprouvée et avait offert à son fils de devenir son associé si, après un an d'essai, la bonne entente régnait toujours. Qu'il souhaitât garder le bien dans la famille se justifiait d'autant plus que les Garceau détenaient le monopole des moulins de la région et jouissaient d'une bonne réputation dans ce type d'industrie. Seul le manoir seigneurial de Pointe-du-Lac leur échappait encore.

«Je n'ai même pas eu le temps de lui présenter mon offre.

— Tu n'avais quand même pas l'intention d'acheter le domaine avant trois ou quatre ans?

— Pourquoi pas?

— Mais pourquoi tant te presser? Donne-toi le temps de prendre un peu plus d'expérience...

— L'expérience, l'expérience... J'entends rien que parler d'expérience depuis quelque temps. Mon père qui ne cesse de me rebattre les oreilles avec ça, puis l'autre qui préfère son fils parce qu'il en a prétendument plus que moi. Il ne manquait plus que tu te mêles de parler comme eux autres. Comme s'il fallait des années de pratique avant de savoir faire marcher un moulin. Si mon père a été capable de le faire à dix-huit ans, je ne vois pas pourquoi je ne le serais pas à vingt ans.»

«Toujours en compétition avec son père», pensa Victoire. Préférant de ne pas insister, elle l'amena plutôt à considérer que rien ne garantissait que, du côté des Garceau, le père et le fils se plaisent à travailler ensemble:

«Habitués qu'ils sont à mener leur barque chacun à sa manière. Puis, l'important n'est-il pas que tu conserves ta place au moulin?

— Ma place? Je l'ai perdue, ma place. Je suis rendu sur le même pied que tout le monde. Même horaire. Même salaire. Mêmes fonctions. Qu'est-ce que ça donne d'avoir de l'ambition s'il n'y a pas d'avancement possible?»

Thomas se leva brusquement et se dirigea vers la fenêtre.

«Tu peux être certaine que je ne passerai pas ma vie à jouer le petit chien derrière un patron, glapit-il en la regardant d'un air dépité.

— Mais je croyais que tu aimais assez ton métier de meunier pour t'y adonner toute ta vie...»

Le silence de Thomas la troubla. L'enthousiasme avec lequel il lui avait déjà décrit ses fonctions au moulin n'était-il attribuable qu'à la perspective de devenir seul maître à bord? Témoin de l'existence de cet homme depuis sa petite enfance, Victoire en connaissait le caractère impétueux, aventurier et ambitieux. Elle le savait aussi enclin à une certaine témérité. À preuve, les aménagements de l'ancienne cabane à sucre selon les plans qu'elle avait tracés pour lesquels il avait sous-estimé l'ampleur du travail et le temps requis pour le réaliser.

«Je vais voir si Nérée ne serait pas chez lui, annonça-t-il, refusant même de prendre le temps de manger avant de partir.

— Tu ne travailles pas à La Chaumière ce soir? Ton oncle Joseph avait promis d'aller te donner un coup de main après le souper...

— Il faut que je parle à Nérée», reprit-il, plus acerbe.

Maudissant les événements qui faisaient obstacle à ses projets, et déçu de n'avoir pas trouvé auprès de sa femme la compréhension qu'il espérait, Thomas se dirigea d'un pas pressé vers la résidence des Duplessis. Non seulement son meilleur ami saurait-il l'écouter, mais l'étudiant en droit pourrait lui être d'un précieux secours, habile qu'il était à argumenter judicieusement.

Élevés sur des terres avoisinantes le long du chemin de la rivière aux Glaises, pensionnaires pendant quelques années dans le même collège, les deux hommes se vouaient une admiration et une confiance réciproques. Confident des premiers frissons de Thomas pour la belle Victoire, Nérée Duplessis l'avait été dans les épreuves comme dans les bonheurs qui avaient jalonné la vie de son ami. À ses côtés dans les bons comme dans les mauvais jours, Nérée avait été choisi comme garçon d'honneur à son mariage. La fin de l'année scolaire le ramenait auprès des siens, à la grande satisfaction de Thomas qui éprouvait l'urgent besoin de lui confier ses joies, ses déboires, mais aussi sa peur viscérale de perdre Victoire. Peur qui l'amenait à chercher constamment à l'émerveiller, à chercher à regagner sa confiance si jamais le non-respect de ses promesses l'avait ébranlée.

Se montrer digne d'une femme aussi exceptionnelle que Victoire Du Sault lui importait bien avant qu'il rêvât de l'épouser. C'est auprès d'elle qu'il avait cherché et trouvé conseils et louanges dans ses apprentissages scolaires, Domitille étant ou malade, ou débordée, ou à s'occuper de Ferdinand. Au décès de cette dernière, il s'était de nouveau réfugié dans les bras de Victoire. «Tant que je serai vivante, tu pourras toujours compter sur moi», lui avait promis Victoire, affligée par le chagrin de cet enfant et par l'accablant reproche de Madeleine qui l'accusait d'avoir provoqué la mort de sa bru par ses tentatives de séduction auprès de Georges-Noël. Quatre ans plus tard, c'est encore cette adorable voisine qui l'avait consolé et soigné après l'accident à la carderie. Approuvant l'idée de son ami Ovide de pousser la laine dans les rouleaux compresseurs pour gagner du temps, Thomas avait dû se lancer à son secours pour éviter qu'ils ne lui arrachent le bras, se blessant ainsi à de multiples endroits. Pendant que Victoire épongeait son front et rafraîchissait son visage, il avait éprouvé pour la première fois la douce sensation d'être touché par une femme. Il n'avait pas eu à ouvrir les yeux pour comprendre que ce sentiment à la fois troublant et bienfaisant n'aurait pu lui être inspiré par les soins d'une mère ou ceux de toute autre femme que Victoire Du Sault. Il lui avait semblé que la tendresse qui passait alors dans ses mains aurait pu être celle de l'amour. Ce contact avait instantanément aboli leur différence d'âge. Tous deux avaient vingt ans. Épuisé par la chaleur suffocante de ce juillet 1869 et par la brûlure de ses plaies, Thomas s'était endormi, exposant sa bienfaitrice au charme voluptueux de son torse déjà viril et de ses cuisses dont elle devinait la musculature sous le pantalon qu'elle s'apprêtait à tailler pour nettoyer les écorchures de ses jambes. Victoire avait alors reconnu en cette pulsion l'élan qui l'avait jetée dans les bras de Georges-Noël, trois ans plus tôt. Honteuse, elle avait aussitôt réprimé cette pulsion et s'était répété que cette attirance était aussi normale que futile et passagère.

Rétabli mais combien contrarié de devoir retourner à Trois-Rivières, septembre venu, Thomas avait langui d'un congé à l'autre, hanté par la pensée de se retrouver en présence de sa très jolie voisine, et de plus en plus soucieux de l'impressionner de ses exploits et de lui être secourable. Comme une soif insatiable, chaque visite avivait son besoin de se mirer dans ses grands yeux noisette, de revoir les lignes harmonieuses de son corps sous son corsage de lin finement dentelé. L'obsession le taraudait au point de le pousser, au crépuscule, à faire le guet, recroquevillé derrière une clôture, rongé par le désir de séduire cette femme que trop de soupirants harcelaient. Nourrie de dix autres mois de répression, de silence et d'attente, cette passion secrète s'était révélée lorsque, par maladresse, Victoire mit le feu à sa cordonnerie en faisant du savon. Thomas était accouru, et, une fois l'incendie maîtrisé, ils n'avaient pu étouffer plus longtemps la flamme amoureuse qui les consumait depuis plus d'un an. Leur étreinte avait alors pris une intensité fulgurante et ils s'étaient abandonnés à l'euphorie du premier baiser. Tous deux comprirent que désormais plus rien ne serait pareil entre eux.

Éperdument amoureux, et particulièrement fier de sa conquête, Thomas avait dû braver la froide et mystérieuse réaction de son père, les sarcasmes de ses rivaux, d'au moins dix ans plus âgés, et les mises en garde des bien-pensants de son entourage. Or, à quiconque voulait l'entendre, il avait juré que sa bien-aimée serait tout aussi, sinon plus, choyée qu'avec un mari de son âge. Les fiançailles à peine célébrées, il avait été mis face à cet engagement par le souhait de Victoire qu'ils élisent domicile à l'érablière du domaine de la rivière aux Glaises, propriété que Georges-Noël leur avait donnée en cadeau de fiançailles.

L'empressement à combler les désirs de sa bien-aimée, sa prodigalité naturelle et la volonté de confondre ses rivaux l'avaient incité à dépasser les attentes de Victoire et à tout mettre en œuvre pour racheter le domaine dans sa totalité. L'arrivée soudaine de François-Xavier Garceau dans les parages du moulin venait chambarder tous ses plans. Il fallait trouver un moyen de contourner ce nouvel obstacle. «Seul le petit génie de Nérée peut me sortir de ce pétrin», pensait Thomas en s'engageant dans l'allée de peupliers qui le conduisait à la demeure des Duplessis.

Le départ de son mari mit Victoire dans l'obligation d'avertir Joseph Dufresne de ne pas compter sur sa présence à l'érablière. À Georges-Noël, curieux d'en connaître la raison, elle répondit sobrement:

«Thomas avait des choses à discuter avec son ami Nérée.

— Voir si c'est le moment d'aller jacasser avec les voisins quand il y a de l'aide qui s'offre. Après ça, il viendra se plaindre de manquer de temps.»

Manifestement contrarié, Georges-Noël s'en prit à Pyrus qui le suivait sur les talons.

«Qu'est-ce qu'elle a à traîner ici, cette bête-là, quand celui qui la voulait tant brille par son absence?

— Elle n'est pas embarrassante, je trouve. Puis, tant qu'elle est avec moi, il n'y a pas de crainte à avoir pour vos chevaux», fit remarquer Victoire, avant d'entraîner la chienne vers la cordonnerie.

Georges-Noël connaissait suffisamment son fils aîné pour déduire que, s'il était rentré du moulin de si bonne heure pour s'en aller aussitôt chez son ami Nérée, c'est qu'un malencontreux événement était survenu dans la journée. Que Victoire l'écartât du problème le blessait plus que si ce fût Thomas qui l'eût fait. Non pas qu'il eût voulu s'immiscer dans leurs affaires, mais, dût-il se le reprocher, il souffrait de la distance que Victoire maintenait entre elle et lui, en sa qualité d'épouse de Thomas. De quoi lui faire trouver avantage à ce que le couple quitte sa demeure, le délivrant, croyait-il, des tiraillements que lui causait leur vie en commun. Bien qu'il appréhendât le vide énorme que sa bru laisserait derrière elle, il le préférait à la dualité qui s'élevait en lui, au combat entre sa raison et ses pulsions. De se retrouver seul avec son frère Joseph le jour et avec son fils Ferdinand la fin de semaine n'avait rien de comparable au plaisir de vivre en compagnie d'une femme énergique, inventive et dévouée comme Victoire, il en était fort conscient. D'un autre côté, n'était-ce pas là l'occasion idéale de se rapprocher de son fils cadet? Georges-Noël s'y appliquait à chacune des présences de Ferdinand, prenant prétexte de Pyrus pour amorcer une conversation qu'il espérait plus engageante d'une fois à l'autre. La fin de soirée lui en réservait une avec Thomas qui, bien que toujours déçu de voir ses projets contrecarrés par ceux d'Euchariste Garceau, avait trouvé réconfort auprès de son ami Nérée. Non moins empathique, Georges-Noël voulut-il invoquer son jeune âge pour l'inciter à prendre son temps que Thomas s'en offusqua.

«Pourquoi çe serait plus difficile pour moi que ça l'a été pour vous? demanda-t-il, de nouveau exaspéré.

— Il y a vingt ans, il y avait moins de moulins, moins de compétition.

— C'est ce que j'aime, la compétition.»

Thomas avait décrit avec enthousiasme toutes les mesures qu'il entendait prendre pour moderniser les trois moulins: le débit d'eau à tripler, les scies à bois à changer pour de plus grosses, plus d'espace au moulin à farine et de la machinerie plus sécuritaire à la carderie. «Puis je n'attendrai pas les appoints de Garceau bien des années» avait-il précisé, laissant planer d'autres projets.

*   *
*

En ce dimanche matin du 12 juillet 1874, Ferdinand, de moins en moins dévot, traînait au lit alors que les hommes étaient déjà endimanchés, prêts à partir pour la grand-messe.

«Lève-toi, Ferdinand. On part dans un quart d'heure», de lui crier son père, du bas de l'escalier.

Vu la chaleur accablante, tous, sauf Ferdinand, étaient convenus d'assister à la messe en la paroisse de Yamachiche, où elle était célébrée une demi-heure plus tôt qu'à Pointe-du-Lac. Mais voilà qu'à ses derniers préparatifs Victoire éprouva une telle lassitude qu'elle décida de demeurer à la maison.

«Tu fais bien, d'approuver Georges-Noël, mais j'en connais un qui n'a pas tes raisons de rester ici, ce matin», dit-il en se dirigeant vers la chambre de son fils.

Thomas sortit de son humeur maussade des derniers jours, le temps d'un encouragement pour sa femme:

«Par une chaleur pareille, c'est le p'tit Jésus qui se déplace pour les femmes dans ton état.

— Si tu savais! Ça ne m'effleure même pas la conscience, repartit Victoire, heureuse d'apercevoir une lueur de gaieté dans le regard de son mari.

— Je connais un endroit d'une beauté rare, pas très loin d'ici. En revenant de la messe, je vais préparer ce qu'il faut, puis on va aller prendre notre dîner là, rien que nous deux», chuchota-t-il à l'oreille de sa bien-aimée en caressant son visage d'une main légère.

Victoire se prêta aux cajoleries de son mari avec d'autant plus d'aise et d'abandon que, Georges-Noël s'attardant auprès de Ferdinand, tous deux se retrouvaient seuls dans la cuisine. Comme par magie, la douleur lancinante qui lui labourait le bas du dos depuis quelques jours disparut.

«Je me sens mieux, maintenant. Peut-être même que je pourrais...

— Non, non. Tu restes ici, lui ordonna Thomas. Je vais prier pour trois, moi, ce matin, ajouta-t-il, rieur.

— Ça ne sera pas de trop, dit Georges-Noël qui avait entendu ces mots en descendant l'escalier. Le jeune prétend qu'il n'a pas dormi de la nuit et qu'il risquerait de s'évanouir à l'église si on le forçait à se lever tout de suite. Tu l'enverras à la paroisse avec les Berthiaume, enchaîna-t-il, en s'adressant à Victoire.

— Je vais faire mon possible, mais je ne vous promets rien. Vous connaissez votre garçon...»

Georges-Noël fixa son regard sur sa bru, visiblement plus inquiet de son état que de celui de Ferdinand.

«Tu ne penses pas qu'il serait plus prudent que quelqu'un reste ici avec toi?»

Victoire s'y opposa fermement, faisant valoir qu'il était peu probable que Ferdinand quittât la maison.

«Je doute qu'il puisse t'être bien utile, lui, ce matin», commenta Georges-Noël avant de sortir, d'un pas hésitant, rejoindre Thomas qui l'attendait dans la calèche.

Les délicates attentions dont son mari l'avait choyée avant de partir l'incitaient à croire que, en dépit de son jeune âge, Thomas saurait remplir son rôle de père avec toute la tendresse qu'elle souhaitait. Une inquiétude persistait cependant du fait qu'il n'avait pas desserré les dents sur sa rencontre avec son ami Nérée. Rien ne l'autorisait à présumer que le jeune Duplessis ait pu lui être de bon conseil et lui apporter tout le réconfort qu'elle ne pouvait elle-même lui offrir.

Déçue de ne pouvoir donner naissance à son premier enfant dans sa propre maison, elle tentait de se convaincre que, tôt ou tard, elle découvrirait des avantages à cette cohabitation prolongée, ne serait-ce que celui de ne pas se retrouver seule à la maison, s'il arrivait que Thomas dût reprendre la route, l'automne venu.

Pour Victoire, la présence de Pyrus devant la cordonnerie était un signe d'espoir. «Qui aurait pensé que Georges-Noël eût consenti à ce que Ferdinand l'amène ici, de temps en temps?» se dit-elle. Caresser ce pelage blanc, soyeux et légèrement ondulé lui apportait un apaisement qu'elle n'aurait jamais imaginé trouver auprès d'un animal autre que le cheval. Elle n'aurait pu dire depuis quand elle ne s'était pas accordé le plaisir de laisser ainsi vagabonder sa pensée. Près de trois heures de cette heureuse tranquillité lui étaient offertes avant le retour des deux hommes. «Dommage que Ferdinand ne soit pas parti avec eux», pensa-t-elle au moment où il apparut, heureux de la trouver blottie auprès de sa chienne.

«C'est ça qui t'a rendu malade? lui demanda Victoire en désignant les deux livres qu'il tenait sous son bras. Montre-moi.»

Alléguant en avoir fait la promesse à M. Piret, Ferdinand refusa qu'elle les vît. Sur le dos de l'un d'eux, elle put lire le nom de Voltaire.

«Je parie que ce sont des livres à l'Index.

— Ça dépend pour qui. Pas en Europe.

— Tu te sens attiré par ce genre de lecture?»

Ferdinand lui raconta son intérêt pour la philosophie et pour l'histoire des religions, sujets dont il discutait souvent avec le couple Piret. Elle l'écoutait parler volubilement de ses passions quand une douleur aiguë la fit se raidir. Ferdinand s'interrompit, alarmé.

«T'es malade, Victoire?»

Elle porta les mains à son ventre. «Mon Dieu, ce n'est pas vrai. S'il fallait que ce soit une contraction...

Les hommes viennent à peine de partir... ma mère aussi.» Elle repensa à ce que cette dernière lui avait dit la semaine précédente: «Ménage-toi un peu plus. Tu sais qu'il y a plus de risques d'accoucher prématurément à ton âge... surtout pour un premier bébé.» «Des histoires de sorcières», avait-elle riposté, et elle le croyait encore, persuadée qu'un peu de détente suffirait à interrompre un travail prématuré.

«Rien de grave, Ferdinand. Je vais aller m'étendre un peu.»

Une autre douleur lui traversa le ventre. Et une troisième. Des doutes surgirent dans son esprit concernant les débuts de cette grossesse qu'elle avait officiellement fait remonter à la première semaine de novembre. Dix minutes à peine s'étaient écoulées lorsqu'une quatrième contraction s'annonça. Pyrus se mit à gémir, alertant Ferdinand.

«Qu'est-ce que t'as, ma belle Pyrus», lui demanda-t-il, inquiet de l'entendre gémir.

Ferdinand comprit l'agitation de sa chienne. Victoire eût tout juste le temps de lui demander d'aller atteler la jument avant qu'une autre contraction lui coupât le souffle. Nerveux et malheureux, Ferdinand ne sut faire mieux que de lui apporter une serviette pour éponger les sueurs qui coulaient sur son front.

«Trouve vite un moyen d'aller chercher Mme Houle. Commence par aller voir chez elle. Si elle n'est pas là, rends-toi à l'église puis ramène-la vite ici.»

Cette recommandation se perdit dans une longue plainte. Ferdinand sortit de la maison en coup de vent. Victoire s'affaira à préparer le nécessaire à l'accouchement sur sa table de nuit, profitant de chaque minute de répit.

Devant la porte de la cuisine demeurée ouverte, elle vit enfin passer Ferdinand, debout dans la calèche. Les douleurs se faisaient plus aiguës et plus rapprochées, et elle commença à douter que le secours n'arrive à temps. Pyrus, qui allait de sa chambre à la galerie, se mit à aboyer. Victoire saisit un bout de papier, écrivit un message en toute hâte, le glissa dans une enveloppe adressée à l'intention de Thomas Dufresne et le fixa au cou de la bête.

«Va porter ça à Thomas, Pyrus. Va vite à l'église. Par là, Pyrus. Cours.»

L'eau bouillait sur le poêle que Victoire avait dû réactiver en dépit de la chaleur. Par précaution, elle prépara un bassin d'eau tiède qu'elle apporta près de son lit. Une paire de ciseaux purifiés dans l'alcool et des serviettes manquaient encore aux préparatifs. Elle laissa passer une nouvelle contraction, puis vint les ajouter aux langes et aux vêtements de bébé déjà déposés près de son lit. La soudaine impression que ses heures et celles de son enfant étaient comptées la terrifia. Qu'elle perdît son premier bébé ou qu'elle lui donnât la vie au prix de la sienne lui sembla d'une cruauté telle qu'elle hurla de désespoir. Plus elle s'acharnait à chercher la bonne posture à prendre, le bon geste à faire, plus son esprit s'embrouillait.

Les cloches de l'église sonnèrent l'Agnus Dei. De l'aide allait peut-être venir pour le moment ultime. Une autre contraction, celle-là forte et plus longue, lui apporta un apaisement inattendu. Une petite tête toute chevelue s'était dégagée... Victoire céda à la poussée qui s'imposait. Son enfant venait de naître. Entre l'affolement et la joie, elle allait s'accorder quelques secondes de repos lorsqu'elle se rendit compte que le bébé n'avait émis aucun pleur, aucun cri. Il fallait faire vite! Mais quoi faire? Le bébé bleuissait à vue d'œil.

«Plus vite que ça, des tapes aux fesses», lui cria Mme Houle de l'embrasure de la porte.

Enfin les pleurs! Épuisée et tremblant de tout son corps, Victoire se mit à sangloter.

«Vous avez fait tout ce qu'il fallait, ma p'tite dame. Votre bébé est sauvé. Reposez-vous le temps que je m'en occupe.»

De sa besace, Mme Houle retira le nécessaire de premiers soins. Tout y était. Même la tisane dont elle seule connaissait la provenance et les vertus thérapeutiques.

«C'est un chien d'une intelligence rare que vous avez là, madame Thomas.

— Vous voulez dire que c'est elle qui...

— Pensiez-vous que c'étaient les anges qui étaient venus m'avertir pendant la messe? À ce que m'a dit M. Lesieur, votre chien a jappé sur le perron de l'église tant que quelqu'un n'est pas sorti. En apercevant le papier à son cou, le brave homme n'a pas hésité à déchirer l'enveloppe et à venir me porter le message à mon banc. J'ai fait ni une ni deux, j'ai ramassé ma sacoche, puis j'ai dit au p'tit Jésus: "À dimanche prochain, pour la communion!"»

Victoire sourit à l'expression des petits yeux perçants et de la bouche en cœur qui donnaient à cette septuagénaire vêtue à la gitane un air précieux qui contrastait avec sa bonhomie.

«Vous êtes sûre que tout est correct? demanda Victoire, hésitant à formuler la question qui lui brûlait les lèvres.

— Puisque je vous le dis», répondit la sage-femme occupée à langer le nouveau-né.

Des pas résonnèrent de la cordonnerie.

«C'est votre mari, puis votre petit beau-frère», annonça Mme Houle en refermant la porte derrière elle.

La coutume n'autorisait pas le mari à pénétrer dans la chambre de la mère avant d'y être autorisé par la sage-femme. Pendant que cette dernière emmaillotait le bébé, seuls leur parvenaient de la cuisine les plaintes de Pyrus et les craquements du plancher sous les berceuses. Pour la deuxième fois, la porte de la cordonnerie claqua, Georges-Noël arrivait. Devinant la curiosité et l'inquiétude des hommes, Victoire languissait devant la lenteur et les minuties de sa bienfaitrice.

«Vous manque-t-il quelque chose? lui demanda-t-elle.

— J'arrive», cria la sage-femme à l'intention de ceux qui l'attendaient dans la cuisine.

Enfin, la porte de la chambre s'ouvrit, et Mme Houle vint déposer un tout petit paquet dans les bras de Thomas, au grand émoi de Georges-Noël.

«C'est ta petite fille, Thomas. Puis la maman va bien», débita-t-elle tout d'un trait.

Thomas prit l'enfant et demeura immobile, momifié.

«Ah! Les nouveaux papas! Ils sont bien tous pareils! On dirait qu'ils ont peur de les casser.»

D'un geste maternel, elle découvrit le visage de la petite et le tourna vers son père.

«Mais elle a bien chaud! s'exclama Thomas.

— Je ne pense pas. C'est un teint normal dans sa condition. Pour bien faire, deux ou trois semaines de plus ne lui auraient pas fait tort, à votre p'tite demoiselle.

— Êtes-vous sûre qu'elle est en bonne santé? demanda Georges-Noël qui se tenait à l'écart.

— Pour être franche avec toi, je t'avouerai qu'il me reste des petites doutances rapport à ses poumons. Il va falloir prendre un peu plus de précautions que pour une autre... Surtout, pas de courants d'air. Mais je pense bien que pour le reste, y a pas d'inquiétude à avoir. Du moment que vous réussirez à la faire manger... Je vais repasser demain.»

Et, se retournant vers Thomas, elle continua:

«T'as une femme dépareillée, mon Thomas. Prends-en bien soin. Puis, si j'ai un autre petit conseil à donner, débarrasse-toi jamais d'un chien intelligent comme le tien.»

Thomas la fixa, perplexe.

«C'est mon chien, la reprit Ferdinand resté jusqu'alors silencieux. Je leur avais dit qu'elle était capable de sauver des vies, ma Pyrus», ajouta-t-il en lançant sur son père un regard hautain.

Georges-Noël pencha la tête et sourcilla en guise d'approbation.

«T'avais raison, mon garçon, dit la sage-femme, attendrie. Je ne suis pas sûre que la petite aurait survécu si j'avais retardé d'un quart d'heure seulement.»

Après avoir ramassé sa trousse, prête à partir, elle lança à Georges-Noël:

«On y va?»

Ferdinand sortit en même temps qu'eux, sa chienne à son pied, pour aller dételer Pénélope qu'il avait attachée à un piquet à son retour. À mi-chemin entre la maison et le village, il s'était fait dépasser par Pyrus qui filait à toute allure, un papier blanc accroché à son collier. Avant qu'il ait eu le temps d'arriver à l'église de Yamachiche, une autre voiture dans laquelle se trouvait sa chienne, derrière M. Lesieur et Mme Houle, le croisait. Tenté de rebrousser chemin, Ferdinand avait finalement jugé préférable d'aller chercher Thomas et de le ramener tout de suite à la maison. Pressant son jeune frère de lui raconter tout ce qui s'était passé depuis son départ pour la messe, Thomas avait été ébahi d'apprendre que c'était Victoire qui avait eu l'idée d'envoyer Pyrus à l'église.

«Ça prouve juste qu'elle a gagné à m'écouter, puis à me croire quand je lui parlais de ma chienne. Un berger des Pyrénées a souvent plus de flair qu'un humain, je le savais, moi.

— Pourquoi tu n'y as pas pensé toi-même, alors?

— Parce que j'étais trop préoccupé de faire ce que Victoire me demandait. Puis, elle avait l'air d'avoir tellement mal, ta pauvre femme, que je me suis affolé.»

Oscillant entre la culpabilité, la jalousie et la gratitude, Thomas s'était reproché de n'être pas demeuré à la maison. «Quand ce n'est pas mon père qui prend ma place, c'est mon frère...» À même d'apprécier le rôle que Pyrus et son maître avaient joué dans la survie de sa fille, il avait décidé d'exprimer sa reconnaissance:

«Je te rendrai ça un jour», lui avait-il dit en descendant de la voiture.

Maintenant qu'il se retrouvait seul dans la cuisine, Thomas regarda attentivement sa petite, ne parvenant pas à croire qu'elle pouvait être de lui. Il se leva avec précaution, poussa doucement la porte de la chambre, puis s'arrêta. Dans le lit, une femme au teint livide tendait les bras vers celui qu'elle aurait tant souhaité voir à ses côtés, dans la matinée. Thomas vint l'embrasser avec une infinie tendresse.

«Je suis là rien que pour toi, aujourd'hui, lui murmura-t-il. Rien que pour te soulager, puis te dorloter... Je suis tellement content que tout se soit bien passé!

— Tu n'es pas trop déçu de ne pas avoir ton fils en premier?

— Au contraire! On est déjà trois hommes ici alors que tu es toute seule. Ça va te faire de l'aide avant long-temps, ajouta-t-il, rieur. Mais, dis-moi donc, fit-il, de nouveau soucieux, nous aurais-tu caché tes malaises, ces jours-ci?

— Ce n'est pas facile de savoir si c'est le vrai travail qui est commencé... Puis, comme ça ne fait pas dix fois que j'accouche...»

Thomas, qui avait besoin d'être rassuré, apprécia l'humour de sa femme. Délicatement, il découvrit le visage de sa fille.

«As-tu vu comme elle est belle?» lui demanda-t-il en la déposant sur sa poitrine.

Victoire prit le poupon des bras de son mari, le glissa contre elle et demanda à dormir.

Entre-temps, intrigués par le va-et-vient chez leurs voisins, les Du Sault s'inquiétaient. Il suffit que Ferdinand se montrât le bout du nez pour qu'ils courent aux nouvelles. Les honneurs du parrainage leur furent réservés pour le lendemain. De retour de chez Mme Houle, Georges-Noël les invitait à boire à la santé de la maman et de la petite Clarice.

«C'est la petite fille que je n'ai pas eu le bonheur de voir grandir, avait-il confié à la sage-femme, lui disant le chagrin qu'il ressentait encore d'avoir perdu la première de ses enfants à l'âge de trois ans.

— Je ne me suis jamais habituée à la mort des enfants, lui avait-elle avoué, à son tour. Et Dieu sait si mes bras en ont porté, des petits êtres inanimés. S'il m'est donné un jour de rencontrer le Père éternel et qu'il me demande des comptes, c'est lui qui aura à m'en rendre là-dessus.»

Ces mots revenaient à l'esprit de Georges-Noël lorsqu'il put enfin contempler à son aise l'enfant qui aurait pu être sienne si...

*   *

*

Comme s'il eût fallu que quelqu'un fît une place à ce nouveau-né, quelques semaines après sa naissance Madeleine pleurait la perte d'Elmire, la dernière survivante des quatre filles qu'elle avait mises au monde. Celle pour qui elle n'avait toujours eu qu'éloges et gratitude. Celle qui, éduquée chez les religieuses de la congrégation Notre-Dame, en avait gardé l'esprit religieux et les bonnes manières. Qu'elle la quittât brusquement, à peine entrée dans la quarantaine, affligea Madeleine d'une douleur telle que personne parmi ses proches ne put lui apporter le moindre réconfort, si ce n'est Ferdinand qui, avant de prendre congé de la parenté réunie autour de la mère éprouvée, lui avait glissé quelques mots à l'oreille. Pour lui, elle avait daigné lever les yeux à travers sa voilette noire et délaisser, le temps de lui serrer la main, le chapelet qu'elle égrenait sans répit. Victoire jugea bon de profiter de cet instant de réceptivité pour lui présenter ses condoléances. Madeleine ignora la main tendue vers elle et n'offrit à Thomas, qui se tenait à ses côtés, qu'un regard interrogateur.

«Notre petite fille est arrivée, lui dit-il. Puis, elle est en bonne santé, ajouta-t-il, devinant la question d'usage.

— Un peu fragile, mais elle va s'en tirer, reprit Victoire.

— Tu apprendras bien assez vite que ce n'est pas toi qui décides ça», murmura l'aïeule avant de se reprendre à égrener son chapelet d'ivoire blanc.

Victoire supplia Thomas de la ramener chez elle.

«Derrière toute apparence de méchanceté, il ne faut voir qu'une grande détresse, lui rappela Françoise chez qui elle revenait pour prendre sa petite Clarice.

— Mais quand est-ce qu'elle va cesser de me vouloir du mal?

— Quand tu lui auras prouvé qu'elle n'a aucune emprise sur toi.

— Ce n'est pas facile. Aussitôt que je prends le dessus, elle m'assène un autre coup. À l'entendre, on dirait qu'elle souhaite que ma petite...

— Je te conseille d'accorder le moins d'importance possible à tout ce qu'elle pourrait te dire. Penses-tu que, si elle n'était pas destinée à vivre, ta fille, les événements t'auraient servie comme ils l'ont fait à sa naissance?»

Clarice sommeillait calmement sur la table de la cuisine, emmaillotée dans une layette que Victoire avait tricotée, l'hiver précédent, convaincue de porter une fille. Françoise s'en approcha, dégagea ses petites mains dont les doigts fins comme des allumettes parvenaient à peine à faire le tour de son index. Elle caressa son front soyeux, notant que toutes les rides étaient disparues. Aux mots d'amour qu'elle lui chantonnait Françoise joint une réflexion qui, en fut-elle consciente, avait autant le pouvoir de neutraliser les funestes augures de Madeleine que de les confirmer:

«Elle est particulière, ta petite. Elle me fait vivre des sentiments que je n'ai pas ressentis auprès des enfants de Louis et d'André-Rémi.»

Victoire la regarda, bouleversée.

«C'est un ange, cette enfant», précisa la grand-maman.

Avant de la quitter, Victoire lui confia l'inquiétude que lui inspirait la soudaine condescendance de Madeleine à l'égard de Ferdinand.

«Tant mieux pour lui», laissa tomber Françoise, ignorant les motifs et les risques d'un rapprochement entre Madeleine et son petit-fils.

Guère plus rassurée, Victoire n'en fit montre.

«Il faut que j'aille, maintenant. J'ai tellement de travail en retard.»

À mi-chemin entre les deux résidences, Victoire croisa Joseph qui venait lui annoncer que, désormais, elle n'aurait plus à ajouter un couvert pour lui, sur la table. À la suite du décès d'Elmire, se sentant plus esseulée, Madeleine lui avait demandé de s'installer chez elle, au village.

«Vous allez au moins prendre vos dîners avec nous?

— Je n'avais pas prévu, mais si tu insistes...»

Chemin faisant, Joseph exprima, pour la première fois, à Victoire toute l'admiration qu'il lui vouait, laissant même deviner qu'il avait été amoureux d'elle.

«Je suis tellement maladroit avec les femmes que j'ai décidé d'en faire mon deuil, du mariage.

— Ne dites pas ça, vous avez encore des chances de trouver. Y a pas de mal pour un homme à se marier passé la trentaine.»

Joseph lui adressa un sourire complaisant et s'empressa de retourner à son sarclage.

Que cet homme timide mais d'un jugement et d'une prodigalité exemplaires tienne compagnie à Madeleine rassura Victoire. Il était même à prévoir qu'il la détendît si jamais quelques paroles malveillantes étaient prononcées devant lui.

Enfermée dans sa chambre pour le boire de sa petite, Victoire repensait à Joseph. Tout ce qu'elle avait jadis interprété comme de l'indifférence ou de la désapprobation n'était que la manifestation d'un malaise insurmontable face aux sentiments qu'il éprouvait à son égard. Ses retraits, ses silences, cette manie de l'observer à distance prenaient un tout autre sens. Elle ressentit une tendre affection pour cet homme qui ne s'était jusqu'alors distingué que par sa discrétion et son assiduité au travail. Ennuyé dès qu'il devait prendre une décision, il semblait s'être toujours plu à travailler à la ferme familiale, tant au service de sa mère qu'à celui de son frère. Il apparut alors à Victoire que les gens moins exigeants étaient davantage doués pour le bonheur. À preuve, elle-même et son mari.

*   *

*

Thomas avait repris son travail au moulin avec un zèle délirant, accordant de moins en moins de temps aux rénovations de sa maison. Joseph se montrait, de ce fait, moins disposé à l'aider, et la patience de Victoire était mise à rude épreuve. Non pas qu'elle et son bébé ne fussent pas bien dans la maison de Georges-Noël, mais, la présence de ce dernier se faisant plus assidue depuis la naissance de Clarice, Victoire craignait que l'habitude ne s'installât. Déjà, elle ressentait un réel bien-être à le voir cajoler sa fille, à l'entendre lui répéter les mots les plus doux qu'on puisse dire à un enfant. Comment, sans cette présence rassurante et affectueuse, aurait-elle pu, aux derniers jours du mois d'août, s'adonner au métier qui la passionnait autant que la maternité? L'idée d'engager une servante lui était venue et elle en avait glissé un mot à Georges-Noël.

«Qu'est-ce qu'elle viendrait faire ici? avait-il riposté vivement. Une fois les récoltes finies, je vais en avoir du temps à donner, moi. T'auras qu'à me le dire quand tu voudras traverser dans ta cordonnerie. Y a rien qui me fait plus plaisir que de m'occuper de mon petit ange», dit-il, implorant la faveur de bercer sa petite-fille.

Depuis la naissance de cette enfant, Georges-Noël avait l'impression que sa passion pour Victoire s'était transmuée en un amour sans pareil pour la petite Clarice.

«Elle se rattrape drôlement depuis quelques semaines, fit-il remarquer. Je ne serais pas surpris qu'elle ait doublé son poids.

— Y a de quoi! Si vous saviez comme elle est gourmande. Je vais devoir la mettre au biberon si elle continue comme ça.

— Je ne demanderais pas mieux, laissa échapper Georges-Noël. J'ai toujours adoré faire boire les bébés.»

Victoire ne put cacher son étonnement, et lui, le malaise dans lequel cette spontanéité inattendue venait de le plonger.

«Puisque vous me l'offrez, j'en profiterais pour aller tracer un modèle qui m'est venu, il y a quelques semaines.»

Qu'une empeigne en deux pièces couvre le dessus du pied et soit rattachée à la semelle par une bande légèrement froncée jusqu'au milieu du pied lui semblait à la fois unique en son genre et réalisable. Une feutrine s'y prêtait, en effet, mais la peau de veau dont elle disposait, si mince fût-elle, manquait de souplesse pour le modèle qu'elle envisageait. Se mettre à la recherche d'un tanneur qui pût la satisfaire exigeait qu'elle prît la route pour une partie de la journée et qu'elle confiât sa petite à une gardienne.

«Y a rien qu'avec vous que je peux me sentir parfaitement rassurée», dit-elle à Françoise à qui elle demandait la faveur pour le lendemain matin.

Mais quelle ne fut pas sa surprise, en entrant dans la remise, en début de matinée, de trouver, à la place de sa calèche, un carton sur lequel était écrit: «Je ne voulais pas te réveiller, hier soir, il était tard. J'ai pensé que tu accepterais que je prenne ta jument. Je te la ramène avant le souper. J'ai des choses importantes à régler. Je t'en reparlerai. Merci. Ferdinand.»

Pénélope n'était pas dans l'enclos. Victoire avait renoncé à son projet lorsqu'elle croisa Georges-Noël. Offusqué d'apprendre que Ferdinand s'était conduit aussi cavalièrement, il promit de lui servir la leçon qu'il méritait et s'empressa de harnacher Prince noir pour le mettre à la disposition de sa bru.

Bien qu'au courant des préjugés des habitants de la région contre elle, Victoire ne s'attendait pas à revenir aussi bredouille de sa tournée. Elle aurait bien fait une incursion du côté du Moulin rouge où travaillait un jeune tanneur, cousin de Narcisse Gélinas, mais une inquiétude viscérale la ramena chez sa mère, où elle trouva son enfant fort mal en point.

«Avec la décoction que je lui ai fait boire, la fièvre devrait tomber dans la prochaine demi-heure, lui assura Françoise.

— J'aurais dû m'écouter, aussi. Tout me disait de rester chez moi, ce matin.

— Mais tu ne vas pas te mettre dans cet état chaque fois qu'un de tes enfants va attraper une petite grippe?

— Vous savez que ce n'est pas pareil pour Clarice. Mme Houle m'a prévenue.»

Sans plus s'attarder, Victoire emmaillota sa petite et rentra chez elle.

Le cheval qu'elle avait attaché à un poteau, le temps de prendre des nouvelles de Clarice, avait déjà rejoint les autres bêtes dans l'enclos, et la calèche avait été remisée.

Fidèle à lui-même, Georges-Noël n'était que prévenance pour Victoire et sa petite fille. S'habituerait-elle à son absence, une fois installée à La Chaumière? Elle commençait à en douter sérieusement.

Avant même d'entrouvrir la porte de la cordonnerie, elle sut que Pyrus l'attendait, plaintive et agitée comme chaque fois qu'un danger menaçait la famille. Son manteau lancé sur une chaise de la cuisine, déterminée à ne porter Clarice dans son berceau qu'une fois que la fièvre l'aurait complètement quittée, Victoire approcha une berceuse du poêle où un feu crépitait férocement. Se plaisant à croire que les vœux et les sentiments qu'elle exprimait à son enfant se gravaient quelque part dans son esprit, elle ne cessait de lui susurrer les paroles que son cœur de mère lui dictait. Un claquement de porte, des pas précipités la firent sursauter. Ferdinand entrait en coup de vent et se ruait vers le berceau, qu'il trouva vide.

«Où est la petite? demanda-t-il avant de l'apercevoir dans les bras de sa mère.

— Tu es bien énervé! Puis, d'où viens-tu, habillé comme ça?

— Je pourrais te poser la même question, mais je veux savoir d'abord comment elle va? Quelque chose me disait qu'elle n'était pas bien.»

Mis au courant des indispositions du bébé au cours de la journée, Ferdinand insista pour la bercer.

«Il ne faut pas l'éloigner de sa mère, cette enfant-là, dit-il. C'est pour ça qu'elle a fait de la fièvre.»

«Décidément, ils me surprendront toujours, ces Dufresne», se dit Victoire, profitant de l'aide apportée auprès de sa fille pour vaquer à la préparation du souper.

«On dirait qu'elle ne fait plus de fièvre», murmura Ferdinand.

Victoire posa la main sur le front de son enfant et, esquissa un large sourire de soulagement.

Sur une marche de l'escalier du grenier, elle aperçut les papiers que Ferdinand y avait laissés en entrant, et qui portaient l'en-tête des frères des Écoles chrétiennes de Pointe-du-Lac.

Comme elle lui avait souvent reproché ses questions indiscrètes, elle s'abstint de lui demander quel rapport existait entre son habit des jours de fête, sa sortie impromptue et ces papiers.

Informé de son retour, et l'heure du souper arrivant, Georges-Noël n'hésita pas à rejoindre Ferdinand dans la cuisine, déterminé à le semoncer. Mais lorsqu'il le découvrit occupé à bercer la petite en fredonnant, il demeura bouche bée. Plus longtemps qu'à l'accoutumée et avec une grande minutie, Georges-Noël se savonna les mains, les rinça, récura ses ongles et recommença à se savonner les mains. Avec non moins de précautions, Ferdinand déposa le bébé dans son berceau et se dirigea vers l'escalier, prit ses papiers et les lança sur le comptoir, à la vue de son père.

«Mon inscription est faite. Je vais me changer maintenant», annonça-t-il en s'engageant dans l'escalier.

Les sourcils froncés, Georges-Noël examina les dépliants et attendit que Ferdinand redescende.

«Au cas où tu l'aurais oublié, ta place est réservée à Trois-Rivières, jeune homme», lui rappela-t-il en lui remettant ses documents.

Ferdinand reprit ses papiers, les remit en ordre avec des gestes et un regard qui suppliaient son père de bien vouloir écouter ce qu'il avait à lui apprendre.

«Trop de choses intéressantes se passent par ici pour que j'aille m'enfermer une autre année à Trois-Rivières, déclara Ferdinand, les yeux rivés sur son potage.

— Finies les études, comme ça?» demanda Thomas qui venait tout juste de rejoindre la famille à la table.

Ignorant sa question, Ferdinand poursuivit d'une voix rassurée, presque triomphante:

«En allant au collège du village, ça me permet de garder mon travail au moulin seigneurial, puis de profiter de bien d'autres choses...»

Pressé par son père de s'expliquer, il signifia son intérêt pour les recherches de M. Piret.

«Quelles recherches? s'enquit vivement Thomas.

— Je ne peux pas en parler avant que M. Piret m'en
ait donné la permission», répondit-il sur un ton qui
n'admettait aucune réplique.

Et, s'adressant à son père, il poursuivit:

«Puis, il y a Pyrus, puis ma petite nièce... Il faut que
je reste proche...

— Tu n'es jamais là, le coupa Georges-Noël. Comment peux-tu te penser à ce point indispensable?

— En voilà un autre qui prend plaisir à marcher sur
les plates-bandes de son voisin, rétorqua Thomas qui
tentait de cacher sa jalousie derrière les reproches qu'il
adressait à son frère.

— On est de trop dans ta vie, mon père et moi? On
dirait que tu as déjà oublié que c'est toi qui as demandé
à vivre ici... Tu as la mémoire courte, pour un gars de
ton âge», lui lança Ferdinand.

Clarice se réveilla, délivrant sa mère d'un affrontement qui, bien que nécessaire à certains égards, la plaçait
dans une situation délicate. De la chambre à coucher où
elle se retira pour allaiter son enfant, elle put suivre cette
conversation houleuse qui se déplaça sur la galerie.
Comme elle déplorait que ces trois hommes n'aient pas
appris à se parler! L'insécurité de l'un, l'incompréhension de l'autre et la soif d'indépendance de Ferdinand
donnaient constamment lieu à des disputes qu'elle
jugeait inutiles parce que souvent stériles. Les allusions
mystérieuses du cadet des Dufresne irritaient les deux
autres et troublaient Victoire plus qu'elle ne voulait le
laisser voir. Tant il pouvait se montrer d'une intelligence

et d'une clairvoyance exceptionnelles, tant il pouvait être redoutable dans sa façon de tout décider par lui-même et à l'insu de ses proches. Il n'y avait donc pas que chez les Du Sault qu'on se chamaillait. D'autre part, si Thomas était porté à oublier à quel point il était redevable à son frère de la survie de Clarice, Victoire ne ratait aucune occasion de lui manifester sa gratitude. Mais de là à se réjouir qu'il ne retournât pas au pensionnat, il y avait une marge. Sa présence, aussi imprévisible que ses comportements, la gênait plus qu'elle ne l'accommodait. La probabilité que, n'entretenant plus de correspondance avec Madeleine, il n'aille plus loin dans ses investigations au sujet de sa défunte mère demeurait le seul avantage que Victoire pût retirer de cette décision.

* *
*

Les activités de l'automne prenaient leur place au calendrier des Dufresne de la façon la plus inopinée. Pour des raisons encore inconnues, Georges-Noël multipliait ses allers-retours à Trois-Rivières, et Ferdinand entrait chez son père les soirs de semaine, pressé de retourner à la résidence des Piret sitôt le vendredi après-midi venu, escorté de son amie Pyrus.

L'aide de Françoise, tant pour la mise en conserve des légumes que pour les grandes lessives d'automne, était grandement appréciée de la jeune maman qui ne savait où donner de la tête entre ses responsabilités de mère, de maîtresse de maison et de cordonnière. Un climat d'effervescence régnait dans la maison depuis le milieu de l'été et Thomas n'en était pas exclu. Victoire en reçut la preuve lorsque, rentrant du collège, Ferdinand trouva dans la boîte aux lettres une enveloppe épaisse adressée à Thomas Dufresne en provenance des États-Unis. Le cœur dans un étau, Victoire la palpa avec une indéfinissable appréhension.

«Vaut mieux que mon père ne voie pas ça, suggéra Ferdinand.

— Tu sais quelque chose, toi?

— Non, mais je peux imaginer, répondit Ferdinand.

— Ce n'est pas certain qu'il rentre ce soir, ton père.»

Victoire souhaitait qu'il prolonge son séjour de sorte qu'elle puisse engager un entretien en toute intimité avec son mari. Toutefois, comme le temps des moutures battait son plein, Thomas n'était pas attendu avant la tombée du jour. Jamais les heures qui lui étaient accordées, une fois que Clarice était endormie, ne lui avaient semblé aussi longues.

Inquiet ou curieux, ou les deux à la fois, Ferdinand avait remis au lendemain son départ pour le manoir des Piret. Lorsque le cheval de Thomas claqua ses sabots dans l'allée de gravier qui conduisait à l'écurie, Victoire glissa l'enveloppe dans la poche de son jupon. Ferdinand comprit qu'elle n'allait peut-être pas la lui montrer ce jour même. Gestes coutumiers, elle se porta au-devant de son mari, l'embrassa et s'empressa de lui verser un plein bol de bouilli de légumes. Elle déposa sur la table d'épaisses tranches de pain de maïs généreusement tartinées de beurre en attendant que le dessert et le thé soient servis. Après avoir pris des nouvelles de Clarice et de Georges-Noël, Thomas ne trouva plus rien à dire, sinon qu'il était fourbu et qu'il n'avait pas l'intention de reprendre le métier de commis voyageur, les moutures terminées.

«Qu'est-ce que tu vas faire? lui demanda Victoire, bouleversée par la coïncidence entre cette mise au point et la lettre qu'elle hésitait d'autant plus à lui remettre.

— On verra bien», dit-il, laconique.

Il allait, comme à chaque soir, s'assoupir dans sa berceuse quand Victoire lui présenta le courrier qu'il avait reçu.

«Enfin! Depuis le temps que j'attends cette réponse!

— Réponse à quoi? De qui? fit Victoire, insistante.

— Des Rouette», répondit Thomas, du bout des lèvres, avide de connaître le contenu des trois feuilletons.

Des étincelles brillaient dans ses yeux. Il esquissa un large sourire de satisfaction en jetant un regard sur les papiers demeurés dans l'enveloppe.

«En plein ce que j'avais entendu dire, balbutia-t-il au moment où, sifflotant, Georges-Noël entrait.

— Un voyage qui en a valu la peine», annonça ce dernier, surpris et heureux que Thomas et sa femme ne soient pas déjà au lit.

«C'est la journée des bonnes nouvelles», pensa Ferdinand qui avait finalement décidé de suivre la scène de sa chambre.

«Je n'aurais jamais pu m'attendre à de telles propositions», relança Georges-Noël.

Depuis plus de deux ans, une dame d'une élégance et d'une dignité exceptionnelles, Marian Hooper, présentait des étalons d'une rare qualité lors des expositions. Cette Anglaise à qui on donnait à peine trente-cinq ans élevait des chevaux de race, d'origines diverses, de quoi faire l'envie de Georges-Noël à qui elle venait de proposer des essais de croisements. La condition posée, à savoir que Georges-Noël élevât les poulains dans ses écuries et qu'il les dressât lui-même, était loin de lui déplaire.

«Même si je devais racheter des lots de Duplessis, ce n'est rien. Ça vaut de l'or, le commerce des chevaux de race, ces années-ci.»

Thomas l'écoutait avec d'autant plus d'intérêt que le projet de son père venait, en quelque sorte, faciliter le sien.

«Des nouveaux mariés? demanda-t-il en apercevant les photos que Thomas venait de sortir de son enveloppe.

— Je suis certain qu'ils n'auraient jamais pu faire de si belles noces au Canada, répondit-il, béat d'admiration. Les *factories* de Manville, ça ne trompe pas.»

Stupéfaite, Victoire avait l'impression de rêver.

Thomas poursuivit, avec encore plus d'emphase:

«Je n'ai jamais vu tant de fleurs pour un mariage. Du grand chic! On n'a jamais vu ça, ici, une mariée qui porte une robe blanche, tout en dentelle, avec une traîne...»

Victoire ne reconnaissait plus son homme. Thomas en pâmoison devant les fanfreluches d'une mariée!

«Qu'est-ce que c'est que cette histoire? demanda-t-elle.

— Ce n'est pas une histoire. C'est la pure vérité.»

Victoire apprit que son mari avait obtenu l'adresse des Rouette par l'entremise de Nérée qui entretenait avec eux une correspondance assidue depuis leur exode en Nouvelle-Angleterre. Impressionné par le récit de leur *sweet life,* comme ils se plaisaient à le dire, il en avait fait l'éloge à qui voulait l'entendre, exhortant les jeunes de son entourage à se donner une chance de sortir de la misère.

«Tu ne penses pas qu'ils auraient pu mettre toutes leurs économies dans la noce, rien que pour nous jeter de la poudre aux yeux? demanda Victoire.

— J'en serais bien surpris. Ils ont tellement de bons salaires là-bas qu'en une semaine ils gagnent trois fois ce qu'on gagne ici.

— Je veux bien croire, commenta Georges-Noël. Mais ils ont bien pris garde de dire combien d'heures ils passent à la *shop*, pour ça. Puis dans quelles conditions ils travaillent... De ça, par exemple, ils ne parlent pas. Ça sent la propagande à plein nez, ces photos-là.»

Victoire était abasourdie.

«J'admets qu'il faut travailler dur pour gagner notre croûte, ici, dit-elle. Mais penses-tu que la vie est plus rose l'autre bord des lignes, toi? Je mettrais ma main au feu que la majorité des gens qui se sont réfugiés là le regrettent, aujourd'hui.

— Si c'était aussi pire que tu le dis, plusieurs seraient déjà revenus.

— Pas sûr de ça, intervint Georges-Noël. Ce n'est pas tout de se rendre compte qu'on s'est fait manipuler, encore faut-il de l'argent pour revenir de là. Tu imagines tout le trouble que ça donne de s'installer, pour une famille de seize? Tu ne recommences pas ça tous les six mois. Et revenir faire quoi? Repartir à zéro? Perdre la face devant tous ceux qui avaient bien prédit ce qui leur arrive? Ils vont crever, plutôt.

— On a des chiffres», objecta Thomas en sortant des papiers de la poche de sa chemise.

Des textes affirmaient que, dans les moulins de Lewiston, dans le Maine, les ouvriers étaient payés trois fois plus cher qu'en Mauricie, soit un dollar quatre-vingts cents de l'heure pour le même travail.

Georges-Noël avait une opinion bien arrêtée sur le sujet. Il n'était pas sans savoir qu'il était plus avantageux pour un employeur américain de verser ces salaires à de bons petits Québécois travailleurs, soumis et consciencieux qu'aux ouvriers expérimentés qu'ils avaient fait venir d'Angleterre et d'Irlande et à qui ils devaient en donner le double. Mais, par égard pour Victoire dont il devinait le désarroi, après avoir livré cette information, il quitta le jeune couple et monta à sa chambre. Des sujets aussi controversés que celui de la désertion des campagnes le bouleversaient à lui en faire perdre sa joie de vivre. L'ardeur avec laquelle Thomas avait défendu la cause des déserteurs et le soin qu'il avait mis à se documenter témoignaient du sérieux de ses intentions. Le travail de commerçant itinérant répugnait-il à ce jeune homme au point de l'inciter à tout lâcher?

Bouleversée par cet emballement soudain de son mari et par tout ce qu'il contenait de non-dits, Victoire avait quitté sa berceuse, soufflé la lampe et enjoint à Thomas de la suivre sur la véranda. «Tous les moulins de la région répondent amplement aux besoins de la population alors que de l'"autre côté des lignes" le travail abonde et que les salaires sont des plus alléchants», dit-il. Tandis qu'il marchait derrière elle, il pensait à tout ce qui l'avait amené à lorgner du côté de la Nouvelle-Angleterre, terre promise des temps nouveaux: l'obligation de reprendre la route et d'être séparé de sa femme et de sa fille une partie de l'hiver, le peu de chance de racheter le domaine de la rivière aux Glaises, combiné au constant besoin de susciter l'admiration de Victoire.

«Je ne comprends pas que tu voies ça d'un si mauvais œil, dit-il à Victoire. Tu m'as déjà raconté que tu aurais été prête à suivre le vieux Harry pour aller t'ouvrir une boutique de chaussures aux États.

— Mais ce n'est plus pareil, Thomas. On a commencé à bâtir quelque chose ici. Puis il y a les enfants qui s'en viennent, puis mes parents qui vieillissent, puis ton père...»

Victoire éclata en sanglots. Il la prit dans ses bras, ne trouvant mieux pour la consoler que de lui promettre d'y réfléchir encore.

«Attends au moins de savoir si les Garceau vont bien s'entendre à travailler ensemble, le supplia-t-elle. Qui dit qu'au printemps prochain François-Xavier n'aura pas décidé de se rebâtir à la rivière aux Sables?»

Bien que la nuit fut avancée et qu'il soit rentré harassé, Thomas n'arrivait pas à dormir. Plus que la désapprobation de Victoire et de Georges-Noël, le peu de considération qu'ils semblaient lui porter au regard des efforts, de l'ingéniosité et du courage qu'il déployait le blessait. Il se sentait incompris, étouffé, prisonnier. Cette prison, puisqu'il fallait bien la nommer, s'appelait mariage, famille, obligations. À quelques mois de ses vingt ans, Thomas prenait conscience du prix à payer pour avoir remporté le championnat des plus jeunes époux de sa région.

Le fait d'être marié à une femme qui avait une longueur d'avance sur ses projets de vie et qui, par surcroît, venait de lui donner un enfant n'apportait donc pas que des privilèges. Les autres garçons de son âge pouvaient encore rêver et tenter l'aventure en toute liberté. Pas lui. Tout de même, il préférait renoncer à ses projets, au mieux, les différer, plutôt que d'imposer à son épouse un mode de vie qui la rendît malheureuse. De la voir pleurer, ce soir, l'avait affligé profondément. Le souvenir de Domitille qu'il avait si souvent trouvée en larmes lui revint comme un cauchemar qu'il s'était efforcé d'oublier et qu'il ne voulait surtout pas revivre.

À l'étage supérieur, les deux autres Dufresne aussi tardaient à trouver le sommeil. Ferdinand se perdait en interprétations et en conjectures. Convaincu que derrière de légitimes allégations Victoire cachait un inavouable refus de vivre loin de Georges-Noël, il se demandait si son frère, dans son désir de fuir le toit paternel, n'était pas guidé par une sorte d'intuition, d'instinct de protection, même.

Dans la chambre voisine, un homme secoué par les événements de la journée ne parvenait pas à calmer la douleur que lui causait l'idée que la famille de Thomas aille vivre si loin de lui. Le visage de Victoire martelait son esprit et son cœur. Trop peu de temps lui avait été donné pour goûter la bienfaisante certitude que l'arrivée de la petite Clarice et l'attirance qu'il éprouvait pour Lady Marian seraient de nature à extirper de sa chair cette passion qui le tenaillait depuis plus de cinq ans. Jamais Georges-Noël n'aurait cru pleurer sur son sort. Il le fit cette nuit-là, et Ferdinand l'entendit. Cent fois, le cœur du jeune homme se porta vers celui de son père pour le réconforter. Mais son corps, paralysé par la timidité, demeura immobile, jusqu'à ce que Georges-Noël se fût endormi, à la pointe de l'aube.

Les jours qui suivirent furent grisâtres, contrastant on ne peut plus avec le climat vibrant d'espoirs et de promesses qui avait marqué cet été 1874. Thomas avait perdu son entrain au travail et sa jovialité à la maison.

Plus souvent qu'à son tour, on le trouvait penché sur le berceau de sa fille, comme s'il eût voulu puiser, dans la sérénité de ce petit visage qui lui souriait, la paix qui lui faisait défaut. Victoire tentait-elle de le questionner sur ses intentions qu'il protestait vivement:

«N'étions-nous pas convenus d'attendre au printemps prochain pour en reparler?»

Lasse de le voir promener sa déception, elle aurait aimé qu'il écoutât ses propositions, mais il s'emmurait dans une obstination dont les motifs lui échappaient.

«Je n'aurai jamais eu tant hâte de vieillir, lui avoua-t-il un jour, faisant allusion à l'héritage que sa mère lui avait laissé et qu'il ne pouvait toucher qu'à sa majorité, à moins que son père ne l'autorisât à le faire. Encore deux ans...

— Qu'est-ce que ça changerait de l'avoir maintenant?

— Bien des choses. Tout, pour dire vrai.»

Victoire allait le supplier de ne pas échafauder d'autres plans sans en avoir, au préalable, discuté avec elle, mais elle formula d'abord une autre recommandation:

«Évite de prendre conseil auprès de Nérée, dit-elle, imputant à ce dernier de propager le goût de l'exode dans sa région.

— Je n'ai besoin de personne pour me dire où il y a de l'argent à faire», répliqua-t-il, si offensé qu'elle renonça à poursuivre.

*   *

*

Lorsque vint, pour Thomas, le moment de reprendre le métier de commis voyageur, Victoire eût souhaité pouvoir l'en dispenser tant la tâche lui semblait lourde. Sans cesse, il allait de sa fille à son épouse, les serrant dans ses bras, rebuté par cet éloignement qui ne trouvait raison que dans l'espoir de devenir le seul propriétaire et maître meunier au domaine de la rivière aux Glaises.

«Maintenant que ta clientèle est faite, ça va aller plus vite, lui dit Victoire en guise d'encouragement. Tu sais à quelle porte frapper pour écouler ta marchandise.

— Compte sur moi. Je sais comment m'y prendre, cet automne», répliqua-t-il avec une détermination et un aplomb nés de la dernière seconde et qui sentaient le dépit.

Georges-Noël l'avait regardé partir, ce premier lundi de novembre, moins désolé que sa bru.

«Il ne faut pas trop s'en faire pour un grand rêveur comme lui. Il faut qu'il comprenne qu'il y a loin de la coupe aux lèvres.»

Cette réflexion n'avait pas reçu pleine approbation de Victoire. Se rappelant avec quelle ténacité elle avait, à quinze ans, poursuivi et réalisé son rêve de devenir cordonnière, elle n'avait pas oublié combien secourable avait été sa mère. Combien ses interventions auprès de Rémi, pour le convaincre du sérieux de sa fille, avaient contribué à sa réussite.

Inflexible dans son refus d'aller vivre aux États-Unis, Victoire cherchait néanmoins une façon de redonner à son mari son entrain et sa jovialité. Elle y songeait en attendant le sommeil en début d'après-midi, lorsqu'elle crut avoir trouvé une solution qui avait toutes les chances d'être bien accueillie. Il lui tarda que Thomas revînt pour qu'elle lui en fît part.

De son côté, misant sur le temps et sur l'ingéniosité de sa bru, Georges-Noël ne se tourmentait pas outre mesure pour son fils. Des préoccupations d'un tout autre ordre l'habitaient depuis qu'il brassait des affaires avec Lady Marian. Professeur de philosophie à l'école protestante, la gracieuse Marian entretenait, en plus de sa passion pour le dressage des chevaux, un remarquable intérêt pour les lettres.

Mme Hooper se distinguait par sa silhouette élancée, sa chevelure et ses yeux d'ébène, ses manières raffinées et son langage teinté d'un léger accent anglais. Fougueuse, elle ne supportait pas ne serait-ce que l'évocation de l'échec. À Georges-Noël qui faisait état de la distance qui les séparait et de la lenteur des moyens de transport pendant plus de la moitié de l'année, elle avait riposté, altière:

«Les obstacles sont faits pour être surmontés, les principes, pour être contestés et les règlements, pour être révisés.»

Séduit par la beauté physique et par l'harmonieux mariage de sensibilité et d'intrépidité qu'il trouvait chez Lady Marian, Georges-Noël savourait cette relation d'affaires qui lui permettait, sans se compromettre, d'apprivoiser une femme d'une aussi rare qualité. De moins en moins intéressé à Justine, mais craignant que l'attirance qu'il éprouvait pour Mme Hooper ne fût pas partagée, il s'appliquait à n'en rien laisser voir. Il y parvint si peu que, fort chagrinée, la veuve Héroux s'en ouvrit à Victoire, se déclarant disposée à se retirer une fois de plus si jamais elle obtenait confirmation d'une nouvelle flamme dans le cœur de l'homme qu'elle n'avait cessé d'aimer.

Non moins intriguée que la pauvre veuve Héroux par les comportements de Georges-Noël, Victoire ne reconnaissait plus en lui l'homme de parole qu'elle avait connu. La promesse qu'il lui avait faite de lui donner du temps, une fois les récoltes terminées, avait été sacrifiée à une quelconque cause... Partagé entre ses voyages à Trois-Rivières et la préparation de l'écurie pour le croisement des chevaux, il ne revenait auprès de sa petite-fille que pour de courts moments. Dans cette famille, deux hommes, Ferdinand et son père, semblaient enfin heureux de leur sort. Et qui sait si Thomas ne le serait pas aussi en apprenant que sa femme était disposée à lui avancer la somme requise pour acheter des parts dans le domaine de la rivière aux Glaises?

«J'avais trouvé un autre moyen, déclara-t-il, à peine réjoui lorsque Victoire lui fit part de son intention.

— Je peux savoir lequel?

— Le notaire m'a dit que je pourrais obtenir une avance sur mon héritage.»

Thomas avoua préférer acquérir ce bien en sa totalité, et par ses propres moyens. Devant l'évidente déception de Victoire, il allégua:

«De toute façon, avant que le moulin soit à vendre, j'ai le temps de toucher mon héritage.

— Si tu leur présentes une offre alléchante, ils ne résisteront peut-être pas...

— Je le veux, ce moulin-là, mais je ne suis pas prêt à y laisser ma chemise.»

Victoire comprit que son mari n'avait pas renoncé à s'établir aux États-Unis. Plus rusé et plus prévoyant qu'elle ne l'avait imaginé, comme en faisaient foi ses démarches auprès du notaire, il agissait à son insu. Y était-il poussé par le besoin de s'affirmer? Pour échapper à l'emprise d'une femme trop dominatrice? Pour rivaliser avec son père? Et si c'était l'un et l'autre? L'avis de Françoise à qui Victoire décida de se confier confirma ses hypothèses:

«C'était à prévoir. Une femme entreprenante et organisée comme toi est souvent tentée d'organiser les autres... À ta place, je me réjouirais des attitudes de ton mari. T'aurais quand même pas voulu marier une mauviette...»

Victoire était sortie de cet entretien avec le sentiment que tout autour d'elle lui échappait. Dépendante de l'horaire de Georges-Noël pour s'adonner à son travail de cordonnière, elle devrait par ailleurs composer avec les choix de son mari, dussent-ils aller à l'encontre de ses préférences personnelles. Jusqu'où irait cet état d'assujettissement? Bien que mariée à un âge où les illusions se font plus rares, elle n'avait toutefois pas prévu que la situation d'épouse et de mère à laquelle elle avait tant aspiré menacerait un jour son avenir de créatrice de chaussures. Existait-il un équilibre possible entre le bonheur et le droit à la liberté?

L'hiver n'apporta pas à Victoire la réponse tant attendue. À son intention réitérée d'engager une aide à la maison, Georges-Noël avait de nouveau protesté, arguant que l'hiver, avec ses tempêtes qui rendaient les déplacements difficiles, lui laisserait du temps libre. Il en fut ainsi, mais dès que la température le permettait, il repartait pour Trois-Rivières, ne revenant souvent que le lendemain soir. N'eût été Thomas qui se trouvait aussi sur la route, Victoire aurait souhaité plus de tempêtes et de redoux que personne n'en avait jamais vu en Mauricie.

Au déplaisir de ne pouvoir consacrer que quelques heures chaque semaine à la confection de ses chaussures s'ajoutait celui de ne pas trouver de cuir assez mince ni assez souple pour qu'elle puisse fabriquer le dernier modèle qu'elle avait conçu. Elle cherchait ce jour-là à s'en consoler auprès de son adorable petite Clarice lorsque Ferdinand entra.

«Toi? À cette heure, le samedi après-midi? Tu ne travailles pas au moulin seigneurial, aujourd'hui?

— C'est tranquille ces temps-ci, au moulin. À dix heures, j'avais fini ma comptabilité. J'ai traversé chez M. Piret pour apprendre que sa dame venait tout juste d'arriver d'Europe.

— Étonnant! On n'est rien qu'en avril...

— Elle a dit avoir plusieurs bonnes raisons de revenir plus tôt cette année. Elle a même ajouté que ce petit cadeau qu'elle m'a demandé de te remettre était du nombre.

— En quel honneur?»

Ferdinand haussa les épaules, l'air triomphant. Ses yeux d'un vert émeraude pétillaient de curiosité. Depuis qu'il avait quitté le pensionnat, le jeune Dufresne avait gagné une vitalité et une maturité physiques qui reflétaient enfin son âge. Maintenant entré dans sa dix-septième année, il donnait des signes d'un esprit plus ouvert et d'une jovialité plus constante. Impatient de savoir ce que contenait le colis joliment enrubanné, il prit Clarice des bras de Victoire sans que ni l'une ni l'autre ne fassent d'objection.

«Elle commence à être lourde, fit-il remarquer à Victoire qui déballait son cadeau avec minutie.

— Si je m'attendais à ça! J'en suis renversée!»

Ferdinand l'eût cru devant des pépites d'or tant ses yeux émerveillés ne quittaient plus le présent qui venait d'Angleterre.

«Montre-moi», supplia-t-il.

Elle sortit enfin de la boîte une paire de bottines pour nourrisson, d'une finesse encore inégalée.

«Touche, Ferdinand, comme elles sont souples. En plus, elles sont presque identiques au modèle que j'essayais de réaliser avec du cuir de veau.»

À voir le sourire à la fois vainqueur et espiègle de son jeune beau-frère, Victoire ne tarda pas à comprendre. Témoin de ses difficultés à obtenir un matériau qui s'ajustât au modèle souhaité, Ferdinand en avait parlé avec Mme Piret. «Je pense pouvoir faire quelque chose pour Victoire au cours de mon séjour en Europe», lui avait-elle affirmé.

«T'a-t-elle dit avec quoi c'était fait?

— Avec du chamois. Mais il paraît que beaucoup de fabricants de chaussures obtiennent sensiblement le même résultat avec de la peau de... Tu ne devineras jamais.»

Il céda à l'impatience de Victoire qui, après trois essais ratés, le suppliait de parler.

«De la peau d'agneau.

— De la peau d'agneau? Mais c'est extraordinaire ce que tu m'apprends là, Ferdinand.»

Sans retenue, Victoire se jeta à son cou.

«Une fois de plus, tu es mon sauveur, Ferdinand. Des moutons, on trouve ça aussi facilement que du bœuf, par ici. Il ne me reste qu'à trouver un tanneur.»

Victoire jubilait devant un jeune homme que son euphorie venait de momifier. Enfin, elle allait pouvoir rendre son modèle à la perfection. Et comme si un vent de prodigalité était passé dans le ciel des Dufresne, Thomas entra de sa tournée, exubérant:

«Je brûlais de revoir les deux plus belles créatures de la Mauricie», s'écria-t-il, couvrant son épouse et sa fille de tendres baisers.

Thomas venait d'accomplir sa dernière journée de commis voyageur. La dernière de l'année, du moins. Il était attendu au moulin des Garceau dès le lundi suivant.

«J'ai surpris le père et le fils en pleine dispute, annonça-t-il à Victoire. Tu avais raison, l'été dernier, de douter qu'ils fassent bon ménage bien longtemps.

— C'est normal d'avoir des prises de bec, intervint Ferdinand. C'est nécessaire, même. Si les gens n'en avaient pas si peur, ça irait mieux dans notre monde.»

Cherchant à éluder la remarque de son frère, Thomas porta son attention sur les chaussettes de sa fille et il demanda, admiratif:

«C'est toi qui as fait ça, Victoire?»

Prêt à partager l'enthousiasme de sa bien-aimée, il ne put cacher sa contrariété en apprenant que le cadeau venait des Piret et que l'initiative était de Ferdinand.

«J'espère bien que tu ne vas pas au manoir pour raconter notre vie...

— Reste bien tranquille, grand frère. Je ne me préoccupe que des gens qui me témoignent de la considération.»

Victoire s'interposa aussitôt:

«Vous n'allez pas gâcher une si belle journée avec vos chamailleries. Il me restait une autre bonne nouvelle à vous annoncer.»

Or d'apprendre que sa femme portait un deuxième enfant n'eut pas sur Thomas l'effet attendu.

«Ouais. Je t'avoue que ce n'est pas tout à fait comme ça que j'aurais souhaité que ça se passe», laissa-t-il tomber, le regard assombri.

La venue d'un autre enfant exigeait, comme Victoire le lui signifia, qu'il consacrât tous ses temps libres à la rénovation de La Chaumière, alors qu'il avait prévu ne s'y remettre qu'une fois qu'il aurait obtenu un minimum de garantie pour l'achat des moulins de la rivière aux Glaises.

«Tu ne me dis pas qu'avec seulement deux enfants tu commences déjà à te sentir essoufflé», lui lança Ferdinand sur un ton moqueur.

D'un clignotement des yeux, Thomas écarta la réplique et alla cacher sa déception auprès de sa fille qu'il reprit des bras de Ferdinand. Croyant le rallier à son allégresse, Victoire lui chuchota à l'oreille:

«Puis je pense que c'est un garçon, cette fois-ci.

— Si c'est vrai que le bonheur, c'est comme le malheur, j'imagine qu'on peut maintenant s'attendre à une série de chances.»

Il importait à Thomas de ne pas faire ombrage au bonheur de sa bien-aimée. Que cette femme qu'il adorait fût heureuse et comblée, n'était-ce pas ce qu'il souhaitait le plus au monde?

Ferdinand les observait d'un œil perspicace, esquissant des sourires que ni son frère ni Victoire n'avaient le goût d'interpréter. Sitôt le souper terminé, il exprima son intention de retourner chez les Piret et de s'occuper, dès le lendemain, de trouver un fournisseur de peaux d'agneau. L'enchantement de la cordonnière fut tel que

Thomas n'osa montrer le mécontentement qu'il éprouvait du fait que Ferdinand s'immisçât dans ce qu'il considérait comme leurs affaires. Il ne manquait plus que les exclamations de Georges-Noël qui, entrant à ce moment, et aussitôt informé des raisons d'une si joyeuse atmosphère s'écria:

«C'est en se serrant les coudes comme ça qu'on va aller loin. Je viens justement d'en faire l'expérience de mon côté.»

Visiblement désireux qu'on l'interroge, il leur annonça qu'un prix venait d'être décerné à un des chevaux que Mme Hooper lui avait échangé pour les croisements.

«Mme Hooper? De Trois-Rivières?» demanda Ferdinand.

La surprise et l'exceptionnel intérêt que manifesta le jeune homme intriguèrent Georges-Noël. Il posa bien quelques questions, mais Ferdinand refusa de s'expliquer, prétextant qu'il devait s'en aller au village sans plus tarder. Thomas et Victoire portèrent à leur tour un regard inquisiteur sur Georges-Noël qui, soucieux de maintenir le climat de réjouissance qui régnait à son arrivée, ramena la conversation aux événements qui concernaient le jeune couple. Il ne put, cependant, cacher son scepticisme quant à la facilité pour Victoire de trouver un fournisseur de peaux d'agneau ou de brebis, et un tanneur qui pût les traiter adéquatement.

«Ne vous en faites pas, dit Victoire. Je ne suis pas limitée à Yamachiche et à Pointe-du-Lac...»

Cette réflexion ralluma l'espoir dans le cœur de Thomas. Dès son retour au moulin, il se tiendrait à l'affût du moindre signe susceptible de lui indiquer l'orientation qu'Euchariste comptait prendre. Puis, il y avait Ovide, cet ami devenu manchot à la suite de l'accident de la carderie des Garceau et qui avait été embauché à la tenue des livres, sur les instances de Thomas, afin que les parties concernées en arrivent à un règlement à l'amiable. Impressionné par les démarches que Ferdinand avait de lui-même entreprises pour Victoire, il pensa le consulter. «Il a des idées tellement spéciales, celui-là. Qui sait!» Dût-il pour cela marcher sur son orgueil, Thomas était résolu à ne reculer devant rien pour se sortir de l'impasse. Dès lors, son esprit fut à ce point accaparé par cette préoccupation qu'il en oublia l'anniversaire de naissance de Victoire. Il en fut d'autant plus désolé que personne d'autre du trio Dufresne n'avait commis une telle omission. De retrouver ce soir-là, en entrant chez lui, une femme en extase devant sa première pièce de peau d'agneau, cadeau de Ferdinand, lui rappela l'événement comme gifle en plein visage. «C'est ce qui arrive quand on se marie trop jeune», risqua Ferdinand en guise de blague. Bien que piqué au vif, il convenait que Thomas tût la réplique qui lui vint à l'esprit.

«Qui a tanné cette peau-là, demanda-t-il en s'adressant à Victoire.

— C'est la question que j'allais poser à Ferdinand, répondit-elle.

— C'est un Gélinas. Un dénommé Narcisse. Il t'en prépare d'autres et il veut venir te les porter lui-même», annonça Ferdinand, l'allure fière.

Dans les regards furtivement échangés entre Georges-Noël et Victoire, Thomas perçut un étonnement dont la raison lui échappait. Narcisse Gélinas figurait au nombre des courtisans qui avaient eu le plus de peine de se voir éconduits par Victoire Du Sault. Non pas que cet homme d'un humour et d'un dévouement sans pareils ne plût pas à la jeune cordonnière, mais elle n'avait pu éprouver pour lui un autre sentiment qu'une profonde amitié. Désespéré, le malheureux Narcisse avait choisi de ne plus revoir celle qui avait repoussé son amour. Toujours célibataire, jumelant le métier de menuisier qu'il avait appris pour séduire Victoire à celui de tanneur au commerce de son père, Narcisse refaisait surface.

«Il ferait mieux d'attendre que je les lui commande, dit Victoire.

— Mais tu ne trouveras personne pour te les tanner aussi bien. Je le sais, j'ai fait le tour», déclara Ferdinand.

Victoire n'offrit plus de résistance, souhaitant, dans les meilleures conjectures, que Narcisse ne fût plus amoureux d'elle.

«C'est un peu dommage que tes tournées soient finies, Thomas. Je suis sûre que tu m'en aurais vendu beaucoup, de celles-là, dit-elle en palpant la chaussure souple et velouteuse que sa petite portait à son pied.

— Je trouverai bien un moyen de te les vendre. Ce ne sont pas les idées qui me manquent», affirma Thomas, heureux que son épouse lui fournisse une occasion de se faire valoir auprès de Ferdinand.

Dans une même volonté d'affirmer son rôle de chef de famille, il examina avec soin les ciseaux à découper que Georges-Noël venait d'offrir à Victoire, s'informa de leur provenance et déclara en avoir vu de semblables à Batiscan.

Voilant à peine la jalousie qui l'assaillait, Thomas eut le sentiment d'être le moins apprécié de cette maison. Il en fut d'autant plus affligé que ni ses proches ni les événements ne lui donnaient de répit. L'impression d'être piégé par ses promesses et ses ambitions lui inspira l'envie de tout laisser tomber.

*   *
*

Le merveilleux mois de mai ne fit pas courir une sève nouvelle que dans les branches des arbres. Mû par la nécessité de bâtir de nouveaux enclos pour l'élevage des chevaux et par l'ambition de décrocher un autre prix à la prochaine exposition de Montréal, Georges-Noël était débordé de travail. Il n'entrait à la maison que pour prendre ses repas en vitesse, dépité de ne pouvoir s'occuper davantage de Clarice. Quant à Thomas, il quittait tôt pour le moulin et ne revenait qu'à la nuit tombante, épuisé et plus mystérieux que jamais. Ferdinand devenait, en cette fin d'année scolaire, celui sur qui Victoire pouvait le plus compter, en attendant que le manoir seigneurial l'accueille de nouveau durant les vacances. Heureusement, il y avait Françoise.

«Attends-moi pour semer tes légumes», lui avait-elle proposé.

À moins d'une semaine de la Saint-Jean, la terre s'offrait, réchauffée par les ardeurs du soleil printanier et assouplie par le passage de la bêche. Victoire n'eut que le temps d'installer Clarice dans un coin du jardin que Françoise vint la rejoindre sur un pas de valse musette.

«Mais qu'est-ce qui vous arrive, ce matin?

— Une nouvelle, ma fille. Ou plutôt, deux grandes nouvelles, annonça-t-elle tout en couvrant la petite de baisers et de mots d'amour. Le train, Victoire. D'ici deux ans, on aura le train sur la rive nord.»

Françoise l'avait appris de son fils André-Rémi dans une lettre reçue la veille.

À l'instar de sa mère, Victoire ne mit pas de temps à entrevoir les nombreux avantages du transport ferroviaire dans la région. Les marchands de bois, de farine, de foin ne seraient pas les seuls à y trouver leur compte.

«C'est quand Thomas va savoir ça! s'exclama Victoire. C'est l'événement miracle, capable de dissuader Thomas de quitter la région, une fois pour toutes.

— Je ne t'ai pas encore appris le plus beau de l'affaire...»

Compte tenu de son expérience dans les trains de la ville de Montréal, André-Rémi avait de fortes chances d'obtenir du travail sur le parcours Montréal-Québec *via* Trois-Rivières, et de passer par Yamachiche et Pointe-du-Lac au moins dix fois par semaine. Les deux femmes se voyaient déjà accourir à la gare, au jour dit, pour y embrasser André-Rémi et prendre de ses nouvelles, le temps que des passagers montent à bord ou descendent.

«J'espère que ce n'est pas une autre fausse promesse de nos politiciens, commenta Victoire, soudain inquiète du désarroi que causerait l'avortement d'un tel projet.

— D'après ton frère, comme c'est Louis-Adélard Sénécal qui est intervenu auprès de la Compagnie de chemin de fer de la rive nord, on devrait s'attendre à voir les tireurs de lignes travailler sur nos terres avant longtemps.»

Les deux femmes se mirent à échafauder des projets, tantôt pour Thomas, tantôt pour les fils de Louis, tantôt pour Victoire elle-même. Toutes les espérances étaient permises.

Dans sa lettre, André-Rémi exprimait le désir que Victoire prenne chez elle Laurette, sa fille aînée, âgée de trois ans. «Elle a toutes les chances, au dire du médecin traitant, de retrouver sa vitalité avec l'air de la campagne.»

«Je ne demanderais pas mieux que de venir passer mon été en compagnie de ces deux belles jeunes filles», dit Françoise.

Victoire, qui éprouvait une affection particulière pour la fille d'André Rémi, reçut chaleureusement une proposition aussi accommodante.

Narguant ses soixante-dix ans, Françoise traçait les rangs du jardin et les ensemençait avec une vigueur que sa fille avait du mal à déployer.

«À six mois de grossesse, je t'avoue que je n'en menais pas plus large que toi», dit-elle pour inciter Victoire à prendre son temps.

Complice de leur ambition, Clarice s'était endormie dans son landau. Françoise en profita pour aborder un sujet délicat:

«Il m'inquiète, parfois, ton mari. On dirait qu'il se cherche encore.

— Vous ne le comprenez donc pas plus que son père qui le prend pour un grand rêveur, protesta vivement Victoire. Au contraire, Thomas sait très bien ce qu'il veut, puis ses projets sont à sa mesure.

— À sa mesure? Je te parie mon jardin que votre maison ne sera pas prête pour l'hiver.»

Victoire lui avoua trouver maints avantages, n'eût été la rivalité que Thomas entretenait encore avec son frère et son père, à demeurer dans la maison des Dufresne. D'une présence chaleureuse pour son enfant, Georges-Noël lui apportait un soutien appréciable, indispensable, à certains moments. Quant à Ferdinand, intentionné et combien ingénieux, il avait, croyait-elle, cessé de l'épier. Ou ce qu'il avait appris de Madeleine le satisfaisait, ou ses centres d'intérêt l'occupaient ailleurs et il avait renoncé à poursuivre son enquête. La constance de ces deux hommes et la proximité de la famille Du Sault lui semblaient, pour le moment, plus avantageuses qu'une intimité, si désirée fût-elle, qui se limitait trop souvent à quelques caresses qui se perdaient vite dans un profond sommeil.

Toujours aussi secret, Thomas ne soufflait mot de ses projets, et Victoire n'osait plus le questionner. Les travaux de rénovation n'avançant guère, elle présuma qu'aucune occasion décisive ne s'était présentée au moulin des Garceau, jusqu'à ce dimanche de fin juillet où elle vit son mari partir en compagnie de Ferdinand qu'il avait attendu impatiemment au début de l'après-midi. À n'en pas douter, quelque chose de sérieux se tramait pour que Thomas sollicite un tête-à-tête avec son frère. Exclue de l'entretien, Victoire avait décidé de faire une sieste avec les deux fillettes. Ces instants de bienfaisante quiétude lui permettaient de savourer la part de bonheur que les enfants apportaient dans sa vie. Grâce à la douce ténacité de Françoise, Clarice avait fait ses premiers pas et Laurette avait recouvré appétit et entrain, pendant que la cordonnière s'en donnait à cœur joie dans son atelier. Au-delà de tout espoir, elle était parvenue à confectionner une douzaine de chaussettes en peau d'agneau qu'elle avait parées de languettes et de lacets de couleurs vives, en attendant de mettre au point une teinture qui convînt à ce cuir. Le sommeil l'emporta rapidement, et des chuchotements venus de la cuisine la réveillèrent en fin d'après-midi. Des bribes d'une conversation que sa présence risquait fort d'interrompre l'alertèrent. «Il a commencé par acheter le moulin, l'automne passé, mais au moment où on se parle, il possède, en plus, l'étang, la rivière Saint-Charles, puis tous les canaux que la seigneuresse Montour a fait creuser.» Victoire comprit que Ferdinand faisait allusion au moulin seigneurial et à son propriétaire, Pierre-Olivier Duplessis. «Admettant que les terres soient aussi riches à la sucrerie qu'aux alentours du moulin, ils sont loin d'avoir épuisé tout le minerai de fer qui s'y trouve», ajouta-t-il. «Si les Forges du Saint-Maurice en ont tant acheté depuis soixante ans, il n'y a pas de raison que ça diminue», dit Thomas, à voix basse.

De fait, la conversation cessa dès que Victoire sortit de la chambre avec Clarice dans les bras. Elle reprit de plus belle à l'arrivée de Georges-Noël, enthousiasmé par un autre succès de ses croisements de chevaux: une jument venait de mettre bas sans la moindre difficulté et le poulain était d'une beauté «à ravir Lady Marian», affirma-t-il.

«C'est bien tant mieux pour vous, si vous avez l'impression d'avoir fait une bonne affaire, lança Thomas. J'imagine que vous n'aviez pas envie d'en dire autant le jour que vous avez laissé aller le domaine de la rivière aux Glaises pour prendre la terre de grand-mère.»

Georges-Noël dodelina de la tête, baissa les yeux, les lèvres tremblantes d'une réplique qu'il préféra taire.

«Personne n'est à l'abri d'une erreur, si, sans regarder plus loin que le bout de ton nez, tu estimes que j'en ai fait une à ce moment-là.

— Vous ne pouvez quand même pas nier que les Duplessis puis les Garceau se sont montrés pas mal plus avisés. Leurs enfants ne sont pas devant rien, aujourd'hui...»

N'appréciant guère le ton que prenait la discussion, Victoire cherchait comment intervenir lorsque Ferdinand se récria:

«Tu sauras, Thomas, que ce n'est pas de sa faute si on ne l'a plus le domaine. C'est pour faire plaisir à maman qu'il l'a vendu...

— Qui t'a dit ça? demanda Thomas, sceptique et manifestement offusqué de ne pas en être lui-même informé.

— Ça n'a pas d'importance, du moment que c'est la vérité. Mais je ne te laisserai pas accuser papa quand il ne le mérite pas.»

Penaud, Thomas se tut, ruminant de multiples interrogations concernant le passé de ses parents. Georges-Noël et Victoire échangèrent un regard soucieux. De qui Ferdinand tenait-il cette information? De sa mère qui l'avait chouchouté jusqu'à l'âge de sept ans? De Madeleine qu'il avait interrogée? De conversations qu'il avait entendues? De peur que Ferdinand ne livra devant son frère des renseignements qui eussent pu le compromettre, Georges-Noël s'abstint de lui poser la question, bien qu'il en fût fort tenté. Des circonstances plus favorables se présenteraient, qui lui permettraient d'avoir avec son fils un entretien dont il n'avait cessé de reporter le moment.

Victoire tremblait. La surprise, l'émotion et l'appréhension avaient eu raison de son calme habituel. Les réflexions de Thomas laissaient présager un échec auprès d'Euchariste Garceau et une démarche infructueuse auprès du nouveau propriétaire du moulin seigneurial. Quelle autre ambition son mari allait-il maintenant caresser?

Pendant que Victoire tentait de rassembler toutes les hypothèses susceptibles d'apaiser son inquiétude, Georges-Noël, touché par les révélations de Ferdinand et par sa bienveillance, se languissait de lui ouvrir les bras et de lui exprimer toute son admiration. En cette même période, l'année précédente, il n'était pas parvenu à le faire alors qu'il lui attribuait la survie de la petite Clarice. Ce garçon qu'il avait, hélas! sous-estimé, qui l'avait tant de fois dérouté, n'avait cessé depuis de l'étonner. Il aurait aimé le lui dire, s'expliquer, s'excuser et rebâtir leur relation. Fasciné par le courage, la détermination et la générosité de son fils aîné, Georges-Noël découvrait en son cadet une intelligence subtile, un discernement exceptionnel, une grande honnêteté et une sincère affection pour les siens. S'il l'avait déjà perçu comme un garçon replié sur lui-même, indifférent aux membres de sa famille, Georges-Noël soupçonnait, ce soir, n'avoir pas su lire derrière ces attitudes le dépit de l'enfant qui a reçu plus de témoignages de pitié que de témoignages d'admiration. Avant de quitter la cuisine, il posa la main sur l'épaule de Ferdinand, une caresse éloquente, chargée de tous les mots affectueux qu'il n'avait su lui dire.

Visiblement tourmenté, multipliant les tasses de thé, Thomas déplorait de n'avoir pu s'expliquer. Le silence de sa femme et l'attitude chaleureuse de son père à l'égard de Ferdinand ajoutaient aux autres déboires de sa journée. Ne voulant pas décevoir Victoire, il avait, après son échec auprès des Garceau, cherché une solution de rechange et s'était tourné vers le moulin seigneurial. Mais Duplessis lui avait fait savoir que, pour aucun prix, il ne priverait ses enfants d'une entreprise aussi florissante.

De son côté, déplorant que son intervention n'ait pas porté les fruits anticipés, Ferdinand exhortait son frère à ne pas baisser les bras:

«Tout n'est pas perdu, Thomas. Il y a peut-être autant de minerai de fer à ton érablière qu'à celle de Duplessis. Puis, si ça peut t'encourager, je te dis qu'il y a plus que du fer à sortir de nos sols... M. Piret est sur le point d'annoncer une grande nouvelle. Quelque chose qui pourrait complètement transfigurer notre région. Si je peux me permettre un conseil, Thomas, ne laisse jamais aller ta sucrerie.»

À demi rassurée par les propos de Ferdinand, Victoire lui avait demandé:

«Qu'est-ce que tu vas faire maintenant, Thomas? Tu vas laisser le moulin?

— Pas avant d'avoir fouillé les entrailles de mon érablière.

— Et la maison?

— À temps perdu. Sans savoir si...»

Victoire poussa un long soupir.

«Ça te déçoit?

— On verra», répondit-elle, aussi imprécise qu'il l'avait été lui-même.

Les nuits de ce mois de juillet 1875 avaient été plus lourdes que d'ordinaire. Ne trouvant pas Victoire à ses côtés, Thomas s'était levé et l'avait rejointe sur la véranda. Depuis quelques jours, des douleurs constantes aux jambes l'accablaient à lui donner le goût d'accoucher avant le lever du soleil.

«Dire que j'en ai encore pour près de deux mois... Je trouve cette grossesse plus difficile que la première», avoua-t-elle.

Thomas plaça sa chaise face à la sienne, prit ses jambes sur ses genoux et les lui frictionna doucement, amoureusement. La lassitude de sa bien-aimée lui rappelait celle de Domitille alors que, tout petit, il aurait tant souhaité qu'elle participât à ses jeux. Une indéfinissable angoisse lui serra la gorge.

«Sais-tu si ma mère a souffert comme toi pour nous mettre au monde, mon frère et moi?»

Pour la première fois, Thomas l'interrogeait au sujet de sa mère. Réconfortée par les bienfaisantes attentions de son mari, elle répondit de bonne grâce à ses interminables questions. Elle crut le moment propice de préciser la version que Ferdinand avait donnée de la vente du domaine de la rivière aux Glaises: Domitille souhaitait quitter le domaine à cause des dangers que représentaient pour ses enfants l'achalandage, la proximité de la rivière et la machinerie des moulins.

«Mais ta grand-mère Madeleine a pesé lourd dans cette décision, ajouta-t-elle. Son attachement profond pour ta mère et son entêtement à ne vouloir céder le bien paternel qu'à l'aîné de ses fils ont eu raison des préférences de ton père. S'il n'avait pas exigé que Madeleine quitte la maison pour qu'il achète la ferme, elle y serait encore.»

À l'étonnement qu'il manifesta, Victoire comprit qu'il connaissait très peu le passé de ses parents.

«J'espère que ma mère l'a apprécié, au moins, dit-il. Qu'elle a été heureuse de vivre ici.

— Sans la présence quotidienne de ta grand-mère, c'était plus difficile pour elle...»

Le souvenir d'une femme triste et très souvent malade remontait à la mémoire de Thomas, expliquant pourquoi il avait tant cherché à vivre ailleurs que dans sa famille. Chez les Du Sault, surtout. Il se revoyait en compagnie de cette belle cordonnière qui lui avait appris la lecture, l'écriture et le bricolage, tout en taillant et cousant ses chaussures. Il se rappela avec quelle courtoisie Georges-Noël la traitait et en parlait. L'affection qu'il lui portait était si manifeste que Thomas s'était senti honteux des premiers élans amoureux qui l'avaient poussé vers sa jolie voisine.

«Comme si je l'avais privé de quelque chose qui lui appartenait», dit-il d'un air amusé.

Victoire l'écoutait lui relater tous ses souvenirs et trembla à la pensée qu'il découvrît l'idylle qu'elle avait vécue avec Georges-Noël. «N'oublie jamais, ma fille, que notre passé nous suit jusque dans notre tombe», lui avait dit son grand-père Joseph alors qu'en secret elle frémissait d'amour pour le père de Thomas.

«On n'est pas si maîtres de nos sentiments qu'on le voudrait», trouva-t-elle à répondre.

Avant que les interrogations de son mari aillent plus loin, elle se déclara disposée à dormir.

«J'aimerais qu'on reprenne cette conversation, à un moment donné», dit Thomas en l'accompagnant au lit.

Comment le lui refuser? Comment s'y opposer sans laisser planer quelques soupçons?

Le craquement du plancher avait réveillé les enfants. Thomas se chargea de rendormir sa fille pendant que Georges-Noël, alerté, était descendu chercher Laurette pour l'amener avec lui.

Penché sur cette petite tête blonde aux bouclettes serrées comme laine d'agneau, il caressait son front et ses mains qu'il disait fragiles comme du cristal. Il se surprit à lui fredonner une des berceuses préférées de Domitille. Soudain, sa voix se brisa. Des larmes coulèrent sur ses joues. Sa petite Georges-Cérénique, cette enfant qu'il avait tant de fois bercée jusqu'à cet âge, lui manquait encore.

Imperceptiblement, le passé des habitants de cette maison avait resurgi, au cours des six derniers mois, sans permission, et de partout. Il s'imposait, déterminant leur présent et menaçant leur avenir.

*   *

*

Ce mois d'août plutôt tumultueux tirait à sa fin lorsque Georges-Noël prit le train pour Montréal pour conduire chez ses parents une bambine toute revigorée. Victoire l'embrassa une dernière fois, le cœur serré à la pensée qu'elle pût rechuter aussitôt revenue en ville.

«Y a moyen de vivre en santé, là comme ailleurs, lui fit remarquer Ferdinand. De toute manière, le progrès ne peut se concevoir sans l'existence des villes.»

Georges-Noël s'en était tenu à un grognement de contestation. Sur le point de prendre la route lui aussi, mais en direction du manoir, Ferdinand décida de retarder son départ.

«Tu es sûr que M. Piret ne compte pas sur toi, ce matin? lui demanda son père.

— Chez M. Piret, je peux arriver quand je veux et repartir de même. Il a toujours soutenu que les règlements étaient faits pour servir les gens. Pas pour les menotter.

— On se gargarise de philosophie, ce matin, fit Georges-Noël amusé.

— C'est justement pour continuer à philosopher que je veux rester avec Victoire.

— Tu es sûr que ta présence ne l'incommodera pas?

— Ne craignez rien. J'en prends presque autant soin que vous...»

Interloqué, Georges-Noël sortit prendre place dans la calèche qui l'emmenait à la gare de Louiseville, sa petite demoiselle de compagnie trépignant d'impatience à l'idée de retrouver ses parents.

Accoudé à la table près de laquelle Victoire donnait à manger à sa fille, Ferdinand jouait le jaloux auprès de l'enfant qui accordait plus d'attention à Pyrus qu'à son oncle.

«Après tout, c'est ma chienne qui lui a sauvé la vie», dit-il, pour l'en excuser.

Il fut question de la naissance attendue pour très bientôt et des décisions que Ferdinand avait prises concernant son avenir. L'ambition d'entreprendre des études de génie à l'École polytechnique, récemment ouverte à Montréal, nécessitait qu'il gagne un salaire appréciable pendant quelques années. Victoire ne cacha pas son étonnement sur l'orientation qu'il comptait prendre:

«Toi, en sciences?

— L'avenir est là, Victoire. C'est grâce à M. Piret si je l'ai compris. Tu sais qu'il est sur le point de livrer les résultats de ses recherches?

— C'est vrai que tu as toujours aimé fouiller, fit-t-elle, ironique.

— Au moins, ça sert à quelque chose. Justement, il faut que je te raconte ma dernière découverte.»

Victoire hésitait à lui accorder du temps, redoutant d'être concernée par cette trouvaille.

«J'ai besoin de prendre l'air. Si on allait sur la galerie? suggéra-t-elle, pour mieux dissimuler son embarras. Il fait tellement beau, il faut en profiter.»

L'atmosphère de la fin d'août était moite. Sur la véranda, les rayons du soleil, déjà plus haut dans le firmament, les caressaient de leur chaleur enveloppante. Une odeur de fruits mûrs chatouillait les narines et donnait le goût de se remplir les poumons de toutes ces fragrances qui venaient des champs. Victoire les humait comme si elle eût pu en faire provision pour les mois à venir.

«La Folle du manoir», commença Ferdinand qui, une fesse posée sur la rampe de la galerie, trépignait à l'idée de ce qu'il allait lui apprendre.

Victoire poussa un soupir de soulagement. L'écoute lui était redevenue facile, agréable même. Ferdinand était doué pour le conte. Maître en intrigue, sa réputation n'était plus à faire auprès de ses proches. Pendant que Clarice s'amusait à faire rouler une balle que Pyrus lui rapportait fidèlement, Ferdinand exposait dans les moindres détails, et en y mettant une bonne dose de mystère, les étapes de sa recherche et les résultats obtenus:

«Si Charlotte-Malenda Montour avait été aussi folle qu'on a voulu le laisser croire, pourquoi lui aurait-on fait faire un testament? Rien ne les obligeait en plus de le respecter à la lettre?

— On a toujours dit que cette jeune fille avait été placée sous le régime de la curatelle, lui fit-elle remarquer.

— Justement, j'en ai parlé à Nérée Duplessis. Il est de mon avis que jamais la famille n'aurait choisi un curateur qui cède les biens et droits de Charlotte-Malenda à des cousines au détriment de ses sœurs.»

Décédée en mars 1872, la coseigneuresse avait choisi pour héritières Juliana et Malenda McPerson, avec qui elle allait souvent passer ses vacances d'été dans leur manoir de l'île aux Grues, de préférence à ses deux sœurs, Sophie-Caroline et Julie-Éliza. Moins d'un an après son décès, un de ses beaux-frères, le docteur Charles Mailhot, époux de cette dernière, s'appropriait les biens et droits de la coseigneuresse et les revendait avec des profits considérables à Pierre-Olivier Duplessis. En octobre 1873, cet ancien employé achetait, en faveur de ses fils, le moulin seigneurial, l'étang, la rivière Saint-Charles et les canaux afférents. Eliza Waters, l'épouse de M. Piret, acquérait, par la suite, le terrain du manoir. Que son mari ait obtenu de Pierre-Olivier Duplessis une grande partie de ce terrain, au début de l'été, confirmait l'importance de ses découvertes, soutenait Ferdinand.

«Je comprends que Thomas n'ait aucune chance au moulin seigneurial, reconnut Victoire.

— Quant à moi, j'éviterais de faire affaire avec le propriétaire de l'autre moitié du domaine.»

Ferdinand appuya sa recommandation sur le fait que, pendant les dix dernières années de sa vie, Charlotte-Malenda Montour avait habité seule au manoir avec ce monsieur, sa sœur, Sophie-Caroline Montour, étant décédée.

«On ne sait jamais ce que l'appât du gain peut amener à faire, dit-il, insinuant la possibilité d'une perfide machination dans cette affaire de folie.

— Tu devrais faire un détective au lieu d'un ingénieur, toi.»

Ferdinand s'esclaffa.

«Pas besoin d'étudier pour ça. Sans compter que les titres servent plus souvent à t'enchaîner qu'à te donner du pouvoir. Tu n'as qu'à penser aux politiciens.»

Le moment était venu, crut Victoire, d'inviter son jeune beau-frère à lui dévoiler tout ce qu'il savait au sujet de Domitille. Mais voilà qu'il se déclara soudainement pressé de retourner auprès de M. Piret.

«Je te laisse Pyrus tant que tu n'auras pas accouché», dit-il.

De gros baisers sur la joue de Clarice, une caresse à Pyrus et un clin d'œil de satisfaction à Victoire, Ferdinand dégringola l'escalier et courut vers l'écurie. Comme à tous les matins, son choix se porta sur Champion, ce cheval de race canadienne dont il espérait la propriété sans avoir à la quémander à son père.

L'effervescence caractéristique de la fin de l'été était d'autant plus présente cette année qu'il fallait se libérer du plus grand nombre de corvées possible avant la naissance du bébé. Françoise avait, de ce fait, maintenu son aide auprès de sa fille jusqu'à cette nuit du 6 septembre où elle dut céder sa place à la sage-femme.

De la cuisine où il était contraint de demeurer pendant que Mme Houle s'acquittait de ses tâches d'accoucheuse, Thomas mesurait, pour la première fois, le prix à payer pour donner naissance à un enfant. À quelques reprises, il fut tenté de s'éloigner de la maison pour ne plus entendre les plaintes de sa douce, mais la crainte de manquer l'instant sublime de la naissance l'en retenait. «C'est un gros bébé», entendit-il dire Mme Houle qui tentait de redonner courage à Victoire. Thomas s'accrochait éperdument à cette phrase pour espérer que leur enfant naisse sain et sauf. Tout ce qu'il avait retenu de la naissance de Clarice, c'est que le bébé devait pleurer aussitôt né, sans quoi sa santé et sa survie même étaient compromises. Assis sur le bout de sa chaise, il se berçait par petits coups saccadés en attendant le cri de vie. Le 7 au matin, dès que les premières lueurs du jour chassèrent les ténèbres, les gémissements cessèrent, et un garçon robuste naissait.

Le père contemplait son fils avec une émotion difficile à dominer. Les larmes qui coulaient sur les langes de son enfant étaient des larmes de joie mais aussi de souffrance. Thomas était persuadé que Victoire avait frôlé la mort et qu'elle souhaiterait ne plus jamais revivre ce calvaire. À vingt ans, il était papa pour la deuxième et la dernière fois. Il examinait un à un les doigts dodus de son fils serrés autour de son index, se consolant du fait que Victoire aurait sa fille et lui, son garçon. «Je comprends pourquoi ce sont les femmes qui portent les enfants», se dit-il, touché par la quiétude que Victoire manifestait une heure à peine après la délivrance.

Manifestement désireux de vivre, ce petit homme, que les parents avaient décidé de prénommer Oscar, réclamait ses boires à gorge déployée, pour tomber ensuite dans un sommeil si profond que ni les caresses parfois malhabiles de sa sœur ni les bruits de la maison ne le dérangeaient. «Il vient applaudir sa grande sœur qui a cessé de chatonner», s'exclama Georges-Noël devant Justine, sa compagne de parrainage, le lendemain de la naissance.

Fidèle à lui-même, Ferdinand se fit remarquer en contestant l'empressement que mettaient les parents à faire baptiser leur nouveau-né.

«Ce serait trop triste que, par négligence, cette petite âme passe l'éternité dans les limbes, affirma Justine, parée de ses plus beaux atours pour l'honneur qui lui était fait.

— Encore faudrait-il être sûr que ce que vous appelez les limbes et l'éternité existe.

— À l'entendre parler, on ne croirait jamais que ton fils a reçu son éducation des religieux», commenta la marraine en s'adressant à Georges-Noël.

Celui-ci n'eut pas le temps d'émettre son opinion que déjà Ferdinand renchérissait:

«Ma croyance à moi, c'est que l'intelligence de l'homme lui a été donnée pour qu'il la développe, pas pour qu'il la réprime... De toute façon, je n'ai besoin de l'approbation de personne pour décider quoi retenir et quoi rejeter de ce qui m'a été enseigné. Je vous laisse vous amuser. J'ai mieux à faire au village.»

Personne ne trouva à se plaindre de son départ, sauf Thomas qui aurait aimé savoir où M. Piret en était dans ses recherches.

* *

*

Prise de court par un accouchement hâtif, d'une part, et de généreuses récoltes, d'autre part, Victoire se sentit vite débordée. Privée de sommeil par le nouveau-né et par les soudaines manifestations d'insécurité de Clarice, elle commençait ses journées guère plus reposée que la veille. Soucieuse de permettre à son mari de prendre un sommeil réparateur en cette période des moutures, elle voyait à ce qu'il ne soit pas réveillé par les pleurs des enfants, passant la majorité de ses nuits dans leur chambre. Malgré ces précautions, Thomas ne parvenait pas à prendre le repos dont il avait besoin. La paternité pesait lourd sur ses épaules. Elle pesait si lourd qu'il se surprit à souhaiter reprendre la route pour les nuits de tranquillité que les hôtels lui offraient. Victoire l'entendit s'en confesser à son ami Ovide, invité lui aussi à la fête des maïs tenue chez les Berthiaume. Cet aveu l'attrista à lui en donner le goût de partir au beau milieu de la soirée. Le besoin de se divertir l'en dissuada cependant. Françoise, qui veillait sur les deux enfants, lui avait fortement recommandé de prendre, comme un tonifiant, cette soirée de réjouissances en compagnie d'une vingtaine de voisins rassemblés sous le toit qui les avait abrités lors de l'inondation, dix ans plus tôt. S'ils avaient tremblé et pleuré en cette nuit d'avril 1865, où nombre de maisons et de bâtiments avaient été emportés

178

par la crue des eaux, ils se réjouissaient ce soir de s'en être sortis sans aucune perte humaine, mieux outillés et avantagés par une route solide en retrait du lac Saint-Pierre.

Assis autour d'un amas d'épis, les hommes rivalisaient d'esprit — c'était à qui raconterait la meilleure blague — pendant que la majorité des femmes, à l'exception de Victoire, devisaient de leurs tâches de mères et de maîtresses de maison. Il ne manquait que Pierre Daveluy pour que la ronde des chansons à répondre rallie tous les invités, sans distinction de sexe ni d'âge. L'égrenage des épis, ralenti par les applaudissements aux solistes, reprit de sa rapidité dès qu'un arôme de pain chaud annonça l'imminence du réveillon. Mais pour que les éplucheurs y soient conviés, il ne devait plus rester un seul coton de maïs sur le plancher.

Au cours de la soirée, quelques invités-surprises se présentèrent, dont Narcisse Gélinas qui se plaça suffisamment proche de Victoire pour qu'elle entendît ses balivernes et pût en rire à son aise. «La maternité l'a rendue encore plus belle», constata-t-il, obsédé par sa présence et par le souci de lui plaire.

Si les langues se déliaient sans relâche, les mains se lassaient de tirer sur les feuilles, d'enlever les barbes collées aux grains, de frotter les épis les uns contre les autres pour en détacher les grains. Victoire pensa qu'une bouffée d'air frais suffirait à la revigorer. Elle sortit sur la véranda au moment où Georges-Noël rentrait. En l'apercevant, il s'arrêta:

«Il fait très chaud en dedans, mais l'air est frisquet dehors et c'est dangereux de prendre froid. J'allais justement chercher ma veste de laine, je vais te rapporter ton châle», lui offrit-il.

Elle n'eut pas le temps de protester qu'il était déjà parti.

«Je ne peux revoir cette galerie sans repenser au drame qui nous y a tous amenés la première fois», dit-il en mettant le châle sur ses épaules, avec les mêmes gestes, avec la même tendresse que dix ans plus tôt.

Sur le point de retourner chacun chez soi, après trois mois de cohabitation passés chez les Berthiaume, Georges-Noël et Victoire s'étaient retrouvés sur cette véranda, importunés par la touffeur d'une nuit de la fin de juin. Du côté est de la galerie où il s'était réfugié, Georges-Noël avait entendu des planches craquer sous des pas lents, hésitants. Victoire était là, près de lui, comme une déesse soudainement apparue, comme une fée au beau milieu d'un conte. Enveloppée dans un châle de couleur foncée qui couvrait presque entièrement sa robe de nuit, elle grelottait. Et pourtant...

«Vous voulez savoir pourquoi vous avez froid par une chaleur pareille?» lui avait demandé Georges-Noël.

Et sans lui laisser le temps de réagir, il avait enchaîné:

«Je ne connais que deux choses qui peuvent faire trembler une jeune femme comme vous quand il fait chaud: la colère ou la douleur. J'aimerais vous entendre dire que je me trompe.

— Je n'ai que faire de la colère; elle ne mène à rien. Quant au chagrin, personne n'y échappe», avait-elle riposté.

Gênée de le voir ainsi, torse nu, Victoire avait évité de poser son regard sur lui. Mais il n'avait pas tardé à lui ouvrir les bras et à la presser sur son cœur, tentant de se convaincre qu'il le faisait avec l'affection d'un père pour sa grande fille. À son tour, ses mains avaient tremblé, et le souffle chaud de Victoire blottie contre sa poitrine avait fait monter en lui le vertige du désir.

«Je n'arrive pas à croire que tant d'années ont passé depuis, dit Georges-Noël, s'arrachant au souvenir que cette soirée venait éveiller.

— Il me semble que c'est loin derrière moi, mais, en même temps, j'ai l'impression que tout ça est arrivé hier, déclara-t-elle en fixant l'horizon que la pénombre voilait déjà.

— Qui aurait dit qu'on en serait à ce point aujourd'hui? Toi avec deux beaux enfants et moi, grand-papa.»

Georges-Noël avait-il évoqué cet événement par jalousie, Narcisse ayant retenu l'attention de Victoire pendant une grande partie de la soirée?

Une odeur de maïs rôti au four leur parvint de la cuisine où des femmes s'affairaient à préparer le réveillon pendant que les hommes transportaient des dizaines de paniers de grains au grenier.

«C'est si bon du maïs avec du beurre frais. Je ne comprends pas que les cultivateurs de chez nous soient si réticents à le cultiver, dit Georges-Noël.

— Sans compter tous les autres avantages qu'on peut en retirer, ajouta Victoire, heureuse d'échapper au caractère intimiste qu'avaient pris les premiers moments de leur conversation.

— Chez nous, le père sème juste ce qu'il faut pour amasser assez de pelures pour bourrer les paillasses, intervint Narcisse venu les rejoindre, au plus grand déplaisir de Georges-Noël. Mais on a des voisins qui se font un régal de manger les grains en bouillie, délayés dans du lait, avec du sel ou du sucre.

— Ça fait des années que, dans ma famille, on utilise la farine mélangée à celle du froment, expliqua Victoire. Ça donne un pain beaucoup plus sucré que le pain de blé.»

À cent lieues de ce genre de préoccupations, avec les jeunes adultes de son âge, Thomas faisait la fête à en oublier sa condition de père de famille. Sa femme la lui rappela abruptement:

«Il faudrait penser à y aller si on veut attraper quelques heures de sommeil avant que les enfants nous réveillent.

— Je finis ma partie de jeux de fers, puis je te rejoins», répondit-il sur un ton quelque peu agacé.

Victoire partit seule, ragaillardie, tout de même, par cette soirée de réjouissances, la première qu'elle s'accordait depuis la naissance d'Oscar.

À une centaine de pas de la résidence des Berthiaume, des craquements d'herbes sèches, non loin derrière elle, la firent sursauter.

«Ah! C'est vous? Vous m'avez fait peur.

— Je m'en excuse, dit Georges-Noël. J'aurais aimé te montrer, avant que tu partes, le système que Berthiaume a installé dans sa cuisine pour pomper l'eau. Une merveille!

— J'ai cru voir, oui.

— J'ai pris toutes les informations. Je t'en installe un pas plus tard que cette semaine. Tu auras de l'eau, dans la maison et à volonté, qu'on soit là ou non.»

Victoire s'arrêta et se planta droit devant lui. Dans sa féerie, le clair de lune auréolait son profil d'une lueur d'argent sur un fond d'un bleu si velouté que Georges-Noël eût voulu fixer ce moment à tout jamais.

La gaieté de cette soirée avait effacé sur le visage de Victoire les traces de fatigue des dernières semaines. «Comme elle est belle!» pensa Georges-Noël, désolé de ne pouvoir le lui dire tout haut.

«Mais pourquoi vous feriez ça? lui demanda-t-elle, visiblement contrariée. On risque de partir d'ici un an...

— Pourquoi n'en profiterais-tu pas tandis qu'il y a quelqu'un qui pense à prendre soin de toi?

— Je n'ai pas à me plaindre, rétorqua-t-elle brusquement.

— Avant que tu te plaignes, toi...»

Tous deux optèrent pour le silence. En empruntant l'allée de peupliers, Victoire entendit pleurer son fils. Georges-Noël eut beau prêter l'oreille, pas un son ne lui sembla venir de la maison où Françoise les accueillit, un poupon affamé dans les bras.

* *

*

Six semaines s'étaient écoulées depuis cette soirée mémorable. Un vent de panique soufflait sur la région: à peine était-on à la mi-novembre que le thermomètre était descendu jusqu'à vingt degrés Fahrenheit sous zéro. La petite Clarice, secouée par une forte fièvre et des quintes de toux terribles, souffrait et luttait pour sa survie. Bien que Françoise, qui veillait aussi sur elle, lui administrât régulièrement de ses potions magiques, avec l'assurance de la sauver, Thomas ne voulait plus quitter la maison. «La vie de mes enfants est diablement plus importante que les sacs de farine de Garceau», soutenait-il lorsque l'un ou l'autre de ses proches lui offrait de le remplacer auprès de sa fille, le temps qu'il serait au travail.

Ses craintes étaient fondées. Les enfants aux poumons fragiles succombaient en dépit des soins accordés. La mort rôdait, avec son cortège de terreur et de détresse. À cela s'ajoutaient les reproches de Mgr Laflèche qui prétendait que les paroissiens étaient punis à cause de leur manque de générosité envers leur fabrique. Plus soumise au clergé que ses descendants, Madeleine Dufresne doublait ses aumônes, persuadée d'attirer ainsi la protection divine sur les siens. Thomas s'en prenait tant au climat destructeur qu'aux discours pessimistes de certains membres du clergé:

«Des punitions, puis encore des punitions! Leurs sermons sont cousus de punitions! Comme si on n'avait pas assez de se battre pour conserver ce qu'on a, il faudrait qu'on se sente coupable quand on le perd. Puis, il ne faut pas compter sur eux autres pour nous consoler, ça Germaine Dugré pourrait te le dire. Quand on sait ce que le curé lui a servi quand son bébé est mort... Comme si le fait de s'être remariée en faisait une dévergondée qui mérite que son enfant meure.»

Victoire l'écoutait, accablée par le risque de perdre sa fille et encore indignée des conséquences désastreuses que les interventions d'un prédicateur avaient eues dans sa vie.

Thomas faisait les cent pas dans la maison:

«Tu vois bien, Victoire, que tant qu'on vivra ici on ne pourra pas s'en sortir.

— Qu'est-ce que tu veux dire, Thomas?

— Des froids comme ça, il n'y en a pas aux États.

— Je ne peux pas croire que chaque fois qu'on va avoir une période difficile à passer, tu vas être prêt à tout empaqueter. Ici, il faut se battre contre le froid, puis, ailleurs c'est contre autre chose. Il n'en existe pas, d'endroit parfait.»

Thomas attrapa son parka, bouscula une chaise en passant et sortit de la maison en claquant la porte. Déçu de constater que Victoire était toujours aussi réfractaire à l'idée de s'établir en Nouvelle-Angleterre, il remettait en question le bien-fondé de plus d'un choix antérieur: son empressement à trouver du travail dans sa localité, à se marier, à vouloir des enfants. «La plupart des gars de mon âge sont encore libres de leur personne et de leurs décisions», pensait-il en marchant d'un pas ferme vers le village, sans autre but que de se libérer d'une insupportable tension.

Ce froid hâtif n'avait pas qu'arraché à leur famille de nombreux enfants et nourrissons; il avait aussi dérouté Thomas qui comptait entamer des fouilles dans le sol de son érablière, à la recherche de minerai de fer ou d'autres richesses naturelles auxquelles faisait allusion l'ingénieur Piret. La machinerie à peine installée, les hommes avaient dû plier bagage et reporter les travaux au prochain printemps. Le verrou posé sur la porte de La Chaumière, Thomas avait repris la route, apparemment plus réconcilié qu'il ne l'avait jamais été avec le métier de commis voyageur. Aux raisons que Victoire soupçonnait s'ajoutait l'ambition de dénicher, sur son parcours, un moulin prospère, comparable à celui du domaine de la rivière aux Glaises où il pourrait s'établir, le temps que Victoire se fasse à l'idée d'émigrer aux États-Unis. Une fois soustraite à l'influence de Georges-Noël, elle en viendrait, croyait-il, à se ranger aux désirs de son mari, rassurée par les témoignages des familles déjà établies qui vantaient la prospérité et les avantages de l'*American way of life* du Massachusetts, du New Hampshire ou du Maine. S'il reconnaissait que Ferdinand et son père lui avaient été plus d'une fois secourables, il ne souhaitait pas moins s'éloigner d'eux. Le sentiment que l'un et l'autre le dépréciaient, aux yeux de Victoire, persistait et le pressait de faire en sorte qu'il occupât la première et la seule place dans le cœur et l'esprit de sa bien-aimée. Il était déterminé à profiter de la moindre occasion: des ventes faramineuses, incluant les créations de Victoire, et, à chacun de ses retours, des gâteries inattendues pour elle et les enfants. Pas question de flâner au lit au beau milieu de la semaine, quand, sa carriole chargée des produits du moulin Garceau, il devait franchir des dizaines de milles sur des routes cahoteuses pour écouler sa marchandise.

*   *

*

«Pas déjà?» s'exclama Victoire.

Malgré les mille précautions qu'il avait prises, Thomas l'avait réveillée.

«Qu'est-ce qui t'oblige à te lever tout de suite? Tu ne pourrais pas faire un spécial pour ce matin? lui demanda-t-elle en le ramenant sous les couvertures. Tu me manques tellement...»

Elle saisit sa main, la promena doucement sur sa poitrine, l'entraîna sur son ventre et sur ses cuisses, brûlante de désir.

«Je ne peux pas maintenant, Victoire. J'ai beaucoup de choses à faire aujourd'hui. Sans compter que ça pourrait être long, à Batiscan... Mais je te promets de te gâter à mon retour», dit-il en se dégageant de son emprise.

Victoire se tourna vers le mur, souhaitant que Thomas quitte la maison au plus vite tant elle ne pouvait plus retenir ses larmes.

Un peu de tendresse pour le jour de ses trente et un ans! Un peu plus d'attention! Au pis aller, juste un souhait de circonstance.

Happé par le travail, Thomas avait, pour la deuxième fois, oublié l'anniversaire de naissance de son épouse.

Victoire avait beau se répéter qu'il ne s'agissait que d'un oubli, que, dans moins de cinq milles, Thomas s'en voudrait de ne pas y avoir pensé, elle en était profondément affligée. Sa peine se doublait du fait que, de toute évidence, la fougue du jeune amant s'était calmée. La maturité de ses vingt et un ans, ses responsabilités familiales, certaines déroutes avaient ralenti ses élans amoureux. Victoire s'en inquiétait. Son corps lui était-il devenu à ce point familier qu'il n'éveillait plus cet élan passionnel qui l'avait jeté dans ses bras lors de l'incendie et qui l'avait tenu accroupi derrière une clôture des soirées durant? Ses mains ne savaient-elles plus redessiner les courbes de son corps, laissant sur chacune cette empreinte amoureuse que ses lèvres venaient y déposer? Victoire avait froid dans son cœur et dans son corps. Elle n'attendait que le bruit des derniers pas de son mari sur la galerie pour sortir de son lit, aller faire une bonne attisée, revenir se réfugier sous ses couvertures et s'abandonner au chagrin qui lui serrait la gorge.

Le bruissement de l'écorce de bouleau que Victoire coinçait entre les pièces de bois d'érable couvrit les pas feutrés de Georges-Noël qui, intrigué d'entendre Thomas partir de si bonne heure, descendait dans la cuisine. Campé devant la fenêtre, il contemplait le paysage qui sortait tout doucement de la torpeur de la nuit. Le matin baignait encore dans le mauve du soleil levant. Les arbres se découpaient en encre bleue sur un fond rosé dans lequel la silhouette de Thomas dans sa calèche se fondait. «Depuis que je la connais, se dit Georges-Noël, il fait toujours beau, le 16 avril.» Doucement, il tourna la tête vers l'élue de ce jour. Sa chevelure légèrement ondulée, éparse sur sa robe de nuit de flanelle bleue, et ses gestes lents comme la douleur qui l'habitait le bouleversèrent.

Adossé à la fenêtre, il observait chacun de ses mouvements, à l'affût de la minute propice pour lui souhaiter un bon anniversaire. Intimidée par ce regard qu'elle sentait rivé sur elle, Victoire alimentait le feu qui crépitait lorsqu'elle échappa un rondin. Georges-Noël se précipita pour le ramasser, mais il demeura accroupi à ses pieds. La finesse de ses jambes nues, l'aspect satiné de sa peau le troublèrent. Sa main se fraya un chemin entre la honte et le désir, de son mollet jusqu'à ses hanches.

À son tour immobile, Victoire eut l'impression que tout s'était arrêté autour d'elle. Les interdits avaient fui sa conscience. Ses mains vinrent se poser sur cette tête blottie contre son ventre. De ses bras robustes, Georges-Noël encercla sa taille. Elle ne recula pas.

Depuis ce mémorable dimanche de la demande en mariage, Victoire avait mené une dure lutte contre ses désirs, les matant à force de volonté et d'illusions entretenues. L'instabilité de Thomas comme ses absences prolongées laissaient dans son cœur un vide que les débordements de l'amour dévorant de Georges-Noël ne demandaient qu'à combler. Mais elle n'était pas sienne. Il leva la tête vers elle et la regarda, le visage couvert de honte. Il aurait voulu lui dire que son désir charnel n'était rien à côté de l'amour fou qu'il lui portait. Mais sa flamme s'intensifiait au contact de celle qu'il reconnut dans les yeux de Victoire, et il fut pris de vertige.

Aussi fort que la débâcle qui avait jadis tout emporté sur son passage, leur amour comme un torrent déchaîné les jeta sur le lit. En cet homme déchiré par de cruels renoncements, rien ne résista au déferlement de la passion: sa fierté, ses principes, l'amour de son fils, tout fut consumé par ce feu dévorant qui lui brûlait la peau.

Après s'être aimés pendant tant d'années d'un amour tissé de malentendus, la fusion de leurs corps les porta à l'extase dans la fulgurante vérité de l'attirance de leurs êtres.

Cet homme qui avait hanté ses premières insomnies et nourri ses rêves de jeune fille avait été séduit alors que la femme venait à peine de naître en elle. Imperceptiblement, le désir s'était incrusté dans la chair de Georges-Noël, s'enfonçant davantage à chaque obstacle qui se dressait entre eux.

Les paupières closes, il se livra de nouveau à l'enivrement de ses caresses sur sa peau:

«Jamais mon corps d'homme ne pourra les oublier», murmura Georges-Noël.

Des larmes coulèrent sur ses joues, et ses mains qui cherchaient celles de Victoire tremblaient. Une détresse indescriptible ternissait son regard.

«Faut pas être triste, monsieur Dufresne, maintenant qu'on sait... La vérité, ça rend plus fort...»

Victoire était heureuse. Sans remords.

«Je vous devais ces moments de bonheur. Je vous les devais pour m'avoir éveillée à l'amour dans ce qu'il a de plus magique, quand je n'avais que quinze ans. Aujourd'hui, vous m'avez amenée à l'extase, une extase que je voudrais désormais ne partager qu'avec Thomas», lui confia-t-elle avec des larmes dans la voix.

Georges-Noël la serra contre lui. Ses sanglots étaient comme des adieux.

«Promettez-moi deux choses maintenant, lui dit-elle en se dégageant légèrement. D'abord, de ne jamais regretter ce qui vient d'arriver.»

Ils fermèrent les yeux et s'abandonnèrent de nouveau à une douce et longue étreinte.

«Aussi, je voudrais que ces minutes de paradis restent uniques, vous comprenez? Uniques!»

Avant de la quitter, Georges-Noël caressa son visage et déposa un baiser sur son front.

«Je vais essayer. Peut-être qu'un jour j'aurai aussi trouvé le courage de te parler», murmura-t-il en sortant de la chambre.

«Me parler de quoi?» aurait voulu lui demander Victoire. Mille sujets se bousculaient dans son esprit.

Georges-Noël sortit harnacher sa jument, annonçant qu'il partait pour la journée. Victoire ne pouvait demander mieux. Entre les cajoleries de Clarice et les gazouillements d'Oscar, elle pouvait à son aise s'imprégner de l'ivresse du matin et de l'espoir qu'avec le temps Thomas en vînt à ressembler à son père. Cette espérance fortifiait son affection pour son mari. Mais elle n'en appréhendait pas moins les moments de solitude auxquels ce dernier la livrerait encore. Une inquiétude teintée de nostalgie s'empara de Victoire en regardant Georges-Noël s'éloigner. Maintenant qu'elle s'était donnée à lui la verrait-il désormais comme l'objet de sa chute ou comme celui de sa libération? Les larmes qu'il n'avait pu retenir avant de la quitter étaient-elles l'expression d'un grand bonheur ou celles d'un déchirement? Il y avait tant de mystères, tant de non-dits chez cet homme!

CHAPITRE IV

«Ce ne sont quand même pas des mines d'or, fit remarquer Ferdinand.

— Non, mais ça pourrait bien nous permettre d'en acheter, un jour», dit Thomas, exalté par ce qu'il venait d'entendre.

Assis dans l'escalier qui donnait sur le lac Saint-Pierre, les deux frères Dufresne humaient l'odeur des floraisons nouvelles de juin avec autant de délectation qu'ils se projetaient dans l'avenir prometteur qui meublait leur imaginaire. De la cuisine fourmillante fusaient gazouillis, rires et mots d'amour. Occupée à recueillir les restes du souper pendant que Georges-Noël amusait les deux enfants, Victoire tendait l'oreille vers la porte moustiquaire, déçue de ne pouvoir sortir sur la galerie où il semblait que la discussion suscitât un intérêt tout à fait particulier.

«Quand M. Piret a vu jaillir une flamme bleue d'un tuyau qui sifflait aussi fort qu'une locomotive, il n'a plus douté, expliquait Ferdinand avec un enthousiasme délirant.

— S'il en a trouvé au domaine seigneurial, il y a de grosses chances qu'on en trouve ailleurs... Tu imagines Pointe-du-Lac et Yamachiche dans cinquante ans?»

Dans un puits mesurant sept mètres dans tous les sens, M. Piret avait trouvé de petites lampes et de minuscules vases qui prouvaient que ce puits avait été utilisé bien avant l'arrivée des Montour au domaine.

«Mon érablière n'est peut-être qu'un immense réservoir de gaz naturel, dit Thomas, le regard perdu dans un rêve aux espérances illimitées.

— Tu comprends maintenant pourquoi je veux devenir ingénieur minier?

— Vas-y si tu en as le goût, ça en fera un de plus. Pendant ce temps-là, avec l'aide de M. Piret, je vais m'y mettre pour de bon...»

Les récoltes de l'année précédente ayant été moins généreuses, les réserves de farine et de grains avaient été vite écoulées, et Garceau n'avait plus de travail pour Thomas au moulin. Tant que les moutures ne seraient pas commencées, la présence de François-Xavier et d'employés plus anciens suffisait.

À l'instar de son mari, Victoire considérait cette circonstance comme providentielle. La singulière célébration de ses trente et un ans avait eu l'effet d'une délivrance dans sa vie. Mariée depuis près de trois ans, elle découvrait avec stupéfaction que les chaînes qui l'avaient retenue dans ses élans vers Georges-Noël avaient aussi entravé son amour pour Thomas. Depuis le couronnement de son amour pour cet homme de vingt ans son aîné, elle se sentait comme une rivière libre de suivre son cours. Comme s'il eût fallu que sa passion réprimée fût consommée pour que son cœur vibrât à sa pleine mesure. Deux mois s'étaient écoulés depuis. Rendue à elle-même, sa flamme amoureuse se faisait dévorante pour l'homme qui l'avait séduite par sa beauté juvénile et plus encore par les qualités qu'il avait héritées de son père. Les bras de Georges-Noël ne l'avaient enlacée que pour mieux la rendre à celui qu'elle avait épousé. Avec la virtuosité d'une femme rompue aux jeux amoureux, elle avait cherché son corps de ses lèvres audacieuses et l'avait assujetti jusqu'à l'anéantissement. Jusqu'à l'extase. Tremblant de volupté, il avait avoué n'avoir jamais rien ressenti de pareil.

Des lendemains heureux suivirent, et c'est avec bonheur que Thomas avait acquiescé à l'idée de travailler avec sa bien-aimée à la cordonnerie, le temps que les moutures reprennent au moulin des Garceau. Avec le même enthousiasme, il avait accepté que Georges-Noël et l'oncle Joseph consacrent leurs temps libres à la rénovation de La Chaumière.

À la suite de l'incendie qui avait réduit en cendres l'orphelinat de Trois-Rivières, Victoire avait été sollicitée pour confectionner des chaussures pour les enfants éprouvés. Il en fallait des douzaines de paires, et le plus tôt possible. Emballée par les résultats de ses créations en peau d'agneau, elle comptait bien ajouter quelques échantillons de ses nouveaux modèles dans le lot de bottillons de feutrine et de bottines de cuir de veau. Visiteurs et bienfaiteurs ne manqueraient pas de remarquer les initiales VDS brodées sur les languettes des chaussures et de s'en informer.

Pendant que Marie-Ange Héroux, la bonne nouvellement engagée, veillait sur les enfants, dans la cordonnerie de Victoire, Thomas revivait les instants merveilleux qu'il avait connus en présence de sa très jolie voisine. Il n'avait que cinq ans lorsqu'elle avait accepté d'en faire «son associé». Il se revoyait, appliqué à découper une empeigne ou à vernir une bottine, puis à passer dans les œillets les lacets aux extrémités durcies par un enduit de colle. Ce qui n'était alors qu'un jeu était devenu réalité. Une réalité qui lui plaisait au point qu'il avait même songé à investir dans la cordonnerie une part de l'héritage qui venait de lui être remis.

«Il faudrait étendre le marché aux États-Unis, suggéra-t-il.

— Ce serait bien plus facile du côté de l'Europe. On a déjà notre intermédiaire», rétorqua Victoire, rebelle à toute démarche qui les liât tant soit peu à la Nouvelle-Angleterre.

Le couple était convenu de s'accorder une dizaine de jours de réflexion lorsque les nouvelles apportées par Ferdinand vinrent chambarder leurs plans. Dès lors, Thomas n'eut plus qu'une idée en tête, explorer le sol de son érablière, à la recherche de gaz naturel. Les profits envisagés n'avaient rien de commun avec ceux de la cordonnerie qu'il quitta aussitôt.

«Si jamais je découvre un gisement dans mon érablière, je mets le prix et j'achète tout le domaine de la rivière aux Glaises», déclarait-il.

Pour en avoir entendu parler par son grand-père Joseph qui le tenait de son propre grand-père, Victoire croyait que le gaz naturel avait déjà été exploité comme combustible dans leur région. Elle hésitait cependant à partager l'enthousiasme de son mari. Toutefois, elle se garda bien de manifester son scepticisme, espérant que Thomas trouverait dans cette nouvelle flambée une incitation à faire le nécessaire pour emmener sa famille habiter La Chaumière le plus tôt possible.

Pour sa part, Georges-Noël n'avait prêté qu'une oreille distraite aux projets du jeune couple. Depuis sa faiblesse du 16 avril, il vivait un insoutenable déchirement. Victoire l'avait-elle exhorté à ne nourrir aucun regret qu'elle n'avait cependant pas le pouvoir d'apaiser la brûlure qu'elle avait laissée dans sa chair. Même s'il ne souhaitait pas revivre ce qu'il considérait comme la pire trahison qui puisse être commise envers un fils, Georges-Noël souffrait des moindres marques d'amour, si discrètes fussent-elles, que prodiguait Victoire à son mari.

Pas un jour, depuis ce fatidique matin, Georges-Noël n'avait pu résister à la tentation de fermer les yeux et de revoir la fulgurante montée de leur désir jusqu'à la capitulation de leurs corps. En consacrant le plus de temps possible aux travaux de La Chaumière, il comptait bien tempérer ses ardeurs amoureuses et espérait que l'éloignement et ses nombreuses occupations atténueraient les sentiments de culpabilité et de honte qui le tourmentaient. Mais voilà que, sous le toit de son ancienne érablière, resurgit, inopiné et insolent, le souvenir des instants qu'il y avait vécus avec Victoire pendant leurs fréquentations clandestines. Il revoyait encore la belle cordonnière assise sur une bûche abandonnée près d'un tronc d'arbre, inaccessible, son regard effleurant à peine la surface des choses.

Ce jour-là, contournant la cabane à sucre à la recherche d'une clairière le temps qu'on lui fît une place à la carderie, Victoire avait eu la conviction que quelqu'un s'y trouvait. La spirale de fumée qui s'échappait de la cheminée le confirmait. Bien qu'en d'autres moments elle eût apprécié cette oasis, cet après-midi-là rien ne la charmait, ni les imitations des geais, ni l'odeur qui montait du sous-bois, ni les fantaisies que dessinait le soleil à travers les branches des érables presque complètement dépouillées. La crainte de voir surgir quelqu'un la troublait. Un bruissement de feuilles lui avait donné raison. Venu faire moudre son grain, Georges-Noël avait préféré fuir les bavardages des clients et se réfugier dans la tranquillité de sa cabane.

À la fois surpris et heureux de voir sa jeune amoureuse s'engager dans les ornières tapissées de feuilles brunâtres, il avait dû contenir un premier geste spontané et prendre le temps de juger s'il convenait de lui offrir sa compagnie.

Devant eux, un écureuil s'employait à protéger sa cachette. «Je le plains. Les secrets sont pires qu'une prison», avait-elle dit, laissant croire qu'elle souhaitait se libérer de ceux qui empoisonnaient sa vie. Georges-Noël avait alors suggéré qu'ils entrent dans la cabane, là où ils trouveraient chaleur et intimité. Victoire n'avait repoussé ni l'invitation ni l'étreinte qui l'avait apaisée. Accoudée à la grande table de pin, elle avait observé son amoureux avec cette même admiration, vieille de dix ans, que ses gestes gracieux et sa démarche assurée avaient toujours éveillée en elle.

«Je voudrais savoir s'il y a longtemps que tu m'aimes», lui avait-elle demandé abruptement.

La réponse se faisant attendre, elle avait précisé:

«Du vivant de Domitille?...»

Malheureux de se voir placé face à des questions aussi délicates, il avait longuement hésité à répondre.

«Je ne me suis jamais attardé à décortiquer l'affection que je ressentais pour toi, de son vivant, et je ne vois pas où ça nous mènerait de le faire aujourd'hui, lui avait-il répondu.

— Au contraire. Ça pourrait tout changer. Penses-tu que ta femme serait morte de chagrin si elle avait été persuadée que je n'avais aucune chance de gagner ton amour?»

Comme un désespéré contraint à l'ultime aveu, Georges-Noël avait fait les cent pas avant de clamer avec conviction:

«J'ai tout fait pour la rassurer, mais elle s'entêtait à ne pas me croire. J'aimais Domitille. Comme ma fille, ou comme ma femme, ça ne m'importait guère, je l'aimais. Plus que moi-même. Plus que mes ambitions. Ah ça, oui!»

Un long moment de silence avait suivi, apaisant l'un et l'autre.

«Et moi?» avait relancé Victoire.

La tête plongée dans les mains, Georges-Noël avait pleuré. Lorsque le courage lui était revenu de s'expliquer, il avait dû, bien à regret, blâmer sa défunte épouse:

«Si Domitille avait parlé, si elle avait répondu franchement à mes questions au lieu de se confier à ma mère, rien de cela ne serait arrivé. C'est là qu'il faut voir la faille. Non ailleurs.»

Et comme Victoire persistait à douter que leur amour les conduise au bonheur, il avait abdiqué. Heureux sans elle, il ne pouvait le concevoir. Heureux sans qu'elle le soit, non plus. Tout en lui se rebellait à l'idée que leur vie de couple puisse être la réplique de celle qu'il avait connue avec Domitille. Devait-il s'accorder plus de temps? Victoire était dans sa vingt-sixième année et lui, au beau milieu de la quarantaine. Trois ans de vaines langueurs avaient eu raison de sa patience.

*   *
*

Alors que Georges-Noël était sur le point de se croire à jamais privé d'un amour à la fois serein et envoûtant, une faible lueur d'espoir rejaillit dans son cœur plus assoiffé qu'à vingt ans. Lady Marian lui plaisait de plus en plus et donnait enfin quelques signes d'encouragement, multipliant les prétextes pour prolonger leurs entretiens, l'invitant à prendre un café chez elle ou à se promener dans les parcs de la ville de Trois-Rivières. Tout récemment, elle avait niché son menton au creux de son épaule et frôlé sa joue sur la sienne avant de lui dire au revoir. Bien qu'il eût souhaité ce rapprochement, encore sous le choc de son accès de folie avec Victoire, il allait se montrer d'une vigilance et d'une lucidité extrêmes. Il acquiescerait, cependant, sans aucune hésitation, aux désirs de Lady Marian de pousser plus loin leurs expériences de croisement de chevaux de race. Au hasard de leurs rencontres, il donnerait l'occasion à la belle dame de manifester ses sentiments. Pour cela, il devait abandonner le travail à l'érablière et entreprendre la construction d'une autre écurie sur un lot acheté de Duplessis. Il allait de ce pas en informer Thomas quand, venant de la cuisine, des bribes de conversation le pétrifièrent. Victoire était enceinte. Depuis quand? Une date redoutée lui donnait le vertige. Comment pourrait-il encore marcher la tête haute devant Thomas s'il lui était seulement pensable que cet enfant puisse être le sien? Et saurait-il résister à la tentation de lui manifester sa préférence au détriment de Clarice et Oscar, pour lesquels il avait certes un fort attachement? Comment imaginer qu'il pût consentir à ce que cet enfant naisse et grandisse loin de lui? Qu'il renonce à être le témoin de son premier sourire, de ses premiers pas? L'éventuelle privation de contacts quotidiens avec ses deux petits-enfants lui était déjà assez pénible sans que s'ajoutât un autre tourment. Dans l'affolement, Georges-Noël comptait les mois, espérant que cette grossesse ne date pas du 16 avril. Il s'accrocha à cet espoir pour trouver le courage d'annoncer à son fils qu'il ne devrait plus compter sur lui pour achever sa maison. Profondément déçu, Thomas avait cherché réconfort auprès de son épouse.

«On ne peut quand même pas passer notre vie à dépendre de ton père. On n'a qu'à engager des ouvriers si on veut la finir, cette maison», lui avait-elle répondu, plus tourmentée par sa grossesse que par les lenteurs de son mari à terminer une tâche qui traînait depuis trois ans déjà.

Victoire se retira dans sa cordonnerie, pour retrouver la sérénité que la décision de Georges-Noël et la réaction de Thomas venaient de lui ravir. Elle soupçonnait que l'obligation de construire une autre écurie ne fût pas la seule raison qui incitât Georges-Noël à abandonner les travaux à La Chaumière. Avait-il découvert les signes de sa grossesse dans les taches de rousseur qui marquaient son visage? Lui revenait-il d'amorcer une discussion? Ce faisant, elle craignait d'ouvrir des blessures qu'elle ne saurait panser.

C'est Ferdinand qui allait provoquer l'occasion lorsque, exubérant comme il savait l'être en certaines circonstances, il profita du déjeuner en ce beau dimanche ensoleillé pour prévenir sa famille de son départ imminent pour Montréal. Son admission confirmée à l'École polytechnique, il devait partir au début du mois d'août.

«Pourquoi si tôt? demanda son père.

— Pour mon entraînement à la Montreal and Toronto Telegraph Company. Le frère de Victoire m'a trouvé un petit travail de comptable, les fins de semaine.»

À Thomas qui s'inquiétait de son gîte il apprit qu'André-Rémi l'invitait chez lui, le temps d'apprivoiser la ville et ses compagnons d'études.

«Puis ton chien? s'enquit Georges-Noël, entre deux gorgées de thé.

— Ça dépend de Victoire. Si jamais elle s'avisait de me donner un troisième neveu d'ici la fin de l'année, je la lui laisserais, vu qu'il semble que Thomas ne sera à peu près jamais ici, puis vous non plus, papa.

— À t'entendre, on croirait que ta chienne est aussi irremplaçable que le pape, ironisa Thomas, incapable de cacher son déplaisir.

— Des fois... Hein, Victoire?»

Cette dernière l'approuva d'un sourire complaisant, pressée de répondre à Oscar qui réclamait sa purée à grands cris.

«Puis?... Je te la laisse ou je ne te la laisse pas?

— C'est sûr, répondit Victoire, que les enfants y sont beaucoup attachés, mais je ne suis pas la seule à devoir dire mon mot là-dessus.»

Thomas comprit qu'elle réclamait son avis, mais plus encore celui de Georges-Noël. Comme ce dernier restait muet, il l'interrogea:

«En réalité, trouvez-vous qu'elle vous a causé du trouble, Pyrus, avec vos chevaux?

— À vrai dire, non, elle passe les trois quarts de ses journées dans la maison.

— Ça veut dire que je peux la laisser ici?» relança Ferdinand.

Raflant du regard les trois assentiments qu'il attendait, il reprit, ravi:

«Puis ça veut dire que je vais avoir un autre neveu?»

Bien qu'elle lui fît dos, Victoire sentit le regard de Georges-Noël braqué sur elle, prêt à se dérober sitôt qu'elle tournerait les yeux vers lui. Thomas prit sur lui de leur annoncer que son épouse leur préparait «le plus beau des cadeaux du jour de l'An». La main de Victoire tremblait sur la cuillère qu'elle promenait de la table à la bouche de son fils. Lorsqu'elle se tourna vers Ferdinand pour lui confirmer la nouvelle d'un sourire vite esquissé, elle nota les gestes nerveux de Georges-Noël qui écartait, pour les rapprocher aussitôt, les fibres de lin sur un coin usé de la nappe. Interpellée par Clarice qui tempêtait pour aller jouer dehors, Victoire allait saisir l'occasion d'échapper aux regards inquisiteurs de Ferdinand et de Georges-Noël, mais Thomas insista pour accompagner sa fille sur la galerie.

«Encore une chance que tu as engagé de l'aide à la maison», laissa tomber Ferdinand.

Perspicace, il doutait que l'attitude de Victoire ne fût imputable qu'au surcroît de travail que lui occasionnerait un troisième enfant. Car comment expliquer ce malaise chez une femme qui avait annoncé ses deux premières grossesses avec une joie belle à voir?

«Il ne faut pas s'en faire avec ça, dit-elle. C'est rien de prendre soin de trois enfants à côté de ce que bien d'autres femmes vivent.»

«Il y a autre chose», pensa Ferdinand, résolu à faire confiance à son flair et aux événements pour percer ce mystère.

Soupçonnant son père de désapprouver un choix qui l'amenait à vivre à Montréal, il l'invita à s'exprimer. À sa grande surprise, Georges-Noël se fit soudain loquace, le félicitant de sa passion pour la recherche et l'encourageant à poursuivre ses études, ayant dû sacrifier les siennes pour devenir le pourvoyeur de la famille après le décès prématuré de son père.

«Dommage que tu ne puisses éviter les inconvénients de la ville et l'indifférence des gens qui l'habitent pour réaliser tes projets.

— Vous parlez comme grand-mère, maintenant? Quand elle a compris que je ne changerais pas d'avis, elle a menacé de me renier comme son petit-fils. "La ville, c'est une mangeuse d'âmes", qu'elle m'a dit. Pauvre grand-mère!»

Victoire lui adressa un sourire qui le réconforta.

«Il ne faudra pas te surprendre si tu es très tentée par le diable, après ce temps-ci, lui dit-il. Comme je suis en danger de perdition, c'est moi qui vais prendre ta place sur le chapelet de grand-mère.

— J'avais besoin de tant de prières? lança-t-elle, apaisée par son humour et désireuse, en l'absence de Thomas, de le faire parler de ce que Madeleine avait pu lui apprendre.

— Autant que Marie Madeleine, la pécheresse de l'amour, répondit Ferdinand en s'esclaffant.

— Tu parles d'une comparaison! répliqua Victoire, inquiète de savoir s'il blaguait ou si l'idée lui était venue de sa grand-mère.

— Ça ne te flatte pas de te faire comparer à une femme paraît-il assez belle pour séduire Dieu le fils?»

Victoire décida d'en rire alors que Georges-Noël, troublé, sortait rejoindre Thomas qui attendait que quelqu'un d'autre vînt prendre la relève auprès de Clarice. Ferdinand devait l'accompagner au manoir seigneurial, après la grand-messe, et il lui tardait de revêtir, pour la circonstance, ses plus beaux vêtements.

«Peut-être même que M. et Mme Piret vont nous inviter à manger avec eux», prévint Ferdinand.

Le cas échéant, Victoire se retrouverait seule en présence de Georges-Noël à l'heure du dîner. Saisirait-il l'occasion pour formuler tout haut la question qui, de toute évidence, le hantait?

Portant un enfant dont elle ne pouvait prouver la paternité, elle savait être incapable de lui donner la réponse qu'il espérait. Mis au fait, souhaiterait-il encore que la petite famille quittât son domicile? Georges-Noël lui semblait parfois si torturé qu'elle craignait qu'il ne le fût davantage à compter de ce jour, et plus encore quand l'enfant serait là. Et pourtant, celle qui vivait en secret ces amours tumultueuses ressentait, depuis le matin de ses trente et un ans, un indescriptible enchantement. Voulût-elle l'exprimer qu'elle savait ne pouvoir s'en ouvrir à aucun humain qui ne l'en blâmât, hormis André-Rémi.

Comme les deux frères devaient visiter les Piret après la messe, Georges-Noël avait décidé de se rendre seul à

Pointe-du-Lac. Pendant que les hommes préparaient leurs voitures, Victoire, de la galerie où elle surveillait les deux enfants, regardait vers la résidence de ses parents. Si jamais Françoise n'accompagnait pas son mari à l'église, comme il lui arrivait quelquefois, les deux femmes pourraient s'accorder le plaisir de passer la journée ensemble. Depuis toujours, l'une et l'autre partageaient avec bonheur tâches et confidences. Complices, elles l'étaient depuis ce matin où, au début de la quarantaine, désolée de voir son unique fille les quitter pour le couvent, Françoise avait demandé à l'enfant qu'elle portait de ne pas la laisser seule dans cette marée d'hommes qui l'entouraient. Elle avait besoin d'une tendresse que Rémi n'était pas habitué à exprimer en dépit de son amour sincère pour les siens. À l'exception de Mathilde, son aînée, aucune des six filles qu'elle avait portées n'avaient survécu, étant toutes nées prématurément. Cette grossesse qu'elle avait entrevue comme la dernière présentait la même fragilité. Or, deux semaines après le départ de Mathilde pour le noviciat, Françoise était exaucée. Une petite fille naissait avec la détermination de survivre. Désormais, elles seraient deux à tempérer de leur finesse et de leur clémence l'austérité de Rémi et la turbulence des trois garçons. Victoire n'avait d'ailleurs pas attendu ses quinze ans pour faire preuve d'un ascendant capable d'ébranler l'invincible Rémi Du Sault qui, à force d'acharnement, avait fait de ses quarante arpents de broussailles et de sol argileux une terre souple et généreuse, capable de nourrir dignement sa famille. Hélas! aucun de ses fils ne s'était montré intéressé à prendre la relève. Louis y avait consenti, sur le tard, faute d'avoir trouvé le métier qui lui convenait.

Gustave, le cadet, était parti un bon matin pour la drave, mais il avait finalement ruiné sa santé dans les «shops des States». Entre les deux, André-Rémi avait abandonné son cours classique pour aller «se perdre en ville», à la direction d'un hôtel de Montréal. Tel était le triste bilan que Rémi faisait de la carrière de ses fils pour qui il avait souhaité l'instruction, la classe et l'aisance financière des Dufresne.

«Ne m'attends pas pour dîner, cria Georges-Noël à Victoire en passant devant la maison. Je vais aller faire un tour chez ma mère. Je ne l'ai pas gâtée beaucoup ces derniers temps...»

Victoire n'en fut pas surprise. Une visite chez Madeleine lui permettrait de clarifier les propos de Ferdinand et lui évitait de se retrouver seul avec elle. «Si les convictions pouvaient être aussi contagieuses que la typhoïde», pensa Victoire en le regardant s'éloigner. Au-delà des croyances religieuses dont elle n'avait que trop souffert, elle n'associait à l'événement du 16 avril aucune souillure. Comme si le destin avait pris sa revanche de l'offense que lui avait infligée la condamnation d'un prédicateur de retraite à qui elle avait cru bon de confier ses tourments. Aurait-elle dû se sentir fautive devant son mari? Une voix intérieure le lui interdisait, la ramenant à des considérations d'un ordre qu'elle n'aurait pu nommer mais qui s'élevait au-dessus de toutes les doctrines connues. L'aisance avec laquelle elle avait traversé les trois premiers mois de sa grossesse lui parlait de sérénité, d'espoir et de foi en cette vision qui replaçait cet enfantement dans sa juste dimension, comme une récompense pour seize ans de renoncements. Demander à Françoise de partager de telles convictions lui sembla téméraire en dépit de la grande compréhension qu'avait toujours démontrée cette femme. Victoire préféra réserver cette confidence pour André-Rémi et profita de la lettre qu'elle lui écrivait pour inviter la petite Laurette à venir passer un deuxième été à la campagne.

Lorsqu'elle retrouva sa mère, après avoir terminé sa lettre, Victoire se sentait heureuse, dégagée, comme si le fait de s'être confiée à son frère lui eût obtenu la faveur qu'elle implorait pour Georges-Noël.

«Je pense qu'il est sur le point de délaisser complètement la veuve Héroux», confia-t-elle à Françoise qui, nullement disposée à s'en réjouir, fronça les sourcils.

Devinant sa pensée, Victoire s'empressa de la rassurer en l'informant des projets de Georges-Noël et de son attirance, qu'il ne pouvait plus cacher, pour Lady Marian.

«Ça, c'est une bonne nouvelle! s'exclama Françoise. Il ne vous reste plus qu'à élire domicile chacun de votre côté, maintenant...»

À son avis, que Georges-Noël s'éprît d'une autre femme ne signifiait pas que Victoire fût délivrée de sa passion. Elle fut donc désolée d'apprendre que les travaux de rénovation étaient de nouveau interrompus et s'étonna de la tolérance que sa fille manifestait face à de telles lenteurs.

Il arrivait encore très souvent à Françoise de revivre ce matin où, à quelques heures des funérailles de Domitille, debout devant la fenêtre de sa chambre, Victoire fixait la froide immensité du lac Saint-Pierre et pleurait silencieusement. Sa détresse semblait avoir la profondeur de la nappe d'eau. Françoise avait entouré ses épaules, cherchant les mots pour la convaincre qu'il eût été surhumain de n'avoir jamais succombé au désir de charmer cet homme. De n'avoir pas pris plaisir à sentir ses bras enlacer son corps au hasard de certaines soirées de danse. De ne pas avoir cherché dans le bleu de ses yeux cette flamme qui dévorait ses nuits tièdes et ses soirs de solitude.

N'ayant pas oublié ses ennuis de jeune femme, les ravages de ses propres remords, Françoise avait su la réconforter par sa discrétion et son silence empreint de compassion. À deux pas de la résidence des Dufresne, elle avait saisi le bras de Victoire et lui avait enjoint de ne pas prêter aux désirs un pouvoir qu'ils n'ont pas. Surtout pas celui de donner la mort. Françoise avait suffisamment engourdi la douleur de sa fille pour lui donner la force de se joindre aux parents et amis qui, pour la dernière fois, entouraient le cercueil de Domitille. Agenouillée derrière tous ces gens qui récitaient le chapelet, Victoire avait aperçu Georges-Noël près de la dépouille mortelle. Prostré, il serrait contre lui deux enfants inconsolables. Craignant un instant de fondre en larmes, Victoire avait réuni juste assez de courage pour aller vers lui et lui exprimer sa sympathie. Plût au ciel qu'il ignorât, à ce moment, que celle qui lui tendait la main était habitée par l'étrange sentiment que sa chair se réjouissait de ce décès plus que sa conscience ne venait la harceler de repentir. Devait-elle éprouver une quelconque culpabilité, sa seule faute étant d'avoir imaginé ce que serait sa relation avec cet homme si séduisant s'il devenait veuf? Victoire avait aimé Georges-Noël et elle l'aimait encore. Mais que Madeleine, qui se targuait d'être une chrétienne exemplaire, l'accusât de la mort de sa bru alors qu'elle n'avait été témoin d'aucun geste répréhensible l'avait révoltée. Consciente des ravages que la rancune pouvait causer, Victoire n'avait pas hésité à lui accorder un pardon qu'elle n'avait pas obtenu pour elle-même, malgré les démarches qu'elle s'était imposées. «Seul le Bon Dieu a le pouvoir de pardonner», lui avait répondu Madeleine, pressée de se rendre à l'église, alors que Victoire était venue jusque chez elle de très bonne heure pour implorer une réconciliation.

L'idée était venue à Victoire ce dimanche après-midi de soumettre un projet à sa mère. Les chaussures confectionnées pour l'orphelinat de Trois-Rivières lui avaient mérité l'appréciation non seulement des autorités de l'orphelinat, mais aussi de bienfaiteurs et de certains commerçants. De quoi fouetter le zèle de la cordonnière. Il lui tardait d'expérimenter, avec l'aide de sa mère, des recettes de teintures encore jamais appliquées au cuir d'agneau. Les deux femmes avaient décidé de profiter de la sieste des enfants pour se mettre à la tâche.

«Vous avez l'air d'oublier qu'on n'a pas le droit de travailler le dimanche, dit Victoire, avec l'air espiègle que Françoise se plaisait tant à retrouver chez sa fille.

— Si le Bon Dieu s'est reposé le septième jour, c'est que, dans une seule semaine, il avait créé le monde entier, ce qui n'est pas mon cas.»

Sans le savoir, Françoise venait d'ouvrir toute grande la porte à Victoire pour qu'elle lui annonçât sa troisième grossesse.

«C'est donc ça qui te donne tant de bonheur dans les yeux! s'exclama Françoise, ravie. Eh, oui! J'aurais dû m'en douter à tes taches de rousseur sur les pommettes... Voilà une raison de plus pour ne pas perdre de temps!»

De l'écorce d'érable rouge, elles obtinrent un bleu presque marine qui se mariait fort joliment au bordeaux que leur donna le gaillet. Trempé dans le jaune de la verge d'or, la peau d'agneau ressortit d'une teinte dorée qui leur plut souverainement.

«C'est tout à fait ce que j'attendais pour réaliser mon projet, dit Victoire, émerveillée. Ferdinand ne sera pas passé chez les Piret que pour lui et Thomas. Vous voyez maintenant qu'il y a bien des avantages à ce que nous habitions tout près l'une de l'autre?

— Je n'ai jamais souhaité que tu t'éloignes, Victoire. Mais il y a moyen de vivre pas loin d'ici sans que ce soit dans la maison de Georges-Noël», lui fit-elle remarquer.

Des claquements de sabots dans l'allée de terre battue, un roulement de calèche sous la fenêtre, Ferdinand et son frère revenaient du village. À la mine sombre de Thomas, les deux femmes devinèrent que la visite au manoir seigneurial avait été moins réjouissante que prévu. «Les laboratoires de l'Université Laval ont procédé à l'analyse de la substance et confirment la présence de gaz naturel dans les sols du domaine seigneurial. Mais de là à conclure que la nappe de gaz est suffisamment abondante pour en faire une exploitation valable, il y a une marge, leur avait appris l'ingénieur français. Une bonne source doit produire quatre-vingt-douze livres de gaz naturel par pouce carré», avait-il précisé.

Ferdinand exhortait son frère à garder confiance:

«Un ingénieur exige toujours d'avoir une foule de preuves avant d'étaler ses certitudes. Ce que M. Piret nous a laissé entendre, entre les lignes, me pousserait à aller encore plus loin.

— C'est mal me connaître que de penser que je vais abandonner.»

Sur le parvis, Thomas avait croisé Garceau. «Je t'attends lundi prochain», lui avait-il lancé, loin de se douter que le jeune meunier ambitieux ne se sentait pas si empressé de retourner au moulin.

Bien que ce travail lui plût toujours, la perte de ses prérogatives en tant que bras droit d'Euchariste avait refroidi son enthousiasme. Seule la découverte de gaz dans le sol de son érablière pourrait le lui rendre, estimait-il.

Ne pas attirer l'attention des Garceau avec sa tarière à corde et ses longs tuyaux de six pouces de diamètre n'était pas chose facile. Le transport et l'installation de l'équipement qui devaient se faire après la brunante nécessitaient l'aide d'un complice, et Thomas allait le perdre avec le départ de son frère. La bonne volonté de son fidèle ami Ovide ne suffisait pas. Il fallait deux bras pour s'acquitter de cette tâche. Victoire et sa mère avaient d'une seule voix proposé Louis junior, ce jeune homme entreprenant, discret et dévoué qui semblait animé de la même audace que sa tante, déterminé à mettre sur pied, avant longtemps, la première beurrerie-fromagerie de la région, et cela en dépit de la féroce opposition de son père.

«Le jour n'est pas loin où il aura peut-être besoin d'un coup de pouce de notre part», fit remarquer Victoire.

Elle se rappelait les durs affrontements qu'elle avait vécus avec son père avant de le gagner à son projet de cordonnerie. «Avec l'instruction qu'on t'a payée, ma petite fille, on serait en droit de s'attendre à ce que tu choisisses un métier honorable, au moins», avait-il dit à sa fille, qualifiant de barbouillage les modèles de chaussures qu'elle avait dessinés. Des cinq enfants qui avaient survécu et pour qui il avait trimé toute sa vie, il n'y avait que Mathilde pour le récompenser. L'un après l'autre, ses fils avaient contrarié ses plans. En choisissant un métier réservé aux hommes, Victoire venait, à son tour, outrager son père dans sa fierté et dans ses ambitions. Mais la crainte qu'elle ne marchât sur les traces d'André-Rémi lui avait arraché un consentement. Contrarié, il le fut aussi lorsque, impatient de voir sa fille rejoindre les rangs et prendre mari, il apprit qu'elle avait choisi un homme de dix ans son cadet. Que les Dufresne, en plus de jouir d'une réputation enviable, aient toujours manifesté beaucoup d'attachement à leurs racines venait compenser le désagrément et l'inquiétude que lui causait cet écart d'âge. Comme il était loin, à ce moment, de soupçonner, chez son gendre, le moindre attrait pour la vie prétendument opulente des États de la Nouvelle-Angleterre!

Réconforté par la perspective d'obtenir de l'aide de Louis junior, Thomas pouvait maintenant prêter l'oreille à sa femme pour qui la journée avait été couronnée de succès. Une mosaïque de pièces de cuir aux coloris les plus variés en témoignaient. Ferdinand avait pris le temps de les examiner de près, désireux d'en féliciter Victoire dès que Thomas cesserait de l'accaparer.

«Dépêche-toi d'en monter quelques paires, lui recommanda-t-il. Je suis sûr que cette fois Mme Piret va être si charmée qu'elle va t'offrir d'en apporter en Europe, l'automne prochain.

— Ça me donne à penser, dit Thomas, qu'on pourrait en faire parvenir quelques paires aux Rouette, aussi...»

Décidément, il ne démordait pas. Une correspondance assidue avec cette famille exilée au Massachusetts prouvait qu'il gardait un œil du côté des États-Unis, advenant que ses projets ne donnent pas les résultats espérés.

Agréablement surpris, à son arrivée, par le climat d'effervescence qui régnait dans la maison, Georges-Noël fut charmé d'y retrouver Françoise et, fait exceptionnel, Rémi qui, las d'attendre le retour de sa femme pour la préparation du souper, était venu lui rappeler l'heure de son air grognon.

«Pour une des rares fois qu'on vous attrape ici tous les deux, dit Georges-Noël, on ne va pas vous laisser partir sans que vous ayez soupé avec nous.»

Rémi allait protester, mais Georges-Noël ne lui laissa pas le temps de formuler une excuse valable.

«C'est moi qui vous invite», ajouta-t-il à l'intention de Victoire qu'il tenait à dégager de la préparation de ce repas.

Aussitôt dit, il traversa dans la cuisine, disposé à mettre la main à la pâte.

«Je vais vous faire goûter d'un plat que vous n'avez peut-être jamais essayé, lança-t-il, pensant les tenter davantage. Rien que pour ceux que ça intéresse», dut-il préciser lorsqu'il aperçut une moue de méfiance sur le visage de Rémi.

Georges-Noël appréciait cet homme dont les traits et les gestes trahissaient l'âpreté des combats, une endurance à toute épreuve et une sincère affection pour les siens. Il avait fait appel maintes fois à ses talents de menuisier; c'était à lui qu'il avait confié la rénovation complète de la maison de Madeleine avant d'y emmener vivre sa femme et ses deux fils. «J'ai besoin d'un ouvrier habile et fier de son ouvrage», lui avait-il dit, pendant que, de la fenêtre de sa chambre, la jeune couventine en vacances suivait la scène avec un intérêt tout à fait particulier. Dans la frénésie de ses quinze ans, Victoire avait été impressionnée par l'homme qui, les bras chargés de caisses de carton, allait de la galerie à la voiture avec une aisance telle qu'elle pouvait deviner l'imposante musculature que cachait sa chemise de drap fin. La démarche de cet homme, dont elle n'avait appris le prénom que dans la soirée, évoquait, non sans l'émouvoir, la grâce d'un danseur. Et lorsque, dans la même matinée, retournant au village de Yamachiche, il l'avait invitée à prendre place dans sa voiture, elle avait déploré ne pouvoir acquiescer tant elle avait été séduite par la douceur de sa voix et la beauté de ses yeux. «Des yeux d'un bleu de nuit», avait-elle écrit à André-Rémi. Se dirigeant vers la cordonnerie de son grand-père Joseph, à la limite de l'exaltation, elle avait murmuré la dernière phrase sur laquelle il l'avait laissée, comme on répète un premier mot d'amour. Comble de chance, à l'heure du souper, ce galant monsieur était venu les visiter et il l'avait alors choyée d'un des plus beaux compliments qui lui avaient jamais été adressés: «Voulez-vous bien me dire ce que vous avez fait au Bon Dieu pour avoir une si belle fille?» avait-il demandé à Rémi. Ses joues s'étaient aussitôt empourprées d'une fièvre soudaine mais combien délicieuse. Cette mémorable journée de la Saint-Jean 1860 avait injecté dans les veines de Victoire un fluide qui, huit ans plus tard, s'était transmis à Georges-Noël et ne l'avait pas quitté depuis.

Lorsque, au cours de ce repas, alors que se trouvaient réunies pour une rare fois les deux familles, Thomas exposa ses projets de forage, son père fut tenté de lui rappeler qu'il devait d'abord s'employer à finir sa maison et que les quelques mois d'hébergement qu'il avait demandés étaient depuis longtemps passés. Mais la hantise de l'enfant attendu et l'espoir qu'une relation amoureuse se noue entre lui et Lady Marian atténuaient, effaçaient presque, la nécessité de mettre fin à leur cohabitation.

Derrière la joie que Georges-Noël manifestait et l'offre spontanée qu'il avait faite de cuisiner un plat spécial pour ses hôtes, Victoire devinait l'influence heureuse d'une autre femme dans sa vie. À la mélodie de sa voix et au scintillement de ses yeux lorsqu'il était question de la noble enseignante de Trois-Rivières, Victoire comprenait bien qu'il s'agissait d'elle. Il lui tardait de faire la connaissance de la femme qui s'était placée sur la route de Georges-Noël et qui avait pu combler le vide qu'ellemême n'avait pu remplir. «Avant longtemps, cet homme sèmera sur son passage ce parfum de bonheur qu'il ne mérite que trop», pensa-t-elle, souhaitant que, cette fois, Madeleine ne vînt pas l'assommer de ses jugements.

À brûle-pourpoint, et comme si elle avait lu dans les pensées de sa fille, Françoise, qui savait que Georges-Noël revenait de chez Madeleine, s'informa:

«Ta mère va bien?

— En autant que c'est possible, avec des principes comme ceux qu'elle défend», répondit-il, laissant croire que Madeleine et lui avaient de nouveau fait la guerre sur le chapitre des valeurs.

Aux quelques réflexions que Georges-Noël ajouta, tous comprirent que la nouvelle orientation professionnelle de Ferdinand avait mis le feu aux poudres.

«Je la comprends et je l'approuve même, sur certains points, dit Georges-Noël. Mais je trouve abominable qu'elle conseille à un père de renier son enfant pour un choix de vie.»

Un vent de stupéfaction refroidit l'atmosphère. Aux regards qui s'échangèrent, il comprit que sa remarque risquait de heurter profondément Rémi qui sortit de table pour s'installer dans une berceuse, près d'une fenêtre de la cuisine, et prendre son thé.

«Il va de soi que je parle de mes convictions personnelles...», s'empressa de préciser Georges-Noël.

Thomas et Ferdinand le fixaient, attendant une explication qu'il n'avait pas l'intention de leur donner. Tous deux ignoraient que, pour avoir tenu tête à son père qui discréditait le métier d'hôtelier, André-Rémi avait été chassé du foyer familial et avait dû aller l'exercer à Montréal, au grand chagrin de sa mère et de sa petite sœur. Françoise avait intercédé en sa faveur, Victoire avait supplié et André-Rémi avait, pendant plus de dix ans, adressé des lettres à son père, mais celui-ci était resté inébranlable. Et pourtant, Rémi avait souffert de cette longue absence, souffert de la cruauté des mots que lui avait inspirés sa colère, souffert de la peine qu'il faisait à tous les membres de sa famille. La mort du grand-père Joseph avait rapproché les deux hommes, mais sans effacer tout le ressentiment du cœur de Rémi.

«Ce sont des choses qui entraînent beaucoup de souffrances et de regrets inutiles, dit Françoise. Mais ce qui compte, c'est de renouer avant qu'il soit trop tard.»

À l'instar de Françoise, Victoire et Georges-Noël savaient que cet homme ne pouvait exprimer autrement son amour que par un inlassable dévouement et par la protection qu'il voulait apporter aux siens. Loin de nier qu'elle avait souffert de son intransigeance, Victoire avait résolu de prêter son appui aux enfants de Louis, car celui-ci avait hérité de l'intolérance et de l'autoritarisme de Rémi. Tout comme elle avait, à la mort de Domitille, juré à Thomas qu'il pourrait toujours compter sur elle, Victoire avait promis à Louis junior de lui donner tout le soutien moral et financier dont il aurait besoin pour lancer son entreprise. Elle réitéra cette intention devant les trois hommes qui discutaient du projet du jeune Du Sault d'ouvrir une beurrerie-fromagerie, et ils l'approuvèrent, à l'exception de Thomas qui nuança son accord d'un ressentiment qu'il gardait de l'opposition de Victoire à ses rêves d'exil.

«Je reste convaincu qu'avant longtemps tu remercieras ta femme de t'avoir empêché de partir. Vous avez tout à gagner à rester ici, commenta Ferdinand au grand étonnement de tous.

— Il parle comme un grand livre», intervint Françoise, soucieuse de ramener à la réjouissance cette journée qui tirait à sa fin.

*   *

*

À deux jours de son départ, Ferdinand apprenait à sa belle-sœur une nouvelle qui la transporta de joie:

«Ça y est, Victoire, s'écria-t-il, de retour du manoir, ce dernier vendredi de juillet. Tu me prépares tes trois plus belles paires de bottillons pour dimanche.

— Tu veux dire que Mme Piret va les apporter en Europe?

— Mieux que ça, elle les envoie à son frère. Il va les exposer à Lyon, avec ses modèles de gants de kid.»

Victoire exultait. L'Europe, Lyon, la très impressionnante Eliza Waters, l'épouse de M. Piret...

«Tant d'honneur me donne l'impression de rêver.

— Tu ne rêves pas, tu le mérites... J'en connais plus d'un qui paierait cher pour être à la place de Thomas et te traiter à ta juste valeur, comme une princesse, quoi.

— Badine si tu en as le goût, exagère si ça te plaît, mais je t'assure que je n'ai à me plaindre de rien. Je suis plus choyée que la majorité des femmes de mon âge.

— Je n'en pense pas moins que bien des hommes n'apprécient leur femme qu'une fois qu'ils l'ont perdue. Puis, je ne suis pas sûr que Thomas fasse exception.

— Comme si c'était le temps de jouer au prophète de malheur quand, grâce à toi, il m'arrive la chance la plus extraordinaire de ma vie...

— Ce n'est pas de la chance, Victoire. La chance n'existe pas. Tu commences enfin à récolter pour tout ce que tu as enduré...

— Aide-moi plutôt que de faire du sentiment, l'interrompit Victoire. Ou plutôt, va demander à Marie-Ange si elle peut rester avec moi, cette fin de semaine ci. Son aide ne serait pas superflue, avec ce que tu viens de m'annoncer.»

Toute au bonheur qui se présentait sur sa route, Victoire remit à des jours plus ordinaires la réflexion qu'appelaient les propos et l'attitude de Ferdinand.

«Si c'est pour prendre cette tournure, déclara Thomas en apprenant la grande nouvelle, j'aimerais bien devenir votre associé, madame Du Sault. Combien demandez-vous?»

Leur joie partagée eut alors la fulgurance de leurs plus belles nuits d'amour.

Il sembla à Victoire que, pour la première fois depuis son mariage, le bonheur n'avait ignoré aucun des membres de cette famille.

*   *

*

Au terme d'un été qui s'était annoncé prometteur, voilà qu'une invasion d'insectes menaça les récoltes. Georges-Noël sauva de justesse ses cultures de lin, mais le blé et le seigle ne pouvaient être fauchés avant septembre. Il en allait ainsi de tous les agriculteurs de la région, inquiets à la pensée de devoir nourrir troupeaux et familles avec de si maigres récoltes. Les moulins ne bourdonneraient pas de cette fébrile activité qu'on leur connaissait à chaque fin d'été. Garceau se demandait s'il devait garder Thomas à son emploi, vu la pauvreté des réserves de grains et de farine qu'il entrevoyait pour l'hiver.

«Tu as toujours ta place dans mon atelier», lui signifia Victoire à qui il se confiait, fatigué mais incapable de s'abandonner au sommeil.

Mais Thomas hésitait. Bien qu'il se plût à pratiquer le métier de cordonnier, de travailler sous la direction de Victoire le contrariait. Le fait que ce soit elle qui conçoive, dessine, choisisse et ordonne pouvait se justifier, mais il lui tardait de se retrouver à la tête de sa propre entreprise et de réaliser des choses portant l'empreinte de ses idées et de ses habiletés.

«Le père a ses chevaux, toi, tes souliers, Ferdinand, ses études. Mais moi, rien, sinon que d'exécuter les ordres des autres. À part mes deux enfants, rien autour de moi ne parle de moi. C'est à se demander si j'ai une place en ce bas monde», avait-il dit à sa femme après la lecture d'une lettre fort enthousiaste de Ferdinand.

Privée à son tour de toute envie de dormir, Victoire constatait qu'en effet chacun était parvenu, comme par bonheur, à concrétiser ses rêves et en avait fait état avec exubérance, alors que, depuis trois ans, Thomas connaissait plus que sa part d'obstacles, d'objections, de réticences et d'échecs. Les responsabilités familiales s'étaient multipliées sans qu'il recût de compensations en proportion. Que de fois n'avait-il pas entendu les reproches de son père, les sarcasmes de son frère et les soupirs d'insatisfaction de sa bien-aimée? En dépit de son jeune âge et des rares louanges de son entourage, il avait tenu le coup.

«Le plus admirable de nous quatre, c'est toi, Thomas Dufresne», reconnut Victoire, affligée de n'avoir pas su apprécier à sa juste valeur celui qu'elle avait pourtant choisi d'épouser.

De par sa présence plus assidue et sa prodigalité, Georges-Noël s'était taillé une place enviable dans sa vie, admettait Victoire. Par ses intrigues et ses particulières attentions, Ferdinand avait pris une place non moins négligeable. Quelle part, dans son esprit et dans son cœur, Victoire avait-elle réservée à son mari? Thomas le lui demandait tant le métier et les enfants l'avaient accaparée.

«Si tu savais comme je t'aime pourtant, lui murmurat-elle en caressant la chevelure bouclée qu'il avait en commun avec sa petite Clarice.

— J'ai souvent l'impression que tu me considères plus comme ton fils aîné que comme ton mari», était-il parvenu à lui dire.

Eût-elle voulu le contredire que le sentiment de recourir à la facilité, voire à une certaine malhonnêteté, le lui interdît.

«Si je l'ai fait, c'est bien involontairement, et je t'en demande pardon, mon pauvre chéri.

— C'est ça qui est le pire. Quand c'est si naturel, il y a peu de chance que ça se corrige.»

Victoire le supplia de ne pas penser ainsi.

«C'est une erreur de parcours, tout simplement. On ne vient pas au monde bonne épouse, pas plus qu'on ne réussit une chaussure à la perfection en commençant. Les meilleures années sont devant nous, ajouta-t-elle en pensant au départ de Ferdinand et à l'arrivée de Lady Marian dans la vie de Georges-Noël.

— J'aimerais te croire, Victoire. Mais je n'en vois pas les raisons. Je pense que même si je découvrais les plus riches gisements de gaz naturel, même si je possédais à moi seul les deux plus gros moulins de la région, je resterais toujours pour toi le petit voisin à qui tu as tout appris.

— Pas tout, balbutia Victoire, au bord des larmes. Rappelle-toi. Le feu dans ma cordonnerie. L'accident à la carderie. Sans parler de tout ce que nous sommes seuls à savoir...»

Thomas acquiesça, visiblement attristé à l'évocation de ce qui n'était plus pour lui que de beaux souvenirs. S'il était urgent qu'il entendît ces serments d'amour, la nécessité pour Victoire de se remémorer les motifs qui l'avaient amenée à épouser Thomas se faisait encore plus impérieuse.

«Le goût d'un bonheur simple, à chaque jour qui se lève, c'est toi qui me l'as donné alors que j'étais tellement portée à vivre dans le passé ou à me projeter dans un avenir que j'espérais meilleur que le présent. Le privilège de connaître un amour serein, sans ombre...»

Elle s'interrompit. Elle avait failli ajouter «sans remords». Elle prit une profonde respiration et poursuivit:

«... cela, c'est toi qui me l'as offert. L'espoir de vivre la plus grande merveille que puisse accomplir une femme, c'est toi qui l'as rallumé en moi, au moment où je pensais devoir renoncer pour toujours... à donner la vie.»

La pensée de la naissance attendue lui imposa un silence, tant l'émotion lui serrait la gorge.

«Tu ne crois pas que ce serait nous donner une seconde chance que de travailler ensemble? lui demanda-t-elle, presque suppliante.

— Pourvu que j'aie mon mot à dire. Que je sois considéré comme ton associé... pas comme ton employé», dit-il sur un ton qui n'admettait aucun compromis.

Réflexion faite, tous deux convinrent d'attendre les résultats de la percée en Europe et la fin des forages, après les grandes gelées, pour prendre une décision éclairée.

Cet entretien laissa Victoire meurtrie et rongée de remords. Force lui était reconnaître qu'elle n'avait porté qu'une attention distraite à son mari, ne sachant lui donner, en dehors de leurs ébats amoureux, l'écoute, la compréhension, le soutien et la complicité qu'il attendait d'elle. Sa disponibilité d'esprit étant aussi limitée que le temps que Thomas pouvait consacrer à sa famille, elle ne s'était pas méfiée de la perspicacité de son mari, qualité qu'elle avait davantage attribuée à Ferdinand, tout comme son ingéniosité. Les révélations de Thomas signalaient de plus une tolérance dont elle se savait elle-même moins pourvue. De découvrir, après trois ans de vie commune, que son mari avait vécu tant de doutes, tant d'insatisfactions et de chagrins dans la plus grande solitude le lui rendit plus admirable encore. «Comme tu as été bête, Victoire Du Sault», se dit-elle, déterminée à laisser à Thomas la place qui lui revenait dans sa vie, la première place. Force lui fut d'admettre qu'entre son idéal et la réalité de leurs premières années de mariage, l'écart était appréciable.

Pour sa part, Thomas avait l'impression que cet échange d'aveux l'avait retourné comme un gant. D'un sentiment d'insatisfaction et d'impuissance il était passé à une estime de soi et de ses talents sans précédent. Non seulement avait-il reconquis, à force de courageuses déclarations, le rôle qu'il avait toujours cherché à jouer auprès de son épouse, mais il se sentait de taille à traiter avec son père comme avec un éventuel partenaire. Ce qu'il avait mis des mois à échafauder lui sembla tout à coup facile, stimulant même.

«Avez-vous déjà pensé qu'il se pourrait bien que vos terres cachent une rivière de gaz naturel?» demanda-t-il à son père au hasard d'une visite à sa toute dernière écurie.

Georges-Noël hocha la tête, apparemment ouvert à cette éventualité.

«La brunante descend si vite sur l'érablière au mois de septembre que j'avais pensé profiter des dernières semaines avant les grandes gelées pour jeter un coup d'œil de ce côté-ci.

— Si tu estimes n'avoir rien de plus urgent à faire, vas-y. Mais en ce qui me concerne, je n'ai pas l'intention d'y mettre du temps. Je suis déjà débordé...

— Je ne comptais pas sur votre aide, non plus. Mais s'il arrivait que j'en trouve...?

— Ce sera tant mieux pour toi!

— Vous voulez dire que vous seriez prêt à...

— À parler d'affaires avec toi? Bien sûr. Tout peut se négocier, mon Thomas. Tout», répéta Georges-Noël, avenant comme Thomas ne l'avait jamais vu.

Georges-Noël sautait sur l'occasion tant espérée de faire plaisir à Thomas sans que son bonheur ni son honneur ne soient compromis. Un moyen de se libérer d'un sentiment de faute, ou une façon de réparer, si jamais sa faiblesse d'avril venait à lui causer du tort? Un peu des deux, se dit-il, prêt à lui faire ce qu'il appela «une petite confidence»:

«Quand on a creusé, ton oncle et moi, pour installer la pompe à eau dans la cuisine, on a découvert des bouts de tuyaux qui dataient sûrement d'un siècle. On n'a jamais pu comprendre à quoi ils avaient pu servir jusqu'au jour où ton frère nous a raconté l'expérience de Piret. Je ne peux rien te jurer, mais si ça peut t'encourager...»

Ravi, Thomas avait couru en informer Victoire.

Après un mois de forage dans un des champs de lin de son père, Thomas demanda conseil à M. Piret.

«Ça augure bien», dit l'ingénieur, l'engageant fortement à poursuivre ses fouilles dès le retour du printemps.

L'enthousiasme eût été à son comble s'il n'avait été chargé, par la même occasion, de transmettre un message décevant à sa bien-aimée. Le temps gris, qui semblait vouloir répandre prématurément ses premiers flocons de neige, ajoutait à sa déception. Il fut encore plus consterné lorsqu'il aperçut, en plein cœur de cet après-midi du début de novembre, Marie-Ange occupée à découper des talons à la cordonnerie pendant que Victoire était auprès des deux enfants qui n'avaient cessé de la réclamer depuis le matin.

À deux mois de l'accouchement, elle avait du mal à trouver un sommeil réparateur. Elle avait compté sur la sieste des petits pour prendre du repos, mais le bruit que faisait Georges-Noël et Joseph, pressés d'empiler les bûches d'érable dans la cave avant la neige, les avait réveillés.

«Retourne t'étendre. Je vais m'occuper des petits», lui offrit Thomas.

La fatigue et les malaises qu'il remarquait chez Victoire, et qu'il n'avait pas observés durant les deux grossesses précédentes, commençaient à l'inquiéter. Devait-il les attribuer au seul fait qu'elle devait se lever presque chaque nuit pour aller, soit rassurer sa fille, soit redonner un biberon à Oscar? L'idée lui vint d'en parler à Françoise lorsque l'occasion se présenterait. Mais pour l'heure, il devait informer Victoire des réticences de M. Waters à exposer ses chaussures à Lyon. «Si Mme Victoire pouvait nous fournir les mêmes modèles mais dans un cuir plus travaillé, plus souple encore, je n'hésiterais aucunement», avait-il fait savoir par l'entremise de M. Piret. Il avait même suggéré d'utiliser une certaine marque de *scraper* qui donnerait la finesse qu'il souhaitait. Bien que Thomas prît d'infinies précautions pour lui apprendre la nouvelle, Victoire en fut fort chagrinée.

«Je pense qu'on pourrait t'en trouver un, *scraper*, à Montréal», fit valoir Thomas.

L'idée la réconforta.

«Je vais écrire à André-Rémi», résolut-elle au moment où ils allaient regagner leur chambre pour la nuit.

Thomas eût préféré qu'elle reportât cette lettre au lendemain, vu l'heure tardive et la fatigue qui l'accablait, mais elle insista, alléguant que son sommeil serait d'autant plus réparateur qu'elle pourrait mettre cette lettre à la poste dès le lendemain matin.

Ses journées étaient partagées entre le travail à la cordonnerie et les exigences des enfants qui ne lui laissaient guère de répit. À vingt-huit mois, Clarice voulait pour elle seule son père et sa mère, usant tantôt de charme, tantôt de crises de larmes pour déloger son petit frère des bras de qui l'avait pris. De son côté, le jeune Oscar se montrait très actif, curieux et entreprenant, pressé d'acquérir une plus grande autonomie. À cela s'ajoutait son ambition de poursuivre son métier de cordonnière et de progresser dans la création de nouveaux modèles de chaussures. Comment pouvait-elle tout concilier sans que sa santé en fût sérieusement affectée? Thomas se le demandait. Pour la première fois, il pensa que Victoire dépassait ses forces. Il l'avait toujours vue comme celle qui comprend, qui sait ce qu'il faut faire et qui a le pouvoir de le faire. Sa réaction à la réponse de M. Waters révélait une fragilité qui l'inquiétait, mais qui, en même temps, dut-il se l'avouer, lui plaisait. Comme s'il eût grandi de ses faiblesses. Comme si la place qu'elle lui avait promise dans sa vie se fût taillée à même les impuissances et les limites de cette femme qu'il aimait éperdument.

«Je vais me débarrasser des ventes de Garceau avant les Fêtes, lui avait-il annoncé, le lendemain matin, de sorte que, quand notre troisième bébé arrivera, je pourrai rester avec toi. Sinon, on engagera une aide à la cordonnerie.»

Victoire lui apprit qu'effectivement Georges-Noël avait décidé de confier tous les préparatifs des Fêtes à Mme Héli. «De quoi se mêle-t-il encore?» pensa Thomas, agacé de constater que son père le devançait de nouveau. Désireuse d'atténuer le déplaisir qu'elle lisait sur le visage de son mari, elle expliqua:

«Ton père aimerait recevoir autant que les autres années et il trouve que ça m'en ferait trop. Sans compter que le bébé pourrait bien avoir envie de fêter le jour de l'An avec nous, ajouta-t-elle.

— J'aurais dû y penser. Il s'y prend toujours bien de bonne heure, mon père...»

Quelques jours auparavant, profitant d'une matinée où Marie-Ange avait décidé d'emmener les deux petits chez sa mère, Georges-Noël s'était présenté à la cordonnerie. Adossé au chambranle de la porte, qu'il avait laissée entrouverte, le cœur battant la chamade, pour la première fois depuis avril dernier, il avait soutenu le regard de sa bru sans la moindre défaillance. Avant même qu'il parle, se doutant de ce qui l'amenait, Victoire avait eu du mal à ne pas s'affoler.

«Au cas où j'aurais une part de responsabilité dans l'événement attendu pour le début de janvier, je tiens à te dire que j'ai fait le nécessaire pour que tu aies de l'aide dans quelques semaines», avait-il débité, la voix tremblante d'émotion.

Elle aurait aimé pouvoir lui jurer qu'il n'y était pour rien, mais c'eût été malhonnête de le faire. Bien plus, elle croyait que s'ils avaient failli à leurs serments en

dépit de fermes intentions, le destin avait pu les entraîner. André-Rémi, à qui elle s'était confiée lorsqu'il était
venu chercher sa petite Laurette, à la fin des vacances,
pensait de même. Ce qu'elle aurait donné pour que
Georges-Noël partageât cette vision!

«Il vous reste peut-être une autre petite chose à
faire», avait-elle bredouillé alors qu'il allait repartir.

L'effet de surprise l'avait ramené.

«Quoi donc?

— Ce qu'on pourrait appeler un acte d'humilité...»

Il avait froncé les sourcils.

«Qui sommes-nous pour décider de ce qui nous
convient le mieux?» avait-elle poursuivi.

Georges-Noël avait hoché la tête, sans émettre la
moindre opinion.

«Si le destin a décidé de vous donner un autre
enfant, nous serons les seuls à le savoir, et il serait inacceptable, injuste même, que ce petit être soit accueilli
dans la honte et la culpabilité.»

N'osant la regarder, Georges-Noël avait semblé
étranglé par l'émotion. Une larme avait mouillé sa joue
avant qu'il ait eu le temps de l'essuyer du revers de la
main.

«Tu as probablement raison», était-il parvenu à dire,
après un long moment de silence.

Victoire avait délaissé sa chaussure, quitté sa table de
travail et fait quelques pas vers lui, hésitant à écouter
son cœur et à étreindre l'homme meurtri qui se tenait
devant elle. Georges-Noël avait tendu les bras. Tous
deux étaient restés l'un contre l'autre jusqu'à ce qu'un
apaisement ait ramené un sourire sur le visage de
Georges-Noël.

«Merci. Merci pour tout, Victoire.»

Georges-Noël avait quitté l'atelier, plein d'un courage à la mesure de l'appréhension qu'il avait éprouvée en se préparant à cette rencontre. Confirmation lui était donnée de la possibilité que l'enfant qui allait voir le jour aux alentours de son cinquante et unième anniversaire de naissance fût le sien. «S'il fallait que ce soit une fille, je serais encore davantage porté à le croire», pensa-t-il en retournant à ses chevaux. «Que dirait Lady Marian si un jour je lui confiais ce grand secret?» se demanda-t-il en brossant l'un de ses étalons. Plus Georges-Noël la fréquentait, plus elle manifestait une compréhension à nulle autre comparable. «C'est bien la seule femme, à part Victoire, qui pourrait m'entendre sans se scandaliser», se dit-il en songeant à leurs discussions sur des sujets comme l'amour, la fidélité et certaines interdictions qu'elle estimait être des manipulations de l'Église ou de l'État pour s'assurer une domination facile. Chez elle, on pouvait lire *Les Fleurs du mal* de Baudelaire, les *Amours* de Ronsard et le *Dictionnaire philosophique* de Voltaire. La ferveur avec laquelle Marian Hooper lui parlait de ces auteurs le fascinait. Il aurait passé des heures à voir briller, dans ses yeux noirs comme du jais, la flamme de la découverte. À se laisser bercer par l'inflexion de sa voix et son léger accent anglais. Bien que physiquement robuste, elle avait quelque chose de la fragilité de Domitille. Une nostalgie dans le regard lorsqu'elle ne parlait plus d'histoire, de philosophie ou d'écriture. Il la savait aussi animée par une passion dévorante qui lui donnait une personnalité comparable à celle de Victoire. Audacieuse comme elle.

Issue d'une riche famille anglaise, ayant parfait sa formation en France, Marian Hooper tenait son nom d'un certain Y. Hooper, qu'elle avait dû épouser, supposa Georges-Noël en lisant cette dédicace dans un des livres de sa bibliothèque: «*I love you, Marian. Y. Hooper*». Était-elle veuve ou divorcée, ou vivait-elle en séparation de fait? Georges-Noël n'osait poser ce genre de question qu'il jugeait indiscrète, surtout qu'il n'était pas prêt à entendre n'importe quelle réponse. Chose certaine, elle vivait seule depuis quelques années et elle passerait le temps des Fêtes entourée de quelques amis de Trois-Rivières, sans plus. Était-ce prématuré de l'inviter à Pointe-du-Lac? Georges-Noël, lui ayant exprimé son désir de la voir se joindre aux siens pour le réveillon du jour de l'An, la laissa en juger. Flattée de l'invitation, elle avait néanmoins demandé un délai avant de confirmer sa présence. Et comme elle en taisait les raisons, Georges-Noël tint à l'assurer que si le trajet à parcourir et la possibilité d'être logée convenablement chez lui la préoccupaient, elle n'avait pas à s'inquiéter.

«Il y a encore deux chambres libres chez nous. Vous pourrez vous y reposer à l'aise, avait-il pris soin de préciser.

— Je ne doute aucunement de votre aimable accueil, mon cher Georges, mais laissez-moi voir...», avait-elle répondu.

Une deuxième raison, qu'il n'avait pas l'intention de divulguer avant d'en avoir obtenu la confirmation, venait donc justifier l'engagement de Mme Héli à la préparation des pâtisseries, des viandes et des pâtés destinés, par la tradition, aux repas du temps des Fêtes.

Plus novembre avançait, plus les préparatifs de Noël devenaient pressants. Georges-Noël courait entre les travaux quotidiens, la fabrication de jouets pour Clarice et Oscar et la redécoration des chambres du grenier, occupation qui surprit ses proches. Thomas, qui espérait avoir terminé ses livraisons pour le 23 décembre, rentrait tard et repartait tôt le matin. À la maison, les enfants étaient de plus en plus turbulents. Oscar rivalisait d'espiègleries avec sa sœur et avec Pyrus. Clarice, qui s'était vite remise d'une grippe intestinale, insistait pour aider sa mère à confectionner les boucles de satin rouges et vertes qui devaient orner les couronnes de pin suspendues aux portes.

Au milieu de cette agitation épuisante, Victoire comptait les jours. Dans son atelier laissé libre depuis deux semaines, le chauffage avait été presque complètement interrompu et, sur la table de la cordonnière, des casseroles de beignets côtoyaient la douzaine de mokas auxquels il ne manquait que la glace au chocolat. Les bouteilles de vin de betterave de Georges-Noël exhibaient leur limpidité dans la clarté de la fenêtre. Des chapelets de saucisses suspendus à une tablette de l'armoire excitaient l'appétit. Mme Héli pouvait maintenant rentrer chez elle; il ne restait plus que les rôtis de porc et de bœuf à faire cuire, et Georges-Noël s'en réservait le privilège. Les poulets, déjà truffés et gardés au froid avec les autres mets, feraient les délices des invités.

À quelques jours de cette période de grandes festivités, Georges-Noël apprenait que Lady Marian ne serait pas au nombre des invités, pour une raison demeurée nébuleuse. Elle lui avait écrit qu'elle jugeait plus prudent pour l'instant de ne pas s'absenter de sa demeure.

Il aurait voulu se convaincre qu'il ne s'agissait que d'un simple malaise ou d'une indisposition physique passagère, mais il n'y parvenait pas. Car pourquoi ne l'aurait-elle pas invité à se rendre à Trois-Rivières pour célébrer avec elle? «Si tu as peur de la perdre, si tu te sens menacé, mon vieux, c'est que tu es en train de t'amouracher pour de vrai, puis il ne le faudrait pas avant d'avoir éclairci certaines questions», se dit-il, près de tomber dans la mélancolie. Planté devant la porte de la chambre qu'il avait préparée pour Lady Marian, il promenait son regard des tentures de velours rose cintrées d'un cordon de soie dorée à la douillette du même ton qui recouvrait le lit de *brass,* imaginant sans effort l'éclat qu'une belle femme comme Lady Marian serait venue leur ajouter. «Peut-être l'an prochain. Peut-être avant, même», pensa-t-il, souhaitant obtenir, à une prochaine rencontre, la garantie que rien ne pourrait leur interdire de s'aimer en toute liberté.

Dès que les enfants de Victoire sombraient dans le sommeil, Georges-Noël se retirait dans la remise, histoire de mettre une dernière touche aux jouets qu'il leur avait fabriqués. À l'abri des regards et des questions, il pouvait ruminer à son aise les angoisses que lui causaient la naissance proche et la venue de Ferdinand dont il appréhendait la visite tout en la souhaitant. L'enthousiasme démesuré de sa dernière lettre l'inquiétait. Depuis qu'il habitait la grande ville, le jeune homme manifestait une exubérance extrême. Au seuil de ses dix-neuf ans, Ferdinand avait, de toute évidence, fait peau neuve à Montréal et il ne s'en cachait pas. Certains passages de sa dernière lettre, rédigés en anglais, en témoignaient. Mais, plus que tout cela, c'est la perspicacité de Ferdinand que Georges-Noël redoutait et il espérait de toutes ses forces que la naissance attendue n'ait lieu qu'après son départ pour Montréal. Car, comment cacher à sa clairvoyance l'émotion qui l'envahirait en se penchant sur le nouveau-né?

*　*
*

Sitôt arrivé, Ferdinand nota tous les changements dans la maison. Tant de réserves alimentaires dans l'atelier de Victoire et la redécoration des quatre chambres du grenier, dont une particulièrement soignée, lui inspirèrent une réflexion qui mit son père dans l'embarras.

«Vous ne m'aviez pas dit que vous attendiez quelqu'un de la haute société...

— Qu'est-ce que tu vas chercher là? s'étonna Thomas, ignorant de ce que Georges-Noël gardait secret et que Victoire soupçonnait.

— Puis, si c'était toi, la personne de la haute société...», dit Victoire, lui rappelant les passages de ses lettres dans lesquels il se targuait de vivre dans un luxe qu'on pourrait difficilement imaginer à la campagne.

Les rires fusèrent et l'on commença à causer d'événements des dernières semaines. Thomas devait, après le jour des Rois, reprendre la route pour écouler la marchandise qu'il aurait vendue en deux mois, les années précédentes, n'eût été la hausse du prix des céréales et de la farine. Pour le consoler, Ferdinand lui raconta qu'une légende disait que, la nuit de Noël, les montagnes s'ouvraient pour laisser voir les richesses qu'elles contenaient. «Qui sait si on n'assistera pas, au cours de la nuit, à la formation d'un cratère dans le champ de lin que tu as commencé à forer, l'automne passé?»

À Victoire qui s'amusait de sa bonne humeur, il annonça avoir dû prendre la relève d'André-Rémi pour la recherche d'un *scraper*.

«Je t'en parlerai plus tard», dit-il, signifiant son intention de ne pas aller à la messe de minuit.

«J'aurais dû m'y attendre», pensa Georges-Noël, résolu à ne pas intervenir.

«Qu'est-ce qui t'empêche de venir avec nous à l'église? lui demanda Thomas, choqué à la pensée que son frère voulût de nouveau jouer à l'ange gardien auprès de Victoire.

— Ça n'a rien à voir avec ta femme, même si je lui ai déjà été indispensable, rétorqua Ferdinand, un brin moqueur. C'est que je ne veux pas manquer le cratère dans le champ de lin.»

Thomas comprit que Ferdinand se désaffectionnait de plus en plus de la pratique religieuse et il n'insista pas davantage. Ce qui n'empêcha pas Victoire de manifester clairement sa préférence:

«S'il y en a un qui devrait rester ici pour assister à la formation du cratère, comme tu dis, c'est bien Thomas.

— D'autant plus que s'il t'arrivait quelque chose, Victoire, c'est à moi qu'il reviendrait d'être ici, d'approuver son mari.

— Je n'oblige personne à aller à l'église, moi. Vous pouvez tous rester à la maison, si vous voulez», riposta Ferdinand avant de se retirer dans sa chambre.

Aussitôt que Thomas et son père eurent quitté la maison pour le village de Pointe-du-Lac, Victoire se hâta de dresser la table et de mettre la main aux derniers préparatifs du réveillon. Un craquement de planches se fit entendre juste au-dessus de sa tête. Les pas de Ferdinand résonnèrent jusqu'à l'escalier, puis les marches gémirent une à une. Victoire éprouvait une vive appréhension à l'idée de ce tête à tête, et la présence de Ferdinand ne l'enchanta pas.

«Je vais te donner un coup de main, dit-il en lui prenant des mains la poignée d'ustensiles qu'elle s'apprêtait à disposer de chaque côté des assiettes.

— Tu n'as pas à t'en faire pour moi, Ferdinand. J'avais prévu m'en charger toute seule.

— Faut le dire si je te dérange. Mais avant de m'éclipser, j'aurais deux petites choses à préciser.»

Victoire lui tourna le dos et, cherchant un prétexte à cette dérobade, alla prendre dans l'armoire les serviettes de table qu'elle réservait pour les repas du temps des Fêtes.

«Il faut d'abord que je te dise qu'on va finir par t'en dénicher un, *scraper*».

Presque tous les fabricants de chaussures de Montréal commandaient leurs outils de la United Shoe Machinery Co., des États-Unis. La Kingsbury Footwear lui en réservait un parmi ceux dont elle attendait la livraison pour le printemps.

«J'aurais aimé te l'apporter comme cadeau du jour de l'An, mais j'ai eu beau ratisser tout ce qui s'appelle fabriques d'outils et usines de chaussures, peine perdue...

— Tu n'avais pas à t'imposer tant de démarches. Tu dois avoir déjà beaucoup à faire avec tes études et ton travail, dit sèchement Victoire.

— Ce n'est pas dur de faire plaisir à quelqu'un qui le mérite, tu dois savoir ça, toi aussi.»

Victoire se referma, de crainte d'être amenée sur un terrain glissant. Ferdinand le nota.

«Mais il y a quelque chose de changé chez toi, puis dans cette maison... C'est de ça que je voulais te parler.»

Victoire lui adressa une moue dissuasive.

«Qu'est-ce qui s'est passé, Victoire? continua-t-il. Sans que je sache pourquoi, tu me traites avec autant de méfiance que si j'étais un imposteur.

— Tu ne mérites pas ça, Ferdinand. Je m'en excuse. Veux-tu m'accorder une faveur?

— Demande, je t'en prie.

— Laisse-moi aller dormir et ne me questionne plus, s'il te plaît.»

«Décidément, cette maison n'est plus ce qu'elle était avant mon départ pour Montréal», se dit-il.

Victoire partit cacher son désagrément dans l'obscurité de sa chambre à coucher et s'endormit.

Les cris de joie de Clarice et d'Oscar la sortirent brusquement du sommeil. Elle se sentit presque coupable d'avoir dormi pendant que Ferdinand s'occupait des préparatifs. Elle replaçait sa coiffure lorsqu'elle entendit la voix de Thomas, annonçant qu'ils étaient de retour du village. À peine eut-elle le temps de sortir de la chambre que Thomas était près d'elle, un peu inquiet de ne pas la trouver avec les enfants.

«J'étais venue m'allonger un peu. Je ne croyais pas m'endormir...», dit-elle, plus confuse encore lorsqu'elle découvrit qu'on n'attendait qu'elle pour se mettre à table.

Ferdinand avait vu à tout, il ne restait qu'à habiller les enfants quand les deux hommes étaient revenus de la messe.

La présence de Clarice et de son jeune frère était particulièrement souhaitée par Victoire et Georges-Noël pour maintenir l'atmosphère de gaieté qui convenait. Ce dernier regrettait en secret l'absence de Lady Marian, alors que Victoire luttait pour ne pas se laisser gagner par une mélancolie dont elle ne s'expliquait pas la cause. Jamais elle n'avait été aussi mal à l'aise face au trio Dufresne. Et pourtant, elle les aimait tous. Chacun différemment, mais elle les aimait. Il lui tardait que chacun reprît ses fonctions, car elle voulait retrouver la solitude qui lui manquait pour mettre de l'ordre dans son esprit.

Les festivités du jour de l'An rassemblèrent chez Georges-Noël les Du Sault, les Dufresne, les Desaulniers, les Duplessis et les Berthiaume dans une atmosphère qui, si joyeuse fût-elle, ne put compenser l'absence de Lady Marian. À cette nostalgie, Georges-Noël comprit qu'il en était devenu amoureux, plus qu'il ne l'eût cru.

*   *

*

De givres en bordées de neige, voilà qu'aux petites heures de ce 6 janvier 1877 voyait le jour, comme prévu, le troisième enfant de Thomas et de Victoire. Une naissance douce comme celle qui vint au monde en l'absence de son grand-père. Le 4 au matin, Ferdinand et son père avaient quitté la maison, l'un pour retourner à Montréal et l'autre pour accourir chez Lady Marian, inquiet de ce qui avait pu la retenir chez elle. Dès le lendemain, une tempête s'était levée, suivie d'un froid si glacial que ni bête ni homme n'auraient pu lui survivre sur une distance aussi longue que celle qui séparait Trois-Rivières de Pointe-du-Lac.

Lorsque, une semaine plus tard, Georges-Noël revint à la maison, il fut heureux de constater que le bébé était né et que la mère se remettait à merveille de son troisième accouchement. Installée à une extrémité de la table, Victoire assemblait les carreaux rouges et noirs de sa courtepointe pendant que les deux aînés faisaient leur somme de l'après-midi. Pour la énième fois, elle cherchait son dé à coudre parmi les pièces de tissu qui couvraient la table.

«J'avance à pas de tortue avec ces deux petits bouffons là, dit-elle sur le ton enjoué qu'il lui connaissait. Quand ils ne sont pas en train de vider un tiroir, ils éparpillent mes bobines de fil dans toute la maison.

— Attends que l'autre commence à marcher, tu vas en recevoir de l'aide! blagua Thomas, d'aussi bonne humeur.

— Emmérik ne semble pas vouloir être aussi agitée que Clarice et Oscar, déclara-t-elle, à l'intention de Georges-Noël, avec un naturel désarmant. C'est tellement un bon bébé qu'on oublie qu'elle est là, par moments.»

Sur ce, elle le conduisit au berceau sans qu'il eût à poser une seule question. Thomas allait les rejoindre dans la chambre lorsque Victoire en sortit et lui suggéra de laisser le grand-père seul avec la petite.

Au seul contact de son doigt écartant la frange blonde qui retombait sur le petit front lisse et rosé de l'enfant, Georges-Noël éprouva la troublante certitude que cette petite fille était née de sa chair et de son sang. Au-delà du raisonnable, c'était l'instinct qui hurlait sa vérité. Il fondit en larmes devant l'enfant aux traits fins et doux comme ceux de Victoire, au teint lumineux comme celui de sa petite Georges-Cérénique. De ce corps à la fois si frêle et si bouillonnant de vie émanait une sérénité dont il sut ne plus pouvoir se priver.

Tantôt rempli d'une joie expansive, tantôt troublé jusqu'à l'insomnie, Georges-Noël portait dans ses débordements comme dans ses silences le plus grand secret de toute son existence. «Un secret qui ne cessera de rendre présent un passé qui me torturera toujours», pensait-il, enviant Victoire de le vivre aussi sereinement.

Entre une épouse surchargée de travail et un père en extase devant le berceau, Thomas ne trouvait plus sa place. Il faisait les cent pas dans la maison, maugréant contre les grands froids qui le tenaient prisonnier depuis plus de deux semaines.

«Quand je pense que Ferdinand n'a que dix minutes de marche à faire pour se rendre à l'ouvrage, dit-il en grattant avec son canif la vitre givrée à n'en voir ni ciel ni champ. On aura beau la dénigrer, mais la ville a de ces avantages qu'on ne pourra jamais trouver par ici...

— Encore une attaque de bougeotte, constata Georges-Noël, visiblement excédé. Quand c'est pas les États, c'est Montréal. Ça va être où, la prochaine fois? demanda-t-il.

— N'importe où, pourvu que ça bouge, comme vous dites. Je ne peux plus endurer de tourner en rond en attendant que les froids se tranquillisent.

— Et toi, si t'essayais de te tranquilliser? Quand t'es pas en train de marchander, on dirait que t'as l'impression de perdre ta vie...

— J'ai des ventes à finir et des puits à creuser. Ce n'est pas en restant encabané six mois par année que je vais y arriver.»

Thomas en avait ras le bol de se voir encore reprocher d'avoir la bougeotte. Victoire l'observait, appréhendant un autre affrontement orageux entre les deux hommes.

«C'est normal de trouver l'hiver long, dit-elle, pour apaiser la tension. Moi aussi, j'ai hâte que Marie-Ange revienne, et que je puisse reprendre mon travail. Même si j'adore mes enfants, je ne pourrais pas renoncer à mon métier.»

Mais Thomas lui avait déjà tourné le dos, rêvant, devant la fenêtre, d'un paradis tropical, tant l'hiver lui était pénible. Loin de s'en plaindre, Georges-Noël, lui, vivait des moments de tendresse et de bonheur simple en présence de ses trois petits-enfants. Comme il devait se faire violence pour ne pas montrer de préférence pour celle qui, de son berceau, l'attirait comme un aimant! Il en parla avec une telle chaleur et une telle émotion, dans une lettre écrite à Ferdinand quelques semaines plus tard, qu'il décida, de peur de se trahir, de ne pas la lui expédier. L'idée lui vint cependant de la conserver avec d'autres papiers confidentiels et de la remettre à Emmérik le jour de ses douze ans. Pourquoi douze ans? Il ne le savait trop, mais il lui semblait qu'elle serait alors devenue la petite femme qu'il avait tant de fois imaginée en admirant sa petite Georges-Cérénique.

*   *

*

En raison des froids qui avaient sévi dans la région jusqu'à la mi-mars, Thomas craignait de devoir empiéter sur avril pour terminer ses ventes, contrariant la cordonnière qui aurait apprécié son aide pour manipuler le *scraper* qu'elle avait enfin reçu de Ferdinand. En son absence, Victoire devait faire appel à Georges-Noël, avec qui elle évitait de multiplier les occasions de contact.

Ce dernier déplorait de ne pouvoir vivre avec Lady Marian un bonheur aussi pur et limpide que celui qu'il éprouvait près du berceau de la petite Emmérik. Un mystère persistait chez la jolie dame, et le sentiment qu'elle lui cachait quelque chose le tourmentait. À preuve, une lettre qu'elle reçut un jour d'Angleterre et qui la rendit si nerveuse qu'elle s'excusa de devoir prendre quelques minutes pour la lire dans sa chambre. Lorsqu'elle en sortit, il remarqua, bien qu'elle eût refait son maquillage, qu'elle avait pleuré. «Moi aussi je suis capable de garder un secret», lui avait-il rappelé, évoquant les nombreuses confidences qu'il lui avait faites depuis quelques mois. «Serait-ce que vous me jugez incapable de consoler une dame de votre qualité?» avait-il dit devant son refus de dévoiler la cause de son chagrin.

Une des nombreuses fois qu'il avait été invité à passer la nuit chez elle, Georges-Noël l'avait entendue, après qu'elle eut verrouillé la porte de sa chambre à coucher, sangloter dans ses draps. Comme si de rien n'était, le lendemain, elle affichait une forme splendide et déclarait avoir passé une excellente nuit.

À la fin de mai, Thomas apprit une nouvelle qui le rendit si soucieux qu'il chercha réconfort auprès de sa bien-aimée. Contrairement à ce que M. Piret lui avait affirmé, il n'était pas le seul à soupçonner la présence de gaz naturel dans les sols de la région. Et qui plus est, Henri Lacerte et Gustave Auger venaient chacun de découvrir une nappe importante à quelques pieds de leurs demeures respectives. Si, par malheur, le bruit parvenait aux oreilles d'Euchariste Garceau, il était à prévoir qu'il prît exemple sur Lacerte dont la propriété longeait la rivière aux Glaises pour fouiller le sol de son domaine.

«Aussi bien mettre une croix sur ce projet-là aussi, dit-il à Victoire, une fois de plus atterré de voir ses plans constamment déjoués.

— Qui te dit, demanda-t-elle, qu'il n'abandonnerait pas l'exploitation des trois moulins s'il advenait qu'il découvre du gaz naturel pour la peine?

— Je n'attendrai quand même pas après ça pour donner un sens à ma vie, rétorqua-t-il d'une voix si forte qu'Emmérik se réveilla.

— Ne t'en fais pas, elle est très facile à consoler», lui dit Victoire, refusant qu'il tente de la rendormir lui-même.

Thomas décida donc d'aller marcher.

«C'est encore ce qui met le plus d'ordre dans mes idées», déclara-t-il, avant de sortir en compagnie de Pyrus.

«Voilà qu'il a cessé de la bouder», constata Victoire avec bonheur.

Le lendemain matin, avant de partir travailler, il adressa une enveloppe à son frère, y glissa quelques feuillets et se chargea de la mettre à la poste sans souffler mot de ses intentions.

«Tu préfères ne pas m'en parler? lui demanda Victoire, aussi inquiète que lorsqu'il allait chercher conseil auprès de Nérée Duplessis.

— Tu as assez de voir aux enfants, puis à tout ton travail à la cordonnerie, sans que je t'embête avec mes histoires.»

Victoire aurait voulu lui faire promettre de ne rien entreprendre avant qu'ils en aient discuté, mais elle devait lui faire confiance. Cela lui était aussi difficile que par le passé. Françoise, à qui elle se confia en venant la visiter avec la petite Emmérik, eut du mal à lui donner le réconfort dont elle avait besoin. Que Thomas fût père de trois enfants, qu'il fît preuve d'une endurance et d'une tolérance exemplaires depuis leur mariage, cela ne suffisait pas pour rassurer Victoire. Elle craignait que, las de subir tant de déboires, et impatient de laisser les empreintes de son nom et de ses talents quelque part, comme il s'en était ouvert l'automne précédent, il ne se lançât dans une entreprise extravagante.

«Admettons qu'il aille jusque-là, pourquoi n'aurait-il pas droit à sa part d'expériences et d'erreurs, lui aussi? fit remarquer Françoise. Ton mari n'est pas du genre à s'asseoir en attendant que la chance vienne frapper à sa porte.

— J'ai tendance à oublier que j'en ai pris, des risques, moi aussi...

— Et que tu l'as toi-même exposé bien plus qu'il ne s'en doute», ajouta Françoise, faisant allusion à leur cohabitation avec Georges-Noël.

Victoire fut troublée par cette remarque, d'autant plus que sa mère n'en avait pas l'habitude. Son inébranlable confiance en André-Rémi lui interdisant de douter de sa discrétion, elle eut l'impression que sa mère avait deviné son infidélité et ses conséquences. «À moins qu'elle n'ait parlé que de généralités», pensa-t-elle pour se rassurer.

Soudain pressée de retourner à son travail, Victoire prit son bébé des bras de sa mère et fila à la maison, heureuse de confier sa petite aux soins de Marie-Ange et de s'enfermer dans sa cordonnerie, là où elle pouvait réfléchir à son aise, sans témoin trop clairvoyant. Devant son étalage de peaux d'agneau aux coloris les plus chatoyants, elle comprit que ses inquiétudes au sujet de Thomas lui venaient d'abord et avant tout de la crainte que Georges-Noël fût séparé d'Emmérik contre son gré. Son sentiment d'impuissance par rapport aux événements ne trouvait de dérivatif que dans la création de modèles de chaussures et leur réalisation avec la plus grande perfection possible.

*　*

*

Dès la première semaine de juin, François-Xavier Garceau souffrant de douleurs à l'estomac, Thomas avait été rappelé au moulin, à sa grande surprise. «Tout compte fait, c'est loin d'être mauvais. Ça me permet de les avoir à l'œil», se disait-il.

À la fin de juillet, un événement comparable à celui de l'été 1876 se produisit, qui donna raison à Georges-Noël et à son frère d'avoir semé tôt et en double. Une nuée de sauterelles s'abattirent sur la région, dévorant tout, des jeunes pousses fraîchement sorties de terre aux feuilles des arbres. Georges-Noël put sauver une grande partie de ses champs de lin et de céréales, confondant les fermiers qui le ridiculisaient pour ses labours d'automne et pour sa méthode de culture du lin à l'irlandaise.

«Même si on retire moins de graines que les années précédentes, nos jeunes tiges vont nous donner des fibres de la qualité de la soie, dit-il à sa famille attablée après la grand-messe. Dommage que Domitille ne soit plus là. Elle nous aurait sorti les plus belles dentelles qu'on n'ait jamais présentées à l'Exposition universelle de Paris.»

Rares étaient les évocations de Georges-Noël au sujet de son épouse, et Thomas en fut profondément touché.

«On ne les voit plus, ses dentelles, justement, fit-il remarquer à son père. Vous ne pensez pas qu'on pourrait les ressortir maintenant...»

Georges-Noël dut reconnaître que, ne les ayant pas lui-même retirées des tiroirs du vaisselier, il ne savait où elles étaient rangées. Tous deux se tournèrent vers Victoire qui, manifestement mal à l'aise, leur apprit que, tout comme sa fine porcelaine, les dentelles de Domitille avaient été emballées soigneusement et portées dans les armoires du grenier.

«Vous auriez objection à ce qu'on les sorte? demanda Thomas.

— Au contraire! s'exclama Georges-Noël. Je pense que ça me ferait du bien, à moi aussi, de les revoir.

— Puis, tant qu'à y être, je vous montrerai les dessins que maman avait faits et que j'avais cachés dans ma malle de pensionnaire, quand j'ai dû quitter la maison pour le collège de Trois-Rivières, proposa Thomas sous le regard inquiet de sa femme.

— Qu'est-ce que tu dis? Les dessins de ta mère? Moi qui ai cru tout ce temps que l'inondation les avait emportés comme bien d'autres souvenirs. Bien sûr que ça me ferait grand plaisir de les voir.»

Georges-Noël jubilait pendant que Victoire était angoissée à la pensée que son mari se souvînt des quelques portraits qu'elle avait retirés de la boîte et confiés à son notaire. Il valait mieux, de toute manière, qu'elle ne soit pas présente à cette séance. Clarice et Oscar étant endormis pour une couple d'heures, elle prit sa dernière-née et annonça qu'elle allait passer une partie de l'après-midi chez ses parents.

Chez les Du Sault comme chez les Dufresne, l'attitude du clergé face à l'invasion de sauterelles soulevait des discussions parfois virulentes. On s'en prenait au curé pour son explication du fléau, pour son influence sur ses ouailles et pour les moyens qu'il prônait. On critiquait les interminables processions organisées pour implorer le pardon de Dieu, la clémence de la Vierge Marie et celle de saint Charles, deuxième patron de Notre-Dame-de-la-Visitation de la Pointe-du-lac, sans oublier celle de la bonne sainte Anne, patronne de Yamachiche, alors que, pendant que les cortèges égrenaient leurs chapelets sur les routes qui bordaient les champs à moitié dévastés, les sauterelles continuaient d'éclore par légions.

«Quand est-ce qu'ils vont comprendre que ce n'est pas avec des Ave qu'on détruit les sauterelles, maugréait Rémi.

— Mon beau-père est de votre avis, papa. Mais vous imaginez les quantités extraordinaires de mélasse et de vert de Paris que ça prendrait pour couvrir nos champs?»

Au dire de Françoise, un trop grand nombre d'agriculteurs croyaient au pouvoir magique des processions plus qu'à l'utilisation de ces procédés d'extermination.

Louis junior lui faisait écho en affirmant que, sans une action concertée, le traitement était malheureusement voué à l'échec. Une fois de plus, Rémi jurait non seulement contre les calamités qui s'abattaient sur leur région, mais aussi contre ce métier d'agriculteur qui les asservissait à une terre récalcitrante.

Lorsque Victoire revint chez elle, les deux hommes s'étaient partagés les dessins de Domitille et en avaient réservé quelques-uns pour Ferdinand. Thomas avait choisi tous ceux sur lesquels elle figurait, et un seul qui le représentait, laissant tous les autres à son père. Aucune question ne fut formulée concernant les dessins manquants. Aussi Victoire s'empressa-t-elle de ranger ceux qui devaient demeurer la propriété de Thomas et de monter ceux de Ferdinand à sa chambre. «Pourvu qu'il ne les prenne pas comme prétexte pour venir me harceler sur mon passé», se dit-elle, tentée de les enfouir au fond d'un de ses tiroirs. Ce risque lui apparut si grand qu'elle succomba à la tentation.

*   *

*

En ce même été, pendant que les agriculteurs épiloguaient sur l'invasion de la «piquante bestiole», d'autres insectes indésirables traversaient la frontière américaine et envahissaient le Québec. Le dos couvert de rayures noires, parés de reflets argentés, ils s'installaient effrontément dans les champs de pommes de terre en pleine floraison. Qu'on les appelât doryphores ou bêtes à patates, les ravages étaient les mêmes. Nombre de fermiers obéirent aux recommandations de leur pasteur et érigèrent des croix le long des routes, prêtant ainsi le flanc aux sarcasmes des cultivateurs qui, à l'instar de Georges-Noël, mettaient le feu à leurs champs pour ensuite les border d'un profond fossé, de manière à empêcher la propagation des insectes.

«Comme quoi les États-Unis ne font pas que porter chance», avait lancé Georges-Noël en présence de Thomas pour qui il craignait, comme pour d'autres compatriotes, que l'avènement du chemin de fer sur la rive nord ne soit une incitation plus grande à l'expatriation en Nouvelle-Angleterre.

Depuis quelques semaines, un va-et-vient sans précédent attirait les curieux de tout âge et de toutes conditions sur les terres nouvellement arpentées, délimitées par un tracé de perches. Des pièces de bois équarries et goudronnées, destinées à servir de traverses, étaient alignées de chaque côté de plateformes d'une soixantaine de pieds chargées de gravier. Les employés de la Compagnie du chemin de fer de la rive nord venaient poursuivre la construction de la voie ferrée jusqu'à Montréal. Le coût de ces travaux s'élevait à onze millions de dollars, une somme exorbitante de l'avis de plusieurs. Jamais un projet n'avait soulevé autant de controverses. Les commerçants, ainsi que de nombreux agriculteurs, s'en réjouissaient, influencés par les journaux, alors qu'à l'instar de Rémi et de Louis Du Sault plusieurs fermiers de Yamachiche et de Pointe-du-Lac fulminaient. Leurs terres coupées en deux, les risques d'incendie, l'affolement des troupeaux et les bêtes écrasées, tel était le funeste bilan qu'ils dressaient de l'avènement prochain de cet engin puant, au cri strident. La compagnie Richelieu, qui, depuis des décennies, pouvait se glorifier d'être le nerf du commerce et de l'industrie agricole de la rive nord, risquait de devoir retirer ses bateaux au profit de la compagnie ferroviaire. Celle-ci comptait deux boucs émissaires, le politicien et entrepreneur Louis-Adélard Sénécal et son délégué T.-B. O'Reilly. Ces noms, particulièrement celui qui avait une consonance anglaise, se retrouvaient sur les lèvres de tous ceux qui s'insurgeaient contre ce que d'aucuns nommaient «le progrès». Les propriétaires de moulins applaudissaient, avec raison: «Mes trois moulins vont fonctionner à longueur d'année avec tout ce qu'on va pouvoir expédier à Montréal, puis plus encore du côté américain», soutenait Euchariste Garceau, faisant écho à Pierre-Olivier Duplessis, dont le moulin seigneurial semblait promis à un bel avenir.

Charmée par les facilités et les perspectives d'expansion que lui offrait le chemin de fer, à sa porte, Victoire partageait l'enthousiasme de son neveu, Louis junior, pour qui ce progrès signifiait la réussite de sa future beurrerie-fromagerie, la première de la Mauricie. Le cœur à l'allégresse, Françoise anticipait le jour où, à quelques pieds de sa maison, d'un des wagons, une main s'agiterait à son intention, tous les midis, six jours par semaine. Commis à la perception des billets depuis le 24 décembre dernier, André-Rémi était de ceux qui attendaient avec impatience que la voie ferrée se rende à Montréal. Il pourrait alors retrouver sa femme et ses enfants après avoir effectué ses douze heures de travail à bord du train de la Compagnie du chemin de fer de la rive nord.

Pour sa part, bien que conscient des inconvénients que pouvait entraîner l'avènement du train dans sa région, Georges-Noël y voyait nombre d'avantages. N'eussent été l'incitation à l'exil par la facilité du déplacement des familles vers les États américains et le déclin éventuel du transport maritime, il s'en fût réjoui sans réserve. Aux raisons d'ordre mercantile relatives à ses chevaux et à sa culture du lin s'ajoutait l'incomparable bonheur de pouvoir rejoindre la femme qu'il aimait en trente-deux minutes et son fils Ferdinand, en moins de quatre heures, et cela tous les jours à l'exception du dimanche. Le désir l'y portant, il prévoyait que Thomas s'accrochât définitivement à son patelin, encouragé par l'activité accrue du moulin et par les perspectives de profits astronomiques advenant la découverte de gaz naturel sur ses terres.

Victoire nourrissait des espoirs semblables. L'aide de Thomas se révélait d'autant plus précieuse qu'elle avait bien l'intention de peaufiner ses modèles et de les représenter à l'exposition de Lyon, en avril prochain.

— Je ne demanderais pas mieux que tu puisses passer tout l'hiver avec nous, dit-elle à son mari, savourant d'avance son bonheur.

— Ce n'est pas impossible», répondit Thomas, sans plus de certitude.

Au cours de la semaine ayant suivi le fameux dimanche où Thomas avait montré à son père les dessins de Domitille, des portraits avaient pris place sur les murs du salon, dont un de Ferdinand, un de Thomas et un troisième sur lequel Victoire devait avoir dix-huit ans. Elle avait vu Georges-Noël penser longuement devant ce dernier et en revenir nostalgique comme avant d'avoir fait la rencontre de Lady Marian. Thomas avait, ce même dimanche, demandé et obtenu la permission de faire parvenir à M. Waters quelques dentelles de sa mère.

«Si les Canadiennes françaises n'ont jamais reçu de mention à Paris pour leurs tricots, cette fois, on ne pourra pas les ignorer. Puis, si ça marche, je m'occuperai de trouver quelqu'un qui pourrait en fabriquer d'aussi belles que celles de ma mère et de les faire vendre en Europe.

— Prends garde de te causer d'autres déceptions, lui recommanda Victoire. Tu sais que Bruges est célèbre pour ses dentelles?»

Thomas l'ignorait, mais il n'en fit montre, décidant de consulter Mme Piret avant qu'elle reparte pour l'Europe.

*   *
*

De tout l'été, aucun bruit de marteau ou de foreuse n'avait retenti à l'érablière. Thomas avait repris son rôle de bras droit auprès d'Euchariste Garceau et il s'en portait fort bien. De nouveaux projets mûrissaient dans sa tête, et il s'était juré de faire sa marque avant ses vingt-cinq ans. Il lui restait encore trois ans pour y parvenir. Fort de la confiance de Victoire et de celle, de plus en plus manifeste, de son père, il nourrissait un espoir qui se transmua en certitude lorsqu'il lut le billet de félicitations adressé à «M. Thomas Dufresne», en provenance de Lyon. Dans une note, M. Waters expliquait qu'il avait dû inscrire les créations au nom de Thomas, pour ne pas heurter les préjugés et mettre toutes les chances de leur côté. Victoire fulminait.

Françoise la comprenait, mais elle l'exhortait néanmoins à accepter ce compromis.

«L'important n'est-il pas que tes chaussures fassent une percée en Europe?

— Je n'aurais jamais cru qu'ils puissent être encore plus bornés en France que par ici, dit-elle, dépitée. Je me sens comme une femme à qui on imposerait la prostitution.»

Françoise dut avouer son impuissance à calmer la colère de sa fille. Fière et rebelle à quinze ans, Victoire ne l'était guère moins à trente-deux ans.

«Par amour pour mon mari, je m'y résigne. Mais sachez que ce n'est que résignation et que je vais tout faire pour qu'avant longtemps on respecte ma signature et mes droits.»

Thomas vivait un tiraillement sans pareil. S'il était offensant pour son épouse, cet événement représentait pour lui l'occasion tant souhaitée de se démarquer. Comme s'il eût fallu que sa bien-aimée paie d'une atteinte à sa dignité la réalisation d'un de ses rêves les plus chers. Le moment lui semblait propice pour accepter la proposition de Victoire de devenir son associé à la cordonnerie. Mais encore fallait-il qu'il justifie par quelques trouvailles personnelles les honneurs qui lui étaient adressés et ceux qu'il convoitait pour la prochaine exposition. Peu lui importait que sa place au moulin ne lui fût pas assurée, l'hiver venu. Par ailleurs, en raison des ravages causés par les sauterelles, aucun surplus ne s'était accumulé dans les greniers d'Euchariste Garceau, ce qui le dispensait d'engager un commis voyageur pour cette année. «Des circonstances taillées sur mesure», se disait Thomas, à la recherche d'une idée originale qui pût justifier une relance à l'exposition de Lyon.

Se sentant lésée, Victoire s'était mise à considérer ses enfants comme une douce compensation. Jamais personne ne pourrait s'arroger ses droits de génitrice. Dès lors, ses trois petits prirent à ses yeux une valeur encore inégalée. Elle les avait désirés, les aimait et les voyait désormais comme ses plus belles réalisations, «le fruit de ses entrailles». Cette expression fort prisée dans le vocabulaire religieux prenait un sens qu'elle ne lui avait pas prêté auparavant. Si la qualité du fruit dépend de l'arbre qui l'a produit, que dire des enfants qu'elle avait mis au monde? L'impression d'avoir du temps à rattraper auprès d'eux lui fit accueillir avec soulagement la proposition de Thomas. Elle pourrait prendre du temps pour jouer avec eux, acclamer leurs prouesses et faire provision de tendresse, tandis que Marie-Ange s'occuperait des corvées de la maison et Thomas, de la bonne marche de la cordonnerie. Elle n'irait le rejoindre que pendant la sieste des enfants et en soirée alors qu'elle ne les privait plus de sa présence.

Ignorant les causes profondes d'un retournement aussi imprévisible de la part de sa femme, Thomas craignait que, irrémédiablement blessée par sa déconvenue de Lyon, elle ne se désaffectionnât de son métier. Or, sans Victoire, la cordonnerie n'était plus. Il avait besoin d'elle pour plusieurs tâches dont il s'était toujours désintéressé, par exemple le suivi auprès des clients, les factures, les expéditions à Montréal, les procédés de teinture, et quoi encore. Un profond sentiment d'impuissance l'envahit à la pensée de devoir créer de nouveaux modèles et de reproduire dans leur finesse et leur perfection ceux qu'elle avait déjà mis sur le marché.

Devait-il reconsidérer sa place au moulin à farine? Comme celui-ci serait fermé pour six mois, faute de grains à moudre, ses services n'étaient pas requis chez les Garceau. «À moins que tu aies le goût de travailler au moulin à scie», lui avait offert Euchariste. Proposition qu'il avait aussitôt refusée, son expérience d'adolescent lui ayant laissé des cicatrices profondes dont il venait à peine de prendre conscience: d'avoir été l'objet des railleries de certains ouvriers envieux et peu dégrossis lui avait instillé un constant besoin de se montrer exceptionnellement ingénieux, comique et généreux. D'où cette sourde rivalité avec son frère qu'il percevait comme particulièrement doué à ce chapitre.

Un peu par la force des choses, Thomas retourna donc à la cordonnerie, misant sur le temps et sur la persuasion pour que Victoire y revienne accomplir les tâches pour lesquelles elle avait tant de talent.

*   *

*

Au début de novembre, Georges-Noël reçut une lettre de Ferdinand, dans laquelle il annonçait sa visite pour le temps des Fêtes en compagnie d'une demoiselle Georgiana qui acceptait de passer Noël avec les Dufresne avant de poursuivre sa route jusqu'à Batiscan où sa famille l'attendait.

«Il s'y prend de bonne heure pas pour rire! s'exclama Thomas en apprenant la nouvelle. Novembre est à peine commencé.

— Vous avez une idée du temps qu'elle passera ici? demanda Victoire à qui la sieste des enfants avait permis de travailler trois heures à la cordonnerie.

— Quelques jours. Mais ne t'en fais pas, j'ai déjà réservé les services de Mme Héli. Elle nous a trop bien servis l'an dernier pour qu'on s'en prive cette année. Sans compter qu'un petit surplus dans son budget lui sera bienvenu, pauvre femme.»

Georges-Noël n'avait pas encore osé inviter Lady Marian. La crainte d'essuyer un nouveau refus et, maintenant, la présence d'une visiteuse inconnue le faisaient hésiter. Il avait prévu aborder le sujet indirectement, lorsqu'elle lui apprit, toute radieuse, que, pour la première fois en dix ans, elle irait passer le temps des Fêtes dans sa famille.

«Dommage! J'aurais aimé que vous étrenniez la chambre que j'avais décorée pour vous, l'an passé.»

L'expression de ce regret eut l'effet d'une révélation sur Marian. Son visage s'irradia et elle étreignit son visiteur comme jamais elle ne l'avait encore fait. Ses mains frémissaient sur son dos, et Georges-Noël crut qu'elle allait s'abandonner.

«Ce voyage pourrait bien être, pour nous deux, le début d'un grand bonheur, lui murmura-t-elle à l'oreille. Serrez-moi fort, Georges. J'ai parfois si peur de ne plus vous revoir.

— Vous me trouverez là à votre retour, soyez-en assurée. Si vous me donnez la date de votre arrivée à Montréal, je pourrai aller vous y rejoindre...»

La proposition de Georges-Noël sembla l'embarrasser.

«Je ne pourrais fixer le jour précis de mon retour et, de toute façon, il vaut mieux éviter de...

— Éviter quoi?

— Faites-moi le plaisir de pas insister, mon cher Georges. Si le destin nous veut ensemble, tout ira pour le mieux. Ce n'est qu'une question de temps..., puisque je vous aime.»

À la fois heureux et rempli d'inquiétude, Georges-Noël lui déclara son attachement. La douleur de ses expériences passées lui avait appris les mots pour le dire, mais elle n'avait pas effacé le souvenir des drames que certains aveux pouvaient provoquer. Les aveux de Domitille lui revinrent à la mémoire comme s'il avait sa lettre devant les yeux:

Parce que je t'aime à en devenir folle
Parce que je ne peux vivre sans ton amour
Parce que je ne me résigne pas à t'emprisonner plus longtemps dans mon amour,
Je prie la mort de venir nous libérer.
Je veux que tu la bénisses avec moi, le jour où elle viendra, même si elle doit m'arracher à mes fils.
Tout en sachant que personne ne pourra jamais t'aimer autant que je t'aime, je te rends à celle qui t'attend...
Je te rends à celle que tu désires, pour que tu puisses, à ton tour,
aimer sans retenue et sans remords.

Ces révélations étaient venues flétrir pour toujours un amour qu'il avait cru intègre, celui qu'il avait voué à son épouse. Et depuis, il tremblait à la pensée qu'il puisse un jour prononcer de semblables mots ou les entendre de la bouche d'une femme qui l'éconduirait. D'où l'impérieux besoin qu'il ressentait de multiplier ses visites et de collectionner les gages d'amour de sa douce Marian.

Venu la saluer une dernière fois avant son départ pour l'Angleterre, Georges-Noël l'avait priée de lui envoyer un télégramme pour tromper la longue attente de ces mois d'absence.

«Je vais essayer. Mais je ne veux pas que vous vous inquiétiez si jamais vous n'en receviez pas avant mon retour», lui dit-elle, déjà plus rassurante qu'en novembre.

*   *
*

Sous le froid mordant de ce 24 décembre au matin, Georges-Noël se pelotonnait sous sa couverture de carriole, imaginant que c'était Lady Marian qu'il allait chercher à la gare de Victoriaville, ou, mieux encore, qu'elle était déjà là, à ses côtés. Le froid formait de fines couronnes blanches autour des naseaux du cheval. Georges-Noël se consolait à la pensée que, si les travaux de construction de la voie ferrée ne subissaient pas de retard, ses invités prendraient le train à Montréal et seraient déposés directement à la gare de Pointe-du-Lac au prochain Noël. L'inauguration de la voie Québec — Trois-Rivières, célébrée en grandes pompes la semaine précédente, donnait lieu d'espérer que, dans deux ou trois mois, compte tenu des délais occasionnés par le froid, les gares de Pointe-du-Lac et de Yamachiche recevraient leurs premiers voyageurs.

Sur le coup de midi, des hommes venus attendre un des leurs s'agitèrent. Le train s'immobilisa enfin devant la petite gare de Victoriaville.

Dans son paletot de tweed noir et son pantalon de même ton rehaussé de guêtres grises, Ferdinand avait tout du gentleman frais débarqué des vieux pays. Il promenait à son bras une jeune dame d'élégante allure, coiffée d'un chapeau assorti à son manteau de drap gonflé de crinolines et dont les bandes de fourrure de renard découpaient avantageusement le bordeaux de l'étoffe. Le ton enjoué avec lequel Georgiana Beauchamp le salua, l'espièglerie de son regard à peine masquée par une réserve de convenance auraient suffi, en d'autres circonstances, à vaincre la résistance de Georges-Noël. Mais il l'invita sobrement à se hâter de prendre place sous la couverture de mouton pendant que les bouillottes étaient encore chaudes, lui rappelant qu'ils en avaient pour cinq heures de route...

«Ne vous en faites pas pour moi, riposta-t-elle. Je ne suis pas une mauviette. J'ai connu la grosse ouvrage bien jeune.

— C'est le besoin de gagner sa vie qui l'a obligée à s'installer à Montréal», dit Ferdinand, comme s'il fût nécessaire qu'il se portât à sa défense.

Georges-Noël ne put s'empêcher de penser que tel était le sort qu'on réservait aux filles de la campagne qui avaient le malheur de tomber enceintes sans être mariées.

«Je ne peux pas croire qu'il y a trop de filles à gages à Batiscan, fit-il remarquer.

— Ce n'est pas la raison, monsieur Dufresne. C'est que l'ouvrage de maison, c'est pas mon fort», expliqua-t-elle, comprenant trop tard que sa déclaration était mal accueillie.

Flairant un début de méfiance, sinon de mépris, de la part de son père, Ferdinand intervint de nouveau:

— Elle aime mieux les chiffres et les papiers, Georgiana. Il en faut, des bonnes secrétaires dans nos bureaux, vous savez.

— Bien entendu», répondit sèchement Georges-Noël en faisant onduler les cordeaux sur le dos de Prince noir pour l'inciter au trot.

Tout au long de la route menant à Pointe-du-Lac, Ferdinand multiplia les descriptions de lieux avec une loquacité qui étonna d'autant plus Georges-Noël que Georgiana connaissait la région. La conversation se limita vite au siège arrière, Georges-Noël les abandonnant pour se laisser habiter par la pensée de Marian. Ce retrait n'échappa cependant pas à la clairvoyance de Ferdinand. Son père était contrarié. Par qui? Par quoi? Il n'était pas loin de soupçonner que la présence de Georgiana y fût pour quelque chose. Conscient que cette jeune fille n'avait rien de comparable à Victoire, il avait tout de même espéré un accueil plus cordial d'un homme aussi courtois que son père. De peur que sa compagne en fût incommodée, Ferdinand allait la distraire de ses calembours et de ses récits les plus loufoques. Les éclats de rire fusaient. Jamais Georges-Noël n'aurait imaginé que ce garçon qu'il avait cru irrémédiablement morose pût rire de si bon cœur!

L'atmosphère des Fêtes et les quelques flocons de neige qui commencèrent à virevolter au milieu de l'après-midi incitèrent Georges-Noël à l'allégresse sans qu'il pût pourtant s'y livrer totalement. À mesure qu'ils avançaient, le voile se levait sur les véritables motifs de la mélancolie qui l'avait gagné. Il en vint à se dire que c'était l'envie qui le rongeait, beaucoup plus que l'appréhension des jours à venir. La douleur de l'absence et la peur de perdre Lady Marian s'intensifiaient devant l'expression du bonheur simple et pur que partageaient ses deux jeunes passagers. Plus encore, il avait le sentiment d'assister au spectacle de deux êtres à qui était donné l'incommensurable privilège de vivre leur amour en pleine liberté. Douleur d'aimer ou douleur d'être privé de ce bonheur, les deux creusaient en lui la même souffrance. Craignant que Ferdinand ne la décèle et ne lui donne une mauvaise interprétation, Georges-Noël s'efforça de se distraire et fixa son attention sur tout ce qui l'entourait.

«Ici, c'est la maison natale de ma belle-sœur, la femme la plus convoitée de toute la Mauricie, spécifia Ferdinand en désignant la maison de brique rouge des Du Sault.

— Puis je gagerais que c'est la vôtre, la belle grosse, juste à côté, avec les bâtiments tout blancs en arrière?»

Après un an d'absence, Ferdinand redécouvrait avec bonheur ce village modelé au gré des rafales et des soubresauts des hivers rigoureux. Pour la première fois, il éprouva l'envie de connaître les siens jusque dans leurs racines. Il imaginait déjà le plaisir que prendrait son père à faire l'éloge de leurs ancêtres, à commencer, bien sûr, par le célèbre Augustin Dufresne, le premier député de la Mauricie.

Lorsque la carriole s'immobilisa devant l'entrée de la maison, Georges-Noël s'empressa d'offrir son bras à Georgiana:

«Entrez vite vous mettre à la chaleur. Un bon souper chaud vous attend», dit-il en accompagnant ses passagers dans le portique de la cordonnerie.

Dès les premiers moments de leur rencontre, Victoire et Georgiana éprouvèrent une sympathie réciproque. Rassuré, Ferdinand anticipa un séjour encore plus agréable qu'il ne l'avait prévu. Georges-Noël, exténué par ses dix heures de route, s'excusa de leur tirer sa révérence sitôt sa soupe avalée.

«Vous ne prenez pas votre thé, monsieur Dufresne? demanda Victoire.

— Ce sera pour demain», répondit-il, l'air avenant.

Laissées seules, Thomas et Ferdinand ayant pris prétexte de la visite de la nouvelle écurie pour aller discuter, les deux femmes purent faire plus ample connaissance. Elles se rendirent vite compte qu'elles partageaient la même vision du droit des femmes au travail de leur choix, droit qu'elle voyait compatible avec la possibilité d'avoir des enfants et de leur donner l'amour et l'éducation dont ils ont besoin. Après avoir fait état de certaines des difficultés liées à la vie en ville, Georgiana s'arrêta un instant, regarda autour d'elle et demanda, presque suppliante:

«Parle-moi de Ferdinand, maintenant.

— Je ne suis pas la mieux placée pour le faire; c'est à son père et à son frère que tu devrais t'adresser.

— Il m'a pourtant dit que c'est toi qui le connais et le comprends le mieux.»

Reconnaissant que le compliment avait quelque chose de flatteur, Victoire se montra toutefois prudente. Cette curiosité pouvait tout autant être une ruse de Ferdinand qu'une initiative de Georgiana. Aussi se limita-t-elle à confirmer que le jeune homme était astucieux, dévoué, d'une honnêteté rare, et qu'il méritait d'être aimé comme elle semblait l'aimer.

«Je suis sûre, conclut Victoire pour l'inciter à en parler, que tu lui as trouvé des dizaines de qualités déjà.»

Ce que Georgiana confirma avec tact et grâce.

Lorsque retentirent les premiers carillons annonçant la messe de minuit, Ferdinand et Georgiana avaient déjà revêtu leurs plus beaux habits, impatients de prendre place dans la carriole.

«Je vais aller voir si mon père est prêt, leur dit Thomas. Il ne sera peut-être pas content qu'on parte sans le réveiller...»

De ce pas, Thomas monta à la chambre de son père. Il en redescendit aussitôt. «Il ne vient pas à la messe. Trop fatigué de son voyage, il paraît...», marmonnat-il à l'intention de Victoire. Il sortit rejoindre, dans le portique de l'atelier, Ferdinand et son invitée qui admiraient les créations de la cordonnière en les attendant.

«Notre père commence à se faire vieux. Son voyage à Victoriaville l'a brisé», lança-t-il en guise de blague.

Ferdinand sentit le mécontentement de Thomas derrière son enjouement. D'un caractère pourtant peu enclin aux soupçons et au ressentiment, son frère semblait entretenir une rivalité plus prononcée à l'endroit de Georges-Noël. Des événements dont il n'avait pas été informé avaient dû l'exacerber. Mais quels événements? Le fait que Victoire eut refusé, l'an dernier, de lui expliquer à quoi tenait l'impression d'étrangeté qu'il éprouvait lui revint à la mémoire. Son père lui avait alors semblé fort tourmenté et il ne le trouvait guère plus serein cette année. Il regretta que ce ne fût pas lui qui les emmenât à Batiscan, un oncle de Georgiana ayant été requis de les conduire. Heureusement, il y aurait le réveillon...

Victoire se hâtait d'achever les préparatifs du repas, espérant pouvoir s'accorder quelques heures de sommeil avant de réveiller les petits, lorsque Georges-Noël descendit de sa chambre.

«Vous avez pris un coup de froid? s'empressa-t-elle de lui demander, pour calmer l'agitation qui la gagnait.

— Pas vraiment, Victoire. J'ai pris ce que j'appellerais une crise d'angoisse», répondit-il avec une spontanéité qui la déconcerta.

Il lui retira le linge des mains et lui offrit d'essuyer la verrerie et les couverts en argent qu'elle se préparait à placer sur la table.

«J'ai comme le fou pressentiment que la mort rôde autour de nous. Que l'année prochaine, à pareille date, quelqu'un qui nous est cher ne sera plus là. Qu'il faut ne rien laisser passer.

— Seriez-vous amoureux? lui demanda-t-elle, empruntant son aisance.

— Je voudrais bien croire que cette possibilité explique à elle seule la peur qui me fait des nœuds dans l'estomac, mais je n'y arrive pas.»

Sans retenue, il lui parla du départ de Lady Marian, de son attachement pour elle et du mystère qui entourait la vie de cette adorable femme.

«Ne cherchez pas plus loin, lui dit-elle. N'importe qui à votre place nourrirait des appréhensions.»

Il aurait voulu lui faire remarquer que ce n'était quand même pas la première fois qu'il aimait, mais que jamais auparavant il n'avait éprouvé une telle angoisse. La crainte de devoir, pour cela, évoquer des souvenirs troublants l'en dissuada. S'excusant de lui avoir volé des minutes de sommeil, Georges-Noël la supplia d'aller se reposer; il se chargeait des marmites qui avaient été apportées sur le feu.

«Une dernière question avant de te laisser partir. As-tu l'impression qu'il peut y avoir quelque chose de sérieux entre Ferdinand et sa demoiselle Beauchamp?»

Victoire s'esclaffa.

«C'est évident qu'il y a plus que de la simple camaraderie... Les yeux ne mentent pas, vous le savez bien.

— Puis, tu en penses quoi?

— Vous n'aviez pas dit que c'était votre dernière question, tantôt?» lui rappela-t-elle, l'air taquin, se défendant bien de vouloir influencer l'opinion qu'il devait se faire de celle dont Ferdinand était possiblement amoureux.

Malgré la tiédeur de son lit, Victoire ne parvenait pas à trouver le sommeil. Elle en avait pourtant senti l'impérieux besoin avant que Georges-Noël lui fît ses confidences. Elle aurait voulu n'accorder aucune valeur au pressentiment de Georges-Noël, mais de nombreux événements dont elle avait eu la prémonition lui venaient à l'esprit comme autant de preuves qu'il fallait y croire. Plus que sa propre douleur, elle appréhendait celle de Georges-Noël et le sentiment d'impuissance qu'elle lui ferait vivre. Elle sentit encore plus fortement la nécessité de se rapprocher des siens et de leur donner la primauté. C'est dans de telles dispositions qu'elle accueillit la joyeuse bande revenue de l'église, affamée et grisée de plaisir.

«J'avais oublié, depuis cinq ans, comme c'est beau la messe de minuit en campagne!» s'exclama Georgiana en secouant sa tignasse cuivrée que les flocons de neige avaient roulée en boudins autour de son visage.

Victoire eut la fulgurante impression que cette jeune femme était la réincarnation de Domitille. À la différence que ses grands yeux noisette ne se couvraient pas de ce voile de mélancolie qui avait toujours assombri le regard de Domitille.

«Es-tu en train de nous dire que tu vis à Montréal depuis cinq ans et que tu reviens pour la première fois?» lui demanda Georges-Noël, stupéfait.

Les joues saillantes et les cils battant d'une certaine timidité, elle raconta avoir dû quitter Batiscan à quinze ans et n'être pas revenue depuis, par souci d'économie pour la famille dont elle était le principal soutien.

«Ça coûte cher nourrir neuf personnes trois fois par jour, souligna-t-elle. Mais j'achève de le faire... Mes deux frères et une autre de mes sœurs vont prendre la relève à partir du jour de l'An, expliqua-t-elle, le regard pétillant de joie. Je vais enfin pouvoir me payer de meilleurs cours de chant et de piano.

— Il ne vous est pas venu à l'idée, demanda Georges-Noël, un brin sarcastique, de suivre des cours de cuisine en même temps?

— Mais ce n'est pas de la chansonnette que je veux faire, répliqua-t-elle le plus sérieusement du monde. Vous connaissez Emma Lajeunesse, une fille de Chambly?»

Tous lui signifiant leur ignorance, elle expliqua, d'un air un peu prétentieux:

«C'est elle qui a chanté quand le prince de Galles est venu pour l'inauguration du pont Victoria. Elle avait seulement treize ans... Elle est bien chanceuse d'avoir pu aller se perfectionner à Paris!»

Devant le peu d'enthousiasme de Thomas et de son père, elle vint chercher dans le regard de Ferdinand et de Victoire l'admiration qu'elle attendait. Ferdinand la lui accorda, puis déclara:

«On tenait à être avec vous autres pour le jour de Noël, même si on doit passer toutes nos vacances à Batiscan.

— Rapport que Ferdinand et moi, on va se marier», intervint Georgiana, avec un sourire béat.

Comme les félicitations tardaient à venir, Ferdinand crut bon de préciser:

«Mais ça ne sera pas avant un an. Peut-être deux... Selon nos finances.

— Tu as des préférences, Georgiana? demanda Victoire, la seule pour qui la nouvelle n'avait rien d'une surprise, Ferdinand ayant cessé de lui écrire et n'étant pas sorti de Montréal depuis un an, en dépit de la hâte qu'il avait exprimée de voir Emmérik, sa nouvelle petite nièce.

— Oh, oui! J'ai toujours rêvé de me marier l'hiver, dit-elle. C'est tellement beau de voir de gros flocons de neige tomber sur les mariés comme de vrais confettis!

— Ouais!... Vous avez besoin de vous y prendre de bonne heure avec le Père Éternel si vous voulez être sûrs qu'il neige à vos noces», leur conseilla Thomas en plaisantant.

Ferdinand observait son père qui, de toute évidence, cachait sa désapprobation derrière de faux prétextes. Il aurait aimé comprendre à quoi tenait son attitude hostile à l'égard de Georgiana alors que cette dernière avait toujours su, en peu de temps, gagner la sympathie de tous.

«Des enfants. Vous n'êtes encore que des enfants, dit Georges-Noël en enfonçant avec ferveur la lame du couteau dans la miche de pain.

— Je ne vois pas en quoi mes dix-neuf ans sont différents des dix-huit ans que Thomas avait quand il s'est marié», rétorqua Ferdinand.

Toujours soucieux de maintenir le climat de gaieté qui convenait à cette circonstance, Thomas se défendit en badinant:

«Mais, moi, ce n'était pas pareil. J'étais avancé pour mon âge, hein, Victoire?»

Tous éclatèrent de rire. Victoire le relança:

«Ce qu'il ne dit pas, mon beau Thomas, c'est que c'est à force de me fréquenter qu'il a pris de l'aplomb comme ça.»

Les deux couples rivalisaient de boutades et de taquineries pendant que Georges-Noël avait manifestement décidé de s'amuser avec les enfants.

Soudain distrait par leurs jeux, Ferdinand prit conscience du fait qu'il ne conservait aucun souvenir de scènes comparables pendant son enfance. Son père avait joué avec Thomas, mais pas avec lui. Il n'arrivait pas non plus à se rappeler si sa mère avait joué avec lui. Il la revoyait clouée au lit, beau temps, mauvais temps, le jour comme la nuit. Pour la première fois, il soupçonna que son père et son frère aient pu, tout autant que lui, souffrir de l'interminable maladie de Domitille, des crises de larmes et des réclusions qu'il avait oubliées mais qui lui revenaient aujourd'hui comme une gifle. «Dire que je leur en ai toujours voulu..., surtout à mon frère», pensa-t-il, prêt à se jeter à son cou. C'est ce moment que choisit Thomas pour le tirer de ses réflexions:

«Tu manques de sommeil, mon frère. À moins que tu remâches tes vieux péchés?

— Ou tes gros projets, ajouta Georgiana, visiblement plus à l'aise.

— L'un ne va peut-être pas sans l'autre», avança Georges-Noël, l'air soudain malicieux, alors qu'on croyait qu'il ne prêtait aucune attention à la conversation.

À la fois ravi et intrigué, Ferdinand emboîta le pas, et ce réveillon commencé dans l'allégresse se poursuivit jusqu'au lever du soleil.

Le jour de Noël passa trop vite pour le besoin que tous et chacun éprouvaient de raffermir les liens nés de cette visite.

Thomas venait de découvrir en Ferdinand le jeune frère avec qui il regrettait de n'avoir pas suffisamment partagé jeux et secrets. Maintenant qu'il s'était détaché du noyau familial, voilà qu'on le sentait plus présent que jamais, d'une présence qui respirait l'amour et la joie de vivre.

Georges-Noël devait reconnaître que cette jeune femme à qui il hésitait à faire confiance avait réussi, en moins de deux ans, là où Domitille et tant d'autres avaient échoué malgré leurs efforts et leur amour: Ferdinand s'amusait et semblait heureux.

«Ça nous fera plaisir de recevoir votre visite aussi souvent que le cœur vous le dira», leur répéta Georges-Noël, au moment du départ.

Victoire les regarda s'éloigner avec le sentiment qu'elle avait eu tort, à Noël dernier, de se montrer si distante envers Ferdinand. Alors qu'elle l'avait soupçonné de vouloir encore abuser de la place qu'elle lui avait faite dans sa vie, il souhaitait sans doute lui parler de son premier amour. À preuve, cette petite phrase qu'il lui avait murmurée en prenant les gants et le chapeau qu'elle lui tendait: «On va peut-être pouvoir recommencer à se parler comme avant, maintenant...»

* *
*

268

Cette visite, qui laissa son empreinte sur chacun des habitants de cette maison, fut suivie d'événements non moins déterminants. Le 1ᵉʳ février au midi, sous un froid de canard, un très grand nombre d'habitants de Pointe-du-Lac et de Yamachiche se rendirent à l'emplacement de la future gare de Pointe-du-Lac pour acclamer l'arrivée du premier train. Plusieurs d'entre eux allaient voir pour la première fois l'engin dont ils entendaient parler depuis plus de deux ans. Lorsque retentit le coup de sifflet plaintif, plusieurs se bouchèrent les oreilles. Bien qu'ils fussent emmitouflés jusqu'aux yeux, certains frissonnèrent de peur en voyant foncer vers eux, à toute allure, l'énorme machine qui s'arrêta brusquement. Une salve d'applaudissements éclata alors en l'honneur de M. Piché, le chef du train.

Au récit qu'en firent Thomas et son père, Victoire déplora de n'avoir pu y assister. C'est qu'elle devait se préparer à un quatrième accouchement, prévu pour le mois d'août. Il était d'autant plus risqué de prendre froid et de provoquer une fausse couche à cette étape de la grossesse que les sages-femmes jugeaient particulièrement critique.

Victoire se sentait nostalgique en dépit du printemps qui allait bientôt reverdir la campagne. Cette mélancolie avait sa source dans le fait que les nouvelles de l'Europe tardaient à arriver, tant au sujet des dentelles qu'au sujet de ses chaussures, mais encore elle devait admettre que son mari y était aussi pour quelque chose. L'apprenti cordonnier perdait sa jovialité à travailler entre les quatre murs d'un atelier, sans contact direct avec les clients.

«Je t'admire et je t'envie de pouvoir le faire. Je passe rien que mes avant-midi tout seul, ici, et je mangerais les murs tellement ça me manque de voir du monde, reconnut-il.

— Heureusement que ton père s'occupe beaucoup de la petite parce que je me demande si je trouverais le temps de venir t'aider plus de deux heures par jour.

— Puis Clarice qui ne te laisse pas d'une semelle...

— Aussitôt que le temps va commencer à s'adoucir, je vais l'emmener dans l'atelier, avec nous. Elle prend tellement de plaisir à imiter tout ce que je fais. La copie conforme de son papa, cette petite poupée-là.

— Tu ne l'aimes pas, ta fille, tu l'adores.

— Grâce à qui, penses-tu? Si tu n'avais pas été sur ma route, jamais je n'aurais eu le bonheur de mettre au monde et de voir grandir une enfant aussi exceptionnelle.»

Elle se lança dans une description des faits et gestes de cette petite sur le point d'atteindre ses quatre ans, très attentionnée pour son frère et sa petite sœur, affectueuse avec tout le monde, et, ajouta-t-elle dotée d'un sens inné de la beauté.

«Elle va faire une artiste, alors que son frère est parti pour faire un contremaître», déclara Thomas, avec une fierté dont il ne se défendait guère.

Victoire se demanda s'il allait parler de la benjamine.

«Je ne sais pas si je me trompe, mais j'ai l'impression que c'est la petite qui tient le plus de toi, dit-il après un long silence. C'est vrai qu'elle vient juste d'avoir un an, mais on dirait que ses traits se dessinent plus vite que pour les deux autres, à qui elle ne ressemble pas vraiment, d'ailleurs.

— Il était grand temps que l'un de mes enfants portent mes empreintes, fit valoir Victoire, rieuse. Clarice et Oscar ont tout de toi.»

L'après-midi filait sur cette note de gaieté lorsque Georges-Noël vint frapper à la porte de la cordonnerie, l'air grognon, une enveloppe à la main.

Victoire reconnut l'écriture de Ferdinand.

«Regardez ce que je viens de recevoir dans le courrier.

— Une mauvaise nouvelle?» s'inquiéta Thomas.

Georges-Noël étala sur la table quatre photos sur lesquelles posait Georgiana, vêtue d'une robe à crinolines et coiffée d'un chapeau à voilette somptueusement garni de fleurs. Sur l'une d'elle, où Ferdinand l'enlaçait, elle s'exhibait dans un décolleté qu'aucune femme de la campagne ne se serait permis de porter.

«Dépensière un p'tit brin, Mlle Beauchamp! s'exclama Thomas.

— Ce devait être pour une circonstance particulière», avança Victoire en examinant les photos.

De fait, au dos de l'une d'elles était écrit, d'une main fort soignée: «Nos fiançailles, le 14 février 1878.»

«Je comprends, maintenant, dit Victoire. Et puis, elle peut bien se gâter un peu, elle a travaillé si longtemps pour sa famille.

— Si ce n'était que ça...», fit Georges-Noël.

Ferdinand annonçait, victorieux, qu'il venait d'obtenir un emploi de commis de bureau chez J. B. Rolland, où il ferait le double des heures et du salaire qu'il avait à la Montreal and Toronto Telegraph Company.

Georges-Noël était fort inquiet de sa santé et du succès de ses études. Alors qu'il avait toujours pensé que personne ne pouvait influencer ce garçon, il craignait maintenant que cette jeune fille, chez qui il supposait une légèreté des mœurs, ne l'entraînât dans un style de vie où le plaisir et l'argent seraient maîtres. «Quelle éducation pour des enfants?» pensait-il, se souvenant que Georgiana s'était retrouvée à Montréal à l'âge de quinze ans, sans préparation ni inclination pour les fonctions de maîtresse de maison.

«Il vaudrait mieux ne pas vous fier aux apparences, recommanda Victoire qui avait longuement causé avec la jeune femme à l'occasion de leur récente visite du temps des Fêtes. Elle a quand même des valeurs, cette fille.»

Les considérations de Victoire ne suffirent pas à dissiper l'inquiétude qui ridait son front.

«S'ils sont déjà fiancés, vous pouvez être certains qu'elle ne va pas être assez raisonnable pour attendre que Ferdinand ait terminé ses études et trouvé un bon emploi avant de se marier. J'ai l'impression qu'elle lui a mis la main au collet pour de vrai...»

L'air aussi morose que les perspectives d'avenir qu'il entrevoyait pour son fils cadet, Georges-Noël, d'un geste désabusé, lança sur la table les photos et la lettre qu'il venait de recevoir et quitta la cordonnerie.

Thomas saisit la lettre et s'empressa de la parcourir. Ses yeux brillaient à la lecture de certains passages.

«Écoute bien ce qu'il écrit, dit-il à Victoire: "Quand je vous dis qu'il n'y a pas de hasard, il faut me croire. L'histoire de M. J. B. Rolland, le père de mon patron, en est une preuve parmi tant d'autres. À dix-sept ans, il arrive seul à Montréal; ne connaissant personne et ayant besoin d'informations, il va frapper à la porte d'un inconnu, rue Saint-Vincent. Cet inconnu le prend sous sa protection et fait en sorte qu'il puisse installer chez lui les premiers bureaux de son imprimerie. Son succès fut tel que, depuis cinq ans déjà, des démarches sont entreprises pour qu'un de ses fils ouvre une usine de fabrication de papier de haute qualité. Ils estiment que ce marché pourrait s'étendre à l'échelle continentale. C'est dans cette entreprise que j'ai l'intention de placer l'héritage que maman m'a laissé.">»

Thomas replia la lettre, réjoui comme s'il fût personnellement concerné, et ajouta:

«Qu'on ne vienne pas me dire qu'il n'y a pas d'avenir en ville.

— Comme partout ailleurs, fit observer Victoire. Regarde. Je n'ai même pas eu à sortir de la Mauricie pour que mes chaussures se rendent à Lyon.

— Parlons-en, de Lyon!» s'écria Thomas, heureux de l'occasion que lui donnait Victoire de se libérer d'un poids qui lui pesait sur le cœur depuis ce jour où une mention honorable avait été adressée à son nom.

Non seulement trouvait-il injuste que Victoire fût ainsi privée d'une reconnaissance à laquelle elle avait droit, mas il se sentait indigne d'accepter de tels honneurs sans avoir apporté sa contribution.

«Je ne peux plus vivre avec ça, avoua-t-il. Je reconnais que je n'ai ni ton talent de créatrice ni ta dextérité. Je m'étais donné six mois pour trouver une idée brillante qui aurait pu justifier que je présente des créations portant ma signature à Lyon. Mais je ne trouve rien. Absolument rien», dit-il, la tête plongée entre ses deux mains.

Victoire caressa ses épaules, touchée par son honnêteté et sensible au découragement qu'il pouvait éprouver après tant d'efforts stériles.

«Ne t'en fais pas pour moi. Ou je vais trouver un moyen de convaincre M. Waters de présenter mes chaussures à mon nom ou je vais me trouver des dérivatifs.

— Il n'y a pas que ça. Je pense sincèrement que je suis bien meilleur commerçant que fabricant de chaussures. Si tu savais comme je suis tanné de me chercher...»

L'odeur de ragoût et les cris des enfants les ramenèrent dans la cuisine où, le manteau sur le dos, Marie-Ange les attendait pour sauter dans le boghei de son père.

«Je voudrais vous dire, avant de partir, que Clarice tousse de plus en plus creux. Je pense même qu'elle fait un peu de fièvre. Aussi, j'aimerais apporter un peu d'argent à mes parents... Vous pourriez me payer aujourd'hui?

— On est déjà vendredi! s'exclama Victoire en posant la main sur le front de son aînée. Février nous a filé entre les doigts sans qu'on le voie, et voilà que les semaines passent si vite qu'on va se retrouver à la fin de mars dans le temps de le dire.»

À voir la désapprobation sur le visage des deux hommes qui l'entouraient, Victoire comprit qu'elle était seule à vivre ainsi la course du temps. Sachant les causes du mécontentement de son mari, elle soupçonnait Georges-Noël de soupirer après des températures plus clémentes pour aller rejoindre celle qu'il n'avait pas revue depuis son départ pour l'Europe et de qui il avait vainement attendu le télégramme tant souhaité. Une carte de vœux pour la nouvelle année était venue, tardivement, le prévenir de son retour prochain à Trois-Rivières.

«C'est Ferdinand qui vous tourmente comme ça?» demanda Thomas.

Georges-Noël lui donna raison, sans plus commenter.

«Je ne comprends pas pourquoi vous vous en faites tant. L'important, c'est qu'il soit heureux. Que ce soit en ville ou à la campagne, qu'est-ce que ça change?

— Je doute justement qu'il le soit vraiment. En tout cas, je doute que ça puisse durer, si jamais il l'était comme il veut bien nous le laisser entendre.

— Il faudrait le croire. Ce serait mieux pour vous, parce qu'il n'est pas dit qu'un jour ou l'autre on ne sera pas appelés à s'éloigner, nous autres aussi. Puis, ce ne serait pas une raison pour nous penser malheureux.»

Georges-Noël se leva brusquement de sa chaise, attrapa son parka et sortit par la cordonnerie sans dire un mot, entraînant Pyrus avec lui. Le vent sec qui venait droit du nord le fouettait avec moins de violence que la pensée que Thomas et sa famille puissent quitter la Mauricie. Sur la neige qui se lamentait à chacun de ses pas, il enfonçait sa semelle avec la rage de la dernière chance. Son capuchon resserré autour du visage, il s'entêtait à narguer le froid mordant. Longeant le rang de la rivière aux Glaises, Georges-Noël faisait le compte de ses déboires. D'acre en acre, son chagrin se doublait d'une intention bien arrêtée de prouver à Thomas qu'on peut trouver chez soi ce que trop de gens cherchent ailleurs: «Il n'est pas dit qu'on va tous baisser les bras et plier bagage! Après tout, si c'est à nous autres qu'elles ont été données, ces terres-là, c'est qu'il y a moyen de faire quelque chose avec. C'est à nous de les travailler comme il faut», conclut-il avant de revenir sur ses pas. En faisant demi-tour, il frôla Pyrus dont il avait oublié la présence. «Tiens donc, c'est pourtant vrai, tu me suivais, toi. Je ne suis pas toujours d'humeur à te cajoler, hein?» Accroupi, il lui frotta le museau de sa grosse mitaine de laine avant de s'engager d'un pas plus alerte sur le chemin du retour. La froidure tentait d'attaquer ses membres. En pressant le pas, il eut l'impression d'échapper à ses morsures et de mater les événements qui, sournoisement, tentaient de lui arracher les êtres qu'il chérissait le plus au monde: sa famille et sa douce Lady Marian.

Surpris d'apercevoir la lampe à huile encore allumée dans la cuisine, Georges-Noël s'inquiéta. Habitué à compter sur le froid pour se ressaisir, il se sentit désemparé devant son incapacité à se rappeler de quelle façon il avait quitté Thomas et Victoire. «Je les aurais donc tourmentés au point qu'ils attendent que je revienne pour se coucher», pensa-t-il. À quelque cinq cents pieds de la maison, il put discerner des ombres qui se déplaçaient et qui s'agitaient à l'intérieur. D'un bond, il enjamba la clôture, piqua à travers champ et courut sur la neige durcie. Thomas faisait les cent pas dans la maison, tenant dans ses bras la petite Clarice enveloppée dans une couverture de laine.

«Mais qu'est-ce qu'elle a? s'informa Georges-Noël qui pénétra dans la cuisine sans même retirer ses bottes, sa casquette et son parka.

— Une toux, répondit Victoire tout en cherchant les carrés de camphre dans le tiroir de médicaments. Une bien curieuse de toux, poursuivit-elle. Ça lui a pris brusquement. On dirait que, quand ça se déclenche, elle va se vomir le cœur, la pauvre enfant.

— Elle fait de la fièvre?

— Elle est bouillante, répondit Thomas.

— Veux-tu bien me dire ce qui lui arrive? Pas plus tard qu'hier, elle était enjouée comme jamais», fit remarquer Georges-Noël.

Toujours silencieux, Thomas ralentit le pas. Sa joue effleurait le petit visage brûlant de fièvre. Une forte vapeur s'échappait de la marmite d'eau en ébullition sur le poêle.

«Il faut maintenir l'humidité à son maximum», dit Victoire en attisant le feu.

Georges-Noël lui offrit de préparer une mouche de moutarde pendant qu'elle posait les ventouses sur le dos de sa petite. À force de soins, la toux se calma, et Clarice s'endormit.

Allongée avec sa fille aînée sur le divan que Thomas avait approché du poêle, Victoire caressait son petit front couvert de boucles blondes, la suppliant de ne pas renoncer au combat. Épuisée et livide, d'une santé déjà fragile, l'enfant respirait péniblement.

«D'autres lainages chauds», demanda-t-elle à Georges-Noël qui avait convaincu Thomas d'aller prendre quelques heures de sommeil.

L'accalmie fut de courte durée. Même si les deux hommes se reléguaient pendant la nuit pour bercer la petite malade, Victoire ne parvenait pas à se reposer. Le combat de son enfant de quatre ans pour échapper aux risques répétés de suffocation la tenait éveillée jusqu'à ce que l'épuisement la fasse sombrer dans un sommeil si agité qu'elle en sortait tout aussi fatiguée.

«Si les temps doux peuvent arriver, elle va reprendre le dessus», répétait-elle, persuadée que la douceur du printemps, combinée aux soins affectueux que lui prodiguaient tous ceux qui l'entouraient, guérirait les poumons de sa fille.

Thomas, qui ne pouvait être témoin de ses quintes de toux sans céder à la panique, s'accrochait à cet espoir avec l'acharnement de celui qui ne veut pas céder au découragement un peu plus chaque jour.

Les nuits se suivirent ainsi pendant six semaines au terme desquelles Clarice perdit la bataille. Dans les bras d'un grand-père broyé de chagrin, elle s'éteignit alors qu'un regain d'espoir venait d'inciter Thomas et Victoire à prendre un peu de repos.

Devant les douleurs qui lacéraient ce petit corps innocent et devant l'incompréhension qui tourmentait le jeune Oscar, Georges-Noël avait prié en secret pour que sa petite-fille abandonne la lutte. La souffrance de l'enfant lui apparaissait plus stérile et plus révoltante encore que celle de l'adulte qui a eu droit à sa part de vie, d'expériences, de joies et de réalisations.

Révoltée contre un si injuste destin, Victoire refusait que cette enfant, qui avait vu le jour presque par miracle, qui avait ensoleillé leur existence de sa singulière finesse, qui avait su se battre tant de fois contre la maladie, n'ait eut droit qu'à quatre courtes années d'existence. Sa peine était si profonde que n'eussent été ses deux autres enfants, elle eût préféré rejoindre sa petite Clarice sans plus tarder.

Et comme un déchirant rappel de sa détresse, chaque nuit, Oscar se réveillait en sursaut, disant avoir entendu tousser sa petite sœur, tant les murs résonnaient encore de ses interminables quintes de toux. Son grand-père offrit de veiller sur lui jusqu'à ce que le temps ait effacé de sa mémoire de si tristes souvenirs.

Non moins chagriné, Georges-Noël avait trouvé réconfort auprès de Marian, mais plus encore auprès de la maman endeuillée dont le courage, de jour en jour, dépassait tout ce qu'il pouvait imaginer de possible chez une femme dans sa condition. Malgré sa profonde affliction, malgré la fatigue d'une grossesse difficile, elle trouvait les mots pour consoler ses proches et les inciter à se réjouir à la pensée que la petite Clarice ne souffrait plus.

Suspendues à une tablette de son atelier se balançaient une paire de bottines tout à fait remarquables, les plus belles que Victoire eût jamais créées.

«C'est Clarice qui me les a inspirées», disait-elle à quiconque s'arrêtait pour les admirer et l'en féliciter.

*   *

*

Pour Thomas, ce printemps 1878 ne ressembla en rien aux précédents. Les dernières flaques de neige s'accrochaient désespérément aux clôtures et le long des fossés, la terre fumait de partout sans qu'il éprouvât la moindre bouffée d'enthousiasme. Ce deuil et les questions qu'il soulevait l'absorbaient au point de le détourner de l'allégresse de cette saison tant désirée. Bien sûr, Victoire s'en remettait mieux qu'il ne l'aurait cru. Puis, il lui restait un fils et la petite Emmérik, et il était libre de reprendre le forage ou de s'adonner à une autre activité. Mais tout cela le stimulait à peine tant il se sentait impuissant devant ce monde sans logique. Un passage d'une lettre de Ferdinand, à qui on avait appris la nouvelle, l'avait fait éclater en sanglots: «Je le savais qu'elle ne vivrait pas longtemps. Elle était trop belle, trop tendre, trop douce, trop spéciale pour se frotter plus longtemps aux incohérences et aux cruautés de la vie.»

Heureusement, le jeune Oscar mit peu de temps à retrouver sa turbulence de gamin enjoué. Il lui arrivait souvent, cependant, de délaisser ses jouets brusquement et de courir vers sa mère pour coller l'oreille à son ventre et demander si sa grande sœur Clarice allait bientôt sortir de sa cachette.

«Écoute-moi bien, mon petit homme. Maman va te donner un petit frère ou une autre petite sœur, ça c'est sûr! Mais ce ne sera pas Clarice.

— Mais pourquoi?

— Parce que Clarice est partie se reposer pour toujours.

— Quand est-ce que ça finit, toujours?

— Quand tu vas être très très vieux.

— Comme grand-papa Rémi?

— Plus encore.

— Mais c'est bien trop long, maman.

— Emmérik va grandir, elle aussi. Dans deux ans, elle va être grande comme toi. Et puis, si c'était un petit frère qui venait pour jouer avec toi? Tu serais content, hein?»

Oscar se remettait à gambader autour de la table en chantonnant, alors que sa mère se faisait encore violence pour ne pas fondre en larmes.

Dans ses moments libres, Georges-Noël prenait plaisir à occuper le bambin. Un jour, il lui apporta un sifflet fait d'une branche de saule. Le gamin s'exerça plusieurs jours à en faire sortir d'aussi beaux sons que le faisait son grand-père. Les joues gonflées et le torse bombé, Oscar soufflait fièrement dans le trou de la branche jusqu'à ce qu'un son aigu se fasse entendre.

Cet après-midi-là, allongée sur son lit pour prendre quelques minutes de repos, Victoire essaya d'imaginer quel mari extraordinaire Georges-Noël, dont elle appréciait la présence auprès d'eux, avait dû être pour Domitille. «À moins qu'il ne soit devenu ainsi à force de chagrin», pensa-t-elle. Au fil de ses réflexions, elle finit par s'assoupir. Elle se vit alors entraînée le long d'un sentier où les arbres formaient un parasol à travers lequel le soleil s'amusait à découper des formes fantaisistes. Une main robuste et chaleureuse la guidait vers une clairière où coulait un ruisseau aux reflets d'émeraude. Un homme, dont elle n'arrivait pas à distinguer le visage, la pressa de s'asseoir sur une pierre polie aux chatoiements mauve et bleu. De son bras caressant, il entoura ses épaules et l'invita à s'abandonner. Enveloppée de toutes parts par tant de beauté et de douceur, elle se laissa couler dans cette béatitude. À quelques pas d'eux, elle aperçut soudain deux petites filles d'une beauté angélique qui s'amusaient à lancer des cailloux dorés dans l'eau. Attirée par leurs rires, Victoire se leva pour mieux les observer lorsqu'elle reconnut, sous un voile transparent, le visage de Clarice. Elle s'élança pour l'étreindre, mais fut arrêtée par un nuage noir qui la ramena... dans sa chambre. Non moins émue que déçue, elle versa quelques larmes. Une main se posa doucement sur sa joue et les recueillit. Elle ouvrit les yeux et croisa, avec surprise, le regard interrogateur de Thomas, assis sur le bord du lit. Il se pencha vers elle et déposa sur son front un baiser presque aussi doux et bienfaisant que le rêve qu'elle venait de faire.

«Je suis content que tu aies réussi à te reposer.

— Tu arrives d'où?

— De l'érablière. J'avais l'intention de passer dire un mot à Euchariste Garceau, mais c'est comme si, tout à coup, j'avais senti qu'il fallait que je revienne tout de suite à la maison.

— Tu as encore peur pour les enfants, hein?

— Oui et non. Je suis inquiet pour toi, aussi.

— Mais tu n'as rien à craindre, Thomas. Mme Houle est venue encore hier, puis elle dit que tout se présente bien, pour le temps qui reste. Je suis encore à plus de huit semaines de la date prévue.

— C'est un peu stupide ce que je vais te dire, mais j'avais l'impression que si je tardais à venir, je risquais de ne plus te revoir.»

Bouleversée, Victoire se demandait si son mari était dans son état normal. Une scène de son rêve lui revint, celle de l'homme qui l'accompagnait et dont elle n'avait pu voir le visage. Elle aurait aimé jurer qu'il s'agissait de son mari, mais elle en était incapable.

«Moi aussi, je me sens bizarre, Thomas. Pendant que tu te morfondais pour moi, je faisais un rêve bien étrange.

— Raconte, la suppliait Thomas lorsque Oscar entra dans la chambre en coup de vent, pour montrer ses talents de siffleur.

— On reprendra ça ce soir, tu veux bien?

— Sans faute, Victoire. Maintenant que je suis rassuré, je vais retourner à l'érablière. La maison a besoin d'être aérée et nettoyée un peu. Ne t'inquiète pas d'Oscar, je l'emmène avec moi.»

Moins de deux heures après le départ de Thomas, les douleurs commencèrent brutalement, et Victoire pressa Georges-Noël d'aller chercher Mme Houle.

À peine entrée dans la chambre, la sage-femme constata que le travail était trop avancé pour qu'elle pût l'arrêter. Pire, après quelques heures de contractions épuisantes, il devint évident que Victoire n'avait pas la force de pousser suffisamment pour expulser le bébé. Il fallait l'aider de toute urgence. Victoire était consciente de tout cela, et à la douleur physique qu'elle éprouvait s'ajoutait la peur déchirante d'accoucher d'un enfant mort-né.

Aussitôt revenu à la maison, affolé, Thomas fut sommé d'aller conduire Oscar chez ses grands-parents. Finalement, après de longues heures d'acharnement, Mme Houle dut annoncer à la mère, déjà ébranlée par tant de chagrins récents, qu'il fallait sans tarder ondoyer l'enfant qui venait de naître.

«Elle est vraiment trop faible, votre petite, madame Victoire. Si elle survit, il y a de grosses possibilités qu'elle reste innocente...»

Victoire ne put se contenir. À plat ventre sur le lit, elle hurla sa douleur dans l'oreiller qu'elle serrait de chaque côté de sa tête. Thomas se colla la figure à la porte de la chambre, les bras croisés au-dessus de la tête, incapable de se résigner à voir mourir une autre de ses enfants. Ses épaules étaient secouées par la douleur qui labourait son ventre autant que celui de Victoire. Mme Houle essayait de se rappeler le nom que Victoire voulait donner à ce bébé si jamais c'était une fille. Le temps pressait maintenant de tracer une croix avec de l'eau bénite sur le front de la petite: «Je te baptise, Marie-Laura, au nom du Père, du Fils et du Saint-Esprit.» À travers les sanglots des parents, la sage-femme fut seule à prononcer un tragique «Ainsi soit-il».

Georges-Noël, volontairement isolé dans la remise, attendait le signal pour aller reconduire Mme Houle chez elle. Depuis plus d'une demi-heure, les lamentations de Pyrus lui faisaient craindre le pire. Il ne tenait plus en place lorsqu'il distingua la silhouette de Thomas qui traversait la cordonnerie, la tête basse comme aux jours de malheur. «Dieu du ciel, il leur est arrivé une autre catastrophe!» Mû par l'angoisse, il précipita à sa rencontre.

«Parle, Thomas!

— Elle est prête à partir, Mme Houle... Un autre petit ange...»

Georges-Noël le pressa dans ses bras et les deux hommes pleurèrent. Comme Thomas s'apprêtait à faire demi-tour, son père le retint.

«Je sais que c'est dur, Thomas. Mais t'as pas le droit de te laisser abattre. T'as pas tout perdu. Victoire, ta femme, elle est encore vivante. Elle aura besoin que tu te montres courageux. T'as rien que vingt-trois ans, mon Thomas! La vie te réserve sûrement de grands bonheurs aussi.»

Thomas se dirigea vers la maison des Du Sault sans répondre. Georges-Noël devait serrer les poings. Il en avait pour quelques heures à devoir étouffer sa peine. Une fois la mère Isaac reconduite chez elle, c'était à lui que revenait la cruelle tâche de fabriquer le petit cercueil pour le lendemain matin. «Thomas en aura bien assez d'accompagner le corbillard pour la deuxième fois en un mois», se dit-il.

Après trois jours de larmes et d'isolement, Victoire persuada les deux hommes qu'il n'était pas bon de s'emmurer ainsi et que le meilleur moyen de se libérer des arrière-goûts de la mort était de reprendre avec eux les deux autres enfants. Elle se sentait prête à affronter la réaction d'Oscar lorsqu'il apprendrait que sa nouvelle petite sœur était déjà repartie. Thomas s'offrit à aller les chercher.

Victoire erra dans la maison, l'âme en peine, malgré la vie qui éclatait dans les bourgeons et les nids des oiseaux qui venaient parer les branches des arbres. Elle s'arrêta devant la fenêtre de la cordonnerie et promena un regard de détresse sur deux paires de chaussures d'enfant. De jolies bottines de fillette. Les plus grandes portaient pour toujours les initiales de Clarice. L'autre paire, tout aussi mignonne mais restée sans lacets, faute de savoir si elle serait destinée à un garçon ou à une fille, devait aller les rejoindre. Victoire caressa doucement les minuscules bottillons de feutrine bordeaux rehaussés d'un surjet de fil de lin blanc. Dans un geste d'adieu, elle ferma les yeux et les pressa sur sa poitrine avec le même amour qui aurait bercé celle qui devait les porter. Des larmes glissèrent sur les boucles chatoyantes qu'elle noua sur chacun d'eux. Un profond désespoir l'envahit. Jadis, il lui suffisait de s'isoler dans son repaire secret en bordure du lac Saint-Pierre pour reprendre courage après les durs coups de l'existence. Quelques arbrisseaux épars sur une grande pierre aux contours fantaisistes avaient suffi pour créer cette oasis où elle aimait se réfugier lorsque le besoin de solitude et de rêverie se faisait sentir. Charmée par les murmures du lac auxquels répondaient merles et jaseurs des cèdres, elle rebâtissait, avec plus de féerie chaque fois, l'avenir de Victoire Du Sault. Un avenir rempli de succès et d'un amour merveilleux, en compagnie d'un garçon intrépide, fier, dévoué et follement amoureux. Aujourd'hui elle doutait de pouvoir trouver quelque réconfort en ce lieu.

De la fenêtre sud-est qui donnait sur la résidence de ses parents, Victoire vit revenir Thomas, Oscar et sa petite sœur d'un an et demi. Françoise et Rémi les accompagnaient. Avec toute la sagesse d'une femme qui n'a cessé de s'interroger, d'écouter et de regarder, sa mère lui apportait, sans qu'elle eût à le demander, compréhension et soutien. De Rémi, son père, peu enclin à l'attendrissement, elle ne s'attendait à rien de plus qu'à l'expression silencieuse de sa peine sur son visage labouré de rides. Et il y avait Georges-Noël. Au-delà des mots, la douceur de son regard n'avait d'égale que la constance de ses gestes secourables. De Thomas, elle ne savait plus trop quoi espérer. Sitôt après l'enterrement de bébé Laura, il avait choisi d'endormir sa peine en allant percer le sol de son érablière à la recherche d'une source de gaz naturel. L'étrange repliement sur lui-même de son mari la laissait désemparée.

* *
*

Georges-Noël fut surpris de constater, de la porte de l'atelier, que, malgré son état d'abattement profond, Victoire était retournée à son métier de cordonnière.

«Tu t'es déjà remise au travail?» lui dit-il.

Victoire, qui ne l'avait pas entendu arriver, se sentit faiblir.

«Pensez-vous qu'il y a mieux à faire? lui répondit-elle sans tourner la tête, de peur qu'il voie ses yeux rougis.

— Tu ne penses pas que tu pourrais te distraire un peu, après tout ce que tu viens de vivre?»

Les mains appuyées sur le bord de sa table de cordonnière, Victoire demeurait immobile, le regard fixé sur les branches de bouleau qui venaient chatouiller la fenêtre au gré du vent. Les pas feutrés de Georges-Noël la ramenèrent de très loin à la question posée. Le bruit d'une chaise tirée l'invitait à s'asseoir. Georges-Noël prit place juste devant elle. Les sourcils froncés, il n'osait lever le regard vers sa bru, craignant de l'intimider en ce moment où le chagrin avait quelque peu altéré la beauté de ses grands yeux noisette.

À la façon dont il retroussait les coins de sa moustache grisonnante, Victoire comprit qu'il venait l'entretenir d'un sujet embarrassant. De l'autre côté de la table, ses mains charnues et enveloppantes vinrent chercher les siennes. Victoire ne put retenir ses pleurs.

«Je te comprends, ma pauvre Victoire. Ce que je donnerais pour te les rendre, tes deux petites!»

Sa voix se brisa à son tour.

«Il me semble que je n'arriverai jamais à me passer de la présence de Clarice dans la maison, lui avoua Victoire.

— Il faudra bien, pourtant... As-tu pensé à ce qui pourrait le mieux te distraire de ta peine?

— Mon atelier. Rien d'autre que mon atelier. Au moins, quand je fais une bottine, je suis sûre que la mort ne viendra pas me la chercher.

— On est tous des condamnés..., murmura-t-il. Perdre ou mourir, ce n'est pas très différent.»

Après quelques secondes de silence, il trouva le courage de lui dévoiler la deuxième raison de sa présence à l'atelier:

«C'est demain que je devrais recevoir la réponse de Trois-Rivières... Selon le cas, je ne sais pas combien de jours je serai absent. Je ne voudrais pas partir sans être sûr que vous pouvez vous passer de moi quelque temps.

— J'espère qu'elle vous dira oui. Il serait temps que vous ayez votre part de bonheur. Vous avez déjà tellement fait pour nous et les enfants.»

Georges-Noël ne quitta l'atelier qu'après que Victoire l'eut rassuré et convaincu de voir à ses propres intérêts.

«Il ne faut quand même pas oublier que, si Thomas avait terminé La Chaumière, on ne vous aurait pas à nos côtés comme ça tous les jours...»

D'un signe de la tête, Georges-Noël en convint. Il monta à sa chambre d'où il sortit, au milieu de la matinée, l'allure fière et intrépide, comme à ses trente ans, dans son costume du dimanche. Victoire se surprit à envier Lady Marian pour les moments d'ivresse qui l'attendaient.

CHAPITRE V

Ses deux malles bourrées à pleine capacité, un coffre d'outils plus lourd qu'il n'en avait jamais traîné, Thomas, qui avait revêtu son habit de noces, attendait, le cœur en fête. Son père devait le conduire à la gare.

Dans la tiédeur diaphane de cette matinée du 6 juin 1878, aussi palpitant que sa première journée de travail au moulin des Garceau, ce départ avait un parfum de douce liberté. Une liberté qui, devait-il se l'avouer, avait quelque peu souffert sous le poids des responsabilités familiales qu'il assumait depuis près de cinq ans. Pour la première fois, Thomas allait faire équipe avec des hommes de son âge. Dans une ville inconnue. Dans un métier qu'il n'avait encore jamais exercé.

À Québec, depuis la fin de mai, les ouvriers favorables à la grève désertaient les chantiers et des troupes de Trois-Rivières et de Montréal étaient mises à bord du train pour les remplacer à la construction des édifices parlementaires. Thomas avait voulu être du nombre. «Une expérience que j'aimerais bien tenter», avait-il annoncé à Euchariste qui l'avait approuvé et avait promis, à sa grande surprise, de lui réserver sa place au moulin. Il fut moins surpris que Georges-Noël ne le vît pas du même œil. «C'est ce qui arrive quand on ne sait pas apprécier ce qu'on a», avait-il commenté, s'autorisant pour une rare fois à se citer en exemple:

«À ton âge, j'avais déjà la responsabilité de tout le domaine et je n'étais pas malheureux pour autant.»

Ce à quoi Thomas avait riposté:

«Je donnerais cher pour avoir la chance que vous avez eue... Vous pouvez être certain que, si le domaine m'appartenait, l'idée de m'éloigner ne m'aurait jamais effleuré l'esprit. Mais à force de tourner en rond dans un enclos trop petit, tu finis par avoir le goût de sauter la barrière.

— Je te préviens, reprit Georges-Noël, indigné, que si tu vas là pour refaire ta vie de jeunesse, tu vas vite te rendre compte qu'une fois de plus tu t'étais monté un bateau. Ce que les gars du moulin à bois t'ont fait vivre, c'est rien à côté de ce que les ouvriers de la construction sont capables. Si t'as jamais su ce que tu voulais, ils vont te l'apprendre, puis pas de la manière la plus douce...»

Victoire soupçonnait qu'une attitude aussi vindicative de la part de Georges-Noël fût inspirée par la crainte d'une rechute, d'autant plus que sa relation avec Lady Marian demeurait fragile et encombrée d'hésitations et de mystères. Aussi se voulait-elle rassurante, supposant que l'absence de Thomas pouvait fort bien se limiter à une ou deux semaines, tout au plus.

«Entre les soixante sous par jour que gagnaient les ouvriers et le dollar qu'ils demandent, dit-elle, le ministre Joly va trancher, et tout le monde va être heureux de retrouver son gagne-pain pour quatre-vingt sous par jour.»

Toutefois, Victoire n'avait rien laissé au hasard, mettant tout en place pour que cette expérience fût bénéfique.

Florentine Pellerin la seconderait à la cordonnerie, Marie-Ange Héroux s'occuperait de la maison et d'Emmérik et Oscar continuerait de suivre son grand-père à la trace. À Françoise qui appuyait la désapprobation de Georges-Noël, elle avait servi toute une plaidoirie en faveur de son mari, de son droit de réaliser ses ambitions avant que la mort ne se les approprie. Une telle conviction, de toute évidence inspirée par le deuil de ses petites, la disposait à souscrire aux volontés de Thomas, si périlleuses fussent-elles.

Il n'en demeurait pas moins qu'à la suite du départ de Thomas pour Québec un vent d'incertitude souffla sur la résidence des Dufresne. Georges-Noël vivait la situation en silence, tandis que Victoire, s'interdisant de laisser prise à des inquiétudes exagérées, nourrissait l'espérance des bienfaits que cette expérience allait apporter à son mari. Il en reviendrait, croyait-elle, plus déterminé que jamais à poursuivre ses recherches de gaz naturel, pourrait tirer profit des avantages que présentait le transport ferroviaire, sans renoncer à l'achat du domaine de la rivière aux Glaises.

En ce début de juin, Louis junior voyait son rêve sur le point de se réaliser. Dès le lever du soleil, des coups de marteau résonnèrent dans le ciel limpide de Yamachiche. Le soutien financier de Victoire et de Thomas lui permettait de commencer, avec ses deux associés, Émile Rocheleau et Paul-Émile Vanasse, la construction de sa beurrerie-fromagerie. Dans cette vaste bâtisse de soixante-quinze pieds de long, sur deux étages, on projetait de fabriquer quotidiennement plus de mille deux cents livres de fromage et cinq cents livres de beurre. À ce bâtiment s'ajouterait l'étable de Rémi, agrandie du double et modernisée afin d'y accueillir des vaches de race Jersey, réputées pour les vingt livres de lait et la livre de beurre qu'elles fournissaient chaque jour. Le jeune Du Sault avait ainsi l'honneur d'ouvrir la deuxième fabrique de beurre et de fromage de la province de Québec, la première ayant vu le jour dans le comté de Huntingdon. Mais voilà que, pour nourrir son troupeau, Louis junior avait souhaité acheter de son père une dizaine d'arpents de terre supplémentaires. Louis avait consenti à les lui octroyer, mais pas avant que le train vienne siffler à sa porte, avait-il exigé, le transport ferroviaire constituant une des meilleures garanties du succès de cette entreprise. Lorsque le convoi avait fait vibrer les fenêtres de sa maison, Louis avait signé à son fils un acte de donation pour la bande de dix arpents qu'il réclamait depuis deux ans déjà.

«Ça, c'est du Du Sault tout craché! s'était exclamée Victoire. Vous rappelez-vous, maman, que papa a fait sensiblement la même chose quand il a eu peur que j'aille rejoindre mon frère à Montréal?»

D'une voix étouffée par l'émotion, Rémi lui avait alors en effet déclaré:

«Même si je n'approuve pas tes idées de cordonnerie, Victoire, pour t'éviter de faire d'autres bêtises, je te laisse décider. Fais-en, des chaussures, si c'est ce que tu veux. Tout ce que je demande, c'est de te voir heureuse, puis pas à l'autre bout du monde, Bon Dieu!»

Et lorsque, ayant épuisé la réserve de talons qu'avait découpés son grand-père Joseph, la jeune cordonnière avait buté contre des problèmes d'outils et diverses difficultés, témoin muet mais néanmoins sensible, Rémi lui avait fabriqué un gabarit et découpé des dizaines de talons de différentes tailles. Derrière ses airs grognons, cet homme était d'une grande générosité, et Victoire n'hésita plus dès lors à faire appel à lui. Ainsi en était-il de son frère Louis qui, bien que craignant les risques d'une entreprise aussi inusitée qu'une beurrerie-fromagerie, pouvait se montrer aussi libéral qu'il avait été récalcitrant.

De cet événement que constituait la mise en chantier du projet de son neveu, des prouesses des enfants et de mille et une questions, Victoire tirait matière à écrire plus d'une page à l'intention de son mari, en attendant que son adresse lui fût connue. Quand la lettre si attendue de Thomas lui parvint, Victoire comprit, dès les premières lignes, que l'euphorie avait fait place à la désillusion. «La veille de notre arrivée, écrivait Thomas, six mille quatre cents ouvriers avaient défilé dans les rues de Québec et avaient entraîné beaucoup d'autres débrayages, ce qui fait qu'on a tous été engagés tout de suite. Le lendemain, un défilé s'est organisé et la police a dû s'en mêler à cause des accrochages entre les grévistes puis les gars qui veulent rester sur le chantier. Ici, les ouvriers travaillent du lever du soleil jusqu'à ce qu'il ne soit plus possible de voir sur quoi ton marteau frappe. Les gars de mon âge puis ceux qui n'ont pas beaucoup d'expérience se font charrier d'un contremaître à l'autre avant d'être sacrés dehors. Heureusement que je m'étais pratiqué en travaillant sur la cabane à sucre parce que j'aurais déjà subi le même sort. Les *boss* n'ont pas l'approche facile ici. Par moments, on se croirait dans une école de réforme...»

Après s'être informé des enfants et de Georges-Noël, il disait son intention de rentrer à la maison sitôt la grève terminée. «Ça ne devrait pas prendre encore des semaines, Joly nous a annoncé hier que les entrepreneurs sont prêts à augmenter les salaires de vingt sous par jour.»

Outre la fatigue et les difficultés à s'acclimater qui transparaissaient au travers des propos de son mari, Victoire ne trouva pas matière à s'inquiéter. Mais tel n'était pas l'avis de Georges-Noël qui, rentrant de Trois-Rivières le soir même, avait appris par le truchement du *Journal de Québec* que la situation se gâtait dans les chantiers de la capitale.

«Les grévistes auraient pillé le magasin Renaud, pour une valeur de deux mille dollars, et la police aurait décidé de faire intervenir l'armée. Tu devines comment elle a été reçue?»

Livide, Victoire attendait la suite sans broncher.

«À coups de pierres. Il y aurait des blessés...

— Pas de morts?

— Un. Juste un mort, à ce que rapporte le journal de ce matin.

— Combien de blessés?

— Une dizaine... L'article ne mentionne aucun nom.

— Y a-t-il des risques que ça tourne en guerre civile? demanda Victoire, secouée par la nouvelle.

— Je ne penserais pas, mais personne ne peut en jurer. Des fois, ça prend des proportions exagérées. Pour qu'on en sente les contrecoups jusqu'ici...

— Qu'est-ce que vous voulez dire?

— C'est que tous les métiers sont embarqués.»

Les journaux du lendemain, 13 juin 1878, annonçaient que trois régiments partaient de Montréal et que mille soldats patrouilleraient les rues de Québec.

Victoire eut du mal à trouver le sommeil. Des cauchemars s'entremêlaient aux pleurs de la petite Emmérik affectée d'une fièvre qui avait débuté en fin d'après-midi.

«À quoi faudrait-il s'attendre? demanda-t-elle à Georges-Noël durant le déjeuner où elle ne montra guère d'appétit.

— À le voir arriver d'une journée à l'autre», répondit-il avec une assurance qui aurait dû l'apaiser.

Mais à voir son front labouré de sillons, Victoire douta de sa quiétude. «Aussi bien ménager nos nerfs, se disait pour sa part Georges-Noël. Si Thomas a été mêlé à l'échauffourée, on le saura bien assez vite.»

Comme tous les autres jours, Oscar s'informa si son père serait là le lendemain. Victoire le regarda avec le sentiment que, s'il arrivait quelque chose à Thomas, elle ne se pardonnerait jamais de l'avoir encouragé à vivre cette expérience.

«En attendant que ton papa arrive, viendrais-tu m'aider à l'écurie?» lui dit Georges-Noël.

Costaud et fier de l'être, Oscar manifestait néanmoins une sensibilité et une tendresse qui réjouissaient sa mère. «Pourvu qu'il ne se renfrogne pas en vieillissant», souhaitait-elle, au souvenir des hommes qui avaient marqué son enfance.

Un éclat dans les yeux du gamin qui chaussait ses bottines avant de sortir lui rappela soudain son grand-père Joseph, le jour où, de retour du pensionnat, elle s'était empressée de le rejoindre à sa cordonnerie et avait été accueillie avec une telle allégresse qu'elle ne l'aurait plus quitté. «C'est le plus merveilleux des grands-pères», pensait-elle chaque fois que les congés scolaires la ramenaient vers lui. Sa chevelure d'un blanc immaculé et ses yeux bleu paradis dans un visage à peine effleuré par le temps lui donnaient une allure de pātriarche. «Comme dans mon manuel d'histoire sainte!» avait-elle reconnu.

Chez ce vieil homme, la vivacité de sa petite-fille, sa spontanéité et son air fripon ressuscitaient des bonheurs que l'habitude de vivre avait peu à peu affadis. La main fermée sur un peloton de corde, fasciné par son regard vif et pur, par les traits de son visage découpés comme une fine dentelle, Joseph s'était questionné: «Comment le Bon Dieu peut-il bien s'y prendre pour nous donner d'aussi belles créatures? Moi qui pensais que pas une au monde ne pourrait être aussi jolie que celle que j'ai épousée.» Après que sa Marie-Reine l'eut quitté pour «un monde meilleur», comme disait le curé dans ses prêches, Joseph n'avait trouvé personne avec qui partager ses inquiétudes. Il se tourmentait pour Victoire et il aurait voulu lui épargner les blessures du cynisme et de la dérision si jamais elle s'entêtait à exercer le métier de cordonnière reconnu comme un métier d'homme. Bien qu'il se fût réjoui de voir naître et grandir en elle cette passion pour la confection des chaussures, il avait déploré qu'elle en eût fait un choix de vie. Mais tant qu'elle se tenait là, à ses côtés, le regardant poser un œillet ou insistant pour qu'il lui enseigne le métier, il avait le sentiment de la protéger. Victoire pouvait deviner ses préoccupations à travers les prévenances qu'il ne cessait d'avoir pour elle, et elle en éprouvait encore une douce nostalgie. Un souhait jaillit du plus profond de son cœur, celui que ses propres enfants puissent trouver en Georges-Noël un grand-père aussi merveilleux que l'avait été pour elle Joseph Desaulniers. Les soins affectueux et les tendres attentions dont Georges-Noël les entourait depuis plus de quatre ans la rassuraient à cet égard.

* *
*

Les événements des dernières semaines sollicitaient encore la bienveillance paternelle de Georges-Noël: Thomas dans le guêpier des grévistes à Québec et Ferdinand excité par l'expansion que prenait la J. B. Rolland & Fils, au point de songer à interrompre ses études pour accepter le poste qu'on lui proposait.

«Je vais aller le rencontrer tandis qu'il est encore temps de le raisonner, annonça Georges-Noël à Victoire.

— Ça ne pourrait pas attendre quelques jours? Le temps qu'on reçoive d'autres nouvelles de Québec.»

Arguant qu'il était vain de vouloir influencer les décisions de Ferdinand et appréhendant de mauvaises nouvelles au sujet de Thomas, Victoire avait obtenu qu'il reporte cette visite à la semaine suivante.

«De travailler pour le maire d'Hochelaga et d'être reçu dans sa résidence du cossu carré Saint-Louis semblent lui monter à la tête. Je souhaite juste qu'il n'ait pas le temps de donner sa réponse avant d'avoir réfléchi à ma proposition...»

Il n'en dit pas plus, et Victoire n'osa pas l'interroger sur le contenu de cette proposition.

Pendant ce temps, à Québec, Thomas vivait une expérience des plus inattendues. La pauvreté qui sévissait dans la ville ne se faisait pas sentir que dans l'insuffisance de nourriture et les mauvaises conditions de logement des ouvriers. Dans les parcs publics et les hôtels, aux abords des maisons closes, la sollicitation de nature sexuelle était devenue monnaie courante. Or, en dépit du fait qu'il réprouvait leurs jeux séducteurs, Thomas était attiré par ces jeunes femmes au début de la vingtaine. Leurs déhanchements et leurs décolletés le troublaient. Hanté qu'il avait été par Victoire dès l'âge de quinze ans, il n'avait connu de séduction que celle dont il avait usé auprès de la belle cordonnière.

Comme il n'avait rien de mieux à faire, le dimanche après-midi, dans une ville inconnue, perdu dans une masse d'hommes dont la compagnie lui était déjà pénible à supporter à longueur de semaine, Thomas avait décidé d'aller se balader dans les rues de Québec et sur les Plaines d'Abraham. Son imagination eut vite fait d'accrocher son bras à cette jolie fille qui déambulait, affriolante, dans une tenue qui ne faisait obstacle au bronzage que sur les régions de son corps qu'il eût pris plaisir à découvrir. Le temps de se ressaisir, il en croisait une autre dont le regard lourd d'intentions lui contait déjà fleurette. Thomas venait d'avoir ses vingt-trois ans. Sa démarche quelque peu altière, ses yeux rieurs sous des sourcils généreusement fournis, sa moustache en croc le dispensaient d'ouvrir la bouche. Il n'avait qu'à se trouver sur leur route pour qu'elles souhaitent l'entraîner dans leur lit.

La conscience de son attachement pour Victoire et le souvenir du serment de fidélité qui les liait le firent bifurquer vers le port; il lui fallait se distraire de la concupiscence qui le rongeait. Le fleuve Saint-Laurent, les quais et les nombreuses embarcations au large le ramenèrent à des préoccupations beaucoup plus prosaïques. Dans les bistrots du port, on parlait de commerce, de projets, de politique en payant un verre à qui s'ajoutait pour discuter. Thomas se joignit à un groupe et, bien qu'il n'en eût pas coutume, fit honneur aux consommations qui lui étaient offertes. Le manque d'habitude et le soleil de plomb de la fin de juin donnèrent à l'alcool un pouvoir tel que Thomas se réveilla, le lendemain matin, dans le lit d'une inconnue qui avait, de toute évidence, profité de ses charmes... Un souffle chaud, lent, paisible coulait sur son cou. Cette aisance l'irrita, prisonnier qu'il était d'un bras qui lui étranglait la taille. N'osant ouvrir les paupières qu'il sentait alourdies par la cuite de la veille, Thomas fit glisser sa main gauche délicatement le long de sa cuisse, jusqu'à ses reins, sans effleurer le moindre tissu qui eût protégé sa nudité. En dépit de l'étau qui lui serrait les tempes, cette découverte le sortit de son état comateux. Tournée vers lui sommeillait une femme dont la protubérance de la hanche et la robustesse de l'épaule laissaient présager une taille imposante. De quoi expliquer que son bras droit fût engourdi, coincé entre deux masses oblongues dont il aperçut, du coin de l'œil, les boutons roses qui s'exhibaient en toute liberté. Jamais il n'avait imaginé sein de femme aussi généreux. À quoi ressemblait le visage que cachait une chevelure effrontément bouclée? Thomas détacha ses yeux de l'inconnue pour les promener sur le décor. Une tapisserie fleurie sur les murs, des rideaux d'organdi drapés sur une toile opaque ne laissant à la clarté du jour qu'un mince bandeau sur le bord de la fenêtre, un fauteuil de style Louis XV sous un amas de vêtements, tout cela ne pouvait que caractériser une chambre d'hôtel. De toute sa vie, Thomas n'avait jamais autant supplié la chance de venir à son secours. Il ne demandait qu'à sortir de ce lit, sortir de cette chambre, de cet hôtel avant que l'inconnue se réveillât. De pouce en pouce, il parvint à libérer son bras et à se dégager de celui qui pesait sur son ventre. «Le pire est fait», pensa-t-il à la lourdeur de la main qui retomba sur le matelas. Il ne lui restait plus qu'à se glisser hors du lit.

Comme il posait un pied par terre, un ressort se lamenta, suivi aussitôt des gémissements de ceux qui supportaient son bassin. Les deux pieds sur la moquette, arc-bouté sur son coude, il s'arrêta, le souffle retenu. Pas un mouvement, pas un mot ne vint de la masse qui expirait comme un ballon perforé. Valait-il mieux se lever d'un seul coup ou petit peu par petit peu? Thomas opta pour la technique rapide, se disant que si jamais l'inconnue se réveillait, il attraperait la pile de vêtements et filerait dans le corridor, à la recherche d'un escalier, d'un placard ou d'une salle d'eau où se cacher. Debout près du lit, il n'osait se retourner. Et pourtant, il n'allait pas quitter cette chambre sans s'être fait une idée plus précise de celle qui l'y avait entraîné. Un grognement venu du lit le pétrifia. D'interminables secondes s'écoulèrent, mais aucun autre ne se fit entendre. Il enfila son pantalon, prêt à déguerpir à demi vêtu, quand, se dirigeant vers la porte à pas de loup, il découvrit, épars sur le plancher, des jarretelles de fantaisie et des sous-vêtements de soie noire. «Une fille de... Une pute! J'ai passé la nuit avec une pute!». Un haut-le-cœur, dû soit à cette révélation répugnante ou à l'abus d'alcool de la veille, le précipita hors de la chambre, à la recherche d'un récipient de circonstance. L'estomac dégagé, les tempes résonnant comme des tambours, Thomas revint devant une porte qu'il crut être celle de la chambre où dormait son inconnue. Le courage d'entrer lui manquait. Devait-il aller récupérer sa chemise et ses chaussures ou était-il plus sage de fuir tout de suite? Il hésitait encore lorsqu'une porte voisine grinça, ce qui le fit foncer dans la chambre qu'il venait de quitter. Un mélange de nausée et d'excitation le gagna tandis qu'il passait au pied du lit où s'étalait ce corps dénudé, moins opulent qu'il ne l'avait cru. À travers de longs cheveux en broussaille, il entrevit une bouche sensuelle bordée d'un reste de rouge à lèvres. Un autre spasme de l'estomac le chassa de la chambre. La porte claqua derrière lui, un premier appel, un deuxième et un troisième se perdirent dans le long corridor de l'hôtel Royal de la rue Saint-Jean.

Haletant, pieds nus, Thomas fila vers le campement des ouvriers, pressé de revêtir ses habits de travail. L'air était encore frisquet et le firmament, à moitié dégagé du brouillard qui avait masqué le lever du soleil. D'un geste routinier, il palpa une poche de son pantalon. La chaîne qui y était accrochée et la montre qu'il allait consulter ne s'y trouvaient plus. Les deux autres poches avaient été vidées, elles aussi, de tout leur contenu. «Mon argent? Je n'ai plus un sou!» constata-t-il, affolé. L'heure qu'indiquait la grande horloge de la gare n'avait rien pour calmer son effroi. Vingt minutes. Il ne lui restait plus que vingt minutes pour regagner sa tente, se laver, changer ses vêtements et se rendre au chantier de construction. «Impossible!» pensa Thomas en pressant le pas. Une odeur âcre de sueur mêlée à des effluves du parfum que l'inconnue avait laissé sur sa peau lui vint au nez, plus forte que l'air pur de ce matin du 24 juin 1878. Il se pencha au-dessus des fougères qui se balancèrent soudain. Pris de vertige, Thomas dut s'asseoir sur le bord de la rue, résigné à être la risée des passants et à essuyer les reproches du contremaître.

La grève avait pris fin. Les ouvriers des différents corps de métiers devant reprendre leurs postes graduellement, il avait été prévu que Thomas reparte pour Yamachiche vers la fin de la semaine. Or il était impensable qu'il rentrât chez lui les poches vides, sans souliers du dimanche et sans cravate. Il lui fallait trouver une solution.

* *
*

À quelque deux cents milles de là, Georges-Noël échouait dans ses démarches auprès de Ferdinand. Il avait attendu, pour aller le rencontrer à Montréal, que le *Journal de Québec* révélât les noms des blessés de l'échauffourée du 11 juin et qu'il confirmât la fin de la grève. Les travailleurs devaient se remettre à la tâche à compter du 15 juin; les journaliers avaient obtenu entre dix et quarante cents de plus par jour et le salaire des ouvriers avait été doublé. Des mesures pour rattraper le temps perdu devaient être prises dans les jours suivants. La première cargaison d'ouvriers suppléants devait donc arriver à Trois-Rivières vers la fin de la semaine. Thomas serait-il du nombre? Georges-Noël en doutait. Ferdinand lui donna raison:

«Vous savez bien qu'il ne demande pas mieux que rester en ville le plus longtemps possible. Il est bien mieux là que par chez nous. Il n'y en a pas un, dans notre famille, qui aurait dû naître à la campagne. Victoire non plus. On n'a pas cette mentalité de...

— De quoi, Ferdinand?

— Vous savez bien ce que je veux dire.

— Non, Ferdinand, je ne le sais pas.»

N'eût été la nécessité de maintenir une atmosphère conciliante, Georges-Noël se serait fortement opposé à ce que son fils lui prêtât l'indifférence et la légèreté de mœurs qu'il reprochait aux citadins. Il se borna à lui faire remarquer que, dans le monde rural, on ne vit pas six ans dans le même quartier sans connaître ses voisins.

«Pour la paix et la liberté que ça nous apporte, je trouve que ça vaut le coût, répliqua Ferdinand, rieur.

— Puis l'entraide, qu'est-ce que t'en fais?

— L'entraide, oui, mais pas à n'importe quel prix.»

Connaissant la verve de son fils quand il s'agissait d'argumenter, Georges-Noël décida d'abandonner la question et d'en venir au but de sa visite:

«Justement, parlant de service, celui que je viens t'offrir aujourd'hui est gratuit.

— Je ne voudrais pas vous insulter, mais je n'ai demandé l'aide de personne, dit Ferdinand, manifestement vexé.

— Disons que je fais de la prévention», trouva-t-il à répliquer.

Ferdinand ne nia pas son intention d'interrompre ses études:

«On ne crache pas sur une occasion comme celle qui m'est offerte. Vous imaginez ma chance? Travailler dans l'équipe de Rolland & Fils à l'élaboration d'un projet qui vise à fournir le Canada et le marché européen en papier de toutes catégories, du papier journal aux produits de luxe...

— Si je t'avançais aujourd'hui une partie de l'héritage que ta mère t'a laissé...

— Ce n'est pas une question d'argent, riposta Ferdinand. C'est une question d'intérêt et d'avenir. Pourquoi poursuivre des études quand le but que tu voulais atteindre t'est offert sur un plateau d'argent et tout de suite?»

Ferdinand avait clos ce premier volet de discussion en rassurant son père quant aux dispositions qu'il comptait prendre avant de s'engager dans une voie ou dans l'autre.

«Puis, avec Georgiana...?

— On ne se voit pas beaucoup ces temps-ci. L'été, en ville, il y a des spectacles presque tous les soirs. Si elle était née dans la bonne famille, elle ferait déjà partie du monde des artistes», affirma Ferdinand, admiratif.

Georges-Noël fronça les sourcils et allait de nouveau s'indigner. Mais la crainte de repartir de Montréal plus déçu qu'il ne l'était déjà lui imposa le silence.

Comme il était loin de se douter qu'entre-temps Justine Héroux avait décidé, elle, d'exprimer les sentiments qui l'oppressaient depuis trop longtemps et s'était rendue à la cordonnerie pour se vider le cœur. Dès les premiers mots, Victoire avait conseillé à l'amoureuse éplorée de revenir quand Georges-Noël serait là.

«Des rumeurs courent qu'il fréquenterait une autre femme...

— C'est avec lui qu'il faudrait le vérifier, madame Héroux.

— Je plains celle à qui il conte fleurette de ce temps-ci, continua-t-elle, sourde à toute intervention de Victoire. Elle n'a pas fini d'en vivre, des déceptions.»

Vexée de l'apathie de son interlocutrice, Justine ajouta:

«Tu le sais aussi bien que moi, ce n'est pas un marieur, Georges-Noël Dufresne.»

Offensée par cette remarque pour le moins impertinente, Victoire fut à deux doigts de congédier la veuve d'une manière aussi cavalière que celle-ci s'était montrée insolente.

«Je vous répète que c'est avec lui qu'il faudrait discuter de tout ça, dit-elle en la conduisant vers la porte.

— À toi aussi, j'ai des choses à dire, avant de partir. Tant qu'il y aura du monde comme ça, plein sa maison, comment veux-tu qu'il se sente à l'aise de se remarier? C'est comme ça que je l'ai perdu», bafouilla-t-elle à travers ses sanglots.

Victoire ne pouvait expliquer l'effronterie de cette femme d'habitude si courtoise que par la douleur profonde d'un amour trahi. Tel fut aussi l'avis de Françoise à qui elle en parla le lendemain.

«Mais pourquoi venir me dire ça à moi? se plaignit Victoire.

— Parce que... parce que tu es concernée plus que personne d'autre. Tu vis dans sa maison, puis...

— Puis quoi, maman?

— Puis elle te voyait peut-être comme la seule qui puisse lui apporter un peu de compréhension, de sympathie. Elle a peut-être flairé quelque chose à un moment donné...

— Pensez-vous qu'il soit possible de vivre vingt-quatre heures de paix, dans ce bas monde? demanda-t-elle à sa mère, exaspérée.

— Thomas t'inquiète, hein?

— Savoir que ma lettre aurait le temps de se rendre à Québec, je me viderais le cœur, moi aussi...»

Le lendemain, c'était elle qui recevait une lettre de Thomas: «Il y a beaucoup d'argent à faire, ici. J'ai pensé prolonger mon séjour d'une couple de semaines encore, même si je m'ennuie bien gros de toi puis des enfants.»

Le temps de recouvrer l'argent perdu. Le temps de se ressaisir et de trouver la manière de ne pas se trahir auprès de Victoire. Cette aventure, aux antipodes de celle dont il avait parfois rêvé, devait demeurer secrète. Il éprouvait encore une honte viscérale de ce matin du 24 juin où le contremaître avait gloussé en l'apercevant et l'avait fait gambader d'une simple tape sur l'épaule. À vrai dire, un soufflet eût suffi, ce jour-là, pour le faire trébucher. «Combien de semaines ça te prendrait?» lui avait demandé l'adjoint du Père éternel, comme le sur-nommaient les ouvriers. «Une couple...», avait balbutié Thomas. «Un mois, si tu veux. Vu que t'es un bon tra-vaillant, habile, puis que tu te mêles de tes affaires, je te garde aussi longtemps que ça fera ton affaire. Mais je ne veux pas te voir sur le chantier aujourd'hui. Tu revien-dras demain matin.» Thomas ne s'était pas fait prier pour s'enfouir dans son sac de couchage, déterminé à n'en sortir qu'à l'heure du souper. Le sommeil lui serait d'autant plus facile qu'il pouvait espérer qu'avec la hausse des salaires il serait en mesure de racheter sou-liers et cravate et pourrait rentrer à la maison avec un pécule appréciable. Deux inquiétudes persistaient ce-pendant. Ne risquait-il pas de croiser son inconnue au hasard d'une balade, d'une course au magasin ou d'un pique-nique sur les Plaines d'Abraham, et qu'elle se sou-vienne de lui? Et quelle explication pourrait-il donner à sa femme quand elle constaterait qu'il ne portait plus son alliance et sa montre? Car il avait peu d'espoir de récupérer ses biens personnels. Les lui avait-on volés? Les avait-il joués? À moins que l'inconnue n'ait pris ses choses dans l'intention de les lui rendre au petit matin. Ou au rendez-vous suivant... Un instant, il fut tenté de courir le risque d'aller s'informer à la réception de l'hô-tel Royal, mais il hésita, puis décida enfin de reporter cette démarche à la veille de son départ de Québec, réduisant ainsi les risques de rencontrer l'inconnue dans les rues de la basse ville.

* *
*

Dans ce qu'il savait être sa dernière lettre avant son retour à Pointe-du-Lac, Thomas exprima à sa bien-aimée des sentiments qu'il savait ne pouvoir lui révéler de vive voix: «Tu m'as donné quatre beaux enfants, nous en avons perdu deux sans que je sache ce que ces deuils t'ont fait vivre. C'est impardonnable. Il fallait que je m'éloigne pour m'en rendre compte. Mais je te promets que ça va changer. J'ai de grands projets à réaliser dès mon retour. Un dont je te réserve la surprise; et l'autre, c'est de faire la connaissance de Mme Victoire Du Sault. Pour la sim-ple raison qu'en plusieurs occasions, j'ai été à tes côtés sans y être vraiment. Trop concentré sur mes affaires, ou trop pris par ma peine. L'impression de te connaître depuis si longtemps a fait que je ne te connais pas vrai-ment, toi, Victoire, ma femme. Je suis sûr, par contre, que je ne trouverai jamais plus intelligente, plus géné-reuse et plus désirable que toi.»

Il tardait à Thomas d'entendre tout ce qu'elle avait tu et de questionner ses soupirs. De s'ouvrir à la tendresse et à la sensibilité qui se cachaient parfois derrière son audace et son endurance. La pensée du tout premier contact avec sa bien-aimée le remplissait de félicité. Une félicité qui, croyait-il, allait masquer le goût amer que le souvenir de la nuit du 23 au 24 juin lui ramenait dans la gorge. Loin de se douter qu'avant lui son père et sa femme avaient vécu semblable cauchemar, il comptait sur la fin de son séjour à Québec pour extirper de sa chair et de sa conscience les relents de ce qu'il s'efforcerait désormais de considérer comme une erreur de parcours.

Cette décision lui rappela une des conversations les plus marquantes de sa vie de couple, lorsque Victoire avait qualifié, elle aussi, d'erreur de parcours le peu d'attention qu'elle avait porté à ses luttes et à ses déboires. «Serait-ce que pareil aveu ne vient que lorsqu'on a quelque chose à se faire pardonner?» se demanda Thomas, n'écartant pas l'idée que Victoire pût se reprocher d'autres manquements que ceux qu'elle avait déjà confessés. Ce doute, joint à ses récentes expériences, l'incita à croire que leur relation ne serait plus la même. Il ne regarderait plus cette femme de la même façon. La soudaine impression que ces deux mois avaient fait de lui un homme plus valeureux et plus solide lui insuffla un courage sans précédent.

*   *

*

Assis dans l'escalier qui menait à la cordonnerie, Oscar boudait, soutenant être assez grand pour accompagner son grand-père à Trois-Rivières.

«La prochaine fois, c'est sûr que je t'emmène, lui promit Georges-Noël.

— Et puis, renchérit Victoire, tu ne peux quand même pas me laisser toute seule avec ta petite sœur pendant deux jours.

— Puis papa, lui? Ça fait plusieurs deux jours qu'il nous laisse tout seuls.

— Il va arriver bientôt. Il achève son travail», lui assura Georges-Noël en cajolant la bambine de dix-huit mois.

Des baisers dans le cou à l'en faire rire aux éclats, il passait à de tendres caresses sur sa chevelure aux torsades de miel, s'arrachant difficilement à l'étreinte qu'il disait être la dernière mais qu'il reprit encore et encore avant de se résigner à partir.

Plus ses traits s'affirmaient, plus, au dire de Françoise, Emmérik ressemblait à Victoire. Qu'elle fût si différente de Clarice n'aidait que mieux à ne pas succomber à la tentation de vouloir retrouver en elle quelque chose de l'aînée dont l'absence était encore douloureuse. Plus énergique, audacieuse et espiègle, cette enfant avait tout pour plaire à son grand-père Dufresne. Était-il accusé de trop la combler de faveurs, comme celle de l'endormir dans ses bras, qu'il s'en expliquait, prétextant qu'il ne lui restait plus qu'une petite-fille et qu'il devait en prendre bien soin. Emmérik était là pour la tendresse, et Oscar, pour «des affaires entre hommes», disait-il, à la grande satisfaction du garçonnet.

En l'absence de Thomas, Victoire trouva le moment idéal pour vérifier, sans les divulguer, les propos de Justine.

«Il faudrait peut-être préparer les enfants à ce que vous ne soyez pas toujours avec nous...

— Je n'ai pas envie de mourir de sitôt, répliqua Georges-Noël, rieur.

— Je suis de votre avis, mais il faudra bien qu'on libère la place, un jour...

— Si tu penses, fit-il, presque offusqué, que c'est intéressant de vivre dans une maison vide... Mais si c'est ce que vous voulez, c'est vos affaires», ajouta-t-il, soudain pressé de sauter dans sa calèche.

Alors que toute la région de Beaupré, en banlieue de Québec, et les différentes paroisses qui avaient choisi sainte Anne pour patronne se préparaient aux cérémonies du 26 juillet, Georges-Noël filait vers celle à qui il vouait plus qu'une dévotion. «Je dois avoir un certain talent pour l'adoration», se dit-il en pensant non seulement à Lady Marian, mais aussi à sa petite Emmérik et aux sentiments qu'il avait éprouvés pour Victoire et pour Domitille. «Je voudrais bien savoir qui a dit qu'on ne pouvait aimer plus qu'une femme à la fois», se demandait-il, imprégné de ce que la mémoire de chacune d'elles lui inspirait d'enchantement. Au fil des ans, plus la lumière se faisait sur le cas de Domitille que le docteur Rivard avait suivie et qui la considérait comme une jeune femme quelque peu névrosée, plus l'amour qui l'avait poussé à l'épouser reprenait ses droits et se cristallisait en un souvenir tendre et compatissant. Que le cœur humain fût, telle une cithare, doté d'une table d'harmonie capable de le faire vibrer sur plus d'une corde, il n'était pas loin de le croire. Pour Victoire, il éprouverait toujours des sentiments uniques, difficiles à nommer, mais intenses et indestructibles. Celle qu'il voyait, à tort ou à raison, comme sa fille l'enchantait de sa grâce et de sa vivacité. Lady Marian était devenue celle qui lui inspirait les plus belles sérénades. De quoi justifier qu'il se plût tant à écouter avec elle *La Flûte enchantée* de Mozart, dont le disque jouait sans relâche sur un phonographe à pavillon rapporté d'Angleterre.

Sans doute les deux amoureux étaient-ils encore sous l'effet de cette ensorcelante douceur quand, revenu de Québec à bord d'un bateau qui déposait les briseurs de grève à Trois-Rivières, Thomas les aperçut, se baladant bras dessus, bras dessous, rue Du Fleuve. L'effet de surprise passé, Thomas prit plaisir à les regarder déambuler en direction du centre-ville. Du banc où il s'était assis en attendant le train pour Pointe-au-Lac, il put apprécier la beauté et l'élégance de celle qui accompagnait son père. De voir, à tout moment, Georges-Noël entourer les épaules de cette gracieuse dame, encercler sa taille et caresser son visage, écourtant le baiser qu'une douce intimité lui eût permis de prolonger, l'émut. Cette femme lui rappelait quelqu'un, mais il ne parvenait pas à dire qui. Mais peu importait que cette femme fût Lady Marian, dont Georges-Noël avait fait l'éloge à quelques reprises en parlant de ses croisements de chevaux, ou qu'il s'agisse d'une autre, Thomas en ressentit un profond réconfort. Non pas que son père lui eût semblé malheureux auparavant, mais il avait l'impression qu'ainsi chacun pourrait vivre ses amours, sans retenue, sans tristesse et sans fausse pudeur.

La pensée de retrouver les siens en l'absence de son père lui plaisait. De la gare à la maison, pour la énième fois, il anticipa les gestes et les mots de ces retrouvailles à la fois si appréhendées et si désirées. Malgré l'heure tardive, une lampe illuminait encore la cordonnerie et la cuisine. Thomas présuma que Victoire attendait le retour de Georges-Noël avant d'aller dormir. Qu'elle fît un pas en arrière en l'apercevant à la porte ne le surprit pas outre mesure.

«Tu es malade? demanda-t-elle en voyant ses traits tirés et ses yeux cernés.

— Mais pas le moindrement!» s'exclama-t-il en la pressant dans ses bras, prêt à la couvrir de baisers.

Victoire s'arracha à son étreinte et effleura de sa main son front que des ridules sillonnaient à fleur de peau.

«Tu jures que tu me dis la vérité? Tu n'as pas eu d'accident?»

En entendant le mot «vérité», Thomas se sentit vaciller, mais il se ressaisit:

«Il ne faut pas te surprendre si j'ai l'air un peu fatigué. On a travaillé fort, tu sais.

— Viens dans la cuisine, puis raconte-moi, le temps que je te prépare à manger.

— Ça ne presse pas», dit Thomas pour qui manger devenait très secondaire malgré l'heure tardive.

Victoire le fixa, de nouveau étonnée.

«Viens, fit-il, affectueux, que je te prenne dans mes bras puis que je t'embrasse pour toutes les fois que j'en ai eu le goût.»

Victoire s'abandonna à son étreinte, mais pas entièrement pourtant, car elle cherchait à établir un lien entre l'état squelettique de son mari et ce qu'il avait écrit dans ses lettres. Aussi réclama-t-elle qu'il apaise son inquiétude. Les questions se succédèrent pendant plus d'une heure. Après chacune, Thomas devait se donner de l'assurance et se répéter que Victoire ne savait rien et qu'elle ne saurait jamais rien de ses mésaventures.

«Ç'a été dur, souligna-t-il sur un ton grave. Mais je suis allé chercher dans les chantiers une expérience que je n'aurais pu acquérir ailleurs.»

Le regard de Victoire le pressait de s'expliquer.

«La misère que j'ai vue là m'a fait apprécier la chance que j'ai eue dans ma vie. Une bonne famille, de l'ouvrage tant que j'en veux, une femme hors pair qui m'a donné des enfants adorables... J'aimerais aller les embrasser», dit-il en lui tendant la main.

Penché au-dessus du petit lit d'Emmérik, Thomas put la contempler à souhait, émerveillé de la trouver si rondelette et éclatante de santé. Il caressa ses mains et déposa un baiser sur son front lisse et rosé, avant de se diriger vers la chambre d'Oscar que le grincement de la porte réveilla.

«Papa! Mon papa à moi! s'écria le bambin, qui bondit de son lit pour s'élancer dans les bras de son père.

— Tu t'es ennuyé beaucoup, toi aussi, hein?»

Thomas accueillit son fils avec une telle tendresse et un tel bonheur que le petit homme le supplia, au bord des larmes:

«Je ne veux plus jamais que vous vous en alliez, papa. Puis maman non plus n'aime pas ça quand vous êtes loin.

— Je te le promets, Oscar. On va toujours rester ensemble, maintenant.»

Victoire ne sut si elle devait ajouter foi à cette promesse ou si elle n'était que consolation de circonstance.

«Tu as grandi beaucoup cet été. Dors vite si tu veux devenir fort comme papa, lui dit Thomas en le remettant dans son lit.

— Puis comme grand-papa?

— Puis comme grand-papa, bien sûr. Demain, on va aller au village tous les deux», lui annonça Thomas avant d'aller rejoindre Victoire.

L'empressement de Thomas à lui faire l'amour ne suffit pas à embraser le cœur de sa bien-aimée d'une flamme dévorante. Comme si Victoire devait apprivoiser à nouveau cet homme qui la couvrait de baisers. Il y avait quelque chose de farouche dans son approche, une inquiétude dans son regard, un certain trouble dans les pauses dont il sortait avec un long soupir. La fougue avec laquelle il l'avait prise lui donna à penser qu'il avait eu peur de la perdre. N'avait-il pas avoué, le soir des noces, et répété en d'autres circonstances: «J'aurai toujours peur de te perdre.» L'insistance avec laquelle il réclamait ses serments d'amour en témoignait. Le moment lui sembla propice pour proposer une nouvelle fois un déménagement avant l'hiver. L'idée reçut une approbation presque spontanée. Thomas lui apprit alors avoir vu, au cours de l'après-midi, son père au bras d'une dame fort élégante.

«Ce devait être Lady Marian, dit Victoire.

— Tu penses qu'il aurait l'intention de l'emmener vivre ici? demanda-t-il, après lui avoir décrit avec enthousiasme la scène dont il avait été témoin.

— Nous partis, ça lui en donnerait au moins la liberté, répondit-elle.

— Tu n'as pas l'intention qu'on aille s'isoler à l'érablière, tout de même?»

Thomas lui expliqua que l'avènement de la voie ferrée et les projets que lui avait inspirés son passage à

314

Québec l'avaient amené à abandonner l'idée d'installer sa petite famille dans La Chaumière. Fatiguée, contrariée et bouleversée, Victoire proposa de reporter cette discussion à un autre jour.

Le lendemain, Thomas partit tôt pour le village, emmenant comme promis Oscar avec lui.

«Ne t'inquiète pas, Victoire, si on ne revient pas pour dîner, prévint-il. On a beaucoup de choses à faire aujourd'hui, hein, Oscar?»

Elle les regarda s'éloigner, ravie, malgré ses déceptions de la veille, de voir naître entre Thomas et son fils la complicité dont elle avait toujours rêvé pour ses enfants. Ce rapprochement s'imposait d'autant plus qu'il était à prévoir que, dans un avenir plus ou moins proche, Georges-Noël les quitterait pour vivre avec Lady Marian, du moins le croyait-elle.

Rentrant de Trois-Rivières à l'heure du souper, Georges-Noël ne put cacher sa surprise en apercevant Thomas.

«Le séjour à Québec a été dur, à ce qu'on peut voir.»

Thomas riposta avec une assurance désarmante:

«Ceux qui l'ont vraiment trouvé dur, comme vous dites, sont revenus six semaines avant moi. Sans parler des gars qui se sont fait mettre dehors dès la première semaine.»

À la suggestion de Thomas, en attendant que le repas fût prêt et servi, les deux hommes sortirent sur la véranda. Leur discussion semblait à ce point palpitante que Victoire dut les inviter deux fois à venir manger.

À table, Thomas raconta qu'il était passé à Trois-Rivières la veille. Intrigué par son sourire narquois, Georges-Noël brûlait d'en savoir davantage, mais sans avoir à le questionner.

«Je n'ai pas osé vous déranger», ajouta Thomas en lui faisant un clin d'œil.

Georges-Noël se mordit les lèvres. Inutile de feindre ne pas savoir à quoi son fils faisait allusion. Choisissant de se montrer beau joueur, il riposta:

«D'après ce que je vois, y a pas d'âge pour se faire chaperonner...

— Ça vient rien que compenser la fois que vous m'aviez surpris derrière une clôture», lui rappela Thomas, d'un air rusé et moqueur.

Victoire réclama qu'on lui en fît récit. Entre l'insistance de cette dernière et la mine soudain déconfite de Georges-Noël, Thomas céda à la tentation de relater ce fait qui, à l'aube de ses dix-sept ans, l'avait troublé au point qu'il s'en était ouvert à son ami Nérée. Épris de sa jolie voisine, Thomas Dufresne, comme à chaque soir de cet automne 1872, attendait avec impatience le crépuscule. Accroupi derrière une clôture, rongé de désir, il guettait le départ du dernier client pour observer Victoire à son aise et nourrir ses fantasmes de jeune soupirant quand un craquement de branche l'avait fait sursauter. Derrière lui, un intrus surgissait de l'obscurité. Georges-Noël était passé derrière son fils, muet comme une carpe, plus dévastateur qu'une tornade.

Acclamé par les éclats de rire de Victoire, à peine Thomas eut-il terminé son récit que la soudaine sensation de percer un long mystère le médusa. Quelque chose s'était brisé, ce soir-là, dans sa relation avec son père. Plus jamais après l'un n'avait retrouvé dans le regard de l'autre la confiance qu'ils s'étaient toujours témoignés. C'est de ce moment qu'était né le malaise que Thomas ne parvenait pas à définir et qui persistait malgré quelques périodes de répit. Avec une lucidité fulgurante, il comprit que la situation s'était aggravée le jour où il lui avait fait part de son intention d'épouser Victoire Du Sault. «Serait-ce qu'il n'acceptait pas que j'aime cette femme? se demanda-t-il. Mais pourquoi?» Certes, son épouse et son père semblaient éprouver une sympathie toute naturelle l'un pour l'autre. Le souvenir de la scène du brayage vint se superposer à celui du jour où il les avait trouvés dans la remise, devant les meubles que son père avait fabriqués pour leur premier-né. «Tu divagues», pensa Thomas, honteux des soupçons qui l'assaillaient. Conscient d'inquiéter par son silence, il lança, à l'intention de son père:

«À bien y penser, ce serait bon que nos enfants aient une grand-maman Dufresne! D'autant plus que grand-mère Madeleine n'en a pas pour bien des années encore...»

Et comme Georges-Noël, feignant de ne pas l'avoir entendu, se concentrait sur ses jeux avec Emmérik, Thomas le provoqua:

«J'imagine que vous ne demanderiez pas mieux qu'on quitte la maison avant longtemps?

— T'en parleras à ta femme, elle sait à quoi s'en tenir là-dessus», répliqua-t-il sèchement.

Et il sortit sur la galerie avec Pyrus et sa petite-fille.

«Il fait bien trop beau pour s'encabaner», dit-il, à travers la porte moustiquaire.

Georges-Noël se sentait comme un animal piégé et cette sensation l'indignait. Il lui suffisait de faire appel à la raison pour s'en libérer. «En quoi est-ce déshonorant de rêver d'une autre femme quand ton premier amour t'a quitté et qu'un autre s'est révélé impossible? En quoi est-ce répréhensible d'être amoureux et que son fils l'ait découvert?» se demandait-il. L'allusion de Thomas n'avait pourtant rien de réprobateur. Une promenade avec Emmérik dans son landau et Pyrus à ses côtés remettrait sans doute de l'ordre dans cette confusion.

Comme il arrivait souvent les soirs de grande chaleur, la campagne était animée des craquètements de la cigale auxquels répondaient dans une joyeuse cacophonie les stridulations du criquet. Étrangement, leur allégresse l'importunait. D'admettre que le sentiment de honte qu'il avait éprouvé n'était nullement imputable à sa relation avec Lady Marian, même si ce nouvel amour avait fait surgir de troublantes réminiscences, l'apaisa. Que de fois, se baladant au bras de Victoire, Georges-Noël avait craint que quelqu'un ne les aperçoive. Et que dire de l'épisode du 16 avril qui n'avait cessé de torturer sa conscience et de saper sa sérénité? Autre constatation, Thomas n'avait pas mûri que physiquement. Il semblait même avoir perdu une large part de sa naïveté au profit d'une plus grande perspicacité. Cette clairvoyance lui était désormais acquise et Georges-Noël ne pourrait y échapper. «C'est le fruit de l'expérience», reconnut-il, incapable cette fois de s'en réjouir. Constamment, il devrait surveiller ses gestes, retenir ses élans, ne chuchoter que des mots acceptables de tous à celle qu'il considérait à tort ou à raison comme sa fille. Bien que souhaitable en soi, la séparation le déchirait. «Il doit bien exister une solution», se disait-il, quand il se rendit compte qu'il commençait à se faire tard et qu'Emmérik avait succombé au sommeil. Or Georges-Noël avait besoin de plus de temps encore pour décider des positions à prendre. Devrait-il, pour se soustraire à la perspicacité de Thomas, revenir sur sa promesse à Victoire et se priver ainsi de la présence quotidienne d'Emmérik? Devant cette perspective, il lui sembla que seul son amour pour Lady Marian pourrait compenser. Jamais il n'avait tant souhaité qu'elle acquiesçât à sa demande. Il se sentait prêt à l'épouser en dépit de tout ce qui heurtait les préjugés: son appartenance religieuse, ses origines anglaises, les aspects nébuleux de son passé et de son mode de vie. Elle lui semblait d'autant plus attrayante et attachante que bien des choses chez elle demeuraient encore obscures. «Nous aurons tout le reste de notre vie pour nous apprendre l'un à l'autre. Quoi de plus palpitant que cette interminable découverte quand l'amour est là!» se dit Georges-Noël qui, à cinquante-quatre ans, n'avait rien perdu de sa soif de vivre, d'explorer et d'aimer. L'éventualité que Lady Marian abandonne sa carrière d'enseignante pour s'adonner exclusivement à ses activités littéraires et à l'élevage des chevaux de race l'amenait à caresser de nombreux projets, dont les voyages pour lesquels il partageait avec elle la passion, la liberté et les moyens financiers. Il eut pourtant un pincement au cœur à la pensée d'aller vivre à Trois-Rivières. «Tôt ou tard, il faudra bien que je me sépare de cette enfant», se dit-il.

Sitôt qu'il s'engagea dans l'allée de peupliers, il aperçut dans la pénombre la silhouette de Victoire qui venait vers lui. Georges-Noël n'attendit pas qu'elle lui adressât la parole pour s'excuser du temps qu'il avait mis à revenir:

«Tu n'étais pas inquiète, au moins?

— Non, mais je me doutais bien qu'elle s'était endormie. Ce n'est pas très confortable pour elle de dormir dans son carrosse.

— Elle ne semble pas si mal», trouva-t-il à répondre en rendant la fillette à sa mère.

Un frôlement de leurs bras lui fit courir un frisson dans le dos. Pour la première fois depuis ce matin du 16 avril 1876, leurs corps communiaient à un même geste autour de cette enfant. Leurs regards se croisèrent, plus étincelants que les astres qui étoilaient la voûte céleste. Un silence chargé de tendresse les fusionnait pour une deuxième fois. Georges-Noël déposa un baiser sur le front de sa petite, et Victoire entra la mettre au lit avec d'infinies précautions. À son tour et là même où Georges-Noël avait posé ses lèvres, Victoire embrassa sa fille, le cœur vibrant d'un hymne à la vie et à l'amour.

Recru de fatigue, Thomas s'était endormi aux côtés de son fils avant même de terminer l'histoire qu'il avait commencée. Oscar avait réclamé de sa mère qu'elle lui racontât la suite, mais Victoire avait dû avouer son ignorance, le conte semblant inventé de toutes pièces.

La beauté féerique de cette soirée attira Victoire sur la galerie. La soudaine impression d'en chasser Georges-Noël allait la faire revenir sur ses pas lorsqu'il l'interpella:

«Ne pars pas. Je rentrais, chuchota-t-il. Mais puisque tu es là, je veux te dire, au sujet de votre place dans cette maison, arrangez ça pour le mieux.»

Une main sur la clenche de la porte, il ajouta:

«Quant à moi, je ne suis pas en position de prendre de décision avant un an encore.

— Vous pourriez venir vous asseoir quelques minutes?»

La voix suppliante de Victoire le ramena à sa chaise en dépit de l'appréhension qui le gagnait.

«Tu es inquiète?...

— Un peu moins aujourd'hui, mais je me questionne encore bien gros.

— C'est au sujet de... Thomas?

— Oui. Vous n'avez pas remarqué qu'il ne porte plus d'alliance? Puis, il est étrange depuis son retour...»

Assis sur le bout de sa chaise, Georges-Noël se frottait le menton, à la recherche d'une réponse adéquate.

«Je croyais qu'il te l'avait dit qu'il s'était fait voler...

— Qu'est-ce qu'il s'est fait voler à part son jonc?» demanda Victoire, stupéfaite.

Inquiète de la maigreur et de l'état de santé de son mari, à l'exception de son anneau de mariage, Victoire n'avait pas porté attention aux objets qu'elle avait l'habitude de voir en sa possession.

«Son portefeuille, puis la montre que je lui avais donnée à ses fiançailles.

— Je ne comprends pas qu'il ne m'en ait pas parlé, dit-elle, chagrinée.

— C'est sûrement qu'il ne voulait pas t'embêter avec ça en arrivant. Laisse-lui le temps.»

Voyant que ses explications ne la satisfaisaient pas, il ajouta:

«Il y a des choses qu'on aime mieux aborder rien qu'entre hommes, aussi, tu comprends?»

Victoire acquiesça de la tête, présumant que son mari avait pu s'enivrer et perdre tout simplement ce qu'il prétendait s'être fait voler.

«Question de fierté à protéger, précisa Georges-Noël.

— J'ai compris. À moins qu'il ne le fasse de lui-même, je ne vais pas l'obliger à m'en parler, promit-elle.

— C'est admirable ce que tu fais là, Victoire. Le sais-tu?

— J'apprécie tellement qu'il se soit enfin confié à vous que je serais prête à pardonner bien des choses. Puis, après tout, qui suis-je pour lui lancer la pierre?...»

On n'entendait plus que les coassements des grenouilles et les gémissements des planches sous la pression des chaises berçantes.

«Tout ce que je peux te dire, c'est qu'il a l'air d'avoir pris du poil de la bête, ton mari.

— Et de ça, personne n'oserait se plaindre», commenta Victoire.

Georges-Noël s'abstint de répliquer, car, devait-il l'admettre, il redoutait les effets de cette audace récemment acquise.

*   *
*

Victoire en était encore à peser le pour et le contre de cette expérience lorsque, à la fin d'août, Thomas, peu empressé à reprendre sa place au moulin, l'invita, en début d'après-midi, à monter dans sa calèche pour une balade d'une couple d'heures.

«Marie-Ange et Florentine sont bien capables de s'occuper de la maison toutes seules, affirma-t-il pour balayer l'hésitation qu'il perçut dans le regard de sa femme.

— On irait où?» demanda-t-elle, préoccupée par sa tenue vestimentaire.

Préférant lui réserver la surprise de la destination, Thomas lui répondit, en déposant un baiser sur sa joue:

«Tu es très bien comme ça.»

La clémence de cet été 1878, si différent du précédent, nourrissait les espoirs tant des agriculteurs que des commerçants. Les moissons s'annonçaient généreuses. Comme une longue chevelure blonde, les épis de blé ondulaient au gré d'un vent tiède. Les champs de lin, telle une nappe d'eau, frissonnaient à perte de vue. Une odeur de foin fraîchement coupé se répandait tout le long du chemin de la rivière aux Glaises, jusqu'en bordure du lac qui, majestueux, ne dévoilait ses ridules que sur le flanc des pierres. Confortablement installée sur la banquette où Thomas l'avait invitée à s'asseoir avec tous les égards d'un galant homme, Victoire, qui avait cru à une agréable visite à La Chaumière, fut intriguée de voir leur calèche prendre la direction de Yamachiche. Elle le fut davantage encore lorsque son mari lui demanda:

«Ton prochain défi dans la chaussure, c'est quoi?

— Je ne sais pas où tu veux en venir, mais je te répondrais que c'est de raffiner mes peaux d'agneau et d'améliorer mes teintures et mes broderies. Les chaussures pour adultes me passionnent moins qu'avant. Les ventes sont si minces... Et puis, j'ai l'impression de ne pas progresser.

— Je pense que j'ai quelque chose pour toi, justement.»

Victoire écarquilla les yeux d'étonnement.

«Quelque chose pour moi?»

Que Thomas mijotât un plan n'avait rien de singulier. Mais qu'il le fît pour elle était exceptionnel.

«Depuis que je suis revenu de Québec que je cherche le bon moment de t'en parler», déclara-t-il.

Victoire n'était pas au bout de ses surprises. Cet homme avait toujours fait preuve d'un tel empressement à agir qu'elle ne l'aurait jamais cru capable de taire si longtemps un projet qui avait, soutint-il, toutes les chances de faire le bonheur de tout le monde. Lorsqu'elle lui demanda pourquoi il avait tant attendu, il répondit, le ton grave et le regard sombre:

«Il y a un temps pour chaque chose. Et à trop vouloir se précipiter, on risque de faire des erreurs. De manquer carrément son coup, même...

— Tu repenses à ton accident à la carderie?

— À ça, puis à bien d'autres choses», dit-il en laissant échapper un long soupir.

Victoire l'aurait serré dans ses bras.

«Je ne connais personne qui n'a rien à se reprocher, lui murmura-t-elle avec tendresse. Allez. Raconte-moi ce qui te turlupine.

— Je me suis informé auprès de Mme Piret, pour être bien sûr que mon idée avait de l'allure.»

La curiosité de Victoire ne pouvait être davantage piquée.

«Tu as déjà pensé, continua-t-il, à faire des ensembles souliers et sac à main pour dames?

— Des sacs à main? Moi, faire des sacs à main?»

Réflexion faite, Victoire dut convenir qu'ils pouvaient être plus faciles à fabriquer que ne l'étaient les souliers.

— Tu n'as qu'à choisir un modèle qui ne demande pas de fermeture en métal, le temps qu'on s'approvisionne de tous les accessoires nécessaires.

— Attends! Attends, Thomas!» s'écria Victoire.

Des modèles et des idées de jumelage se bousculaient dans sa tête. «Il me faudra des agrafes plus grandes et des boutons-pression..., et des œillets que je pourrais recouvrir», pensa-t-elle.

«Rentrons, dit Victoire, fébrile.

— Pas si vite. J'ai quelque chose à te montrer.»

Ils empruntèrent, non loin de l'église de Sainte-Anne de Yamachiche, la rue Sainte-Victoire et s'arrêtèrent devant un spacieux cottage.

«C'est une maison de ce genre-là que ça nous prendrait, une fois que le commerce roulera bien.»

Devant l'étonnement de sa femme, Thomas s'expliqua:

«On ne pourra pas loger encore bien longtemps chez mon père...

— Et La Chaumière? On l'oublie?

— Trop petite, puis pas bien située comme je t'ai déjà expliqué.»

Bien qu'elle admît que l'idée de s'installer proche de la gare et dans un quartier achalandé était bonne, Victoire se résignait mal à renoncer à La Chaumière.

«Si on était sûrs que ton père...

— N'y pense pas, Victoire. Même si mon père allait habiter à Trois-Rivières, ça ne nous donnerait pas plus la maison. Il réserve ses terres et tous ses bâtiments à quelqu'un d'autre...

— Il t'a dit ça?

— Non. Je l'ai entendu en parler à la personne concernée, le printemps passé.

— Puis toi, dans tout ça?

— Moi? Je me charge de te trouver de gros clients, vu que le train passe à notre porte, je vois à ce que tu ne manques pas de matériaux, puis je te donne un coup de main à la cordonnerie quand tu en as besoin.»

Demeurée sur son appétit, Victoire hocha la tête, visiblement perplexe.

«Il faut que ça roule plus que ça, à Montréal, reprit-il. D'après Ferdinand, il y aurait de l'argent à faire de ce côté-là.»

Décidément, Thomas n'avait rien négligé. Il avait soigneusement préparé son projet et en avait mesuré toutes les implications. Tant de précautions et d'intérêt l'impressionnaient et elle ne s'en cacha pas. Bien que les événements l'y incitassent, elle hésitait cependant à croire que son mari avait définitivement abandonné l'idée d'émigrer aux États-Unis. «Ça peut lui reprendre comme une attaque d'épilepsie», pensa-t-elle.

* *
*

Le vent de changement qui soufflait chez les Dufresne depuis ce printemps 1878 n'avait pas terminé son balayage. La voie ferrée qui devait être terminée jusqu'à Montréal pour Noël prochain insufflait un optimisme sans précédent pour tout ce qui touchait le commerce. À celui de la chaussure auquel Thomas semblait accorder la priorité s'ajoutait le marché des produits de la beurrerie-fromagerie, car il avait décidé de se charger du développement des ventes et de l'organisation du transport.

«Il faut que j'aille à Dunham», annonça-t-il à Victoire en revenant d'un entretien avec Louis junior.

Par le train de la rive sud, Thomas allait, le lendemain matin, prendre des informations auprès du propriétaire d'une beurrerie-fromagerie en activité depuis plus de cinq ans, qui réalisait des profits importants, à en croire *Le Journal d'agriculture.*

«Il aurait fait venir sa machinerie de la Suède... Je veux voir aussi dans quelle sorte de contenants il transporte le lait.»

Tant de travaux restaient à faire avant que l'entreprise de son neveu soit prête à ouvrir ses portes que Victoire se demandait s'il était pertinent d'entreprendre ces démarches si tôt.

«On n'a plus de temps à perdre si on veut commencer à produire le printemps prochain», affirma-t-il, avec une frénésie qu'il expliqua par le fait qu'il avait offert de financer toute la machinerie et de voir au recrutement des agriculteurs participants.

Encouragés par des récoltes comme ils n'en avaient pas vu depuis quelques années, et stimulés par les perspectives de rentabilité de leurs produits laitiers, plusieurs fermiers avaient doublé leur troupeau de vaches laitières. D'autres avaient acheté des animaux de race pure, tels que les Jersey et les Holstein. Jamais les revues et les journaux traitant d'agriculture n'avaient connu une telle popularité dans cette région.

«Il n'y a rien que j'aime autant que de mener deux ou trois projets de front, déclara Thomas, exubérant, au retour de son voyage à Dunham. Le train est arrivé au bon moment dans nos régions.»

Le regard accroché à un rêve qu'il brûlait d'exprimer, il tambourinait sur la table de travail de Victoire, là où étaient étalés ses premiers croquis de sacs à main.

«Il n'y a pas que tes ensembles qui vont être mis à bord du train. Ton neveu et ses associés parlent de fabriquer trois sortes de fromages et de les vendre dans les grands hôtels. Je vais aller préparer le terrain la semaine prochaine.»

Victoire devait-elle comprendre que son mari se désintéressait de plus en plus de son métier de meunier?

«Euchariste accepte que tu t'absentes aussi souvent du moulin? lui demanda-t-elle.

— Je travaille plus que jamais pour les Garceau», répondit-il.

En effet, au cours de sa tournée à Montréal, Thomas devait trouver des acheteurs de bois de construction pour le compte des Garceau.

«Thomas Dufresne est en train de devenir un vrai commerçant, si je comprends bien, dit Victoire sur un ton taquin.

— Mais il l'a toujours été, répliqua son mari. Il s'agissait de lui laisser la chance de le montrer.»

Une odeur de pot-au-feu les ramena à la cuisine où une surprise les attendait. Préoccupés par leurs projets, Thomas et Victoire avaient oublié, bien qu'ils en eussent discuté le dimanche précédent, l'anniversaire de naissance d'Oscar. Pour ses trois ans, Georges-Noël, son parrain, lui avait fabriqué un cheval à roulettes, et Marie-Ange, un gros gâteau glacé au sucre d'érable. Un coffre d'outils commandé par ses parents et confié au talent de son grand-père fut vite sorti de sa cachette et remis au garçonnet qui en perdit l'appétit. La fête qui battait son plein prit une autre tournure lorsque Georges-Noël ouvrit une lettre venant de Ferdinand. À son front soucieux, Thomas et Victoire anticipèrent une nouvelle pour le moins désagréable.

«Je le savais, marmonna Georges-Noël, indigné. Elle a gagné son point...»

Comme il n'atteindrait sa majorité qu'en février de la prochaine année, Ferdinand demandait à son père le consentement requis pour son mariage avec Georgiana Beauchamp, prévu pour le 2 janvier.

«La noce se fera où? Ici ou à Batiscan? demanda Victoire.

— Ni ici ni à Batiscan, répondit Georges-Noël sur un ton acerbe.

— Ils se marient à Montréal! s'exclama Thomas.

— Je suppose que c'est plus à la hauteur des goûts de madame», grogna son père.

Georges-Noël semblait nourrir une telle animosité à l'endroit de Georgiana que Thomas prit sur lui de nuancer son jugement:

«Il ne faudrait peut-être pas tout lui mettre sur le dos. On dirait que vous avez oublié que Ferdinand ne fait jamais rien comme les autres. Cette décision peut très bien venir de lui.»

Devant aller à Montréal dans les prochains jours, Thomas promit de rendre visite à son frère et de lui tirer les vers du nez.

«Ne venez pas me faire croire qu'un mariage si précipité, puis loin de toute la famille, ne cache rien, fit observer Georges-Noël.

— À chacun ses cachettes», riposta Thomas, en esquissant un sourire narquois.

Bien que cette remarque ait pu n'être que pure espièglerie, Georges-Noël perçut chez son fils la subtile intention de le ramener à ses propres conduites. Se refusant à une telle confrontation et préférant le climat de fête qui avait marqué ce dîner, il se tourna vers Oscar, l'aida à grimper sur son cheval de bois et entreprit avec lui une course folle autour de la table.

Les semaines filèrent au rythme des activités dont bourdonnait l'environnement des Dufresne. Oscar était occupé à ses nouveaux jouets, Marie-Ange s'affairait à la préparation des conserves et prenait soin d'Emmérik, Thomas voyait à la mise en marché des produits des trois commerces et Victoire s'appliquait dans la conception et la confection d'ensembles de sacs à main et de souliers pour dames. Joseph, qui avait perdu ses allures de Roger Bontemps, s'acquittait de ses tâches à la ferme avec un entrain sans pareil, pour retourner vite à des occupations autres... Georges-Noël disait en ignorer la nature.

Lorsque, pressé de quitter la famille après le déjeuner, Thomas annonça qu'il avait choisi ce jour pour se rendre à Montréal, son père lui remit une lettre et un tout petit colis à l'intention de Ferdinand.

«Tu lui fais attention comme à la prunelle de tes yeux», lui recommanda-t-il, le regard voilé de tristesse.

Victoire et son mari résistèrent à l'envie de le questionner sur le contenu du colis.

«Si tu croises Joseph, envoie-le-moi à l'écurie neuve, continua Georges-Noël, impatienté par le retard de son frère.

— Il y a de fortes chances que vous le voyiez avant moi, je m'en vais du côté de Trois-Rivières. C'est probablement une des dernières fois que j'aurai à traverser sur la rive sud pour prendre le train vers Montréal», ajouta-t-il, acclamant la venue du chemin de fer plus que tous les autres membres de cette famille.

Thomas n'avait plus une minute à perdre. Son emploi du temps était très chargé, et aux nombreuses rencontres prévues pour cette tournée son père venait d'ajouter une visite chez Ferdinand.

Au beau milieu de cette matinée, Joseph se pointa dans la cordonnerie comme un revenant.

«Je peux te prendre ces quelques croûtons? demanda-t-il à Victoire, les mains pleines.

— Il faut que vous ayez l'estomac dans les talons pour survenir comme ça en plein avant-midi. Votre frère vous cherchait, ce matin...»

De sa bouche elle apprit que Thomas et lui étaient parvenus à une entente: Joseph prenait la relève dans la recherche de gaz naturel et, s'il trouvait un gisement, ils se partageraient les profits. Il se rendait à l'érablière avant le lever du jour et forait une couple d'heures, après quoi il venait s'acquitter de ses tâches quotidiennes à la ferme. Mais, comme le lui fit remarquer Victoire, cela n'expliquait pas que Georges-Noël ne l'ait pas trouvé à son poste et à l'heure habituelle, ce jour-là.

«De gros changements s'en viennent», annonça-t-il avec jubilation.

Dans la jeune quarantaine, Joseph déclara vivre la plus belle période de sa vie. Le marché conclu avec Thomas l'emballait, d'autant plus qu'il en mesurait les heureuses conséquences «pour les quarante ans à venir», prétendait-il.

«Maintenant que ses parents sont partis pour un monde meilleur, ma blonde et moi on va se marier», clama-t-il, triomphant comme un jeune premier.

Du même coup, Victoire apprenait que la terre et les bâtiments de Georges-Noël étaient, du vivant même de Domitille, réservés à Joseph Dufresne qui pourrait en prendre possession une fois marié. Les interminables hésitations de ce dernier avaient mis fin à ses premières amours et causé beaucoup de chagrin à Domitille; malheureuse à la ferme, elle attendait impatiemment de quitter cette maison et ce voisinage pour aller vivre au village avec sa petite famille, tout près de Madeleine Dufresne. Georges-Noël lui avait acheté une maison dans laquelle il avait aménagé une boutique de dentelles et de dessins. Les lenteurs de Joseph à prendre femme et les maladies de Domitille avaient amené la fermeture de la boutique et la vente de la maison, avant même que la famille ait eu le temps de s'y installer. Quatorze ans plus tard, Joseph trouvait l'élue de son cœur et pouvait obliger tous ceux qui habitaient cette maison à la quitter. Victoire comprit l'allusion que lui avait faite son mari au cours de leur balade au mois d'août dernier. Que Georges-Noël ne l'en eût jamais informée l'étonna.

«Je vois que vous êtes des gens qui savent bien garder un secret.

— Oui et non, fit-il, fier de lui-même. Du vivant de ses parents, il ne fallait pas que ça s'ébruite. Elle héritait à la condition de ne pas se marier, expliqua Joseph, dans un éclat de rire. Georges-Noël le sait depuis presque un an, mais, avec lui, y a pas de crainte à avoir...

— Pour quelle date, le mariage? s'empressa-t-elle de demander.

— Je sais que ce n'est pas l'idéal, dit-il, hésitant, mais on avait pensé, ma Rose-de-Lima et moi, de faire ça au mois d'août.»

Victoire poussa un soupir de soulagement.

«Vous m'avez fait peur. Je ne me serais pas vue en train de déménager en plein hiver.

— Vous n'avez pas à vous en aller d'ici parce que je me marie...

— Écoutez, Joseph. On devrait avoir quitté cette maison depuis belle lurette. Puis vous savez bien qu'on ne pourrait pas vivre trois familles ici...

— Bien non, Victoire. Tant que ma mère va être de ce monde, c'est bien entendu que c'est chez elle qu'on va demeurer. Elle y tient beaucoup. Puis, ma Rose-de-Lima est habituée à prendre soin des vieux.»

Du même souffle, Joseph lui apprit que les écuries et les lots réservés aux chevaux demeuraient la propriété de Georges-Noël. Cette clause avait déconcerté Domitille qui, suivant les recommandations de Madeleine, avait réclamé leur déménagement au village d'abord et avant tout pour soustraire son mari aux manœuvres de séduction de leur jeune voisine. En apprenant que Georges-Noël s'était réservé les écuries et des lopins de terre, désespérée, Domitille avait sombré dans une profonde mélancolie. Minée par des bronchopneumonies à répétition, elle mourait à l'âge de trente-trois ans, laissant derrière elle deux fils respectivement âgés de dix et sept ans.

*   *

*

À bord du train qui l'emmenait à Montréal, Thomas repensait à sa mère et aux chambardements que son décès avait provoqués, à commencer par leurs longues années de pensionnat et la solitude que leur père avait dû éprouver pendant toutes ces années de veuvage. À son avis, Ferdinand en avait été plus affecté que lui-même. Ce voyage, tout comme l'avait fait la mort prématurée de sa mère, avait le pouvoir de déterminer son destin pour de nombreuses années. Ou il le confirmerait dans son métier de commerçant ou il l'inciterait à envisager un autre gagne-pain. N'eût été la nécessité de réviser ses stratégies, il se serait laissé aller à rêvasser doucement, au gré des villages, des champs et des forêts qui défilaient derrière les vitres du wagon où il avait pris place. Alors qu'il appréhendait les réticences des constructeurs et des épiciers, il ne doutait pas du succès de ses démarches auprès des marchands de chaussures. Aux premiers, il devait faire valoir les nombreux avantages de bâtir des planchers en bois dur et bien poli, alors qu'il devait promettre aux épiciers en gros des moyens de conservation infaillibles pour le beurre et les fromages qu'il voulait leur vendre. Encore fallait-il s'assurer d'obtenir de la glace à longueur d'année et qu'elle soit propre à garder frais les aliments toute la durée du trajet. En cela, l'étendue et la proximité du lac Saint-Pierre représentaient un avantage. «Il ne reste plus, pensa Thomas, qu'à m'en réserver auprès de plus d'un fournisseur.»

«Dernière station avant Montréal!» L'annonce du préposé le fit sursauter. Les cahotements du train l'avaient fait glisser dans le sommeil. Il s'était réveillé juste à temps pour ne pas manquer le site le plus pittoresque de ces trois heures de train, l'apparition de la ville de Montréal ceinturée de fermes et d'exploitations maraîchères jusqu'aux rives du fleuve Saint-Laurent. À la gare de Dalhousie où il fut déposé, dans l'est de Montréal, il fut si distrait par le va-et-vient de la rue, le nombre impressionnant de calèches de tous styles alignées devant la gare, l'élégance des dames qui passaient qu'il rata sa première chance de sauter à bord d'une voiture du Montreal City Passenger Railway. Il n'avait plus de temps à perdre s'il voulait rejoindre Ferdinand à l'heure du dîner. Heureusement, il n'eut pas trop à attendre qu'une autre petite locomotive l'amenât rue Vincent, à quelque dix minutes de l'édifice où travaillait Ferdinand. Avant que Thomas eût le temps d'y entrer, son frère en sortait et accourait vers lui.

«J'ai tout mon après-midi, annonça-t-il avec bonheur. Mon patron m'a donné congé pour le reste de la journée.»

Les deux frères empruntèrent la rue Saint-Denis où habitait Ferdinand qui, volubile comme Thomas ne l'avait jamais vu, ne tarissait pas de renseignements, d'éloges et de commentaires sur les édifices qui longeaient cette rue. Une série de maisons à trois étages chargées de décorations qui empruntaient à la fois au baroque et au gothique attirèrent l'attention de Thomas.

«C'est mon patron qui les a fait construire», expliqua Ferdinand, avec une fierté évidente.

Cette phrase ne tombait pas dans l'oreille d'un sourd. «Je l'ai mon gros client pour le moulin», pensa Thomas, à l'affût de la minute propice pour en causer.

«Elles abritent habituellement quatre ou cinq familles», précisa Ferdinand.

Le troisième étage de celle où il logeait avait été subdivisé et lui réservait trois grandes pièces. Dans le salon, la lumière et le confort avaient droit de cité. Les plafonds très hauts et les corniches enjolivées de sculptures sur plâtre composaient avec un sofa victorien au dossier en médaillon et une petite chaise s'harmonisant aux coloris des tentures de velours drapées à la large fenêtre surmontée d'un arc en demi-lune. Une table richement ornée de motifs floraux complétait le mobilier.

«C'est la seule pièce qu'on a meublée à notre goût», dit Ferdinand.

L'ébahissement de Thomas appelait d'autres précisions.

«Je n'en demandais pas tant, mais Georgiana aime le beau. Puis, vu qu'elle a d'importants projets pour cette pièce, ce n'était pas le moment de lésiner.»

Après un repas pris à la hâte, Ferdinand proposa à son frère d'aller visiter la boutique des Rolland.

«Tu vas voir là quelque chose d'unique», annonça-t-il.

Mais avant qu'ils quittent la maison, Thomas, curieux de voir ce que son père avait pu envoyer, lui remit le colis qui lui était destiné.

Avec empressement, Ferdinand libéra le boîtier de sa ficelle et du papier qui l'enrobaient, en souleva le couvercle, et son visage s'illumina.

«Il a consenti..., murmura-t-il, extasié. Tu t'en souvenais, toi?

— Je ne sais pas de quoi tu parles», répondit Thomas, quelque peu agacé.

Surpris d'apprendre que Georges-Noël ne l'en avait pas informé, Ferdinand tourna le boîtier vers son frère. Thomas resta bouche bée.

«J'ai su, l'année dernière, que maman me les avait laissées en héritage», expliqua Ferdinand.

Georges-Noël les avait confiées à son notaire après le décès de Domitille.

«Je n'étais pas supposé les récupérer avant mes vingt et un ans, mais vu les circonstances...»

Thomas ne comprenait toujours pas où son frère voulait en venir. Une crainte lui effleura l'esprit:

«Tu ne vas pas les vendre, quand même?

— Pour rien au monde», fit vivement Ferdinand.

Faisant miroiter la bague d'argent sertie d'un diamant, Ferdinand ajouta, pensif:

«C'est Georgiana qui va être contente. Elle souhaitait tellement que mon père accepte que ce soit celles-là que je lui passe au doigt...»

Profondément contrarié, Thomas ne dit mot. Il n'était pas sans penser que son père avait dû l'être plus encore en lui remettant le colis. Il avait beau raisonner, se demander en quoi c'était différent qu'elles soient portées par sa belle-sœur ou qu'elles dorment dans les coffrets du notaire, une sorte de déchirement intérieur persistait. Comme si ce geste eût offensé son père et lui eût arraché un morceau de la femme qu'il avait aimée au point d'en faire son épouse alors qu'elle n'avait que dix-sept ans. «Après tout, ce n'est qu'un objet, se dit-il. Et, de toute façon, il ne m'appartenait pas.» Une autre confidence de Ferdinand allait le méduser:

«Je veux que ça reste entre nous, chuchota-t-il. Comme je n'ai pas à acheter d'alliances, je vais pouvoir offrir un piano à Georgiana en cadeau de noces. C'est pour ça qu'on a choisi un logement avec un grand salon.»

Thomas ne cacha ni sa surprise ni sa désapprobation.

«Il me semble que tu n'aurais pas dû abandonner tes études pour une baliverne semblable, commenta-t-il finalement.

— C'est loin d'être une baliverne, riposta Ferdinand, pas le moindrement offensé. Tu sauras me le dire dans quelques années. En ville, on peut très bien gagner sa vie en enseignant la musique.»

Aussitôt que les deux frères Dufresne se retrouvèrent de nouveau à l'extérieur, Ferdinand poussa un grand soupir en balayant, d'un regard admiratif, le décor de sa rue:

«C'est ici que je me sens vivre!» s'exclama-t-il.

Thomas ne tarda pas à constater que la boutique J. B. Rolland & Fils se démarquait de tout ce qu'il avait pu voir dans ses tournées de commis voyageur.

«Elle me fait penser à certains petits commerces de la rue Saint-Jean, à Québec, fit-il remarquer.

— J'imagine que tu n'as pas fini d'en revivre des souvenirs de ces deux mois-là... On aura beau dire, mais moi je maintiens qu'un gars ne saura jamais ce qu'il a dans les tripes s'il ne sort pas de son canton.»

Désarmé mais déterminé à ne rien laisser filtrer de sa malencontreuse aventure, Thomas attira l'attention de son frère sur le présentoir de parfums où d'élégants emballages le fascinaient.

«Les meilleurs sont importés de Paris», lui apprit Ferdinand.

Thomas allait des ouvrages littéraires aux manuels scolaires. Il s'arrêta un moment dans le rayon de la bijouterie et, un flacon de parfum dans une main et une boîte de papier à lettres dans l'autre, il hésita.

«C'est pour Victoire que tu cherches? Apporte-lui celle-ci de ma part», dit Ferdinand en désignant une des boîtes décorée de fleurs et d'un ruban de soie.

Cette fois, Thomas parvint à mater l'indignation qu'il avait ressentie dans le passé chaque fois que son père ou son frère avaient pour Victoire des égards dont il se croyait le seul dispensateur en titre.

«Elle va l'apprécier», parvint-il à dire, aussitôt pressé de choisir le parfum dont il se réservait l'exclusivité.

Après deux jours de tournée chez les marchands des rues Sainte-Catherine, Ontario, Saint-Denis et Saint-Laurent, Thomas pouvait revenir à Pointe-du-Lac avec plus d'une bonne nouvelle en poche. Les chances que la compagnie Rolland achète le bois du moulin Garceau étaient excellentes. Ferdinand avait ouvert les portes avec diplomatie et il ne manquait qu'une soumission concurrentielle pour qu'un premier contrat fût signé. Par contre, des garanties étaient exigées avant que la beurrerie de Louis Du Sault pût se considérer comme le principal fournisseur du marché Bonsecours.

Avant de lui remettre ses cadeaux, Thomas crut judicieux d'annoncer à sa femme que trois magasins, un rue Saint-Denis et les deux autres boulevard Saint-Laurent, acceptaient, à l'instar du marchand de la rue Craig, d'exposer deux ou trois de ses ensembles pour les ventes du temps des Fêtes.

«C'est tout? demanda Victoire, visiblement déçue.

— Les marchands trouvent tes modèles alléchants, mais...

— Mais quoi, Thomas?

— Le problème, répondit Thomas, chagriné, c'est que tu n'es pas outillée pour fournir un lot de marchandises appréciable.»

Comment penser concurrencer avec des manufactures de chaussures qui pouvaient coudre quatre-vingts empeignes le temps qu'un ouvrier en posait une? Le défi était de taille. Et bien qu'il redoutât la réaction de sa femme, Thomas osa exprimer les solutions qu'il avait envisagées pendant ses trois heures de train:

«Ou on déménage à Montréal et tu ne fais que des sacs à main qui s'agencent aux souliers des manufacturiers, ou on achète des machines à coudre de Brown & Childs et on lance notre entreprise pour concurrencer McKay.

«Ce qui veut dire des employés, des délais de contrats et des investissements? Non, Thomas. Je regrette, mais aucune de ces solutions ne me convient. J'ai encore des enfants à mettre au monde et à éduquer avant de me lancer dans une entreprise semblable.

— Mais rien ne t'empêcherait de...

— Puis, je ne suis pas cordonnière pour me contenter de faire des sacs à main», reprit-elle, dissuadant son mari de tenter de la faire changer d'avis.

Louiseville, Batiscan et Trois-Rivières demeuraient à sa portée, et c'est pour les gens de sa région qu'elle allait exercer son métier si Montréal ne pouvait se satisfaire de son volume de production, décida-t-elle. Délicatement, Thomas lui proposa de s'équiper tout de même d'une machine à coudre pour faciliter sa tâche et augmenter sa production.

«On verra. Si jamais l'Europe m'achetait des bottillons, ça vaudrait peut-être la peine.»

Et pour se distraire de sa déception, Victoire réclama des nouvelles de Ferdinand.

«Justement, j'ai quelque chose à te remettre de sa part», s'empressa d'annoncer Thomas, heureux de l'occasion qu'elle lui offrait de l'égayer.

La distribution des cadeaux n'apporta qu'un court répit au désappointement de Victoire. Au récit que Thomas lui fit de sa rencontre avec Ferdinand, elle imagina la peine que Georges-Noël avait dû éprouver en acquiesçant aux désirs de son fils cadet dont l'intention de se marier impliquait l'abandon définitif de ses études d'ingénieur.

«L'important, c'est qu'ils soient heureux», conclut-elle, malgré tout attristée.

Le jour du mariage de Ferdinand et de Georgiana venu, tel fut le vœu qu'elle dut se résigner à formuler sur papier, une forte grippe contraignant presque tous les habitants de la maison à garder le lit. Thomas, à qui de multiples rôles étaient échus, se chargea de porter un télégramme à la gare de Pointe-du-Lac, à l'intention des nouveaux mariés.

Des photos, reçues un mois plus tard, attestaient l'intimité du mariage suivi d'un banquet dans le grand salon des Normandin chez qui Georgiana suivait ses cours de musique et de chant. Thomas s'exclama devant la photo montrant, sous les réverbères de la rue Craig, Ferdinand et son épouse couverts de flocons de neige, ainsi que Georgiana l'avait souhaité.

«La seule rue éclairée à l'électricité de toute la ville de Montréal, fit remarquer Thomas. C'est dans une des vitrines de cette artère que je veux voir tes ensembles exposés quand tu pourras leur garantir une bonne production.

— En attendant, je n'ai pas l'intention de négliger une autre sorte de production», répliqua-t-elle avec un sourire qui excita la curiosité de son mari et de Georges-Noël.

Une naissance était prévue pour la fin du mois d'août. Oscar reçut la nouvelle comme un cadeau pour son quatrième anniversaire de naissance et sa joie se communiqua à toute la maisonnée. À cette attente s'en ajoutait une autre: une pièce de peau de chèvre commandée à Mme Piret devait arriver d'une semaine à l'autre.

«Je veux comparer par moi-même», expliqua la cordonnière pour qui chaque grossesse s'accompagnait d'une nouvelle inspiration.

Avare de commentaires par rapport aux nouvelles reçues de Ferdinand et de son épouse, Georges-Noël projetait un autre tête à tête avec son fils avant les semences.

*   *
*

Vint le dimanche des Rameaux. À la fin de l'après-midi, la visite inattendue de Madeleine les prit au dépourvu. Depuis le décès de sa fille Elmire, sa santé s'était beaucoup détériorée et ses sorties, raréfiées. Habitant à quelques pas de l'église de Yamachiche, elle pouvait s'y rendre chaque matin comme auparavant, mais à condition, depuis l'automne précédent, que son fils Joseph l'y accompagnât. Moins hargneuse mais tout aussi dévote, elle s'était beaucoup inquiétée de l'absence des occupants de cette maison qui prenaient la liberté de participer aux grandes cérémonies liturgiques tantôt à la paroisse de Yamachiche tantôt à celle de Pointe-du-Lac à laquelle ils étaient rattachés, depuis l'abolition du régime seigneurial.

«Auriez-vous décidé de ne plus venir à notre belle église?» demanda-t-elle d'une voix chevrotante qui se voulait plus respectueuse que par le passé.

Georges-Noël prit l'initiative de justifier l'absence de Thomas et invoqua la nécessité où il était de veiller sur sa famille, Victoire connaissant une grossesse assez difficile.

«En ce qui me concerne, depuis quelque temps, le p'tit Jésus me reçoit aussi bien à Pointe-du-Lac, à

Yamachiche qu'à Trois-Rivières», ajouta-t-il, faisant allusion aux fins de semaine qu'il passait souvent dans cette ville depuis que le train l'y amenait en moins de quinze minutes.

Préoccupée de trouver du rameau dans la maison, l'aïeule l'écoutait d'une oreille distraite. Elle n'eut de réplique que l'expression de sa consternation:

«Ma foi du Bon Dieu, vous n'avez plus une seule branche de rameau béni ici!» s'écria-t-elle après avoir fait le tour du salon et de la salle à manger avant de revenir dans la cuisine.

Penchée au-dessus d'un sac qu'elle avait apporté par précaution, elle en retira quelques tresses et murmura, du bout des lèvres:

«Ce n'est pas étonnant qu'il vous arrive tant d'épreuves...»

Thomas allait protester, mais son père lui fit signe de s'en abstenir, aussitôt approuvé par Victoire qui jugea elle aussi préférable de ne pas relever la remarque. Clopin-clopant, Madeleine retourna au salon où, voulant déposer une branche sur la photo de Domitille, elle constata, pour la première fois, que le cadre avait disparu.

«Tu l'as mis où? demanda-t-elle à Georges-Noël, sur le point de s'emporter.

— Dans ma chambre, répondit-il d'une voix apaisante. Donnez-moi la branche, je vais y aller moi-même.

— C'est comme ça qu'on traite nos morts dans cette maison, marmonna-t-elle. Aussitôt qu'ils sont disparus, on s'empresse de cacher leur trace dans les greniers.»

Se tournant vers Oscar qui l'examinait d'un œil inquiet, elle lui demanda:

«Tu sais faire ton signe de croix?»

Oscar se signa aussitôt.

«Bien, mon petit garçon. Tu connais tes prières?»

Devant l'affirmation de l'enfant, elle tint à vérifier.

«Récite-moi le Notre Père.»

Oscar s'entêtait au silence et profita de ce que son père prenait sa défense pour filer dans la cordonnerie où Pyrus était confinée chaque fois que Madeleine mettait les pieds à la maison.

«Qu'est-ce que vous pensez du miracle qui est arrivé au Cap?» demanda-t-elle avec un enthousiasme soudain recouvré.

Sur le point de se vexer de leur ignorance, elle leur signifia sa surprise:

«Mgr Laflèche en a pourtant envoyé le récit à tous les prêtres de son diocèse. À moins que M. le curé Desaulniers vous réserve la surprise pour la grand-messe de Pâques», dit-elle, laissant croire un instant qu'elle résisterait à la tentation de le leur raconter.

À la mi-mars, alors que le temps commençait à s'adoucir, un pont de glace se serait construit de lui-même, en face du Cap-de-la-Madeleine, là où la largeur du fleuve et le fort courant rendent une telle chose impossible à moins d'un hiver long et rigoureux. Pendant que M. le curé Désilets, retenu dans son presbytère par la maladie, récitait son chapelet, une cinquantaine d'hommes purent traverser à Sainte-Angèle, sur la rive sud, et rapporter la pierre nécessaire à la construction de la nouvelle église entreprise trois ans plus tôt. La corvée, commencée le 19 mars, en la fête de saint Joseph, se continua, grâce au pont de glace, tant que toute la pierre ne fût pas transportée sur le terrain de la fabrique du Cap. Persuadés d'être portés par les Ave de leur curé, et à l'instigation du vicaire Duguay, les ouvriers surnommèrent leur chemin le Pont des Chapelets.

«Ça prouve juste que, quand on fait ses dévotions, toutes les prières finissent par être exaucées», conclut Madeleine en jetant vers Victoire un regard qui la laissa fort perplexe.

Était-ce un regard chargé de reproches ou se voulait-il un message de réconciliation? À la manière dont Georges-Noël fronça les sourcils, Victoire crut qu'il s'était posé la même question.

«S'il n'en tient qu'à ça pour gagner son ciel, on va tous s'y retrouver», répliqua Georges-Noël.

Plus réconfortée que par toute autre parole de son fils aîné, et sentant sa mission accomplie, Madeleine pressa Joseph de la ramener chez elle. Elle allait sortir, accrochée à son bras, lorsqu'elle se tourna vers la petite Emmérik et, déposant une caresse sur sa joue, lui dit:

«Je vais revenir te voir bientôt, mon petit ange. Tu as quelque chose de spécial, toi.»

Il tardait à Victoire de se retrouver seule avec Georges-Noël pour se libérer de l'impression que lui avait laissée cette visite, la dernière que Madeleine leur fit. Le 15 mai, Joseph la trouva morte dans son lit, à l'heure où il s'inquiétait qu'elle ne fût pas prête, comme tous les matins, pour se rendre à l'église. Georges-Noël griffonna quelques lignes pour en informer Ferdinand. Pendant que Thomas allait prêter main-forte à Joseph, Georges-Noël demanda à Florentine de le laisser seule avec Victoire pour quelques instants.

«J'envoie une lettre à Ferdinand. As-tu l'intention de lui glisser un mot?

— Vous devinez les questions que je serais tentée de lui poser?

— Ça servirait à quoi, maintenant?»

Victoire n'insista pas, considérant que la liberté de le faire en autre moment lui appartenait toujours.

«Je peux savoir ce que vous pensez de la dernière visite de Madeleine?»

Georges-Noël lui expliqua avoir entendu dire que les gens expriment souvent des choses étonnantes à la fin de leur vie.

«Serait-ce que leurs sens s'affinent? Certains prétendent qu'ils sont inspirés. Allez donc savoir. Moi, j'ai décidé de lui prêter de bonnes intentions, dit-il.

— Et puis, par rapport à la petite?

— Elle aurait pu dire la même chose à Clarice et tu ne l'aurais pas pris de la même façon, lui fit remarquer Georges-Noël, surpris que ce fût elle qui s'inquiétât, maintenant.

— Serez-vous scandalisé si je vous dis que son départ me soulage?

— Je suis aussi soulagé. Autant pour elle et pour ceux qui restent. Penses-tu que ça aurait été facile pour la femme de Joseph de vivre avec elle? Mais quand on sait quelle enfance elle a eue, on peut comprendre bien des choses.

— Vous voulez dire...

— Orpheline élevée par des tantes célibataires et revêches, elle s'est fait tellement piétiner et terroriser par des histoires de démons et d'enfer que c'est encore étonnant qu'elle ait été capable d'aimer.

— Et vous? Vous l'avez aimée?

— Oh, oui! Une fois que je lui ai pardonné de m'avoir forcé à abandonner mes études parce que je ne voulais pas me faire prêtre, j'ai compris que toute sa sévérité venait d'une grande détresse affective. J'ai souvent pensé que si elle avait eu la même chance que bien d'autres petites filles, elle aurait fait quelqu'un de très bien.»

Victoire se sentit visée. Touchée par son témoignage, elle eut la soudaine impression que toute l'aversion qu'elle avait eue pour cette femme venait de fondre comme neige au soleil. La réflexion que lui laissa Georges-Noël en quittant sa cordonnerie lui alla droit au cœur:

«C'est l'avantage que je trouve à vieillir que de me sentir de plus en plus maître de ma tête et de mon cœur.»

* *

*

Comme convenu, deux semaines après l'enterrement de Madeleine, Georges-Noël alla rendre visite au jeune couple de Montréal et en revint encore plus perplexe. Amaigri, Ferdinand ne semblait pas trouver plus de repos à la maison qu'au bureau. Le salon tenait lieu de salle de musique où Georgiana recevait et donnait des leçons de chant et de piano tous les soirs de la semaine, et cela jusqu'à des heures tardives. «On ramasse notre argent pour s'installer dans une maison assez grande pour que notre chambre à coucher soit loin de la salle de musique», avait expliqué Ferdinand pour rassurer son père. Par contre, les nombreuses questions qu'il avait posées concernant Lady Marian avaient troublé Georges-Noël. Certaines éveillaient des soupçons tels sur ses origines et les raisons de son expatriation qu'il se devait de trouver une manière habile d'amener Lady Marian à parler davantage de son passé et des raisons qui l'obligeaient à se montrer si discrète et si prudente dans sa relation amoureuse.

Quant à Thomas, même s'il ne savait où donner de la tête entre son rôle d'agent pour la beurrerie-fromagerie récemment ouverte, le moulin Garceau, le commerce de Victoire et sa famille, il ne semblait aucunement malheureux. Il s'était toujours plu dans un train de vie trépidant. La grossesse de Victoire ne présentait plus de risque et il en était ravi. Il passait à la maison comme un courant d'air, laissant un mot d'amour à sa bien-aimée, une caresse à sa petite et des encouragements à Marie-Ange et Florentine. À son image, Oscar arrivait à table en affamé pour déguerpir avec des galettes ou des croûtons dans sa poche tant il était pressé d'aller rejoindre Joseph ou Georges-Noël qui l'occupaient à la ferme et auprès des chevaux. Les courses avec Pyrus, les pirouettes qu'elle lui faisait faire pour mieux le mordiller et tirer sur ses manches demeuraient ses jeux favoris. Mignonne comme savent l'être les fillettes de deux ans et demi, Emmérik faisait la joie de toute la maisonnée. «Belle à croquer», disait son grand-père, «charmeuse comme sa mère», prétendait Thomas, «l'enfant la plus adorable de la Mauricie», soutenaient les Du Sault. Du fait qu'elle demeurait la seule fille de la famille, Georges-Noël avait tout le loisir de la combler d'attentions et d'amour sans porter préjudice à personne d'autre.

Bien qu'elle fût heureuse de ce que la vie lui offrait, Victoire pensait souvent à Clarice, qui aurait eu ses cinq ans dans quelques jours, et à la petite Marie-Laura, qui saurait déjà marcher... «S'il n'en dépend que de moi, je te jure que tu vas venir au monde en santé», murmurait-elle à l'enfant qu'elle portait et pour qui elle avait déjà tracé un nouveau modèle de chaussure pour nourrisson. Avec cette chaussette de peau d'agneau doublée de feutrine, les jeunes enfants seraient protégés contre le froid des maisons, responsable de grippes qui dégénèrent souvent en pneumonies. Françoise l'appuyait, convaincue que tout mal prend son origine dans les pieds.

«Dommage que tu ne sois pas mieux équipée pour les coudre, lui fit remarquer Françoise qui était venue l'aider en l'absence de Florentine, partie relever sa mère.

— Je n'aurais qu'à dire un mot à Thomas que vous verriez entrer ici une de ces machines qui coud à toute vitesse mais qui prendrait beaucoup de place, lui apprit Victoire.

— Tu attends quoi pour le faire?

— Trop de choses doivent être clarifiées avant; du côté de Trois-Rivières avec Lady Marian, du côté de Joseph qui pourrait bien vouloir reprendre la maison maintenant que sa mère n'est plus là, et puis les projets de Thomas.»

Victoire allait faire allusion à Ferdinand lorsque, dans le courrier laissé par le facteur, elle vit qu'une enveloppe portant la mention «Confidentielle» lui était adressée. L'écriture ne trompait pas, cette lettre venait de Ferdinand. Le teint soudain blafard et les mains tremblantes, Victoire s'apprêtait à l'ouvrir. Sa mère lui offrit aussitôt de la laisser seule.

«Au contraire, maman. Il se pourrait que j'aie besoin d'en parler, dit-elle, s'approchant une chaise. Je lui ai posé des questions très sérieuses dans celle que je lui ai fait parvenir après la mort de sa grand-mère.»

Fidèle à lui-même, Ferdinand ne s'imposait pas de préambule:

«J'avais l'impression de t'avoir tellement donné de signes quand j'habitais avec vous que je t'avoue avoir été un peu surpris par tes questions. Dommage que tu te sois tant tourmentée. J'espère que mon père s'en est mieux sorti que toi. Sachez que je n'avais besoin ni de grand-mère ni de personne d'autre pour savoir que papa et toi vous vous êtes aimés et que vous avez beaucoup souffert. Le reste vous appartient. Et quoi qu'il soit arrivé, je tiens à vous dire que rien au monde ne pourrait déloger de mon cœur l'affection et l'admiration que je ressens pour vous deux. Tant qu'un souffle de vie me sera accordé, tu pourras toujours compter sur ma totale discrétion et sur mon appui inconditionnel. Je te les dois. Tu es la seule personne à avoir toujours cru en moi. Comme tu l'as fait pour bien d'autres, tu m'as remis au monde. C'est grâce à toi si j'ai repris goût à la vie après la mort de ma mère. Ne te tourmente surtout plus, et si tu le juges à propos, je t'autorise à montrer cette lettre à mon père.

«Sans prétendre être doué pour conseiller les autres, je vous recommanderais de vous donner le droit de vivre ce que vous êtes, dans toute la fidélité à vous-mêmes, sans laisser le passé ou l'inconnu porter atteinte à votre présent. C'est l'objectif que nous avons décidé de poursuivre ensemble, Georgiana et moi. La vie est si courte...»

Victoire fondit en larmes. Ce qu'elle aurait donné pour le voir à ses côtés. Pour le serrer dans ses bras. Pour rattraper ces moments où Ferdinand avait voulu lui dire ce qu'elle lisait aujourd'hui mais qu'elle avait alors refusé d'entendre de peur de se voir accuser, condamner, rejeter.

Invitée à lire ce feuillet, Françoise en fut émue et transie.

«Il m'en donne froid dans le dos, avoua-t-elle. J'ai rarement vu tant de générosité et de sagesse chez un si jeune homme.»

Tout comme Victoire et Domitille, Françoise avait toujours pensé que cet enfant solitaire cachait une intelligence et une sensibilité peu communes. Mais jamais elle n'aurait imaginé qu'il fût capable de porter de si grands secrets dans la solitude et de les comprendre avec autant de magnanimité.

«Tu es tombée dans la bonne famille, ma chère fille. Ton mari pourrait bien te réserver de semblables surprises... Il est d'un dévouement sans pareil.»

Victoire reprit la lettre et promena sur le texte un regard empreint de nostalgie.

«Il y a deux choses que j'aimerais pouvoir faire à l'instant, déclara-t-elle soudainement. Mais c'est impossible...

— Dis toujours.

— Partir toute seule quelque part pour repasser des morceaux de ma vie en toute tranquillité, ou... ou parler à Ferdinand.

— Qu'est-ce qui t'empêcherait de fermer l'atelier aujourd'hui? D'autant plus que Florentine n'est pas là.

— Je ne veux pas inquiéter Thomas.

— Compte sur moi qu'il ne s'inquiétera pas», lui affirma Françoise, une idée subite éclairant son regard de cette pointe d'espièglerie qu'elle tenait de Joseph, son père.

Pomponnée comme pour les jours de grande fête, un message laissé à Thomas par l'entremise de Marie-Ange, Victoire partait pour deux jours en compagnie de sa mère désireuse de rendre visite à sa sœur Émilie qui demeurait maintenant à Batiscan. Joseph leur prépara la voiture, vit à ce que Pénélope soit bien ferrée et se chargea d'informer Georges-Noël de leur départ dès son retour du village. Enceinte de sept mois, Victoire faisait fi des croyances qui lui interdisaient un tel trajet tant elle se sentait en excellente forme. Sa mère lui donna raison, alléguant qu'elles auraient tout le loisir de s'arrêter chaque fois qu'elles en éprouveraient le goût.

Ayant promis à sa fille de respecter ses besoins de silence, Françoise faisait provision de bonheur à même les splendeurs de ces premiers jours de juillet. À l'élégance de leur jument blanche, à l'odeur de foin frais coupé à laquelle se mêlait celle du thé des bois et du trèfle, s'ajoutaient le chant des hirondelles et le sifflement des merles. Quoi de mieux pour agrémenter cette joyeuse escapade! «Je me croirais à seize ans avec ma meilleure amie», pensait Françoise, heureuse de l'occasion que lui offrait Victoire d'aller visiter la seule survivante de ses frères et sœurs sans avoir à y traîner son mari.

«Je ne suis pas inquiète pour ton père, confia-t-elle à Victoire, un brin ironique. Avec Delphine qui ne demande pas mieux que de se rendre indispensable auprès de son beau-père, il va être gâté.»

Depuis que le train avait commencé à hurler à ses oreilles, à apeurer son troupeau, à cracher sa fumée noire sur ses bâtiments, comme il disait, Rémi en faisait une obsession, promenant sa mauvaise humeur sur tout ce qu'il frôlait. Françoise, elle, éprouvait une joie qu'elle eût souhaité qu'il partage à voir son fils André-Rémi lui envoyer la main dix fois par semaine, à accourir pour ramasser le colis ou les journaux qu'il avait lancés sur ses terres au passage du train. C'est auprès de Victoire et de son petit-fils Louis qu'elle cueillait ses petits bonheurs quotidiens. «Être heureux, c'est un talent qui se cultive», avait-elle souvent répété à cet homme qui, à plusieurs reprises, avait été l'objet de louanges pour ses récoltes de grains de toutes sortes, mais aussi de reproches pour ses airs grognons. Françoise lui avait trouvé une certaine affinité avec Madeleine dont il épousait la croyance au mérite et à l'âpreté. Façonné à coups de discipline et de renoncement, il en avait fait un culte. Sauf dans le cas de sa fille aînée devenue religieuse, il avait échoué dans sa volonté de les imposer aux siens. Louis avait coulé dans l'indolence, et les deux plus jeunes avaient, très tôt, brandi l'étendard de la liberté de choix et d'expression. Partagée entre les nobles raisons de son mari et les besoins légitimes de ses enfants, Françoise se félicitait d'avoir trouvé le moyen, à une exception près, d'épargner à l'un et l'autre des affrontements inutiles et souvent destructeurs. Aujourd'hui, Rémi n'avait pas à ouvrir la bouche pour qu'elle entendît ses plaintes ou ses désirs. Ses soupirs, la façon dont il bourrait sa pipe, la manière dont il se berçait lui étaient devenus comme un grand livre ouvert. Et comme Rémi avait toujours préféré le silence à la parole, elle faisait le geste qu'il souhaitait, sûre de ne pas se méprendre, sans plus exiger.

Se remémorant l'ouverture de la cordonnerie de Victoire, elle se réjouissait, en témoin muet, de la lueur de fierté qu'elle apercevait dans le regard du vieil homme chaque fois qu'une voiture empruntait la grande allée pour aller porter des bidons de lait à la beurrerie de son petit-fils. «Tant qu'il aura une raison d'être fier d'un de ses enfants, il va tenir le coup», avait-elle répondu à André-Rémi qui s'inquiétait de sa santé.

Sur le chemin du retour, la pensée de Victoire se porta sur André-Rémi, son plus grand confident. Lui conseillerait-il de montrer la lettre de Ferdinand à Georges-Noël? Si cela eût pu rapprocher le père de son fils, elle n'aurait pas hésité. Mais comme leur relation s'était beaucoup améliorée depuis quelques années, elle fit confiance aux événements.

«Il est toujours préférable de ne rien forcer, lui conseilla sa mère. Je l'ai bien appris avec ton père.»

Dès qu'il aperçut Pénélope, Rémi vint au-devant de sa femme avec une exceptionnelle courtoisie.

«Tu ne t'es pas inquiété, toujours? lui demanda Françoise.

— Ce n'est pas très prudent pour deux femmes seules de faire tant de route», fit-il observer, visiblement soulagé.

Thomas profita de l'occasion pour exprimer à Victoire son regret de n'avoir pensé lui-même à lui faciliter ce genre de petites vacances.

«Mais, prit-il la peine de préciser, aussitôt secondé de Rémi, on va attendre que tu aies accouché avant de t'en permettre d'autres.»

Victoire vécut ces quelques semaines d'attente dans un climat de joie et de quiétude. Georges-Noël ne pouvait en dire autant, lui qui n'avait obtenu que des réponses vagues aux questions de première importance posées à Lady Marian. Quand il avait voulu connaître les raisons qui l'empêchaient de lui accorder sa main, elle avait mentionné les particularités de leur législation et leur différence de religion. «Encore quelques signatures d'ordre strictement formel, et nous pourrons reparler de tout ça», avait-elle soutenu. Devant l'impatience de son amoureux, elle avait ajouté:

«Pourquoi ne pas vivre pleinement le bonheur que nous éprouvons déjà l'un près de l'autre?»

Un certain dimanche midi où il l'avait attendue non loin du temple où elle assistait à l'office religieux, il fut témoin de l'estime que lui portaient les parents des élèves à qui elle enseignait.

«Je voudrais quitter l'enseignement que je ne le pourrais pas tant ces gens sont reconnaissants», avait-elle confié à Georges-Noël en cheminant à son bras, rue Laviolette.

Le luxe de son salon meublé de sofas et de tables de style victorien rappelait à Georges-Noël celui du manoir seigneurial depuis que les Piret en avaient pris possession. Le tapis de Turquie, la tapisserie bordeaux aux appliqués dorés et les tentures de velours surmontées d'une valence du même ton donnaient à cette pièce la chaleur et l'opulence qui convenaient bien à la belle dame qui l'habitait. Invité par Lady Marian à s'y installer pour déguster son verre de scotch, Georges-Noël en admirait l'harmonie en attendant qu'elle vînt l'y rejoindre. Dans un coin de la pièce, un aménagement particulier rassemblait des objets plutôt hétéroclites: des chandeliers, de l'encens, une sorte de pendule comme en utilisent les chercheurs d'eau mais très finement sculpté et plaqué argent et des ouvrages sur l'alchimie.

Ce mot n'évoquant absolument rien dans son esprit, Georges-Noël la questionna et apprit qu'il s'agissait d'une science occulte née au XIIe siècle, permettant, semblait-il, d'opérer la transmutation de l'être et de la matière.

«L'Église l'a condamnée pour ne pas que les simples mortels abusent de ses pouvoirs, précisa Marian.

— Vous avez étudié cette science?» lui demanda-t-il.

De la cuisine où elle préparait de petits plats, elle lui répondit:

«Ça ne s'apprend pas comme la philosophie... Il faut être intéressé au mysticisme pour la bien saisir.

— Et pour vous bien saisir, vous, Lady Marian, que faut-il?

— Un peu de patience, déclara-t-elle, douce comme une anémone, en lui présentant un plateau de croquettes au fromage et de fines herbes.

— Ne trouvez-vous pas que j'en ai suffisamment fait preuve jusqu'à maintenant?

— Auriez-vous l'amour à ce point fragile, mon cher ami? Sachez que je pourrais donner ma vie plutôt que de trahir ma parole. Cela ne vous suffit-il pas, pour quelques mois encore?»

Georges-Noël dut admettre avoir trouvé en elle une fidélité et une honnêteté exceptionnelles. Que des aspects de son passé lui demeurent mystérieux, en quoi cela pouvait-il le préoccuper puisqu'elle jurait un amour éternel?

«Mon vœu le plus cher est de passer avec vous le reste de ma vie», lui dit-elle, des accents de tristesse dans la voix.

Gracieuse, elle était retournée à la fenêtre, et Georges-Noël crut qu'elle avait essuyé une larme.

«Laissez-moi seulement le temps de remplir certaines formalités, et je serai à vous pour toujours.

— Il m'arrive d'avoir peur de vous perdre, Marian. C'est de là que vient mon impatience.

— Il n'y a que la mort qui pourrait me séparer de vous. Bien qu'elle puisse nous lier à tout jamais si nous partions ensemble», ajouta-t-elle avec une sérénité qui le bouleversa.

Longtemps encore, ils échangèrent serments d'amour et promesses de fidélité, regrettant que, pour quelques mois du moins, le dimanche soir venu il y ait encore nécessité de se séparer.

À la gare de Trois-Rivières où il devait prendre le train de quatre heures, Georges-Noël se sentit ce jour-là observé par un homme de grande taille qu'il crut avoir déjà aperçu à des compétitions équestres. L'homme se dirigea vers lui, puis fit brusquement demi-tour, quitta la gare et disparut dans la rue Bonaventure. «Il avait pensé retrouver une ancienne connaissance, je suppose. Ça arrive tellement souvent qu'on me prenne pour quelqu'un d'autre», se dit Georges-Noël, comme s'il eût cherché à se rassurer.

À l'ancienne écurie de Madeleine où il se rendit, de la gare de Yamachiche, pour reprendre son cheval, il trouva dans sa calèche un billet adressé à son nom, dont il ne reconnut pas l'écriture. «Monsieur Dufresne, venez vite nous rejoindre. Nous espérons vous voir avant de repartir.»

Toujours pressé de toute façon de revoir les siens, Georges-Noël fit galoper Prince noir sur le chemin de la rivière aux Glaises jusqu'à l'entrée de la maison où Oscar vint l'accueillir, transporté de joie.

«Ma petite sœur est arrivée cette nuit. Puis on a de la grande visite. Venez vite, grand-papa.»

Georges-Noël attacha son cheval à un poteau et enjamba les marches de l'escalier sans attendre son petit-fils. Ses enfants, brus et petits-enfants réunis, tous fêtaient la naissance de Marie Victoire Georgiana, baptisée l'après-midi même. Arrivés à la gare de Yamachiche la veille en fin de matinée, Ferdinand et son épouse avaient aperçu Georges-Noël qui montait dans un des wagons de queue mais n'avaient pu le rattraper avant que le train s'ébranle et file en direction de Trois-Rivières. Dans l'écurie devenue la propriété de l'oncle Joseph, Ferdinand avait reconnu le cheval de son père. L'idée de lui laisser un mot était venue de Georgiana qui allait être honorée du titre de marraine, alors que David, le dernier des fils de Louis, avait été choisi comme parrain.

«Mais comment avez-vous pu savoir...? demanda Georges-Noël en apercevant Ferdinand.

— Ça, ne cherchez pas, papa. Y a rien que la sorcellerie puis ses petits trucs qui peuvent nous révéler des choses aussi précises», répliqua Ferdinand si rieur que son père ne sut s'il blaguait ou s'il se moquait de lui.

Sa conversation de l'après-midi avec Lady Marian lui revint à la mémoire et il se rembrunit. Georges-Noël se sentait coupé de la joie que les événements des deux derniers jours avaient fait naître sans lui et avait du mal à se mettre au diapason. Heureux de revoir son fils à la maison après plus d'un an d'absence, déçu de n'avoir pas été proche de Victoire au moment de son accouchement, il lui importait de rattraper le temps perdu. Il aurait voulu tout savoir en même temps. Mais lorsque Ferdinand et son épouse lui annoncèrent qu'ils ne repartaient que par le train de cinq heures, le lendemain matin, il poussa un grand soupir de soulagement. Et bien que le baptême ait eu lieu deux heures plus tôt, il sortit verres et bouteilles de vin et servit à boire à toute la maisonnée.

«Va chercher grand-papa et grand-maman Du Sault, ordonna-t-il à Oscar. Puis dis-leur d'inviter l'oncle Louis et toute sa famille.»

Comme il fallait s'y attendre, Françoise et Delphine arrivèrent les bras chargés de pains et de marmites. Pour compléter le repas, Georges-Noël n'avait qu'à faire cuire quelques légumes, et le potager en regorgeait. La fête ne put battre son plein dans son cœur qu'après qu'il eut entendu la maman lui certifier que tout s'était admirablement passé. N'eût été la désapprobation de la sage-femme, ajouta-t-elle, elle se serait fait servir une coupe de vin.

«Rien ne t'empêche de tremper les lèvres dans la mienne», lui dit-il.

Avant qu'elle ait eu le temps de protester, il avait porté la coupe à sa bouche et l'en remerciait chaleureusement:

«Ce m'est un honneur, ma chère Victoire.»

Il allait de toute urgence voir à ses chaudrons, mais elle le retint.

«J'ai une faveur à vous demander.

— Avec plaisir!

— Je vous expliquerai plus tard, mais je voudrais que vous soyez le plus gentil du monde avec Ferdinand. Quand vous saurez, vous ne le regretterez pas.

— Ce n'est pas une mauvaise nouvelle, au moins? demanda-t-il, craintif.

— Au contraire! Puis, demandez à maman de venir, s'il vous plaît.»

Georges-Noël sortit de la chambre et croisa aussitôt le regard de son fils. Un regard particulièrement bienveillant. Aussi crut-il se sentir plus à l'aise en l'invitant à lever son verre à leurs retrouvailles sous le toit paternel.

«Gardez-vous un peu d'énergie, souffla Ferdinand à l'oreille de son père. J'aimerais vous jaser de quelque chose après la soirée.

— Ne t'inquiète pas pour mon énergie, il m'en restera toujours pour vous autres», lui signala Georges-Noël.

Dès que les invités se furent retirés et que Thomas, épuisé par deux nuits sans sommeil, eut gagné sa chambre, Ferdinand et son père sortirent et marchèrent vers la rivière aux Glaises. En cette nuit du 14 septembre, le ciel était d'une limpidité envoûtante et la température si chaude que les cigales chantaient à fendre l'air. Georges-Noël vivait avec émotion ces instants du premier rendez-vous que lui donnait son fils cadet. Sans conjecturer sur ce dont il allait l'entretenir, il goûtait ce moment comme un privilège dont il n'aurait peut-être plus jamais l'occasion de profiter. Réconcilié avec le choix qu'avait fait ce garçon d'abandonner ses études, il apprenait à mieux apprécier son épouse à travers les propos de Victoire et il souhaitait qu'à leur tour ils connaissent le bonheur de devenir parents.

«Ça s'est bien passé à Trois-Rivières? lui demanda Ferdinand.

— Tu veux savoir quoi, au juste? rétorqua Georges-Noël, méfiant.

— Je sais que je vous ai agacé, lors de votre visite chez nous, en vous demandant de me parler de Lady Marian. Je voudrais vous dire que j'ai pris des informations et que...

— À son sujet? l'interrompit Georges-Noël, ébahi.

— Oui. Et ce que je soupçonnais est vrai. Lady Marian est la sœur de Mme Piret.

— Puis, en quoi est-ce un déshonneur?

— Vous ne trouvez pas bizarre que Mme Piret ait toujours parlé comme si elle n'avait aucune parenté au pays? Qu'elle ait hésité, quand je l'ai questionnée hier, à m'avouer que Lady Marian était bel et bien sa sœur? Vous auriez dû voir sa tête lorsque je lui ai dit que vous étiez en relation avec elle...»

Georges-Noël s'était tu. Seuls le chant des cigales et le bruit de leurs semelles dans le champ d'herbes fauchées résonnaient en cette nuit aussi exceptionnelle et imprévisible que les deux jours qui l'avaient précédée. Des liens s'établissaient dans son esprit entre les révélations de son fils et les secrets de Marian.

«Vous saviez qu'elle a déjà été mariée? risqua Ferdinand après un long silence.

— J'en étais presque sûr.

— Vous saviez qu'il n'est pas mort?»

Georges-Noël en resta estomaqué. Cette nouvelle le stupéfiait. Désirait-il en savoir davantage? Il en doutait. Pourtant, n'était-il pas souhaitable qu'il possédât le plus d'informations possible? Il n'eût pas à trancher, car déjà Ferdinand ajoutait:

«Une histoire d'annulation de mariage traînerait depuis des années. Mme Piret m'a dit que si le mari ne l'a déjà obtenue, il serait sur le point de gagner sa cause.»

«Lui? se dit Georges-Noël. C'est lui qui aurait demandé une annulation?» Complètement abasourdi, il fut pris de vertige. Les raisons les plus courantes à l'appui d'une telle requête lui semblaient tellement monstrueuses à côté de la grande distinction de cette femme qu'il soupçonna aussitôt une perfide machination. Il s'arrêta et plongea son regard dans les yeux de son fils pour s'assurer qu'il ne rêvait pas. Il sentit la révolte monter en lui. Il devenait urgent de vérifier les informations de Ferdinand et de protéger Lady Marian.

«Tu sais autre chose?

— Rien d'autre, mais je suis inquiet pour vous, déclara Ferdinand. Je ne voudrais pas qu'il vous arrive une autre malchance. Il me semble que vous en avez eu plus que votre part...

— J'apprécie, mon garçon, mais ne t'en fais pas pour moi. C'est elle qui est en danger et je vais prendre les mesures qui s'imposent pour la protéger dès cette semaine...»

Les deux hommes rentrèrent à la maison sur la pointe des pieds. Les pleurs à peine audibles de la petite Georgiana leur rappelèrent des moments plus heureux et ils décidèrent de prolonger leur tête à tête pour clore cette visite sur une note de gaieté et de familiarité. Un verre de vin, quelques tranches de pain frais laissées par Françoise et un reste de dessert les ramenèrent à la table. La conversation tourna autour du travail de Ferdinand, des projets de la J. B. Rolland & Fils et des ambitions de Georgiana. Il était tard quand Ferdinand manifesta le désir de prendre quelques heures de sommeil.

Le train qui devait les ramener à Montréal entrait à la gare de Dalhousie à huit heures quarante, ce qui lui laissait à peine vingt minutes pour se rendre à son bureau. Il comptait sur les trois heures que durerait le trajet pour reprendre une partie de sa nuit.

«Je te rendrai ça un de ces jours», lui dit Georges-Noël en posant sur son épaule une main qui eût voulu exprimer l'admiration et l'attachement dont il l'avait, pendant trop longtemps, privé.

Ne souhaitant pas mieux que de se distraire, Georges-Noël aurait volontiers veillé toute la nuit pour ne pas se laisser submerger par l'angoisse qui cherchait à le transpercer dans le silence. Ferdinand aurait eu dix ans de moins que Georges-Noël aurait pu considérer comme de simples fabulations toutes les révélations qu'il venait d'entendre. Mais son fils était devenu un homme sensé, généreux et digne de confiance, plus qu'aucun Dufresne de cette maison ne l'avait jusque-là imaginé.

«Lui as-tu tout dit? demanda Georgiana lorsque Ferdinand vint se glisser sous les couvertures.

— Il n'aurait pas fallu, chuchota-t-il. Il en sait déjà assez comme ça, le pauvre homme.»

CHAPITRE VI

«Il n'y a rien que j'aime autant qu'un début de saison», s'écria Thomas, qui revenait de Montréal, le succès écrit sur les lèvres.

Au cœur de novembre, les clôtures de perches faisaient déjà le dos rond et les toitures des maisons et des bâtiments s'étaient camouflées sous leur pelisse blanche.

Victoire rejoignit Thomas près de la fenêtre où il regardait danser de gros flocons de neige, en fin d'après midi.

«On dirait des petits enfants qui jouent leurs premiers tours», observa-t-elle, amusée.

Tous deux éclatèrent de rire en voyant Oscar tomber à la renverse au départ fracassant de Pyrus, attachée pour la première fois au traîneau du gamin.

«Qu'il est patient ton père avec les enfants, fit remarquer Victoire.

— Comme tous les Dufresne, riposta Thomas. Puis je suis certain qu'il y prend son plaisir.

— Encore plus que toi, je dirais.

— C'est normal, il a plus de temps que moi», dit Thomas, heureux de l'occasion que lui offrait sa femme de lui faire part des résultats de ses démarches à Montréal.

Soumissions en main, un premier contrat avait été accordé au moulin Garceau par la J. B. Rolland & Fils pour l'achat de planches d'érable. De plus, quatre épiciers de l'est de Montréal, enchantés de leur expérience, s'étaient engagés à distribuer les trois sortes de fromages que fabriquait la Beurrerie-fromagerie Dussault & associés: deux fromages raffinés mous, dont le bleu de Maska et le roquefort pour lesquels les Piret avaient fourni les recettes, et un fromage raffiné ferme, cuit et filant, dont le secret avait été publié dans *Le Journal d'agriculture*.

«Il ne me manque plus que le verdict d'un expert sur la nappe de gaz que l'oncle Joseph a trouvé dans le champ de lin pour considérer que j'ai atteint tous mes objectifs de l'année», affirma Thomas en se frottant les mains de satisfaction.

Une éventualité toutefois le tracassait, et il devait en aviser Victoire. Depuis que Rose-de-Lima était enceinte, Joseph trouvait de plus en plus difficile de la laisser seule toute la journée. Advenant que le gisement mérite d'être exploité, il serait préférable que le couple réside sur ses terres de sorte que son oncle n'ait pas à quitter la maison pour n'y revenir qu'en fin de journée.

«Tu ne me dis pas qu'il voudrait venir vivre ici avec sa femme?

— J'ai bien peur que oui.

— Ça n'a aucun bon sens, protesta Victoire. Plutôt que de vivre ici à trois familles, j'aimerais cent fois mieux habiter chez mes parents, d'ici au printemps.

— Tu ne serais pas prête à ce qu'on s'installe au village, comme je t'avais suggéré l'été dernier?»

Victoire avait demandé du temps pour réfléchir. Avec trois enfants, dont un bébé, il lui semblait imprudent de déménager en hiver. À cela s'ajoutait un nouveau projet qu'elle venait de concevoir et qui se verrait compromis par le manque de temps et la fatigue reliés à un déménagement. Directement d'Europe, elle avait reçu, la veille, sa pièce de peau de chèvre, plus un cadeau de la part de Mme Piret. Un cadeau d'une très grande valeur. Dans un emballage soigné, enroulé dans la pièce de cuir, Victoire avait trouvé une paire de gants pour dame d'une incomparable finesse. «Ils sont faits de kid, avait spécifié Mme Piret, et ils peuvent se trouver en quatre ou cinq couleurs différentes.»

«Je voudrais essayer d'en faire. Si je les réussis bien avec de la peau d'agneau, j'ajoute un troisième élément à mes ensembles pour les nouveautés de Pâques.»

Bien qu'elle s'éloignât du plan déjà proposé, Victoire tenait à ce projet au point que Thomas décida d'apporter sa contribution: pendant la saison hivernale, le travail à la ferme devenait beaucoup moins exigeant et il n'était pas requis que ce fût Joseph qui s'en chargeât.

«Je vais m'occuper de la ferme avec mon père, jusqu'au printemps, proposa-t-il. Ce n'est rien de nourrir les animaux, de traire deux vaches et de nettoyer le bâtiment. Puis, on va entraîner ton neveu David pour les fois où on aurait à s'absenter. Joseph ne demandera pas mieux que de passer l'hiver bien au chaud avec sa douce.»

Persuadée qu'une telle offre ne ferait que des heureux, Victoire se remit au travail pendant que son mari allait vers les écuries pour en discuter avec Georges-Noël.

Bien que plusieurs semaines se fussent écoulées depuis la visite de Ferdinand, Georges-Noël se sentait toujours oppressé par cette angoisse que lui avaient causée les révélations de son fils. Certes, il avait questionné Lady Marian, mais ses aveux ne l'avaient guère rassuré, comme il s'en ouvrit à Victoire après le déjeuner le lendemain. Une fois qu'elle eut reconnu que son mari avait demandé depuis plus de cinq ans l'annulation de leur mariage auprès de l'Église orthodoxe, elle avait appris à Georges-Noël que, de son côté, elle avait demandé le divorce pour cruauté mentale. L'affaire était en instance depuis deux ans.

«Est-ce indiscret de chercher à savoir les raisons invoquées par votre mari pour revendiquer une annulation de mariage?

— Dites plutôt que vous aimeriez que je vous confirme ce que vous soupçonnez.»

Georges-Noël n'avait pu nier.

Les croyances de Marian Waters, ses activités au sein de cercles d'alchimistes n'avaient pas que déshonoré sa famille qui la considérait, les uns comme une simple bluffeuse, d'autres comme une sorcière dangereuse, et son mari comme une aliénée dont il n'avait, prétendait-il découvert les errances qu'après le mariage.

«Et vous, qu'en dites-vous? lui avait demandé Georges-Noël, compatissant.

— Je ne suis pas la première à qui de telles injustices sont faites.»

Le mot persécution s'était glissé dans ses propos lorsqu'elle lui avait expliqué quelle torture elle subissait depuis cinq ans.

«Les examens médicaux qu'on m'a fait passer auraient eu de quoi me rendre folle si j'en avais la moindre propension», avait-elle dit avant de fondre en larmes.

Jamais encore Marian ne s'était laissée aller à pleurer devant son amoureux. Il l'avait prise dans ses bras, taisant l'impression soudaine de revivre certains épisodes de sa vie avec Domitille. Sensible et mystérieuse comme cette dernière, Marian avait fait montre cependant d'un caractère bien trempé, comparable à celui de Victoire. Qu'elle soit demeurée lucide et fidèle à ses engagements en dépit des jugements erronés portés contre elle faisait foi, aux yeux de Georges-Noël, d'un équilibre mental hors du commun.

«Puis-je savoir pourquoi votre mari vous en veut tant?»

Issue d'une riche famille anglaise, Lady Marian avait d'abord douté de la sincérité de l'homme ambitieux et malchanceux en affaires qui était venu demander sa main. Mais, comme les familles Hooper et Waters étaient amies de longue date et que le soupirant était animé d'une passion qui pouvait aller jusqu'au suicide si elle refusait de l'épouser, Marian avait donné son consentement. Une première dispute avait éclaté à quelques semaines des épousailles, lorsque Marian avait exigé un contrat de mariage qui laissait à chacun la propriété de ses acquis. D'autres avaient suivi, de plus en plus violentes, amenant Marian à céder une partie de ses biens à son mari en échange de l'assentiment à une séparation de corps et de la promesse de ne pas troubler sa paix. Ce dernier engagement n'ayant pas été respecté, Marian avait dû quitter l'Angleterre pour venir enseigner à l'école protestante de Trois-Rivières. Sa passion pour les chevaux était parfaitement satisfaite, compte tenu des activités de cette ville où se tenaient des expositions annuelles et où une piste de course circulaire avait été aménagée, en 1829, sur le coteau Saint-Louis. Très respectée et admirée, Marian s'était très vite liée d'amitié avec des collègues de travail, des professionnels de la région et des fanatiques d'élevage et de courses de chevaux.

C'est chez elle que Georges-Noël devait se rendre ce matin-là, par le train de onze heures et demie. De là, il l'accompagnerait jusqu'à Montréal d'où elle filerait vers Ottawa, sa demande de divorce ayant été confiée aux tribunaux de cette ville. Convaincue que ce voyage serait à la fois concluant et définitif, elle l'entreprenait avec un enthousiasme que Georges-Noël ne parvenait cependant pas à partager. Était-ce la peur de la perte, inhérente à un grand amour? Était-ce une appréhension qui trouvait fondement dans les nombreux déboires précédents? Marian ne donnait créance qu'à la première hypothèse, aveuglée qu'elle était par l'amour ardent qu'elle éprouvait pour son associé.

Honorée de la confiance que Georges-Noël lui témoignait en lui faisant ces confidences, Victoire crut le moment venu d'aborder un sujet qui la hantait depuis plus de quatre mois:

«Comptez-vous passer chez Ferdinand? lui demanda-t-elle, une lettre à la main.

— Sans faute, répondit-il. Tu as quelque chose à lui envoyer?

— Oui, mais j'aimerais que vous lisiez d'abord ce qu'il m'a écrit l'été dernier.»

Bien qu'invité à la confiance par l'expression de bonheur qui se lisait sur le visage de Victoire, Georges-Noël se montra réticent. Il avait reçu sa dose de tourments depuis quelques mois.

«Vous vous trompez, lui assura Victoire. Ce que vous allez y apprendre ne peut que vous faire grand bien.»

Qu'une lettre prétendument réconfortante écrite en juillet ne lui fût montrée qu'en novembre le laissait fort perplexe, et il ne s'en cacha point.

«Vous me pardonnerez d'être allée à l'encontre de vos recommandations, mais il fallait que je sache..., pour retrouver ma paix.»

Georges-Noël hocha la tête et entreprit la lecture, visiblement ému de ce qu'il apprenait. Il quitta la table et fit quelques pas vers la fenêtre, comme chaque fois qu'une situation le tracassait.

Victoire se souvint alors de cette mémorable nuit de l'inondation de 1865, où, rongée par un mal d'amour plus grand que le torrent dévastateur qui balayait la grève, plantée devant une fenêtre où elle était allée cacher sa détresse, elle avait senti la main de Georges-Noël se poser sur son épaule. Sa voix, comme un baume sur sa douleur, l'avait exhortée à s'accrocher à sa jeunesse et à un avenir plein de promesses. Ce matin, il lui semblait que son tour était venu d'apaiser les angoisses de cet homme qu'aucun événement, qu'aucune dissension n'étaient parvenus à chasser de sa route.

«Le souhait de Ferdinand s'adresse à vous aussi», fit-elle remarquer en étirant le cou vers la feuille qui tremblait entre les mains de Georges-Noël.

Celui-ci n'eut pas le moindre geste vers elle, médusé par deux passages qu'il se résignait mal à quitter: «Sachez que je n'avais besoin ni de grand-mère ni de personne d'autre pour savoir que papa et toi vous vous êtes aimés et que vous avez beaucoup souffert. Le reste vous appartient. Et quoi qu'il soit arrivé, je tiens à vous dire que rien au monde ne pourrait déloger de mon cœur l'affection et l'admiration que je ressens pour vous deux. [...]

«Sans prétendre être doué pour conseiller les autres, je vous recommanderais de vous donner le droit de vivre ce que vous êtes, dans la fidélité à vous-mêmes, sans laisser le passé ou l'inconnu porter atteinte à votre présent. [...] La vie est si courte...»

Dans le regard de Georges-Noël enfin tourné vers elle, Victoire lisait l'étonnement, mais plus encore une émotion qui ne trouvait de mots pour s'exprimer. Ils s'abandonnèrent à une vibrante communion des cœurs et chacun se sentit envahi par un grand réconfort.

Georges-Noël vivait ces instants d'une indéfinissable intimité avec l'impression qu'entre l'humain et la divinité se glissait une espèce qui appartenait à l'un et à l'autre, et que Victoire en était. C'était ce que lui donnait à penser la perception qu'elle avait des moments de très grande intensité qui avaient jalonné leur relation au regard desquels elle n'éprouvait aucun remords. Comme si la noblesse des sentiments eût raison de tout principe moral. «Cette femme m'aura amené au-delà de moi-même», pensa-t-il, reconnaissant en Marian le même ascendant. «Tu pourras dire, sur ton lit de mort, que tu en as eu, de la veine, Georges-Noël Dufresne», se dit-il, appréciant ce que ces deux femmes lui apportaient d'unique et d'incommensurable. L'existence de la petite Emmérik, sur le point de célébrer ses trois ans, ajoutait à ses privilèges. Il ne manquait à son bonheur que Marian obtienne son divorce et qu'elle soit présente au souper du jour de l'An.

Enthousiasmé par le succès de ses négociations, estimé des commerçants de Montréal pour son intégrité en affaires, heureux de contribuer à la bonne marche de la cordonnerie, Thomas avait le goût de fêter. «Un jour de l'An qu'on ne sera pas prêt d'oublier», dit-il à Victoire avec qui il venait de compléter la liste des invités. À Ferdinand et Georgiana se joindraient André-Rémi et toute sa petite famille, l'oncle Joseph et sa Rose-de-Lima, les beaux-parents Du Sault et tous ceux des deux familles qui en éprouveraient le désir, et, finalement, Lady Marian, la tant attendue.

«Des repas pour une vingtaine de personnes pendant trois ou quatre jours», avait-il commandé à Mme Héli en lui présentant la liste des plats que Victoire voulait retrouver sur la table.

Retenue pour la troisième année consécutive, Mme Héli était heureuse de pouvoir, grâce à ce pécule, payer aux siens un luxe dont ils jouissaient rarement: un cadeau pour chaque membre de la famille. Victoire partageait d'autant plus cet enthousiasme qu'autour d'elle chacun semblait heureux de son sort. Sa mère, en proie à des douleurs lancinantes dans les os et subissant les récriminations constantes de son mari, venait puiser en sa compagnie un réconfort qu'elle ne pouvait pas toujours trouver chez elle.

«Rien qu'à voir tes petites frimousses pleines d'entrain, ça me donne raison d'espérer qu'avec le printemps tous mes bobos vont disparaître», dit-elle, empressée de faire deux ou trois points de surjet sur un bottillon, d'attacher et de couper les fils sur un autre quand ce n'était pas de surveiller les teintures dans les marmites.

Au plaisir de se plonger dans l'ambiance de cette maison s'ajoutait, pour Françoise, celui «d'être dans le secret des dieux», comme elle l'avait confié à sa fille. En effet, Victoire, qui s'était exercée à confectionner des gants doublés de laine de mouton, se hâtait d'en terminer une douzaine de paires qu'elle offrirait en cadeau à leurs invités. L'assistance de sa mère lui était d'autant plus précieuse que la dernière-née réclamait encore beaucoup de son temps et de ses soins. Victoire avait ordonné à Marie-Ange:

«Tu n'hésites pas à me l'emmener. C'est elle, le petit chef-d'œuvre qui mérite la première place dans ma journée.»

C'était un sentiment semblable qu'elle devinait dans le cœur de Georges-Noël à l'égard d'Emmérik. L'attention qu'il lui portait, l'empressement avec lequel il prenait de ses nouvelles et la serrait dans ses bras après chaque absence en témoignaient.

*   *
*

Georges-Noël était parti chez Lady Marian qui lui avait demandé, en son absence, de récupérer son courrier et de s'assurer que rien de fâcheux ne se produise dans la maison. Or il n'avait pas encore effleuré le sol de sa propriété qu'il était mis en état d'alerte. À quelque quatre cents pieds de la résidence de Marian, il aperçut un homme de stature imposante, à l'allure militaire, qui semblait en sortir. Il pressa le pas et reconnut celui qui l'avait observé d'un regard fuyant à la gare, au cours de l'été précédent. Des traces dans la neige jusqu'à la porte principale lui firent palpiter le cœur. Sa main trembla lorsqu'il introduisit la clé dans la serrure du portique. L'oreille collée à la porte, il ne perçut aucun bruit qui pût révéler une présence à l'intérieur. Aucune ombre ne se déplaçait derrière le rideau d'organdi qui couvrait la fenêtre à carreaux de la deuxième porte. Georges-Noël enfonça délicatement la clenche, un œil tourné vers la rue où le visiteur s'était engagé avant de disparaître.

Dans le salon, tout était demeuré comme à sa dernière visite. De là, il vit qu'une chaise, dans la salle à manger, avait été éloignée de la table sur laquelle se trouvait une enveloppe blanche, d'un volume impressionnant, sans désignation de destinataire, constata-t-il en s'approchant. Juste à côté, le courrier qu'il aurait dû prendre dans la boîte aux lettres. Quelqu'un d'autre que lui possédait donc les clés de cette demeure. Deux hypothèses s'imposèrent à son esprit. Ou Marian avait mandaté une deuxième personne pour veiller sur ses biens, ou un intrus s'était introduit chez elle. Nerveusement, il compulsa la dizaine d'enveloppes, certaines venant d'Europe, deux d'Ottawa, une de Montréal, jusqu'à la dernière, enfin, qui lui était destinée. Anxieux d'en connaître le contenu, Georges-Noël allait l'ouvrir, mais il s'arrêta, regarda autour de lui et enfouit l'enveloppe dans la poche de son manteau. Le sentiment qu'il valait mieux ne pas s'attarder dans la maison l'incita à en faire le tour rapidement. Sur les meubles de la chambre à coucher, les bibelots et coffres à bijoux ne semblaient pas avoir été touchés, à l'exception d'un dont le couvercle était levé. Le trouvant vide, Georges-Noël tenta de se persuader que Marian avait dû apporter avec elle les bijoux qu'il contenait. Mais que ce coffret ait été ouvert depuis sa dernière visite l'inquiéta. Un dernier coup d'œil dans les autres pièces, la chaise remise à sa place dans la salle à manger, Georges-Noël verrouilla les deux portes, mû par l'urgence de se rendre à la gare alors qu'il faisait encore jour. D'y trouver l'homme à l'allure militaire ne l'eût pas surpris. Le cas échéant, il était déterminé à lui adresser la parole.

La main dans la poche sur l'enveloppe qui lui venait de Marian, Georges-Noël arpentait fébrilement la salle d'attente de la gare. Son agitation se doublait de l'inquiétude qu'avait suscitée la vue du visiteur inconnu. Le mouvement des voyageurs annonça l'approche du train avant que le vrombissement se fît entendre. Puis, un sifflement fendit l'air déjà glacial de ce 21 décembre 1879. Georges-Noël s'empressa de monter dans le dernier wagon, le seul endroit où il pouvait trouver une place individuelle. La main glissée à l'intérieur de son paletot, il palpait l'enveloppe, impatienté de devoir attendre le passage du préposé aux billets pour entreprendre sa lecture.

«*My dear, my very dear Georges,*

«Les deux villes qui me séparent de vous me semblent plus vastes que la planète...»

Georges-Noël ferma les yeux pour mieux savourer la suavité de ces mots. Il lui semblait les entendre de la bouche de Marian, voir la flamme amoureuse dans son regard et sentir ses mains chercher les siennes comme si elle fût à ses côtés. Un parfum connu de femme chatouilla ses narines. Un instant, il allait croire au miracle. Déçu de découvrir qu'une autre que sa bien-aimée portait ce parfum, il se replongea dans sa lecture. La suite de la lettre était assez laconique. Désemparé, il relut ces lignes où elle lui annonçait que, son avocat ne s'étant pas présenté, «en raison d'un empêchement majeur», disait-elle, la cause avait été reportée et on lui conseillait de ne pas quitter l'hôtel avant d'avoir été informée de la date de sa prochaine comparution. «Ce pourrait bien être ces jours-ci», ajoutait-elle. Georges-Noël allait céder à la morosité lorsqu'il constata que la lettre datait du 10 décembre et qu'il était possible qu'un télégramme lui arrive avant la fin de journée, avant le jour de l'An, tout au moins, et lui dise que la cause avait été entendue et le divorce, accordé. Il ne put cacher sa déception d'apprendre, en rentrant chez lui, que rien de la part de Marian ne l'y attendait. Il se contenta, ce soir-là, de couvrir les mains de sa petite Emmérik de tendres baisers avant de monter à sa chambre.

Sept jours s'écoulèrent avant que Georges-Noël reçut enfin un télégramme de Marian, sept jours d'une nostalgie que seul le sourire des enfants parvint à distraire. Dans un état de fébrilité extrême, il s'empara du feuillet que lui tendait le porteur et prit connaissance du message: «Cause reportée au 2 janvier. Je vous invite chez moi le 4 janvier.»

Bien que cette absence eût assombri le regard de Georges-Noël plus d'une fois, une atmosphère des plus joviales régnait dans la maison le jour du Nouvel An. Georgiana Beauchamp et Euphinsie Désilets, l'épouse d'André-Rémi, en visite à Yamachiche pour la première fois, animèrent la fête de leurs spectacles improvisés, de leurs chansons à répondre et de leurs jeux de société. Originaire de Nicolet, Euphinsie, à l'instar de Georgiana, avait dû quitter sa région à l'âge de seize ans pour travailler dans un hôtel de Montréal, celui-là même que dirigeait André-Rémi. Passionnée de musique et de théâtre, elle n'avait cependant pas connu les mêmes conditions que l'épouse de Ferdinand. De santé fragile, et souvent seule à la maison avec ses trois enfants en raison du travail de son mari, elle avait ouvert un service de lessive qui lui permettait de mettre de l'argent de côté; les ambitions qu'elle nourrissait pour l'avenir de ses enfants à qui elle voulait payer des cours dans le domaine des arts l'exigeaient. Sur ce point, elle avait trouvé l'approbation de Georgiana et de Victoire, alors que Rose-de-Lima ne demandait que la santé pour la dizaine d'enfants qu'elle rêvait de mettre au monde en dépit de ses trente-quatre ans; le premier était d'ailleurs attendu aux premiers jours d'avril.

Georges-Noël se montra discret au cours de ces festivités, déplorant que nul autre que lui ne semblât se préoccuper de Ferdinand dont le teint blafard et la respiration saccadée annonçaient une imminente récidive de pneumonie. Aussi était-il déterminé à se ménager un tête à tête avec lui avant son départ. Surpris que son fils le souhaitât aussi, Georges-Noël présuma qu'il serait question de Lady Marian et il y consentit.

«Son mari vivrait par ici depuis près d'un an, lui apprit Ferdinand.

— De qui tiens-tu ça? demanda Georges-Noël, sceptique et bouleversé.

— De M. Piret que je suis allé voir hier.»

Bien que le sentiment qu'une menace planait sur sa tête envahît Georges-Noël, sa raison ne trouva aucun motif de s'alarmer.

«Il vaudrait mieux vous attendre à ce que le jugement de divorce ne soit jamais prononcé, ajouta-t-il.

— Impossible! s'exclama Georges-Noël.

— D'après M. Piret, cet homme va faire reculer ce jugement tant qu'il n'aura pas obtenu l'annulation de mariage qu'il attend incessamment.

— Et pourquoi?

— Lady Marian reconnue comme aliénée, il met la main sur tous ses biens.

— Mais c'est complètement sordide. De plus, jamais personne ne pourrait établir que Marian est atteinte de débilité mentale.

— Vous savez mieux que moi que tout s'achète. Un diagnostic médical comme un jugement de cour... Chez nous comme ailleurs.»

Georges-Noël grimaça de scepticisme.

«Vous n'avez même pas à sortir de la place pour savoir que c'est possible.»

La moue que fit Georges-Noël provoqua l'indignation de son fils.

«Vous n'avez jamais voulu me croire, mais je sais que c'est le cas de celle qu'on a surnommée la Folle du manoir. Vouloir mettre cette affaire dans les mains d'avocats honnêtes, ça ferait tout un scandale...»

Georges-Noël restait silencieux, soudain terrassé par la possibilité que Ferdinand eût raison.

«Je sais maintenant ce qu'il me reste à faire, dit-il enfin, prêt à prendre congé de son fils. Il n'est pas né celui qui pense obliger Marian à remettre les pieds en Angleterre. Des avocats puis de bons médecins, nous en avons chez nous aussi...»

Informé de son plan, Ferdinand encouragea son père à le mettre en œuvre le plus tôt possible. Georges-Noël allait sortir du salon lorsqu'il se ravisa.

«Parle-moi donc de ta santé, toi.

— Je suis suivi par un très bon médecin depuis plus d'un an», lui apprit-il.

Ferdinand fit tout pour le rassurer. Il lui confia aussi que le fait que Georgiana ne soit pas encore enceinte les avait amenés à consulter le médecin très fréquemment au cours des six derniers mois. Le doute penchant du côté de Ferdinand, il devait subir des examens plus poussés à la mi-janvier.

«Je serais bien déçu de ne pouvoir réaliser un des plus grands rêves de ma femme», ajouta Ferdinand.

Grandement étonné, Georges-Noël riposta aussitôt:

«Comment peut-elle penser élever des enfants avec le peu d'intérêt qu'elle porte aux tâches de la maison?

— Mais il n'y a pas que Victoire qui puisse se payer une bonne. Ce n'est pas rare à Montréal...»

Georges-Noël allait dire que, pour Victoire, c'était différent, mais Ferdinand le devança:

«Je comprends bien que, pour vous, le cas de Victoire sera toujours différent. Qu'aucune autre bru ne pourrait espérer autant d'estime de votre part. Mais je tiens à vous dire que c'est à connaître une personne qu'on apprend à l'apprécier.»

Bouche bée, Georges-Noël se frottait le menton, cherchant comment expliquer, sans le blesser, que le travail de Victoire justifiait qu'elle engageât une domestique. Ferdinand ne lui en laissa pas le temps et dit, dans un murmure à peine audible:

«Vous devez bien savoir que j'ai raison puisque vous êtes capable maintenant d'aimer une autre femme.

— Je vais faire la tournée des bâtiments», lança à brûle-pourpoint Georges-Noël.

Et il tourna les talons, de sorte que Ferdinand ne put lui poser la question qui le titillait depuis près de trois ans. Force lui fut donc de s'adresser à Victoire.

Profitant de ce qu'elle avait dû revenir dans la cuisine pour préparer un biberon à son bébé, sans ambages, Ferdinand risqua sa question, à mi-voix:

«Ta fille, Emmérik, c'est aussi celle de mon père, hein? Puis je suis sûr que tu n'en fais pas un problème.

— En quoi cela te concerne, Ferdinand Dufresne?

— Question d'intuition et de...

— Désolée, mais quoi que je t'en dise, personne ne pourra jamais en avoir la certitude.

— Je tenais quand même à te dire que, quoi qu'il en soit, tu auras toujours toute mon admiration. Puis mon père aussi. J'espère juste vivre assez vieux pour raconter ta vie à nos enfants, quand vous ne serez plus là, toi et papa.»

Profondément touchée, Victoire reçut en silence le baiser que Ferdinand déposa sur sa joue.

«Tu es une femme extraordinaire», lui souffla-t-il à l'oreille.

*   *

*

Les réceptions des Fêtes avaient été pour Thomas une occasion de bonheur. Son image et sa fierté personnelle avaient tiré grand profit de la compagnie de tous ces gens qui, à de rares exceptions près, lui étaient redevables de leur bien-être ou du progrès de leur entreprise. Grâce à lui, l'oncle Joseph pouvait demeurer auprès de sa femme jusqu'à la naissance de leur enfant, date qui coïncidait avec l'arrivée du printemps. Joseph anticipait ce moment avec d'autant plus d'impatience que le forage du puits semblait prometteur et que Thomas lui laissait l'usufruit de cette première trouvaille en échange de la liberté, pour lui et sa petite famille, de demeurer dans la maison qu'ils habitaient depuis près de sept ans, tant qu'il leur plairait de le faire.

Thomas avait aussi droit à la reconnaissance de Louis junior, qui l'avait surnommé «parrain adoptif», pour l'intérêt, les soins et les conseils qu'il apportait à la beurrerie-fromagerie afin qu'elle devienne l'industrie la plus prospère de la région. Du côté de la cordonnerie, les projets qu'il mûrissait pour le commerce des chaussures n'attendaient que l'approbation de Victoire pour prendre forme. «Le temps joue toujours en notre faveur quand on sait l'attendre», lui avait appris la cordonnière, qui tenait cette maxime de son grand-père.

Thomas eut une preuve de la justesse de cette sentence ce vendredi lorsque Victoire lui tendit un colis adressé à son nom, en provenance de Québec. L'écriture fignolée ne pouvait être que celle d'une femme. Thomas blêmit. «Pourvu que ce ne soit pas...», se dit-il en pensant à la femme qui l'avait entraîné dans son lit de l'hôtel Royal. Les doigts glacés sur la ficelle qu'il tentait de dénouer, il se vit offrir, confus, la paire de ciseaux posée là tout près de lui:

«Tiens. Ça pourrait être plus facile avec ça», lui dit Victoire, un sourire moqueur sur les lèvres.

Une petite boîte de papier métallique gris cachait, sous une enveloppe immaculée, une montre de gousset. Sa montre de gousset. Celle que son père lui avait offerte en cadeau de fiançailles et qu'il avait fait graver à son nom. D'un geste rendu maladroit par la nervosité, Thomas la remonta et la porta à son oreille.

«Ouf! Elle fonctionne encore!» s'exclama-t-il, faussement joyeux.

Le regard suspicieux de Victoire braqué sur lui l'incommodait plus que toute question, si embarrassante fût-elle.

«Je n'aurais pas pensé qu'il existait des gens assez honnêtes pour se donner le mal de chercher mon adresse...», ajouta-t-il, pour se donner une contenance, avant d'ouvrir l'enveloppe que Victoire ne quittait pas des yeux.

Son regard balaya le texte avec une vitesse inusitée.

HÔTEL ROYAL
80 rue Saint-Jean, Québec

À l'occasion des travaux de rénovation entrepris à notre hôtel, nous avons trouvé votre montre sous le tapis de la chambre 23 du premier étage. Heureusement pour vous, votre nom y était gravé et un autre papier portant votre adresse s'y trouvait aussi. En espérant que vous habitiez toujours à cet endroit, je vous la fais parvenir sans tarder.

Madame Octavie Dagenais, gérante.

«Un voleur repentant? demanda Victoire.

— On dirait bien, fit Thomas, dont l'air nigaud trahissait le mensonge.

— On servait de la boisson dans cet hôtel-là? s'informa Victoire qui avait pu, de son côté de la table, lire l'en-tête de la lettre écrit en gros caractères.

— Tous les hôtels servent de la boisson. Permis pas permis», répondit Thomas, pendant que ses doigts s'affairaient à déchiqueter en mille miettes l'enveloppe et la lettre.

Devant un geste aussi révélateur, Victoire s'abstint de faire allusion à l'alliance qui aurait pu se trouver dans le même emballage. Leur amour se portait bien et elle n'aurait pas voulu y nuire de quelque confrontation inutile.

Elle se proposait d'en souffler un mot à Georges-Noël, mais, quand il entra dans la maison avec un télégramme à la main, elle comprit que le temps était mal choisi.

«Cause encore reportée. Très fatiguée. Pressée de rentrer chez moi. Y serai pour le jour des Rois. Je vous attends, Georges.»

Les avertissements de Ferdinand rebondissaient comme le ressac des vagues contre la digue. «Il vaudrait mieux vous attendre à ce que le jugement de divorce ne soit jamais prononcé», l'avait-il avisé. Il devenait urgent, si les autres mises en garde de son fils se révélaient aussi pertinentes, qu'il se rendît à la résidence de Marian.

«Ne serait-ce que pour déblayer son entrée et chasser l'humidité de sa maison», se justifia-t-il, pour taire son angoisse.

Quelques jours plus tard, requis de le reconduire à la gare, Thomas apprenait à son tour de quels tourments Marian était victime. Plus impétueux que son père, il suggéra des mesures drastiques pour assurer sa protection:

«Il faut obtenir une description de son mari et le faire suivre par un détective jusqu'à ce que les avocats de madame lui collent une poursuite aux fesses pour avoir troublé sa paix et avoir porté préjudice à sa santé et à sa réputation.»

Thomas alla jusqu'à craindre pour la sécurité de son père.

«Et si c'était lui, le mystérieux visiteur? Qui vous dit qu'il ne rôde pas autour de la maison de Lady Marian? Autour de la vôtre? Un gars comme ça peut aller jusqu'à l'enlèvement, jusqu'au meurtre», ajouta-t-il, aussitôt rabroué pour son «imagination trop fertile».

À peine Georges-Noël se fût-il engagé dans la rue Hart qu'il vit des volutes blanches montant de toutes les cheminées de la maison de Marian sans exception. Or, dans le couloir taillé à même l'épaisseur de neige durcie, aucune trace n'apparaissait sur les quelque quatre pouces laissés par la bordée de la veille. Quelqu'un habitait donc la maison depuis plus de douze heures. Et pourtant, bien que le soleil fût déjà haut, toutes les tentures étaient fermées. La prudence et la discrétion s'imposaient au moment de tourner la poignée de la porte extérieure qu'à sa grande surprise Georges-Noël trouva verrouillée. Dans le portique, aucun signe de présence. Il cogna à la porte une première fois, mais rien ne bougea. Une deuxième fois, il frappa plus vigoureusement. Un grincement de pentures, une ombre coupant le faisceau de lumière qui traversait le salon, un coin du rideau presque imperceptiblement soulevé, et Marian apparut, le teint livide et les yeux bouffis, le visage encore marqué par la panique qui s'était emparée d'elle en entendant frapper à la porte.

«Ah, c'est vous, Georges!» s'écria-t-elle en se jetant dans ses bras.

Georges-Noël la sentit frissonner sous son peignoir de satin bleu.

«Vous êtes souffrante, Marian?

— Je suis si heureuse de vous revoir.»

Leur étreinte prit l'intensité d'une retrouvaille après une longue et périlleuse absence.

«Asseyez-vous près du feu le temps que je m'habille convenablement», dit-elle, manifestement gênée de son apparence.

Georges-Noël n'eut qu'à jeter un regard sur la table pour comprendre que Marian avait dépouillé son courrier. Il lui était difficile de demeurer confiant et serein, car l'état dans lequel il venait de retrouver sa bien-aimée lui semblait de très mauvais augure. Lorsqu'elle ressortit de sa chambre, vêtue d'un corsage de velours noir rehaussé de fines dentelles, la chevelure retenue à la nuque par deux peignes sertis de perles blanches, il sut qu'il n'hésiterait pas à braver la mort pour la protéger et sauver leur amour. Ses bras l'enlacèrent et il eût voulu la tenir pressée à tout jamais sur son cœur. Un même désir passait dans les doigts de Marian qui s'enfonçaient dans sa chair.

«Ce que vous souhaitez le plus au monde, je suis venu pour vous l'accorder, ma douce Marian.

— Partir. Partir très loin d'ici, tous les deux, murmura-t-elle comme une plainte que la raison n'avait pu retenir.

— Mais vous tremblez! De quoi avez-vous si peur?

— De vous perdre, Georges.»

Georges-Noël l'entraîna vers le salon et l'invita à se blottir dans ses bras.

Accablée par l'inlassable acharnement de son mari, elle venait de lire, dans un des nombreux documents que contenait l'enveloppe blanche, qu'un diagnostic, établi par un médecin de Londres qu'elle jurait n'avoir jamais rencontré, la déclarait atteinte d'aliénation mentale sporadique.

«Tout diagnostic médical peut être contesté, Marian. Et j'ai prévu le faire le plus tôt possible.»

Elle se redressa, le regard soudain brillant d'une lueur d'espoir.

Georges-Noël ferait voir Marian par deux médecins éminents, soit ses cousins Louis-Léon Desaulniers, qui avait parfait ses études aux États-Unis et en Europe, et Hercule Rivard, dont la réputation n'était plus à faire.

«Puis, je connais plusieurs personnes qui pourront témoigner en votre faveur. Je n'ai jamais vu plus sordide machination», soupira-t-il.

Marian comprit que son amoureux avait aussi prévu l'assistance d'un avocat. Abraham Desaulniers et Nérée Duplessis seraient saisis de la cause et verraient à ce que Marian soit dédommagée pour les nombreux préjudices causés par des années de violence mentale et de harcèlement. Georges-Noël allait de ce pas se rendre au bureau de l'avocat situé à quelques rues de là, mais Marian l'en dissuada.

«Je vous en supplie, ne me laissez pas seule aujourd'hui.

— Quelqu'un vous aurait fait des menaces? demanda Georges-Noël, se rappelant les propos de Ferdinand au sujet de cet homme qu'il avait décrit comme un être dangereux.

— Oui. Il a des clés pour entrer ici», lui révéla-t-elle, plus fragile qu'il ne l'avait jamais vue.

Ce mystérieux visiteur n'était donc nul autre que son mari.

«Je sais maintenant où il veut en venir et j'ai très peur qu'il ne m'y amène de force», dit-elle à mi-voix comme si elle craignait qu'il ne l'entendît.

Des examens supplémentaires lui étaient imposés et elle devait les subir dans une clinique fermée, en Angleterre. Un diagnostic de débilité mentale justifierait un internement et placerait Marian sous la tutelle de son mari qui, dès lors, pourrait disposer de ses biens et de sa personne.

«Ne pleurez pas, Marian. Non seulement vous n'irez pas dans cette clinique, mais jamais plus on ne pourra vous obliger à vous rendre en Angleterre.»

Marian n'en était pas si sûre.

«Je vais veiller sur vous tant qu'il n'aura pas quitté le pays, lui promit-il. Et quand je devrai m'absenter, je verrai à ce que quelqu'un de fiable me remplace.»

Georges-Noël passa le reste de la journée à planifier la protection de sa bien-aimée dans les moindres détails. Un calendrier des démarches à entreprendre, tant sur le plan médical que sur le plan légal, fut dressé. Le changement des serrures de porte figurait au nombre des priorités, tout comme les rencontres avec les spécialistes choisis. Comme Lady Marian jouissait d'une grande fortune, sa défense n'avait pas de prix. Une dame de compagnie, triée sur le volet, habiterait sa demeure chaque fois que Georges-Noël la quitterait.

Ces mesures étant bien planifiées, le lendemain, jour des Rois, le couple put se laisser aller à la tendresse et au plaisir dans une relative sérénité.

«À partir d'aujourd'hui, estimez que vous n'avez plus rien à craindre, lui répéta Georges-Noël avant de reprendre le train pour Pointe-du-Lac.

— J'en serais plus certaine si nous pouvions fuir la région.

— Écoutez-moi bien, Marian. Fuir, ce serait nous conduire en coupables. Cette maison vous appartient, vos écuries et vos chevaux aussi. Vous n'avez pas à céder au chantage d'un imposteur. À moins que, de toute façon, vous préfériez vivre ailleurs?»

Le silence de Marian le porta à croire qu'il avait deviné juste.

«Si c'est le cas, je vous suivrai où que vous alliez», promit-il, un pincement au cœur.

Dans le train qui le ramenait auprès des siens, Georges-Noël repensa à sa vie comme à une suite de déchirements à la mesure des passions qui les avaient provoqués. Il se surprit à se dire qu'en dépit des épreuves qu'il avait traversées il n'échangerait pas son existence pour aucune autre qui fût d'une banale tranquillité.

À l'image de l'effervescence qui régnait dans la région en cet hiver 1880, Georges-Noël fut pris dans un va-et-vient à nul autre comparable. La fréquence de ses visites chez Lady Marian et les démarches entreprises pour assurer sa défense, s'ajoutant à ses responsabilités personnelles, ne lui laissaient guère de répit. «Quelle merveilleuse invention que ce train!» se disait-il, devant le prendre plus d'une fois par semaine.

Bien que cette facilité de transport servît bien sa cause, il n'en déplorait pas moins que, depuis son avènement, un plus grand nombre de familles avaient quitté la région pour rejoindre ceux qui, de l'autre côté de la frontière, se vantaient, mensongèrement pour la majorité, d'avoir amélioré leur sort. Et comme s'il fallait bien trouver compensation pour ces désertions massives, Thomas et sa femme se réjouissaient d'apprendre qu'en raison de la hausse du tarif douanier et de l'utilisation de la vapeur comme force motrice, le marché canadien échappait totalement aux cordonniers américains. Quelques-uns, spécialisés dans les chaussures fines, exportaient encore, «mais pour peu de temps», estimait Thomas, qui rêvait du jour où Victoire s'adonnerait à son métier de façon plus combative.

«J'ai tout le reste de ma vie pour en faire, des souliers, tandis qu'il ne me reste pas grand temps pour compléter ma famille», alléguait-elle, à quelques mois de ses trente-cinq ans.

Même si près de deux ans s'étaient écoulés depuis le décès de ses deux filles, Victoire en restait encore profondément meurtrie. Il n'était pas d'ambition professionnelle qui pût déloger de son cœur l'aspiration à donner naissance à plusieurs autres enfants. Thomas l'approuvait sans trop comprendre en quoi l'une et l'autre ne pouvaient être compatibles.

«Si tu acceptais qu'on emménage au village, dans une grande maison, je pourrais installer une ou deux machines à coudre et engager quelques employés sans que tu aies à travailler plus que maintenant», proposait Thomas, au fait des opportunités qui s'offraient sur le marché.

Aux raisons que Victoire invoquait contre un déménagement pendant l'hiver s'ajoutait un vague pressentiment qu'elle ne savait définir autrement que par l'impression que le temps n'était pas venu. Bien que dépité de voir ses ardeurs de nouveau freinées, Thomas, toujours à l'affût d'une propriété qui pût se prêter à la réalisation de ce projet, gardait espoir pour l'été suivant.

Au cœur de février, un étranger se présenta à la beurrerie-fromagerie, disant chercher la résidence d'un dénommé Dufresne, éleveur de chevaux de race.

«Il semble qu'il voudrait en acheter», dit Victoire en croisant Georges-Noël qui rentrait de Trois-Rivières.

Intrigué, Georges-Noël voulut plus de détails, mais elle n'en possédait guère, sinon que ce grand monsieur parlait anglais et qu'il promettait d'y mettre le prix. Aussitôt, il courut vers la beurrerie-fromagerie, pressé de questionner celui à qui l'étranger s'était adressé.

«C'est Louis qui l'a reçu hier, mais il est parti pour la journée», l'informa un des employés.

Thomas en avait-il eu vent? Georges-Noël se précipita à sa rencontre alors qu'il revenait de chez son ami Nérée Duplessis.

«Vous ne savez pas la meilleure..., dit-il, brûlant d'annoncer une nouvelle pour le moins fracassante. Qui aurait dit que M. Joseph Duplessis aurait laissé aller toutes ses terres comme ça?

— Qu'est-ce que tu racontes là?»

Georges-Noël savait que Joseph Duplessis ne pouvait compter sur une relève dans sa famille, mais il n'aurait pas pensé qu'il fût déjà prêt à tout céder à son gendre.

«C'est justement là le mystère. Il se serait fait enjôler par un étranger au français cassé qui lui a offert le double de ce qu'il pensait demander à son gendre.»

Stupéfait, Georges-Noël ne put s'empêcher de faire un lien entre cet homme et son éventuel acheteur de chevaux.

«Nérée m'a dit que ses parents cherchaient une maison à Trois-Rivières.

— À Trois-Rivières? Mais pourquoi pas par ici?»

Rien de ce qu'il venait d'apprendre ne ressemblait aux projets que Joseph Duplessis, dans la jeune soixantaine, avait toujours caressés pour son avenir, celui de ses biens et de sa famille.

«Tout ce que je sais, c'est que l'acheteur veut que la maison soit libérée le plus vite possible pour y installer des dénommés Davidson, deux frères célibataires qu'il a engagés pour s'occuper de la ferme.

— Je m'en vais voir Joseph, annonça Georges-Noël, sidéré.

— Il est parti à Trois-Rivières avec sa femme, que je viens de vous dire.

— Pour combien de temps?

— Le temps qu'il faudra pour trouver une maison m'a dit Nérée.

— Ça ne sent pas bon tout ça, balbutia Georges-Noël.

— On dirait, reprit Thomas, que depuis que le train passe ici, il y a de plus en plus d'Anglais qui débarquent chez nous.»

Georges-Noël hocha la tête, sans plus.

Si Victoire et Thomas s'inquiétaient de cette étrange coïncidence, que dire de ce que Georges-Noël en pensait et de ce que Ferdinand en eût conclu?

La semaine s'écoula et personne ne vint rendre visite à Georges-Noël. «C'est un grand monsieur à l'air sévère», répondirent Louis junior et Nérée lorsqu'il put les questionner. Il lui tardait maintenant de revoir Marian.

«Je ne voudrais pas être indiscret, lui dit-il après avoir pris de ses nouvelles, mais j'aimerais savoir si votre mari s'intéressait aux chevaux.»

Marian s'esclaffa.

«Lui? Oh, non! Il n'avait aucun talent pour le dressage de ces chères bêtes. D'ailleurs, c'est bien connu que les chevaux se rebiffent devant les gens violents.»

Georges-Noël ne demandait pas mieux que de l'entendre épiloguer sur le sujet sans qu'elle cherchât à savoir d'où lui était venue une telle idée. «Il faut que je me surveille, je suis en train de le voir jusque dans ma soupe...», se dit-il, tentant de se convaincre que l'acheteur ne pouvait être son mari. La hantise de savoir qui était cet homme ne le quittait pas pour autant. Le hasard, qui semblait jusque-là s'acharner à l'en empêcher, le mit tout de même sur la route d'un inconnu qui faisait le tour des bâtiments des Duplessis au moment où il allait soigner ses chevaux dans la grande écurie.

«*Your boss?* demanda Georges-Noël. *What is his name?*

— *No boss*, répondit l'inconnu, d'un air sarcastique.

— Vous travaillez pour le nouveau propriétaire?»

L'homme haussa les épaules, semblant ou simulant ne rien comprendre. «Mais quelle langue peut-il bien parler s'il n'entend rien au français et si peu à l'anglais?» se demanda Georges-Noël.

«*Do you speak English?* lança-t-il, dans une dernière tentative.

— *Ya! Ya! But I don't understand you...*, fit l'homme en grimaçant.

— *Shit!*» laissa échapper Georges-Noël en faisant voler la neige d'un coup de botte dans l'allée.

Indigné d'une telle insolence, il conclut qu'il devait s'agir d'un des deux Davidson. «Je le saurai bien un jour», se dit-il, convaincu que ce moment approchait.

La bonne forme de Lady Marian, la sympathie qu'elle éprouvait pour Mme Genest, sa dame de compagnie, elle-même une ancienne enseignante, et les résultats fort encourageants des examens médicaux incitèrent Georges-Noël à espacer dorénavant ses visites pour s'accorder plus de temps avec les siens.

«Bientôt, tous les documents nécessaires à votre défense seront arrivés en Angleterre et la vie pourra reprendre son cours normal», avait-il dit à Marian la dernière fois qu'il l'avait vue.

Redoutant que la décision concernant l'annulation du mariage ne fût déjà rendue à son désavantage, Marian avait formulé comme un vœu ardent:

«Pourvu qu'il ne soit pas trop tard...»

Cette note pessimiste poursuivit Georges-Noël tout au long du trajet et jusque chez lui où venait de frapper un nouveau malheur.

«Le docteur Rivard a tout fait pour..., tenta de lui expliquer Victoire, mais les sanglots l'étouffèrent.

— Qu'est-ce que tu dis? cria Georges-Noël, affolé. Mais c'est impossible, elle n'était même pas malade quand je suis parti!»

Le visage raviné par les larmes et la fatigue, Victoire tenait dans ses bras sa petite Emmérik, emmaillotée dans une couverture de laine. On venait à peine de célébrer son troisième anniversaire de naissance. De violentes douleurs au ventre accompagnées de fortes fièvres l'avaient terrassée en moins de deux jours.

«Il n'est pas trop tard, clama Georges-Noël. On va la sauver, celle-là. Donne-la-moi.»

Victoire lui tendit le corps inanimé de la fillette et elle s'effondra. Georges-Noël serrait l'enfant sur sa poitrine, la suppliait de faire un dernier effort:

«Ton grand-papa est là, ma petite chérie. On va t'aider. Accroche-toi.»

La tête de la fillette nichée dans son cou, Georges-Noël se mit à gémir de désespoir. Ses larmes coulaient sans retenue sur la chevelure blonde de son enfant. Victoire s'approcha, appuya son front sur le sien et contempla avec lui le fruit de leur amour. La profondeur de leur détresse n'avait d'égale que celle de leur passion.

Georges-Noël refusait de s'incliner devant la mort. Il allait accorder à la vie une dernière chance de triompher. Une quinzaine d'heures les séparaient encore du moment fatidique où le corbillard allait venir prendre son enfant pour la conduire en terre. Résolu à ne pas la quitter un seul instant, Georges-Noël allait recouvrir le corps d'Emmérik d'une autre chaude couverture et il n'allait pas permettre à la flamme de l'âtre de faiblir jusqu'au lendemain matin.

«Qui sait? dit-il à Victoire comme dans un délire. C'est peut-être une maladie semblable à celle qu'ont eu des anciens qu'on a crus morts...

En attendant que Thomas revienne de chez M. Héli avec un petit cercueil, Victoire devait préparer l'enfant à y être déposée.

Blotti contre Pyrus qui n'avait cessé de se lamenter avant le retour de Georges-Noël, Oscar pleurait en silence. Georges-Noël s'agenouilla près de son petit-fils et lui murmura des mots pour le réconforter, mais l'enfant se montrait inconsolable.

«Je n'en veux plus de petite sœur, dit le garçonnet, en sanglotant. Elles meurent toutes.

— Ne dis pas ça, mon grand. Bébé Georgiana est encore là, et elle n'est pas malade, elle.

— Je sais qu'elle va mourir elle aussi», protesta-t-il en se dégageant brusquement des bras de son grand-père.

Georges-Noël le supplia de croire, tout comme lui, qu'il était possible qu'Emmérik ne soit pas véritablement morte.

Le soir venu, après que Victoire et Thomas, épuisés, se furent résignés à aller prendre un peu de repos, Georges-Noël sortit l'enfant du cercueil, l'emmaillota dans une couverture de laine et la déposa délicatement sur la porte du fourneau. Assis tout près du poêle qui lançait sa flamme avec ardeur, il pouvait veiller sur sa fillette et sur son petit-fils qui venait de s'endormir dans un fauteuil. Un instant, son regard se promenant d'Oscar à Emmérik, il eut l'impression qu'elle avait souri. Il porta aussitôt sa main sur son front, souleva une paupière..., et pleura. En dépit de ses incantations et de la chaleur du four, aucun signe de vie ne venait réaliser son espérance.

Hélas! La nuit n'avait pas pris son temps.

À son lever, Thomas surprit son père à palper les mains de la petite, à chercher désespérément la trace d'un souffle de vie sur le miroir que, de sa main tremblante, il avait porté devant la bouche de l'enfant avant de la replacer dans son cercueil blanc. Peut-être aurait-il fallu encore quelques heures...

Devant les fenêtres aux rideaux fermés depuis la veille, deux cierges à la flamme vacillante accueillaient les visiteurs. Vêtues de noir et portant des voilettes qui masquaient leurs visages, des dames entrèrent, se recueillirent devant le cercueil en se signant religieusement, puis attendirent que l'une d'elles entament des prières pour les parents et amis rassemblés. Thomas et Victoire furent invités à tremper une branche de rameau dans de l'eau bénite et à en asperger la dépouille mortelle. Rappel des derniers instants de présence de la petite défunte auprès des siens, ce geste eût raison du courage et de la maîtrise que Victoire avait jusque-là manifestés. Son mari la prit dans ses bras et leurs sanglots se mêlèrent à ceux de Georges-Noël prostré devant le cercueil.

Au cri du charretier annonçant que le corbillard était arrivé, Victoire disparut dans sa chambre avec la petite Georgiana pendant que Georges-Noël entraînait Oscar au grenier.

Ce 3 avril 1880, pour la troisième fois en deux ans, Thomas allait conduire une de ses filles au cimetière de Pointe-du-Lac. Rappelé de Montréal en toute hâte par un télégramme envoyé chez Ferdinand, il avait assisté, le cœur broyé, au dernier combat de la petite Emmérik. Il avait éprouvé un tel déchirement qu'il avait fui la maison, ne trouvant pas le courage d'être aux côtés de son père au moment où il apprendrait la nouvelle. Auprès de Françoise chez qui il s'était réfugié, il avait puisé suffisamment de réconfort pour se rendre au village où il devait fixer, avec le curé, l'heure de la cérémonie des Anges qui devait avoir lieu le lendemain matin, choisir un cercueil, réserver les services de M. Héli.

«Dieu éprouve ceux qu'il aime, lui avait dit l'abbé Sicard de Carufel.

— Il n'est pas dans ma peau, lui avait effrontément répliqué Thomas.

— Mais vous n'allez pas blasphémer ainsi!» s'était récrié le prêtre, scandalisé.

Sur le chemin du retour, Thomas avait hurlé sa douleur. Des conversations lui revenaient en mémoire, dont une des dernières au cours de laquelle Victoire avait renoncé à ses projets, alléguant, et combien justement: «J'ai tout le reste de ma vie pour en faire, des souliers, tandis qu'il ne me reste pas grand temps pour compléter ma famille.»

Accompagné de Louis junior, Thomas suivait le corbillard blanc, le cœur brisé de chagrin et d'indignation. Le sermon du curé selon qui il fallait accepter de «rendre son enfant à la Providence qui le lui avait prêté» l'avait révolté. La cérémonie terminée, il quittait le cimetière avant même que le bedeau ait commencé à sonner le glas, s'efforçant de croire que les anges avaient accueilli sa petite Emmérik au paradis.

À voir son attitude cabrée, Georges-Noël devinait que Thomas était rongé par une colère dont il redoutait les causes, la nature et les effets. Aussi hésitait-il à l'interroger. Pour sa part, Thomas s'interdisait d'exprimer son amertume aux gens de la maison; le regret de n'avoir pas su insister face aux désapprobations de son père et aux arguments de Victoire pour quitter à temps ce climat meurtrier le tourmentait sans relâche. De peur que sa colère n'éclatât et ne lui fît prononcer des paroles qu'il regretterait, il se réfugiait dans le silence et l'isolement.

Pour le deuxième soir consécutif, Oscar ne fut pas conduit dans sa chambre à l'étage. Trop de petits lits vides s'y alignaient. Avec délicatesse, Victoire installa son fils sur le canapé du boudoir, le borda avec des gestes suppliants. Une main posée sur son front, elle se répétait qu'il était fort, ce garçon, qu'il saurait mieux se défendre que ses filles si jamais une maladie le frappait. Avant d'aller rejoindre son mari au lit, elle fit un détour vers la fenêtre où se tenait Georges-Noël et lui chuchota, le regard franc et lucide:

«Je peux vous dire quelque chose?»

Georges-Noël acquiesça de la tête.

«Quelque chose qui pourrait vous paraître cruel...

— Que c'est peut-être mieux ainsi?»

Georges-Noël lui avait enlevé les mots de la bouche.

«Peut-être, oui... En partant, lui murmura-t-elle, Emmérik vous a rendu votre liberté. Toute votre liberté. Marian et vous ne méritez rien de moins que de vous aimer sans contrainte, où vous aurez choisi de vivre...

— Elle n'avait pas à partir!» protesta Georges-Noël, au bord des larmes.

Par deux fois, la mort lui avait arraché une fille avant même qu'elle atteigne ses quatre ans. C'en était trop. Une irrépressible lamentation s'échappa de sa bouche pendant que ses épaules, secouées par les sanglots, ployaient sous le poids des épreuves. De nouveau, ils pleurèrent ensemble, plongés dans les ténèbres aussi insondables que la fatalité qui les poursuivait depuis plus de dix ans.

Les cris d'Oscar les firent sursauter:

«Elle pleure encore, maman. Elle va mourir!

— Tu as fait un mauvais rêve, mon garçon, lui dit Victoire. Ta petite sœur dort très bien.

— C'est Emmérik que j'ai entendue. Elle t'appelait, maman...»

Victoire tâta de nouveau le front de son fils, examina sa gorge et essuya sur ses joues les larmes que le cauchemar lui avait fait verser. Georges-Noël approcha une chaise berçante du canapé et promit à son petit-fils de ne pas le quitter.

Plus que le besoin de dormir, Georges-Noël éprouvait le besoin de mettre de l'ordre dans sa tête et dans son cœur. Lui était-il dévolu quelque pouvoir sur la vie des quatre personnes qui reposaient chez lui?

Moins de cinq jours s'étaient écoulés. À la lueur d'une lampe à huile suspendue au plafond de la cordonnerie, penché au-dessus du petit cercueil qu'il était à fabriquer, Georges-Noël luttait pour ne pas sombrer dans le désespoir. Un autre deuil venait de porter un nouveau coup dans le cœur déjà meurtri de cet homme. Sa main tremblait sur la scie, mais il ne devait pas s'arrêter. Le temps pressait. La noirceur allait bientôt lui rendre la tâche impossible. Georges-Noël redoutait de tout son être ce lendemain où, à l'aube, Thomas devrait conduire au cimetière la dernière de ses quatre filles. Après Clarice, Laura et Emmérik, la petite Georgiana, née l'automne précédent, n'avait fait qu'un bref séjour de sept mois dans le foyer des Dufresne.

M. Héli avait frémi en apprenant qu'il était requis chez Thomas Dufresne avec la voiture blanche et le cheval paré de son drap blanc, pour la deuxième fois en une même semaine. «Le mauvais sort se serait-il acharné sur cette maison-là?» s'était-il demandé, lui qui n'avait jamais vu chose pareille en trente ans de métier.

«Dire que j'avais fait tant de rêves pour mes vingt-cinq ans. J'aurais déjà cinq beaux enfants...», pensait Thomas, affligé, en revenant de l'église. Le hennissement du cheval le tira de la mélancolie dans laquelle il s'enfonçait. À quelques arpents de la résidence des Dufresne, un petit pont enjambait la rivière aux Glaises. Plus Thomas s'en approchait, plus l'appréhension lui brûlait le ventre. D'affronter la douleur de celle qu'il aimait lui était plus pénible que la perte de leurs quatre filles. Depuis qu'elle avait parlé des rêves qui l'habitaient depuis l'âge de dix-huit ans, depuis qu'elle lui avait signifié, à plusieurs reprises, qu'aucun métier, si passionnant fût-il, ne pouvait la détourner du mystérieux prodige de la maternité, Thomas savait combien ces enfants lui étaient chères. Comment oublier qu'à l'annonce d'une nouvelle grossesse il avait dû, parfois, cacher son accablement en affectant une joie qui, sans être fausse, n'avait pas l'intensité de celle de Victoire? Elle souhaitait ces naissances depuis plus de dix ans, alors qu'à peine entré dans sa vingt-cinquième année Thomas aurait apprécié un peu de bon temps, un répit de quelques années pour se permettre de réaliser ses projets avec plus de liberté.

N'eussent été la certitude d'avoir adoré ces enfants, le souvenir du plaisir qu'il prenait à jouer avec elles et le déchirement que lui causaient ces quatre deuils, il se serait laissé aller à un profond sentiment de culpabilité. Mais il se secoua, comme s'il venait de décider que le malheur avait déjà trop usé de son pouvoir, qu'il fallait conjurer le mauvais sort de tout l'espoir et de toutes les forces qui lui restaient encore. Dans un même élan, il mit au trot son cheval qui avançait péniblement, enfonçant ses sabots dans la neige ramollie par le dégel.

Aussitôt qu'il eût franchi la dernière courbe qui le séparait de la maison, Thomas comprit que quelque chose d'inusité se passait à son domicile. Une carriole d'un grand chic était rangée devant la porte de la remise et les rideaux du salon étaient tirés, ce qui le laissait croire à la présence d'un distingué visiteur. Sans prendre le temps de dételer son cheval et de l'entrer dans l'écurie, il monta les marches de la cordonnerie quatre à quatre. La porte s'ouvrit avant qu'il ait eu le temps d'enfoncer la clenche. Ferdinand tendit les bras et, muet de compassion, il l'étreignit comme jamais il ne l'avait fait de toute sa vie.

Informé par André-Rémi des drames qui accablaient sa famille, il venait, en compagnie de son épouse, leur apporter réconfort et livrer à Victoire la machine à coudre que Thomas avait commandée pour ses trente-cinq ans.

Au milieu de la cordonnerie, un appareil étrange, comparable à une carde endimanchée, acheté de Brown & Childs, faisait l'objet d'un examen minutieux de la part de Georges-Noël et de son petit-fils. Thomas comprit qu'en son absence, à force d'efforts et d'attentions concentrées sur le cadeau d'anniversaire de Victoire, tous avaient résolu de tourner la page sur les tragédies de la semaine. Loin de s'en plaindre, il s'approcha à son tour de la machine à coudre et en fit l'éloge avec force détails. Un échantillon de semelles à la main, il expliquait le fonctionnement de l'appareil sous le regard attentif et aimant de la cordonnière.

«Tu imagines, Victoire, la quantité de souliers que tu pourras produire en une semaine et presque sans effort? Sans compter que les doubles coutures rendent la chaussure beaucoup plus durable... Le prix peut augmenter en conséquence...»

Bien que l'heure fût au soutien mutuel et aux grands projets, broyé par la perte de ses petites-filles et plus particulièrement par le décès de la petite Emmérik, Georges-Noël se montrait peu loquace. Plus encore, il n'accordait son attention qu'à son petit-fils qui, un bras autour du cou de Pyrus, semblait la supplier de ne pas le quitter à son tour. Il ne restait plus qu'elle dans la maison pour partager ses jeux avec une inlassable complicité. Après avoir manifesté tant de réticence à l'égard de cet animal, Georges-Noël se rétractait une fois de plus sous le regard discret mais non moins ravi de Ferdinand.

«Tu l'aimes, Pyrus?

— C'est mon amie, répondit Oscar en frottant son front sur celui de la bête, plus docile à ses fantaisies que ne l'aurait été n'importe quel autre compagnon.

— Tu as bien raison, mon garçon. De toute sa vie, ton grand-père n'a jamais vu un chien aussi gentil et intelligent, lui avoua Georges-Noël en jetant un coup d'œil furtif sur Ferdinand qui les avait rejoints.

— Ça se passe bien du côté de Trois-Rivières? demanda Ferdinand à son père sur un ton qui incitait à la confidence.

— Tout a été mis en œuvre pour que ça se passe pour le mieux.

— Le peu que m'en disent M. et Mme Piret dans leur correspondance me suffit pour conclure que vous avez toutes les raisons de vous montrer vigilant.»

Georges-Noël se releva, alerté par la mise en garde de son fils.

«Tu sais d'autres choses?

— Rien de plus que ce que je vous ai déjà appris, dans l'essentiel, du moins. Mais on m'a souvent dit que ce M. Hooper était des plus rusés.

— Un escroc?

— Pas loin de ça, s'il faut en croire la réputation qu'il s'est faite en Angleterre.

— Toujours selon les Piret? Je me méfie un peu des jugements à sens unique...

— Vous avez raison, dans ce cas-ci, de vous montrer plus méfiant qu'indulgent.»

Manifestement désireux de ne pas prolonger cette conversation, Georges-Noël fit promettre à son fils de lui communiquer la moindre information qui pût l'aider à protéger Marian.

«Il n'y a pas qu'elle à protéger. Vous êtes menacé, vous aussi.

— Menacé de quoi? fit Georges-Noël, offusqué. Je voudrais bien voir ça. Qu'il ne s'aventure pas à venir marcher sur mes plates-bandes, parce que ce ne sera pas long qu'il va savoir de quel bois je me chauffe.»

Les propos de Ferdinand eurent sur lui l'effet d'une gifle qui le tira de la morosité dans laquelle les événements des dernières semaines l'avaient plongé. «Y a toujours des limites à se laisser bafouer de tous bords, tous côtés», se dit-il, résolu à user de tout son pouvoir pour éliminer de sa route indésirables et imposteurs.

Lorsqu'il vint le saluer avant de repartir pour Montréal, Ferdinand sentit une ferme détermination dans la main qui se refermait sur la sienne.

«Il va passer à travers», murmura-t-il à Victoire qu'il savait inquiète.

Après que, d'un mutuel accord, Georges-Noël eut entraîné dans sa chambre Oscar et Pyrus, Thomas et Victoire attisèrent le feu dans l'âtre, multipliant les gestes inutiles, faute de trouver un quelconque réconfort dans cette maison qui comptait maintenant plus d'absents que de survivants. Comme un pis-aller, ils convinrent de se retirer dans leur chambre à coucher d'où avait été sorti le berceau de la petite Georgiana.

«Ça n'a rien donné de le monter au grenier, dit Victoire Je le vois comme s'il était là. Si tu savais comme j'ai mal. C'est comme si chacune de mes petites était partie avec un morceau de moi et m'avait laissé une plaie ouverte que le moindre souvenir vient envenimer.»

Thomas la prit dans ses bras, apaisant sa détresse de mots tendres, de silences vibrants d'amour et de compréhension.

«J'imagine un peu ce que peut être ta souffrance. Moi qui n'ai pas eu la chance de les porter en moi, ces enfants, j'ai eu l'impression en allant les conduire au cimetière qu'on m'arrachait ma vie par lambeaux.»

Thomas pleura sans que Victoire tentât de l'en empêcher.

«J'en suis même à me demander si j'aurais le courage d'en perdre un autre», ajouta-t-il.

Victoire souhaita avoir mal entendu ou s'être méprise sur le sens des paroles de Thomas.

«Tu ne veux plus qu'on ait d'enfants? Est-ce bien ce que tu as dit?

— Je ne sais plus.»

Un long silence scandé de soupirs douloureux les ramena dans les bras l'un de l'autre.

«Je pensais comme toi, hier, lui avoua Victoire. C'est Ferdinand qui m'a aidée à me ressaisir. "As-tu pensé à tout le bonheur qu'elles t'ont apporté de leur vivant? Si tu avais le pouvoir d'effacer leur existence, trouverais-tu quelque chose d'autre qui pourrait les remplacer, ces bonheurs-là?" qu'il me demandait cet avant-midi.»

Thomas attendait qu'elle poursuive.

«J'espère seulement, dit-elle, que le temps saura adoucir mon mal sans effacer l'empreinte de leur amour sur mon corps, dans mon cœur, partout dans ma mémoire.

— S'il fallait qu'on perde celui qui nous reste, je pense que j'aimerais mieux mourir», déclara Thomas.

Victoire comprit, à l'expression de sa douleur, tout le courage qu'il avait fallu à Thomas pour s'acquitter des responsabilités découlant de la maladie et du décès de ses filles. Elle regretta amèrement d'avoir douté de sa sensibilité dans ces moments où, avec lucidité et sang-froid, son mari avait tout assumé.

«Jamais, Thomas, cœur de femme ne sera assez grand pour t'aimer comme tu le mérites», lui chuchota-t-elle, abandonnée entre ses bras plus qu'elle ne l'avait jamais été depuis qu'ils s'aimaient.

*   *

*

Pendant que, dans le cœur des Dufresne, le quotidien guérissait tant bien que mal les blessures de ce début de 1880 et que le soleil d'avril délogeait des fossés et du bord des clôtures les derniers vestiges de l'hiver, Joseph Dufresne fêtait sa paternité.

À la résidence de Marian, un courrier de première importance venait de lui signifier la décision prise par l'archevêché anglican: la demande d'annulation de mariage avait été rejetée. Georges-Noël avait accueilli cette nouvelle comme un juste retour des choses. Lui qui, jusqu'à la mort de la petite Emmérik, n'avait toujours qu'adulé la vie en dépit de ses bourrasques sentait la réconciliation renaître dans son cœur de nouveau rempli d'espoir. Il se surprit à humer ce parfum de printemps qui inondait les champs et les cours d'eau. Eût-il été tenté de bouder la vie jusqu'à ce qu'elle lui rende ce qu'elle lui avait pris que le chant des oiseaux, le clapotis de la rivière aux Glaises et le bourdonnement des abeilles l'en auraient dissuadé. À cette magie enchanteresse il ne savait et n'avait jamais su résister.

Les chances pour Marian de voir sa demande de divorce réglée avant la fin de l'été lui insufflaient un tel optimisme qu'il avait profité d'un de ses passages à Trois-Rivières pour visiter la plus grosse bijouterie qui s'y trouvait. Serties de diamants, les alliances de Lady Marian n'attendaient plus que le moment solennel pour être glissées à son doigt par l'homme à qui elle avait juré un éternel amour.

Il en revenait par le train lorsque, en cet après-midi de la fin de mai, il entendit, à deux rangées derrière lui, deux hommes qui parlaient du nouveau propriétaire de la ferme Duplessis. Ce qu'il aurait donné pour que les commères qui ne cessaient de piailler se taisent ou lui offrent leurs places. «Hooper! Mais ça ne se peut pas! J'ai dû mal entendre», se dit Georges-Noël, affolé. Ces hommes n'allaient pas quitter le train sans qu'il les ait accostés.

«Vous êtes de la région? leur demanda-t-il avant que le train entre à la gare de Pointe-du-Lac.

— Si vous voulez répondit le plus âgé. On est de Maskinongé, puis on vient d'aller rendre visite au beau-frère, Joseph Duplessis. Il s'est remarié à ma sœur, précisa-t-il.

— Maintenant que mon oncle vit comme un millionnaire à Trois-Rivières, ça vaut le déplacement, blagua le plus jeune.

— Vu, enchaîna le premier, que ma nièce est née du premier lit et qu'il n'y a pas de vraie parenté entre elle puis mon gars, j'ai pensé qu'elle lui ferait un bon parti. D'autant plus qu'elle risque de valoir cher, dans quel-ques années, la petite Éveline Duplessis.

— Tant que ça? fit Georges-Noël, malicieux.

— Vous n'êtes pas au courant du magot qu'il a décroché pour ses terres, vous?»

Le beau-frère lui fit un rapport des dires des uns et des autres, mais semblait éviter volontairement de pro-noncer le nom de l'acheteur. Le train avait commencé à hurler et Georges-Noël, à s'impatienter.

«Qui a acheté ça? demanda-t-il, enfin.

— Hooper.

— Un dénommé Hooper des vieux pays, reprit le plus jeune.

— Vous connaissez son petit nom?

— Demandez-moi pas de retenir ce jargon-là. C'est déjà beau que je me souvienne de son nom de famille, répondit le père, alors que son fils haussait les épaules et grimaçait d'ignorance.

— Younger, ça ne vous dit rien? cria Georges-Noël, alors que le train hoquetait et allait repartir avant qu'il ait eu le temps de descendre.

— Aucune idée, m'sieur.»

Dans cette folle agitation, Georges-Noël allait oublier le colis qu'il devait remettre à Victoire de la part d'André-Rémi.

À peine le convoi avait-il quitté la gare que Georges-Noël regrettait de ne pas être resté à bord. Jusqu'à Yamachiche, au moins. Faisant d'une pierre deux coups, il aurait pu questionner davantage le jeune homme et, faute d'obtenir toutes les informations dont il avait besoin, il aurait marché sur son orgueil et filé chez M. Piret. Lorsqu'il rentra chez lui, il trouva Victoire accoudée à sa machine à coudre, le regard perdu dans des souvenirs qui, de toute évidence, étaient loin de l'égayer.

«Je n'y arrive pas, déclara-t-elle d'une voix éteinte. C'est comme si cette machine voulait me faire oublier mes enfants. J'ai rien qu'envie de la détester, de la mettre dehors...

— Je comprends, dit Georges-Noël. C'est une de ces coïncidences qui arrivent parfois dans notre vie, puis qui viennent près de nous faire chavirer.»

Les accents de Georges-Noël avaient quelque chose de si étrange que Victoire se tourna brusquement vers lui.

«Il vous arrive quelque chose, vous aussi», dit-elle, remarquant son teint pâle et son front angoissé.

Georges-Noël lui raconta tout de façon impulsive, pressé d'aller à la beurrerie, au cas où quelqu'un pourrait infirmer ou confirmer ses soupçons.

«J'allais oublier..., dit-il, revenant sur ses pas. André-Rémi m'a demandé de te remettre cette petite boîte, mais il a insisté pour que tu ne sois pas seule quand tu l'ouvriras.»

Étonnée, Victoire décida de freiner sa curiosité et de ne pas le retenir davantage.

«Je vais attendre le retour de Thomas pour l'ouvrir, répondit-elle.

— Comme tu voudras», fit Georges-Noël, maladroit à cacher sa déception.

Victoire palpa le colis, le retourna dans tous les sens lorsque, soudain, elle crut en deviner le contenu. «Heureusement que je ne l'ai pas ouvert devant lui», pensa-t-elle, persuadée qu'il ne convenait pas qu'elle le fît en présence de Thomas.

Pendant qu'en compagnie de sa mère elle épongeait du revers de sa main les larmes qui allaient couler sur les photos prises par André-Rémi au Noël précédent, Georges-Noël apprenait de Louis junior que le nouveau propriétaire de la ferme Duplessis n'était nul autre que Younger Hooper, le mari de Lady Marian. Les mises en garde de Ferdinand étaient donc fondées.

«Je ne suis pas enclin au délire de persécution, dit-il à Victoire et Thomas, le soir venu, mais je ne vois pas pourquoi Hooper aurait donné si cher pour des terres bien ordinaires si ce n'était pas pour m'avoir à l'œil.»

Tous trois convinrent que, comme la protection de Marian était assurée par un mandat de paix et les moyens mis en place par Georges-Noël, il devenait plus facile pour Hooper, s'il était l'escroc qu'on disait, de faire chanter l'amant de son épouse. Georges-Noël se devait d'être prudent. Thomas se méfiait aussi des deux

Davidson dont les attitudes étranges avaient inquiété plus d'un paysan du rang.

«Dire que, pour une fois, le père Livernoche aurait pu être utile, dit Thomas, déplorant que ce "Grand Manitou" ait été rappelé à Dieu, peu avant Madeleine.

— On n'a pas besoin du père Livernoche ni d'aucun devin pour savoir qu'un homme violent et sans conscience est capable de tout quand il se voit humilié, fit observer Victoire. S'il n'aimait plus sa femme, il semble qu'il n'a pas cessé d'aimer son argent et qu'il ambitionne mettre la main dessus, et ça à n'importe quel prix.

— Où veux-tu en venir? demanda Georges-Noël.

— Je ne voudrais pas dramatiser, mais ça s'est déjà vu qu'on tienne l'amoureux en otage pour faire céder la femme.

— Je suis pas mal plus difficile à attraper qu'on pense», rétorqua-t-il.

Victoire douta qu'il fût aussi serein et confiant qu'il voulait le laisser croire.

«Exposez-vous le moins possible, le supplia Victoire. Il nous est arrivé assez de malheurs ces derniers temps sans qu'on coure après.

— Victoire a raison, intervint Thomas.

— Maintenant qu'une autre chance de devenir grand-papa vous attend, il ne faudrait pas qu'on vous perde, ajouta Victoire, redevenue souriante.

— Chez Ferdinand? fit Georges-Noël, prêt à se réjouir du succès des traitements médicaux.

— Je ne pourrais pas prédire pour eux, mais je sais que, dans cette maison, on sera un de plus au jour de l'An.

— Je peux l'embrasser?» demanda-t-il à Thomas, aussitôt surpris de la spontanéité de son geste.

Georges-Noël descendit dans la cave et en remonta avec une bouteille de vin de cerise.

«Il faut conjurer les esprits malfaisants, dit-il. On va prendre un verre pour souhaiter la bienvenue à ce petit enfant là et pour fêter la libération de Marian.

— J'ajouterais une troisième raison, dit Thomas, l'œil combatif: la défaite de Younger Hooper.»

*　　*
*

Dès le lendemain, Georges-Noël se rendit chez sa bien-aimée à qui il fit part de ses découvertes avec grand ménagement et d'une voix assurée, car il ne voulait surtout pas l'effrayer outre mesure. Marian aurait certes aimé croire que l'achat des terres de Duplessis n'était que pur hasard, mais elle n'y parvenait pas.

«Vous m'auriez appris cela la semaine dernière que j'aurais classé l'événement parmi tant d'autres du même genre. Cet homme occupe tout son temps à acheter pour revendre et faire des profits exorbitants. Mais avec ce qui est arrivé hier...»

Suspendu à ses lèvres, Georges-Noël s'était approché de Marian et la suppliait de ses mains enveloppant les siennes de tout lui dévoiler. Deux de ses meilleurs chevaux avaient été découverts morts dans l'enclos sans que le vétérinaire trouvât d'explication autre qu'un empoisonnement.

«Abraham Desaulniers et Nérée Duplessis sont au courant?

— Oui, mais je ne veux pas qu'ils interviennent. Ce serait m'attirer d'autres malheurs, expliqua Marian, affolée.

— Parce que vous le soupçonnez, c'est ça?

— Je n'ai pas d'autres ennemis, Georges. Et lui, je le sais capable...

— Capable de quoi, Marian?

— De tout», laissa-t-elle tomber, le teint livide et le regard terrifié.

Georges-Noël aurait aimé la convaincre qu'il était préférable qu'elle fasse confiance à ses avocats.

«Il serait temps qu'un escroc de son espèce se fasse mettre la main au collet, cria Georges-Noël, fulminant. Il faut arrêter ces imposteurs qui débarquent chez nous pour semer le trouble partout où ils passent.

— Je pense qu'il y aurait mieux à faire.

— Dites, Marian, le temps presse.

— Partir. Partir avec vous, *my love*. Partir loin et tout de suite.»

Tiraillé au plus profond de son être, Georges-Noël protesta. Quitter les siens maintenant? Il se demandait lequel des deux déchirements lui serait le moins pénible: renoncer à Marian ou s'éloigner des siens, de Victoire, de ses petits-enfants, de ses fils. Il devait trouver les mots pour convaincre Marian de faire toute la lumière sur la mort de ses chevaux avant d'accomplir un geste qu'il percevait comme une capitulation devant Hooper, comme une fuite.

«Jamais je ne m'abaisserai à endosser les habits d'un trouillard. Nous avons le droit de vivre heureux ici et nous allons le lui montrer.»

CHAPITRE VII

Éclater de joie? Fêter son triomphe?

Victoire l'eût fait si M. Waters n'avait persisté à exiger, pour exposer ses créations, qu'elles soient au nom de Thomas Dufresne.

«À mon avis, lui dit Françoise, tu te bats inutilement. Ça prend plus qu'une femme et plus qu'une vie de luttes constantes pour changer des mentalités. À plus forte raison sur un autre continent...

— Je ne vous reconnais pas. Vous? Me conseiller de baisser les bras?

— Choisir ses combats, ce n'est pas démissionner. Continue de lui exprimer ta déception, mais ne rejette pas une chance comme celle-là pour une question... d'honneur personnel. Strictement personnel.»

Françoise avait fait preuve de trop de sagacité dans le passé pour que sa fille prît ses conseils à la légère.

Au sortir de cet entretien, la cordonnière était disposée à considérer cette opportunité dans une perspective plus large et à plus long terme. Que ses créations aient du succès à Lyon et que cela fasse boule de neige ne valait-il pas qu'elle renonçât à s'en attribuer tout le mérite? N'étaient-elles pas, à certains égards, une œuvre

collective à laquelle ses proches, et plus particulièrement Thomas et Ferdinand, avaient contribué? Sans
oublier que, cette fois, M. Waters se montrait intéressé
à recevoir d'autres échantillons.

«C'est exactement comme ça qu'il faut l'envisager,
l'approuva Françoise. Puis, dis-toi bien que rien n'arrive
pour rien. Le jour n'est peut-être pas loin où tu décou-
vriras que la vie t'a fait justice.»

Thomas savait combien cette exigence de M. Waters
horripilait sa femme. Lui-même avait des réserves.

«J'ai l'impression de me conduire en tricheur, dit
Thomas, lorsque Victoire l'informa de sa décision. Par
contre, je suis porté à croire que ta mère a raison. Je
consens, mais que le temps nécessaire pour que tu fasses valoir tes droits.»

Emportée dans un tourbillon d'activités sans pareil,
la cordonnière manifestait, en cet été 1880, un optimisme débordant. Tout, autour d'elle, parlait de création: la saison des moissons toute proche, l'enfant
qu'elle portait, ses exportations en Europe, l'engoue-
ment sans précédent des clientes de la région pour ses
réalisations. Inutile de dire que le trio gants, sac à main
et souliers était des plus populaires.

Thomas avait de quoi s'occuper et il ne s'en portait
que mieux. Tout devenait pour lui occasion de parler
des créations de «sa» cordonnière, de les exhiber et d'en
faire cadeau généreusement, quitte à payer de sa poche
en revenant à la cordonnerie.

Georges-Noël entra aussi dans la ronde. Ayant
emprunté à Marian une de ses chaussures sous prétexte d'en faire valoir le modèle à Victoire, il lui fit
cadeau d'un de ces ensembles. L'émerveillement de la

belle Anglaise fut tel qu'il se communiqua à plusieurs de ses connaissances et amies. En moins d'un mois, Georges-Noël était devenu le commis voyageur de Victoire.

«Ça vous plairait de venir visiter son atelier? proposa-t-il à sa douce Marian, brûlant du désir de la présenter à ses proches.

— À une condition, dit-elle.

— Dites toujours, supplia Georges-Noël, aussitôt rassuré par sa mine enjouée.

— Que nous fassions l'aller en calèche.»

Étonné, il allait évoquer la fatigue du voyage et la poussière de la route quand elle continua, sur un ton plus solennel:

«J'en profiterais pour conduire à vos écuries mes trois plus belles bêtes. Je les saurais plus en sécurité qu'ici...

— Pas plus tard qu'en fin de semaine prochaine», promit Georges-Noël, enchanté à l'idée que les deux femmes qu'il admirait le plus au monde fassent connaissance.

Victoire accueillit la nouvelle avec une grande joie.

«Enfin! Si vous saviez comme j'ai hâte de la rencontrer. Si elle est aussi charmante que vous me l'avez laissé croire, on aura du mal à s'en séparer...

— Il faudra bien puisqu'elle veut repartir le soir même, déclara-t-il, déjà désolé de ne pouvoir la recevoir à dormir dans cette chambre qu'il avait préparée pour elle.

— Dans ce cas, je vais m'organiser avec Marie-Ange et Florentine pour que nous puissions profiter au maximum de sa visite.»

La semaine durant, Georges-Noël et les deux employées s'activèrent à enjoliver la maison et le parterre pour ce grand jour.

«On ne ferait pas plus pour la visite paroissiale de M. le curé, fit remarquer Victoire, rieuse.

— Quand tu vas l'avoir vue, tu vas comprendre qu'elle en vaut la peine», dit Thomas en lançant un regard complaisant vers son père.

Heureux comme il ne l'avait pas été depuis longtemps, Georges-Noël attela Prince noir à la calèche de luxe de Victoire, qu'il avait empruntée pour la circonstance, et fila vers Trois-Rivières alors que le lac était encore paré de son ceinturon mauve. Une journée splendide s'annonçait, chaude et ensoleillée comme août leur en réservait souvent. L'enthousiasme de Thomas et de sa femme face à la visite de Lady Marian ajoutait à la magnificence du décor. Les fermes se dessinaient plus clairement à mesure que le cercle de feu sortait de la nappe d'eau et montait dans le firmament dont le bleu s'étirait doucement vers l'infini.

Assise sous un pommier aux branches lourdes de fruits, Marian l'attendait, vêtue d'une robe soyeuse dont le vert émeraude rehaussait la grâce de son teint ambré.

«Vous êtes plus ravissante encore que toutes les beautés que la nature m'a étalées, ce matin», lui dit-il, se tenant à distance pour mieux la contempler et de peur de flétrir une telle pureté de ses mains empoussiérées.

Un déjeuner à l'anglaise lui fut servi dans une atmosphère de tendre intimité. Comme si, telle une vapeur de mer, un bonheur serein les eût enveloppés, dissimulant sous son voile des inquiétudes qu'il faisait bon oublier. Ces inquiétudes resurgirent lorsque, les trois plus beaux étalons de Marian attachés derrière la calèche, ils prirent la route pour Pointe-du-Lac. Le sentiment commun que le regard de Younger Hooper les suivait, épiait leurs allées et venues, venait, comme un outrage à leur droit à l'amour et au bonheur, freiner leurs élans et assombrir les splendeurs que le lac Saint-Pierre et la campagne déployaient sous leurs yeux.

«Parlez-moi de votre enfance», la pria Georges-Noël, déterminé à faire échec aux accès d'angoisse qui les menaçaient.

Un moment d'hésitation chez Marian lui fit craindre que cette curiosité ne la gênât.

«Je sais que ma sœur a dévoilé bien des pans de ma vie à votre fils. Faut-il croire qu'elle n'a jamais parlé de cette période?

— L'aurait-elle fait qu'il ne serait pas négligeable que vous la confirmiez», répliqua son amoureux, avide de l'entendre.

Née d'une mère parisienne, Marian s'était toujours distinguée de sa sœur Eliza et de son frère William. De sérieuses difficultés survinrent lorsque, à l'âge de douze ans, elle prédit, entre autres, la mort accidentelle de son père, l'exil de sa sœur et la grande famine d'Irlande, trois événements qui se produisirent moins de trois ans plus tard. Bouleversée par l'exactitude de ces prédictions et par l'affolement de ses proches, la mère de Marian s'était alors tournée vers son gendre, Frédéric Piret, pour lui demander conseil. Sans hésiter, celui-ci avait fortement recommandé que la jeune fille, qu'il disait atteinte de folie visionnaire, soit examinée en clinique fermée. Ayant séjourné plusieurs mois à l'hôpital, Marian y avait été témoin de spectacles plus troublants encore que les examens qu'elle avait subis. Finalement, elle avait dit adieu à ces internés qui l'avaient initiée aux sciences occultes; elle retournait chez elle où il lui fut formellement interdit de s'adonner à l'une ou l'autre de «ces sorcelleries qui font la honte de la famille», lui avait spécifié sa mère, appuyée par sa fille Eliza et par Frédéric Piret, son gendre. Confiée à des pensionnats pour la poursuite de ses études, Marian s'était montrée si douée que le couple Piret avait offert à Mme Waters de la prendre en charge le temps qu'elle atteigne sa majorité. Revenu s'installer dans sa France natale avec son épouse, Frédéric Piret comptait ainsi «couper Marian de toute influence pernicieuse» et libérer sa mère de toute préoccupation à cet égard. William Waters, grand frère de Marian et riche commerçant de Paris, avait pris la relève pour la dernière année. Au lendemain de ses vingt et un ans, la jeune Waters revenait dans sa ville natale et investissait une partie de l'héritage paternel dans l'achat d'une école d'équitation. Sa soumission n'avait été que circonstancielle: selon la rumeur qui ne tarda pas à courir, Mlle Waters donnait des consultations en voyance et on se bousculait à la porte de son cabinet tant ses prédictions étaient foudroyantes de justesse. Après de vaines tentatives pour qu'elle renonce à «ces pratiques diaboliques», sa mère avait, en dernier ressort, menacé de la déshériter. «Je le serai de toute manière», avait-elle répondu à son beau-frère, de nouveau mandaté par sa mère pour la raisonner. C'est ainsi que, courtisée par Younger Hooper, elle s'était résignée à l'épouser deux ans plus tard.

Georges-Noël avait écouté Marian sans l'interrompre, tantôt révolté, parfois tourmenté, mais de plus en plus attendri et aimant. Il ne lui était pas facile, malgré le tableau qu'elle venait de brosser, de l'imaginer enfant et jeune femme, le milieu social et le contexte lui étant si étrangers.

«Il faudrait qu'on aille un jour, tous les deux», lui suggéra-t-il.

Au voile de tristesse qui couvrit son regard, Georges-Noël comprit que ce retour au pays natal serait source de mélancolie plus que de plaisir.

Le petit pont de la rivière aux Glaises se profilait devant eux, annonçant que dans moins de dix minutes ils seraient accueillis par Victoire et toute la maisonnée. Une frénésie mêlée d'une émotion que Georges-Noël était incertain de pouvoir maîtriser s'empara de lui, et un sourire radieux éclaira son visage.

Thomas avait eu raison. Victoire tomba sous le charme de cette dame à la fois élégante et si chaleureuse. À entendre les vœux qu'elle lui présenta relativement à la prochaine naissance, à voir l'attention qu'elle porta à Oscar, Victoire pensa qu'elle avait souffert de ne pas avoir eu d'enfants. Lady Marian allait le lui confirmer lorsque, en visitant la cordonnerie, elle dit, nostalgique:

«Vous êtes une femme comblée, madame Victoire. Au pouvoir de procréer vous ajoutez aussi celui de créer. Peu d'entre nous jouissent de ce privilège.

— Je dirais aussi, intervint Georges-Noël, que peu de femmes douées ont le courage de se battre pour se l'approprier.»

Les regards se croisèrent, complaisants à l'endroit de Victoire.

«J'imagine facilement, dit la cordonnière, que vos chevaux ont remplacé un peu les enfants que vous n'avez pas eus.

— Eux, oui, mes élèves et les arts aussi. Mais jamais autant que ma vision de la vie qui nous est réservée après la mort... Il suffit de la voir un instant pour que toute notre existence en soit transfigurée», ajouta-t-elle, radieuse.

Le temps s'était arrêté. Médusés, Georges-Noël et sa bru brûlaient de l'entendre s'expliquer.

«Je vous raconterai, une prochaine fois», dit-elle à l'intention de Victoire qu'elle gratifia d'un sourire complice.

Lorsque vint l'heure de prendre le train pour Trois-Rivières, bien que tous eussent déploré la brièveté de cette visite, Lady Marian ne céda pas aux prières de la prolonger. Victoire aurait aimé qu'elle restât tant elle éprouvait le goût de la connaître davantage, de lui exprimer son admiration, de formuler pour elle et son amoureux des vœux de bonheur.

Ravie de cette visite, Marian avait été particulièrement fascinée par la cordonnière, cette femme qu'elle n'arrivait pas à définir et qui lui semblait tenir à la fois du chêne et du roseau, de la fleur sauvage et de l'orchidée.

«Vous en avez de la chance de vivre auprès d'une femme de cette qualité», dit-elle, chemin faisant, à bord du train qui les ramenait à Trois-Rivières.

Le silence de Georges-Noël la surprit. Les yeux braqués sur des paysages qu'il voyait pour la énième fois, il allait feindre de n'avoir pas entendu lorsqu'elle ajouta, plus incitative:

«À moins qu'elle ne vous...

— Vous avez raison de parler de chance, répondit-il enfin. La mienne, c'est que je n'aurais jamais eu le bonheur de demander votre main si elle avait eu dix ans de plus quand mon oncle Augustin m'a presque sommé de me marier.

— Vous l'auriez aimée?»

Les mots étaient inutiles.

«Je crois comprendre, dit Marian d'une voix douce, que vous avez été tourmenté. Si le goût de m'en parler vous venait, croyez que je n'aurais qu'un cœur pour vous écouter.»

Quelques autres milles de prés ondulants et blonds défilèrent avant que Marian réagît au silence de son amoureux.

«Je connais une théorie au sujet de ce qu'on appelle un amour tragiquement irrésistible. Si plus de gens la connaissaient, il y aurait moins de drames inutiles...»

L'incitation à se confier devenait si alléchante que Georges-Noël crut, un instant, qu'il allait capituler lorsque Marian sursauta, l'air terrifiée.

D'une des premières locomotives, elle vit venir un homme qui ne pouvait être autre que celui qu'elle redoutait plus que tout au monde.

«Mais calmez-vous, Marian, dit Georges-Noël en la pressant contre lui. Je pense que vos appréhensions sont si grandes qu'elles vous jouent de mauvais tours. Attendez-moi ici, je vais aller voir.

— Non, Georges, ne me laissez pas seule. Attendons plutôt que le train entre en gare», le supplia-t-elle, cramponnée à son bras.

Parmi tous les passagers qui défilèrent sur le quai, aucun ne ressemblait, ni de loin ni de près, à Younger Hooper.

«Ou il s'est éclipsé comme une étoile filante ou je...»

Posant tendrement un doigt sur sa bouche, Georges-Noël lui interdit de prêter le flanc aux accusations d'aliénation mentale dont elle avait été jadis l'objet.

«C'est courant de se méprendre sur quelqu'un, dit-il. Puis, si j'en crois les rumeurs, on ne l'aurait pas vu dans la région depuis la fin de l'hiver.

— Vous avez raison, Georges. Il est plus probable qu'il soit en Angleterre à tenter de renverser la décision de l'archevêché...»

Après avoir passé en revue toutes les hypothèses possibles, Marian finit par admettre que la peur pouvait devenir leur pire ennemi. Résolument attachée à la conviction que l'amour pouvait anéantir tout mal, elle se prit d'enthousiasme pour les sorties que Georges-Noël lui proposait avant l'arrivée de l'hiver. La visite de la ville de Québec étant réservée pour le superbe mois d'octobre, ils convinrent d'aller d'abord à Montréal, chez Ferdinand Dufresne. Il souriait à Marian de faire la connaissance de ce jeune homme que son père décrivait comme un être à part, brillant mais aussi imprévisible que le vol d'un papillon.

Ferdinand et son épouse les reçurent avec autant de chaleur que Victoire et Thomas. Marian fut charmée par le couple chez qui elle retrouvait sa marginalité et sa volonté de s'affranchir des valeurs et des coutumes qui ne lui convenaient pas.

Une réflexion de Ferdinand la troubla:

«Vous êtes la digne sœur de Mme Piret. Vous en avez l'élégance et la finesse. Je vous aurais crues faites pour bien vous entendre», ajouta-t-il.

Le visage de Marian s'assombrit. Georges-Noël allait excuser son fils de sa maladresse lorsqu'elle dit:

«On ne choisit pas d'être reniée...»

Sa voix, bien qu'extrêmement émue, avait quelque chose de solennel.

«Le deuil découlant du rejet, poursuivit-elle dans un murmure, est pire que celui de la mort... parce qu'on n'arrive pas, quoi qu'on fasse, à éteindre cette lueur d'espérance qui nous consume à petit feu.

— Si jamais j'ai la chance d'avoir des enfants, dit Georgiana au bord des larmes, il n'y a pas une bêtise, pas un crime même, qui me le ferait renier. J'irais jusqu'à la prison pour lui prouver ma fidélité.»

Non le moins touché, Georges-Noël dit:

«Le malheur, c'est que l'incompréhension est aussi désastreuse que la méchanceté.

— L'important, c'est de ne pas les confondre», répliqua Ferdinand.

Dans son regard, Georges-Noël lut le pardon qu'il attendait et qu'il n'avait pu demander, incapable de trouver les mots. Les deux femmes assistèrent, attendries, aux poignées de main qui s'échangèrent entre les deux hommes.

Redevable à Marian de cette réconciliation totale avec son fils, Georges-Noël insista, à leur retour de Montréal, pour qu'elle l'autorise à intercéder en sa faveur auprès de Mme Piret.

«C'est peine perdue, affirma-t-elle. À toutes les lettres que je lui ai adressées, comme aux supplications de notre mère, elle est toujours restée fermée. Comme mon frère, d'ailleurs.

«C'est inacceptable! Quelqu'un de l'extérieur saurait peut-être mieux la ramener au bon sens.

— Je ne crois pas. D'autant plus que, dans ma dernière lettre, je lui laissais savoir que jamais plus je ne solliciterais son affection, mais que rien ne pourrait m'arracher celle que je lui porte. Mon testament le lui prouvera, d'ailleurs...

— Et si je vous désobéissais?

— Vous risqueriez d'avoir mal inutilement.»

*   *

*

«Septembre nous a filé entre les doigts et j'ai l'impression de prendre de plus en plus de retard», dit Victoire à Georges-Noël venu chercher une commande pour des dames de Trois-Rivières.

Marian ayant dû se rendre à Ottawa à deux reprises pour sa demande de divorce, les visites de ce dernier s'étaient espacées et le voyage à Québec avait dû être remis à la prochaine fin de semaine.

«On dirait que vous partez en voyage de noces, lui dit Victoire, extasiée devant son allure de jeune premier.

— C'est tout comme», admit-il, impatient de rejoindre celle qui avait enfin reconquis sa pleine liberté.

*   *

*

Sitôt que Marian eut obtenu son divorce, les événements s'enchaînèrent, suivant une logique implacable. Après la mort subite de Mme Genest, sa dame de compagnie, Marian avait reçu la visite d'une dénommée Géraldine. Celle-ci prétendait être la cousine, l'amie et l'héritière de Mme Genest et elle s'offrait à remplacer cette dernière. Or jamais Mme Genest, qui parlait souvent des gens qu'elle affectionnait, n'avait fait mention d'une quelconque Géraldine. Méfiante, Lady Marian avait demandé à réfléchir et prié la dame de lui rapporter, lorsqu'elle reviendrait, les clés de sa maison, que Mme Genest avait en sa possession. Deux jours, trois jours s'étaient écoulés sans qu'elle revît cette Géraldine. Informé de l'événement, Georges-Noël avait promis de prendre la chose en main. Il s'apprêtait à se rendre chez sa bien-aimée lorsque le messager de M. Piret survint. Il avait ordre de le conduire sans tarder au bureau de l'ingénieur.

«Le docteur Badeaux m'a transmis les résultats...», commença sans préambule M. Piret, livide sous son crâne dénudé, ses longs doigts nerveux tirant la barbiche qui pendait à son menton comme un blaireau usé.

Georges-Noël dévisagea cet homme que Ferdinand vénérait depuis plus de cinq ans, ne sachant en quoi le diagnostic d'un médecin inconnu pouvait bien le concerner. L'idée lui vint, soudain, qu'il pouvait s'agir de Ferdinand. Il n'eut pas le temps de s'en informer, car l'ingénieur continua:

«Empoisonnement à l'arséniate de cuivre.»

Il tenait dans ses mains tremblantes ce qui ressemblait à un rapport médical.

«Qui a été empoisonné?...

— Celle à qui vous pensez...»

Georges-Noël se dressa comme un cheval fouetté, posa les mains sur le bureau de M. Piret, le regarda droit dans les yeux.

«Pas Marian! Pas elle!»

Un hochement de tête suffit.

«Elle a été trouvée morte dans son lit...»

Georges-Noël s'effondra dans un fauteuil, incapable de prononcer le moindre mot. Des instants de vertige et d'affolement s'écoulèrent avant qu'il pût articuler:

«De l'arséniate de cuivre, me dites-vous?»

Frédéric Piret, impassible, approuva de nouveau d'un signe de la tête.

«Mais c'est du vert de Paris, ça. Le même poison qui a tué les deux chevaux de Marian, le printemps dernier.»

M. Piret reconnut ne pas s'expliquer que sa belle-sœur ait eu en sa possession du vert Véronèse, cet insecticide qui avait été importé des États-Unis lors de l'invasion d'insectes de 1877 et qu'on désignait sous le nom de vert de Paris dans la région.

«Mais pourquoi penser qu'elle pouvait en avoir chez elle, protesta Georges-Noël.

— Parce que le coroner a conclu à un...

— Jamais! l'interrompit Georges-Noël, cinglant, en se redressant. Jamais personne ne me fera croire que Marian a pu s'enlever la vie. Elle a été empoisonnée, monsieur Piret, m'entendez-vous? Empoisonnée. C'est un meurtre, monsieur Piret. Pas un suicide.»

Et Georges-Noël se laissa retomber dans son fauteuil, sanglotant, la tête enfouie entre ses deux mains. Le visage déformé par le chagrin, il se releva enfin et dit, sur un ton suppliant:

«J'ai une grande faveur à vous demander, monsieur. Ne la faites pas enterrer avant que j'aie trouvé un autre médecin légiste. Je paierai ce qu'il faut, mais j'insiste pour qu'une autre autopsie soit faite.

— Il faudra, pour cela, vous entendre avec mon épouse. Elle doit rentrer de Montréal par le prochain train.»

Funeste 23 octobre s'il en fut! Persuadé que la mort de Marian était l'œuvre de Younger Hooper, Georges-Noël regrettait amèrement de ne s'être pas enfui avec elle alors qu'il en était encore temps. Il déplorait aussi d'avoir minimisé l'importance des menaces dont ils étaient l'objet et d'avoir consenti à ce qu'aucune enquête ne fût menée sur la mort des chevaux.

«Vous n'avez aucun reproche à vous faire, monsieur Dufresne, crut bon d'ajouter l'ingénieur sur un ton plutôt compatissant. Vous n'êtes pas responsable de sa maladie.

— Maladie? Mais de quelle maladie voulez-vous parler?

— Mais vous n'étiez pas au courant? Marian souffrait de dérangements...

— Marian ne souffrait d'aucun dérangement, comme vous dites. Vous vous êtes laissé berner, comme tous les membres de sa famille, par cette crapule et vous n'avez jamais cherché à savoir la vérité.»

M. Piret l'écoutait, sidéré.

«Cette vérité, elle va vous être livrée aussi crûment que vous le méritez, poursuivit Georges-Noël, la voix tremblante d'indignation. Je n'attends que le retour de votre dame pour m'en charger personnellement, monsieur Frédéric Piret.»

Georges-Noël allait sortir quand l'ingénieur l'interpella:

«Vous n'allez pas partir tout de suite, monsieur Dufresne. J'ai à vous parler du testament de...

— Ça ne m'intéresse absolument pas, monsieur.

— Mais c'est important, rétorqua M. Piret. Vous devez savoir que...»

Georges-Noël quitta le manoir, refusant même que le cocher qui l'y avait emmené le reconduise chez lui.

La terre battue sur laquelle Georges-Noël frottait ses semelles avec révolte lui résistait. Aucune particule de poussière ne s'en soulevait. Le firmament était lourd, sur le point de se délester de l'orage qu'avait préparé l'été indien. Il tardait à Georges-Noël que le ciel s'éventre, que le vent qui venait de se lever assujettisse terres et mers et qu'il réduise à l'état de squelettes tout ce qui portait encore feuilles et fruits. Que la rafale fouette bâtiments et rochers pour qu'il hurle sa colère avec elle. Que les pluies se fassent diluviennes et emportent au fond des océans sa chair meurtrie et ses amours perdues. N'eût été sa fureur contre l'impitoyable despotisme de la mort, Georges-Noël l'eût implorée et se fût laissé emporter comme les feuilles brunies qui roulaient pour aller s'amonceler dans les fossés boueux. L'absurdité venait d'engloutir un demi-siècle d'existence. Tel un vampire, la mort vidait sa vie de son essence, ses gestes de leur finalité et ses sentiments de leur noblesse. Tout se réduisait, pour lui, à la plus macabre des ironies.

Parvenu sur les bords du lac Saint-Pierre, Georges-Noël s'affala sur une pierre, comme une épave déchiquetée par trop de ressacs. Plus la nature se déchaînait sur lui à grands coups de bourrasque et d'orage, plus il sentait une léthargie s'emparer de ses membres, gagner sa tête et son cœur jusqu'à l'insensibilité. Combien de temps resta-t-il ainsi prostré? Soudain, une main se posa sur son épaule. Georges-Noël tressaillit, voulut chasser l'importun, ne souhaitant plus que de se laisser glisser dans cet engourdissement jusqu'au néant.

«Venez, vous allez prendre du mal», lui dit Thomas en le couvrant d'un paletot en étoffe du pays.

Le départ précipité de Georges-Noël pour le manoir et son absence prolongée avaient semé la panique au foyer des Dufresne.

Georges-Noël releva la tête, le temps de reconnaître devant la nappe noire du lac le visage torturé de Thomas, et repoussa le bras qui voulait accrocher le sien.

«De nous voir si inquiets de vous, Oscar a pensé qu'il ne vous reverrait plus jamais... Venez, je vous en prie...»

Cette fois, Georges-Noël se leva et suivit son fils jusqu'à la maison. À peine eût-il touché la clenche de la porte que le garçonnet s'élançait vers lui en pleurnichant:

«Mais où vous étiez, grand-papa? J'ai eu peur que vous soyez parti comme mes petites sœurs.

— Faut pas penser ça, mon petit homme. Tu sais bien que jamais ton grand-papa ne t'abandonnerait», parvint-il à lui dire d'une voix éplorée.

Georges-Noël se couvrit de la veste de laine que Victoire lui tendit et s'approcha de la table sans que personne lui adressât la parole. Il tapota d'une main rassurante la tête de Pyrus qui se lamentait malgré les caresses d'Oscar, et elle se tut aussitôt.

«Vous avez encore froid, grand-papa? demanda Oscar en le voyant grelotter.

— Un tout petit peu, oui.

— Vous allez venir vous coucher avec moi après avoir mangé? Je vais vous réchauffer.

— Oui, mais pas tout de suite», lui répondit Georges-Noël en réclamant, d'un regard affligé, l'intervention de Victoire.

La promesse de son grand-père suffit pour que le gamin se mette au lit sans rechigner.

Thomas avait été informé du décès de Marian en passant à la beurrerie, aussitôt après le départ de son père avec le cocher de M. Piret. Lui et Victoire prirent place devant le poêle, enveloppant de leur silence respectueux et aimant l'homme qui, cramponné à sa chaise, emmitouflé dans une couverture de laine chaude, accusait dix ans de plus qu'au début de cette triste journée.

«Le notaire Rinfret a envoyé un télégramme. Il aimerait vous voir demain, lui annonça Thomas. Son bureau est au 28 de la rue des Forges. Je pourrais vous accompagner à Trois-Rivières, ou du moins aller vous conduire à la gare...»

Georges-Noël demeura muet, momifié dans sa couverture, jusqu'à ce que Victoire lui demandât avec toute la tendresse qu'il lui connaissait:

«Y a-t-il quelque chose qui vous ferait du bien?

— Que vous alliez vous reposer», répondit-il, signifiant son besoin de rester seul près du feu.

Malgré la flamme qui sifflait dans l'âtre, il était secoué de frissons. Il sentait un froid qui le transperçait, qui lui étreignait le cœur.

«Je vous ai préparé un verre de vin chaud. La bouteille est sur le buffet, si jamais vous en vouliez d'autre», lui dit Victoire avant de suivre son mari dans la chambre à coucher.

Le lendemain, blafard, Georges-Noël avait écouté, hébété, la lecture du testament sans broncher:

«S'il advenait que ma mort survienne avant que j'aie eu le temps de quitter cette ville, je laisserai ma maison à ma sœur, Eliza Waters, épouse de Frédéric Piret, et tout le reste de mes biens à Georges-Noël Dufresne à qui je donne rendez-vous dans un autre monde, là où l'amour fait la loi.»

Le notaire Rinfret se racla la gorge avant d'expliquer:

«Maintenant, monsieur Dufresne, je tiens à vous dire que si vous exigez l'avis d'un autre médecin légiste, il vous faudra en obtenir le consentement de Mme Piret. Vous devez savoir que vous enclencherez alors une enquête policière dans laquelle vous serez appelé à témoigner.»

Georges-Noël indiqua d'un geste de la main qu'il souhaitait sortir du cabinet.

«Ton avis? demanda-t-il à Thomas à qui il avait résumé la rencontre tandis qu'ils marchaient vers la maison de Marian.

— De un, vous risquez votre vie, et de deux, ça ne vous la ramènera pas...»

Les résultats d'une deuxième autopsie, demandée par Georges-Noël, étaient attendus du coroner de Louiseville, et des empreintes digitales furent relevées dans la maison de Marian, sur ses vêtements et sur son corps avant qu'il fût porté en terre. Les funérailles eurent lieu le 1er novembre, et le corps de Marian fut inhumé au cimetière anglican St. James, à Trois-Rivières.

Pendant qu'à Trois-Rivières étudiants et collègues de travail, sous le coup du choc, tantôt outrés, tantôt bouleversés décriaient la conclusion absurde du premier médecin légiste, Georges-Noël se débarrassait de tous ses chevaux, à l'exception de Prince noir qu'il possédait depuis la mort de Domitille. Joseph en acheta deux et les autres furent transportés à Montréal pour être vendus à l'encan. Les écuries et les enclos qui leur étaient réservés furent offerts à Thomas et à Joseph. Le premier, ne sachant qu'en faire, les céda à son oncle. D'un calme à la limite du stoïcisme, enfermé dans un mutisme glacial, Georges-Noël faisait place nette.

La résidence de Marian fut vendue à Nérée Duplessis à un prix d'aubaine et tous ses chevaux, aux enchères.

Victoire craignait le pire. Lorsque, deux semaines après l'enterrement, Georges-Noël, vêtu de ses habits du dimanche, descendit de sa chambre, une valise à la main, annonçant qu'il partait pour Montréal, elle hésita à s'en réjouir. Les idées les plus sombres effleurèrent son esprit. D'apprendre qu'il passerait chez Ferdinand lui apporta un réel soulagement. Profitant des quelques minutes dont elle disposait avant qu'il quittât la maison, elle griffonna un message à l'intention d'André-Rémi, le glissa dans une enveloppe et pria Georges-Noël de la lui remettre en montant dans le train.

Sortie pour regarder passer le convoi dans lequel Georges-Noël et André-Rémi se trouvaient, Victoire aperçut son frère qui, les bras levés vers le ciel, venait de lancer un colis sur la terre de leur père. Au dos de l'enveloppe qui lui était adressée, Victoire put lire cette phrase vite rédigée: «Ferai l'impossible pour prévenir Ferdinand.» Elle courut l'ouvrir en présence de Françoise. Sur plus de la moitié d'une page de *La Patrie* figurait un des ensembles souliers, sac à main et gants, signés VDS. Au-dessus de l'illustration était imprimé, en lettres fantaisistes: *Dames et demoiselles entichées de*

nouveautés d'un grand chic, offrez-vous ce magnifique trio
pour venir accueillir la plus grande de toutes les divas de la
terre, madame Sarah Bernhardt.

Désolée qu'une telle reconnaissance vînt en pareilles circonstances, Victoire aurait volontiers sacrifié cet honneur pour que Georges-Noël fût épargné du chagrin qui le rongeait depuis la mort de Lady Marian.

«J'ai souvent souhaité, moi aussi, prendre sur moi la souffrance de ceux que j'aimais, dit Françoise. Mais je crois de plus en plus que, même si la mort nous semble tragique, elle ne passe jamais sans laisser une certaine libération derrière elle.

— Vous avez beaucoup mal, ces temps-ci? lui demanda Victoire voyant ses doigts déformés par l'arthrite.

— Il y a pire que la douleur physique. Regarde ton père. Penses-tu qu'il a de l'agrément à vivre? Il me fait penser à un brasier qui s'épuise à garder vivants les quelques tisons qui fument encore.

— On dirait, admit Victoire, que tout pour lui devient occasion de se renfrogner.

— Justement, il boude le bonheur des autres comme leurs malheurs, la jeunesse comme la vieillesse, la beauté comme la laideur, l'amour autant que la haine, la vie, quoi.

— Dans son cas, je pourrais comprendre que la mort puisse être enviable. Mais c'est le seul. Y a-t-il plus absurde que de mourir avant d'avoir vécu? Ou juste au moment où on allait être enfin heureux?»

Françoise comprit que la douleur de Georges-Noël venait raviver celle qu'elle portait encore de la perte de ses filles.

«Pense à l'enfant qui sera là dans quelques mois. Il vaut la peine que tu ne te laisses pas abattre», dit-elle.

Elle ajouta d'une voix émue à se briser qu'elle était prête à donner sa vie pour qu'elle soit enfin heureuse. Victoire s'indigna.

«Ne parlez pas comme ça, maman. S'il fallait que vous partiez, ce serait encore bien pire.»

*　*

*

S'étant épuisée en efforts pour vaincre le silence oppressant de Georges-Noël, Victoire aurait aimé profiter du séjour de celui-ci à Montréal pour reprendre ses forces, mais voilà qu'en son absence sa pensée se faisait encore plus obsédante. Où était-il? Que faisait-il? Que préparait-il? Quand reviendrait-il? À toutes ces questions qui martelaient son esprit s'en ajouta une autre, plus angoissante encore. Comment réagirait-il en apprenant, à son retour, que les frères Davidson n'étaient plus dans les parages et que les anciennes terres de Duplessis venaient d'être vendues à Israël Berthiaume pour le tiers du prix coûtant?

«Tu peux être certain qu'on ne trouvera plus de trace de Younger Hooper au pays, dit-elle à Thomas qui venait de lui apprendre la nouvelle.

— Ça confirme qu'il visait aussi mon père, ce scélérat.

— Il peut se vanter d'avoir choisi l'arme la plus cruelle pour le faire souffrir le reste de ses jours, ajouta Victoire, visiblement affligée.

— C'est ce qu'on appelle un vrai salaud. Je te jure qu'être à la place de mon père, avec tout ce que je sais maintenant, je ne laisserais pas tomber l'idée d'une enquête.

— Ton père ne croit pas en la justice des tribunaux, tu le sais.

— Il est là, le problème. "J'aime mieux mourir avec ma conviction que de permettre à un juge tordu de semer des doutes dans mon esprit" qu'il me disait la dernière fois que je lui en ai parlé.»

* *

*

Sur le chemin du retour, dans un cahier qu'il avait minutieusement choisi à la librairie J. B. Rolland & Fils, Georges-Noël notait, au rythme des soubresauts du train, les souvenirs qui remontaient à sa mémoire et qui tissaient une toile serrée autour de la fin tragique de Marian: la conduite méprisante de ce William Waters à l'égard de Victoire à l'occasion de l'exposition de Lyon, les recommandations, tantôt subtiles, tantôt pressantes, de Ferdinand, la vente de la ferme des Duplessis, jusqu'à l'attitude énigmatique de Frédéric Piret après le décès de Marian. Tout s'éclairait maintenant. Seule la question de l'enquête restait à régler. Maître Viger, qu'il venait de consulter, l'avait prévenu des risques qu'il courait à exiger une enquête, compte tenu de la réputation de Younger Hooper dans les milieux d'affaires. Georges-Noël avait l'impression que de poursuivre de telles démarches vengeait la mort de sa douce Lady Marian et anesthésiait quelque peu sa douleur. Peu enclin à compter sur ses proches pour alléger son chagrin, il considérait que les uns avaient déjà leur part de tourments et que les autres, tel Rémi Du Sault, se sentaient tout à fait maladroits en présence d'une personne affligée.

De fait, bien qu'il fût très compatissant, Rémi fuyait son voisin depuis ce drame. Après sa sieste de l'après-midi, il ne fit, ce jour-là, qu'une courte visite chez Victoire, troublé à la pensée que Georges-Noël pût surgir et craignant de ne pas trouver les mots ou l'attitude appropriés. Françoise, pour sa part, s'y attarda volontiers.

«Il me semble que novembre s'est fait plus grisâtre que de coutume, confia-t-elle à sa fille. Quand je vois arriver ce mois-là, je ne peux m'empêcher de penser à tous ceux qui nous ont quittés.»

La démarche alourdie par huit mois de grossesse, Victoire replaça sur les ronds brûlants du poêle à trois ponts son fer à repasser devenu tiède et approcha une chaise berçante de celle de sa mère. Comme elle aurait aimé lui apporter le réconfort qu'elle avait tant de fois trouvé à ses côtés.

«Ce n'est plus très drôle dans la maison, continua Françoise, accablée. Ton père semble de plus en plus mêlé, et puis Louis n'en finit plus avec sa déprime. Encore une chance qu'Oscar et les enfants de Louis junior sont là...

— Y a pas à dire, ils auraient de quoi être heureux, ces deux hommes-là. Ils sont en bonne santé, ils ont tous deux des femmes extraordinaires qui les servent comme des seigneurs. En plus, leurs enfants sont bien établis...

— On dirait qu'ils sont incapables de se réjouir de ce qui arrive de bon aux autres. Pour dire vrai, il n'y a rien qui puisse les rendre joyeux. Pauvre Delphine! Quel courage! Et dire qu'elle se montre toujours de bonne humeur...

— Leur histoire ressemble un peu à la vôtre, vous ne trouvez pas? lui demanda Victoire.

— Oh, non, ma fille. Ton père a toujours été un homme de cran et de cœur malgré ses airs grognons, tu le sais aussi bien que moi.»

Victoire la regarda avec tant d'amour et de respect que Françoise trouva le courage de poursuivre:

«Je vais être bien franche avec toi, ma fille. J'ai hâte d'aller rejoindre mes petites... puis les tiennes.

— Et les enfants qui s'en viennent, maman? Ce serait triste qu'ils n'aient pas le temps de vous connaître. Vous êtes leur seule grand-maman.

— De toute façon, il faudra bien que je parte un jour. Puis, si tu regardes un peu autour de nous, il n'en reste pas beaucoup de ma génération.»

Devant la tristesse qui voilait le regard de Victoire, Françoise, toute menue sous le châle qui couvrait ses épaules, s'empressa de se rétracter:

«Ah! Puis oublie tout ça! C'était juste une passade... Prends bien soin de toi. J'ai tellement hâte de voir celui qui s'en vient. Il me semble que ça fait longtemps qu'on n'a pas eu de petits bébés dans la maison. J'imagine Oscar...

— Lui qui réclame un petit frère pour jouer avec lui, imaginez comme il serait déçu s'il nous arrivait une fille. Surtout que son grand-père s'en occupe moins depuis que...

— Ça se comprend après un choc pareil. J'en connais plusieurs qui seraient ébranlés à moins.»

Françoise s'arrêta, lasse, sa tête que surmontait un minuscule chignon appuyée au dossier. Elle promenait son pouce sur son index, comme si elle eût douté de la pertinence de ce qu'elle allait dire.

«Ce qui m'attriste encore plus que la mort de Lady Marian, c'est la pensée de ce que tu dois souffrir en secret, toi, depuis ce drame-là.»

Le silence qui suivit incita Françoise à se retirer discrètement.

Malgré toute la confiance que Victoire avait en sa mère, malgré cette délicate attention, elle ne trouvait pas les mots pour lui décrire la douleur qui l'habitait comme une longue agonie. «Un jour, je pourrai lui en parler», se dit-elle, ignorant que, le lendemain matin, celle qui avait été sa plus grande confidente les quitterait, emportant avec elle ses secrets les plus intimes.

Françoise ne s'était pas réveillée en ce matin du 6 décembre 1880. Elle était partie comme elle le souhaitait: doucement, sans déranger personne. Devant sa dépouille mortelle, Rémi n'était plus qu'une loque humaine. Rongé de remords et affolé par le spectre de la solitude, il capitulait. Sa fragilité à découvert, il n'avait plus qu'un désir: partir à son tour. Il rejoignit sa défunte un mois plus tard, emportant avec lui le nouveau-né de Victoire, le petit Ubald.

Au cœur d'une des pires tempêtes de l'hiver québécois, Victoire n'avait pu recevoir l'aide d'aucune sage-femme au moment d'accoucher. Son enfant s'était étouffé des deux tours du cordon ombilical autour de son cou. Dans le désarroi total, seule l'attitude de Georges-Noël, qui continuait de se cabrer contre l'inéluctable destin qui s'acharnait à les dépouiller, lui semblait acceptable.

«J'admire ton père de n'avoir pas choisi d'en finir..., après tout ce qu'il a vécu, confia-t-elle à Thomas à son retour du cimetière. La vie est tellement absurde par moments.

— C'est un accident, ma pauvre chérie. S'il n'avait pas fait si mauvais cette nuit-là, on l'aurait sauvé, notre bébé.

— Tu ne trouves pas que ça fait pas mal d'accidents, depuis quelques années? Dire qu'on a été assez naïfs pour croire que les bonnes actions étaient récompensées...

— C'est ta peine qui te fait parler comme ça, Victoire. Ce que je donnerais pour pouvoir te consoler...», dit-il, désemparé.

Le lendemain de l'enterrement, elle renvoyait Marie-Ange.

«Ça fait deux ans qu'on la garde pour rien, pensant qu'elle aurait bientôt à s'occuper de nos bébés», expliqua-t-elle à son mari qui désapprouvait cette décision.

Thomas regretta que Françoise ne fût pas là pour la réconforter.

*   *

*

Désarmé et redoutant que Victoire ne glissât dans une forme de dépression nerveuse, Thomas allait se rendre au cabinet du docteur Rivard lorsqu'il constata que son fils, qu'il croyait dans la cour avec Pyrus, avait disparu. Et pourtant, il était bien sorti, en dépit des hésitations de sa mère, vu ce vent de février qui soufflait en rafale. Dans toute la maison, aucune trace du garçonnet. Il lui arrivait souvent de ne pas répondre aux appels, par espièglerie, mais, cette fois, il ne semblait être ni dans la maison, ni dans l'écurie, ni à la beurrerie où des traces encore visibles dans la neige avaient conduit Thomas. Alerté, Georges-Noël se mit aussi à sa recherche, étonné de ne pas le trouver dans le fenil où il aimait tant jouer avec Pyrus. Au domicile de ses parents défunts, Victoire avait questionné Delphine qui, absorbée par les aménagements de sa nouvelle résidence, avait répondu distraitement n'avoir vu personne de l'après-midi. C'est chez Louis junior qu'elle découvrit Oscar, en compagnie des jeunes enfants de ce dernier et de leur mère qui prenait part à leurs jeux.

«C'est ici que je veux rester, maintenant», riposta-t-il aux réprimandes de ses parents.

Victoire et Thomas se regardèrent, stupéfaits.

Arrivant sur ces entrefaites, Georges-Noël s'élança vers son petit-fils. Ce dernier le repoussa.

«Je n'y vais plus avec vous, grand-papa. Y a plus personne qui rit et qui joue dans notre maison.

— Viens, mon garçon, insista Georges-Noël. Je te jure qu'à partir d'aujourd'hui on va recommencer à s'amuser avec toi», dit-il, implorant du regard la promesse de Thomas et de son épouse.

Le soir venu, assis autour d'un feu crépitant, tous trois convinrent que la vente des chevaux, les fréquentes absences de Georges-Noël qui, depuis quelques semaines, se réfugiait à La Chaumière ou auprès de Justine avec qui il avait renoué, tout comme ses présences distraites et moroses, le décès du petit frère tant attendu et, par la suite, le départ de Marie-Ange et l'insoutenable tristesse de sa mère, c'en était trop pour Oscar. Le garçon de cinq ans et demi attribuait tous ses chagrins aux quatre murs de cette maison qu'il ne voulait plus habiter. Il était temps que les trois adultes qui l'entouraient, bien qu'ébranlés par tant d'épreuves, retrouvent courage et gaieté. Pour cela, Victoire ne voyait d'autre solution que de balayer le passé de sa mémoire. Elle fut tentée d'écrire à André-Rémi, mais elle résista de peur de s'enfoncer davantage dans la détresse qui la rongeait. Comme si de la nommer lui eût octroyé plus de pouvoir. En attendant qu'un événement dont elle n'aurait su définir la nature se produise, seul le travail pouvait la maintenir à la surface. La tentation était forte de renoncer à la maternité qui l'avait six fois honorée pour mieux la dépouiller. «À quoi bon protéger ma santé, préparer chaussettes et layettes puisque ces enfants que j'avais désirés plus que tout au monde, que j'ai portés avec tout l'amour dont je suis capable ne sont venus que pour laisser des cicatrices dans ma chair?»

Tout laissait croire, par ailleurs, que Georges-Noël avait renoncé à l'ouverture d'une enquête pour renverser la thèse du suicide de Marian. Ses voyages tant à Trois-Rivières qu'à Montréal s'étaient espacés et il occupait son temps à donner un coup de main ici et là, toujours en compagnie de son petit-fils.

En ce matin particulièrement doux de la fin de mars, fidèle à sa promesse, il attela Prince noir et partit pour le moulin des Garceau accompagné d'Oscar. Calmement, mais abondamment, dans un dernier sursaut, l'hiver avait couvert le sol d'un bon pied de neige avant d'agoniser. De quoi retarder le départ prévu tôt dans la matinée.

Fier de son cheval, de son harnais et de sa *sleigh*, Georges-Noël prit soin de placer une peau de mouton sur le siège et d'y emmitoufler son petit-fils. Un claquement de la langue suffit pour que Prince noir se mît au trot. Les grelots entonnèrent un concert qui déclencha les rires d'Oscar. De chaque côté de la route, la neige s'étalait avec une telle brillance que les yeux du garçonnet avaient peine à la contempler.

«On dirait, grand-papa, que les poteaux ont mis leur tuque de laine.

— Ils ont dû avoir peur de la grosse bordée de neige, la nuit passée. Pas question qu'ils se rendent malades, sinon comment veux-tu qu'ils puissent garder les vaches dans l'enclos, au printemps prochain?

— Vous êtes drôle, vous, grand-papa», déclara Oscar en se collant la figure sur son bras.

Depuis la fugue de son petit-fils, chaque moment en sa présence prenait une valeur inestimable à ses yeux. Unique. Affligé par l'implacable précarité des choses et des êtres, il appréciait d'autant plus la beauté féerique du décor qui se déployait sur leur passage.

Soudain, la voiture s'immobilisa.

«Mais, je ne le vois pas le moulin, grand-papa. Pourquoi on arrête ici?

— Tu ne le vois pas? Regarde bien à droite. Au fond là-bas, tu ne distingues pas trois belles colonnes blanches qui bougent dans le ciel.

— Oui, oui. Elles ressemblent à la laine que grand-maman Françoise mettait sur le dévidoir.

— Quand on aperçoit les trois rubans de fumée qui se découpent sur le bleu du ciel, ça veut dire qu'on n'est pas loin du moulin.»

Une légère ondulation des cordeaux sur le dos de Prince noir et le traîneau se remit à pépier sur la neige à peine durcie.

«Maintenant, Oscar, surveille bien ce qui va sortir en arrière de cette petite côte là!»

Vivement, l'enfant s'avança sur le bord du siège afin de mieux contourner le corps imposant de son grand-père qui lui bouchait la vue. Le cou tendu vers l'avant, il dévorait des yeux la grosse maison blanche et, juste à côté, l'appentis.

«C'est là que ta maman vient faire carder sa laine», expliqua Georges-Noël.

La voiture s'immobilisa de nouveau.

«Quand mon oncle Augustin l'a bâti, ce moulin-là, dit Georges-Noël, il était tout seul à y travailler avec ses fils.

— Et pourquoi il ne l'a pas gardé, votre oncle?

— Parce qu'il en voulait un plus gros, ailleurs. Mon oncle Augustin a bâti lui-même ce beau domaine. Il a tout fait à la main, les poutres et les clous.

— C'est lui qui a fait le lac aussi?

— Presque, fiston. On appelle ça un étang. Mon oncle Augustin s'est servi de la rivière aux Glaises qui passe là, derrière, puis il a détourné une partie de l'eau de cette rivière qui s'appelait aussi la rivière aux Loutres. Pour la retenir, cette eau, il a fallu enfoncer de gros madriers très très creux dans la terre. Des madriers..., tiens, épais comme la queue de Prince noir.»

L'écho répercuta un éclat de rire, ce qui laissait présager de nouvelles chutes de neige.

«Creux jusqu'à l'enfer? demanda Oscar.

— Qu'est-ce que tu me sors là, toi? L'enfer...

— Il n'est pas là, l'enfer?

— Ton grand-père pense qu'il est nulle part, l'enfer.

— Pourquoi d'abord que mon oncle Louis, quand il vient jouer aux cartes, il dit à papa qu'il va tomber direct en enfer s'il triche encore?

— Tu écoutes tout, toi, hein?

— Comment creux d'abord, grand-papa? insista Oscar.

— À ce que m'a raconté mon oncle Augustin, ça allait jusqu'à vingt-quatre pieds de profondeur. Pour te donner une petite idée, ça fait haut comme la belle maison blanche collée au moulin, mais dans la terre.»

Au signal de Georges-Noël, le cheval avança en secouant la tête. Oscar était fasciné par les vapeurs qui s'échappaient continuellement des naseaux de l'animal. L'idée lui vint de faire compétition à cette grosse bête. Soufflant de toutes ses forces, le ventre collé aux reins, Oscar sentit tout juste un filet de chaleur lui frôler les lèvres, qui s'évanouit aussitôt sur son menton.

La grande montée qui conduisait au domaine avait fière allure. Large de près de dix pieds, elle offrait une surface lisse à faire dévier les patins de leur trajectoire. Un premier embranchement, vers la gauche, les conduirait d'abord chez Paul, l'un des frères Garceau à qui Euchariste venait de vendre toute l'entreprise. Au beau milieu de la grande montée, un sentier de neige qu'on eût dit tracé au cordeau menait à la maison principale.

«C'est là, mon garçon, que ton papa est venu au monde, dit Georges-Noël en désignant la fenêtre droite du premier étage.

— Je veux voir...

— Une autre fois, quand on aura plus de temps, on viendra avec maman et on pourra aller visiter toute la maison.

— Maman non plus n'est jamais venue ici?

— Maman est venue souvent pour faire carder sa laine. Mais elle n'est jamais entrée dans cette maison.

— Elle ne venait pas jouer avec papa?

— Elle ne pouvait pas, Oscar. C'était trop loin pour elle de marcher de chez grand-papa Du Sault pour venir jusqu'ici. Puis ton papa était bien trop petit pour jouer avec une grande fille comme ta maman.

— Pourquoi? Je ne comprends pas.

— Écoute-moi bien. Ce n'est pas difficile à comprendre, tu vas voir. Quand ton papa avait ton âge, ta maman était déjà grande comme Marie-Ange.

— Comment il a fait, papa, pour la rattraper?»

Georges-Noël, qui n'en finissait plus de rire, n'arrivait pas à lui répondre. Oscar se mit à bouder, se croyant ridiculisé par son propre grand-père.

Sur la pointe des pieds, tous deux gravirent les marches de l'entrée principale, puis longèrent le côté droit de la maison. Une large galerie l'entourait et rejoignait le côté adjacent du moulin en un demi-cercle habilement dessiné. Une dentelle de bois ornait la véranda et s'enjolivait, à chaque poutre de soutien, de modillons décoratifs. Un choix s'imposait: franchir la porte juste devant soi et se retrouver dans la cuisine d'été, ou bifurquer vers la droite, sur la passerelle, et se laisser glisser sur cette plateforme qui débouchait directement dans la pièce principale du moulin. Oscar avait deviné que le second choix les mènerait à destination. Un nuage de poussière les accueillit. Un tantinet craintif, Oscar cherchait la main de son grand-père. Ils avancèrent tant bien que mal dans un tourbillon de bruit et de poussière pour se retrouver devant de larges cuves comparables à des pyramides tronquées, à la renverse:

«C'est pourquoi, ça, grand-papa?

— On appelle ça des trémies; c'est là-dedans qu'on verse le grain qu'on veut faire moudre.

— Aurais-tu envie de venir travailler avec nous autres?» lui demanda un employé.

Oscar posa un regard interrogateur sur son grand-père.

«S'il fait comme son père, commenta Paul Garceau, y a pas grand chance qu'on le garde trop longtemps. Une vraie girouette!

— Une vraie girouette... Comment ça, une vraie girouette? fit Georges-Noël, piqué par de tels propos.

— Comme disait mon frère, reprit Paul, conscient de sa bévue, c'est un gars de défis, votre Thomas. Quand il en a relevé un, il faut qu'il se lance aussitôt à la poursuite d'un autre. Tu ne sais jamais quand est-ce qu'il va te glisser entre les mains...»

Réflexion pour le moins désobligeante que Georges-Noël décida de ne pas relever. Il se dirigea discrètement vers le cœur du moulin, au grand enchantement d'Oscar que les alivettes, dalles et leviers de commande fascinaient. Plus loin, les grands entonnoirs de bois, destinés à recueillir les grains ronds, le firent rigoler:

«On dirait de grosses glissades», dit-il.

Il fallait bien abréger le temps passé dans chaque partie puisque, des cent cinquante pieds que mesurait l'édifice, ils en avaient visité à peine la moitié. De plus, François-Xavier semblait ne pas savoir où donner de la tête tant il y avait de travail.

«C'est toujours comme ça, répondit-il à Georges-Noël venu lui en faire la remarque avec sympathie. Tout le monde voudrait être servi en même temps.

— Comme ça, les affaires vont bien?

— Ah! Pour rouler, ça roule! Mais si on avait plus d'hommes expérimentés, ça irait encore mieux...»

Georges-Noël comprit que le départ de Thomas leur avait été préjudiciable. Faisant ses visites assidûment, comme un gardien de phare, Euchariste avait entendu leur conversation et manifestait le goût de relancer le sujet. Georges-Noël s'y prêta:

«Ce ne sont pas les occasions de le garder, Thomas, qui vous ont manqué, lui fit-il remarquer. Mais, chaque fois qu'il vous a présenté des offres, vous les avez refusées.

— Écoute-moi bien, Dufresne. Je n'allais quand même pas gruger mon butin pour donner une chance à un gars..., vaillant, débrouillard, puis bien gentil, mais instable comme une girouette!

— Par contre, ça faisait votre affaire d'envoyer la girouette sur la route.

— Ce n'était pas une raison pour qu'il nous joue dans les pattes...»

Georges-Noël apprenait avec stupéfaction qu'en décembre dernier Thomas avait remis sa démission aux Garceau pour aller faire la promotion des produits du moulin seigneurial.

«On reviendra une autre fois, mon garçon», dit-il à Oscar, prétextant qu'au moulin à bois les ouvriers étaient très occupés ce jour-là.

La carriole avait à peine parcouru un mille qu'Oscar dormait déjà. La neige recommençait à tomber. Pour tromper son inquiétude, Georges-Noël se mit à observer les flocons étoilés qui voltigeaient avant de s'évanouir en douceur sur le visage rondelet de son petit-fils. Leurs jeux le tirèrent si bien des tourments qu'il avait connus depuis qu'il s'était épris de Lady Marian qu'il eut l'impression de vivre des instants divins. Des instants d'une plénitude qu'il n'aurait su définir. Plaisir gratuit et mort douce se succédaient sans que l'enfant en fût incommodé. «Et si c'était ça, la vie? Virevolter dans l'existence et se laisser choir quand vient le moment de partir...», pensa Georges-Noël, soudain transporté dans un état euphorique qui le conviait à l'abandon. À la non-résistance. Vouloir accaparer gens et événements, vouloir les fixer dans le présent, cela se révélait dès lors aussi futile et illusoire que de refermer la main sur un flocon de neige dans l'espoir de l'immortaliser. Georges-Noël sentit le détachement l'envahir et en fut enivré. Assister à sa vie, ou, au plus, la jouer avec la conscience que chaque scène répond du succès de l'œuvre, mais qu'elle n'en demeure pas moins un fragment qui n'a nulle fin en soi, qui doit nécessairement se terminer, n'était-ce pas là l'ultime savoir? Ignorant le dénouement de cette tragicomédie, devant troquer son état d'acteur principal tantôt contre celui de doublure, tantôt contre celui de simple figurant, il lui sembla que l'humain n'avait de choix plus nobles et plus valables que de vivre lucidement chacun de ses rôles, avec tout le détachement nécessaire. Cette vision vint nicher le bonheur au creux de son estomac, dilatant ses poumons, réchauffant ses membres et allumant dans ses yeux une flamme que Victoire avait crue éteinte à tout jamais.

Lorsque Georges-Noël glissa dans ses bras l'enfant endormi, elle sut qu'un événement prodigieux s'était produit en cette matinée. Son visage radieux et le sourire si éloquent de bien-être qu'il lui adressa en témoignaient.

«Grâce à ton fils, je viens de vivre le plus beau jour de ma vie», lui dit-il avant de ressortir pour dételer son cheval.

Remuée jusqu'au cœur de sa mélancolie, Victoire étendit Oscar sur un canapé et s'attarda à le regarder dormir, poussée par le secret espoir d'être touchée par la magie qui avait transfiguré Georges-Noël.

Lorsque, à son tour, Thomas entra en sifflotant, elle se demanda si elle n'avait pas été oubliée sur le passage d'un marchand de bonheur.

«Contrat signé, marché conclu!» s'exclama Thomas, triomphant.

Pierre-Olivier Duplessis venait de lui consentir le double de la commission que lui donnait Garceau pour la vente des produits de son moulin. À l'instar du jeune Louis Du Sault, le propriétaire du moulin seigneurial ouvrait une beurrerie attenante à son moulin, la deuxième de la région. En embauchant Thomas Dufresne, déjà représentant pour les produits de la Beurrerie-fromagerie Dussault & associés, Pierre-Olivier Duplessis devenait non pas un compétiteur mais un associé de ladite fromagerie. Celle-ci se spécialisait dans la production de fromages alors que l'autre se consacrait uniquement à la fabrication du beurre.

Georges-Noël poussa un soupir de soulagement et présenta de chaleureuses félicitations à Thomas.

«Et puisque c'est la journée des bonnes nouvelles, enchaîna Thomas, j'en ai une pour toi, Victoire.»

Elle fronça les sourcils, visiblement méfiante.

«Imaginez-vous donc qu'un des magasins les plus achalandés de la Mauricie se cherche un fournisseur de chaussures de tout genre et pour toutes les saisons.

— Celui des Panneton? demanda Georges-Noël.

— Non, mais un autre, près de là. Celui d'un certain M. Dorval, décédé l'été dernier. Sa dame a hérité du commerce et elle a décidé de ne vendre que des produits fabriqués chez nous.»

Georges-Noël y voyait là une initiative qui valait la peine d'être encouragée. À cet élément s'en ajoutait un autre:

«Puis c'est une bonne payeuse, à part ça, la petite veuve Dorval.»

Victoire demeurait impassible.

«Tu ne vas pas laisser passer une occasion semblable», dit Georges-Noël, persuadé qu'il en allait de son mieux-être qu'elle s'engageât à relever un nouveau défi.

Il avait offert sa collaboration et entamé l'énumération des raisons qui la motivaient lorsqu'elle l'interrompit.

«Je me méfie des feux de paille, dit-elle.

— C'est tout ce qu'il y a de plus sérieux, insista Thomas sur un ton à désarmer les plus sceptiques.

— Je crois comprendre, Victoire, que tu veux des garanties, dit Georges-Noël. Si tu savais ce que j'en pense, maintenant, de ce qu'on croit être des garanties... Les seules qui me semblent valables, ce sont celles de l'instant présent. Tu as les outils, les talents et le temps. Si tu as le goût, surtout, n'hésite pas.»

Victoire le fixa, ébahie, à deux doigts de le soupçonner d'être sous l'effet d'une quelconque drogue. Non moins étonné, Thomas s'empressa de se faire complice de ce qui lui apparut comme un véritable miracle. Peu lui importait d'en ignorer le pourquoi et le comment. Son père avait triomphé de sa détresse et il lui était permis d'espérer que cette victoire aurait un effet magique sur le cœur de son épouse. Car, devait-il admettre, à bout de moyens, il était sur le point de baisser les bras tant les efforts faits depuis l'automne précédent pour ramener la joie de vivre dans la maison et dans le cœur de sa bien-aimée s'étaient révélés infructueux.

Les conseils médicaux, tout comme les propositions d'affaires et les visites assidues de Delphine, n'avaient été d'aucun secours pour Victoire. Clamant que personne ne pouvait comprendre ce qu'elle éprouvait, elle avait supplié les uns et les autres de lui laisser au moins la liberté de vivre ses deuils et ses peines comme elle l'entendait. Que de fois Thomas avait envié Oscar, le seul avec qui elle trouvait encore à rire et à s'amuser. De là à conclure que cet enfant et son travail étaient devenus ses seules raisons de vivre, il n'y avait qu'un pas. Il lui était plus pénible de voir ceux qu'il aimait traîner leur existence dans la morosité que de les savoir décédés. Conscient du pouvoir de son fils et réconforté par la jovialité de Georges-Noël, il se sentait maintenant épaulé dans le défi qu'il s'était lancé de rebâtir sa famille et de ramener le bonheur dans son foyer.

«Moi aussi, j'aimerais te donner un coup de main dans mes temps libres», dit-il à son épouse.

Victoire promena son regard de l'un à l'autre, avec l'impression d'être l'objet d'une concertation qui, bien que bienveillante, l'agaçait.

«Et puis, qu'est-ce que tu décides? demanda Thomas.

— Rien pour l'instant», répondit Victoire.

Elle aurait souhaité en discuter avec Françoise. L'absence de cette femme qui avait été pour elle la plus affectueuse des mères, l'amie et la conseillère l'attristait davantage en de telles circonstances. Une lutte acharnée se livrait en son for intérieur entre des adversaires qu'elle n'arrivait pas à identifier.

En cette fin de journée mémorable, après avoir passé de longues heures à réfléchir, à lire et à écrire à la lueur d'une chandelle, elle dut se résigner à aller au lit sans que la lumière eût jailli, sans que le combat eût fait un vainqueur, sans que la paix eût trouvé son chemin dans son esprit et dans son cœur. Il ne lui restait que quelques heures de sommeil avant qu'Oscar vînt les rejoindre au lit pour cueillir ses cajoleries du matin lorsqu'un début d'engourdissement gagna son cerveau. Elle s'enfonça plus loin sous les couvertures et alla chercher, collée au dos de Thomas, la chaleur qui lui faisait défaut. Il n'en fallut pas davantage pour qu'elle se vît conviée à une grande fête et placée au centre d'une table d'honneur magnifiquement décorée. Une centaine de convives l'attendaient. Curieuse de connaître le motif de cette fête, elle n'arrivait pas à formuler sa demande suffisamment fort pour que Thomas l'entende. Soudain, une paire de souliers de satin d'une luminosité éblouissante vinrent danser au milieu de la table, soulevant une tempête d'applaudissements. «Madame Victoire Du Sault est priée de recevoir ce trophée en reconnaissance de ses créations», proclamait un gentilhomme vêtu d'un smoking d'un grand chic et entouré de notables qui lui faisaient la révérence. Mais voilà que, ne parvenant pas à saisir le trophée, elle allait implorer l'aide de Thomas quand ce dernier, contrarié, lui demanda pourquoi elle s'acharnait tant à le sortir du lit alors que le soleil était à peine levé.

«Irais-tu jusqu'à penser que ce rêve vient t'apporter une réponse? lui demanda Thomas qui en avait écouté le récit avec intérêt.

— Ce n'est pas tellement le contenu du rêve qui me tracasse, comme l'impression qu'il me laisse...

— Je ne comprends pas...»

Victoire lui confia que, chaque fois qu'elle avait fait un rêve de ce genre, un événement significatif s'était produit dans les semaines suivantes. Thomas se rappela alors celui qui avait précédé la mort de sa deuxième fillette et en fut troublé.

«Mais tu ne crois pas que, cette fois, il nous annoncerait quelque chose de beau?

— Il serait temps, tu ne penses pas?»

Thomas aperçut une lueur de joie dans ses yeux, la première depuis des mois qui lui avaient semblé des années.

«Oui. Grand temps. Surtout pour toi, Victoire. J'ai le sentiment que le bonheur est là, tout près, et qu'il attend qu'on fasse un tout petit pas vers lui pour nous revenir.

— Il aimerait peut-être que je t'écoute un peu plus souvent aussi», dit Victoire, presque taquine, en lui tendant les bras.

Attentif au moindre désir, au moindre geste, au moindre soupir de sa bien-aimée, il se laissa aimer jusqu'à ce qu'un craquement du plancher et un grincement de porte les prévinrent de l'arrivée imminente de leur fils.

*   *

*

Un mois avait suffi à Thomas pour négocier la location d'une deuxième machine à coudre, étendre sa distribution de fromage et de beurre dans trois autres points de vente et rappeler Marie-Ange à leur service.

À bord du train qui l'emmenait pour la quatrième fois au magasin général de Mme Dorval, Thomas avait beau se répéter que son euphorie tenait au mieux-être de Victoire, une irrésistible frénésie l'habitait à la seule pensée de revoir la jeune et élégante Mme Dorval. La journée s'annonçait particulièrement chaude et loin de lui l'idée de s'en plaindre. Il imaginait déjà cette coquette dame dans une tenue qui révélerait les charmes de sa poitrine plantureuse. Ses coiffures fantaisistes faites de jeux de tresses accentuaient l'audace de son menton et la vitalité de ses vingt-trois ans.

La rue des Forges fourmillait d'activités. Midi allait bientôt sonner et de nombreux clients sortaient du Magasin général Dorval. Tout indiquait que la jolie dame pourrait bien s'y trouver seule. Nerveux et fringant, Thomas jeta un dernier coup d'œil à sa chevelure dans le reflet de la vitrine. Sitôt son pouce posé sur la clenche de la porte, un doux carillon se fit entendre.

«Bonjour mon bon monsieur Dufresne! Quelle merveilleuse température! s'exclama en le voyant Mme Dorval, radieuse dans un corsage bleu bâillant légèrement sur sa poitrine.

— Les femmes lui ressemblent, plus belles que jamais, répliqua Thomas avec un sourire enjôleur. Surtout celles de Trois-Rivières», prit-il soin de préciser, mais il le regretta aussitôt.

Flattée, Mme Dorval agréa le compliment d'un sourire gracieux.

«Êtes-vous aussi charmant avec toutes les femmes que vous rencontrez, monsieur Dufresne?

— Comment ne pas l'être avec une dame d'une élégance telle que la vôtre, répondit-il en effleurant du regard son corsage dont le laçage laissait voir quelques saillies d'un velours à charmer un aveugle.

— Un bel homme comme vous ne doit pas avoir la fidélité facile, commenta-t-elle, aussitôt penchée sous le comptoir d'où elle sortit une enveloppe contenant l'argent de ses premières ventes et la réquisition pour la prochaine livraison.

— C'est déjà tout prêt?» fit Thomas, étonné.

Mme Dorval le gratifia d'un large sourire.

«Je prépare toujours mes papiers la veille. Comme ça, si je suis dérangée dans la journée, je suis sûre de ne pas faire attendre personne.»

De chaque côté du comptoir sur lequel ils étaient accoudés, Mme Dorval et son fournisseur examinaient les additions, comptaient les billets de banque et discutaient de la prochaine commande. La proximité de leurs corps troubla Thomas. Son attention dérivait sans cesse du papier à la poitrine au parfum de lavande qui s'exhibait sous ses yeux. Il se surprit à répondre:

«Je vais faire tout mon possible pour vous satisfaire, ma belle dame.»

Cette fois, il n'osa lever les yeux sur celle qui n'attendait que ce geste pour lui retourner sa galanterie. Elle voulut l'accompagner jusqu'à la porte, mais il l'en dispensa, pressé d'échapper à ses charmes.

Confortablement installé sur une banquette du train, Thomas était tenté de se laisser porter par cette euphorie, de remettre au lendemain l'incontournable nécessité d'en clarifier les raisons. Puis, il pensa qu'il était tout à fait normal d'être vivement séduit par une jeune femme à la fois gracieuse, riche et intelligente.

Elle avait eu le temps de donner naissance à trois enfants avant que son mari, de vingt ans son aîné, fût emporté par une crise cardiaque, lui avait-elle appris. «Être libre, je t'assure qu'elle ne resterait pas veuve bien longtemps», pensa-t-il, aussitôt honteux du désir qui montait en lui. Thomas secoua la tête, conscient qu'il lui fallait vite sortir de cette rêverie qui menaçait de ternir sa relation avec Victoire au moment où celle-ci venait tout juste d'émerger de l'état de détresse dans lequel les épreuves l'avaient plongée. «Rebâtir ma famille et ramener le bonheur dans mon foyer, c'est à ça que je me suis engagé», se répéta-t-il.

La nouvelle qu'il apprenait de Victoire deux semaines plus tard avait de quoi l'aider dans sa lutte contre la convoitise. Ses deux vœux les plus chers allaient être exaucés. Victoire était enceinte, et, avec cette nouvelle vie qui prenait chair en son sein, le goût de créer, de s'engager et de sourire lui revenait. Pendant que Marie-Ange s'affairait à rafraîchir chaque pièce de la maison, que Georges-Noël préparait une culture de lin sans pareille et que Joseph, deux fois papa, se félicitait d'avoir trouvé sur ses terres un gisement de gaz naturel suffisant pour alimenter les besoins domestiques des trois familles, Florentine prenait un plaisir évident à actionner ce qu'elle appelait la «plus belle invention» qu'elle eût connue, la plus récente machine à coudre de Victoire. À peine la cordonnière avait-elle terminé le découpage des pièces que la jeune femme s'empressait de les assembler avec une perfection digne des créations VDS. Au jeune Oscar était laissée la liberté, puisqu'il fêterait bientôt ses six ans, d'accompagner l'un ou l'autre des adultes de la maison ou de s'amuser avec ses petits cousins et avec Pyrus qui ne le lâchait pas d'une semelle. La plupart du temps, on le retrouvait en compagnie de son grand-père. Curieusement, il n'y avait que Thomas qui se laissait aller à la nostalgie ou à de tristes rêveries. Contrairement à ce qu'il croyait et souhaitait, cette mélancolie n'avait pas échappé à la perspicacité de Victoire. Elle allait saisir le moment propice de l'en entretenir:

«Tu me sembles bien songeur depuis quelque temps, Thomas. Ça ne va pas à ton goût pour les chaussures ou...?

— Je ne pourrais demander mieux, fit-il, surpris de la question. Il ne faut quand même pas s'attendre à ce que trois commerces roulent bien sans qu'on se donne la peine de peser chaque démarche», allégua-t-il.

* *
*

Cherchant un prétexte qui lui permît de sortir de la maison alors que Victoire l'invitait à faire la sieste avec elle, Thomas dit préférer prendre l'air. En cette fin d'après-midi du plus beau dimanche de juin, il marchait le long de la rivière aux Glaises qui serpentait dans leurs terres, cherchant à mettre de l'ordre dans son esprit confus. Les raisons qu'il multipliait pour aller au magasin de Mme Dorval étaient révélatrices de la fascination qu'elle exerçait sur lui. Ses lèvres sensuelles l'attiraient. Plus il la voyait, plus le désir de la caresser, de lui faire l'amour — juste une fois — le harcelait. Dans la fougue de ses vingt-six ans, il ressentait comme jamais le besoin de séduire, de prendre une jeune femme dans ses bras, de la couvrir de baisers, de l'entendre gémir de plaisir. Mme Dorval allumait en lui des appétits que le mariage et sa mésaventure de Québec n'avaient que mis en veilleuse.

Thomas admettait que, bien que les sentiments de Victoire à son égard eussent perdu de leur impétuosité pendant près d'un an, il n'était pas pour autant autorisé à lui être infidèle. Moins encore depuis qu'elle avait manifesté les premiers signes de sa guérison. «Les bleus au cœur ont aussi besoin de soins et de temps pour guérir», convenait-il. Après avoir tant craint que Victoire ne renonçât pour toujours à la maternité, ne devait-il pas faire son bonheur de l'enfant qu'elle portait? Plus les joies récemment reconquises défilaient dans sa tête, plus condamnable lui semblait l'attirance qu'il éprouvait pour une autre femme. L'idée que, pour une futile amourette, celui qui s'était engagé à ramener le bonheur dans son foyer vint le perturber l'indigna. Ni Victoire, ni son fils, ni personne ne méritait que, par ses tricheries, il semât le doute dans l'esprit de Victoire et la blessât. Car, devait-il reconnaître, il devenait de plus en plus difficile d'échapper à la perspicacité de cette femme. Comme si la souffrance l'eût dotée, en compensation, d'une sensibilité et d'une clairvoyance plus fines. Que de fois, au cours des dernières semaines, ne lui avait-elle pas glissé, délicatement: «Tu n'es pas avec nous, Thomas. Qu'est-ce qui te préoccupe?» Ou encore, lorsque, allongé à ses côtés, il recevait ses caresses passivement, elle lui avait dit le sentir absent, fuyant, presque indifférent. Avait-il voulu prétexter son travail qu'elle avait aussitôt ramené le problème à une question d'attitude et de sentiments:

«Je suis peut-être celle qui a creusé le fossé que je sens entre nous deux, depuis quelque temps. J'ai eu tellement de mal à me détacher de tous ceux que je venais de perdre que j'ai négligé ceux qui me restaient. Dis-moi que tu me pardonnes, Thomas.»

Protester qu'elle n'y était pour rien, c'était du même coup confirmer cet éloignement qu'elle ressentait. D'un autre côté, nier cette distance lui apparaissait comme un impardonnable affront, la plus dégoûtante des hypocrisies. Lui en laisser porter la responsabilité écartait tout doute concernant la présence d'un autre amour dans sa vie, mais jamais il ne se serait pardonné une telle malhonnêteté.

«Ni toi ni moi ne sommes responsables des durs coups qui nous sont arrivés depuis quatre ans, avait-il répliqué en la serrant dans ses bras. Laisse-moi le temps de remettre certaines choses en place et tu vas voir que tout va revenir comme avant entre nous deux.»

Sa raison lui dictait de cesser radicalement de voir la veuve Dorval, alors que, dans sa poitrine, une intolérable brûlure l'en dissuadait. Thomas avait besoin de temps pour se faire à ce détachement. Espacer ses visites et adopter à l'égard de la jeune femme une attitude plus distante et rigoureusement centrée sur les questions commerciales lui apparurent être une solution plus aisée. «C'est à celui qui a allumé le feu de l'éteindre», se dit-il, enclin à croire qu'au fil de leurs rencontres Mme Dorval en était venue à partager ses sentiments.

Le prochain voyage à Trois-Rivières pouvait être repoussé à la fin de juillet, compte tenu, d'une part, des réserves dont elle disposait, et, d'autre part, des ralentissements de la production prévus du côté de la cordonnière. Considérant qu'il fallait profiter au maximum de cette saison déjà trop courte, Victoire avait accueilli avec joie l'annonce d'une visite de deux semaines de Ferdinand et de son épouse, enceinte de cinq mois.

«L'air de la campagne va lui faire grand bien, dit-elle, parlant de Ferdinand qui semblait avoir hérité des faiblesses pulmonaires de sa mère.

— Leur présence va faire grand bien à tout le monde», enchérit Thomas, anticipant le plaisir qu'elle causerait à sa femme et à son père, et taisant qu'elle lui apportait la meilleure des distractions.

«Pourvu qu'il ne se mette pas en tête de m'épier et de jouer au devin», se dit-il, redoutant la perspicacité de son frère. Aussi se réjouit-il que Georges-Noël se fût rapproché de Ferdinand chez qui il avait découvert une philosophie de vie qui rejoignait celle qu'il avait lui-même adoptée depuis sa visite au moulin des Garceau en compagnie d'Oscar. Il était à prévoir que les deux hommes souhaiteraient passer beaucoup de temps ensemble, lui laissant ainsi la liberté de ne se trouver en présence de son frère qu'entouré de tous les autres membres de la famille.

Fidèle à ses habitudes, la jeune Laurette Du Sault, âgée maintenant d'une douzaine d'années, revenait à Pointe-du-Lac pour y passer ses vacances avec un plaisir de plus en plus marqué. Victoire affectionnait cette jeune fille débordante de joie de vivre et qui avait échappé à la mort à plus d'une reprise.

«La nôtre s'appellera Sarah, déclara Georgiana, entichée de la diva qu'elle était allée accueillir à la gare avec des milliers d'autres admirateurs.

— Et si c'est un garçon? demanda Victoire.

— On aurait aimé le prénom Louis, en l'honneur de Louis Fréchette qui a composé le plus beau des odes à la diva, mais il y en a déjà assez dans la famille. On verra quand il va naître. On dit souvent que le visage de l'enfant nous inspire son nom...»

Georges-Noël déplorait toujours que l'épouse de Ferdinand accordât une telle place et une telle importance au monde du spectacle. Il s'inquiétait pour les enfants qui naîtraient dans ce foyer, avec un père qui travaillait dix heures par jour chez les Rolland et une mère qui projetait poursuivre ses activités et confier ses enfants à une domestique.

«Il ne faut pas vous inquiéter, monsieur Dufresne, dit Georgiana. J'ai trouvé une vraie famille chez les Normandin. En plus de m'avoir donné la chance d'apprendre la musique et de l'enseigner, ils m'ont toujours soutenue dans mes projets. C'est une de leurs filles qui va venir s'occuper de notre bébé en attendant que Laurette soit prête à prendre la relève.

— On est tellement bien entourés, confirma Ferdinand, qu'on croirait que tous ces gens font partie de la parenté. C'est la même chose avec la famille de M. Rolland.

— Quand je vous disais qu'on avait tort de penser que les gens vivent en indifférents en ville, intervint Thomas, heureux de l'occasion qui se présentait de faire valoir son opinion. Pour un commerçant, en tout cas, il y a beaucoup plus d'avantages...»

Victoire reçut la réflexion comme un avertissement. Son mari mûrissait un autre projet. Il en aurait fait part à Ferdinand au cours du long entretien qu'ils avaient eu la veille au soir qu'elle n'en aurait pas été surprise. La particulière condescendance que lui témoignait son beau-frère en cette dernière matinée la poussait à le croire. Ses incitations à profiter de la moindre parcelle de bonheur que la vie semait autour d'elle et ses considérations répétées sur la futilité des choses ne meublaient pas sa conversation par hasard. Ferdinand ne faisait rien au hasard. Prévoyait-il pour elle de difficiles compromis? Ou, ayant perçu quelque chose de différent dans l'attitude de Thomas, en avait-il découvert la cause? Tant elle avait jadis évité les tête-à-tête avec Ferdinand, tant, ce matin, elle souhaitait que Georgiana s'éclipsât.

«Je te promets de t'écrire moi-même aussitôt que le bébé sera arrivé», lui dit-il sur le point de franchir le seuil de la porte.

Qu'il reprenne une correspondance qu'il avait interrompue depuis son mariage, Victoire le souhaitait. Elle avait toujours admiré chez lui cette sagacité qui déjouait son âge et qui se manifestait davantage dans ses écrits. À plus d'une reprise, il avait choisi ce moyen pour lui dire des vérités que personne d'autre n'avait eu le courage de lui dire. Combien libératrices avaient été certaines de ses lettres une fois le choc passé. La dernière remontait à l'été 1879; il y révélait être au courant de sa relation amoureuse avec Georges-Noël et leur assurait sa fidèle admiration et toute son affection. Et depuis, plus rien. Comme si cette lettre fût son testament. Victoire regardait la calèche s'éloigner sur le chemin de la rivière aux Glaises, accablée par cet accès de mélancolie qui l'assaillait devant certains départs.

Une tristesse semblable l'envahissait en ce matin où son fils prit pour la première fois le chemin de l'école.

Bien qu'elle eût mis beaucoup de cœur à lui confectionner un sac et une paire de bottines pour la circonstance, cette coupure la chagrinait. Elle s'en étonnait d'autant plus qu'elle se souvenait de l'enthousiasme avec lequel elle avait assisté à pareil événement, quelque vingt ans plus tôt, quand Thomas était venu la saluer le jour qu'il avait fait son entrée à l'école. Pour lui aussi, elle avait préparé sac et chaussures. Le souvenir de ce garçonnet au regard vif, d'une remarquable gaieté, ne s'était en rien effacé de sa mémoire. Oscar lui ressemblait avec cette différence que la perte de ses quatre sœurs et de ses grands-parents Du Sault avait empreint son regard d'une expression qui tenait tantôt de la tendresse, tantôt de la mélancolie. S'apprêtant à partir, il venait juste de faire un câlin à Pyrus et de glisser sa main dans celle de son grand-père quand Thomas entra dans la cuisine.

«Victoire, j'ai à te parler de quelque chose de très important», déclara-t-il, légèrement excité.

Victoire se sentit bousculée, son mari ne partageant évidemment pas sa nostalgie.

«Une bonne nouvelle! dit-il, empressé de la rassurer. Quelque chose que tu n'as encore jamais fait dans ton métier.»

Ravie de la popularité des chaussures et des sacs à main fabriqués par Victoire, Mme Dorval souhaitait répondre aussi à la demande d'une autre catégorie de clients.

«Question de servir la famille entière, Mme Dorval voudrait que tu lui fournisses des chaussures d'hommes, tant pour le travail que pour les sorties.

— Jamais, répondit vivement Victoire. Je n'ai ni les outils ni les matériaux, et encore moins le goût.»

Abasourdi, les yeux écarquillés, Thomas avait du mal à s'expliquer la réaction de Victoire.

«Si je t'équipais au chapitre des outils et des matériaux, comme tu dis?

— Pas plus, Thomas. Qu'elle s'approvisionne ailleurs.»

Pour avoir présumé de la réponse affirmative de Victoire, Thomas se retrouvait dans de mauvais draps. Il faisait les cent pas, de la cuisine à la cordonnerie, en quête d'une solution qui satisfît la cordonnière, mais plus encore Mme Dorval.

«Et si je t'adjoignais un employé qui s'occuperait exclusivement de cette production? proposa-t-il non sans une certaine hésitation.

— Il n'y a pas de place pour deux cordonniers dans mon atelier.

— À moins que...

— N'insiste plus Thomas, c'est inutile.»

Contrarié, il se tira une chaise et vint s'asseoir près de la table de travail où Victoire préparait des pièces à coudre pour Florentine qui devait se présenter à la cordonnerie d'une minute à l'autre. Ses longs soupirs et son air dépité l'agaçaient.

«À te voir aller, on dirait que c'est plus important pour toi de plaire à Mme Dorval qu'à ta femme», fit-elle.

Thomas lui avoua avoir promis et exigé l'exclusivité lors de la signature du contrat avec la jeune veuve.

«Même si ce n'est qu'un engagement moral, c'est important de le respecter, dit-il, pour justifier sa déception.

— Rien ne t'empêche, dans ce cas-là, de te les procurer chez un autre fournisseur, puis de les lui revendre, rétorqua Victoire.

— Mais ce ne serait pas des créations VDS et ça lui reviendrait plus cher...»

Victoire demeurait inébranlable. Thomas quitta l'atelier, affirmant qu'il existait sûrement une solution et qu'il fallait se donner du temps pour la trouver.

Thomas n'était pas le seul à être absorbé par ses activités et différents projets en cette période de l'année. Georges-Noël ne savait pas lui non plus où donner de la tête: la culture du lin, le surcroît de travail dû aux nombreuses absences de Joseph souvent retenu au chevet de sa femme malade et de leurs deux jeunes enfants, la fréquentation de Justine en qui il découvrait des qualités jusque-là insoupçonnées l'avaient occupé au point qu'il n'avait pu remplir sa promesse d'apporter son aide à la cordonnerie si Victoire acceptait le contrat du Magasin général Dorval. Venant s'en excuser, il trouva Victoire immobile devant sa machine à coudre, le regard perdu dans un quelconque souvenir, ou, au mieux, dans un rêve qui fût de nature à la ragaillardir.

«Je te dérange? lui demanda-t-il à voix basse pour ne pas la faire tressauter.

— Au contraire, affirma Victoire, la mine réjouie. Venez dans la cuisine.»

Marie-Ange s'affairant à cueillir les derniers légumes du jardin, il leur était possible de causer sans témoin, autour d'une tasse de thé.

«Je vous envie d'avoir retrouvé votre joie de vivre», dit-elle.

Le regard du quinquagénaire à la chevelure argentée, aux traits quelque peu creusés par les épreuves des dernières années, s'illumina. Était-ce l'expression d'une simple curiosité, de la joie de partager ou de cette amitié dont leur relation était tissée de plus en plus solidement?

«On ne vieillit pas sans qu'il reste un peu de bon. Donne-toi du bon temps, puis laisse-toi dorloter un peu, tu vas voir que...»

Victoire sursauta:

«Dorloter? Vous avez dit dorloter? Mais c'est du passé, ça, pour moi», répliqua-t-elle sur un ton qui trahissait une profonde insatisfaction.

Pour la première fois en huit ans, Georges-Noël douta que l'amour de Thomas fût à la mesure des attentes de sa femme et il en fut chagriné.

«Je sais que je ne t'ai pas aidée autant que je l'avais prévu, mais j'ai prévenu Justine de mon intention de vous accorder un peu plus de temps, ici, dans les prochaines semaines.»

Les événements ne tardèrent pas à prouver l'utilité de sa présence: le lendemain, comme Georges-Noël rentrait à la maison pour le souper du dimanche soir, Oscar se précipita au-devant de lui, affolé et en pleurs:

«Elle va mourir, grand-papa.

— Mais qui va mourir, Oscar? Calme-toi et dis-moi qui est malade.»

Pyrus venait d'être heurtée par un cheval sur le chemin de la rivière aux Glaises, face à la maison, alors que le garçonnet allait la rejoindre. Alerté par ses cris, Thomas s'était élancé à son secours et avait transporté la pauvre bête sur la galerie.

«Sa patte d'en avant est cassée, ça c'est sûr. Puis, elle a une coupure profonde sur le ventre, dit-il à Georges-Noël.

— Viens avec moi, on va aller chercher le docteur Ferron ensemble, proposa Georges-Noël à Oscar, pour lui éviter un spectacle trop douloureux, advenant que Pyrus succombe à ses blessures.

— Je ne veux pas qu'elle meure, grand-papa, répétait l'enfant qui s'était difficilement résigné à quitter l'animal pendant que Thomas pansait son abdomen pour arrêter l'hémorragie.

— Si elle doit continuer à vivre, on va arriver à temps pour que le docteur Ferron la soigne. Sinon, c'est qu'elle a fini sa vie avec nous.»

Oscar protestait.

«Elle est trop gentille pour mourir, Pyrus. Je ne la laisserai pas partir toute seule. Moi aussi, je vais aller rester au cimetière si elle meurt.»

Les propos de l'enfant ramenèrent à la mémoire de Georges-Noël de si cruels souvenirs qu'il dut se faire violence pour ne pas se mettre à pleurer à son tour.

«Si on perd Pyrus, je t'en trouverai une autre pareille à elle, lui promit-il, avec le sentiment de prendre sa revanche sur les autres deuils devant lesquels il avait été réduit à l'impuissance. J'irai jusqu'au bout du monde s'il le faut.

— J'irai avec vous, grand-papa. Puis on ramènera à la maison une Pyrus qui ne meurt pas.»

Lorsque le docteur Ferron mit le pied sur la galerie, Pyrus souleva la tête et fit entendre un gémissement qui rassura l'enfant et son grand-père.

«Elle est contente de vous voir, dit Oscar, les larmes aux yeux.

— Avec ça qu'elle n'est plus très jeune, cette chienne-là, nota le vétérinaire en l'examinant.

— Pas si vieille, riposta Georges-Noël. Pas encore dix ans...

— Les trois prochains jours vont être déterminants, déclara le docteur Ferron après avoir immobilisé la patte de l'animal et recousu la plaie de son ventre. Si vous réussissez à la tenir couchée, ce sera une chance de plus pour sa guérison.»

Le soir venu, Oscar insista pour dormir près de Pyrus. Dans sa chambre, deux paillasses furent déposées, l'une pour la chienne et l'autre pour Georges-Noël qui avait promis son assistance jusqu'à ce qu'elle soit hors de danger.

Pour Georges-Noël, cet accident constitua une occasion unique d'entretenir son petit-fils du sens de la vie et de la mort. Oscar se montrait si préoccupé de ces questions qu'il était facile pour son grand-père de lui inculquer les convictions qu'il aurait aimé posséder dès son enfance. «Ce sera mon testament», se surprit-il à penser.

Cinq jours plus tard, le vétérinaire constatait le rétablissement de la chienne et lui rendait son entière liberté.

Moins soucieux de la guérison de Pyrus que du succès de ses démarches auprès de Victoire, et, par conséquent, de Mme Dorval, Thomas fit une nouvelle suggestion à sa femme:

«Je connais un artisan qui serait d'accord pour tailler les chaussures d'hommes... Il ne me resterait qu'à les coudre.»

Victoire le regarda, stupéfaite.

«Toi, les coudre?

— Si tu me montres comment m'y prendre, je ne vois pas pourquoi je ne réussirais pas.»

S'appuyant sur les expériences passées, Victoire ne doutait pas tant du talent de Thomas que de sa constance. Ne voulant pas le blesser, elle évoqua le temps requis pour mener à bien une telle entreprise.

«En plus que nos deux machines à coudre sont presque constamment utilisées...»

Prétexte que Thomas balaya du revers de la main.

«S'il n'en tient qu'à ça, je pourrais en faire entrer une autre demain matin...

— Et tu la mettrais où?

— Dans la cuisine, si tu trouves que c'est trop serré ici. Ça aurait l'avantage de ne pas t'obliger à travailler toujours dans ton atelier pendant les gros froids d'hiver.»

Bien que le délai de réflexion de quelques jours qu'exigeait Victoire lui parût long, Thomas n'avait pas le choix de s'y plier, conscient qu'il jouait sa dernière carte. Finalement, et sans faire aucun cas de toutes les considérations d'ordre commercial, Victoire acquiesça, uniquement pour plaire à son mari et pour le voir plus souvent à la maison. Mais encore fallait-il qu'il se montrât heureux de s'astreindre, chaque semaine, à deux ou trois jours de travail à la cordonnerie. Ce qu'il lui certifia sur-le-champ.

Sitôt obtenu le consentement de Victoire, il s'empressa d'acquérir une troisième machine à coudre et de payer une formation au jeune frère de Florentine, Edgar Pellerin. Avant même que celle-ci fût terminée, il décida d'aller annoncer la bonne nouvelle à Mme Dorval. «C'est sur le point de s'arranger», avait-il répondu chaque fois que, impatiente de répondre aux demandes de ses clients, elle avait réclamé des échantillons. Il convenait donc qu'il tempérât son enthousiasme et se comportât en homme d'affaires pour qui le temps est une condition essentielle à toute bonne transaction.

«Vous pouvez m'en garantir un premier lot pour les Fêtes? demanda-t-elle, forçant par son charisme la réponse qu'elle attendait.

— Ça devrait, répondit Thomas, fidèle à la résolution qu'il avait prise de s'en tenir à une attitude d'homme d'affaires.

— Mais ça me prend plus que des peut-être pour concevoir ma publicité, monsieur Dufresne.»

Bien qu'affable, ce reproche, venant de Mme Dorval, le froissa.

«Je vais faire l'impossible, madame», reprit-il, désarmé.

Un client se présenta, et Thomas s'en réjouit. Il quitta le comptoir, se faufila dans les allées, s'attardant à fouiner dans les rayons en quête d'un moyen pour se redonner une contenance auprès de celle qui avait le don de le subjuguer. Deux autres clients s'ajoutèrent avant que le premier fût sorti. Thomas regarda sa montre. Il ne disposait plus que de dix minutes avant le départ du train pour Yamachiche. Gracieuse à souhait, Mme Dorval savait choyer ses clients avec courtoisie et dignité. Thomas voulut s'enfuir lorsqu'il prit conscience du fait qu'il n'était pas le seul à avoir droit à de tels égards.

«Excusez-moi un petit instant, dit-elle à un de ses clients, je n'avais pas fini de servir monsieur, là-bas.»

Et elle marcha aussitôt vers Thomas qui, pris au dépourvu, se montra encore plus nerveux.

«Je ne voudrais pas vous retarder, lui murmura-t-elle doucereusement. Vous n'aviez pas terminé, je crois...»

Était-ce une manœuvre de séduction, était-ce dû à l'exiguïté de l'espace, Mme Dorval avait, de sa poitrine rebondie, frôlé le bras de Thomas. Il n'en fallait pas davantage pour qu'il se mît à bafouiller.

«Je voulais simplement... vous dire que... je mets tout en place pour vous satisfaire. Je dois filer si je ne veux pas manquer mon train, ajouta-t-il en se dirigeant vers la porte.

— Monsieur Dufresne!»

Thomas virevolta brusquement. Une main lui était tendue et il allait, contrairement à ses habitudes, partir sans la serrer dans la sienne et accorder à sa cliente les salutations d'un gentilhomme.

Descendu à la gare de Yamachiche, Thomas ne rentra pas tout de suite chez lui. Il sauta dans sa calèche, qu'il avait laissée, comme d'habitude, à l'écurie de sa défunte grand-mère, et se rendit chez Mme Siffleux. On y venait de partout au Québec, et des État-Unis, même. De sa pauvre masure cachée dans un boisé du haut du rang sortaient des gens de tout acabit dont le seul trait commun était leurs regards ébahis. «La Siffleux», comme on l'appelait, jouissait d'une réputation sans égale. Bien que peu instruite, elle tirait, de son jeu de cartes, disait-on, des révélations pour le moins époustouflantes. Des gens respectables, comme Léon Gignac et Moïse Grenier de Yamachiche, en avaient eu pour leur argent: ainsi qu'elle le leur avait prédit, l'un perdit deux de ses enfants par noyade sous les yeux de témoins impuissants et l'autre devint père de triplés alors que son épouse, déjà dans la fin de la quarantaine, avait été déclarée stérile. Thomas Dufresne, tiraillé dans ses amours et dans ses affaires, espérait que la diseuse de bonne aventure lui donnerait quelques indices susceptibles de l'orienter dans ses démarches.

L'aspect lugubre de la pièce, la tenue gitane de Mᵐᵉ Siffleux et le silence mystérieux qui régnait dans la maison l'impressionnèrent. Sur une table de bois bancale étaient disposés deux chandeliers et un jeu de cartes.

«Vous n'avez pas le droit de m'interrompre quand je fais la lecture des cartes et vous devez vous limiter à trois questions», le prévint-elle avant de commencer.

Elle lui tendit, de ses longs doigts décharnés, une pile de cartes épaissies par les centaines de mains qui les avaient mêlées avant lui. «Comment des cartons aussi graisseux, cornus et malodorants peuvent-ils bien dire l'avenir?» se demanda Thomas en lui remettant les trois paquets, comme elle le lui avait commandé. La tireuse en étala un en forme de demi-cercle, se frotta le menton, grimaça et retroussa le nez.

«Aussi vrai que vous doutez que je puisse vous prédire l'avenir, je vous avertis qu'un membre de votre famille, plutôt jeune, ne passera pas à travers cinq autres étés. Il vous donnera des signes, mais vous ne les comprendrez pas.»

Tremblant pour son fils, Thomas voulut lui demander des précisions, mais il se fit vite ramener à l'ordre: d'une simple oscillation de l'index pointé vers le ciel, la cartomancienne lui avait coupé le sifflet. Suivirent des prédictions sur l'avenir prometteur réservé à deux de ses fils, des promesses de succès éclatants dans toutes leurs entreprises. Un dernier paquet inspira à la voyante des mimiques et des augures plutôt sombres concernant Georges-Noël.

«C'est pour bientôt, sa mort? demanda-t-il, alors qu'il avait prévu la questionner sur ses propres projets d'avenir, dont un déménagement.

— Je vous donne un signe: votre père partira à moins d'une semaine après la date prévue pour la naissance du dernier de ses petits-enfants.

— J'ai promis fidélité à ma femme, puis je l'aime. Est-ce que...?

— Tôt ou tard, une autre femme entrera dans votre vie.»

Abasourdi, Thomas en oublia sa troisième question. Mme Siffleux lui rappela que son temps était écoulé et que d'autres clients attendaient leur tour.

«J'ai trouvé, madame, s'empressa d'affirmer Thomas. Vous me parlez d'un bel avenir pour deux de mes fils, pouvez-vous me préciser un peu?

— L'un d'eux, le plus réservé, dépassera tout ce que vous auriez pu imaginer pour lui. Apprécié pendant sa vie, il le sera davantage après sa mort, alors que la vérité fera jour...»

Ramassant ses cartes en un tournemain, la petite dame à la silhouette fragile et à l'œil perçant se leva et réclama son dû:

«C'est une piastre et quart, monsieur.»

Thomas quitta la mansarde à regret. Juste au moment où les questions foisonnaient dans sa tête, il lui fallait partir. Dans le vestibule, un homme et une femme qui attendaient leur tour le dévisagèrent, implorant un commentaire.

«Elle est très spéciale», balbutia-t-il à l'intention des clients.

La dame lui sourit et l'homme lança:

«*Fine! Fine! Good bye, Sir.*

— *Good luck!*» d'ajouter la dame, devant la mine inquiète de Thomas.

CHAPITRE VIII

«Un autre garçon!

La famille Dufresne était en liesse en ce début de septembre 1883. Un troisième garçon, Marius, venait rejoindre Candide maintenant âgé d'un an et demi. Le bonheur effaçait la fatigue sur le visage de Victoire qui, à la fin de la trentaine, caressait l'espoir de mettre au monde deux ou trois autres enfants. Thomas se frottait les mains de contentement, et Oscar, qui célébrait ce jour-là son huitième anniversaire de naissance, affirmait que c'était le plus beau cadeau qu'il eût jamais reçu.

«Nous voilà bien entourés, dit Thomas à son père. Trois garçons ici, un autre chez Ferdinand...

— Ce n'est pas la relève qui va manquer, ajouta Georges-Noël, se consolant ainsi de l'absence de petites filles dans la maison.

— Puis, si le petit Gabriel n'était pas mort, on serait huit, avec vous et papa, intervint Oscar, faisant allusion au bébé que Georgiana et Ferdinand avaient perdu en février.

— Eh, oui, mon garçon! Il n'y a pas qu'en campagne que les enfants partent avant d'avoir pris leur part de la vie...», souligna Georges-Noël à l'intention de Thomas.

Tous les moulins de la Mauricie bourdonnaient d'activités. L'été avait été d'une clémence sans pareille, et le transport ferroviaire desservant la rive nord du Saint-Laurent permettait aux commerçants d'acheminer leurs produits vers les marchés plus rentables des grandes villes et jusqu'à l'étranger. Les wagons, remplis de foin, de grains et de bois, quittaient les gares de Yamachiche et de Pointe-du-Lac, semant sur leur passage les promesses d'une prospérité sans limites pour la région.

Par un bel après-midi de la mi-septembre, grisée par un vent d'une exquise douceur, Victoire, son nouveau-né dans les bras et le petit Candide accroché à ses jupes, sortit rejoindre les deux hommes sur la galerie, en attendant que Marie-Ange eût terminé la préparation du souper.

«Y a belle lurette qu'on ne s'est pas retrouvés aussi nombreux sur cette véranda», fit remarquer Georges-Noël, le regard flamboyant d'espoir.

Un sifflement lointain et plaintif se fit entendre. Rares étaient ceux, dans la région, qui s'étaient habitués à voir passer le train.

«Quand je pense qu'aujourd'hui on ne pourrait plus s'en priver, dit Thomas au milieu d'une conversation qu'il avait entamée avec son père. Il est devenu aussi indispensable que nos machines à coudre.

— C'est pareil pour les agriculteurs, confirma Georges-Noël. Malgré l'aide d'une dizaine de presseurs de foin itinérants, ils fournissent à peine à répondre à la demande du marché. On n'aurait jamais imaginé ça il y a cinq ou six ans.

— Le chemin de fer nous cause peut-être certains désagréments, mais c'est négligeable à côté des progrès qu'il favorise», dit Victoire.

À la colonne de fumée noire qui s'élevait dans le ciel, on pouvait deviner que le convoi venait de quitter la gare de Pointe-du-Lac. Encore quelques minutes, et les terres des Dufresne et des Du Sault allaient trembler sous son passage. Le tintamarre était tel qu'on ne s'entendait plus parler. Au passage de l'engin derrière les bâtiments, Oscar, qui manquait rarement ce spectacle, n'en frissonna pas moins, les mains collées sur les oreilles.

Les deux hommes avaient repris leur conversation lorsqu'un crépitement et une odeur de fumée les firent se dresser brusquement. Des flammes couraient sur le toit d'herbe-à-liens de la grange des Du Sault.

«C'est l'heure de la traite!» s'écria Victoire, affolée à l'idée que son frère Louis et d'autres membres de sa famille fussent dans l'étable.

Le temps de le dire, Thomas et son père dégringolaient l'escalier et filaient vers le bâtiment en feu.

Le vent du sud-ouest avait charrié du train des étincelles et, en une fraction de seconde, le toit d'herbe-à-liens avait pris feu.

À mi-chemin, Thomas et Georges-Noël aperçurent deux des fils de Louis qui surgissaient de derrière la grange dont ils s'éloignaient à toute épouvante.

«On allait faire rentrer les vaches quand..., cria le plus jeune, terrifié.

— Où est ton père? demanda Georges-Noël.

— Mon père? Je ne sais pas si...»

Thomas allait se précipiter vers la grange-étable.

«Tu ne t'aventures pas là, toi», ordonna Georges-Noël.

Le brasier crachait vers le ciel des lames de feu avec une rage telle que la toiture risquait de s'effondrer d'un instant à l'autre. On craignait même que les flammes ne s'élancent jusque sur la beurrerie-fromagerie de Louis junior.

Incapables d'avancer plus que d'une longueur de bras, les fils de Louis criaient à leur père quand Delphine survint, catastrophée.

«Mais qu'est-ce qu'il fait? Il faut aller à son secours...»

Georges-Noël la retenait de toutes ses forces:

«Non, Delphine. Tu ne peux pas. Regarde les étincelles puis les lambeaux de bois enflammés qui volent partout.»

Les quelques employés qui n'avaient pas encore quitté la beurrerie accouraient, à leur tour impuissants devant le sinistre. Les voisins les plus proches arrivèrent, munis de seaux qu'ils ne purent plonger dans le puits des Du Sault, les débris enflammés qui voltigeaient leur en interdisant l'approche.

«C'est peine perdue que d'essayer d'arroser pour l'instant, leur dit Georges-Noël. Il vaut mieux surveiller les autres bâtisses au cas où des étincelles tomberaient dessus...»

Du côté est du bâtiment, on vit enfin venir Louis, les bras croisés au-dessus de la tête pour se protéger la figure.

«Plus vite, papa, le mur est à la veille de s'écrouler», cria Louis junior.

Bien que Louis avançât péniblement, il était devenu risqué de faire le moindre pas vers lui.

«Maudite vache innocente, dit-il, à bout de souffle, le front ruisselant de sueur. Y a fallu que je tire la dernière à bout de bras pour qu'elle s'éloigne de l'étable.»

L'affolement des bêtes était tel que plusieurs fonçaient sur la clôture alors qu'une barrière était ouverte à moins de dix pieds de là. Louis était parvenu à conduire tout le troupeau de l'autre côté d'un taillis, sur le bord de la rivière aux Glaises. Un des fils Berthiaume était accouru et le surveillait pour ne pas qu'il s'approche de l'incendie.

Louis se laissa choir sur le sol, abattu, tandis qu'au même moment son bâtiment s'écroulait dans un fracas apocalyptique. Les témoins durent vite sortir de la stupeur qui les avait cloués sur place et s'éloigner du brasier déchaîné.

«Pourvu que le vent ne souffle pas trop vers l'ouest, dit Louis junior, tremblant pour sa beurrerie-fromagerie.

— Ni vers le sud, bonne sainte Anne, ajouta Delphine d'une voix étouffée. Notre maison...»

Georges-Noël la supplia d'aller rejoindre Victoire, pendant que l'un des hommes irait fermer toutes les fenêtres et portes des maisons et que les autres verraient à circonscrire le mur de feu qui s'élargissait de seconde en seconde. Du canton, des hommes venus à cheval, seau à la main, se hâtaient d'arroser les flammes qui couraient sur l'herbe et serpentaient dans le champ de blé.

Dans la cuisine des Dufresne, assise au bout de la table, Delphine pleurait. Des années de labeur et d'espoir réduites en cendres en quelques flambées! Cette épreuve pesait lourd sur ses épaules déjà affaissées sous le poids de trente années vécues en compagnie d'un homme dont la morosité était devenue une seconde nature. Victoire vint presser sur son ventre encore marqué de son dernier accouchement la tête blanche de cette femme dont la conduite l'avait si souvent incitée au courage.

«Il ne s'en remettra jamais, dit Delphine, sans avoir à préciser qu'elle se tourmentait pour Louis.

— Garde confiance, Delphine. On est là, nous autres. On va se serrer les coudes, puis on va tous vous aider.

— Ma pauvre Victoire! Vous venez à peine de reprendre votre souffle!

— Je sais, mais je peux te dire aujourd'hui que, dans nos plus grandes épreuves, il se présente toujours un événement qui nous raccroche à l'espoir. Regarde, même si on a perdu cinq enfants, deux autres viennent de s'ajouter et rien ne nous dit que c'est fini. Tout va pour le mieux maintenant.»

Delphine releva la tête et fixa Victoire de ses yeux éteints par la douleur. À peine esquissé sur ses lèvres, le sourire d'une douce mansuétude disparut.

«J'ai bien peur que ce qui vous arrive de bon ne soit pas suffisant pour que mon mari reprenne courage. Ça va le tuer, cette catastrophe-là.»

Bouleversé de voir pleurer sa tante, Oscar oublia sa frustration de ne pouvoir rejoindre les hommes.

Un immense nuage noir s'étendait dans le ciel jusqu'aux deux villages voisins et l'odeur de brûlé devenait de plus en plus forte. Une douzaine d'hommes se tenaient toujours sur les lieux du sinistre, implorant le ciel de calmer les vents ou, à tout le moins, de les garder dans la même direction. Des seaux d'eau avaient été tirés des puits avoisinants, jusqu'à leur tarissement.

Vers neuf heures, les ténèbres de la nuit se confondirent à cette fumée âcre qui se dégageait encore des débris. Tout le pan est de la beurrerie-fromagerie, le mur arrière de la maison, les fenêtres de même que les voitures épargnées par les flammes étaient enduits d'une épaisse couche de suie. L'odeur de fumée s'était infiltrée dans les maisons du canton au point d'obliger leurs habitants à chercher refuge ailleurs pour dormir.

La nuit était chaude et lourde. Accueillie chez les Berthiaume comme lors de l'inondation de 1865, Victoire cherchait vainement le sommeil, tandis que les hommes, demeurés chez les Du Sault, avaient refermé le cercle autour de la table dans l'ancien atelier de Victoire. Une théière, continuellement entretenue par Thomas, accompagnait leur veille.

«Ça fait juste cinq ans qu'elle passe chez nous, la *track*, dit Louis en gémissant, puis elle a déjà fait une bonne dizaine d'accidents; quand elle ne tue pas nos vaches, c'est nos chevaux ou nos moutons qui y passent. Comme si c'était pas assez, elle vient m'arracher mon étable, toute ma récolte puis ma *sleigh* neuve.

— C'est pas juste à cause du train. C'est bien connu que ces toits d'herbe-à-liens, c'est des vrais "niques" à feu, riposta son fils Louis pour qui le chemin de fer était devenu essentiel au rendement de son entreprise. C'est pour ça que je n'ai jamais accepté, même si ça ne coûte presque rien, qu'on recouvre mes bâtisses avec ça», ajouta-t-il.

Thomas, pour sa part, ne démordait pas de son opinion: la compagnie de chemin de fer était la seule responsable.

«N'importe qui admettra que, par un vent pareil, le *damper* de la locomotive doit être fermé quand le train passe près d'un bâtiment. C'est une négligence de leur part et ils méritent d'être traînés en cour.

— Es-tu devenu fou, le beau-frère? Poursuivre une compagnie comme celle-là! Elle a de quoi nous ruiner dix fois, tous autant qu'on est...»

Au moins la moitié des hommes rassemblés appuyaient Louis.

«On y laisserait notre peau, dit Pellerin, et on ne serait pas plus avancés. Non, non. Oublie ça, Thomas.»

Ayant pris le temps de réfléchir, Georges-Noël se permit de nuancer les avis exprimés:

«Je pense, mon Louis, que ça vaudrait la peine de s'informer avant de baisser les bras. C'est un peu notre défaut de ne pas savoir nous défendre...

— Quand je pense que toute ma récolte de foin est partie en fumée, rabâcha le pauvre Louis, la tête nichée au creux de ses bras croisés sur la table.

— Ça pouvait représenter quelle quantité? demanda Georges-Noël.

— Pas loin de dix mille bottes.

— On ne peut pas fermer les yeux là-dessus, dit Thomas sur un ton ferme.

— Mais ça ne s'est jamais vu un particulier de notre rang poursuivre des gros comme une compagnie de chemin de fer, fit remarquer Louis junior.

— Ce n'est pas une raison pour y renoncer, répliqua Thomas. J'ai même ma petite idée sur l'avocat qui aurait assez de talent pour défendre cette cause-là, moi.

— De toute façon, je n'ai pas une cenne à mettre là-dedans, conclut Louis.

— Ça peut s'arranger si ce n'est qu'une question d'argent», lança son beau-frère.

Tous le dévisagèrent, attendant une précision qu'il retint, préférant en parler, au préalable, avec Victoire.

Après avoir jeté un dernier coup d'œil sur les décombres calcinés, Thomas et son père s'engagèrent à faire le guet le reste de la nuit, invitant les autres hommes à retourner chez eux. Tous convinrent alors de se retrouver le soir même chez Georges-Noël, pour discuter non seulement de l'organisation de la corvée, mais aussi d'une stratégie de poursuite judiciaire.

Au terme de quelques rencontres, Nérée Duplessis et Abraham Desaulniers furent mandatés pour porter cette cause en justice. Thomas et Victoire s'engagèrent à payer les coûts de cette poursuite, sans remise de dette advenant un échec devant les tribunaux. N'eût été leur insistance, jamais Louis Du Sault ne se serait lancé dans une telle aventure.

«Avec le peu d'années qu'il me reste à vivre, avait-il rétorqué, ça ne vaut pas la peine de se donner tant de trouble.»

Georges-Noël, qui ne pouvait tolérer un tel pessimisme, l'avait enguirlandé:

«Puis tes enfants? Puis ta femme? Puis tous ceux qui veulent t'aider? Tu ne penses pas qu'ils mériteraient que tu te secoues un peu?»

Chez Thomas, il n'y avait pas que de la générosité derrière ce geste. En fait, plus d'une motivation, dont la considération de son père et de son épouse, le poussait dans cette affaire. Épris de justice, et s'étant signalé lors de l'accident à la carderie qui avait rendu son ami Ovide manchot, il y voyait une occasion de se faire le défenseur d'une cause qui risquait de passer à l'histoire. Quel défi intéressant à relever pour un homme qui n'avait pas l'intention de mourir dans l'anonymat! Sans nier les incontestables avantages du transport ferroviaire dont bénéficiaient nombre de ses proches, il n'en considérait pas moins que le chauffeur chargé de la chaudière avait une part de responsabilité dans cette tragédie. Compte tenu du nombre d'accidents survenus depuis cinq ans autour de la voie ferrée, Thomas jugeait souhaitable qu'un précédent fût créé. Les anciens employés de la Compagnie du Richelieu l'appuyaient, voulant profiter de cette attaque contre la Compagnie du Chemin de fer du Nord pour manifester leur mécontentement personnel: la navigation ayant perdu de sa popularité, la Compagnie du Richelieu avait dû supprimer l'accostage de ses bateaux à Pointe-du-Lac et à Yamachiche et congédier un grand nombre d'employés. À ce groupe se joignaient tous ceux qui récriminaient contre le fait que le passage de cet engin, en plus de diviser en deux la petite localité de Pointe-du-Lac, semait l'effroi aux jours de grand vent.

Mais il n'y avait pas que des partisans dans cette affaire. Les adversaires de l'équipe Dufresne-Du Sault-Duplessis commençaient à se manifester. Des gageures se prenaient entre sympathisants, d'une part, et aventuriers, charretiers, télégraphistes et chefs de gare, d'autre part.

Georges-Noël déplorait que, depuis cet accident, dans tous les endroits où, pipes à la main, une poignée d'hommes se retrouvaient pour discuter, les esprits fussent prompts à s'échauffer.

«Il ne faudrait pas que le procès traîne, dit-il à Victoire. Sinon, la zizanie va s'installer dans nos paroisses au risque de diviser des gens qui auraient intérêt à s'entendre.

— Je suis bien de votre avis, sans compter que Louis et Delphine se morfondent d'inquiétude...

— On risque aussi de se faire bien des ennemis, ajouta-t-il, attristé.

— Il me semble, observa Thomas, vous avoir déjà entendu dire qu'on ne pouvait faire avancer les choses sans déranger. On ne va pas consulter tout un chacun avant de réclamer que justice soit faite autant pour du pauvre monde que pour les riches. Déjà qu'on perd un bon témoin en dispensant André-Rémi de se présenter à la cour.»

*   *

*

Thomas affichait une assurance qui s'était nourrie de ses succès et de la réalisation de certains de ses projets. Si Victoire s'était fermement et constamment opposée à l'exil aux États-Unis, elle avait, au début de l'été, satisfait le vœu de son mari de s'installer au village de Yamachiche. L'y avaient incitée le besoin de plus grands espaces pour l'atelier et pour la petite famille et l'intention de Joseph de venir habiter la maison qui lui appartenait depuis quelques années déjà. Les ouvriers s'affairaient depuis trois mois à construire, dans la rue Principale du village de Yamachiche, une impressionnante maison à deux étages quand l'incendie avait rasé la grange-étable des Du Sault. Le rez-de-chaussée était réservé au magasin général que Thomas avait décidé d'ouvrir. Avait-il été en cela inspiré par Mme Dorval qui n'avait pas cessé de l'épater? Victoire le croyait, mais elle ne prenait pas ombrage de l'influence de cette cliente sur son mari, puisque le projet lui semblait intéressant et lucratif. Tout au plus avait-elle imaginé la grâce, l'intelligence et le sens des affaires de cette jeune dame qu'elle souhaitait rencontrer dans un avenir proche.

* *
*

La nécessité de prêter main-forte aux Du Sault avait à ce point retardé la construction de la maison au village de Yamachiche que le déménagement, prévu pour Noël, dut être reporté de plusieurs mois.

Oscar s'en montra fort déçu. Ces six autres mois à subir l'austérité de Mme Lamy lui semblaient insurmontables. Georges-Noël, lui, n'allait pas s'en plaindre. Au cœur d'un nouveau dilemme, il comptait sur le temps et les événements pour l'éclairer dans la décision qu'il avait à prendre. Or le printemps arriva avant qu'il eût fait son choix: demeurer dans la maison familiale des Dufresne avec Joseph et les siens ou suivre Thomas et sa famille à Yamachiche, tel que le souhaitait Oscar. Au fait que Joseph préférait qu'il demeurât avec eux un autre élément vint s'ajouter: dans sa dernière lettre, Ferdinand, qui devait faire une cure d'au moins un an pour ses troubles respiratoires, exprimait l'intention de la poursuivre, l'été venu, à la maison paternelle, l'air de la campagne étant plus propice à une prompte guérison. Le désir de partager ces moments avec son fils cadet, un homme qu'il avait appris à connaître et à apprécier au fil des événements, faisait le poids avec son attachement pour la famille de Thomas. Justine Héroux, qui avait jadis imputé à leur cohabitation le refus de Georges-Noël de l'épouser, espérait, au grand étonnement

485

de Victoire, qu'il s'installât au village. Les aléas de cette idylle l'avaient incitée à enterrer son rêve, et le plaisir de le savoir à quelques rues de chez elle l'en dédommageait. «Mon deuil n'est pas fini», lui avait dit Georges-Noël avec honnêteté, avouant éprouver pour elle un amour grandissant.

La maison qui allait abriter Thomas et les siens prenait belle allure avec ses murs de brique rouge que surmontait un toit en pente à quatre pans recouverts de tôle grise. La solidité que lui conférait son solage de plus de quatre pieds de haut s'harmonisait avec les fenêtres coiffées d'une demi-lune qui s'offraient, splendides, aux quatre points cardinaux.

«Je veux une galerie comme celle de la maison où je suis né, avait spécifié Thomas en confiant les plans à l'architecte Héroux. Ronde à chaque extrémité de la maison et avec un escalier très large.»

Les réticences de l'architecte qui soutenait qu'une telle galerie n'était pas conforme au style de la maison avaient été balayées du revers de la main:

«Conforme, pas conforme, c'est comme ça que je la veux, avait-il insisté. Si mon oncle Augustin s'est permis d'en construire une semblable, il y a quarante ans, je ne vois pas pourquoi je m'en priverais.»

Au terme de sa troisième année d'école, le jeune Oscar, bien que curieux d'apprendre, s'adaptait tant bien que mal à l'encadrement qui lui était imposé.

«Pourquoi ce ne serait pas grand-papa qui m'enseignerait? demandait-il à chaque fin de congé. Il sait tellement de choses intéressantes, lui.»

Contraint par ses parents à fréquenter l'école, Oscar trouvait une consolation dans l'espoir que les religieux du Collège de Yamachiche seraient moins sévères que Mme Lamy. Il se réjouissait à la perspective d'habiter une maison toute neuve où il pourrait disposer d'une grande chambre pour lui seul, jusqu'au jour où il découvrit que non seulement son père n'avait pas l'intention d'amener Pyrus au village, mais que son grand-père ne viendrait pas y habiter avec eux. Ayant échoué à faire revenir Thomas sur sa résolution, Oscar s'était tourné vers Georges-Noël qui, bien que sensible au chagrin de son petit-fils, se devait d'appuyer l'autorité paternelle.

«Je pense qu'elle sera plus heureuse à la ferme, avec les autres animaux, qu'au village...»

Oscar avait hoché la tête, prêt à riposter.

«Il ne faut pas oublier non plus qu'elle n'est plus jeune, Pyrus, avait continué Georges-Noël. À dix ans, elle est aussi vieille et même plus que ton grand-père.»

L'esprit vif, Oscar avait retourné cet argument peu convaincant en sa faveur.

«Raison de plus pour qu'on en prenne bien soin, avait-il répliqué.

— Puis tu penses que je n'en suis pas capable?»

Désespéré, le garçon avait conclu que son grand-père avait décidé de demeurer à la ferme.

«Si vous ne venez pas avec nous au village, moi non plus, je n'y vais pas», avait-il lancé avant de courir vers sa mère qu'il supplia d'intercéder auprès de Georges-Noël.

Lui appartenait-il de le faire? Elle en doutait.

*　*

*

Au fil de leurs dix années de cohabitation, les joies et les épreuves, les triomphes et les échecs avaient tissé entre Georges-Noël et Victoire des liens qui tenaient maintenant, croyait celle-ci, beaucoup plus d'une affection légitime que d'un amour passionné. Toutefois, elle n'aurait pu jurer qu'aucune flamme ne subsistait, tapie dans un recoin secret de leur cœur. Pour avoir aimé Thomas depuis des années sans se désafectionner de Georges-Noël, Victoire se demandait si l'amour de ce dernier pour Marian et Justine avait totalement effacé chez cet homme de soixante ans le sentiment qui l'avait jeté dans ses bras ce matin du 16 avril 1876. Le malaise qu'il manifestait à se retrouver seul avec elle semait le doute dans son esprit. De quoi l'inquiéter, ce matin du 30 mai, lorsqu'il se présenta à son atelier, entre le départ de Thomas et l'arrivée des employés de la cordonnerie, et qu'il referma la porte derrière lui.

«Vous allez partir dans quelques semaines..., commença-t-il, palpant une retaille de chamois qu'il avait ramassée sur le plancher.

— Presque onze ans plus tard, vous ne trouvez pas que c'est le temps? dit Victoire, rassurée. Vous avez fait plus que votre part...

— Tu sais bien qu'on y a trouvé chacun notre profit. À part les...»

Victoire arrêta de coudre, attendant, avec une appréhension à peine dissimulée, qu'il prononçât ce mot qu'il avait tu. Georges-Noël s'adossa à la porte de la cordonnerie, comme s'il eût voulu s'assurer que personne ne se présenterait à l'improviste, et continua:

«... à part les déchirements qu'on s'est fait vivre.

— Vous regrettez encore?»

Leurs regards se croisèrent, chargés d'un amour qu'ils avaient cru éteint.

«Il ne s'agit pas de regrets, Victoire.»

Un sourire illumina son visage, le temps qu'il trouve les mots qui traduisent parfaitement sa pensée.

«Je n'aurais jamais cru, après tout ce qui est arrivé, que des pans de mon passé avaient juste fait semblant de me quitter. Comme l'éther qui engourdit la douleur sans la chasser.

— Vous avez encore beaucoup de peine pour celles que la mort vous a prises?

— Plus que ça, Victoire. Ce n'est pas vrai que le temps efface... Tout est encore là. Il suffit de lâcher prise pour s'en rendre compte.»

Bien que tremblante à la pensée de ce qu'il allait révéler, Victoire l'encouragea à préciser ses propos.

«Il n'y a que les apparences qui meurent, enchaîna-t-il. Et les sentiments n'en sont pas. On aura beau nier qu'on a détesté parce que, après, il nous fut donné d'aimer, on aura toujours détesté et aimé. Renier la moindre parcelle de notre existence, c'est lui préférer le vide.

— Vous me faites peur quand vous parlez comme ça. On dirait que... Je ne comprends pas ce qui vous arrive...

— Il m'arrive que j'ai mis huit ans à saisir le sens de ce que tu m'avais demandé le matin où...»

Ce matin qu'ils s'étaient aimés, elle l'avait supplié de considérer ces instants de plénitude, si interdits fussent-ils, comme une faveur de la vie.

«Je comprends, poursuivit-il, que Ferdinand voulait dire la même chose dans la fameuse lettre que tu avais tant tenu à me faire lire.»

Mais où Georges-Noël voulait-il en venir? Bien qu'anxieuse de le savoir, Victoire n'aurait osé le bousculer. Invincible, inébranlable comme un rocher, il continuait:

«On perd son temps à essayer de fuir son passé..., sans compter qu'on se fait bien plus mal que si on apprenait à vivre avec.»

Le regard de Georges-Noël était empreint de gratitude, la gratitude d'un homme qui reconnaît avoir reçu le cadeau le plus précieux de toute son existence.

«L'important, c'était que je comprenne ça avant de mourir. Si tu savais comme je me sens libéré... et c'est grâce à toi.

— Que ça vienne de moi ou de quelqu'un d'autre, ce qui importe, pour moi, dit Victoire d'une voix émue, c'est que vous soyez heureux, enfin.

— Je veux ton opinion, maintenant, et je la respecterai, ça je te le jure.

— Mon opinion? Mais à quel sujet?

— Au village...»

Comme Victoire tardait à réagir, Georges-Noël précisa:

«Si tu préfères que je reste ici, je comprendrai. De toute façon, je n'irais vous rejoindre qu'une fois que Ferdinand sera reparti pour Montréal. Je sais qu'Oscar aura du mal à accepter que je n'habite plus avec lui, mais, quant à moi, maintenant que je suis réconcilié avec tout mon passé, je serai à l'aise là-bas comme ici.

— C'est à votre choix. Tout le monde en serait heureux, même Thomas, répondit Victoire, plus admirative que jamais devant l'homme qu'elle avait exhorté à un certain dépassement et qui la conviait, à son tour, à aller plus loin.

— Je peux le dire à Oscar?» demanda-t-il, une main sur la clenche.

Le consentement obtenu, il allait sortir, mais il se ravisa. À pas feutrés, il s'approcha de Victoire, écarta les mèches de cheveux qui folâtraient sur sa nuque et y déposa un baiser en lui murmurant des mots qui lui donnèrent le vertige.

Seule devant sa table de travail, elle se répéta ses paroles une fois, deux fois, dix fois, à s'en rassasier: «Je vous adore, belle dame.» Jamais Victoire n'aurait cru possible un amour aussi noble, aussi enveloppant. «Ce doit être comme ça qu'on s'aime dans l'autre monde», se surprit-elle à penser. Une douce quiétude l'habita, tantôt remplie des câlins et des rires des enfants, tantôt éclaboussée par la crainte que tant de bonheur ne fût que le présage d'un autre chagrin. Plus d'une fois dans le passé, les épreuves s'étaient annoncées de cette manière. «Notre tour est venu d'être heureux», se dit-elle, résolue à demeurer sereine et confiante en l'avenir. Les soins aux enfants, la fabrication de chaussures, la préparation de leur future demeure, tel un vent d'optimisme, la maintenaient dans un climat presque euphorique.

Lorsque, une semaine plus tard, par un samedi pluvieux, le jeune Dufresne trouva son grand-père affairé à dégarnir quelques tablettes sur les murs de sa chambre, il courut vers sa mère, croyant lui apprendre la bonne nouvelle.

«Vous êtes contente, hein, maman?

— Bien sûr que je suis contente. On est tellement habitués à vivre ensemble...

— Ça veut dire que Pyrus aussi va venir?

— Peut-être... À toi d'en discuter avec ton père», lui recommanda Victoire, connaissant déjà la réponse.

Oscar avait consenti, non sans regret, que son grand-père et Pyrus demeurent à la ferme tant que Ferdinand s'y trouverait.

«Il ne faut pas oublier que c'est ton oncle Ferdinand qui nous l'a amenée ici, cette belle bête là», avait expliqué Georges-Noël.

Et comme si elle eût tout deviné, chaque fois qu'il chargeait la charrette à destination du village de Yamachiche, Pyrus s'y faufilait et allait se blottir derrière une caisse ou un meuble. Tentait-on de la laisser à la ferme qu'elle suivait la voiture jusqu'à ce que, attendri, le conducteur s'arrêtât et la prît à bord.

Victoire attendait que les fenêtres soient drapées des tissus qu'elle avait choisis et confiés à une couturière du village pour sortir sa vaisselle des buffets de Domitille, faire charger les meubles de sa chambre et de celles des enfants, et emménager dans cette superbe maison où six chambres à coucher, deux salles à manger, un grand salon et un boudoir occupaient deux étages. Au rez-de-chaussée se trouvaient le magasin, un entrepôt et la cordonnerie. Placé à l'angle sud-est de la maison, spacieux et des mieux éclairés, le nouvel atelier de Victoire communiquait avec le magasin par de larges portes vitrées d'où les clients pouvaient apercevoir les présentoirs. Le travail s'effectuant désormais à cet étage, il devenait moins tentant d'y retourner à tout moment, au lieu de prendre du repos. Toute de bois de merisier, la maison dégageait une douceur, une finesse et une chaleur qui représentaient bien les gens heureux qui venaient l'habiter.

Dès la première semaine d'ouverture de son magasin, Thomas s'était adjoint un remplaçant, le père d'Edgar Pellerin, pour les jours où il devait reprendre sa mallette d'agent commercial, et un commis supplémentaire, pour servir la clientèle. Au Magasin général Dufresne, on trouvait de tout: épicerie, quincaillerie, lingerie, chaussures, papeterie et parfums. À l'excellence du magasin de Mme Dorval, Thomas avait ajouté des spécialités inspirées des boutiques J. B. Rolland & Fils. «Pourquoi pas quelques porcelaines fines», lui avait suggéré Ferdinand à une de ses dernières visites à Montréal.

«Il a eu bon nez», dut admettre Thomas qui s'y était d'abord opposé mais qui, devant l'insistance de Victoire, leur avait finalement réservé une des tablettes les plus en vue et les mieux protégées de son magasin. Deux semaines plus tard, il confiait à Victoire:

«Ce sont mes meilleures ventes depuis l'ouverture du magasin. J'ai le goût d'envoyer un télégramme à Ferdinand pour le remercier et l'informer du même coup que la maison est prête à les recevoir pour l'été.»

Rose-de-Lima, à quelque six semaines de son quatrième accouchement, avait prévu s'y installer à la fin de l'été, laissant le loisir à Ferdinand, son épouse et leur fils d'y passer des vacances à leur aise.

Porté par un enthousiasme bouillonnant, Thomas se rendit à la gare.

«Regarde donc qui s'amène ici! s'exclama le chef de gare en le voyant entrer. Y a des voix qui te parlent pendant ton sommeil, mon Thomas?

— Je ne saisis pas bien, répondit Thomas, perplexe. Vous aviez affaire à moi, quoi?

— Pas moi directement, mais quelqu'un d'autre..., d'aussi important, peut-être», dit-il, en guise de blague.

Thomas n'avait nulle envie de rire avec les Grimard depuis l'incendie de la grange de Louis. La main tendue vers le chef de gare, il attrapa le papier sans lever les yeux et l'enfouit au fond de sa poche avec le message qu'il avait préparé pour son frère. Il sortit sans saluer personne et, d'un bond, il se retrouva dans la rue. Écartant l'idée que ce télégramme fût relié à l'audience tant attendue, il trembla pour les deux familles de Montréal qui lui étaient chères. Ce moyen de communication étant utilisé davantage en des circonstances tragiques, Thomas supposait que quelque chose de grave était survenu, soit chez Ferdinand, soit chez André-Rémi. À quelques dizaines de pieds de la gare, il s'arrêta pour prendre connaissance du télégramme qui lui était bel et bien adressé. En apercevant le nom de Georgiana Dufresne, il sentit ses jambes faiblir. Sur un banc de bois placé en bordure de la route, il se laissa choir, s'attendant au pire.

«Ferdinand très malade. Poumons gravement atteints. Hôpital général. Georgiana Dufresne.»

«Je le savais», pensa-t-il, effondré. Un souvenir, comme une gifle en plein visage, le secoua. Trois ans passés, la Siffleux ne lui avait-elle pas prédit qu'un membre de sa famille ne passerait pas cinq autres étés? «Mais c'est incroyable! Ça ne peut pas être de Ferdinand qu'elle parlait.» Se ressaisissant aussitôt, il relut attentivement le message pour constater que la panique s'était emparée de sa raison. «Ce n'est pas écrit qu'il est mort, après tout. Il va s'en remettre...»

L'angélus sonnait. Thomas trouva Victoire à table en compagnie des enfants qui avaient, eux aussi, commencé à manger. Intrigué par l'exceptionnelle nervosité de son père, Oscar laissa tomber sa fourchette et, se croyant convié au secret, allait suivre ses parents au boudoir.

«Reste ici avec tes petits frères, lui ordonna Thomas. Ta mère et moi, on a quelque chose d'important à se dire.»

La porte se referma derrière eux. L'oreille collée au trou de la serrure, Oscar n'arrivait pas à saisir suffisamment de mots pour satisfaire sa curiosité. Un toussotement se fit entendre, et il courut reprendre sa place. Le front couvert de sueur, Georges-Noël, qui venait d'arriver, se dirigea vers l'évier et s'aspergea la figure d'eau froide.

«Où est passée ta mère? demanda-t-il à Oscar qui, anormalement silencieux, l'observait d'un air étrange.

— Là, avec papa», répondit Oscar en pointant la porte du boudoir.

Georges-Noël allait poser une autre question lorsque la porte s'ouvrit. Thomas vint vers lui, tendant d'une main tremblante le message qu'il venait de recevoir de Georgiana.

Georges-Noël le dévisagea, posa ensuite son regard sur Victoire qui sortait du boudoir, l'air triste, et, le papier en main, se dirigea vers le salon. Assis sur le bord d'un fauteuil, plus affligé que surpris, il relut à haute voix cette mauvaise nouvelle qu'il redoutait depuis Noël dernier.

«Je n'aurais jamais pensé qu'il pouvait être si mal en point..., dit Thomas qui lui avait rendu visite une vingtaine de jours auparavant.

— On aurait pu s'y attendre, il...»

Georges-Noël ne trouva pas la force de terminer sa phrase.

Il sauta dans le train suivant à destination de Montréal, confiant d'apporter à son fils le soutien nécessaire à son combat contre la maladie. Ferdinand l'attendait... pour mourir. Les bronchopneumonies répétitives et le surmenage avaient eu raison de ses vingt-six ans. Georges-Noël était arrivé juste à temps pour recueillir les dernières minutes de lucidité de son fils et sentir sa main se resserrer sur la sienne au moment du grand départ. Le visage émacié de Ferdinand s'illumina d'une sérénité telle que Georges-Noël sut que, déjà, son fils était entré dans la béatitude. Une profonde quiétude l'habita, doublée d'un invincible courage.

Au soir du 7 juillet 1884, Donat, son petit-fils de trois ans, blotti dans ses bras, Georges-Noël, accompagné de Georgiana enceinte de sept mois, ramenait le corps de Ferdinand à Pointe-du-Lac. Le lendemain soir, son fils cadet reposait dans la maison demeurée libre pour l'y recevoir avec les siens. Dans le salon aux draperies fermées se tenait, près du cercueil, une femme inconsolable à la pensée que l'enfant qu'elle portait serait, tout comme son fils Donat, à jamais privé de son père. Six années d'admiration réciproque, de complicité et de partage, c'était à la fois trop et trop peu pour cette femme dans la fin de la vingtaine. Trop pour que l'épouse se résigne à l'absence de cet homme d'une finesse, d'une intelligence et d'une générosité exceptionnelles, trop peu pour cette jeune mère qui considérait n'en être qu'au premier mouvement de la grande symphonie de leur amour.

«Ce que j'aurais donné pour qu'il se rende à votre âge au moins, dit-elle à Georges-Noël.

— Ce que je donnerais pour l'avoir compris et apprécié à sa juste valeur bien avant ces trois dernières années», lui confia-t-il, le plus humblement du monde.

Tout comme Georgiana, Victoire avait eu cette chance, et sa douleur de le perdre si tôt en était d'autant plus profonde. Comme elle déplorait n'avoir pu partager avec lui ce que l'approche de la mort lui avait fait vivre!

«Parce que tu penses qu'il l'avait vue venir? demanda Georges-Noël.

— Il faudrait ne pas l'avoir connu pour en douter...

— S'il s'y attendait, il ne m'en a jamais soufflé mot, dit Thomas affligé et se reprochant d'avoir manqué de perspicacité.

— Il fallait savoir lire dans ses yeux et à travers ses gestes, déclara Georgiana.

— La dernière fois que je l'ai vu, il s'est montré tellement intéressé à mes affaires, expliquait Thomas, plein de regrets, que je n'ai pas porté attention à...»

Il éclata en sanglots. Dans la chambre de son frère où il monta se réfugier, il cria sa détresse, à plat ventre sur son lit, la tête enfouie dans un oreiller. Le départ prématuré de Ferdinand ravivait la blessure qu'avait laissée l'absence de sa mère. L'un et l'autre lui manquaient affreusement. Au fil des ans, Ferdinand lui était devenu d'autant plus attachant qu'il lui rappelait sa mère, sa délicatesse, sa grande sensibilité, son intelligence subtile et pénétrante. En sa compagnie, il avait commencé à récupérer des fragments de son enfance. Bien d'autres auraient pu être repris et assumés. Mais il était trop tard. Ferdinand, son conseiller, son confident et quelquefois son consolateur, était parti sans le prévenir, sans lui donner le temps de se faire à l'idée de ce vide. Avec la mort de son frère, la perte de sa mère venait, vingt ans plus tard, déchirer son cœur. Avait-il, petit garçon, refoulé ses sentiments pour ne pas avoir trop mal? Avait-il dû se montrer courageux pour ne pas affliger son jeune frère? C'est ce qui avait dû se produire pour qu'aujourd'hui sa douleur fût si grande.

Dans les bras de Victoire venue le consoler, Thomas s'abandonna à la douce sensation d'être ce fœtus recroquevillé dans une oasis toute de chaleur, de tendresse et de confort. Il lui semblait qu'en quittant ce monde Ferdinand le dépossédait à jamais des derniers vestiges de son enfance. Cet instant d'une cruelle lucidité le tira des bras de Victoire avec la soudaine impression de n'y avoir plus droit, confondant en cette femme l'épouse et la mère. Cette mère qu'il s'était appropriée pour combler l'absence d'une mère malade, d'une mère dont il avait appréhendé la mort pendant toute son enfance. Un sentiment de honte l'envahit. Inexplicable et implacable. Un irrésistible besoin de s'excuser monta à ses lèvres. Mais s'excuser de quoi? En levant les yeux vers celle qui avait plus d'une fois consolé ses chagrins d'enfant et d'adolescent, il eut l'impression qu'il y allait de son honneur personnel et du respect pour cette femme qu'il la quittât. Peut-être le vit-elle dans son regard, car, s'apprêtant à le laisser seul dans la chambre, elle lui dit:

«Je pense comprendre ce que tu ressens, mon pauvre chéri. Donne-toi le temps de voir clair dans tout ça, puis sache que tu pourras toujours compter sur moi. Je tiens à te dire que je suis fière d'être la mère de tes enfants, puis plus encore d'être ta femme.»

Thomas la regarda, stupéfait. Ces mots résonnaient dans sa tête comme si, pour la première fois, il eût à décider s'il voulait de Victoire Du Sault comme épouse. La porte se referma derrière elle, et Thomas, déchiré et en proie à la plus accablante confusion, se laissa choir sur la paillasse, enviant son frère qu'il aurait voulu rejoindre dans ce monde de lumière et de paix. La fatigue eut raison de sa résistance. Lorsqu'il se réveilla, le soleil disparaissait déjà. Il lui sembla avoir dormi tout près d'une heure. Les derniers instants passés avec Victoire se superposaient aux réminiscences de son rêve, semant le désarroi dans son esprit. Et comme si ce ne fût suffisant, la pensée de Mme Dorval tentait de se frayer un chemin dans cette confusion.

Des murmures montaient du salon, le loquet de la porte claquait, des gens sortaient, d'autres arrivaient, offraient leurs condoléances. Thomas n'eut qu'une envie, fuir tout de suite et très loin. Cette impulsion à peine surgie fut aussitôt délogée par le désir de serrer dans ses bras tous ceux qu'il aimait, de peur qu'ils ne le quittent le lendemain. Le souvenir de son père tenant dans ses bras le corps inanimé de la petite Emmérik lui revint comme l'écho de ce qu'il était tenté de faire avant que son frère fût porté en terre: se l'approprier pour lui seul, les quelques heures qui lui étaient encore données de le regarder, de lui parler, d'entendre de lui la réponse qu'il n'avait pas eu à quémander, le conseil qu'il avait à peine sollicité. Comme avant. Il referma les yeux et se laissa porter par l'impossible. Un impossible qui n'en avait peut-être que les apparences. Suivirent des instants d'une suave plénitude dans une parfaite communion avec son frère. Une osmose qui les réunissait à jamais dans le sein d'une mère immortelle.

Lorsqu'il rejoignit la parenté et les visiteurs, Thomas se montra si serein que tout autre que Victoire l'eût cru impassible. Tant elle tremblait pour Georgiana qu'elle suppliait de ne pas retourner à Montréal après l'enterrement, tant elle s'inquiétait pour Thomas. Bien qu'elle souhaitât lui apporter compréhension et réconfort, elle doutait qu'il se tournât vers elle pour les obtenir. «Il faut que j'en informe ses deux meilleurs amis, Ovide et Nérée», se dit-elle, pour compenser l'impuissance à laquelle elle se voyait réduite.

Après s'être écroulé de chagrin au cimetière, Georges-Noël avait redressé la tête et exhortait tous ses proches à honorer la mémoire de son fils en apportant à ses descendants et à Georgiana tout le soutien dont ils auraient besoin, et pour leur vie durant.

*   *

*

En dépit du désarroi dans lequel le décès de Ferdinand avait plongé toute la famille, la nécessité de reprendre la direction du magasin et d'activer la production de chaussures ramena chacun à ses obligations quotidiennes. Prise en charge, d'une part, par l'épouse d'André-Rémi, sa «sœur de cœur» comme elle la désignait, et, d'autre part, par les Normandin, sa famille d'adoption, Georgiana était retournée à Montréal à la fin de juillet et avait donné naissance, moins d'un mois plus tard, à un autre garçon dont le prénom, Auguste, avait été préalablement choisi par son père pour honorer la mémoire de leur ancêtre Augustin Dufresne. «À moins que ce ne soit une petite Augustine», avait dit Ferdinand, avant de mourir. Entre-temps, un malheur en attirant un autre, le 14 août, Rose-de-Lima ne survivait pas à son quatrième accouchement. Secouru par nombre de familles et se rangeant aux recommandations de ses proches, Joseph n'avait pas tardé à quitter la maison du village pour emménager à la ferme. Gabrielle, une des sœurs de Rose-de-Lima demeurée célibataire, venait prendre charge des enfants et de la maison.

La culture du lin et l'élevage de quelques animaux de ferme ne suffisaient pas à ranimer le courage de Joseph qui, dans la quarantaine avancée, désespérait de trouver une autre femme qui pût lui convenir. Comme une faveur tout à fait providentielle, le commissaire des terres de la Couronne, J. Oblaski, laissait entrevoir dans son rapport la possibilité que le ministère des Richesses naturelles accordât des subsides à l'exploitation des gisements de gaz naturel les plus prometteurs dans les terres de Yamachiche et de Pointe-du-Lac. Les Dufresne, les Lacerte, les Bellemare, les Garceau et les Héroux étaient visés et se concertaient pour présenter une demande en bonne et due forme au ministère en question.

«Je vous souhaite des réponses plus rapides qu'avec le palais de justice, avait souhaité Thomas à son oncle, excédé de voir le procès intenté contre la Compagnie du Chemin de fer du Nord constamment reporté.

— Ça ne sent pas bon», maintenait Georges-Noël qui en avait entendu raconter plus d'une sur les délais traficotés et sur les escroqueries judiciaires.

Pendant que les clients se présentaient de plus en plus nombreux pour faire provision de fruits, de légumes et de viande en conserve au Magasin général Dufresne, pendant que Mme Dorval augmentait ses commandes de chaussures de façon sensible, sitôt le pied en dehors du magasin, Thomas reprenait un air taciturne et distant et seuls ses fils parvenaient à le dérider. «Comme s'il m'en voulait de la mort de son frère», confiait Victoire à André-Rémi dans une lettre. «S'il acceptait qu'on en parle, au moins... Que de choses je pourrais lui dire et qui lui feraient le plus grand bien! Il m'arrive de penser que je l'ai perdu...» Tout donnait à croire que l'enfant qu'elle portait, conçu quelques jours avant le décès de Ferdinand, serait le dernier.

Avant que vînt ce présent, Thomas recevait la convocation tant attendue de la Cour supérieure de Trois-Rivières pour le procès intenté contre la compagnie de chemin de fer.

«S'il avait fallu que ton frère attende après cet argent pour se rebâtir! Ça fait presque un an et demi que ça traîne.»

Avec la construction de son nouveau bâtiment et l'arrivée des équipements tout neufs et plus modernes, le moral de Louis Du Sault s'était refait, mais la perspective de devoir comparaître devant le juge le replongeait dans un état de dépression et d'angoisse sans pareil.

«Tu as les meilleurs avocats, puis des témoins plus qu'il n'en faut, lui répétait Thomas à un mois du procès. Puis tu peux être sûr que je ne me gênerai pas pour intervenir si les plaidoiries voulaient mal tourner.

— À moins qu'on diminue le montant réclamé..., proposait-il, craignant de perdre à cause de ce mille dollars qui lui avait toujours semblé excessif.

— Non, maintenait Thomas. Si, en plus de tes pertes, tu avais eu à payer mon père pour l'utilisation de ses bâtiments, et des intérêts sur l'argent emprunté, imagine ton endettement...»

Lorsque, le 16 février au matin, maître Duplessis répliqua avec verve aux arguments des avocats Monk et Cross qui plaidaient en anglais, Louis Du Sault redressa les épaules, soutenu par le regard complice de Thomas. De trois coups de maillet sur la table, le juge Bourgeois obtint le silence requis pour la minute ultime du jugement. Louis junior vit blêmir son père et se demanda s'il n'allait pas s'évanouir. Le juge se racla la gorge, porta ses papiers à bout de bras, promena sur la salle un regard glacial et déclara:

«Considérant que, lors dudit incendie, ladite bâtisse contenait au moins huit mille bottes de foin appartenant aussi audit demandeur, et qui fut, là et alors, réduit en cendres avec ladite bâtisse, lequel foin était de la valeur de trois cents piastres;

«Considérant que, lors dudit incendie, il y avait dans ladite bâtisse une voiture d'hiver appartenant audit demandeur et qui fut, là et alors, réduite en cendres avec ladite bâtisse;

«Considérant que ledit incendie a été allumé par les étincelles d'une locomotive appartenant à ladite défenderesse et portées par le vent sur la couverture de ladite bâtisse...»

De son banc, Louis lança vers Thomas un regard désespéré et esquissa une moue de reproche. Il se recroisa les bras sur la poitrine, leva le menton, prêt à entendre le verdict. Le juge continuait:

«Considérant que, le treizième jour de septembre mil huit cent quatre-vingt-trois, une bâtisse comprenant une grange et une étable, de la dimension de quatre-vingt-trois pieds de longueur sur trente de profondeur, de la valeur de quatre cent cinquante piastres, appartenant audit demandeur, construite sur la terre de ce dernier, en la paroisse de Sainte-Anne de Yamachiche, avant l'établissement de la voie ferrée de la demanderesse, et à une cinquantaine de pieds de ladite voie ferrée, aurait été incendiée et totalement consumée par le feu;

«Considérant que, lorsque le convoi que conduisait ladite locomotive est passé vis-à-vis de ladite bâtisse, il soufflait un vent violent, venant de la voie ferrée de ladite défenderesse sur ladite bâtisse du demandeur, et que les employés de ladite défenderesse ayant la charge de la dite locomotive auraient dû, comme ils pouvaient le faire en fermant le *damper* de ladite locomotive, empêcher l'émission d'étincelles de ladite locomotive...»

Louis Du Sault se recula sur son fauteuil, décroisa les bras et posa les mains sur ses genoux.

«Considérant que c'est par la faute et négligence de ladite défenderesse que ledit incendie a eu lieu;

«Considérant que ladite défenderesse est responsable des dommages occasionnés audit demandeur par ledit incendie et est tenue d'indemniser ledit demandeur pour la valeur de ladite bâtisse, savoir, pour en tout, la somme de sept cent soixante-cinq piastres courant;

«Considérant que ledit demandeur a fait preuve suffisante des allégations de sa demande, pour justifier une condamnation en sa faveur, pour ladite somme de sept cent soixante-cinq piastres courant;

«Condamne ladite défenderesse à payer au demandeur pour les causes susdites, ladite somme de sept cent soixante-cinq piastres, avec intérêts de ce jour et les dépens distraits en faveur de maîtres Desaulniers et Duplessis, procureurs dudit demandeur.»

Nérée Duplessis se leva et expédia la riposte qu'ils avaient mijotée, sous le regard admiratif de Thomas:

«Pardonnez-moi, monsieur le juge. Je note que vos considérants n'ont pas tenu compte des dégâts causés aux bâtisses environnantes que mon client a dû réparer à ses frais, soit la maison du demandeur, la beurrerie-fromagerie de Louis Du Sault junior, tous les bâtiments de Georges-Noël Dufresne, incluant sa maison. Je vous ferai remarquer, Votre Honneur, que la plainte faisait aussi état des intérêts que mon client devra verser à M. Thomas Dufresne, également présent, pour les sommes avancées pour reconstruire sa bâtisse et conduire la présente poursuite.

— La séance est close, maître Duplessis. Veuillez considérer que votre client a reçu le maximum d'indemnisation que pouvait lui concéder la justice.»

Le juge Bourgeois se leva et, de trois autres coups de maillet, invita l'assistance à libérer la salle et à céder la place aux parties d'un autre procès pour lequel il accusait déjà une demi-heure de retard. Les gagnants eurent du mal à retenir leurs poignées de main et leurs félicitations réciproques jusque dans le hall du palais de justice.

Accueillis triomphalement à la gare de Yamachiche par leurs fidèles partisans, les vainqueurs avaient vu se disséminer un groupe formé de charretiers, de télégraphistes et de proches des chefs de gare, venus huer les Du Sault s'ils avaient été déboutés.

«Tu avais raison, mon Thomas, clamèrent en écho ceux qui étaient accourus lors de l'incendie et qui avaient souscrit à son idée d'entamer une poursuite judiciaire.

— Il suffit, répliqua Thomas, de se serrer les coudes, puis d'aller se chercher de bons avocats pour se rendre compte que la justice existe autant pour les pauvres que pour les riches.»

Delphine accrochée à son bras, Louis acquiesça, non sans une certaine réticence, à l'invitation de Thomas de venir célébrer cette victoire à la maison.

«Ce n'est pas tous les jours qu'on a l'occasion de fêter un événement de cette importance», dit Victoire en accueillant le groupe.

Marie-Ange se félicitait d'avoir préparé une grosse marmite de ragoût d'alouette, au cas où le procès attirerait des visiteurs. Pour la première fois depuis l'enterrement de Lady Marian, Georges-Noël avait sorti ses carafes de vin et offert à boire à tous, invitant les clients du magasin à monter à l'étage pour participer à la fête.

Oscar en oubliait ses jeux, ses frères et son chien tant cette atmosphère de réjouissance lui plaisait. C'était, comme pour sa mère, au-delà des félicitations, des éclats de rire et des toasts portés en l'honneur des vainqueurs, la lumière revenue dans les yeux de Thomas et le bonheur sur le visage de son grand-père qui le ravissaient.

Dévoué à cette cause comme si elle fût sienne, Thomas ne pouvait qu'en sortir différent: ou plus meurtri ou guéri de bien des blessures. Au milieu de l'attention dont il était l'objet, son regard croisa celui de Victoire, qui avait attendu de ce procès beaucoup plus qu'une indemnité pour son frère. Il vint vers elle et entoura ses épaules avec cette tendresse qu'elle croyait ne plus jamais retrouver dans ses gestes et dans ses yeux.

«Tout ce que je peux te dire pour l'instant, c'est que tu n'auras pas été patiente pour rien. En attendant, ne te gêne pas pour aller te reposer. Les gens vont comprendre, à quelques semaines de l'accouchement...»

Victoire était prête à s'épuiser plutôt que de se priver d'une parcelle de cette allégresse qui inondait la maison.

«Si on pouvait faire provision de bonheur, souffla-t-elle à l'oreille de Delphine qui souriait pour deux devant l'incroyable chance qui leur arrivait.

— C'est grâce à toi, à ton mari, puis aux deux avocats si les choses tournent de notre bord», répondit sa belle-sœur, béate devant son homme qu'elle voyait heureux pour une rare fois depuis leur mariage.

*   *

*

Pendant que le Magasin général Dufresne devenait, au fil des jours, le haut lieu des affrontements d'opinions sur l'issue de cet exceptionnel procès, Victoire donnait le jour à un cinquième garçon. Cette fois, le prénom fut choisi par Oscar, épris de Napoléon Bonaparte dont l'histoire trop sobrement racontée au collège avait été précisée par son grand-père. Thomas obtint le privilège d'y ajouter son propre prénom, puisque l'enfant était né, comme prévu, le 1er mars, la veille de son trentième anniversaire de naissance. L'arrivée de cet enfant dans la famille rappelait à Thomas un événement dont il n'avait jamais parlé à personne, sa visite chez la cartomancienne. La Siffleux ne lui avait-elle pas annoncé un avenir prometteur pour deux de ses fils? «Je ne serais pas surpris qu'il s'agisse d'Oscar et du petit Napoléon», pensa Thomas, estimant cet enfant prédestiné par le nom qu'on lui avait donné.

Georges-Noël accueillit ce nouveau membre de la famille avec autant d'amour qu'il avait accueilli les précédents, incapable toutefois de cacher sa déception:

«Ça nous prendrait bien une petite fille pour venir calmer nos joyeux mutins», dit-il, heureux tout de même que la mère et l'enfant se portent à merveille.

Aussi hésita-t-il à accepter les honneurs du parrainage:

«Je veux bien, à condition que je sois de nouveau parrain si une petite demoiselle se présentait dans les prochaines années, expliqua-t-il, un brin taquin.

— Vous semblez oublier que j'aurai quarante ans dans quelques semaines», répondit Victoire, s'estimant déjà privilégiée d'avoir vécu sa grossesse avec tant d'aisance et mis au monde un bébé aussi vigoureux.

«Et puis, encore faut-il que Thomas désire d'autres enfants», allait-elle ajouter, mais elle jugea qu'il valait mieux taire cette réflexion qui risquait de l'inquiéter.

* *

*

Depuis son succès dans la poursuite judiciaire contre la Compagnie du Chemin de fer du Nord, Thomas s'était rapproché de son épouse, mais pas assez pour qu'elle puisse conclure que l'amant qu'elle avait connu lui avait été rendu. De fait, Thomas prenait de plus en plus conscience des motifs qui l'avaient incité à épouser une femme de dix ans son aînée et il éprouvait un réel malaise. Mais il y avait plus. Son attirance pour Mme Dorval ne s'était pas atténuée et il craignait qu'elle ne fût partagée. Pendant que s'affermissait sa réussite professionnelle, pendant que sa famille se reconstituait, sa forteresse intérieure menaçait de s'écrouler. Incarnant de moins en moins cette probité dont il avait toujours fait preuve et qu'il défendait au point de s'engager dans un procès, il voyait l'estime de lui-même le déserter comme le sang d'une veine ouverte. Existait-il un garrot pour arrêter ce genre d'hémorragie? Thomas le cherchait désespérément. La seule solution qui s'était présentée à son esprit en était une de dernier recours, tant la pensée d'engager un représentant pour faire la tournée des magasins de Trois-Rivières lui imposait de renoncements. «Et si elle avait changé d'attitude à mon égard? Ne serait-ce pas suffisant pour m'en éloigner?» Thomas s'accordait une autre visite pour en mieux juger.

Lorsque, aux premiers jours de juin, plus séduisante que jamais, Mme Dorval, exhalant un parfum envoûtant, l'accueillit de mots vibrants de convoitise, le cœur de Thomas se mit à battre la chamade.

«J'ai de grands projets pour l'avenir», articulèrent ses lèvres sensuelles.

Elle regarda l'horloge. Six heures allaient bientôt sonner. Elle sortit de derrière le comptoir, se dirigea vers la porte du magasin, jeta un coup d'œil dans la rue et ferma le rideau qu'un ruban de soie nouait sur le haut de la fenêtre en posant sur Thomas un regard lascif.

«J'apprécierais être conseillée par un homme de talent comme toi, Thomas, lui susurra-t-elle langoureusement en retenant sa main dans la sienne. Je suis libre ce soir...»

Le tutoiement, le velours de ses yeux ombrés d'azur, les émanations de muguet qui chatouillaient ses narines le jetèrent, aveuglément et passionnément, dans les bras de la jeune femme. Ses lèvres soudées aux siennes, il se sentit aspiré, entraîné dans le tourbillon qui allait le livrer, de l'autre côté de la porte battante, à l'amour interdit. Les doigts de la séductrice s'agitaient déjà sur les boutonnières de sa veste lorsqu'il ouvrit les yeux, saisi de la gravité du moment. Moment irréversible. Apaisement combien désirable mais qui risquait de le clouer à jamais au pilori de la honte et du remords.

Le sifflement du train annonça que, de toute manière, il était trop tard pour y embarquer et rentrer chez lui avant la nuit. Comme il se serait empressé de l'attraper s'il avait pu deviner qu'à la maison on attendait son retour avec une fébrilité mêlée d'appréhension: un huissier était venu porter, à son intention, une sommation de la Cour de révision.

«Que la compagnie de chemin de fer conteste le jugement, il fallait presque s'y attendre», déclara Georges-Noël qui se reprochait d'avoir, pour une fois, cru que la justice pouvait protéger les plus petits.

Le ciel commençait à s'étoiler lorsque Victoire comprit que son mari ne rentrerait pas dormir.

«Il a probablement croisé Nérée à Trois-Rivières en descendant du train», dit-elle à Georges-Noël qui s'empressa de l'approuver, réconforté de voir combien elle avait confiance en son mari.

Vers six heures le lendemain matin, Thomas marchait comme un somnambule dans la rue menant chez lui. Les mains dans les poches, balançant la tête, on eût dit qu'il savait déjà... Georges-Noël était descendu ouvrir les portes du magasin, se doutant qu'il y passerait avant de monter à l'étage.

«Tu as vu Nérée? lui demanda-t-il, en guise de préambule.

— Ouais. On a passé une partie de la nuit à mijoter une stratégie valable.»

Georges-Noël demeura stupéfait. «Victoire avait donc raison», se dit-il, doublement soulagé, car il n'avait pas à lui apprendre la nouvelle.

«C'est peut-être le montant d'indemnité demandé qui les a mis en rogne, supposa Georges-Noël. Le fait est qu'ils n'ont pas encore versé un sou.»

Les traits tirés, les cheveux en broussaille, Thomas poussa un grand soupir.

«C'est ce qu'on verra le 30 juin! Je monte voir la famille quelques minutes, dit-il, comptant sur son père pour accueillir et servir les clients.

— Prends ton avant-midi si tu veux...»

Georges-Noël eut l'impression qu'il allait sauter sur l'offre, mais Thomas lança:

«Il faudrait que je parle à M. Pellerin... Pouvez-vous lui demander de venir en haut quand il se présentera?»

L'arrivée de ce dernier ne se fit pas attendre, si bien que Thomas n'eut que le temps d'embrasser sa femme et de prendre des nouvelles des enfants.

«Fatigué? demanda Victoire.

— Assez, oui. Je te raconterai ce soir, dit-il en balayant du regard les meubles sur lesquels sa lettre d'assignation aurait pu être déposée. Ah! Elle est là, fit-il, en apercevant l'enveloppe de la Cour sur la tablette du buffet, juste derrière Victoire.

— Tu savais que...

— Oui, c'est justement pour ça que je n'ai pu revenir hier soir. Je vais parler à M. Pellerin, puis je descends te voir dans ta cordonnerie, s'il n'y a pas trop de clients.»

Il déposa un rapide baiser sur sa joue avant de s'enfermer dans le boudoir avec l'employé du magasin qu'il voulait charger de s'occuper des commerces de Trois-Rivières, moyennant une commission sur les ventes conclues.

«Il est plus libre que moi et suffisamment fiable pour qu'on lui confie cette responsabilité, tu ne trouves pas? justifia-t-il auprès de Victoire qu'il venait informer du changement, en fin de matinée. Sans compter que j'ai d'autres projets en tête.

— Comme celui de donner plus de temps à ta famille, peut-être?» demanda Victoire en passant ses bras à son cou.

D'un geste d'impatience, Thomas allait se dégager, mais il se ressaisit:

«Excuse-moi, Victoire, mais je n'ai pas tellement la tête aux câlins aujourd'hui. Si toutes ces histoires de cour peuvent se régler, tu vas voir qu'on va se payer du bon temps...»

Une lueur de tristesse dans les yeux, la démarche accablée, Thomas retourna au magasin d'où venait l'écho de conversations très animées.

«Les nouvelles se répandent vite, à ce qu'on peut voir, dit-il au fils d'un télégraphiste venu acheter une poignée de clous.

— Mon père l'a appris en allant à la beurrerie des Du Sault, hier», répondit le jeune homme à qui cet achat servait de prétexte pour sonder l'humeur des Dufresne.

Au soir de cette éprouvante journée, Thomas fit faux bond à Victoire, à qui il avait donné rendez-vous en rentrant de Trois-Rivières, et fila vers la grève, le besoin de mettre de l'ordre dans ses pensées l'emportant sur sa promesse à Victoire de tout lui raconter.

Le 30 juin 1885, à la demande des avocats de la Compagnie de Chemin de fer du Nord, la Cour supérieure siégeant en révision à Québec renversait le jugement du 16 février précédent:

«Considérant que l'action en cette cause, quoique prise au nom de celui qui a subi les dommages, l'est en vertu du contrat entre lui et Thomas Dufresne, lequel conduit la poursuite à ses frais à la condition que, si elle réussit, ils en partageront tous deux le produit;

«Considérant que ce contrat est prohibé, et de ce fait, que la poursuite elle-même, dont ledit Thomas fait les frais, est ILLÉGALE;

«Infirme le jugement prononcé le seizième jour de février mil huit cent quatre-vingt-cinq, par la Cour supérieure siégeant dans et pour le district de Trois-Rivières, et renvoie l'action avec dépens tant en première instance qu'en révision, distraits en faveur de MM. Andrews, Caron, Andrews et Pentland, procureurs de la défenderesse.»

Dépité, Thomas déclara en sortant du palais de justice:

«Il y avait une pomme avariée dans la corbeille, puis on ne l'a pas vue.

— Je n'en pense pas moins que c'est là l'œuvre d'un traître, répliqua Georges-Noël qui aurait bien aimé avoir des indices qui puissent le mettre sur la piste du délateur.

— Ne perdez pas votre temps à chercher le mouchard, leur conseilla Nérée. De toute façon, tout finit par se savoir. Venez que je vous explique ce que nous allons faire maintenant.»

Les plaignants et leurs partisans suivirent les deux avocats dans un «hôtel des mieux cotés de Québec», au dire de maître Desaulniers. Quelle ne fut pas la surprise de Thomas de se retrouver au pied de cet escalier qu'il avait dévalé sept ans plus tôt.

«Ici? fit-il, manifestement contrarié.

— Tu as des objections? demanda le jeune avocat, étonné.

— Ça va aller», répondit Thomas alors qu'un sentiment de honte lui empourprait le visage.

«Qu'est-ce que ce serait s'il avait fallu que je cède à Mme Dorval?» pensa-t-il lorsqu'il croisa le regard de son père, pénétrant comme le dard d'un serpent. Force lui fut de s'en détourner tant il se sentit mis à nu. «Comme si je n'avais pas assez de me faire débouter...», se dit-il, pressé d'entendre son ami Nérée leur exposer son plan.

*   *

*

Pendant qu'une poignée d'hommes concoctaient un renversement de ce jugement, Victoire, affolée, envoyait chercher le docteur Bellemare en toute hâte. Son bébé de quatre mois était très souffrant, atteint depuis trois jours d'une si grave diarrhée qu'il dépérissait d'heure en heure.

«Ça veut dire que l'épidémie s'est propagée jusque chez nous, laissa échapper le docteur après avoir examiné le petit Napoléon.

— Quelle épidémie? demanda Victoire, effrayée par ce mot qui évoquait tant de drames humains.

— On l'appelle la diarrhée verte. Elle sévit à Québec depuis quelques semaines.

— Des morts?»

Le docteur Bellemare pencha la tête et poussa un long soupir. Victoire appréhendait le pire.

«Des survivants, aussi, se hâta de préciser le médecin, inquiet pour la survie du bébé et le moral des parents qu'il savait déjà très éprouvés.

— Qu'est-ce qu'il faut faire, docteur? s'enquit Victoire, saisie de l'urgence d'agir. Parce que, enchaînat-elle d'une voix étouffée, il ne faudrait pas qu'on en perde un autre...»

Le médecin insista sur l'allaitement comme ultime recours.

«Je ne pourrai pas, j'ai dû cesser le mois dernier, dit-elle, éplorée.

— J'ai ce qu'il faut pour vous aider, ma petite dame, à condition que vous ne soyez pas enceinte.

— Il n'y a pas de doute, docteur. J'ai des signes dès le début de mes grossesses.»

Après avoir donné ses instructions aux deux employés de la cordonnerie, Victoire alla s'isoler avec son enfant. Il ne fallait pas que la maladie se transmette aux trois autres. C'est dans une des chambres libres du deuxième étage que, de la porte entrouverte, Thomas la vit, en larmes, près de son fils devenu méconnaissable.

«Garde confiance, Victoire, il ne mourra pas, celui-là. Il va vivre et il va aller loin, à part ça», dit Thomas, peiné de ne pouvoir caresser le front du petit Napoléon, cet enfant qu'il croyait marqué par un destin particulier.

Les semaines qui suivirent furent des plus pénibles. L'enfant donnait espoir quelques jours pour retomber plus bas le lendemain. Les deux plus jeunes, âgés de deux et de trois ans, réclamaient leur mère, et Oscar, à l'aube de ses dix ans, rechignait contre l'obligation qui lui avait été faite d'amuser ses jeunes frères. Il préférait de beaucoup la compagnie de son grand-père qui lui avait permis de choisir les arbres qui bordéraient l'allée tracée de la rue principale jusqu'à l'escalier de leur demeure. Oscar insistait pour travailler avec lui à orner le parterre des nombreux îlots de fleurs. Les connaissances et le bon goût qu'il avait manifestés en alternant érables, tilleuls et pommiers lui avaient mérité les éloges de la famille et de plusieurs clients du magasin. Georges-Noël l'aurait cru prédisposé à l'agriculture si Oscar n'avait aussitôt corrigé ses perceptions:

«J'aimerais être un jardinier à longueur d'année, mais je ne suis pas intéressé à jouer au cultivateur plus d'une semaine par été.»

Victoire avait dû faire comprendre à son fils aîné qu'elle avait besoin de lui pour continuer de donner les soins requis à «une des plus belles fleurs de la terre», son petit frère. Et lorsque l'enfant succomba, au cœur du mois d'août, Oscar s'isola sur la galerie et regarda le parterre, déçu de n'y trouver qu'un mince réconfort. Les glaïeuls lui semblaient moins majestueux et les dahlias moins luxuriants qu'il ne les avait perçus avant la mort de son petit frère. Il les aurait même tous sacrifiés, y compris les arbres, pour que Napoléon survive et pour ne plus voir pleurer son père et sa mère.

* *
*

Affligé et révolté, Thomas avait décidé d'exorciser son esprit de toutes les «supercheries de la Siffleux. Une vendeuse de menteries...», concluait-il, en pensant aux deux autres prédictions, soit la mort de son père et la présence d'une autre femme dans sa vie amoureuse. Celle que déchirait cette sixième mort d'enfant méritait un amour sans partage.

Ce deuil et l'absence de Ferdinand, dont il lui arrivait souvent d'évoquer le souvenir, accablaient Victoire à un point tel qu'elle perdait le goût au travail et ne retournait à la cordonnerie que pour encourager les employés, voir à ce qu'ils ne manquent de rien et s'assurer que les délais d'expédition des marchandises soient respectés. Depuis la maladie du petit Napoléon, une aide additionnelle, la jeune Émérise Desaulniers, fille du franc-tireur Alexis Desaulniers, avait été engagée et faisait son apprentissage sous la gouverne de Florentine et de son frère. Pour l'avoir entendue lui répéter que rien comme son travail de cordonnière ne cicatrisait mieux ses blessures, Thomas s'inquiétait de cette démission de la part de Victoire.

«Je veux profiter de la fin de l'été pour m'occuper un peu plus des enfants, expliqua-t-elle. Puis, j'ai besoin des quelques beaux jours de chaleur qui restent pour refaire mon plein d'énergie.»

Rassuré, Thomas allait redescendre au magasin lorsqu'elle ajouta:

«Mais je t'avoue que j'aurais tout autant besoin de me changer les idées... Si Georgiana pouvait donc venir passer une semaine ou deux...»

Consulté, le docteur Bellemare déconseilla fortement la venue de la jeune veuve dans la région de Yamachiche: «C'est trop risqué pour ses deux enfants. Pas avant les grands froids», recommanda-t-il. La trouvant fort déçue, Thomas proposa qu'ils aillent célébrer leur douzième anniversaire de mariage en tête à tête, à un endroit de son choix. Venant de son mari, cette initiative valait plus que tous les cadeaux qu'il eût pu lui offrir. Victoire n'avait cessé, depuis deux ans, d'espérer un rapprochement, et cette proposition leur en donnait la possibilité.

«À Trois-Rivières, à l'hôtel de ton oncle, suggéra-t-elle, l'enthousiasme faisant briller son regard d'une nouvelle flamme.

— Pourquoi pas à Montréal, puisque tu es prête à confier les enfants à Marie-Ange pour toute une nuit? proposa Thomas qui craignait que Victoire ne voulût, par la même occasion, rendre visite à Mme Dorval.

— Non, pas maintenant. Je préfère partir comme ça, le midi, et revenir avant le souper du lendemain», affirma-t-elle, ignorant l'embarras dans lequel elle plaçait son mari.

Le 14 octobre venu, dès que le soleil pointa ses premiers rayons à travers les draperies de velours de sa chambre, Victoire se glissa hors du lit et, avec d'infinies précautions, sortit de sa garde-robe quelques ensembles qu'elle revêtit l'un après l'autre avant de fixer son choix sur un tailleur marron. Devant le miroir qu'elle avait longuement consulté, elle s'arrêta soudain, frappée par un souvenir qui la remplit d'une profonde nostalgie. Vingt-cinq ans s'étaient écoulés, déjà, depuis ce matin de la fin de juin où, de retour du pensionnat, s'étant faite belle pour aller surprendre son grand-père, elle avait fait la connaissance de Georges-Noël. «Il n'avait pas encore ses quarante ans», pensa-t-elle, se rappelant la fascination qu'avaient exercée sur elle le bleu de ses yeux et la douceur de sa voix. Il lui semblait encore l'entendre lui demander: «Voulez-vous monter, jeune fille?» À quelques heures de ce congé, Victoire éprouvait une joie comparable à celle qu'elle avait ressentie à s'imaginer aux côtés de ce charmant inconnu.

Au moment du départ, les pleurs de ses fils, mais plus encore la mine sérieuse de son mari dissipèrent son euphorie. Thomas lui sembla nerveux, contrarié même.

«Tu aimerais mieux qu'on aille un autre jour? lui demanda-t-elle.

— Non, non. Ça va.

— On dirait qu'il y a quelque chose qui te tracasse.»

Thomas expliqua son agacement par le fait que la ville de Trois-Rivières lui était si familière que cette sortie perdait de son charme.

«Mais, l'important, c'est que cela te fasse plaisir», conclut-il, exhortant son épouse à ne pas s'inquiéter.

Victoire, élégante dans son tailleur de lainage, cachait sous sa voilette noire des yeux brillants de bonheur.

«Mon tour est enfin venu de le prendre ce train que je vois passer sous mon nez depuis près de dix ans», dit-elle à Thomas qui en avait tellement l'habitude que les préposés le saluaient avec une familiarité de bon aloi.

Observant le profil qui se dessinait sur la vitre du wagon, elle constatait avec émerveillement que, plus son mari vieillissait, plus il ressemblait à Georges-Noël. Dans un élan de tendresse, elle posa sa main sur son genou.

«Tu es contente de prendre congé? lui demanda-t-il, visiblement moins euphorique.

— Je suis heureuse surtout de me retrouver seule avec toi pour vingt-quatre heures», répondit-elle, cherchant dans le regard de son mari une flamme amoureuse.

Thomas lui sourit et se détourna aussitôt. Lorsque la locomotive passa devant un îlot de conifères, son visage réapparut sur la vitre, mélancolique, inquiet. En moins d'une demi-heure, le train allait les déposer à la gare de Trois-Rivières.

«Qu'est-ce que tu souhaiterais pour les douze prochaines années?» lui demanda Victoire, consciente que leur amour avait pu souffrir des nombreuses épreuves qu'ils avaient eu à traverser depuis leur mariage.

Pris au dépourvu, Thomas se frotta le visage, campa son menton au creux de ses mains et réfléchit, le regard fixe devant lui.

«Que tu sois toujours à mes côtés, aussi admirable que tu l'as toujours été», déclara-t-il, allant, à son tour, chercher sa main pour la presser dans la sienne.

Profondément touchée, Victoire ferma les yeux pour mieux graver dans sa mémoire ce qu'elle tenait pour un des plus beaux serments d'amour de son mari.

«J'en souhaite tout autant», dit Victoire sans qu'il eût à lui retourner la question.

De son regard attendri, Thomas l'incita à poursuivre.

«Tu ne penses pas que notre temps est venu de vivre de bonnes choses, nous aussi? ajouta-t-elle.

— J'en suis à me demander si on n'est pas forcé de se battre tant qu'on est en vie, répondit-il, visiblement préoccupé.

— Je pense que oui. Mais tu sais comme moi qu'il est bien plus intéressant de se battre pour la vie que de se battre contre la mort... comme on l'a fait tant de fois en douze ans.»

Thomas acquiesça de la tête. Déjà retentissait le sifflement du train qui entrait à Trois-Rivières. Il sentait l'étau se resserrer autour de lui, coincé par les questions de Victoire et angoissé par l'éventuelle visite au magasin de la veuve Dorval.

À quelques pieds de la gare, l'engin se cabra sous les manœuvres de freinage et hurla à pleine sirène. Du côté nord de la voie ferrée, une gare surmontée de cinq lucarnes et pourvue d'une véranda sur toute sa façade reflétait la prospérité et le bon goût. Devant le quai régnait une agitation fébrile. En file, les chevaux des charretiers piétinaient d'impatience. De plus en plus nerveux, Thomas échappa tour à tour son foulard et ses gants. Offusqué de l'éclat de rire de son épouse, aussitôt que le train se fût immobilisé, il s'empressa de se frayer un chemin vers la sortie, si assuré qu'elle le suivait que, sans regarder derrière lui, il prit la main d'une dame qui lui résista. «Oh! Excusez-moi», dit-il, confus, sous le regard amusé de Victoire.

À la descente du train, des hommes le saluèrent et se décoiffèrent pour s'incliner devant Victoire. De nombreuses voitures attendaient devant la gare, à moitié chargées soit de bois, soit de foin, ou encore de charbon, mettant des places à la disposition des voyageurs moins fortunés. Les cochers rivalisaient d'entregent pour celui qu'ils reconnaissaient.

«Par ici, monsieur Dufresne. De la belle visite! s'exclama l'un d'eux, fier d'aider la jolie dame à prendre place sur le siège arrière de la calèche.

— C'est ma femme, précisa Thomas, flatté des attentions accordées à Victoire. Rue des Forges», intima-t-il au conducteur.

Se tournant vers sa compagne, Thomas la prévint de la surprise qui l'attendait au terme des vingt minutes de trajet qui les séparaient du centre de la ville.

«Donne-moi des indices, demanda-t-elle, complice de la jovialité que manifestait son mari.

— De quoi te donner une envie folle de dépenser... Puis des gens que t'as des grosses chances de reconnaître...»

Victoire retrouvait son euphorie du matin.

La rue des Forges était une artère grouillante d'activités. Bordée de chaque côté par des commerces, elle attirait les clients avec son large trottoir de bois, les divers coloris de ses auvents et la multiplicité de ses panneaux-réclames et enseignes.

«C'est le château fort des commerçants canadiens-français, dit Thomas.

Attirée par l'enseigne de la librairie Ayotte, Victoire n'avait pas remarqué l'écriteau affichant, en gros caractères, PH. E. PANNETON, au-dessus de la porte. Thomas ordonna au charretier d'arrêter ses chevaux.

«Pourquoi descendre ici? demanda-t-elle.

— Parce que c'est par ici qu'on commence, ma belle.»

Il glissa dans la main du conducteur de quoi le satisfaire, tendit le bras à Victoire et lui dit, jouant le gentilhomme:

«Ceci est un magasin de nouveautés, madame Dufresne.»

Victoire aurait aimé s'attarder davantage à chaque article pour en apprécier l'originalité et la qualité, mais Thomas la prévint que leur programme était chargé et que les commerces voisins risquaient de susciter tout autant son intérêt. Devant les présentoirs de livres de la librairie Ayotte, elle ne sut où donner de la tête:

«Je les achèterais tous, dit-elle, avec le sentiment d'être à peine plus âgée qu'Oscar.

— Tu pourrais peut-être ouvrir une librairie, suggéra Thomas. Comme ça, tu pourrais tous les lire, sous prétexte de mieux conseiller tes clients», ajouta-t-il sur un ton espiègle.

Victoire ne l'avait pas vu badiner depuis..., elle n'aurait su le dire.

«Viens en arrière, j'ai d'autres choses à te montrer», dit-il.

Deux larges portes donnaient sur un local où s'entassaient des appareils qu'elle n'avait encore jamais vus.

«Ce sont les presses du journal *Le Trifluvien*, lui apprit Thomas. C'est celui qui a donné le plus d'espace à notre poursuite contre la compagnie de chemin de fer.»

Fascinée par l'efficacité de ces appareils, Victoire souhaitait qu'Oscar vînt les voir à son prochain congé. Juste à côté, la biscuiterie Godin lui inspira l'idée de rapporter quelques friandises à Georges-Noël et aux enfants. Mais le côté ouest, et non le moindre, de la rue Notre-Dame restait à découvrir. Thomas avait vu juste: comme une enfant devant un manège, Victoire ne voulait rien perdre des opérations d'empesage et de pressage de la buanderie chinoise. Séduite par le chic des chemises traitées selon une méthode qui lui était tout à fait inconnue et sur laquelle elle prit maintes informations, elle annonça à Thomas:

«À partir de la semaine prochaine, les hommes de ma maison porteront eux aussi des chemises au col et aux poignets amidonnés.»

Thomas sourit et suivit sa femme qui se dirigea vers la porte voisine que chapeautait une inscription en grosses lettres rouges: MAGASIN GÉNÉRAL DORVAL. Avant que Victoire ne saisît la clenche de la porte, il attira son attention sur la vitrine, la défiant de trouver où ses chaussures étaient exposées. Le nez écrasé sur la vitre, Victoire remarqua d'abord la jeune et imposante dame qui s'entretenait avec un client.

«C'est elle, Mme Dorval, qu'on voit derrière le comptoir?

— Probablement, répondit Thomas qui s'était détourné.

— On n'entre pas la saluer?

— Elle me semble occupée, prétexta-t-il, secoué par un trac insurmontable. On passera plutôt demain avant de reprendre le train.»

Il s'était éloigné de quelques pieds déjà lorsqu'il la pressa de le rejoindre:

«Il faudrait faire vite si on veut se rendre à la prochaine boutique avant qu'elle ferme.

— Qu'est-ce qu'elle a de particulier?

— Tu vas voir.»

Tous deux pressèrent le pas, alors que Thomas s'efforçait de ne pas se laisser distraire par la pensée de Mme Dorval qu'il n'avait pas vue depuis sa tentative de séduction.

«C'est ici, dit-il en arrivant devant une vitrine où balais, chaises et meubles étaient disposés avec soin. Ce commerce appartient à une famille qui aurait déjà habité Yamachiche et qui en vit largement, semble-t-il.»

Victoire leva la tête et aperçut, écrit en lettres sculptées: MANUFACTURE GÉLINAS. Au même moment, Narcisse, son ancien amoureux, sortit avec un client qu'il aida à embarquer dans sa voiture l'armoire qu'il venait de lui fabriquer.

«Mais... mais je ne rêve pas! s'exclama Narcisse. Trois-Rivières en a de la chance aujourd'hui!»

Victoire comprit que son ancien soupirant n'avait perdu ni de son humour ni de son charme.

«Puis-je?» demanda-t-il à Thomas avant de poser un genou par terre devant la dame de ses rêves.

En d'autres circonstances, Thomas se serait amusé de ces gestes grandiloquents, mais pas ce jour-là. Sentant son agacement et devançant sa réaction, Victoire supplia Narcisse de se relever.

«Il semble que la ville n'a pas trop abîmé ton caractère..., fit-elle remarquer.

— Y aurait pas fallu, non plus! Et toi? Toujours aussi habile que jolie, d'après ce que j'ai pu voir dans le magasin de la veuve Dorval...

— Ça nous fait toujours un petit velours que des gens de chez nous réussissent», lui répondit-elle, son attention attirée par les meubles exposés dans la vitrine.

Narcisse lui apprit que ses frères et lui avaient eu de quoi nourrir leurs familles pendant plus d'une dizaine d'années, mais qu'avant longtemps ils devraient trouver une autre source de revenus.

«Les familles n'arrêtent pas de grossir... Et toi, tu as combien d'enfants? s'informa-t-il.

— Sur les neuf, il nous reste trois garçons, répondit Victoire d'une voix lasse de trop de deuils.

— J'ai su, dit Narcisse. Nous aussi, on en a perdu...

— Il faudrait bien filer», observa Thomas en passant son bras autour de la taille de sa femme.

Victoire comprit son geste et tendit la main à Narcisse qui la retint et déposa un baiser sur sa joue avant de lui dire un au revoir chaleureux.

«Tu m'avais annoncé des surprises, dit-elle à son mari, mais je ne me serais pas attendue à revoir un de mes anciens prétendants.

— On aurait deviné à moins», répliqua Thomas, ombrageux et pressé de s'engager dans la rue Saint-Antoine.

Le couple marcha en silence jusqu'à la rue Du Fleuve où Victoire fut étonnée de voir de longs poteaux surmontés de minuscules cylindres d'où partaient des fils qui allaient en rejoindre un autre quelque trente pieds plus loin.

«C'est mon oncle Théodore qui a fait installer l'électricité dans son hôtel. Tu devines que, sitôt que les propriétaires des deux autres hôtels voisins ont appris la chose, ils en ont voulu, eux aussi. C'est comme ça que la rue Du Fleuve s'est retrouvée tout entière éclairée à l'électricité.»

Thomas attira l'attention de Victoire sur le prestigieux édifice de quatre étages dont l'une des trois parties de la façade, dotée de lucarnes, semblait de construction plus récente. Sur toute la devanture de brique, entre le deuxième et le troisième étage, étaient peintes des lettres de dimension impressionnante et qui mettaient en relief la série de balcons attenants à chacune des chambres.

«C'est ça, l'hôtel Dufresne? Je n'aurais jamais pensé que ça pouvait être aussi gros!

— C'est d'abord l'édifice aux cinq lucarnes que mon oncle Théodore a fait construire. Ensuite, il a acheté celui d'à côté pour offrir des salles d'exposition aux commis voyageurs qui voulaient montrer leurs marchandises, puis il a fait construire, sur la droite, la partie la plus recherchée pour sa vue directe sur le fleuve.

— L'intérieur est aussi luxueux que l'extérieur?

— Attends de voir notre chambre!» répondit Thomas, le torse bombé et l'œil pétillant de fierté.

À lui seul, le hall de l'hôtel, avec ses lustres aux centaines de bougies électriques, la médusa.

«Mon oncle est allé les acheter aux États-Unis, pour faire plus chic», expliqua Thomas.

La salle à manger, de style victorien, devant laquelle ils passèrent avait de quoi exciter tous les sens. Le garçon de service s'arrêta devant une des nombreuses portes qui se succédaient le long du corridor au tapis moelleux, celle qui, intentionnellement, portait le numéro 12. Lorsqu'il tourna la clé dans la serrure, Victoire sentit l'émotion la gagner. La porte s'ouvrit sur une immense pièce garnie de meubles de style plutôt rococo au centre de laquelle un lit à baldaquin couvert d'un édredon de satin bordeaux trônait, majestueux. «C'est ici qu'on aurait dû venir pour notre nuit de noces», pensa-t-elle, éblouie. Le scintillement des chandeliers accrochés aux quatre murs de la chambre ajoutait à la féerie du décor. Les gestes guidés par l'impression soudaine que cette femme extasiée était destinée à la vie de château, Thomas s'empressa de lui retirer son manteau, lui avança un fauteuil et l'y fit asseoir avec une grâce propre aux seigneurs que Victoire avait eu l'occasion de connaître dans son enfance. De galanteries en jeux de séduction, Thomas se fondit dans l'enchantement du moment et transporta sa bien-aimée dans une extase amoureuse comme elle en avait rarement connue dans ses bras.

N'eût été l'obligation de se rendre à la salle à manger avant sept heures, les amants retrouvés auraient prolongé ces moments d'amour, de tendresse et de quiétude, de peur qu'il ne leur soit plus donné de les revivre. Étrangement, dès qu'ils eurent quitté leur chambre et pris place dans la somptueuse salle à manger, leur conversation se fit banale. Le silence eût été plus confortable. Leurs regards, à eux seuls, parlaient de cette intimité retrouvée que les mots venaient profaner. Thomas risqua quelques réflexions sur les activités de cet hôtel pendant que Victoire, nostalgique, regardait passer les dames dans leurs élégantes tenues de soirée.

«Avec mon collet de renard ou ma collerette de vison, je ferais tourner autant de têtes que ces grandes dames», dit-elle.

Au même moment, elle crut reconnaître Mme Dorval qui se dirigeait vers la salle de danse, élégante à souhait, escortée d'un galant monsieur.

«Tu as remarqué les meubles du *loundge*? dit Thomas qui cherchait à attirer l'attention de Victoire dans une autre direction. Mon oncle les a achetés à New York.»

Pleinement imprégnée de l'atmosphère romantique de cette salle, elle n'avait que faire des achats de Théodore Dufresne.

«Tu ne pourras jamais deviner de quoi j'aurais envie...», dit-elle d'un ton enjoué et prête à passer à l'action.

Thomas attendit en silence la réponse qu'il redoutait.

«D'aller danser.»

Tout en lui se cabrait à l'idée de se retrouver sur la piste de danse et il ne put dissimuler son malaise.

«Tu serais mal à l'aise?» demanda Victoire, curieuse d'en connaître la cause.

Thomas ne souhaitait plus que retourner à leur chambre, affolé à la pensée que Mme Dorval le repérât.

«Je n'ai jamais été un très bon danseur, allégua-t-il. Puis, compte tenu de tout ce qui nous reste à voir demain avant-midi, il vaudrait peut-être mieux que nous allions dormir, ajouta-t-il, suppliant.

— Mais on n'est pas venus ici pour dormir», riposta Victoire, prête à danser avec quiconque viendrait l'en prier.

Thomas dut lui promettre de lui réserver d'autres sorties de ce genre pour qu'elle renonçât à son idée et qu'elle acceptât de se glisser sous les couvertures avec lui. Elle tarda à s'endormir auprès de l'homme qui, devina-t-elle, simulait le sommeil pour échapper à ses questions. Et, comme elle avait souscrit à cette escapade pour se distraire, pour s'accorder du plaisir, inspirée par ce décor d'un goût d'ailleurs, elle laissa courir son imagination sur tout ce que sa vie aurait pu être dans un autre contexte et dans un autre siècle que ce XIXe siècle qui tirait à sa fin. «Serai-je de ceux qui assisteront à la naissance de l'autre? Quinze ans, c'est si long quand on regarde en avant, et si court quand on regarde derrière» pensa-t-elle, loin de soupçonner qu'à ses côtés un homme de trente ans ne parvenait pas à se projeter jusqu'au lendemain soir sans trembler, tant la pensée de voir apparaître la jeune veuve le troublait.

Prendre le temps de déguster un copieux déjeuner et s'attarder à chacun des endroits à visiter de sorte qu'il ne reste plus un instant pour retourner au magasin de Mme Dorval, telle fut la décision de Thomas après nombre de supputations et de mises en scène plus ou moins compromettantes. Enfin, la respiration de Victoire devint plus lente et régulière, et il put soulager ses membres ankylosés. Le lendemain matin, alors qu'il flânait intentionnellement au lit, il fut agréablement surpris de constater que Victoire y prenait le même plaisir.

«J'y passerais l'avant-midi, dit-elle en s'enfonçant dans le matelas. Pourquoi on ne se ferait pas apporter notre déjeuner à la chambre?

— Mais quelle bonne idée!» s'exclama Thomas.

Plus ravi qu'il ne le laissa voir, il fit le nécessaire, annonçant qu'il aimerait lui faire visiter le palais de justice et la terrasse Turcotte avant de reprendre le train. Ce à quoi elle acquiesça.

«Puis, j'aimerais bien passer saluer Mme Dorval, s'il restait du temps, dit-elle.

— Bien sûr! s'empressa de répondre Thomas, honteux de s'entendre mentir aussi allègrement.

— Je crois même l'avoir aperçue, hier soir...

— Ça m'étonnerait, répliqua Thomas soudain pressé de mettre de l'ordre dans la chambre. Avec son commerce et ses trois jeunes enfants, je ne pense pas qu'elle trouve le temps de courir les hôtels.

— Un homme qui sous-estime le talent des femmes

risque gros de se faire piéger..., mon cher mari», dit-elle avec une sorte d'insolence qui sentait la provocation.

Thomas feignit de n'avoir pas entendu, tentant de déjouer sa ruse en multipliant les courtoisies à son égard. Il se sentait encore sous l'effet du vertige dans lequel ses propos l'avait plongé lorsqu'ils s'engagèrent dans la rue Saint-Charles, en direction du palais de justice.

«C'est ici qu'on a plaidé pour ton frère, la première fois, dit Thomas qui s'était arrêté devant l'imposant édifice de pierre surmonté d'un dôme arborant une horloge dont la sévérité évoquait le gravité des lieux. Comme de grands squelettes abandonnés, les érables qui bordaient la rue conféraient, à leur tour, une allure glaciale à ce bâtiment de trois étages pourtant enjolivé d'un portique à colonnes finement sculptées.

«Tu vois, là-bas, la rue qui vient couper celle-ci? demanda Thomas. C'est la rue Hart où habitait Lady Marian.

— Sa maison est-elle demeurée telle quelle ou Nérée l'a modifiée?

— Telle quelle. Nérée n'est pas sûr de la garder. Sa blonde dit ne pas se sentir bien entre les murs d'une maison de...

— Tu ne vas pas prétendre, toi aussi, qu'elle s'est suicidée», protesta Victoire au moment où, pénétrant dans le palais de justice, ils furent happés par l'agitation qui régnait dans le grand hall d'entrée.

Thomas se fraya un chemin, entraînant Victoire vers la salle où s'était tenu le premier procès.

«À quelle cause devez-vous témoigner? leur demanda un préposé en uniforme de gendarme.

— Nous ne venons que pour visiter, expliqua Thomas.

— Dans ce cas, vous vous en tenez à ce hall. Toutes les salles d'audience sont occupées, ce matin.

— Y en aurait pas une qui serait sur le point de se libérer? demanda Thomas qui avait prévu couler une bonne demi-heure dans cet édifice.

— Personne n'est en mesure de vous répondre là-dessus, monsieur.

— On aura bien l'occasion de revenir, fit valoir Victoire, pour atténuer la déception de son mari. Il fait si beau dehors, aussi bien en profiter», ajouta-t-elle, le bras accroché au sien, prête à franchir la porte de cet édifice dont l'ambiance l'incommodait.

Le couple déambula sans hâte sur le bord du fleuve avant de s'acheminer vers la terrasse Turcotte qui les accueillit sous son arche formée des branches entrecroisées de saules et d'érables, strictement réservée aux piétons. À son extrémité, une résidence de style victorien s'étendait jusqu'au fleuve avec son impressionnant belvédère encore garni de tables, de parasols et de fauteuils d'un grand chic. Une flottille de petites embarcations se mêlait au mouvement du traversier, des goélettes et des océaniques. Ravie, Victoire contemplait le panorama en silence.

«Il se donne des concerts ici, l'été, dit Thomas.

— Ce doit être de toute beauté! Il faut qu'on revienne et qu'on emmène Oscar, la prochaine fois.»

Thomas ne dit mot. Victoire prit sa main et marcha lentement à ses côtés. Il lui sembla humer l'arôme du bonheur. Les somptueuses résidences que protégeait une clôture de fer forgé bellement ciselée l'y conviaient.

Le couple allait s'engager dans la rue des Ursulines, là même où le seigneur René Godefroy de Tonnancour avait fait construire son premier manoir, en 1722, quand Thomas constata, en retirant sa montre de la poche de son veston, qu'ils n'avaient plus une minute à perdre. Il fallait vite trouver un charretier qui les conduisît à la gare en faisant galoper son cheval dans toutes les rues qui l'y autorisaient.

— Je ne voudrais pour rien au monde manquer ce train, dit Victoire, un peu anxieuse, alors que son mari goûtait aux premiers instants de quiétude de ce voyage.

— Ne t'en fais pas, il ne partira pas sans nous», lui promit Thomas ragaillardi.

Des travailleurs se bousculaient à l'entrée de la gare. Le couple Dufresne les laissa prendre de l'avance, peu désireux de se retrouver mêlé à cette cohue. Le dernier wagon leur offrit cette oasis qui permit à Thomas de récupérer une partie de sa nuit et à Victoire de s'en consoler en laissant son imagination vagabonder parmi les images que cette tournée gravait dans sa mémoire.

* *

*

Les bambins ménagèrent au couple un accueil délirant, sauf Oscar dont l'air chagriné les inquiéta.

«Ton grand-père est au magasin? demanda Victoire.

— Non. Il est dans sa chambre», répondit le garçon, le regard mystérieux.

À peine Thomas et son épouse avaient-ils quitté Yamachiche que Georges-Noël recevait la visite impromptue du docteur Rivard. Justine était décédée.

Alerté par des voisins de la veuve Héroux, le médecin n'avait pu intervenir à temps. «On dirait une syncope», avait déclaré le docteur à son cousin et ami Georges-Noël qui, la semaine précédente, avait parlé de mariage pour le dernier mardi de décembre.

Une fois de plus, le destin se montrait cruel envers cet homme au début de la soixantaine. Les amours permises désertaient son existence en leurs moments les plus forts, alors qu'il côtoyait l'interdit jour après jour. Dans la mort de Justine qu'il avait appréciée trop tard, l'inéluctable venait lui assener un autre coup.

«Il me reste mes petits-enfants, confia-t-il à Victoire venue le consoler. Heureusement que tu es là, avec les tiens, ceux de Ferdinand sont si loin et je les vois si peu souvent.

— On sera toujours avec vous, et peut-être encore plus nombreux que nous ne le sommes maintenant», lui révéla Victoire qui avait le sentiment, depuis cette nuit passée à l'hôtel Dufresne, que Thomas souhaitait voir naître d'autres enfants de leur union.

À partir de ce jour, Georges-Noël cultiva avec Oscar une complicité telle que Victoire redouta pour l'un comme pour l'autre une inévitable séparation.

«C'est à croire qu'il n'a pas de père, avait-elle fait remarquer à Thomas qui accordait de moins en moins de temps à sa famille.

— Si on peut finir par régler la cause de ton frère, tu vas voir que du temps puis de la bonne humeur, je vais en avoir à revendre. C'est ça qui me tracasse et qui m'oblige à travailler pour deux, avait-il expliqué. Si on perd une fois de plus, inutile de penser récupérer l'argent du prêt ni les frais de cour. Pas un sou!»

Victoire lui avait alors proposé, pour le libérer de toute inquiétude financière, de retirer les sommes dont elle disposait et qui dormaient dans un coffre de sûreté chez le notaire. Thomas préférait attendre le dernier jugement pour considérer cette offre. La convocation arriva, fixée pour le 5 février 1886. Dès lors, Thomas Dufresne, les avocats Duplessis et Desaulniers, contrairement à Louis Du Sault, furent conscients qu'il n'y avait pas que les mille dollars en jeu dans cette poursuite. Leur honneur, leur réputation et leur avenir en dépendaient. Un renversement du dernier jugement pourrait définitivement consacrer la carrière de deux jeunes avocats et permettre au soutien financier de la victime de poursuivre un projet né de cette aventure et dont il n'avait encore informé ni Victoire ni Georges-Noël.

Lorsque, le 5 février au matin, Louis Du Sault et ses partisans aperçurent maître Arthur Olivier, l'avocat de la compagnie de chemin de fer, ils n'en crurent pas leurs yeux.

«C'est louche, cette affaire-là, fit Georges-Noël.

— C'est de bon augure, riposta Thomas. Si la compagnie a été réduite à prendre un Canadien français comme avocat, c'est que pas un Anglais ne prévoit que le jugement de la Cour de révision sera maintenu.

— Ça peut être juste pour nous jeter de la poudre aux yeux, commenta Louis.

— Ou bien ils veulent nous écraser sur notre terrain, enchérit son fils.

— Je me demande qu'est-ce qui l'amène ici, dit Georges-Noël qui connaissait maître Arthur Olivier comme un des plus habiles et des plus impitoyables plaideurs.

— L'argent. Rien que l'argent», lui répondit Thomas.

L'ordre fut donné à l'assistance de se lever pour accueillir le juge.

«L'affaire est dans le sac», chuchota Georges-Noël en reconnaissant le juge Caron.

Thomas allait lui demander le sens de sa réflexion quand, de trois coups de maillet, le magistrat imposa le silence et annonça l'ouverture de la séance. Maître Duplessis se présenta le premier pour plaider avec brio que l'entente conclue entre Louis Du Sault et son beau-frère concernant le partage des sommes obtenues de la Compagnie du Chemin de fer du Nord ne faisait pas l'objet de la cause entendue à la Cour supérieure le 16 février 1885 et que, pour cette raison, la décision de la Cour de révision devait être renversée en faveur de son client. Maître Olivier s'empressa de riposter, arguant que le demandeur, Thomas Dufresne, en couvrant les frais de la poursuite, n'avait droit à aucune compensation, les bâtiments ayant subi des dommages lors de l'incendie ne lui appartenant pas et que, de ce fait, Louis Du Sault devrait entamer un nouveau procès contre la Compagnie du Chemin de fer du Nord pour obtenir des dommages-intérêts. Thomas jeta un regard vers son beau-frère et comprit, à ses épaules affaissées et à son air déconfit, qu'il y renoncerait plutôt que de se voir dans l'obligation de tout recommencer. Les plaidoiries se poursuivirent une heure durant, sans que le juge manifestât la moindre impatience, contrairement aux alliés de Louis qui estimaient pure perte de temps l'imbroglio dans lequel maître Olivier tentait de l'entraîner. Louis, n'ayant été interpellé en aucun moment, poussa un profond soupir de soulagement lorsque le juge, après s'être retiré pour délibérer, revint et annonça:

«Considérant qu'il y a eu erreur dans le jugement rendu par la Cour supérieure siégeant en révision à Québec, le trentième jour de juin mil huit cent quatre-vingt-cinq.

«Considérant que le prétendu contrat prohibé, mentionné dans ledit jugement en révision, comme ayant eu lieu verbalement entre l'appelant, Louis Du Sault, et Thomas Dufresne, son beau-frère, n'est pas celui d'où découle la présente action.

«Considérant que ledit prétendu contrat n'a pas été plaidé spécialement par ladite Compagnie du Chemin de fer du Nord, intimée.

«Considérant que d'après la preuve faite dudit prétendu contrat entre beaux-frères, il n'y a pas là un contrat qui ait l'effet d'après nos lois de détruire le droit d'action du présent appelant.

«Cette cour casse et annule ledit jugement de la Cour de révision, et rendant le jugement que ladite cour aurait dû rendre, maintient le jugement prononcé en première instance, par la Cour supérieure, aux Trois-Rivières, le seize février mil huit cent quatre-vingt-cinq.

«Condamne ladite Compagnie du Chemin de fer du Nord à payer au demandeur, Louis Du Sault, appelant, pour les causes susdites, la somme de sept cent soixante-cinq piastres, avec intérêts du seize février mil huit cent quatre-vingt-cinq, et les dépens tant de la Cour supérieure en première instance et en révision que ceux du présent appel.»

Qui vit Thomas Dufresne se réjouir de la décision rendue n'aurait pu deviner que son esprit était déjà tourné vers le projet que cette victoire lui permettrait de réaliser.

CHAPITRE IX

Il n'était pas encore sept heures qu'une centaine d'hommes étaient rassemblés devant le Magasin général Dufresne. Une soirée chaude, comme il s'en présentait peu en septembre, semblait stimuler l'effervescence de la foule. Deux clans, arborant des bannières et criant des slogans, s'étaient formés de chaque côté de l'allée jusqu'au bas de la galerie sur laquelle tous les regards étaient braqués.

À l'intérieur de la maison, trois hommes de générations différentes trépignaient. Planté devant une fenêtre du salon, Georges-Noël rendait compte des moindres déplacements des partisans, pendant que Victoire, à quelques semaines de son dixième accouchement, aidait Thomas qui s'impatientait contre le col amidonné de sa chemise. Plus frénétique que les deux autres, Oscar, qui devait quitter le foyer le lendemain pour une année d'études au *High School* de Trois-Rivières, déplorait le fait qu'il assistait pour la dernière fois au discours électoral des candidats à la mairie. Ces débats oratoires le passionnaient autant qu'ils avaient enflammé son grand-père qui avait été élu maire de Pointe-du-Lac à peine entré dans la trentaine.

«C'est mon père qui va gagner, prédisit Oscar, séduit par les promesses de progrès de Thomas pour sa municipalité.

— Pas si sûr! répliqua Georges-Noël, toujours devant la fenêtre. Certaines des idées de ton père ne peuvent pas plaire à tout le monde, sans compter que le procès contre la compagnie de chemin de fer a fait bien des jaloux...»

Éprouvant pour Thomas une admiration à la mesure de ses succès, tant dans cette cause que dans ses affaires, Oscar défia son grand-père:

«Je vous gage une piastre que c'est chez le maire de Yamachiche que je vais venir passer mon prochain congé.»

Et, se tournant vers sa mère:

«Qu'en pensez-vous, maman?

— Il n'y a rien de plus traître que la politique», répondit-elle, peu enthousiaste.

Victoire savait tout ce qu'elle risquait de perdre si Thomas remportait l'élection. Les dix-huit mois de paix, de jovialité et de tendresse qu'elle avait vécus depuis le dernier procès lui avaient apporté un bonheur tel qu'elle eût souhaité que Thomas renonce à tout projet qui pût le compromettre. «Je ne peux pas me résigner plus longtemps à voir plein de gens rester assis sur une mine d'or quand on pourrait l'exploiter», avait-il expliqué en lui faisant part de son intention de se présenter à la mairie. «Pas plus qu'un mandat. Juste le temps de mettre la machine en marche», avait-il promis en sollicitant son appui.

Après avoir jeté un dernier coup d'œil à sa tenue, Thomas sortit sur la galerie, aussitôt accueilli par une flambée de «THO-O-MAS-AS DU-U-FRESNE! THO-O-MAS-AS DU-U-FRESNE!» À l'euphorie qui le portait, à la verve qui lui venait spontanément devant une foule, Victoire craignait que son mari ne prît goût, et pour longtemps, à l'action politique.

«Mes chers concitoyens, ce rassemblement est à l'image de ce que sera notre municipalité dans quelques semaines, engagée et fière de ses réalisations», dit Thomas, encouragé par les applaudissements de ses nombreux partisans et chahuté par le petit groupe d'opposants entassés au fond de la cour.

Demeuré derrière la porte ouverte, Oscar se laissait griser par les propos impétueux de son père et par les acclamations qui les saluaient. Déjouant, par son physique et par sa maturité, les douze ans qu'il venait à peine d'atteindre, il se voyait, sur les traces de son père, soulever l'enthousiasme d'une foule avec des projets d'envergure.

«Accordez-moi votre vote et je vous promets, en retour, une municipalité à l'avant-garde de toutes les autres de la Mauricie, déclarait Thomas. Une paroisse qui sortira de ce siècle complètement transformée, des plus modernisées...»

«Hourra! Hourra! Hourra!» criaient les sympathisants, hués par les adversaires qui s'amenaient plus nombreux à mesure que la nuit descendait sur la campagne.

«Finis les aqueducs en bois qui ne desservent que les moulins à bois et quelques propriétaires! clamait Thomas. Nous amènerons l'eau partout au village, et non plus dans des conduites de bois, mais dans des tuyaux de fonte, comme dans les grandes villes.»

Une salve d'applaudissements fendit l'air.

«Avance-nous donc des chiffres, astheure, cria un adversaire. Dis-nous-le combien tes belles promesses pourraient nous coûter... Tu vas voir que tu vas perdre des joueurs, mon Dufresne.»

Des sifflements accompagnèrent cette provocation. Thomas attendit que le calme revînt, puis répondit:

«Tout a été calculé dans les moindres détails, mes chers amis. Moins de soixante-dix piastres pour les plus gros consommateurs, et pour aussi peu que huit piastres par famille, moyennant deux dollars pour un robinet supplémentaire...»

Une tempête de commentaires et de protestations couvrit sa voix.

«C'est toujours comme ça, marmonna Georges-Noël qui observait toujours la scène caché derrière le rideau. Les esprits s'échauffent aussitôt qu'il est question d'argent.»

Oscar demeurait optimiste.

«Ce n'est pas cher pour avoir l'eau à sa porte, dit-il, déterminé à ne pas se décourager. Puis ils vont tous comprendre quand papa va leur parler de son deuxième plan.»

Victoire, qui attendait que Candide et Marius soient prêts à aller au lit pour se joindre à eux, émit une opinion qui surprit et enchanta son fils:

«Si ton père se fait battre, ce n'est pas parce que ses idées ne sont pas bonnes ou qu'elles coûteraient trop cher à réaliser. C'est parce qu'il voit plus loin et plus grand que la majorité des gens de la place.»

Georges-Noël sentit un frisson lui traverser le dos. Le même que lorsque Thomas avait hésité à faire soigner Pyrus, quelques semaines auparavant, prétextant que, tôt ou tard, il faudrait bien se séparer de l'animal. Pour la deuxième fois, la menace d'un départ de la famille venait de surgir sans que le moindre dissentiment pût être décelé sur le visage de sa bru. Or, sachant que Victoire n'avançait rien qui n'eût été mûri et tiré d'une judicieuse observation, il devait s'attendre au pire. Une défaite à cette élection pouvait fournir à Thomas le prétexte idéal pour quitter la région afin de faire valoir ses talents de dirigeant dans un milieu plus ouvert, plus réceptif. Le spectre de la grande ville se dressa devant Georges-Noël et le terrifia au point de le distraire du discours qui, à l'extérieur, venait de soulever un nouveau tollé.

«De quoi vient-il de parler, ton père? demanda-t-il à Oscar.

— Du service d'incendie. Écoutez, il va expliquer...»

Georges-Noël concentra son attention.

«Une fois l'aqueduc installé, on pourra mettre à votre disposition des pompes à bras d'une capacité de trois cent cinquante gallons d'eau, à la seule condition et sans plus de frais que chaque maison soit pourvue de deux échelles...»

L'auditoire, en liesse, acclama la nouvelle en brandissant la bannière et en scandant en chœur: «THO-O-MAS-AS DU-U-FRESNE! THO-O-MAS-AS DU-U-FRESNE!»

De la main, Thomas fit taire la foule et poursuivit:

«... et de cheminées ressortant de deux pieds et demi au-dessus du toit pour faciliter le travail des pompiers, advenant un incendie.»

Une nouvelle ovation le porta aux nues.

«Dis-donc, le *smart*, cria un membre du camp adverse, tu vas nous l'apporter sous ton bras, ta pompe, quand le feu va pogner dans ma grange?»

Des rires fusèrent. Bien qu'il saisît chez Grimard l'intention de le piéger et de le ridiculiser en faisant allusion à l'incendie de chez Louis Du Sault, Thomas répondit avec une maîtrise désarmante:

«Sur une voiture comparable à celles que M. Géo-Félix Héroux utilise déjà pour sa municipalité et qu'il est disposé à nous prêter, en cas de besoin.»

De partout montèrent des bravos, au grand ravissement d'Oscar.

«Et puisque nous parlons de puits et de feu, je vous annonce que votre prochain maire, ici présent, engagera des compagnies de forage pour tirer profit des importants gisements de gaz naturel qui dorment dans notre sous-sol.»

Du parterre, de plus en plus plongé dans le noir, s'éleva un tumulte sans pareil. Une échauffourée comme on n'en avait encore jamais vu en période électorale éclata entre les deux clans.

«Quand je lui disais que ça prenait un agent de la paix dans les rassemblements politiques», fit Georges-Noël qui sortit aussitôt pour aider à disperser les bagarreurs.

La question du gaz naturel avait déjà provoqué maintes querelles entre des voisins qui, après la découverte d'une veine sur leurs terres, contestaient leurs lignes d'arpentage. La perspective que l'exploitation commerciale de ces gisements puisse enrichir les uns au détriment des autres venait de mettre le feu aux poudres.

Désolé, Thomas regardait partisans et adversaires s'éloigner dans la discorde. Il en resta quelques-uns pour le rassurer.

«Un maire se doit d'être un rassembleur, répétait-il, décontenancé par la tournure qu'avait prise cette assemblée.

— Tu ne seras pas le premier qui sème la zizanie en voulant regrouper les gens autour d'une bonne cause, lui rappela son ami Ovide. Regarde ce qu'on a fait de Louis Riel, il y a deux ans. Ne viens pas me dire qu'il n'avait pas raison, pourtant...»

Inquiété par cette allusion, Oscar se rapprocha de sa mère et de Georges-Noël qui se tenaient un peu en retrait.

«Est-ce que vous pensez que papa pourrait être en danger? demanda-t-il à Victoire.

— Je ne crains pas pour ton père. C'est devant l'obstacle qu'il donne le meilleur de lui-même, répondit-elle en dirigeant vers Georges-Noël un regard avisé.

— C'est bien évident, dit ce dernier, que plus Thomas va proposer de gros projets, plus il va s'attirer de contestation.

— Et plus il devra y consacrer de temps, s'il est élu, ajouta Victoire, visiblement contrariée.

— Je comprends..., balbutia Oscar. Il est tellement amusant, mon père, quand il n'est pas trop occupé.»

Aux yeux de Victoire, si jamais son mari accédait à la mairie, cette soirée constituait le prélude de deux ou trois années d'inévitables tensions. Sauraient-ils retrouver un bonheur sacrifié, une fois ce combat terminé? Elle en doutait tant qu'une larme glissa sur le revers de sa main, suivie de plusieurs autres. Oscar s'en aperçut.

«Qu'est-ce que vous avez, maman?

— Ne t'en fais pas, Oscar. Une bonne nuit de sommeil me rendra sûrement plus optimiste», dit-elle, le conviant à en faire de même.

Jusque tard dans la nuit, de la chambre de son fils aîné, des chuchotements lui parvinrent. Victoire conclut qu'il s'était ménagé un entretien avec Georges-Noël avant son départ. Leurs regards complices, embrumés de mélancolie, au moment où Oscar quitta la maison en compagnie de son père, le lendemain matin, le lui confirmèrent. Victoire les regarda s'éloigner, habitée soudain par le souvenir des chagrins qu'elle et son grand-père Joseph avaient éprouvés à chacun de ses départs pour le pensionnat. «D'un congé à l'autre, je me demande toujours si tu ne seras pas obligée de faire le grand voyage pour me retrouver», lui avait-il confié. Cette appréhension avait donné à certains mois une longueur d'éternité, et rien ne lui semblait plus urgent, aussitôt rentrée chez elle, que d'accourir à la cordonnerie de son grand-père. Plus anticipées et plus exceptionnelles à chaque fois, ces retrouvailles ressuscitaient en ce vieil homme des bonheurs que la perte de sa bien-aimée et l'habitude de vivre avaient affadis. Du plus profond de son cœur, trente ans plus tard, un souhait monta aux lèvres de Victoire.

«J'espère qu'Oscar vous trouvera là, à chacun de ses retours», dit-elle à Georges-Noël, sans plus de préambule.

Que Victoire exprimât une telle pensée sombre le surprit. Il l'entendit comme un écho à la tristesse qui le submergeait depuis que des événements étaient venus aviver la crainte d'être séparé de cette famille, celle avec qui il partageait tout depuis près de quinze ans, celle pour qui il avait renoncé à accomplir le geste qui lui eût permis de rejoindre Lady Marian dans la mort. Cette crainte de devoir, un jour, vivre loin de ces êtres qui lui étaient si chers le tenaillait au point qu'il n'avait pu se résigner à voir partir Oscar sans lui en souffler mot. Et comme ce dernier avait été incapable de démentir son intuition, Georges-Noël avait conclu un pacte avec son petit-fils, pour le cas où Thomas aurait décidé de s'établir avec sa famille ailleurs que dans la région, dans un endroit où il ne verrait plus trop loin ni trop grand pour les gens de la place, comme l'avait souligné Victoire. Georges-Noël ignorait que, ce faisant, il plaçait Oscar devant un sérieux dilemme. Tout comme Thomas, il avait souscrit avec bonheur à cette décision d'Oscar de fréquenter le *High School*, la seule école qui lui permît de suivre un cours commercial et d'étudier l'anglais. Mais la finalité qu'il donnait à cette formation allait à l'encontre des ambitions de Thomas: «C'est essentiel si tu veux trouver un emploi à Montréal», lui avait dit ce dernier, ne souhaitant rien de mieux pour son fils qu'un bon travail dans une ville comme Montréal, là où les chances d'avancement paraissaient illimitées. «Sans compter qu'en habitant chez ta tante Georgiana, tu lui seras d'un bon secours et tu pourras, en même temps, jeter un coup d'œil sur les vitrines où nos chaussures devraient être exposées...», avait-il ajouté. Oscar était parti pour Trois-Rivières plus tourmenté qu'aucun d'eux ne pouvait le soupçonner.

Les événements qui suivirent ce départ plongèrent Victoire dans un embarras sans précédent. Georges-Noël, qui avait maintes fois déploré l'absence de

Thomas auprès de son épouse, déployait un zèle infatigable à aider son fils dans sa course à la mairie. «Ça ne peut s'expliquer autrement que par le fait qu'il appréhende, plus que moi encore, les conséquences d'une défaite pour Thomas», pensa-t-elle.

C'est ainsi qu'à trois semaines des élections Victoire accouchait, en début de soirée, trop tôt pour que les deux hommes de sa vie, étant retenus par un débat électoral qui se tenait à la salle municipale entre Thomas et le maire sortant, puissent être présents. Romulus, tel avait été le nom qui était venu à l'esprit de Marie-Ange lorsque Mme Lesieur, la sage-femme, lui avait confié le nouveau-né; pour la première fois, Victoire avait donné naissance à un bébé pesant plus de huit livres.

«C'est bien pensé, avait-elle jugé. Ce nom me rappelle les guerriers romains qui étaient redoutés pour leur force et leur détermination.

— Ce doit être providentiel», avait répliqué la sage-femme qui, en vingt ans de métier, avait vu grandir et mourir plusieurs des enfants qu'elle avait aidé à mettre au monde.

En apprenant la nouvelle, malgré la promesse qu'il s'était faite de ne plus jamais s'en rapporter aux prédictions de la Siffleux, Thomas ne put s'empêcher de penser qu'il ne s'agissait pas, contrairement à ce qu'il avait cru, de Napoléon, mais bien de ce garçon dont la robustesse inspirait les plus grands espoirs.

«Ça nous prenait un autre garçon pour être sûr que la lignée des Dufresne regagne la vitalité qu'elle avait du temps de mon grand-père, dit Georges-Noël, pour se consoler de ne compter aucune fille au nombre de ses petits-enfants.

— Puis, pour tout ce que j'entrevois des trente prochaines années, tu m'auras donné une bonne équipe d'hommes pour faire marcher nos entreprises», fit valoir Thomas, à l'intention de son épouse.

Son regard scintillait des mille et un projets qui meublaient son esprit.

Loin de la transporter d'enthousiasme, ces projections accablèrent Victoire de la soudaine conscience qu'au contraire de son mari elle aspirait à plus de détente et à moins d'engagements. Plus elle avançait en âge, plus elle avait l'impression que l'écart s'accentuait entre elle et Thomas. Cet accouchement l'avait épuisée au point de souhaiter qu'il fût le dernier. Le nombre de femmes dans la quarantaine qui mouraient en couches l'y incitait plus encore. Persuadée que la perte de leur mère avait marqué l'existence de Ferdinand et de Thomas, elle implorait le ciel de lui prêter vie tant que ses enfants ne seraient pas en âge de s'assumer eux-mêmes. Ce vœu de ne plus enfanter ne devant pas freiner les élans amoureux de son mari, Victoire se voyait contrainte de prolonger l'allaitement le plus longtemps possible. Conséquemment, elle devait limiter sa présence à la cordonnerie et consacrer plus d'heures à la gestion qu'à la création de nouveaux modèles. Ce choix déchirant lui donna l'impression que sa vie en était à son dernier versant, alors qu'à ses côtés un homme visait un sommet qu'il commençait tout juste à gravir. Une des mises en garde de Françoise lui revint à la mémoire, plus saisissante de vérité qu'elle ne l'avait été sur le coup. Décelant une attirance chez sa fille pour le jeune Thomas Dufresne, Françoise lui avait dit: «À mon avis, si une femme doit avoir une bonne différence d'âge avec son mari, il est préférable qu'elle soit la plus jeune...» Victoire en convenait maintenant. Comme le ressac d'une vague, son cœur frémit pour Georges-Noël qui portait sa jeune soixantaine avec une élégance remarquable. Comme si ses chagrins d'amour avaient pétri tout son être pour donner à ses traits tendresse et douce sérénité. Elle n'eût qu'à fermer les yeux pour voir ces deux hommes suivre chacun son destin, l'un sur une route large et aplanie, et l'autre sur un sentier abrupt et semé d'embûches. Il lui sembla d'ores et déjà qu'elle fût plus encline à rejoindre le premier sur le chemin de la quiétude qu'à accompagner l'autre dans son escalade.

«La vie nous met parfois devant des choix si difficiles qu'on aimerait encore croire à la baguette magique des fées ou aux miracles relatés dans la Bible», écrivait-elle à Oscar dans une lettre où elle lui annonçait, entre autres, la naissance d'un troisième petit frère. «Ou ma mère est une sorcière ou mon grand-père lui a parlé», pensa Oscar, impatient d'en causer avec elle de vive voix. Le congé de Noël allait favoriser ce tête-à-tête. Plus loin, elle ajoutait: «J'ai pour toi une autre nouvelle qui ne manquera pas de te faire plaisir: ton père a été élu maire de Yamachiche. Avec moins de quinze pour cent de la majorité des voix, et quatre échevins sur sept, les réunions du conseil promettent d'être pour le moins houleuses.»

Ce en quoi elle avait raison. Dès la première réunion, devant une salle comble où se trouvaient surtout des alliés de Lacerte, le jeune maire fut mis face à ses promesses électorales et sommé de demander le vote pour chacune d'elles. La première proposition, portant sur la mise en place de nouvelles conduites d'eau, fut battue, alors que la suivante, relative au système de protection contre les incendies, fit l'unanimité. Déconcerté par un tel illogisme, Thomas eut tôt fait de comprendre que les trois échevins de l'opposition et un autre de son clan avaient été soudoyés pour nuire à son action. Quelques mots soufflés à l'oreille de Sévère Desaulniers, et ce dernier annonçait la levée de l'assemblée. Aux protestations des membres du conseil et des citoyens présents, Thomas riposta:

«Nous reviendrons siéger à cette table quand vous aurez décidé de faire preuve de bon sens et de travailler pour le bien de votre municipalité.»

Debout au fond de la salle, Georges-Noël avait applaudi la décision de Thomas.

«Tu t'es comporté comme un vrai chef, lui dit-il, sur le chemin du retour. La prochaine fois, ils vont savoir de quel bois tu te chauffes...»

À compter de ce jour, les conversations, tant à l'heure des repas que devant le feu, tournèrent autour des besoins de la municipalité, de ses progrès et de ses piétinements. Nommé gérant du magasin par la force des choses, Georges-Noël semblait avoir trouvé un regain de jeunesse tant il s'activait à seconder Thomas dans toutes ses tâches. L'un et l'autre manquaient à Victoire.

* *

*

«Je ne pensais jamais m'ennuyer avec tant de travail à la cordonnerie et trois enfants à la maison, avoua-t-elle à Oscar de retour pour le congé de Noël.

Ton absence, puis les occupations de ton père et de ton grand-père, ça fait un bien grand vide dans la maison.

— Vous souhaiteriez que je ne retourne pas?

— Oh, non! C'est ta vie qui importe, pas mes petits bleus au cœur...

— Quant à moi, je pourrais bien m'en tenir aux quatre mois que j'ai faits, mais papa et grand-père seraient bien déçus. Ils comptent tellement sur moi pour...

— Pour quoi, Oscar?» l'interrompit Victoire.

Oscar sentit qu'il était en train d'ajouter un troisième élément au dilemme qu'il vivait depuis l'automne.

«Bien... Ils souhaitent que je suive une formation qui me permette de réussir dans tout ce que j'entreprendrai, trouva-t-il à répondre, moins persuasif qu'il ne l'eût souhaité.

— Écoute-moi bien, Oscar. Ce qu'il y a de plus important dans la vie, c'est que tu fasses ce que tu aimes et que tu t'entoures de personnes qui te conviennent. Il faut que tu saches résister à la tentation de faire plaisir aux uns et aux autres à tout prix. Sinon, tu le regretteras toute ta vie.»

Cette recommandation de sa mère, le ton de sa voix et l'émotion qu'elle ne parvint pas à dissimuler le troublèrent. «Elle parle comme si cela lui était arrivé», pensa-t-il, sans trouver le courage de lui poser la question. «À la prochaine occasion», se dit-il, trouvant plus urgent d'apaiser son inquiétude.

«Je vous promets d'y réfléchir, maman. Je ne voudrais surtout pas que vous vous fassiez du souci à mon sujet.

— Tu as tellement une bonne nature que j'ai peur pour toi, des fois...

— Peur que des méchants loups me dévorent?»
demanda-t-il, si espiègle que Victoire éclata de rire.

Oscar poussa un grand soupir de soulagement. La
sachant tourmentée, il décida de lui réserver beaucoup
de temps, s'intéressant à sa cordonnerie et prenant plaisir à jouer avec Marius et Candide à qui il avait tant
manqué.

L'heure du départ sonna. Thomas profita de ce qu'il
était seul avec son fils, durant le trajet de la maison à la
gare, pour lui faire ses remontrances:

«Il va falloir que tu décolles un peu de sur ta mère»,
lui dit-il, évoquant son attitude pendant le temps des
Fêtes et songeant à ce qu'il lui préparait pour l'été 1888.

Oscar en fut offusqué. «Il ne se rend pas compte que
c'est pour compenser son absence dans la famille que
j'ai fait ça», pensa-t-il. Il prit finalement le parti de ne
pas se taire:

— On dirait, de ce temps-ci, qu'il n'y a que vous qui
avez le droit d'organiser votre vie à votre goût dans cette
maison.

— Ce n'est pas parce que je ne me plains pas que je
ne fais que ce qui me plaît... J'ai à assurer l'avenir de
toute la famille, moi, en plus de diriger ma municipalité. Tu vas comprendre que je n'ai ni le goût ni le temps
de m'apitoyer sur mon sort.»

Oscar pencha la tête sans mot dire.

«C'est ça, la vie d'un père de famille qui prend ses
responsabilités, ajouta-t-il. J'aimerais que tu t'en sou-
viennes...»

Cette observation expliquait à elle seule la scène
dont il avait été témoin l'été précédent: Victoire, voulant tirer un peu de tendresse d'un moment d'euphorie

de son mari, n'avait eu droit qu'à un rapide baiser sur la joue et à cette déclaration: «Si tu savais comme je suis content d'être parvenu à t'offrir le confort dans lequel tu peux prendre soin des enfants et continuer de pratiquer le métier que tu aimes.» À l'expression de tristesse qui avait alors assombri le regard de sa mère, Oscar avait deviné qu'elle eût préféré moins de confort et un peu plus de tendresse, de présence.

Certes, Victoire était parfois tentée de se plaindre de sa situation, mais force lui était de reconnaître que son mari s'était surpassé au chapitre de la réussite professionnelle et financière. Lui demander davantage lui paraissait abusif. Et pourtant, elle n'admettait pas de se voir privée, au profit des clients et des électeurs, de la chaleur de sa présence, de sa jovialité, de son imbattable optimisme et, plus encore, de ses bras enveloppants et de ses mots d'amour. L'absence de son fils aîné intensifiait cette détresse affective qu'elle tentait de soulager, en vain, auprès de ses trois garçons et qui l'amenait à se tenir loin de Georges-Noël.

Victoire était consciente de tout cela, et les vœux que lui exprima Georges-Noël à l'occasion de son quarante-troisième anniversaire de naissance lui confirmèrent qu'il était urgent qu'elle et son mari se rapprochent.

«On dirait que tu ne vis plus que pour ta municipalité et tes affaires, déplora-t-elle à travers ses larmes. C'est aussi pire que si tu avais une maîtresse...»

Ces derniers mots firent sursauter Thomas qui avait fait tant d'efforts pour ne pas succomber aux charmes et aux avances de Mme Dorval.

«Je trouve injuste ce que tu dis là», riposta-t-il, sur le point de s'emporter.

Victoire admit qu'elle avait accepté qu'il vive cette expérience à la mairie, sachant qu'il avait besoin d'un tel défi et qu'il pouvait le relever avec succès.

«Je ne peux rien faire à moitié, tu devrais le savoir», ajouta-t-il, aussitôt troublé par le regard singulier de Victoire.

Le moment était venu pour lui de reconnaître qu'il n'avait jamais trouvé sa vraie place dans ce trio où, à eux deux, Georges-Noël et Victoire lui semblaient remplir les rôles de père et de mère avec une aisance à laquelle il n'était jamais parvenu. Avec une implacable lucidité, il fit l'analyse de ces quinze ans de mariage, les résumant à une démission inconsciente devant les habiletés de l'une et de l'autre. À un inconfort dans les actions quotidiennes d'un chef de famille de dix ans le cadet d'une épouse d'expérience. À un malaise, rarement surmonté, dans l'intimité avec une femme de qui il avait tout appris, tant de l'amour que de ses gestes. Eût-il été informé des recommandations de Françoise à sa fille qu'il lui eût donné raison tant il avait senti avec quelle facilité il se serait fait l'amant de la jeune veuve Dorval.

Thomas s'approcha de Victoire et, caressant ses cheveux, l'assura de son amour.

«Je ne pourrais jamais trouver une femme aussi merveilleuse et aussi irréprochable que toi», murmura-t-il.

Le sourire sur les lèvres de Victoire le tranquillisa.

«Tu sais, tout ce que je fais, c'est pour te mériter encore plus, dit-il. Et si tu n'arrêtes pas de te faire toujours plus aimable, je ne pourrai jamais te rattraper», ajouta-t-il, taquin.

L'humour le servait si bien que Victoire regretta de n'en avoir pas autant. Elle se promit de s'y exercer en compagnie d'Oscar, pendant ses deux mois de vacances. Or, quelques semaines plus tard, elle apprenait de Thomas qu'un poste de commis lui était offert à Montréal, à compter du 10 juillet.

«C'est Georgiana qui m'a informé que chez Caverhill, Hugues & Co., sur la rue des Commissaires, à quelques minutes de chez elle, on cherchait un commis bilingue.»

Que l'offre fût venue de sa belle-sœur ne suffisait pas à la réconcilier avec l'idée qu'Oscar fût envoyé si loin pour une première expérience de travail.

«C'est comme si tu m'arrachais un morceau du cœur, dit-elle à son mari, ne cachant pas qu'elle souhaitait que leur fils refusât cet emploi.

— Tu as l'air d'oublier que ce n'est que pour deux mois...

— J'ai peur qu'une fois qu'il aura goûté au plaisir de gagner de l'argent il ne puisse plus s'en passer.

— Oscar n'est pas de ce genre... Puis, pense à l'expérience qu'il va acquérir...

— Mais on a tout ce qu'il faut ici pour ça. Il n'a qu'à descendre d'un étage pour s'exercer soit au métier de commerçant, ou à celui de fabricant de chaussures.

— Ça ne se compare pas avec un travail pour des étrangers. C'est tout un privilège que d'être engagé, à son âge, pour des importateurs de denrées de fantaisie, dans un milieu moitié anglais, moitié français...

— Je ne vois pas en quoi c'est si pressant de le déraciner alors qu'il se serait bien contenté de travailler avec nous.

— C'est un effort qui ne me semble pas démesuré et qui pourrait lui être profitable avant longtemps, tu sauras me le dire.»

Au risque de décevoir sa bru, Georges-Noël trouvait lui aussi de quoi se réjouir de cette nouvelle et s'évertuait à énumérer les conséquences heureuses de ce court dépaysement.

«Il n'y a rien de mieux que d'aller vérifier ses connaissances théoriques avant de s'engager dans une deuxième année d'études», fit-il valoir, ajoutant que Georgiana méritait bien ce mince réconfort, elle qui vivait seule depuis quatre ans avec ses deux garçons dont l'aîné n'avait que six ans.

Victoire sut dès lors que son fils acquiescerait au plan de Thomas. Aussi, sitôt qu'il mit les pieds dans le portique, tant par dépit que par chagrin, elle lui conseilla d'y laisser ses malles:

«Ce n'est pas la peine de les monter à ta chambre puisque tu vas repartir dans une couple de jours...

— Vous voulez déjà que je m'en aille? Moi qui pensais prendre trois bonnes semaines avec vous autres..., dit Oscar que son grand-père avait averti du mécontentement de Victoire.

— Excuse-moi», fit-elle, confuse de s'être si vite emportée.

Ce moment et tous ceux qui précédèrent le départ d'Oscar pour Montréal furent des plus précieux pour celle qui n'aurait pas pensé voir s'éloigner si tôt le seul survivant de ses cinq premiers enfants.

*　　*

*

Pendant ce temps, le maire de Yamachiche ne reculait devant rien pour convaincre ses électeurs de consentir à une prospection de leurs sols. Entre les semences et la première récolte de foin, il parcourut les rues et les rangs, frappa à chaque porte et organisa des réunions, le rapport du commissaire des terres de la Couronne en main. Chaque assemblée s'ouvrait par la lecture d'une lettre publiée en 1844 par le ministère des Richesses naturelles. D'une voix tonitruante, Thomas tentait de confondre les sceptiques:

«Écoutez bien, mes chers amis, ce rapport qui nous a été directement remis par M. le commissaire Oblaski: "Dans la région avoisinant Trois-Rivières, c'est-à-dire la partie sud des comtés de Saint-Maurice et de Maskinongé, on a constaté, depuis que le pays est habité, des dégagements considérables de gaz combustible. Les points où ils ont été reconnu sont Pointe-du-Lac, Yamachiche, Louiseville, Saint-Barnabé, etc. Ce gaz a certainement une origine et on doit la trouver dans les dépôts pétrolifères existant dans le sous-sol."

«La Canadian Gas and Oil Co. Ltd., ajoutait Thomas, a déjà foré des puits dépassant trois cents pieds de profondeur à Louiseville.

«Imaginez, enchaînait-il, qu'elle en trouve une dizaine comme ça chez nous, on aurait de quoi assurer le chauffage et l'éclairage de tout Yamachiche.»

Nombre de propriétaires, réfractaires à l'idée d'investir sans garantie de rendement, persistaient à préférer que chaque citoyen s'organise seul et exploite son gisement pour sa propre consommation.

«C'est cette mentalité de "chacun pour soi" que je voudrais corriger, clamait Thomas. Pourquoi se contenter d'une petite exploitation familiale quand il y aurait de quoi créer une industrie rentable qui fasse de notre municipalité l'une des plus prospères au Québec?»

La réunion spéciale que tint le conseil municipal au début de juillet, bien qu'elle se fût annoncée mouvementée, dura moins d'une heure. La résolution du maire Dufresne fut battue en brèche par une coalition de citoyens qui préconisaient la prudence: «Attendons que les municipalités environnantes fassent leurs preuves avant d'enfouir l'argent des citoyens dans le sol de Yamachiche», proposition qui fit l'unanimité parmi les électeurs.

«C'est une question de temps, affirma Georges-Noël au lendemain de cette assemblée de laquelle Thomas était sorti désemparé. Yamachiche n'acceptera pas longtemps de se faire damer le pion par Pointe-du-Lac. J'en sais quelque chose...»

Ses deux expériences à la mairie, l'une à Yamachiche et l'autre à Pointe-du-Lac, lui en avaient appris gros sur la concurrence que se faisaient ces localités. À preuve, elles avaient obtenu de Mgr Laflèche que les communautés religieuses principalement vouées aux plus démunis s'établissent à Pointe-du-Lac, alors que les religieuses de la congrégation Notre-Dame, qui se consacraient à donner une éducation raffinée aux jeunes filles de familles aisées, se feraient construire un couvent à Yamachiche.

En une seule année, le jeune maire parvint à faire adopter et à concrétiser les deux premiers volets de son programme électoral, mais cela ne lui suffisait pas. De plus grande envergure que le système d'aqueduc et les pompes dont sa municipalité était maintenant équipée, Thomas considérait l'exploitation du gaz naturel comme l'apogée de ses réalisations, celle qui, plus que toute autre, pouvait hisser sa ville au sommet de son développement économique. Comme il regrettait l'absence de Ferdinand qui, sans nul doute, l'aurait admiré et soutenu dans cette entreprise pour laquelle il s'était lui-même passionné en compagnie de M. Piret. Ferdinand eût été ravi de voir les efforts de son mentor enfin récompensés par un vote unanime du conseil municipal de Pointe-du-Lac en faveur d'une exploitation massive de cette richesse, confiée à la Canadian Gas and Oil Co. Ltd. Le maire de Pointe-du-Lac avait obtenu un consensus là où celui de Yamachiche avait échoué.

«Tu fais peut-être peur aux gens, avança le maire Alarie que Thomas vint consulter sur les arguments qu'il avait apportés à ses électeurs.

— Peur? Mais tu te paies ma tête!

— Non, Thomas. Tu mènes grand bruit, et ça depuis une quinzaine d'années, déjà.»

Thomas le dévisagea, de plus en plus décontenancé.

«Penses-tu que le monde a oublié l'accident à la carderie? Ta tendance à pousser les affaires en justice? Ton faible pour les gens de la ville? Ta manie de toujours faire à part?

— Faire à part...

— Ouais! Ta femme, ton commerce... C'est en période d'élections que ces affaires-là ressortent et elles te suivent tant que t'es au pouvoir.»

Thomas le quitta, exaspéré. Forcé d'admettre que Philippe Alarie parlait d'expérience, Georges-Noël ne parvint pas à dérider le jeune maire.

Au cours de la semaine suivante, un cataclysme frappait la région. Des vents d'une force inouïe déracinèrent les arbres, arrachèrent des toitures et rasèrent les champs. Des incendies éclatèrent çà et là, mobilisant tout ce que Yamachiche pouvait offrir de secours avec sa vingtaine de pompes, ses puits et les quelque trois milles d'aqueduc qui desservaient maintenant le village. Une panique semblable à celle qu'avait semée l'inondation de 1865 s'empara de la population. Les retraites annuelles paroissiales se tenant en cette même période, les prédicateurs et les curés du diocèse de Trois-Rivières virent là une occasion providentielle d'éveiller le repentir parmi les fidèles et de les inciter à plus de générosité. Un autre miracle venant de se produire au Cap-de-laMadeleine, la dévotion à la Vierge Marie allait donner le ton à toutes les homélies prononcées dans le diocèse. Après le prodige du Pont des Chapelets de mars 1879, voilà que, le 22 juin de cette année 1888, le curé Désilets, toujours, Pierre Lacroix, un infirme, et le père Frédéric à qui Victoire devait nombre de ses tourments amoureux, entre autres celui de n'avoir pu épouser Georges-Noël, auraient vu la statue de Notre-Dame-du-Cap ouvrir les yeux. Mgr Laflèche avait dès lors recommandé à tous ses prêtres de faire lecture, du haut de la chaire, du témoignage du curé Désilets:

«L'on pria beaucoup. L'on demanda un signe, une marque sensible que la Sainte Vierge acceptait ce sanctuaire comme lieu de ses miséricordes. Sur le soir, à sept heures, un malade de la paroisse, Pierre Lacroix, nous est amené, tout perclus de ses membres. Le père Frédéric et moi le soutenons par les bras et tous trois entrons dans le sanctuaire. Nous étions là à prier lorsque je vis la statue ouvrir les yeux. J'ai aussitôt quitté ma place et demandé à mes compagnons s'ils voyaient de même. Eux aussi voyaient. Le prodige était réel.»

Un émerveillement mêlé de stupéfaction gagnant le cœur des fidèles, le curé Dorion renforça ce témoignage par celui d'un certain M. Duguay qui affirmait que ce n'était pas la première fois que la statue s'animait. Du haut de la chaire, en ce dernier dimanche avant le départ d'Oscar pour Montréal, il en fit une lecture émue à ses ouailles assemblées pour la grand-messe:

«Tantôt, nous révèle M. Duguay, la Vierge montrait une figure amoindrie au-dessus de la normale, tantôt elle avait une apparence de joie, d'un rayonnement tout céleste. "Je gardais pour moi cette connaissance, dit ce brave chrétien. Je cherchais à ne pas croire, lorsque, après un mois et demi, je fis part de mes observations au Très Révérend Père Frédéric". "C'est trop fort, dit le père, je ne crois pas." "Je ne demande pas qu'on me croie, a répondu M. Duguay, je demande qu'on observe", car, ce jour, c'était un vendredi, la figure de la Vierge était rétrécie et pâle comme celle d'une personne adonnée à une rigoureuse pénitence.»

Le curé avait terminé son prêche par une exhortation à multiplier les pèlerinages au Cap-de-la-Madeleine.

«Qu'est-ce que vous pensez de ça, vous, grand-père? demanda Oscar au sortir de l'église.

— À chacun sa croyance! fit-il, sèchement.

— Vous ne m'avez pas répondu, insista Oscar.

— Quant à moi, je ne donnerais même pas une poignée de farine pour tout ce qui touche de près ou de loin à ces histoires, encore moins quand ce soit-disant saint père Frédéric y est mêlé...»

Georges-Noël n'avait donc pas encore pardonné à ce prédicateur français d'avoir dit à Victoire: «Vous n'aurez jamais assez de toute votre vie pour expier le mal que vous avez fait.» Et ce mal était d'avoir aimé un homme avant même qu'il devînt veuf.

«Je n'ai pourtant entendu que des éloges au sujet de ce prêtre, répliqua Oscar. Qu'est-ce que vous lui reprochez, vous?

— Ce ne sont pas des choses qui se répètent.»

Intrigué, Oscar le fut davantage lorsque, à l'heure du dîner, devant les plaisanteries que Thomas multipliait sur la statue et ses miraculés, Victoire se montra des plus vindicatives:

«On ne va pas perdre un temps si précieux à parler de telles âneries quand notre fils n'en a que pour quelques heures avec nous.»

Comment expliquer une telle aversion chez Victoire? «J'aurai bien l'occasion de le demander à mon père dans le train», se dit Oscar, que mettait tout de même mal à l'aise l'attention que sa mère voulait que toute la famille lui accordât.

Autour de la table, il n'y avait pas que Victoire et Georges-Noël à manifester un vague à l'âme. Le jeune Marius, plus que son frère Candide, boudait aussi ce départ. Réciproquement, Oscar éprouvait une grande affection pour ce garçonnet de cinq ans qui montrait une intelligence et une curiosité fascinantes. Que d'heures il avait passées avec lui dans sa chambre à feuilleter des livres, à répondre à ses questions sur la vie, sur la mort, sur le comment et le pourquoi des choses. L'ultime faveur de la dernière soirée avait été de lui apprendre à écrire son nom.

«Quand je vais revenir, je vais ramener tes deux cousins et tante Georgiana avec moi», lui promit Oscar, espérant qu'il cesse de pleurer au moment des adieux.

«Écris-moi souvent», le supplia sa mère.

Victoire craignait d'autant plus le vide de son absence que Laurette n'allait pas venir passer l'été avec eux. En effet, se découvrant de plus en plus d'affinités avec Georgiana et la famille Normandin, la jeune fille avait préféré, contrairement à une habitude vieille de quinze ans, demeurer à Montréal en dépit d'une santé toujours fragile.

En route vers la gare, Thomas et son fils aîné croisèrent un cortège précédé de M. le curé derrière qui quatre porteurs promenaient la statue de la Vierge dans toutes les rues du village et dans les principaux rangs de la paroisse de Yamachiche, pour implorer la Vierge du Cap-de-la-Madeleine d'attirer sur eux et leurs biens la clémence de Dieu. Les deux hommes soulevèrent leur chapeau, posèrent un genou sur le sol et s'éloignèrent en silence. À peine eurent-ils pris place dans le train que Thomas entama la liste des recommandations qu'il avait préparée pour Oscar. De la nécessité de faire preuve de dévouement envers Georgiana, il passa rapidement aux allusions relatives à un projet qu'il nourrissait pour sa famille, dont cette première expérience de travail n'était que la première étape, mais une étape d'une importance capitale.

«Comporte-toi comme si tu devais passer ta vie à Montréal», lui recommanda Thomas avant de sombrer dans un sommeil profond dont il ne sortit qu'au dernier sifflement du train, à la gare de Dalhousie.

«Heureusement que je me suis apporté de la lecture», se dit Oscar, ne trouvant mieux pour mater sa nervosité que de se plonger dans ses manuels de jardinage ou dans ses livres de géographie.

Le fourmillement des promeneurs dans toutes les rues de Montréal, en ce dimanche soir particulièrement chaud, l'impressionnante architecture de certains édifices de la ville, l'aspect pittoresque des tramways qui sillonnaient les quartiers, les bousculades des passagers qui montaient à bord n'avaient rien de comparable à ce qu'Oscar avait connu, même à Trois-Rivières.

«Ce doit être extraordinaire de vivre ici! s'exclama le jeune homme. Je comprends mon oncle Ferdinand, maintenant...»

* *

*

Thomas revint de Montréal plus confiant que jamais de pouvoir réaliser ses projets dans les cinq prochaines années. Les orages dévastateurs qui continuèrent de marquer ce mois de juillet 1888 l'incitaient d'autant plus à ne pas s'attacher à sa région natale où les agriculteurs, jouets des caprices de Dame Nature, risquaient de se voir constamment arracher leur seul moyen de survie. Mis à part les professionnels, rares étaient ceux qui pouvaient compter sur d'autres biens que les produits de la terre pour répondre aux besoins de leurs familles. «Vous n'en seriez peut-être pas tous là aujourd'hui si vous aviez accepté qu'on fouille votre sol», soutenait Thomas devant les cultivateurs qui craignaient une concurrence de taille avec les marchés extérieurs, vu l'inévitable diminution des récoltes de grains, de légumes et d'autres produits.

Et comme si ce n'était pas suffisant, un tremblement de terre d'une intensité rarement vue dans la région s'ajouta aux calamités qui affligeaient déjà la population. Il n'en fallait pas tant pour que le clergé lui accolât de nouveau l'idée du châtiment et appelât les fidèles à la contrition. Pendant ce temps, Thomas s'empressait d'approvisionner son magasin d'un plus grand volume de conserves, incluant la viande en boîte et les fèves au lard en provenance des États-Unis. S'il ne pouvait plus compter sur les commissions élevées que lui procuraient ses ventes dans les différents marchés de Montréal, il ne se trouvait pas pour autant pris au dépourvu: son magasin général et la cordonnerie allaient suppléer. Georges-Noël le félicita d'avoir su diversifier ses revenus.

«C'est sûr que pour les Garceau, entre autres, tu as passé pour une girouette..., dit-il, un brin moqueur, mais...

— C'est sûr que ta famille aurait aimé te voir plus souvent à la maison, interrompit Victoire avant que Georges-Noël eût exprimé toute sa pensée.

— Mais je dois reconnaître que tu as pas mal plus le sens des affaires que je ne l'aurais eu, continua Georges-Noël.

— Ce n'est pas bien sorcier, vous savez. Il s'agit juste de voir un peu plus loin que le bout de son nez», dit Thomas, visiblement flatté de cette reconnaissance.

Un hochement de tête de la part de Victoire l'intrigua.

«Ce n'est pas ce que tu aurais souhaité, hein? lui demanda-t-il.

— Voir plus loin que le bout de son nez, c'est bon aussi pour les enfants qu'on a voulus», répondit-elle, penchée sur le dernier-né qui, bien qu'à peine âgé de dix mois, réclamait qu'on le fît marcher.

Thomas prit la relève.

«Viens, mon bonhomme. Tu fais bien de vouloir commencer à marcher tout de suite parce que tu vas voir qu'on va aller loin, ensemble, les petits Dufresne.»

Victoire et Georges-Noël échangèrent un regard inquiet. «Décidément, il nous mijote quelque chose», pensa ce dernier, éprouvant, comme à chacun de ces avertissements, un douloureux pincement au cœur. «Pourvu qu'il ne se laisse pas séduire par les avantages de la ville ou par quelque autre proposition qui pourrait lui être faite», se dit Georges-Noël en pensant à Oscar. Il lui tardait que Thomas se consacre davantage à son magasin, désireux de passer plus de temps auprès de ses petitsenfants et de leur mère.

Le ralentissement des échanges commerciaux avec Montréal le lui permit, au grand contentement de toute la famille. «Le malheur des uns sert toujours le bonheur de quelques autres», pensait Victoire, assise sur le parterre et entourée de ses trois fils. Il ne manquait que l'aîné, qui en était à sa dernière journée d'exil.

«Enfin! Oscar sera avec nous demain, à cette heure, dit-elle à Georges-Noël venu la rejoindre.

— Elles ont passé plus vite que je ne l'aurais cru, ces six semaines», lui confia-t-il, non moins heureux de penser au retour de son petit-fils.

Victoire le semonça vertement. Plus que le fait qu'il ne revint que pour repartir dans quelques jours, c'était le sentiment que son fils avait amorcé le grand détachement qui l'attristait.

«J'ai l'impression, dit-elle, qu'à partir d'un certain âge, notre existence est de plus en plus tissée de ruptures et de privations. Parmi ceux qu'on aime, les uns s'éloignent, d'autres restent tout en demeurant distants, pour toutes sortes de raisons.»

À l'émotion qui faisait trembler sa voix, Georges-Noël se demanda si Victoire ne faisait allusion qu'à son mari. Allait-il, lui qui trouvait difficilement les paroles qui réconfortent, prendre le risque de poser sa main sur la sienne? Il n'eut qu'un mot à dire pour que sa détresse se déversât, comme une rivière trop longtemps endiguée:

«L'absence de mes parents, de Ferdinand et de mes petits me fait encore mal. Et j'ai peur que vieillir veuille dire souffrir plus encore...»

Georges-Noël l'écouta sans broncher, bénissant le ciel que les enfants s'amusent un peu plus loin à dégarnir les marguerites de leurs pétales.

«Si je ne me retenais pas, je prendrais tous ceux que j'aime sous ma jupe et je leur interdirais de s'éloigner, pour ne pas me retrouver seule comme les boutons de marguerites que les garçons lancent au bout de leurs bras après les avoir dépouillées...

Se tournant vers l'îlot de fleurs qu'Oscar avait plantées avant de partir pour Montréal, qui s'étalait, opulent et généreux, elle ajouta:

«Regardez comme elles sont belles! La vie réussit quelquefois à triompher de la mort. C'est réconfortant de penser qu'elle n'est pas la seule à se manifester autour de nous.

— Tu aurais besoin de distraction, puis de repos, je pense. Tu es épuisée à force d'essayer de tout comprendre, de tout réparer et de tout assumer.»

Craignant que Victoire ne sentît venir sa propre mort, Georges-Noël trembla pour Thomas à qui il aurait voulu épargner les regrets qui l'avaient rongé après la mort de Domitille. «Pourvu qu'il ne se réveille pas trop tard...», pensa-t-il, troublé.

«Tu mérites le meilleur mari de la terre», poursuivit Georges-Noël, conscient que son désir de la réconforter ne l'en rendait pas pour autant plus à habile à le faire.

Comme toujours, les mots lui manquaient. «Je ne connais pas d'autre manière de dire "je t'aime"», lui avait-il avoué la première fois qu'il l'avait embrassée, poussé par une passion dévorante qu'il avait pu contenir jusqu'à ce jour où, belle comme une déesse, elle était venue le rejoindre à l'écurie pour le féliciter d'avoir décroché un prix pour un de ses étalons.

Toujours plus enclin à recourir au geste plutôt qu'à la parole, il s'interdit de demeurer plus longtemps en sa présence. Un soupir, un regard auraient suffi pour qu'il cède à cette flamme qui ne s'était apaisée que pour mieux s'embraser au moindre souffle de leurs cœurs.

Victoire le regarda s'éloigner, percevant dans l'hésitation de ses pas l'aveu d'une impuissance. Une impuissance qu'elle connaissait bien pour l'avoir tant de fois éprouvée à son égard.

*   *

*

Georges-Noël avait espéré que le retour d'Oscar et la visite de Georgiana, de ses deux fils et d'André-Rémi rendent à Victoire son ardeur d'antan.

L'effet fut magique, mais de courte durée. Et pourtant, le commerce avait repris de sa vigueur, tant au magasin général qu'à l'atelier de chaussures, et les petits avaient de l'énergie à revendre. Oscar était revenu de Montréal plus épanoui, plus sûr de lui et débordant d'optimisme. De nouveau seule, Victoire donna des signes de lassitude, à un point tel que Thomas en glissa un mot au cousin et ami de son père, le docteur Hercule Rivard.

«C'est fréquent dans la quarantaine, mon Thomas. Puis, telle que je la connais, ta Victoire, je suis persuadé que si elle avait besoin de soins médicaux, elle n'hésiterait pas à venir me consulter.

— Je ne suis guère plus avancé», fit Thomas.

Hercule se frottait le menton, hésitant à exprimer le fond de sa pensée. Thomas insista.

«Ta femme pourrait bien être de celles qui ont plus besoin d'un mari que d'un médecin...»

Thomas quitta son bureau confus, humilié même. Le soir même, il proposait à sa bien-aimée un répit de deux jours dans un hôtel de son choix. Enchantée, elle réitéra sa préférence pour l'hôtel Dufresne de Trois-Rivières, sans se douter que, de nouveau, elle entraînait son mari sur le sentier glissant de son attirance pour Mme Dorval. Une attirance que ni le temps ni l'absence de contacts n'avaient atténuée. Il lui suggéra d'autres destinations, mais elle préférait retourner à Trois-Rivières.

«J'aime mieux ne pas trop m'éloigner, argua-t-elle. Puis, je suis loin d'avoir tout visité dans cette ville.»

D'un commun accord, ils convinrent d'aller y célébrer leur quinzième anniversaire de mariage.

«On pourra marcher dans d'autres belles rues... Ça me manque tellement de prendre du bon temps au bras d'un homme...»

Un aveu d'une telle limpidité confirmait le diagnostic du docteur Rivard.

Le vent du sud-ouest, précurseur d'un été des Indiens hâtif, arriva pour ce 14 octobre 1888, emportant jusque dans les demeures l'odeur des sous-bois. «On croirait la saison chaude revenue», se dit Victoire qui, dès son réveil, était sortie sur la véranda pour humer cette brume vaporeuse, annonciatrice d'un soleil radieux. Ce premier contact suffit pour qu'elle se sentît vibrer au plaisir de déambuler dans les rues fourmillantes d'activités du centre-ville de Trois-Rivières. Encore quelques profondes inspirations, quelques regards émerveillés, et la rayonnante Victoire, déjà ragaillardie, montait jeter un dernier coup d'œil aux bagages. Fait étrange, Thomas n'était pas encore levé. «Ça ne lui ressemble donc pas», pensa-t-elle. Avec précaution, elle s'approcha du lit et posa sa main sur le front de son mari.

«Ça va, Thomas?»

D'un geste, il l'invita à s'allonger à ses côtés. Victoire s'y refusa, saisie d'une vive appréhension.

«On défait les bagages? C'est ça?

— Pas tout à fait, grommela-t-il.

— Tu retardes notre voyage?»

Thomas s'assit, se frotta les yeux avec vigueur, manifestement épuisé.

«Il le faudrait. Pour ma part, j'aurais besoin que ma valise soit prête pour neuf heures», dit-il, tendant les bras vers sa bien-aimée.

Victoire se dégagea brusquement et courut cacher sa déception sur cette véranda où la tiédeur d'un merveilleux matin ne l'avait grisée que pour de trop brefs instants.

Tiraillé entre les messages de détresse de Victoire et les promesses faites aux membres du conseil de ville, Thomas devait trancher. Il sortit la rejoindre et l'enlaça sans qu'elle fît cas de sa présence.

«Si tu savais, Victoire, comme ça me fait mal au cœur de ne pas partir tout seul avec toi, aujourd'hui! J'ai bien essayé de trouver une autre solution, mais je n'ai pas le choix: je dois aller à Montréal, aujourd'hui même.»

Thomas lui apprit être rentré tard, la veille au soir, d'une réunion du conseil des plus houleuses. À l'ordre du jour figurait l'épineuse question des débits de boissons alcooliques. Ce soir-là, pressentant l'orage, les échevins et le maire avaient récité avec une ferveur toute particulière la prière d'usage: «Ô Dieu éternel et tout-puissant, de qui vient tout pouvoir et toute sagesse, nous sommes assemblés ici pour le bien et la prospérité de notre paroisse. Nous vous promettons de ne rien désirer qui ne soit conforme à votre volonté, de la rechercher avec sagesse et de l'accomplir parfaitement pour la gloire et l'honneur de votre nom et le bien-être de nos concitoyens.» Dans l'agitation et la plus grande cacophonie, l'assistance avait finalement prononcé l'«ainsi soit-il» attendu.

À l'instar du Père éternel, l'assemblée délibérante était demeurée sourde aux revendications du maire de Yamachiche.

«Ça fait au moins dix ans que trois autres aubergistes ont leur permis, expliqua-t-il à Victoire. Je ne vois pas pourquoi on le refuserait à Lesieur qui tient hôtel depuis treize ans.

— Qui s'oppose? demanda-t-elle en lui préparant à déjeuner.

— M. le curé puis toute sa clique...

— Tu aurais dû t'y attendre! Puis je ne comprends pas, Thomas, en quoi un voyage à Montréal pourrait bien apporter une solution au problème.

— Je voudrais rencontrer les maires de différents districts pour voir comment ils traitent ces questions-là. Ils ont sûrement une grande expérience, au nombre de tavernes et d'hôtels qui existent à Montréal. Puis, tant qu'à y être, j'essaierai d'avoir l'avis du lieutenant-gouverneur, Sir Masson. Il ne doit pas nous avoir oubliés...

— J'espère bien! Ça fait à peine deux ans qu'il s'est mêlé de diviser Yamachiche en deux municipalités!»

Thomas comprenait que la peine de Victoire prenait prétexte de tout pour s'exprimer.

«Aussitôt que cette affaire urgente va être réglée, on pourra se reprendre», dit-il, pour la consoler.

Elle se contenta de froncer les sourcils, doutant que ces vacances si désirées lui soient offertes avant Noël.

Thomas estimait que plus les problèmes étaient vite résolus, plus il lui serait facile de faire adopter ses autres réformes, et plus il pouvait influencer les votes en sa faveur.

«Mais tu n'as quand même pas l'intention de te représenter, après la promesse que tu m'as faite? s'inquiéta Victoire.

— Pour être franc avec toi, j'hésite sérieusement. Si je ne gagne pas cette cause-là et puis celle du gaz naturel, je prolongerais peut-être...»

Victoire ne cacha pas sa déception.

«Mais si tu t'y opposes vraiment, enchaîna-t-il, je laisserai tomber. D'ailleurs, j'ai un autre projet qui me tient beaucoup plus à cœur que la mairie.

— Ah, oui? Je peux savoir?»

Thomas lui promit de lui en parler dès qu'il possé-derait toutes les informations nécessaires.

«À partir de ce moment-là, on pourra décider en-semble..., dit-il.

— Tu pars pour combien de jours?

— Au plus deux jours», fit-il d'un air si affectueux qu'elle se sentit un brin réconfortée.

Avant d'accourir auprès de Romulus qui venait de s'éveiller, elle effleura sa joue comme il venait d'effleu-rer son cœur et lui tendit sa valise.

À la façon dont elle descendit l'escalier, Georges-Noël devina que sa bru n'allait pas partir en voyage ce matin-là. Ses vêtements de tous les jours le lui confir-mèrent. D'ailleurs, il aurait pu le lui prédire la veille au soir.

«Est-ce que ça prendrait un autre miracle du Cap-de-la-Madeleine pour te faire sourire, ce matin, Victoire? risqua-t-il dans l'espoir de chasser sa mauvaise humeur.

— Je vais vous dire bien franchement, monsieur Dufresne, je ne me ferais pas prier pour prendre la place de l'infirme du Cap, aujourd'hui, avec ou sans le père Frédéric.

— Puis tu penses que la statue ouvrirait les yeux une deuxième fois?

— Ça, ça m'est égal, pourvu qu'elle ouvre ceux de mon mari», répliqua-t-elle, plus empressée qu'à l'accou-tumée à servir le déjeuner aux enfants.

Georges-Noël, présent à la séance du conseil de la veille, tenta, à son tour, d'expliquer la situation:

«Il faut y être passé pour comprendre jusqu'à quel point le poste de maire peut être exigeant. C'est ta parole que tu mets constamment en jeu. C'est ça, le problème. On t'amène souvent à faire des promesses que t'es pris pour respecter ensuite, coûte que coûte.

— C'est justement, monsieur Dufresne, coûte que coûte!

— Au prix même de petites vacances bien méritées, précisa-t-il d'un air taquin.

— Ce n'est pas rien que ça. On n'a pas trop de tous nos bras ici, pour les enfants et le commerce. Pendant qu'on paie des gens pour travailler avec nous, on éparpille notre temps et notre argent ailleurs..., pour des causes qui n'en valent pas toujours la peine.

— Tu es contre les permis de boisson, Victoire?

— Je ne suis ni pour ni contre. Je sais trop bien qu'avec ou sans permis les gens qui veulent en vendre le font et que les soûlons trouveront toujours un petit flacon quelque part.

— Tant qu'à ça, tu as bien raison, mais...

— Je soupçonne qu'il avait d'autres intentions en se rendant à Montréal aujourd'hui. Mais allez donc savoir lesquelles...

— Avec Thomas, tu ne sais jamais ce qui te pend au bout du nez, grommela Georges-Noël.

— Je pense quand même que ça doit être drôlement important, admit-elle. Thomas n'est pas un homme à se ficher de décevoir les gens...

— C'est justement ça qui m'inquiète, Victoire. D'autant plus qu'il n'a fait allusion à rien d'autre qu'à l'histoire des permis, hier soir, en revenant de la réunion du conseil.

— Vous allez être obligé de faire comme moi, monsieur Dufresne: attendre.

— On devrait profiter de cette belle température pour aller faire un pique-nique à l'érablière avec les enfants», proposa-t-il en revenant du magasin où il avait trouvé M. Pellerin déjà à l'œuvre.

Victoire se montra enchantée de cette idée. Georges-Noël n'eut pas le temps de retenir la main qui frôla ses épaules. Quinze ans de cohabitation semblaient avoir multiplié leurs affinités, leurs souhaits s'apparentant de plus en plus et leurs petits bonheurs quotidiens trouvant écho dans ceux de l'autre. Victoire pensa de nouveau qu'il pouvait exister différentes formes d'amour. Comme il lui aurait été bon, à cet instant, de fermer les yeux et de s'abandonner entre ses bras. «Mais jusqu'où me mènerait cet abandon?» se demanda-t-elle, sentant qu'elle devait, sans plus tarder, mettre fin à cette douce langueur.

«On devrait commencer à préparer la collation avant que Candide et Marius sortent de leurs draps, dit-elle. Ça va tellement leur faire plaisir.»

* *

*

Au soir de cette journée où jeux, taquineries et émerveillements avaient épuisé les enfants, Victoire, encore éblouie par la beauté de ce domaine et par l'enchantement qu'elle venait d'y vivre, éprouvait un étonnant besoin de solitude. Du fond d'un tiroir d'armoire, elle sortit le cahier à couverture rigide que Thomas lui avait acheté à la librairie Ayotte, lors de leur passage à Trois-Rivières. Elle en noircit une dizaine de pages, versant quelques larmes qui vinrent maculer certains passages. Les nombreuses attentions de Georges-Noël à son endroit, la confusion des sentiments qu'elle éprouvait à l'égard des deux hommes qui jouaient sur son destin et les comportements mystérieux de Thomas avaient été confiés à ce cahier dans l'espoir de les mieux saisir. «Allez donc comprendre quelque chose dans la vie», murmura-t-elle en replaçant son journal intime au fond du tiroir. Victoire avait appris très tôt que nul ne pouvait agir à sa place et décider de la bonne attitude à prendre. «C'est en toi que tu trouveras les réponses», lui avaient répété sa mère et son grand-père Joseph. «À la condition d'être honnête avec toi-même...», avait précisé ce dernier. Cet impératif ne semblait pas couler de source lorsqu'il s'agissait de ses sentiments tant envers Thomas qu'envers Georges-Noël. Immanquablement, ses écrits étaient pleins d'interrogations auxquelles le temps devait apporter des réponses, du moins, le croyait-elle.

Le lendemain soir, le train ne lui ramena pas son mari. Victoire n'en fut pas surprise. Elle l'avait presque souhaité. Une journée de plus pourrait permettre à Thomas d'atteindre ses objectifs et à son épouse, de retrouver sa sérénité. Georges-Noël s'était, la journée durant, cantonné dans le magasin où, d'ailleurs, le travail ne manquait pas. À la sobriété de ses propos et à la rapidité avec laquelle il prit ses repas, pressé de redescendre au magasin, elle sut qu'il avait ressenti la même émotion la veille et qu'il éviterait d'attiser la flamme. Pour lui comme pour Victoire, la présence de Thomas était des plus bénéfiques.

Lorsque ce dernier se présenta, peu avant le dîner, le front soucieux et les gestes nerveux, ils conclurent que ses démarches n'avaient pas donné les résultats escomptés. En fait, le voyage s'était révélé fructueux pour le marchand plus que pour le maire. Un catalogue en main, accoudé au comptoir, Thomas faisait l'exposé des nouveautés qu'offrirait le Magasin général Dufresne à compter du mois prochain.

«Avec ces confiseries, ces friandises et ces charcuteries importées, je suis persuadé de pouvoir doubler mon chiffre d'affaires, affirma-t-il sous les regards approbateurs de Victoire et de Georges-Noël. Je les paie huit cents et je les revends quinze cents l'unité. J'ai hâte que le train nous apporte ça!

— Puis...? Le permis de boisson? demanda son père.

— Je suis sur le point de le gagner. Il me reste à obtenir quelques informations sur le droit municipal et j'ai l'intention de profiter de la visite de Nérée, demain, pour en discuter avec lui.»

Agréablement surprise, Victoire le pressa de monter à la salle à manger.

«Les enfants vont être contents de te voir, dit-elle en le devançant dans l'escalier.

Son soulagement trouva un écho dans les éclats de joie de ses fils et dans l'enthousiasme avec lequel Candide et Marius racontèrent leur journée à l'érablière.

«J'ai donc bien fait de vous apporter des récompenses, fit Thomas qui revenait rarement de Montréal sans rapporter un présent pour chaque membre de la maisonnée.

Un lapin en peluche pour Romulus, des ardoises et une pleine boîte de craies pour les plus vieux, et des cigares importés pour leur grand-père furent étalés sur la table, trouvant vite preneurs.

«Puis maman, elle? demanda Marius.

— Je vais essayer de lui trouver quelque chose», répondit Thomas, feignant de chercher dans les replis de sa mallette un quelconque objet qui pût lui plaire.

Candide allait lui offrir une de ses craies lorsque son père mit la main dans la poche de son veston et en sortit une minuscule boîte précieusement emballée. Il la tendit à son épouse en esquissant une sorte de révérence qui fit sourire ses fils. Un joli pendentif en argent, de la forme d'une feuille d'érable, fut passé au cou de Victoire sous les regards muets d'admiration de toute la famille. Marie-Ange s'en mordait les lèvres d'envie. Thomas ne l'avait pas oubliée. Des peignes décoratifs finement ciselés furent aussitôt placés dans sa chevelure aux reflets châtains.

Généreux, Thomas l'avait toujours été. Mais, cette fois, sa prodigalité s'accompagnait d'une affabilité telle que Victoire présuma que seul un contentement dont il n'avait pas encore parlé pouvait la lui inspirer. Le soir venu, dans l'intimité de leur chambre à coucher, elle se montra beaucoup plus avide de confidences que de sommeil.

Surmontant ses appréhensions, Thomas fit valoir les nombreux avantages que leur offrait la ville de Montréal: le commerce de la chaussure y était florissant et les manufactures produisaient à plein régime.

«Sans compter que les détaillants cesseraient de faire des profits sur notre marchandise, ajouta-t-il.

— Qu'est-ce que tu veux dire, Thomas?

— Tu as bien compris. On est mûrs pour avoir notre propre manufacture à Montréal. Avec nos trois ouvriers expérimentés, on pourrait embaucher d'autres travailleurs qu'ils formeraient pendant que, toi et moi, on ferait marcher l'entreprise.

— Parce que tu penses que ça m'intéresserait de faire de l'administration, puis de me lancer dans la grosse production?»

Thomas l'avait suppliée de ne pas se retirer du projet.

«Tu ne feras que ce que tu aimes dans notre entreprise, mais il faut que tu continues de créer nos modèles. C'est toi, l'âme de la cordonnerie. Ce sont tes créations qui attirent les acheteurs en gros comme les particuliers, je suis bien placé pour te le dire.

— Même quand c'est à toi qu'on adresse les honneurs?» fit-elle.

Le temps lui donna raison. La semaine suivante, ils apprenaient qu'une mention lui avait été décernée à une exposition tenue à Lyon.

Finalement, Victoire acquiesça au projet de Thomas, et cette décision porta l'enthousiasme de son mari à son paroxysme.

«Je ne me gênerai pas de le dire que c'est toi qui les dessines, les modèles, que c'est toi qui as trouvé les recettes de teinture, que tu es une des premières au Canada à avoir utilisé de la peau d'agneau pour fabriquer des chaussures et des gants. Que tu es partie de rien à l'âge de quinze ans et que tu ne t'es pas laissé décourager par les rejets qu'on t'a fait vivre. Je leur apprendrai aussi que tu es la première femme cordonnière de notre pays, du monde entier peut-être...»

Ce témoignage inattendu de son mari, le premier qui lui rendait pleinement justice, ralluma dans son cœur l'ardeur de ses premières années de cordonnière.

«Je ne te dis pas qu'on partirait demain, précisa Thomas. On prendra le temps de bien préparer notre monde, puis de vendre notre propriété à un prix intéressant.»

Le silence de Victoire l'inquiéta.

«Je suis sûr que tu ne t'ennuieras pas à Montréal, dit-il, croyant lire dans sa pensée. Si tu savais comme c'est intéressant en ville: des livres, des spectacles, des associations, il y en a à profusion. Tes deux belles-sœurs ne demandent pas mieux que tu ailles les rejoindre.»

Thomas fit une pause et tenta d'être plus persuasif encore:

«Oscar travaillerait avec nous et je le préparerais à prendre la relève, une fois bien formé.»

Victoire comprit les allusions de son fils aîné lorsqu'il avait été question des attentes de son père par rapport à sa formation au *High School.* Force lui fut d'admettre que son mari était doué pour la planification à long terme et qu'il faisait preuve d'un sens des affaires des plus remarquables. Mais ces considérations ne la consolaient guère quant à l'inévitable séparation que Thomas imposait à Georges-Noël.

«On ne peut pas lui faire ça, lui dit-elle.

— Tu parles de qui?

— On ne peut pas laisser ton père seul ici, c'est impensable.

— Tu crois qu'il n'accepterait pas de vivre en ville?

— Pas avec les idées qu'il s'en fait. Tu te rappelles comme ç'a été difficile pour lui quand Ferdinand s'y est installé?»

Thomas reconnut avoir les mêmes doutes. Cependant, les fraudes qu'il avait mises au jour dans les commissions versées par les magasins de chaussures ne lui donnaient pas le choix, pour éviter de trop lourdes pertes, que de reporter à au plus un an ce nécessaire déménagement.

«Le temps qu'il se fasse à cette idée, dit Thomas. Tu sais fort bien qu'il serait prêt à bien des sacrifices pour continuer de vivre avec nous. Puis, il aura toujours le choix d'aller rejoindre son frère sur le bien paternel.»

«Non! Pas ça!» allait s'écrier Victoire, complètement bouleversée à l'idée de vivre loin de cet homme. Elle se reprit et dit:

«Après tout ce qu'il a fait pour nous, il ne mérite pas qu'on le laisse finir ses jours dans la solitude. Ça pourrait le faire mourir», ajouta-t-elle, la voix brisée de chagrin.

Un long et douloureux silence se glissa au creux de leur lit.

«Il ne faut surtout pas qu'il se doute de quoi que ce soit avant que j'aie vérifié à quelle date pourrait se faire notre déménagement. Quitte à ce que vous veniez me rejoindre un peu plus tard, laissa-t-il voir comme possibilité.

— Mais tu ne sais pas encore que ton père devine tout?

— Tu t'en fais trop pour lui, Victoire. Il en a passé d'autres, dans sa vie, et des bien pires qu'un déménagement», dit-il, avant de se pelotonner sous ses couvertures, en quête de sommeil.

Victoire était désespérée. Son déchirement avait un nom. «Comment expliquer que j'en sois venue là?» se demanda-t-elle, plus lucide que jamais devant la cause réelle de son tourment. En elle, deux amours si grands qu'elle ne saurait choisir. Comme si sa soif d'aimer ne pouvait se satisfaire de l'un ou de l'autre. Elle les voulait tous les deux à elle avec la même ardeur, avec la même brûlure dans sa chair, avec la même flamme au cœur. La vie lui sembla d'une cruauté sans pareille. «Pourquoi fait-elle couler dans mes veines ce mal d'infini si elle n'est qu'un enchaînement d'interdits, qu'une suite d'éphémères libérations? Et mes pauvres enfants que je livre à leur tour à un destin tout aussi dérisoire...» Les emporter avec elle dans la mort lui apparût soudain comme le seul recours digne d'eux. Elle frissonna d'effroi. «Si je pouvais être sûre, au moins, d'améliorer leur sort.» La nuit empruntait à la mort cette langueur dans laquelle Victoire glissa et se laissa engloutir, jusqu'à ce que, fait exceptionnel, ce matin-là, Marius dut venir réveiller ses parents.

Une pluie automnale fouettait les carreaux et maintenait Victoire dans un engourdissement délicieux. Ouvrir les yeux, ce serait renouer avec la douleur qu'elle avait abandonnée au sommeil, sans savoir si les attentions de son mari l'en soulageraient suffisamment. Aussi tenta-t-elle de la calmer en invitant ses fils à les rejoindre dans la chambre, le bambin glissé entre son père et sa mère, et les deux autres garçons de chaque côté du lit.

Éveillé par toute cette agitation, Thomas fit un mouvement pour sortir du lit, mais il en fut aussitôt empêché par Victoire:

«Ton père est descendu au magasin. Reste un peu avec nous. C'est si rare qu'on se retrouve ensemble, à ne faire rien d'autre que de s'amuser.

— Comme avec grand-père», renchérit Candide.

Thomas comprit que ses enfants s'opposeraient autant que Victoire à ce que Georges-Noël vive loin d'eux. Tant qu'il ne leur accorderait pas lui-même cette disponibilité, cet entrain et cette gratuité, il ne pouvait les priver de sa présence. Et puisqu'il n'était pas question qu'il se contraignît à demeurer à Yamachiche alors que Montréal leur offrait à lui et à son fils tant de possibilités, il lui incombait de trouver l'ultime argument pour convaincre Georges-Noël de partir avec eux.

*   *

*

La période des Fêtes apporta son cortège de joies parmi lesquelles figurait un cadeau à nul autre comparable, la présence d'Oscar à la maison. Confident de son grand-père, réconfort moral de sa mère, fierté de son père, le jeune homme n'en demeurait pas moins très attentionné pour ses frères. «Celui-là fera un bon mari et un excellent père», pensa Victoire.

À la tête de la municipalité de Yamachiche, Thomas devait consacrer de plus en plus de temps à son rôle de maire, auquel se rattachaient désormais les fonctions de juge de paix. Il devait ainsi exercer une surveillance policière dans les lieux publics où des désordres risquaient d'éclater en cette période de l'année. Dans nombre de foyers canadiens-français, l'alcool coulait à flots à l'occasion des réjouissances du temps des Fêtes, et les réunions de famille tournaient parfois en disputes assez orageuses.

«On te croirait en période électorale, lui fit remarquer Victoire, tant il brillait par son absence.

— Je découvre qu'à partir du jour où tu es élu, expliqua Thomas, tu es tout le temps en période électorale tant les esprits s'échauffent au moindre prétexte et qu'un simple incident risque de remettre ton siège en question.»

Résolu d'échapper à ce piège, il affichait sa position sans détour: «Que ce soit moi ou un autre, l'important est que Yamachiche ait un maire qui veille aux intérêts de sa municipalité.» Qu'il cédât son siège paraissait d'autant plus plausible que son cousin, Sévère Desaulniers, se montrait intéressé à lui succéder.

«C'est le seul à qui je ferais confiance pour reprendre les dossiers que je n'ai pu mener à terme», confia-t-il à Victoire.

Pendant les trois mois qui précédèrent cette élection, Thomas ne cacha pas à ses proches son intention de se retirer de la course. Georges-Noël y vit le signe si redouté. «Tant qu'il tenait à la mairie, je pouvais être sûr qu'il ne lève pas le camp», écrivit-il à Oscar. Vaut mieux nous préparer tout de suite. Ça peut venir plus vite qu'on pense, la responsabilité du magasin. Je soupçonne même ta mère d'être au courant. Elle est plus triste que d'habitude et elle évite de se trouver seule avec moi, de peur, sûrement, que je la questionne. Ton père fait son petit numéro devant moi, mais je suis certain qu'il sait déjà où il s'en va... C'est un petit futé, ton père.»

Thomas présida la réunion d'avril 1889 avec le sentiment de le faire pour la dernière fois. Le zèle déclinait, même chez les échevins de sa formation. D'aucuns lui reprochaient d'avoir des vues trop ambitieuses pour la population, d'autres souhaitaient freiner ses élans de modernisation. C'est ainsi que le projet de forage des puits de gaz naturel fut de nouveau reporté et que le prolongement de l'aqueduc dans toutes les rues du village fut battu majoritairement. Malgré les pressions de ses partisans, Thomas abandonna la course en faveur de son cousin. Victoire jubilait.

«Le troisième miracle du Cap a eu lieu, annonça-t-elle à Georges-Noël au lendemain de la dernière séance du conseil présidée par le maire Dufresne.

Bien qu'il eût tant souhaité la voir heureuse, Georges-Noël ne parvint pas à partager la joie de sa bru.

«C'est la vraie vie de famille qui va reprendre!» s'exclama-t-elle, s'obstinant à espérer que, le temps venu, Thomas réussirait à persuader son père de les suivre dans cette grande aventure..., comme il l'avait fait au moment d'emménager au village de Yamachiche.

Debout devant la fenêtre de l'atelier, Georges-Noël ne broncha pas, le regard perdu dans le vide, pensa Victoire. Elle s'approcha et constata alors que Pyrus semblait fort mal en point au pied de l'escalier.

«Cette fois, je sais ce que Thomas va décider», murmura Georges-Noël, d'une voix triste, pressentant la peine qu'en éprouverait toute la famille.

Son attitude avait quelque chose de pathétique. Victoire crut apercevoir une larme dans le coin de son œil avant qu'il la rattrapât d'un clignement de la paupière.

«Vous savez qu'il y a des clients qui n'aiment pas trop la voir se promener dans le magasin?

— C'est quoi ces sornettes-là? riposta-t-il. Je ne vois pas à qui elle pourrait faire peur, elle a de la misère à se traîner...

— Sa grosseur impressionne, c'est sûr, mais c'est surtout une question d'hygiène.

— Il vaudrait mieux dire carrément que vous avez l'intention de vous débarrasser de tout ce qui devient encombrant pour...»

Il se tut, préférant ne pas exprimer la réalité qu'il redoutait et, par-dessus tout, ne pas exacerber une souffrance qu'il savait présente.

Le convaincre qu'il avait tort de penser ainsi, le persuader que tout ça n'était que le fruit de son imagination, Victoire en était incapable. C'eût été offenser un homme qu'elle vénérait et qui ne méritait pas qu'on lui manquât ainsi de respect. Thomas était le seul à penser que son père ne percevait pas le vent de changement qui soufflait au-dessus de leurs têtes. «Vous savez bien qu'on tient à vous plus que tout au monde», aurait-elle aimé lui dire.

«Pourquoi vous mettre dans un état pareil? Cette pauvre bête se meurt de vieillesse, vous le voyez autant que moi.»

Il hocha la tête comme s'il fût las de discuter.

Non autorisée à lui faire part des projets de Thomas, elle ne trouva d'autre solution que d'essayer de le distraire.

«Venez donc prendre un bon thé, en haut, avec moi. Y a des sorcières qui prétendent que ça chasse les idées noires», ajouta-t-elle en voulant badiner.

Georges-Noël la suivit dans la cuisine, la démarche alourdie.

Grâce à la vigilance de Marie-Ange, une bouilloire d'eau chaude les attendait sur la cuisinière, à n'importe quelle heure de la journée.

«Vous me garderez vos feuilles de thé que je vous dise la bonne aventure, tantôt, proposa Victoire, résolue à le dérider.

— Ce n'est pas la peine de te donner tant de mal pour me faire changer d'humeur», grogna-t-il, sans le moindre goût de plaisanter.

Il avala son thé sans mot dire et allait déposer sa tasse dans la cuvette d'eau quand elle le pria d'attendre. Elle s'empara de sa tasse et commença à la tourner sur elle-même, en levant les sourcils. Au moment où elle ouvrait la bouche pour révéler ce qu'elle y lisait, Thomas entra, ramenant le petit Romulus qui s'était payé une escapade au magasin. Lorsqu'il comprit ce que Victoire s'apprêtait à faire, il figea sur place.

«Depuis quand lis-tu dans les feuilles de thé, toi?

— Depuis que mon grand-père me l'a montré...

— Tu blagues», dit-il en voyant la mine espiègle de sa femme.

Bien qu'elle lui donnât raison, Thomas demeura perplexe.

«Ton père ne veut pas croire que tu as renoncé à la mairie parce que tu veux être plus souvent avec nous autres. Il broie du noir aujourd'hui...»

S'il n'en fit rien voir, Thomas avait tout de même saisi le message de son épouse.

«Je ne dis pas que j'ai renoncé à la politique pour toujours, corrigea-t-il. Peut-être que j'y retournerai quand les enfants seront tous grands et que ma femme sera tannée de m'avoir sur ses talons...

— Compte sur moi pour te faire signe», enchaîna Victoire, avec le même humour.

Georges-Noël avait tiré sa chaise près du petit Romulus qui mordait avidement dans son morceau de pain. Écrasée sur son arrière-train, Pyrus, qui était parvenue à gravir l'escalier, salivait à chaque miette qui tombait de la chaise haute et qui glissait sur son gros museau. Romulus riait de la voir sortir la langue aussitôt qu'il portait la tartine à sa bouche.

«Aurais-tu vu dans ta tasse de thé, demanda Thomas, que Mme Pellerin ne demande pas mieux que de venir travailler avec son mari à notre magasin?

— Une autre employée au magasin? s'exclama Victoire, se doutant du sens que Georges-Noël donnerait à cette présence.

— Je ne vois pas pourquoi on ne dégagerait pas mon père quand les revenus du commerce nous le permettent.»

Georges-Noël le regarda, stupéfait. «J'avais bien raison», pensa-t-il, serrant les dents sur une réflexion qui risquait de blesser Victoire.

«Je tiens à ce que vous n'alliez travailler en bas que quand ça vous tente de le faire, précisa Thomas. Puis, de mon côté, je voudrais passer plus de temps à la cordonnerie.»

Victoire évita le regard de Georges-Noël qu'elle savait braqué sur elle.

Thomas mettait donc tout en place pour atteindre ses objectifs. Il considérait que, libéré de toute tâche, son père envisagerait plus aisément de quitter Yamachiche pour finir ses jours auprès de tous ses petits-enfants. Par ailleurs, en incitant Oscar à prendre plus d'expérience à Montréal avant de choisir son métier et le milieu dans lequel il voulait l'exercer, il espérait l'amener à préférer la ville. Voyant cela, Georges-Noël ne souhaiterait plus que de les y accompagner.

«De toute évidence, Thomas a franchi d'autres étapes», pensa son père. Oscar fit la même constatation en apprenant, à son retour de Trois-Rivières, qu'une place lui était réservée pour un an, tant à la Caverhill, Hugues & Co. qu'au 126 de la rue Logan, chez sa tante Georgiana.

«Dans ce cas, j'aimerais passer un peu plus de temps ici avant de repartir pour Montréal», dit le jeune homme, exaucé sur-le-champ d'un simple signe de la tête.

*   *

*

Les lilas parfumaient la campagne. Victoire observait celui qui se balançait doucement devant la fenêtre de sa chambre, heureuse de la confirmation qu'elle venait de recevoir. L'enfant qu'elle portait depuis près de deux mois maintenant lui inspirait une confiance sans pareille en l'avenir, contrairement à Thomas chez qui la nouvelle avait provoqué plus d'inquiétude que de bonheur. Elle ne trouva l'occasion d'en causer avec Oscar que le dimanche précédant son départ pour Montréal, pendant que Georges-Noël, Thomas et les deux autres garçons assistaient à la messe.

«J'aurais bien aimé aller te reconduire à Montréal avec ton père, après-demain, dit-elle, alors qu'il l'aidait à préparer le dîner.

— Moi aussi, j'aurais bien aimé que vous veniez... Sans compter que ça vous ferait tant de bien...

— Ce serait trop dangereux pour le bébé qui s'en vient.

— Je m'en doutais, dit-il. Je vous souhaite d'avoir une fille, cette fois-ci. Il me semble que ça doit vous manquer...»

Notant une émotion étrange sur le visage de sa mère, Oscar s'inquiéta:

«Êtes-vous vraiment contente?

— Bien sûr! J'ai toujours été tellement heureuse de mettre un enfant au monde. Je ne connais rien de plus prodigieux sur la terre.

— C'est une femme comme vous que je voudrais marier, dit-il, admiratif.

— Tous les garçons souhaitent ça à ton âge.

— Peut-être, mais moi, je le sais quelle sorte de mère je veux pour mes enfants.

— Parce que tu veux des enfants, aussi?

— Plusieurs enfants. Autant que vous si...»

Sa phrase resta en suspens, arrêtée par un soudain déferlement de tristesse.

«Si on avait été moins malchanceux? demanda Victoire.

— J'y pense encore très souvent, vous savez. Dire que je serais entouré de quatre sœurs, en plus de cinq frères. J'étais tellement attaché à Clarice...»

Victoire dut deviner la suite. Oscar poussa un long soupir avant de déclarer:

«Par chance que j'ai eu grand-père!

— Ça a été très difficile pour tout le monde, reconnut Victoire. C'est pour ça que, même si ça me manque de ne plus avoir de filles, je me réjouis chaque fois que je vois naître un garçon... Comme si je risquais moins de perdre mon enfant avant qu'il ait eu le temps de grandir. Mais quelque chose me dit que, cette fois-ci, ce sera une fille.»

Oscar se mit à penser tout haut:

«Grand-père doit être content puisque vous êtes heureuse de porter un autre bébé. Il irait nous décrocher la lune tant il veut notre bonheur...»

Soudain, son visage s'assombrit.

«Ce n'est pas toujours drôle de devenir vieux. Il se sent délaissé depuis quelque temps...

— C'est lui qui t'a dit ça?»

Bouleversée par les confidences d'Oscar, Victoire ne put que constater la justesse de ses appréhensions et des intuitions de Georges-Noël. Le silence, qui n'avait pour but que de le ménager, l'avait profondément chagriné. Pis encore, elle apprenait que, pour la première fois, Georges-Noël avait douté de sa loyauté.

Jamais le temps de la messe ne lui avait semblé aussi court! Dans quelques minutes, il serait là, devant elle, cet homme qu'elle avait aimé plus qu'elle-même. Il serait là comme avant, comme toujours, mais elle, Victoire Du Sault, n'était plus la même à ses yeux. Plus que toutes les souffrances que la vie lui avait infligées, celle-ci la meurtrissait au plus profond d'elle-même. La confiance de Georges-Noël lui apparut alors comme le bien ultime, le dernier qu'elle eût sacrifié.

Les derniers jours du séjour d'Oscar à la maison furent marqués par une tristesse partagée. L'imminent départ du grand frère contrariait Candide qui avait tant attendu son retour pour vivre des vacances à son goût. Quant à Marius, il s'accrochait à Oscar, le suppliant, au nom de tous les petits bonheurs qu'ils avaient connus pendant ces deux mois, de ne pas partir.

«Quand je vais revenir, à part le congé de Noël, ça va être pour de bon, je vous le promets.»

Sur le chemin de la gare, Thomas lui demanda:

«Pourquoi avoir fait une promesse semblable à tes frères?

— Parce que je suis pas mal sûr qu'en juin prochain je serai capable de prendre la place des Pellerin à notre magasin.

— Je ne suis pas loin de croire que tu pourrais découvrir beaucoup plus de chances d'avancement à Montréal que dans la région», dit Thomas, comptant sur les trois heures de trajet entre Yamachiche et Montréal pour l'en persuader.

* *

*

À la gare de Yamachiche, une odeur de tabac à pipe annonçait la présence de quelques assidus des départs et arrivées. Thomas se dirigea immédiatement vers le guichet pour prendre les billets, répugnant à l'idée de se faire aborder par tout un chacun sur les sujets qu'il avait débattus à la mairie. Le plancher de la gare et les carreaux des fenêtres tremblèrent. Une douzaine de passagers débarquèrent. Derrière nombre de fenêtres des wagons se profilaient des formes oblongues.

«Les places libres semblent se faire rares», dit Thomas qui envoya Oscar à la recherche de fauteuils de choix pendant qu'il confiait les bagages au préposé.

Le cou étiré au-dessus des têtes qui zigzaguaient dans l'allée, Thomas fut soudainement interpellé:

«Seriez-vous un monsieur Dufresne, par hasard? demanda une jeune fille assise dans les premières rangées, les yeux pétillants.

— Oui, mademoiselle, fit-il en fronçant les sourcils.

— Je sais que vous ne me connaissez pas, s'empressa-t-elle de préciser avec une timidité qui lui allait à ravir. Mais moi, je vous ai déjà vu sur une photo.»

Doublement étonné, Thomas en oublia Oscar.

«De quelle photo voulez-vous parler?

— Une photo chez ma sœur, à Montréal.

— Votre sœur...

— Madame Dufresne. Georgiana Dufresne.

— Vous êtes...

— Je suis la plus jeune», précisa-t-elle avec fierté.

Thomas en fut enchanté. Il allait lui tendre la main lorsqu'il aperçut Oscar qui venait à sa rencontre.

«Qu'est-ce que vous faites, papa? J'ai été obligé de laisser mon paletot sur le banc pour ne pas qu'on perde nos places», expliqua-t-il sans porter attention à la jeune demoiselle assise devant son père.

Faisant fi de ses doléances, Thomas procéda aux présentations:

«Mademoiselle...

— Florence, apprit-elle à Thomas, avec un sourire tout gracieux à l'endroit d'Oscar.

— Mademoiselle Florence, je vous présente mon fils Oscar. Il s'en va justement chez Georgiana.»

Stupéfait et agacé, Oscar ne comprenait plus rien.

«Imagine-toi, Oscar, que Mlle Florence est la sœur de ta tante Georgiana.

— Vous ne seriez pas celle qui veut devenir chanteuse, par hasard?» demanda Oscar.

Flattée de cette attention, Mlle Florence le lui confirma avec fierté.

«Alors, vous n'allez pas pour aider votre sœur, si je comprends bien, reprit Thomas, un peu déçu.

— Oui et non, monsieur Dufresne.»

Quelque peu embarrassée, elle parvint à s'expliquer.

«Voyez-vous... c'est que ma sœur a besoin de distraction de ce temps-ci. Elle a bien de la peine, vous savez, depuis la mort de son mari. Maman m'envoie lui tenir compagnie, mais moi, je vais en profiter pour me chercher un professeur de chant.»

Oscar pressa son père de gagner leur banquette.

«Bien, mademoiselle Florence, dit Thomas en lui tendant la main. On se reverra à la gare. Vous nous attendrez pour vos bagages.

— Merci, monsieur Dufresne. À tantôt», dit-elle sur un ton joyeux.

Oscar reprit sa place du côté de la fenêtre qu'il fixa d'un air boudeur.

«Georgiana t'avait parlé de sa sœur Florence? lui demanda Thomas.

— Comme de toutes les autres.

— Tu lui donnerais quel âge, toi? risqua-t-il.

— Elle a dix-sept ans, répondit Oscar sèchement.

— Un beau petit brin de fille, tu ne trouves pas?

— Puis? Elle n'est pas la seule!

— En plus qu'elle a l'air de te trouver de son goût...

— On ne va pas parler d'elle jusqu'à Montréal, quand même.»

Intrigué par la réaction de son fils, Thomas jugea préférable, pour le moment, de ne pas prolonger cette conversation.

«C'est Georgiana qui va être contente de te voir arriver, fit-il remarquer après quelques minutes de silence.

— Si sa sœur est pour rester là, je pense bien aller loger ailleurs, moi.

— Il ne faudrait pas que tu oublies qu'elle t'a donné un bon coup de pouce pour entrer à la Caverhill. Ce n'est pas le temps de la laisser tomber.

— Je n'ai pas l'intention de la laisser tomber, non plus. Il existe plus qu'une façon d'aider quelqu'un...»

Un accès de tristesse vint soudain obscurcir ses grands yeux marron, parfaits reflets de ceux de sa mère. D'un geste nerveux, Oscar replaça une mèche rebelle.

«Tu sais que tu m'as foutu une belle peur en tardant comme ça à repartir pour Montréal, dit Thomas pour dissiper le malaise qui persistait. T'aurais eu le goût de le reprendre, ce magasin-là, toi? Même sans nous, tes parents?

— Ce serait bien moins difficile que ce que je vis à Montréal. Je connais plein de gens à Yamachiche, puis le commerce roule bien.

— Je te trouve un peu trop jeune pour prendre des responsabilités comme celles-là, tout seul.

— Je ne serais pas tout seul, non plus.

— Tu serais avec qui?»

Oscar ne répondit pas. Après un long silence, il reprit:

«Je l'aime tellement, cette maison-là! Dire que je ne l'ai presque pas habitée. Je me verrais y vivre avec grand-père, puis ma petite famille.»

Cette déclaration troubla Thomas. La possibilité que son fils et Georges-Noël désirent se porter acquéreurs de la propriété de Yamachiche si la famille déménageait l'effleura et lui déplut.

«Même s'il a soixante-cinq ans, grand-père est plus en forme que bien des hommes de quarante ans, ajouta Oscar. Ce n'est pas demain qu'il va cesser de travailler. C'est lui qui me l'a dit.»

Thomas fit mine de ne pas l'entendre tant cette perspective contrariait ses plans.

Le train allait entrer en gare dans une heure. Oscar sortit de son sac une enveloppe adressée à son nom sur laquelle Thomas reconnut l'écriture de Georges-Noël.

«Qu'est-ce que c'est? demanda-t-il, ayant entrevu une liste d'adresses.

— Des commissions que mon grand-père m'a demandé de faire pour lui.

— Des commissions...?

— C'est personnel», dit Oscar en tournant les papiers vers lui.

«Il est grand temps que j'y vois, pensa Thomas, sinon ils vont s'être organisés avant que j'aie trouvé de quoi les faire changer d'idée.»

«J'ai pensé, dit-il, certain de marquer un point, que l'érablière du domaine pourrait nous servir de port d'attache à Pointe-du-Lac.»

L'enchantement se lut sur le visage de son fils.

«À partir du mois de mars, elle sera à toi, cette érablière-là. Je la mettrai à ton nom...

— Ce qui veut dire que je pourrais la repartir pour la saison des sucres?»

Un tel enthousiasme de la part d'Oscar s'inscrivait dans la logique des précédentes réflexions.

Déjà, les voyageurs s'agitaient et commençaient à ramasser leurs effets. Avant de quitter sa place, Thomas recommanda à son fils de se réserver une semaine de congé dans le temps de Pâques.

«On va rouvrir officiellement la cabane d'Augustin Dufresne au nom de son nouveau propriétaire, Oscar Dufresne», annonça-t-il en boutonnant son veston.

Faute d'avoir deviné que son fils flairait ses secrètes intentions, Thomas fut surpris qu'une simple poignée de main de la part d'Oscar tînt lieu de remerciements pour ce cadeau inattendu.

Le visage maquillé d'un sourire de convenance, le jeune homme se dirigea vers Mlle Florence et s'offrit à transporter ses bagages. Charmée de cette prévenance, elle allait imaginer la suite des événements lorsque Oscar accéléra l'allure, la laissant avancer précieusement dans ce long corridor de la gare de Dalhousie en compagnie de Thomas.

Pressé de fuir l'humidité et l'aspect lugubre de ce tunnel d'un gris glacial, Oscar n'avait aucune envie de recueillir les impressions d'une jeune fille de Batiscan qui mettait les pieds en ville pour la première fois. Heureux toutefois de revoir Montréal, il se précipita vers la sortie. La tête renversée, toujours aussi fasciné par les décorations des corniches des maisons, Oscar ne vit pas que son père et Mlle Florence avaient déjà pris place à bord du tramway. Devant leurs sourires moqueurs, il apprécia de trouver un siège libre à l'arrière du véhicule.

L'arrivée du trio au 126 de la rue Logan combla de joie Georgiana et ses deux enfants. L'excitation de Florence était telle, que Thomas se hâta de prétexter des rendez-vous d'affaires pour s'éclipser.

Il devait d'abord rencontrer un personnage important de la nouvelle cité de Maisonneuve. C'est avec fébrilité que Thomas s'engagea dans la rue Morgan, jusqu'au bureau de M. Beauchamp, secrétaire-trésorier de la ville. Accueilli avec toute la déférence due aux éventuels entrepreneurs, Thomas écouta, avec une juste réserve, l'énumération des privilèges que pouvait offrir cette cité, future réplique du Golden Square Mile.

«Dans moins d'un an, nous produirons nous-mêmes notre électricité, annonça M. Beauchamp. Un expert est en train d'étudier les coûts d'une centrale thermique chez nous.

— C'est très intéressant, mais vous n'êtes quand même pas sans savoir que la Royal Electric Company répond admirablement bien aux besoins d'une ville. Regardez Montréal... Je me demande si ce n'est pas plus avantageux d'avoir, comme eux, une génératrice à courant continu plutôt qu'une génératrice à vapeur.»

Impressionné mais soucieux de n'en rien laisser paraître, le secrétaire-trésorier se gratta la tête avant de poursuivre:

«Cette option est aussi à l'étude. Mais si on en venait au but exact de votre visite, monsieur Dufresne.

— Qu'est-ce que vous avez à offrir à un industriel qui viendrait s'établir chez vous, maître Beauchamp?»

Sûr de lui, le secrétaire saisit l'occasion de vanter les mérites de l'ex-maire Barsalou:

«Déjà, à la fondation de notre cité, notre maire a fait voter le Règlement numéro 4, autorisant la vente d'alcool pour encourager nos hôteliers..., malgré la désapprobation du clergé et d'une certaine classe sociale...

— Je sais, je suis venu vous consulter à ce sujet l'année dernière, l'interrompit Thomas, pressé, à son tour, d'en arriver au but.

— En plus d'avoir réglementer l'entretien de nos trottoirs, nous avons déjà notre système d'épuration des eaux. Tout ça pour la qualité de vie des citoyens. Nos terrains, bien que plus grands, se vendent moins cher qu'ailleurs et nous accordons une exemption de taxes pour au moins vingt ans à toutes les entreprises qui s'installent chez nous.»

Les résultats encourageants de cette rencontre autorisaient Thomas à se rendre sur le coteau de la rue Sherbrooke, chez un riche propriétaire foncier du nom d'Alphonse Desjardins qui avait réussi en dépit d'un faible investissement de départ. Aux appréhensions dont Thomas lui fit part concernant l'ouverture d'une fabrique de chaussures dans la cité de Maisonneuve il répliqua par le récit des obstacles qu'il avait dû surmonter pour parvenir à la prospérité.

«Il n'y a jamais rien de garanti quand on décide de lancer une entreprise, mon cher monsieur, souligna-t-il enfin. Il faut miser moitié-moitié sur les expertises et sur l'intuition et la ténacité.»

Diverses hypothèses furent ensuite envisagées relativement à l'emplacement possible et souhaitable de la future fabrique de chaussures Dufresne.

Au terme d'un entretien de deux heures, l'enthousiasme des deux hommes était tel que Thomas faillit rater le train pour Yamachiche. Il lui restait tout juste assez de temps pour aller prendre la commande qu'il avait passée à la librairie Rolland & Fils à sa dernière visite. Une jolie boîte de papier à lettres dans laquelle chaque enveloppe portait, dans le coin supérieur gauche, imprimé en lettres au tracé fantaisiste: *Monsieur et Madame Thomas Dufresne.*

«Je n'ai pas fait inscrire l'adresse vu que mes démarches à Montréal ont été plus qu'encourageantes», dit-il à Victoire avant de lui relater les épisodes de ce voyage.

Le regard inquiet et curieux de son épouse l'invitait à poursuivre.

«Tu imagines! D'immenses terrains pour une chanson, une exemption de taxes pour vingt ans et bien d'autres privilèges nous sont donnés si on décide de s'établir dans la cité de Maisonneuve. C'est le gendre de M. Alphonse Desjardins qui me l'a promis. D'un autre côté, le quartier Saint-Jacques présente de gros avantages aussi...»

Dans les nombreuses questions de Victoire, Thomas crut découvrir un tel intérêt qu'il lui proposa de l'accompagner à Montréal, au moment où elle le jugerait convenable.

«On pourrait choisir les terrains ensemble, déterminer le modèle de maison qu'on pourrait faire construire dans l'est de Montréal...

— Tu es bien décidé, comme je peux voir...

— On a tout à gagner.

— Moins ce qu'on a déjà perdu», répliqua-t-elle, encore blessée par les doutes de Georges-Noël sur sa loyauté.

Thomas ne la questionna pas et elle en fut déçue.

«Tu prévois en parler à ton père ces jours-ci? lui demanda-t-elle, suppliante.

— Vaudrait mieux attendre après ton voyage à Montréal. D'autant plus que je préfère que ce soit toi qui abordes le sujet avec lui. Les femmes sont tellement plus habiles que nous autres dans ce genre de choses...»

Peu à peu, avec les angoisses d'une grossesse qui se compliquait et l'attente de nouvelles d'Oscar, Victoire sentit fléchir cette sérénité qu'elle s'efforçait de maintenir. Pour comble de malheur, en novembre, elle s'était vu imposer le repos presque total, car elle risquait de perdre l'enfant qu'elle portait. Elle avait dû retarder encore une fois son voyage à Montréal et déléguer la direction de la cordonnerie de façon à pouvoir se consacrer à la création des modèles qu'elle brûlait de tracer et de porter à leur réalisation finale. Vers la fin du mois, elle était heureuse de montrer la matérialisation d'une nouvelle idée.

«De toutes tes créations, je n'en ai jamais vu d'aussi magnifiques! s'exclama Georges-Noël, admiratif devant deux paires de bottines dont l'une, miniaturisée, se donnait comme la réplique de l'autre.

— Il s'agissait d'y penser, répondit la cordonnière. Pourquoi les petites filles n'auraient-elles pas le droit de porter des chaussures comme celles de leur mère?

— Je comprends que tu ne pourrais jamais te satis- faire de surveiller le travail de tes ouvriers, lui dit Georges-Noël.

— J'y ai songé à quelques reprises... Mais je vous avoue que je ne pourrais me priver définitivement de laisser courir mon imagination sur des pièces de cuir ou de chamois. Rien qu'à les palper, l'inspiration naît et elle m'obsède tant que je ne l'ai pas rendue dans sa forme finale.»

À la fois radieuse et quelque peu lasse, elle ajouta: «C'est Oscar que j'aurais bien vu ici, cette année.

— Et moi donc! approuva Georges-Noël d'une voix empreinte de regrets et de nostalgie. Je ne me fais pas à l'idée de le savoir à Montréal pour toute l'année. Quand je repense à Ferdinand, je suis de plus en plus convaincu qu'on n'est pas faits pour vivre loin les uns des autres, nous, les Dufresne. Ça nous tue...»

«On ne vous fera pas ça», aurait-elle voulu lui jurer pour le délivrer de cette détresse qui menaçait de l'emporter.

«Il faut qu'on se parle, nous trois, parvint-elle à lui dire, contenant difficilement son émotion. Ce soir, quand les enfants seront au lit, dans le petit boudoir de l'entrée, avec Thomas», précisa-t-elle.

Mais voilà que l'accouchement, qui était prévu pour le 1er janvier, allait tout chambarder. En effet, la sage-femme du village était appelée auprès de Victoire, tôt après le souper de ce 22 novembre 1889. «Vite! Elle a crevé ses eaux...», de crier Thomas qui avait dû, sitôt rentré chez lui, en ressortir et courir chez Mme Lesieur, en panique.

* *
*

Pendant que Victoire luttait pour sa vie et celle de son enfant, à l'étage en dessous deux hommes, plus sobres de paroles qu'ils ne l'avaient jamais été, espéraient, contre toute apparence, un dénouement heureux.

Georges-Noël faisait le serment, dans le secret de son cœur, de se rallier aux projets de Thomas et d'y inciter Oscar, si jamais sa bru et le nouveau-né échappaient à la mort.

Après trois interminables heures d'attente, ne tenant plus en place, Thomas décida d'aller au-devant des nouvelles, mais il fut contraint de faire les cent pas d'un bout à l'autre du corridor des chambres. Sitôt qu'un grincement de porte se fit entendre, il se précipita, impatient de savoir.

«Monsieur Dufresne, dit Mme Lesieur en lui présentant le plus minuscule des bébés qu'il lui eût été donné de voir, c'est votre fille.»

La même émotion qu'il avait éprouvée en recevant Clarice le submergea.

«Que Dieu nous la garde cette fois», murmura-t-il, tremblant de joie.

Il l'observait attentivement, n'osant poser l'ultime question. Mme Lesieur le rassura:

«Pour qu'une petite bonne femme se tire d'affaire si vite et nous arrive toute vigoureuse comme ça, ça tient du miracle, monsieur Dufresne.»

Ému et presque tranquillisé, Thomas prit son enfant et se dirigea vers Georges-Noël qui l'attendait au bas de l'escalier. Couvrant de baisers le visage et les mains de cette petite fille tant attendue, le sexagénaire essuya, du revers de sa main, les larmes qu'il ne pouvait retenir.

«Le cadeau de mes soixante-cinq ans, un mois d'avance!» s'exclama-t-il, transporté d'allégresse.

Se tournant vers Mme Lesieur, il demanda, une lueur d'inquiétude dans les yeux:

«Et la mère, elle ne va pas trop mal?

— La maman va très bien», répondit-elle.

Auprès de son épouse, porté par l'euphorie de cet heureux événement, Thomas savourait les joies d'une proximité qui leur avait souvent manqué. Content de tenir une femme aussi radieuse entre ses bras, il se remit à croire en des jours meilleurs pour tous les siens. Victoire lui donna raison:

«On n'a pas à s'en faire. J'ai reçu le signe que j'attendais, dit-elle en contemplant son poupon.

— Mais le signe de quoi? demanda Thomas, intrigué.

— Le signe que tout va finir par s'arranger concernant ton père et nos projets pour l'an prochain. Une petite fille, en santé, et qui choisit de naître le jour de la fête de sainte Cécile, la patronne des musiciennes, ce n'est pas un hasard. C'est le gage de l'harmonie...»

Une longue étreinte qu'aucune parole ne vint troubler les enveloppa. La petite venait boucler la boucle, compléter cette trinité amoureuse.

«Ç'aura été mon plus bel accouchement, dit Victoire! J'ai hâte que les garçons se réveillent. Il me semble que mon bonheur ne sera complet que lorsqu'ils seront tous dans la chambre avec nous.

— Je vais les chercher tout de suite.

— Attends, Thomas. J'aimerais voir ton père, avant. Lui demanderais-tu de monter?»

Georges-Noël répondit à l'invitation de sa bru d'un cœur battant la chamade. Timidement, il poussa la porte demeurée entrebâillée.

«Tu voulais me voir?»

Ses yeux d'un bleu de nuit scintillaient. Adossée à une pile d'oreillers, Victoire lui tendit les bras.

«Je vous en prie, approchez, le supplia-t-elle, rayonnante de bonheur. À partir d'aujourd'hui, dit-elle, nous pourrons vivre heureux tous ensemble, quoi qu'il arrive. Je ne sais pas comment, mais je sais que nous ne nous séparerons jamais. Vous serez toujours avec nous. Et heureux, comme je l'ai toujours voulu, malgré mes maladresses. Vous êtes tellement...»

Leurs regards se croisèrent et les mots s'évanouirent sur leurs lèvres. Dans les bras l'un de l'autre, ils se laissèrent aller à des épanchements trop longtemps retenus. Douleur, allégresse et espoir se confondirent, emportés dans une étreinte aux limites de l'acceptable.

Lorsqu'il se fut dégagé, avec plus de délicatesse qu'il n'aurait manipulé un vase de cristal, il accueillit des bras de Victoire cette enfant, gage du bonheur retrouvé. La sérénité de ce petit visage ressuscitait en lui une joie de vivre pendant longtemps menacée de disparaître à jamais.

Des éclats de voix suivis de bousculades dans le corridor annoncèrent l'ouragan des prochaines minutes. Marius en tête, Candide suivait de près alors que Romulus s'impatientait à essayer de rattraper les plus grands.

«Chut! prévint le grand-papa qui les attendait près de la chambre de leur mère. Il ne faut pas réveiller votre petite sœur. Viens, Romulus. C'est toi qui vas entrer le premier pour voir maman et le petit bébé», décréta-t-il en tendant la main au garçonnet de deux ans.

Les gamins turbulents s'étaient soudain métamorphosés en oursons aux pattes de velours. Chacun voulait prendre le poupon et Romulus pensait le garder pour lui seul.

«C'est à vous tous, la petite sœur», trancha Victoire en caressant la chevelure bouclée de son benjamin.

*   *

*

À l'approche de Noël, l'ambiance euphorique qui régnait au foyer Dufresne ne pouvait mieux tomber. Victoire et Thomas avaient décidé de réunir sous un même toit, pendant plus de dix jours, non seulement leurs cinq enfants, mais aussi les deux garçons de Ferdinand et leur mère, ainsi qu'André-Rémi et toute sa famille.

Le télégramme annonçant la naissance d'une petite sœur avait rempli Oscar d'allégresse. Spontanément, il avait offert à sa tante Georgiana de payer le voyage à Yamachiche pour elle et ses fils, en cadeau de Noël. Donat et Auguste, respectivement âgés de huit et cinq ans, sautaient de joie.

Un mois pour en parler! Un mois pour en rêver! Et pour la maisonnée de Thomas, un mois pour s'y préparer.

Penché au-dessus du berceau de sa «petite princesse», comme il se plaisait à la surnommer, Georges-Noël rêvait à ses quinze ans:

«Tu imagines, Victoire, comme elle va être belle, cette jeune fille. Elle a ton sourire et les yeux de ma Domitille. J'ai presque envie de m'accorder le privilège de lui servir de témoin à son mariage.

— À deux conditions, répondit Victoire en blaguant: que vous marchiez encore aussi droit qu'aujourd'hui et que vous demeuriez toujours avec nous.

— À part votre foyer et le paradis, y a pas d'autres lieux qui soient dignes de moi, tu le sais très bien, Victoire», déclara-t-il avec une jovialité qui balaya tout doute de l'esprit de sa bru.

Il sembla à Victoire que Georges-Noël savourait une paix profonde. L'attachement et la fidélité qu'il venait de lui exprimer l'incitèrent à lui révéler les projets de Thomas. Elle croyait le moment propice, bien qu'elle craignît d'assombrir le bonheur qu'il manifestait depuis la naissance de la petit Cécile. Ce fut donc d'une voix émue et tremblante qu'elle lui apprit les plans de son mari.

Georges-Noël ne se montra ni surpris ni contrarié. Ses commentaires témoignèrent de sa compréhension, mais ne laissèrent toutefois rien transpirer de ses intentions. Victoire, qui le supplia de lui dire ce qu'il entendait faire, reçut pour toute réponse:

«On verra le moment venu. Ma politique a toujours été de faire ce qu'on pense être le mieux, en se disant que tout va s'arranger en temps et lieu. Ce n'est pas à mon âge que je vais changer mon fusil d'épaule.»

Victoire ne pouvait attribuer qu'à une remarquable sagesse l'attitude de Georges-Noël qui ne cessa, durant les semaines suivantes, de gratifier toute la famille de sa joie de vivre. «Ce n'est donc pas une illusion. C'est ce petit bout de femme qui est en train de tout changer dans la famille», pensa Victoire, émerveillée.

«Tu me permets de la regarder dormir? demandait-il souvent, sa chaise collée au berceau.

— Tant que vous voudrez. Je suis sûre que même si elle dort, elle sent votre présence. Ça ne peut que lui faire du bien.

— Je n'aurais jamais pensé qu'un enfant pouvait nous travailler le cœur à ce point, lui confia-t-il. Le paradis ne peut pas nous offrir plus que cette beauté qui nous aspire au point de nous en faire oublier la banalité de notre existence. Je pourrais presque parier que c'est ça, l'extase mystique.»

Victoire buvait ses paroles, les quémandait de son silence le plus respectueux.

Depuis la naissance de cette enfant, Georges-Noël n'était plus le même. Ou plutôt il révélait le meilleur de lui-même. On eût dit qu'il éprouvait un plaisir sans pareil à s'entourer des siens. «Il s'en vient comme grand-père Joseph», pensa Victoire, ravie du privilège donné à ses enfants de connaître un grand-papa aussi exceptionnel.

Complice, Mlle Cécile inspirait à ses frères une affection encore jamais égalée. Fût-elle la plus menue de la maison, c'est elle qui imposait le silence, attirait les sourires ou semait l'agitation quand venait le temps de se faire endormir dans les bras du plus méritant. Comme si sa seule venue dans la famille eût orchestré toutes les activités et modelé les comportements au rythme de ses besoins et de ses fantaisies.

*   *

*

De joyeuses retrouvailles, des conversations animées autour de plats exquis, les jeux malicieux de Georges-Noël avec ses petits-enfants meublèrent cette quinzaine de tant de joies que pas un Dufresne ne se résignait à l'approche de ce 6 janvier qui en marquait la fin.

Le répit fut, hélas! de trop courte durée. Oscar, Georgiana et ses fils, repartis pour Montréal à contre-cœur, eurent à peine le temps de déposer leurs bagages et de prendre une bonne nuit de sommeil qu'un télégramme les rappelait à Yamachiche. Georges-Noël était très souffrant.

Craignant le pire, Oscar rassembla tous ses effets, résolu à ne plus remettre les pieds à Montréal. Sa décision souleva une tempête de protestations. Il leur avait apporté tant de bonheur par sa bonté, son dévouement et sa jovialité que Georgiana et ses deux fils ne pouvaient s'imaginer vivre heureux sans lui.

«Il vous restera toujours Florence, leur fit remarquer Oscar.

— Ça ne se compare pas, riposta Georgiana. Puis, s'il fallait que tu perdes ton grand-père, vaudrait mieux pour toi que tu reviennes avec nous, argua-t-elle.

Ce soir du 7 janvier 1890, alors que, de part et d'autre, les Dufresne se préparaient à reprendre leur routine quotidienne, Georges-Noël avait été saisi d'un mal étrange. À peine était-il parvenu à avaler son potage, au dîner comme au souper. Soupçonnant un surcroît de fatigue, il s'était dirigé le premier vers sa chambre.

Fidèle au rituel du coucher, Victoire montait, sur la pointe des pieds, pour distribuer ses baisers aux enfants pendant que Thomas descendait au magasin pour vérifier les étalages et inscrire les ventes de la journée. De la chambre de Georges-Noël, un bruit comparable à un sourd gémissement se fit entendre. Victoire s'arrêta. Une autre plainte l'y précipita. Appuyé sur le rebord de la fenêtre toute grande ouverte, Georges-Noël se tenait la poitrine à deux mains. À peine eût-elle le temps de le conduire à son lit et de l'y étendre qu'une autre attaque le foudroyait. Il n'arrivait plus à respirer. Victoire voulut lui soulever la tête, mais il agrippa ses mains et les pressa si fort sur son cœur qu'elle eut l'impression qu'aspiré par la mort Georges-Noël cherchait à l'entraîner avec lui. «Venez m'aider! Vite! Le docteur! Allez chercher le docteur!» cria-t-elle, affolée, avant de se rendre compte que seuls les enfants pouvaient l'entendre.

Candide et Marius, alertés par les cris de leur mère, accoururent. L'inquiétude les poussait vers le lit quand la vue de leur grand-père, le visage déformé par la douleur, les paralysa.

«Va vite au magasin, Marius. Dis à papa d'aller tout de suite chercher le docteur. Toi, Candide, occupe-toi de ton petit frère.»

Se tournant vers Georges-Noël, elle constata qu'il essayait de lui dire quelque chose.

«Je t'attendrai...», murmura-t-il.

Puis, il laissa tomber sa tête sur l'oreiller.

«Non! Non! Pas maintenant!» cria Victoire.

Terrifié par ce qu'il avait pu saisir des propos de Marius, Thomas se rua auprès de Victoire qu'il trouva en sanglots, prostrée sur le corps inerte de Georges-Noël.

«Il n'a que perdu conscience, dit-il, tentant, bien qu'il fût effrayé, de rester calme. Le docteur va le réanimer.»

Constatant que plus une palpitation, plus un battement du cœur n'étaient perceptibles sur sa poitrine et dans son cou, Thomas sortit de la chambre en catastrophe et courut chez le docteur Rivard sans prendre le temps d'enfiler son parka.

Assise sur le bord du lit, Victoire tenait Romulus sur ses genoux, ses deux autres fils cherchant à la consoler en attendant l'arrivée du médecin. Quand il se présenta, enfin, ils quittèrent la chambre et descendirent au salon. Victoire implorait le ciel de sauver Georges-Noël. Thomas et le docteur Rivard réapparurent, quelque dix minutes plus tard. Les paroles étaient devenues inutiles. La peine qui se lisait sur le visage des deux hommes ne laissait aucun doute. «Je suis profondément désolé...», dit le docteur Rivard. Il était d'autant plus navré que, consulté cet après-midi même par Thomas sur les malaises de son père, le docteur l'avait rassuré, présumant qu'il ne s'agissait là que d'une simple indisposition due aux bons plats du temps des Fêtes.

Leur chagrin n'avait pas de nom. Ils auraient voulu crier, se révolter, mais le corps de Georges-Noël n'en reposait pas moins, inanimé, à quelques pas d'eux. Le refus de croire les ramena tous autour du lit. Le visage de Georges-Noël s'était transfiguré, reflétant une sérénité qui ne pouvait être que l'expression d'une grande béatitude.

Thomas conduisit les deux plus vieux à leur chambre, cherchant les mots qui pourraient les consoler en attendant que le sommeil les soustraie à leur peine, ne serait-ce que temporairement.

Victoire pleurait, penchée au-dessus du berceau de la petite Cécile. Elle avait accueilli sa naissance comme le signe d'une indestructible harmonie au sein de la famille, sans se douter que la vie de Georges-Noël pouvait en être le prix. Lui était-il permis aujourd'hui d'espérer que cette enfant fût désormais la seule oasis où il leur serait donné de se retrouver avant l'ultime rendez-vous? «Je t'attendrai...», lui avait-il dit avant de mourir. Elle entendait encore ces mots qui faisaient vibrer son cœur et qui, croyait-elle, manifestaient sa présence au-delà de la mort. Une main posée sur le corps tout frêle de sa fille, Victoire ferma les yeux, cramponnée à cette voix qu'elle voulait graver à jamais dans sa mémoire. L'univers se confondait avec cette triade dans laquelle elle se serait volontiers enfermée... Mais il y avait son mari et ses quatre fils. Elle entendit les pas de Thomas se diriger vers elle. «Quelques instants encore...» supplia-t-elle tout bas, réfugiée dans cette oasis où les cœurs se rejoignent par delà la mort. Une main caressant tendrement sa chevelure l'en tira. Elle sut alors qu'elle allait y revenir comme elle était retournée dans son repaire secret, au bord du lac Saint-Pierre, quand le mal d'aimer devenait insupportable.

«Je vais voir au nécessaire», lui dit-il d'une voix éteinte, les yeux rougis par les larmes qu'il avait versées auprès de ses fils.

Thomas, le seul qui eût pu se préparer à cet événement, était profondément bouleversé. Non seulement Georges-Noël avait-il vécu plus de sept jours après la naissance de la petite Cécile, mais encore il avait eu un regain d'énergie sans précédent à l'approche des Fêtes. Thomas se rappela soudain les paroles exactes de la Siffleux: «... moins d'une semaine *après la date prévue* pour la naissance du dernier de ses petits-enfants», avait-elle précisé. Cécile ne devait-elle pas naître qu'au début de janvier?

En plus de l'extrême solitude dans laquelle le plongeait cette mort subite, Thomas devait rassembler tout son courage avant le redoutable moment où il aurait à accueillir Oscar et la famille de Georgiana à la gare. Rien de toute sa vie ne lui avait semblé aussi pénible que de devoir leur annoncer la tragique nouvelle. Un réconfort inespéré l'attendait cependant: André-Rémi était du nombre des arrivants, conscient d'être le mieux placé pour apporter à sa sœur la compréhension que nul autre que lui n'aurait pu lui donner, Françoise et Ferdinand n'étant plus.

Meurtrie par ce drame et épuisée par deux nuits sans sommeil, Victoire se tenait au pied du cercueil, son bébé contre elle, entourée de ses fils. Le cadet avait trouvé refuge dans les bras de Marius. En les apercevant, Oscar s'effondra sur le prie-Dieu. Ses sanglots eurent raison de la maîtrise dont Thomas et Victoire avaient fait preuve avant son arrivée. Le serrer dans ses bras et pleurer avec lui, c'est tout ce que Victoire put lui offrir d'apaisement.

La veille de l'enterrement, elle apprenait, plus affligée encore, qu'en plus de perdre un grand-père merveilleux, Oscar voyait s'effondrer plus d'un rêve... Des projets qu'il devait réaliser avec lui, dont certains dès le retour de l'été.

La vie de son fils aîné présentait une étonnante similitude avec sa propre expérience au même âge, auprès de son grand-père Joseph, décédé au moment où leur complicité allait porter ses fruits. «Plût au ciel que des tourments amoureux ne viennent pas ajouter à sa peine», pensa-t-elle.

Fidèle témoin de tous les tourments que Victoire avait vécus, André-Rémi se tenait à ses côtés, affectueux et attentionné comme il l'avait toujours été à son égard. Ses silences valaient mieux que toutes les paroles qui se voulaient consolatrices.

«Je pense que, face à l'amour, la vie et la mort, c'est pareil, lui dit-il alors qu'ils se trouvaient seuls dans la chambre de la petite Cécile, au lendemain de l'enterrement.

— Il est une forme d'amour qui naît un jour pour durer l'éternité, quoi qu'on veuille, quoi qu'on fasse», répliqua-t-elle, avec le sentiment d'avoir, dans ces quelques mots, résumé trente ans de combats, d'exaltations, de déchirements et parfois de douce plénitude.

Après trois semaines d'hésitation, Oscar retourna à Montréal. Pyrus rendit son dernier souffle et le couple Dufresne signa la vente de sa propriété de Yamachiche à Narcisse Gélinas qui devait en prendre possession en juillet.

Recluse dans son atelier que la lumière crue du soleil de février venait illuminer, Victoire avait réclamé qu'on la laissât seule en ce dimanche après-midi de la Chandeleur. Plusieurs pages avaient déjà été tournées dans le livre de ses trente ans en compagnie de Georges-Noël Dufresne. D'autres demandaient d'être relues avec courage et lucidité. Pour la première fois, Victoire laissa son cœur et sa chair lui parler de cet homme, sans contraintes, sans interdits. Comme chacun des enfants qu'elle avait portés en son sein, il avait été sa source d'inspiration, tant dans son métier de cordonnière que dans ses amours et ses espérances. Pour eux, pour lui, et pour honorer la mémoire de son grand-père Joseph, elle fit serment de ne pas rendre son tablier. La semence du vieux Joseph était tombée dans une terre si fertile que Victoire, la cordonnière, pouvait en porter les fruits jusqu'au 32 de la rue Saint-Hubert, à Montréal, là où un destin semé de défis et de couronnements l'attendait.

Au sifflement de la locomotive sur le point d'entrer en gare, en cet après-midi du 20 juin 1890, le notaire Hubert, fils d'Appoline Dufresne, se faufilait à travers la foule et glissait une enveloppe dans le sac à main de Victoire. Elle n'eût pas à le questionner pour savoir qu'il s'agissait d'une lettre que Georges-Noël lui avait écrite quelques semaines avant sa mort et qu'elle tardait à récupérer, malgré les rappels du notaire.

«Je me devais de respecter ses dernières volontés», lui chuchota-t-il avant de se perdre parmi les nombreux parents et amis venus dire un dernier au revoir à Thomas et à sa famille.

CET OUVRAGE
COMPOSÉ EN GARAMOND 14 SUR 16
A ÉTÉ ACHEVÉ D'IMPRIMER
EN JUIN DEUX MILLE TROIS
SUR LES PRESSES DE TRANSCONTINENTAL
DIVISION IMPRIMERIE GAGNÉ
À LOUISEVILLE
POUR LE COMPTE DE
VLB ÉDITEUR.

IMPRIMÉ AU QUÉBEC (CANADA)